Renate Naber
Cornelia Ehses

Zeit der Götter

Renate Naber
Cornelia Ehses

Zeit der Götter

Kriminalroman

Genuss krimi bei KSB

Bibliografische Information der Deutschen Nationalbibliothek
Die Deutsche Nationalbibliothek verzeichnet diese Publikation in der Deutschen Nationalbibliografie; detaillierte bibliografische Daten sind im Internet über www.dnb.de abrufbar.

Die geschilderte Handlung ist frei erfunden. Eventuelle Ähnlichkeiten mit lebenden oder bereits verstorbenen Personen sind zufälliger Natur.

1. Auflage 2014

Umschlaggestaltung: Atelier Reichert, Stuttgart
Umschlagabbildung: Vitaly Krivosheer – Fotolia.com
Druck und Bindung: GRASPO CZ, Zlin
ISBN 978-3-945195-15-4
Originalausgabe
www.genusskrimi.de

Wenn die Sonne der Kultur niedrig steht,
werfen selbst Zwerge lange Schatten.
(Karl Kraus)

Motte

Seit Tagen schon warte ich
dass sie zurückkehrt
aus der Flamme, geheilt
von ihrer gefährlichen Neigung.
(C.J. Setz)

Prolog

Brandl stolperte über ein Stoppelfeld. Es war dunkel. Brandgeruch drang ihm in die Nase, reizte seine Bronchien. »Ulla!«, keuchte er verzweifelt. »Ulla!« Wieder und wieder rief er ihren Namen. Er strauchelte, stürzte, rappelte sich auf. Lief weiter. Dann stolperte er wieder, dieses Mal schaffte er es, hielt sich auf den Beinen. Brandl hob den Kopf und entdeckte ein weißes Haus am Ende des Feldes. Aus den oberen Fenstern schlugen Flammen. Er rannte weiter, bis er das Haus erreichte. Er riss die Haustür auf, im Flur schlug ihm dichter Qualm entgegen, er konnte kaum atmen. Brandl reckte den Kopf. »Hilfe«, rief jemand. »Hilfe.« Das war doch Ulla, Ullas Stimme. Brandl öffnete den Mund, wollte laut schreien: »Ich bin da, Ulla!« Aber er brachte keinen Ton heraus. Er stürmte los, versuchte sich durchzukämpfen. Das Haus schien zu vibrieren. Es summte und knisterte. Das Vibrieren wurde immer lauter …

1

Seit sie Rajan kannte, stand Birgit früh auf. Die erste Meditation begann sie Punkt 6 Uhr. Auf keinen Fall später. Danach besuchte sie das hauseigene Schwimmbad im achtzehnten Stock des Lindenhofes. Das einzige Hochhaus in Porz, das direkt am Rhein lag. Dort zog sie stoisch ihre Bahnen. Für sie waren diese gleichmäßigen Schwimmbewegungen die Fortsetzung der Meditation. Ihre Muskeln spannten sich an und entspannten sich wieder. Der Atem floss ein und aus. Ihr Körper folgte problemlos, wenn sie ihm sagte, was er zu tun hatte. Der Geist siegte immer über den Körper. Diese perfekte Selbstbeherrschung hatte sie von Rajan gelernt.

Ihr Mann Helmut schlief meist noch, wenn sie später die Wohnungstür aufschloss. Birgit bereitete das Frühstück vor und weckte ihn. Meist saßen sie sich schweigend gegenüber und tranken ihren Kaffee. Er mit Zucker und Milch, sie schwarz. Oft starrte Helmut auf seinen Laptop, klickte und scrollte herum, während Birgit die Zeitung durchblätterte. Immerhin schaltete er nicht auch noch das Frühstücksfernsehen ein. Gegen halb neun verließ er das Haus. Sein Abschiedsgruß war in den zwanzig Jahren Ehe zu einem kaum verständlichen ›Tschüss‹ geschrumpft. Er sah sie dabei nicht einmal an.

Im Laufe des Morgens vollzog Birgit die vorgeschriebenen Rituale: Sie sang andächtig die Anrufung vor SEINEM Bild, betete IHN voller Hingabe an und wiederholte mehrfach die Weisungen für den Tag. Dann las sie in den von IHM empfohlenen spirituellen Büchern, eine halbe oder eine dreiviertel Stunde und sang im Anschluss wieder. Um 12 Uhr meditierte sie meist die Sonnenanbetung und dachte dabei an IHN. ER war die Sonne. Dann erledigte sie die Hausarbeit, aber lieber noch ging sie zum Sport, wenn sie es vor der Mittagspause ihres Sportklubs dorthin schaffte. Sport war auch eine Form der Meditation. Die Grenzen erfahren und immer weiter darüber hinaus gehen, zu wachsen, zu erstarken. Ihre Trainerin Selina bei Mrs.Sporty war begeistert von den Fortschritten, die Birgit machte. Sie hatte vor Kurzem noch einen Check-up gehabt. Ihr Gewicht war erneut um zwei Kilo gesunken, der Arm- und der Taillenumfang hatten sich durch das regelmäßige Training um zwei Zentimeter verringert. Birgit hatte gestrahlt und die anderen Frauen applaudierten begeistert, als Selina die Werte im Trainingsraum verkündete. So würde sie noch attraktiver für IHN sein.

Wenn Helmut früh nach Hause kam, kochte sie für ihn. Er kündigte sich dann per SMS an. Meist kam er jedoch erst spät heim und dann stellte sie ihm Brote auf den Fernsehtisch.

Vor dem Schlafengehen meditierte sie wieder. Mittwochabends nahm sie an den regelmäßigen Licht-Treffen im Engelshof teil, montags freute sie sich auf die Ausführungen zu SEINEN Lehren in SEINER Villa in Bergisch Gladbach.

Birgit schaute in den Spiegel im Flur ihrer hell und freundlich eingerichteten Wohnung. Sie hatte die Balkontür weit offen stehen und hörte eine Kirchenglocke läuten. 12 Uhr. Birgit griff nach der Bürste und strich sich langsam durch das braune Haar. Sie färbte es alle vier Wochen, wollte auf keinen Fall wie eine graue Maus aussehen. Ihr Haar sollte glänzen, für IHN. Sie würde immer SEIN Licht in sich tragen. Ihre Augen funkelten und ihr wurde warm, dann heiß.

An den Wochenenden lud ER zu Initiationstreffen und erweiterten Meditationen zu sich ein. Manchmal traf sich danach noch ein kleiner Kreis von Jüngern in einer Sauna in Overath, aber das waren die, die vom Sex den Hals nicht voll bekamen. Birgit fragte sich manchmal kopfschüttelnd, ob Gurmeet und Sudhir wirklich den Weg der Seele anstrebten, oder ob es ihnen nicht eher um ihre persönliche Befriedigung ging. Aber was kümmerten sie die Absichten und Beweggründe anderer? Sie wusste, was sie wollte. Sie würde ihren Weg ohne falsche Rücksichtnahme verfolgen. Zu lange hatte sie auf andere geschaut. Auf Helmut. Dieser neue Weg würde sie endlich aus ihrem Tief herausführen. Trauer, Wut und Schmerz hatten unentwegt in ihr gefressen. ER hatte das sofort erkannt. SEINE Worte waren Balsam für ihre Seele. Wenn ER ihr sagte, dass auch das Schwere und das Leid zu ihrem Weg gehörten! ›Per aspera ad astra‹, waren seine Worte gewesen. Birgit hatte im Internet gegoogelt und eine Übersetzung gefunden: durch Widerwärtigkeiten zu den Sternen. Wie gut ER sie erkannt hatte.

Widerwärtig, ja, das war ihr Leben gewesen, bevor ER kam. Rajan war so gebildet, besaß Geistes- und Herzensbildung. ER sagte, dass das Göttliche auf sie gewartet habe. Dass, wenn sie wirklich ein spirituelles Leben führen wolle, sie sehr viel mit sich selber zu tun hätte und kein Raum für ein Kind bliebe. Wie ein Priester, eine Nonne oder ein Mönch solle sie sich ausschließlich dem Göttlichen weihen und trotzdem, anders als die Priester und Nonnen, auch den Körper als Tempel der Seele ehren und sogar die Sexualität als Weg zu spiritueller Erfahrung nutzen. So etwas hatte sie noch nie gehört, geschweige denn gedacht!

Gott hatte für sie diesen Weg geplant. Alles ergab nun einen Sinn. Birgit hätte sich die Anstrengungen vieler Jahre ersparen können. Alles hatte sie versucht, um den göttlichen Plan zu durchkreuzen, den ER ihr nun aufzeigte. Mit Schaudern erinnerte sie sich an all die Qualen, die sich selbst zugefügt hatte: Die Einnahme von Hormonen per Nasenspray, das regelmäßige Temperaturmessen. Die Hitzewallungen und Depressionen, die die Wirkstoffe ausgelöst hatten. Ekel stieg in ihr auf, wenn sie daran dachte, wie sie und Helmut nach einem Zeitplan miteinander geschlafen, wie sie sich vor einander geschämt hatten, weil es dann passieren ›musste‹. Mechanischer Vollzug der ›göttlichen Hochzeit‹. Freude und Lust an der körperlichen Liebe waren auf der Strecke geblieben. Später dann die schier endlosen, tränenreichen Gespräche bei der Adoptionsstelle. Die mitleidigen, manchmal misstrauischen Blicke der Sachbearbeiterin. Wie Helmut und sie ausgefragt wurden. Was sie alles hatte wissen wollen! Berufliches und Finanzielles. Alles noch harmlos. Ob es Sucht in der Familie gäbe, hatte die Sachbearbeiterin nachgefragt. Wie ihr Verhältnis zu den eigenen Eltern gewesen sei? Ob sie Kontakt zu ihren Eltern hätten? Ob es Familienmitglieder gäbe, die aus der Familie ausgeschlossen würden? Aus welchem Grund sie ein Kind adoptieren wollten?

Ja, warum wohl? Birgit biss in der Erinnerung daran die Zähne zusammen. Die Frage war ja wohl völlig bescheuert gewesen. »Wie ist denn Ihre Ehe, Frau Rietmüller? Wollen Sie vielleicht mit einem Kind Ihre freud- und lieblose Ehe retten?« Diese Frau Sieger hatte sich in Rage geredet und giftig fortgefahren: »Das funktioniert nicht, das kann ich Ihnen schon jetzt sagen. Auch mit eigenen nicht. Und adoptierte Kinder bringen oft Probleme aus ihren Herkunftsfamilien mit, die werden ja nicht von ungefähr zur Adoption gegeben. Manche kommen schon süchtig auf die Welt und müssen erst einmal einen Drogen- oder Alkoholentzug überleben. Wissen Sie, was da an Arbeit und Mühe auf Sie zukommen kann? Da müssen Sie vielleicht nicht alle vier Stunden aufstehen, wie sonst bei Säuglingen üblich, sondern jede halbe Stunde und ihrem schreienden Baby etwas zu trinken einflößen, damit es überlebt. Da brauchen sie viel Liebe und viel Kraft, glauben Sie mir. Und einen Partner an Ihrer Seite, der Sie unterstützt, sonst machen Sie schlapp.«

Hatte diese Sachbearbeiterin Birgit und ihrem Mann so die Adoption mies machen wollen? Indem sie die Kinder in ein schlechtes Licht rückte? Was sollte das denn heißen, die Kinder entwickelten manchmal Krankheiten aufgrund von Alkoholmissbrauch der Mütter in der Schwangerschaft, die erst nach Jahren zutage treten würden? Birgit hatte richtig Angst bekommen. Selbstverständlich hatte sie ein gesundes Kind haben wollen, hatte sich über Leihmütterschaften erkundigt, aber das kam nicht infrage, da Helmut ja zeugungsunfähig war. Eine Eizelle hätte sie gern gespendet, aber einen fremden Samen von einem fremden Mann? Niemals. Also waren sie weiter zur Adoptionsvermittlung gegangen. Wie Bittsteller waren sie sich vorgekommen. Birgit hatte sich schließlich beim Vorgesetzten über diese Frau Sieger beschwert. Offensichtlich hatte sie ihnen nicht getraut.

Eine Frau, die neben ihnen auf dem Flur der Adoptionsstelle gesessen hatte, hatte Birgit einen Zettel zugesteckt. »Vertrauen Sie nicht auf die deutsche Bürokratie, werden Sie selbst aktiv. In anderen Ländern wartet schon Ihr Kind auf Sie!«, hatte darauf gestanden. Verzweifelt über die ablehnende Haltung der Adoptionsvermittlerin, die ihnen wenig Hoffnung gemacht hatte, war sie mit Helmut schließlich nach Malaysia geflogen.

Das kleine Mädchen weint. Streckt ihr die Arme entgegen und ruft nach ihr. Es hat dunkle Augen, Augen wie Kohle, Haare schwarz wie Tinte. Das Gesichtchen leuchtet weiß. Sie versucht zu ihr zu kommen, schafft es nicht, der Abstand zwischen ihnen bleibt immer gleich. Ihre Beine sind starr und schwer, sie kommt nicht von der Stelle. Das Kind löst sich auf, wie Nebel, der vom Wind fortgeblasen wird.

Birgit war nach ihrem Mittagsjoghurt mit frischen Erdbeeren auf der Couch eingedöst. Um den immer wiederkehrenden Traum aus dem Kopf zu vertreiben, war sie nach Köln gefahren, hatte sich eine karminrote Yogahose aus weichem Sweatstoff und ein gleichfarbiges T-Shirt gekauft, war dann über die Schildergasse geschlendert. Jetzt fuhr sie zurück nach Porz. Das Treffen im Engelshof begann um Punkt 19 Uhr.

»You'll remember me, when the west wind moves …«

Birgit hatte gedacht, sie könnte es vergessen. Und jetzt lief dieses Scheißlied im Radio und alles verschwamm um sie herum. Sie rieb und drückte mit den Fingern leicht ihre Nasenwurzel. Das half gegen Kopfschmerzen, hatte Rajan gesagt.

»I never made promises lightly, and there have been some that I've broken, but I swear in the days still left, we'll walk in fields of gold.« Fields of gold – gab es die überhaupt? Alles war so schwer. Alles. ›Goldfelder‹. Nur in der Erinnerung, der rosigverbrämten Erinnerung an vergangene Zeiten, wurde alles leicht.

Sentimentales Gequatsche, würde Helmut sagen. Birgit atmete tief ein.

›Früher war doch alles besser‹, hatte Tante Trautchen bei jeder Familienfeier wiedergekäut, spätestens, wenn sie sich den sechsten Eierlikör auf der Zunge zergehen ließ. Aber es war früher nicht besser gewesen. Nicht in Birgits Leben.

Die Ampel sprang um und Birgit trat das Gaspedal durch. Feierabendverkehr auf der Severinsbrücke, doch sie kam gut voran. Birgit war überrascht, wie weit sie schon gefahren war, ohne sich daran erinnern zu können. Sie war nicht im Hier und Jetzt. Wann würde sie es schaffen, selbst den Gedankenkreisel in ihrem Kopf anzuhalten? Wann endlich würde sie in sich ruhen, der Welt offen und entspannt gegenübertreten und nicht von den alten Bildern eingeholt werden? Sie musste mit IHM sprechen. ER wusste immer Rat. ER war der Bote Gottes, ein Engel. Wenn ER ihr das Leben und die Welt erklärte, verstand sie endlich alles, wurde ruhig. ER brauchte nur SEINE Hände auf ihren Kopf zu legen. Der Klang SEINER Stimme brachte ihr ein Gefühl der Geborgenheit, wie sie es sich in den Armen einer Mutter vorstellte. Einer richtigen Mutter. Die Arme ihrer eigenen waren für sie immer verschränkt gewesen, doch das war vorbei. Birgit hob den Kopf. Endlich und nur durch IHN erfuhr sie wahre Nähe.

SEINE Seminare, vor allem aber die Einzelsitzungen hatten sie aus der Dunkelheit heraus geführt. Wenn sie sich an die erste Begegnung erinnerte, konnte sie nur lächeln. ER hatte die Tür geöffnet, hatte den Raum betreten, in einem weißen Leinenanzug. Schier geblendet war sie gewesen von dem gleißend hellen Licht, das den Seminarraum augenblicklich erfüllt hatte. Birgit hatte sich erstaunt umgesehen, ob irgendwo die Sonne durch ein Fenster schien, aber draußen war graues Dämmerlicht gewesen. Nein, das Licht war um IHN gewesen. ER hatte sie angesehen und gelächelt. Ihr Herz hatte einen Sprung gemacht. IHM verdankte sie alles. IHM und der GEMEINSCHAFT DES LICHTS. Einige der Schwestern stellten IHM zwar nach, aber ohne Erfolg. Sie war sich sicher, ER wollte nur sie. Eine kosmische Verbindung hatten sie. Das sagte ER oft genug. Und dass ER noch viel mit ihr vorhätte.

Sie musste sich beeilen; die Kölner Straße war schon wieder verstopft von den Autofahrern, die nach getaner Arbeit zurück nach Porz wollten. In einer Viertelstunde fing die Sonnenmeditation an, die ihren Kopf von dem alten Müll restlos befreien würde. Kein Gedanke würde sie dann mehr quälen.

»Frau Wolff, dann erzählen Sie mal. Warum sind Sie hier?« Die Eheberaterin lehnte sich in ihrem Stuhl zurück und lächelte gewinnend.

Ulla war erschrocken, als Dr. Heidi Schmalfeld ihnen die Haustür geöffnet hatte. Die Frau mit dem hübschen Gesicht hatte hüftlanges, blondes Haar, das glatt über ihren Rücken fiel. Ulla schätzte, dass die Frau wie sie selbst Anfang vierzig war. Sie trug lockere grün-blaue Leinenteile, die sicher teuer waren und den einzigen Zweck hatten, ihre Figur geschickt zu verhüllen. Trotzdem war es nicht zu übersehen, dass die Frau schwer übergewichtig war. Sie wog wahrscheinlich doppelt so viel wie Ulla, obwohl sie gleich groß waren. Weit über zwei Zentner und das bei einer Größe von knapp ein Meter siebzig, schätzte Ulla. Eine so dicke Therapeutin hatte sie nicht erwartet. Sie war immer davon ausgegangen, dass Therapeuten ihr Leben und damit auch ihr Gewicht im Griff hatten. Die Theorie ihrer Freundin Elli über die vielen ungeliebten, übergewichtigen Frauen war ihr eingefallen. »Diese vielen Frauen«, hatte Elli betont, »die während der Wechseljahre so zunehmen, werden alle nicht genug von ihren Männern geliebt, zumindest nicht körperlich.« Ulla hatte in den letzten Wochen auch etwas zugelegt, wahrscheinlich war sie auf dem Weg, sich in die Riege der Ungeliebten einzureihen. Um die Frau nicht zu kränken, hatte Ulla sich bemüht, sich nichts anmerken zu lassen, freundlich gelächelt und der Therapeutin, die ihr am Telefon so sympathisch gewesen war, die schweißnasse Hand gedrückt, die sich angefühlt hatte wie feuchtes Papier. Igitt. Ulla schwitzte auch, es war heiß heute. Nachdem ihr Mann Michael endlich eingewilligt hatte, zur Eheberatung zu gehen, hatte Ulla ein Therapeuten-Ehepaar ausfindig gemacht, das gemeinsam Beratungsgespräche für Paare anbot. Ulla hielt es für sinnvoll, dass auch ein Mann dabei war. Michael sollte ruhig auch jemanden haben, der ihm auf die Sprünge half. Von einer Frau würde er sicher nicht so schnell einen Rat annehmen. Ebenso wenig wie von einem Pfarrer. Zunächst hatte Ulla nämlich, da sie ja selbst Pfarrerin war, überlegt, ob sie nicht einen Kollegen in Köln fragen sollte, von dem sie wusste, dass er auch eine Ausbildung als Gestalttherapeut absolviert hatte. Sicher hätte er auch mit ihnen eine Beziehungsklärung durchführen können.

Aber Michael hatte abgelehnt. Er würde auf keinen Fall zu einem von Ullas Pfaffenkollegen gehen, hatte er getobt. »Die sind doch alle auf deiner Seite und ich stehe da wie der blöde Depp.«

Also das Psychologenehepaar. Auf der Fahrt nach Lohmar hatten sie kein Wort gewechselt. Aber das war nichts Besonderes. Michael konnte immer nur eins. Entweder reden oder Auto fahren. Entweder – oder. Ulla strich sich eine blonde Locke aus der Stirn und legte die Hände auf die hellen Armlehnen ihres Stuhls. Dann schaute sie zuerst die Frau an, deren Doppelkinn fast den Hals verdeckte, warf aber auch dem Mann einen kurzen

Blick zu. Schlank, eher schon hager, dunkelhaarig, mit dicker Hornbrille, bildete er den genauen Gegenpart zu seiner Frau.

»Ich habe das Gefühl, dass wir am Ende sind. Wir sind nur noch Eltern, aber kein Paar mehr. Schon lange nicht«, erklärte Ulla und warf Michael einen kurzen Blick zu. Der könnte ja auch mal etwas sagen.

Michael starrte vor sich hin, fixierte seine schmalen, ineinander gefalteten Hände und schwieg.

Der Therapeut Martin Schmalfeld schaute sie an. »Woran liegt das? Sie haben sich doch mal geliebt, oder? Immerhin haben Sie zwei Kinder.«

Ulla zog irritiert die Augenbrauen hoch. »Ja, sicher. Aber das ist es ja. Die Kinder sind da, sie sind wichtig. Aber zwischen uns ist Sendepause.« Sie ärgerte sich über die Begriffsstutzigkeit des Therapeuten. War das denn so ungewöhnlich? Als Pfarrerin in Porz bekam sie einiges zu hören. Auch was in den Ehen ihrer Gemeindemitglieder lief oder auch nicht.

»Michael gibt mir nicht das Gefühl, dass er sich wirklich für mich interessiert, auch als Frau, also körperlich. Wir haben viel gemeinsam, wir mögen dieselbe Musik, wir hassen beide die französische Sprache, wir haben auch einen ähnlichen Geschmack, wenn es darum geht, eine Wohnung einzurichten. Das hat sich gerade wieder gezeigt.«

Ulla dachte daran, dass sie erst vor Kurzem nach Zündorf gezogen waren. In ein niedliches Fachwerkhaus, das angeblich das älteste Haus dort am Ort war. Sie hatten sich eingerichtet und fühlten sich von der ersten Sekunde an wohl. Sie hatten sich bei den Nachbarn vorgestellt. Michael war mitgegangen und sie war richtig stolz auf ihn gewesen. Da er gern sang, hatte ihn ein Nachbar direkt auf den Porzer Gospelchor aufmerksam gemacht. Sie suchten noch Männer, die singen konnten. Frauen durften sich aber auch bewerben, mussten aber erst ein Casting durchlaufen. Ulla hatte abgewinkt. Sie sang schon im Gottesdienst genug und wenn, würde sie bei dem evangelischen Gospelchor mitmachen, der sich vor einigen Monaten gegründet hatte. Michael musste natürlich wieder zu den Katholiken gehen, obwohl er schon lange aus der Kirche ausgetreten war. Aber egal. Sollte er doch.

Ulla freute sich auf die neue Arbeit an der Pauluskirche. Die Kinder konnten mit dem Fahrrad zum Gymnasium fahren. Es schien ihnen zu gefallen, nun näher an der Groov zu wohnen. Ulla seufzte. Laut sagte sie: »Wir haben neu angefangen, was unser häusliches und berufliches Umfeld angeht, aber das ist es auch. Mein Mann schottet sich nach wie vor ab, macht seine Fahrradtouren, geht neuerdings donnerstags zu seinem Chor, kocht und kauft ein, aber ich bin irgendwie außen vor. Ich kann mich nicht mal erinnern, wann er mich das letzte Mal von sich aus in den Arm genommen hat.«

Sie weinte plötzlich. Es schmerzte sie, dass Michael sich so distanziert verhielt. Sie fühlte sich, als erfriere sie neben ihm. Ulla spürte ein leichtes Schuldgefühl aufsteigen. Doch von ihrer heißen Affäre mit dem Kölner Kriminalkommissar Peter Brandl würde sie lieber nichts erwähnen. Eher biss sie sich die Zunge ab. Sie hatte sich nach dem Gefühl gesehnt, wieder als attraktive, erotische Frau wahrgenommen zu werden. Genau das hatte Brandl getan. Dass sie sich dabei auch in ihn verguckt hatte, war nicht eingeplant gewesen. Sie ignorierte das dumpfe Gefühl. Das tat hier überhaupt nichts zur Sache, dachte sie trotzig. Außerdem war es ja vorbei.

Die Therapeutin, die ihr direkt gegenüber saß, zog die Augenbrauen zusammen und schickte ihr einen verständnisvollen Dackelblick, während sie ihr ein Papiertaschentuch reichte. Wahrscheinlich kannte sie solche Situationen aus eigener Erfahrung. Ihr Typ schien auch nicht der liebevoll zugewandte Ehemann zu sein, oder? Ulla schaute vorsichtig in seine Richtung. Kalt wie ein Fisch, diagnostizierte sie.

Martin Schmalfeld würdigte sie keines Blickes, sah aber Michael freundlich an. »Was meinen Sie denn dazu, Herr Wolff? Sie haben ja sehr unterschiedliche Berufe, wie ich gesehen habe. Ihre Frau erzählt als Pfarrerin den Menschen, was richtig und falsch ist, während sie sich um den richtigen Ablauf im Computerwesen kümmern. Ihre Sichtweise auf Ihre Beziehung würde mich interessieren.« Er lächelte aufmunternd.

Michael richtete sich auf. »Ich liebe Ulla. Ich tue alles, damit sie glücklich ist. Sie hat sich doch distanziert. Gut, ich bin fremdgegangen vor einigen Jahren.« Seine Stimme wurde leise. »Das hat sie mir übel genommen. Ich hatte ein Verhältnis mit unserer Sekretärin angefangen, weil ich mich nach Leas Geburt so einsam gefühlt habe. Ulla ist nur noch um die Kleine gekreist. Hat mich überhaupt nicht mehr beachtet. Der Klassiker wohl. Aber das war nur eine kurze Affäre. Ich habe danach keine andere Frau mehr angeguckt. Das schwöre ich.« Er schaute die Therapeutin aufmüpfig an, sie nickte ihm zu.

Ulla spürte, wie sich ihr schlechtes Gewissen erneut meldete. Das machte sie wütend. Sie sah sich selbst kurz mit Peter Brandl im Raum der Besinnung im Polizeipräsidium herumknutschen. Dann in seinem Bett in Mülheim.

Brandl nimmt – ihren Blick festhaltend – eine Erdbeere in die Hand, taucht sie in seine Sektschale, um sie von dort langsam und genüsslich in den Mund zu stecken. Dabei zieht er am Blütenstiel, dreht ihn zwischen Daumen und Mittelfinger und legt ihn dann auf einen kleinen Glasteller. Er leckt sich verschmitzt über die Lippen.

»Komm, ich füttere dich«, lockt er und zieht sie aufs Bett.

Er zelebriert das Eintauchen und Abtropfen, streichelt mit der Erdbeere um ihren Mund und lässt sie dann von der Frucht kosten. Ihr Körper überzieht sich mit Gänsehaut, sie ist fast unfähig zu kauen. Mit der nächsten Erdbeere zieht er eine Sektspur unter ihrem rechten Ohr den Hals hinunter, immer mit der Zunge folgend. Sie fühlt jedes einzelne Erdbeernüsschen bis unter die Haut. Er hebt den Blick, um von ihrem erröteten Gesicht Erregung und Zustimmung abzulesen ...

Stopp, Ulla, dachte sie und verdrängte die Szene blitzschnell aus ihren Gedanken. Ihr Herz klopfte. Das war endgültig vorbei und vergessen. Sie würde hier keine Beichte ablegen. Das war eh Schnee von gestern und interessierte keinen mehr.

Martin Schmalfeld sah sie kurz, aber so intensiv an, als wollte er in sie hineinkriechen. »Worüber denken Sie gerade nach?«, fragte er betont interessiert, jedoch mit lauerndem Unterton.

Das wüsstest du wohl gern, dachte Ulla. »Ach«, druckste sie herum. »Nichts Wichtiges.« Sie fühlte sich ertappt, wurde ein wenig rot. Das fehlte gerade noch, dass sie sich hier als Sündenziege anbot. Das war eine Sache zwischen ihr und dem lieben Gott. Der hatte ihr vergeben, das hoffte sie zumindest.

Pfarrer Fuhrmann hatte sie sehr bestärkt, als sie ihm alles erzählt hatte. »Gehe hin und sündige hinfort nicht mehr. Dein Glaube hat dir geholfen«, hatte er ernst gesagt und dann von der Gnade Gottes gesprochen, die über alle Vernunft ging. Der Begriff der Gnade war zentral für Ulla. Hinzu kam, dass sie Brandl seit Monaten weder gesehen noch gesprochen hatte und wenn es nach ihr ginge, würde das auch so bleiben. Nach ihrer letzten Begegnung hatte sie von ihm die Nase voll. Er hatte sie förmlich aus seiner Wohnung geworfen. Oder besser gesagt, sie erst gar nicht hineingelassen, als sie mit ihren Koffern vor seiner Tür gestanden hatte. Tief gekränkt war sie wieder nach Hause in den Schildgenweg gefahren. Nie mehr wollte sie auch nur ein Wort mit ihm sprechen. Nie mehr. »Never say never«, ging ihr durch den Sinn. Quatsch!

Sie war hier, um zu sehen, ob es für ihre Ehe noch eine Zukunft gab oder nicht. Nur aus diesem Grund. Sie sah hoch und direkt in die Augen des Therapeuten.

»Wenn Sie nicht sprechen möchten, können Sie auch hier sitzen und schweigen«, lächelte er zuckersüß. »Es ist Ihre Zeit.«

Und unser Geld, dachte Ulla und biss sich auf die Lippe. Sie atmete tief durch und sagte: »Es fällt mir nicht leicht, meine Gefühle in Worte zu fassen. Was soll ich denn machen, wenn Michael mich nicht beachtet, nicht mit mir redet, sich immer weiter distanziert?«

»So, wie ich die Sache sehe, bemüht sich Ihr Mann doch sehr um die Familie und auch um Sie. Sie werfen ihm vor, er würde sich nicht öffnen. Was ist denn mit Ihnen? Wie offen sind Sie denn? Immerhin versucht er es, aber es reicht Ihnen nicht, richtig?« Nun beugte sich Martin Schmalfeld nach vorn und fixierte Ulla. »Kann es sein, dass das etwas ist, das Sie öfter erleben? Sie wollen mehr haben, mehr, mehr, mehr? Kann das denn ein einzelner Mensch überhaupt leisten? Und wenn Sie dann mehr bekommen? Sind Sie dann zufrieden, oder wollen Sie noch mehr?«

Ulla traute ihren Ohren nicht. Sie fühlte sich gemaßregelt, Wut stieg in ihr auf. Was meinte der Typ bloß? Sie war doch kein Nimmersatt. Verwechselte er sie mit seiner eigenen Frau, oder was?

Die Therapeutin schien gar nichts gehört zu haben, sondern schaute Michael freundlich an. »Was meinen Sie denn dazu, Herr Wolff?«

Stand sie etwa auch auf Michaels Seite? Ulla wurde immer unsicherer.

»Ich bemühe mich seit einiger Zeit tatsächlich wieder sehr um Ulla. Ich liebe sie und möchte sie zurückgewinnen. Andererseits bin ich mir nicht sicher, ob sie mich überhaupt noch will«, sagte Michael und warf Ulla einen scheuen Blick von der Seite zu.

Ulla war noch viel zu sehr mit der Aussage des Therapeuten beschäftigt, um darauf eingehen zu können. Sie schwieg verletzt. Irgendwie hatte er einen wunden Punkt getroffen.

Martin Schmalfeld sah auf die Uhr. »Die Zeit ist um«, sagte er. »Ich rate Ihnen Folgendes: Setzen Sie sich mehrmals in der Woche zusammen und versuchen Sie über das, was Sie an dem Tag beschäftigt hat, das, was sie erlebt haben, zu sprechen. NICHT über die Kinder«, betonte er nachdrücklich. »Jeder redet von sich, und zwar ehrlich.« Er starrte Ulla direkt in die Augen.

Sie erschrak und schaute sofort weg. Konnte der Typ Gedanken lesen?

»Wenn Sie möchten, machen wir für nächste Woche einen neuen Termin aus. Wäre Ihnen der Freitag wieder Recht? So wie heute um 17.30 Uhr? Sie können die Beratung direkt bezahlen oder das Geld überweisen.«

Die Schmalfelds erhoben sich. Michael und Ulla ebenfalls. Hände schütteln. Neuer Termin. Fertig.

Im Auto kämpfte Ulla mit den Tränen. Schließlich begann sie zu weinen.

»Was ist denn, Ulla?«, fragte Michael sanft.

So hatte er schon lange nicht mehr mit ihr gesprochen. Sie schluchzte. »Hast du nicht mitbekommen, wie der Typ mich angegangen ist? Ich fand das so ungerecht.« Nun schluchzte sie wie ein kleines Mädchen. »Sie wollen immer mehr, mehr, mehr ... Das stimmt doch gar nicht. Ich finde ihn so gemein. Wahrscheinlich ist er mit seiner dicken Frau unzufrieden und macht jetzt die Frauen in der Therapie fertig. Ich geh da nicht mehr hin ... So lass ich mich nicht behandeln, so von oben herab.«

Michael blinkte kurz und fuhr rechts ran, nahm sie fest in die Arme. Dann streichelte er ihr über das Haar, ganz zart. »Ich hab' das gar nicht so verstanden«, stammelte er hilflos. »Das finde ich aber auch nicht gut, wenn er dich so angeht. Wir wollen doch beide schauen, wie wir wieder zueinanderfinden können ... Ich hab' bestimmt auch viel falsch gemacht, ganz bestimmt.«

Ulla heulte noch mehr. Michael fühlte sich gut an, er war auf ihrer Seite, das spürte sie jetzt zum ersten Mal seit vielen Wochen und Monaten. Noch vor einiger Zeit hatte sie genau das Gegenteil erlebt. Er hatte ständig auf der Seite der Forensikgegner gestanden, während sie im Planungsbeirat des Gebäudes gearbeitet hatte. Die Gegner des Neubaus für Straftäter mit anschließender Sicherheitsverwahrung hatten versucht, den Bau zu verhindern. Doch Ulla war von Anfang an klar gewesen, dass man da nichts verhindern konnte. Das war beschlossene Sache. Es bestand lediglich die Möglichkeit, im Planungsbeirat darauf zu bestehen, dass die Sicherheitsstandards beim Bau eingehalten würden. Diese Arbeit im Beirat hatten viele Porzer der Pfarrerin der Johanneskirche in Ensen-Westhoven übel genommen. Sie verlangten, sie solle auf ihrer Seite stehen. Dabei war Ulla das doch gewesen. Die Leute hatten das nicht verstanden. Für sie war Ulla diejenige, die ihnen in den Rücken gefallen war. Aber das war vorbei. Die Forensik arbeitete inzwischen, war voll besetzt und bisher fühlte sich keiner behelligt. Die Wogen in Porz hatten sich geglättet. Das einzige, was die Porzer wütend machte, war der skandalöse Zustand der Innenstadt und des Rheinufers vor dem Rathaus. Seit der Hertie-Komplex verfiel und das Parkhaus gesperrt war, hatte ein Geschäft nach dem anderen pleite gemacht. Ein Trauerspiel. Aber jetzt war endlich Bewegung in die Sache gekommen. Die Stadt Köln hatte dem Insolvenzverwalter das Hertie-Kaufhaus abgekauft. Und die Mauer am Rheinufer wurde endlich restauriert. Um die Sauberkeit und ansprechende Bepflanzung kümmerte sich seit einiger Zeit ein Bürgerverein. Die Vorsitzende schaffte es, die Porzer Bevölkerung zu mobilisieren. Hut ab. Ulla schaute kurz auf, lächelte Michael aus ihren verweinten, rot geränderten Augen an und küsste ihn plötzlich auf den Mund.

»Komm, wir fahren nach Hause«, lachte sie und schluchzte noch einmal kurz auf. »Merkst du, die Therapie wirkt schon ...

Wir verbünden uns jetzt gegen die bescheuerten Eheberater. Vielleicht sind gemeinsame Feinde ja ganz hilfreich ...«

Michael küsste sie, etwas erstaunt noch und vorsichtig. Er strich ihr ganz zart über die Wangen. Dann ließ er den Motor an und fuhr los.

2

Birgit hockte auf dem Mäuerchen am Leinpfad. Die Maisonne hatte schon viel Kraft, die Steine waren gut angewärmt. Das Klappern der Mülltonnendeckel konnte Birgit bis hier an den Rhein hören, die Müllabfuhr leerte heute anscheinend erst am Nachmittag. Birgit dachte nach. Helmut verstand sie einfach nicht, wollte sie nicht verstehen. Er bemerkte nur, dass sie ihren Tagesablauf völlig verändert und den kleinen Schrein in ihrem Zimmer eingerichtet hatte. Die weiße Tischdecke, darauf das Foto des Göttlichen zwischen zwei dauernd brennenden Wachslichtern. Schon die hatten Helmut zur Weißglut gebracht. Er hatte von Rauchmeldern und Feuergefährlichkeit gefaselt. So ein Quatsch. Aber in Ordnung, sie hatte Teelichte mit Batteriebetrieb aufgestellt. Er würde sonst keine Ruhe geben. Auf die Tischdecke streute sie jeden Tag frische Rosenblütenblätter. Räucherstäbchen reinigten die Luft von bösen Gedanken und Einflüssen. Helmut behauptete, von dem Gestank Kopfschmerzen zu bekommen. Er fand immer etwas zu kritisieren. Früher hatte er sie ständig wegen ihres Alkoholkonsums gemaßregelt. Dabei hatte sie doch nur so viel und so oft getrunken, weil sie einsam und unsagbar traurig war. Die Leere füllen, Wärme von innen, eine Zeit lang hatte der Alkohol ganz gut geholfen. Aber sehr bald hatte sie bemerkt, dass er ihr nicht gut tat. Viel zu schnell war sie betrunken, verwirrt, konnte sich nicht erinnern, wie sie ins Bett gekommen war. Deshalb war sie froh, als ER ihr sagte, sie brauche keine Rauschmittel mehr. Sie sei frei. Sie solle *Spiritus contra Spiritum* setzen. ›Geist gegen Weingeist‹. Der reine Geist würde die geistigen Getränke ersetzen. Sie war so froh, dass sie seither keinen Wein und auch keinen Cognac mehr angerührt hatte. Später hatte sie dann im Internet die Herkunft dieses Spruches erfahren. Der berühmte Schweizer Psychiater Carl Gustav Jung selbst hatte ihn geprägt. Wie klug der Göttliche war! ER wusste alles.

Birgit zog den Reißverschluss ihrer Jacke hoch. Eine Wolke hatte sich vor die Sonne geschoben. Zwei Fahrradfahrer in Sportkleidung sausten vorbei und eine alte Dame zerrte ihren krummbeinigen Hund schimpfend an die Seite in Sicherheit: »Habt ihr keine Augen im Kopf?!« Der Hund winselte.

Ein hoch beladenes Containerschiff kämpfte sich den Rhein hinauf. ›Trivolore‹ stand auf seiner Seite. In der Nähe des Ufers schnellte ein silbriger Fisch aus den Wellen und fiel klatschend zurück. Birgit seufzte.

Helmut hatte ihre Veränderung kaum bemerkt. Anfangs hatte er über ihre Begeisterung für den Göttlichen nur resigniert den Kopf geschüttelt und geseufzt. Doch dann wurden die abfälligen Bemerkungen und seine Belehrungen heftiger: »Wenn du schon nichts mehr zum Haushaltseinkommen beiträgst, kann ich wenigstens erwarten, mein Essen pünktlich auf dem Tisch und meine Hemden und Anzüge sauber und ordentlich im Schrank vorzufinden!«

Sie hatte ihm alles erklärt: »Weißt du, Schatz, ich saß so oft abends allein hier. Dein anstrengender Job, deine Überstunden. Zuerst habe ich viel Sport gemacht, dann immer häufiger zum Rotwein, dann zur Cognacflasche gegriffen. Ich hab' einfach gemerkt, dass es so nicht mehr weiterging mit mir. Ich war ja ein Wrack, nervlich und so. Ich konnte den Alkohol nicht mehr vertragen, vor allem seit ich diese Hirnhautentzündung hatte.«

Helmut hatte sie angestiert. Er schien sich an ihre Krankheit nicht zu erinnern oder es interessierte ihn nicht.

»Hallo, Frau Rietmüller«, Birgits Nachbarin aus der Etage unter ihr kam mit ihrer grau getigerten Katze vorbei. Sie hatte Angst, dass die Katze ihr weglaufen würde und führte sie daher nur an der Leine spazieren. Die Nachbarin hob die Hand zum Gruß.

Birgit winkte zurück. »Tach, Frau Gerster. Sind Sie wieder von Gran Canaria zurück?«

»Ja, leider! Mimi ist der Flug diesmal gar nicht gut bekommen«, sie deutete auf das Fellknäuel neben sich und bummelte weiter. Die Katze war an die Leine gewöhnt. Sie tippelte wie ein braver Hund hinter der Frau her, schnupperte hier und dort.

Birgit lenkte ihren Blick auf die laut schnatternde Entengruppe und dachte wieder an den Streit mit Helmut. »Im Wochenblättchen habe ich den Hinweis auf die neuen Kurse im Engelshof gelesen. Einer interessierte mich besonders: Meditation und meditativer Tanz – ›Entdecke den Heiler in dir‹. Da ich ja selber nicht wusste, was mich erwartete, habe ich dir nichts davon erzählt. Du hättest dich eh über mich lustig gemacht. Ich bin einfach mal dorthin, ohne mich vorher anzumelden. Da waren noch mehr, die zum ersten Mal da waren.

Der Meditationsleiter – Rajan Prasad heißt er übrigens – gab eine Einführung für uns Neue. Es gefiel mir direkt sehr gut, die Leute waren so nett zu mir und das, was SEINE HEILIGKEIT sagte und sagt, öffnet mir wirklich den Blick auf die Welt neu. Ich sehe jetzt vieles mit ganz andern Augen, wirklich.« Birgit war immer lauter geworden. »Ich habe ganz schnell ganz viele tolle Sachen erfahren, gemerkt, dass das was bringt für mich. Besonders das Licht, die Klarheit. So was tut mir gut, das kannst du mir glauben. Alle Probleme sind von mir abgefallen, ich fühlte mich schlagartig besser. Ich erfuhr so viel von IHM, fühlte zum ersten Mal wieder Ruhe, Harmonie, Ausgeglichenheit. Ich wusste ja gar nicht mehr, was das ist. Endlich konnte ich mich wieder konzentrieren, was lesen und so. Seitdem ich dort regelmäßig hingehe, bin ich viel gelassener und meine Stimmungsschwankungen sind auch weg. Anderen fällt das auf. Du siehst das ja nicht.« Sie hatte ihn vorwurfsvoll angesehen, doch von ihm war keine Reaktion gekommen.

»Ich bin so positiv geworden. Fröhlicher und herzlicher. Das sagen alle.«

»Hauptsache, du sagst nicht zu viel über Dinge, die Andere nichts angehen«, hatte Helmut mit Nachdruck gesagt. »Dann kannst du von mir aus so fröhlich und herzlich sein, wie du lustig bist. Halt dich bloß zurück bei deinen neuen Freunden da.« Helmut war aufgesprungen und im Zimmer hin- und her gestapft. »Alles dreht sich doch nur noch um dich und diesen

Verein. Und um diesen dämlichen Sprücheklopfer, dem ihr alle hinterher lauft. Wie kann man nur so blöd sein? Wer weiß, was der alles mit dir treibt. Du bist doch völlig abhängig von dem. Die betet ständig sein Bild an, das ist doch nicht normal!«, hatte er einem imaginären Zuhörer erklärt, so als wollte er sich irgendwo Unterstützung suchen. Dann war er auf sie zugekommen mit erhobenem Zeigefinger wie ein Lehrer in der Schule: »Pass mal gut auf, liebe Birgit. Ich habe mir diesen Möchtegern-Guru mal genauer angesehen. Informationen gibt es genug. Das soll ein gewiefter Betrüger sein, der seinen Anhängern das Geld abluchst und selbst in Saus und Braus lebt. Sogar von einem Nuttenring ist im Internet die Rede!«

Die Gehässigkeit in seinem Blick war Birgit unerträglich gewesen. Sie hatte sich erschrocken die Ohren zugehalten. »Du bist so gemein! Und schließt wohl von deiner Gemeinheit auf andere! Du bist seit Langem auf dem falschen Weg und mich ziehst du mit! Lange geht das nicht mehr gut! Deine Seele ist krank. Lass dir von IHM helfen. ER kann dir Halt geben, dich befreien von all deinen Dämonen und Schatten, dich heilen, bitte! Kehr um, Helmut!«

Helmut hatte sich an die Stirn getippt. »Du spinnst doch total. Du gehörst ja in die Klapse, ins Alexianer, auf die geschlossene Abteilung. Dieser Typ hat dir den letzten Rest Verstand geraubt. Also sieh dich vor! Ich meine das ernst.« Er war aus dem Zimmer gestapft, hatte die Jacke vom Garderobenhaken gerissen und die Wohnungstür hinter sich zugeschlagen. Um seine negativen Worte und die schlechten *Vibrations* zu tilgen, hatte sie laut schluchzend erst einmal die Wohnung mit glimmenden Räucherstäbchen durchschritten, laut gebetet und jedes Zimmer gereinigt.

Danach war sie zu IHM gefahren und vor IHM weinend auf die Knie gefallen. Während sie schluchzend alles berichtet hatte, hatte ER ihr nur liebevoll die Hände auf den Kopf gelegt, ihr göttliche Energie zufließen lassen. ER hatte auch ihr Kronen-Chakra berührt und gesagt: »Deine Verbindung zu Gott steht rein und ohne Barriere. Goldene Sprenkel in weißer Lichtenergie fließen vom Göttlichen direkt in dich. Sorge dich also nicht um deine Zukunft und andere Dinge. Lege die Verantwortung für dein Leben in die Hände Gottes, in meine Hände, und fühle, dass Er der Handelnde in dir und durch dich ist.«

Da hatte es kein Halten mehr gegeben. Sie hatte IHM alles erzählt. Dass sie mehrmals im Jahr nach Liechtenstein fuhr. Mit einer Tasche voller Geld und das dort auf der Bank ablieferte. Oder mit ihrer leeren Sporttasche, die sie dort füllen ließ, um sie wieder mit nach Porz zu bringen. Dass sie dann zwei Tage in einem Wellness-Hotel in Liechtenstein eincheckte, um die Fahrt zu begründen. Jedes Mal gönnte sie sich eine Gesichtsbehandlung und eine Ganzkörpermassage. Seit Jahren ging das schon so. Das Schwarzgeld hatte sie für Helmut hin und hergebracht, immer und immer wieder. Aber jetzt wollte sie das nicht mehr. Sie wollte endlich auf dem richtigen Weg gehen. Im Licht. Alles richtig machen, leben, so wie ER es ihr sagte, nicht mehr auf Helmut hören. Damit war ein für alle Mal Schluss. Sie hatte sich aufgerichtet, ihre Tränen waren versiegt. Nur ein Schluchzen stieg ab und zu auf. Endlich hatte sie sich alles von der Seele geredet. Sie hatte sich leicht gefühlt, von aller Last befreit. Leicht wie ein Lächeln, das unerwartet geschenkt wird.

ER hatte ihr ruhig und ohne eine Gefühlsregung zugehört. Dann neigte ER sich ihr zu. »Du bist auserwählt, Sudevi, und du weißt es«, flüsterte ER. »Und du weißt auch, dein Mann ist eine gottlose Kreatur, ein Outcast, er gehört nicht zum Kreis der Auserwählten. Sein Spirit ist low. Du aber, wahrlich, das sage ich dir, du bist auserwählt. Ich habe dich auserwählt, du bist die Beste und du bist mein! Du wirst meiner Vorsehung für dich folgen.«

Am liebsten hätte sie vor Freude laut geschrien, so glücklich und befreit hatte sie sich gefühlt. Dankbar und demütig hatte sie mit zitternden Fingern nach dem Saum SEINES weiß-goldenen Umhangs gegriffen und IHN geküsst und dann auch SEINE nackten Füße, die immer so sauber und gepflegt waren und so gut dufteten.

»Erhebe dich, Sudevi, und du wirst erhoben werden.« ER hatte sie in sein Heiligstes geführt und mit ihr gemeinsam meditiert und sie in das Kundalini-Yoga eingeführt.

»Wecke die Schlange, die am Ende deiner Wirbelsäule schläft. Sie wird sich aufrichten und dich mit neuen ungeahnten Kräften erfüllen.«

Immer wusste ER, was sie brauchte. Oft bevor sie es selbst wusste. ER hatte sie erkannt. ER konnte in sie hineinblicken, ihre Gedanken abrufen und sie lesen. Birgit war bei IHM glücklich. Sie hatte nach SEINEN Anweisungen ihren Bauch und ihre Hüften zu den anregenden Kundalini-Klängen geschüttelt, hatte stillgehalten, dann wieder geschüttelt und getanzt, wie ER es ihr zeigte. Erschöpft und glücklicher als nach gutem Sex war sie später zu Hause in ihrem Ehebett eingeschlafen. Dieses Mal hatte es sie nicht interessiert, dass Helmut in dieser Nacht wieder nicht darin gelegen hatte.

Das Mäuerchen fühlte sich kühl an durch ihre dünne Hose. Birgit stand auf. Lautes Tuckern klang herüber – zwei Schiffe waren gerade auf gleicher Höhe. Birgit schlenderte den neu asphaltierten Weg entlang. Ein Mann mit schlohweißem Haar zockelte auf einem Damenrad mit Einkaufskörbchen vorbei. Er sprach leise vor sich hin: »Ach, Ännchen, jetzt wo de nit mehr da bes …« Ein Stich fuhr in Birgits Herz. Bald würde Helmut von der Arbeit kommen, ein Brot hinunterschlingen und dann wortlos in sein Arbeitszimmer gehen. Sollte sie noch einmal versuchen mit ihm zu reden, oder direkt zur Meditation nach Bergisch Gladbach fahren?

»Schon lange spreche ich zu eurem tiefsten Selbst. Gott gibt mir die Fähigkeit dazu. Gott allein ist mein Führer. Und ich führe euch!« Rajans Blick schweifte über die Anwesenden. Alle Jünger waren da, wie immer, wenn er sie rief. Sie hatten sich zunächst schweigend im Vorraum seines Hauses in Bergisch Gladbach, das er auch für Seminare nutzte, versammelt und dann ihre Straßenkleidung vollständig abgelegt. Dort stellte er immer eine große Muschelschale mit getrocknetem Salbei für sie bereit. Einer der Jünger entzündete die grauen Zweige mit Streichhölzern, und dann reinigten sie sich betend gegenseitig, indem sie sich den Rauch in ihre Aura pusteten und mit den Händen wedelten. »Ich reinige dich von deinen Verfehlungen und von allen sündigen Gedanken und Wünschen. Alles, was dich vom Göttlichen trennt, dich von ihm und von mir entfernt, soll sich auflösen. Ich öffne deine Chakren für die Begegnung mit dem Göttlichen.« Sagte der, der gepustet hatte und sein

Gegenüber antwortete mit: »Ich danke dir und ich danke dem Göttlichen für Seine Gnade.«

Jeder musste ganz von diesem reinigenden Rauch umhüllt gewesen sein, bevor die weißen Gewänder angezogen wurden. Ein Akt der Veränderung, ein Akt der Transformation. Das empfanden sie deutlich. Auch wenn der eine oder der andere Jünger nach den nackten Brüsten seiner Mitschwestern schielte. Alles hatte Rajan von seiner Position aus beobachten können. Die Geilheit, genau wie die kindliche Vorfreude auf die Gebetsmeditation. Alles zeigten ihm die Aufzeichnungen der Überwachungskameras, die er an den ausladenden Kerzenhaltern hatte anbringen lassen. Es war immer gut zu wissen, was die Jünger gerade machten. Wo sie standen, besonders zueinander und worüber sie miteinander sprachen. Mikrofone hatte er selbstverständlich in allen Räumen installiert. Jede Bewegung, jedes Flüstern wurde aufgezeichnet. Er würde sich hinterher alles, jedes kleinste Detail, ansehen und anhören.

Ein Jünger nach dem anderen betrat nun gemessenen Schritts den Raum. Sie setzten sich im Kreis um ihn herum auf die dicken Kissen, die auf dem Boden lagen oder an den Wänden Rückenpolster bildeten.

»Lasst euren Atem fließen, ein und aus.« Rajans Stimme klang liebevoll, weich und samtig. Sie streichelte sie, jeden einzelnen von ihnen. »Stellt euch vor, euer Atem nimmt eine Farbe an. Das Einatmen könnte orange duftender Dunst, das Ausatmen ein rubinroter Sommerwind sein.«

Er ließ die Klangschale vibrieren. Die Jünger hoben die Arme und Hände weit über ihre Köpfe und streckten sie einer imaginären Sonne entgegen. Dann begannen sie, den Oberkörper leicht im Rhythmus der Töne zu wiegen.

»Folgt nur noch meiner Stimme. Die Reise führt euch tiefer und tiefer, während im Innern ein Lächeln, das orange flammt, in befreiendes Bordeauxrot, streitbares Violett, offenes Aubergine und bald in ein beruhigendes, farbloses Dunkel eines erholsamen Vergessens übergeht. Darin lösen sich die glücklichen Gefühle wie funkelnde Lichtpunkte tanzend aus vergangenen Bindungen.«

Während seine Jünger seinen Anweisungen folgten und sich auf den Fluss ihres Atems konzentrierten, dachte Rajan an Helmut Rietmüller. Der Kerl hatte ihm wieder eine Mail geschickt. Eifersucht tropfte gelb aus jeder Zeile. Vor ein paar Tagen hatte Rietmüller sogar vor seiner Tür gestanden und ihm gedroht. Man musste sich ihn nur ansehen, dann wusste man, er war ein Loser. Heruntergezogene Mundwinkel, fahle Haut, fahrige Bewegungen. Ein verweichlichtes Gesicht, zu viel Alkohol, zu fettes Essen. Kein Wunder, dass ihm die Frau weglief. Zumal er, der Göttliche, ihr mehr zu bieten hatte. Ihr Seelenheil!

»So wie ein seelenstarker Baum Überlebtes, das einmal ›sein Eigen‹ war, aber schon lange nicht mehr zu ihm gehört, abwirft und strebsam Blatt für Blatt verliert, und sich Neues, das in seinem Innern gereift ist, Keim um Keim, Spross um Spross, Knospe um Knospe neu entfaltet, damit die Last, die der Rücken schon viel zu lange tragen musste, abgeworfen werden kann, um dem ewig Neuem Raum zu geben, damit die Seele sich aus alten starren Formen lösen kann ...«

Hörten sie noch alle zu, oder warteten sie nur auf das, was sich seiner Rede anschloss? Wollten sie wirklich erleuchtet und geführt werden? Oder ging es ihnen nur um den Sex? Das fragte er sich manchmal. Im besten Fall wollten sie beides. Er holte tief Luft: »Atmet freudig all die neuen Mut gebenden, manchmal erschreckenden, aber immer befreienden Erfahrungen in euer unsterbliches Herz, in eure immer berührbare Seele und gebt auch der sichtbaren Welt um euch neue hellere Farben. Das Ungelebte sollt ihr leben im lichtdurchfluteten Raum eurer Lust, die euer reines Leben und den Geist stärkt. Geist und Lust sind eins. Sie sind nur unterschiedliche Farben eines Regenbogens. Alle Farben gemeinsam führen euch zu ganz neuen transzendentalen Erkenntnissen.«

Schon beim Stichwort ›Lust‹ griff jeder nach dem Mann oder der Frau neben sich. Sie kannten den Ablauf genau. Hände, Arme, Gesichter, schoben sich unter Gewänder, leckten, schleckten, saugten, befingerten, streichelten, pressten, rieben. Zu dritt, zu zweit, hin und her wechselnd. Seufzer, Kichern, das schnell unterdrückt wurde. Lustschreie. Rajan spürte nach, ob er mitmachen wollte. Nein, heute nicht. Er sank in den Meditationssitz und tat, als würde er die Augen schließen. Sudevi gab sich gerade Gurmeet hin, sah aber dabei unverwandt auf ihn. Braves

Mädchen. Rajan nickte ihr zu und sie stöhnte laut auf. Das spornte die anderen an. Auch sie wollten die heilige Musik der Lust, wie der Göttliche es nannte, zum Klingen bringen, wollten neue Erkenntnisse des Spirituellen über die körperliche Seligkeit gewinnen.

3

Kriminalhauptkommissar Peter Brandl trat in die Pedale seines Rennrads. Er hatte sich ein neues gekauft und jetzt kam der Alltagstest. Die Fahrt auf regennasser Fahrbahn, es nieselte schon, seit er aufgestanden war. Auf den verschiedenen Fahrradplattformen war das Canyon-Rad mit ›überragend‹ beurteilt worden und bisher übertraf es Brandls Erwartungen sogar, dabei war das Vorgängermodell auch schon gut gewesen. Der Weg von Porz-Ensen zum Polizeipräsidium im morgendlichen Berufsverkehr war anstrengend und nervtötend, selbst an einem Dienstagmorgen. Mürrische Autofahrer, die sich mit viel zu lauter Musik oder wummernden Bässen beschallten, um nicht am Steuer einzuschlafen, wechselten ohne zu blinken die Spur. Verschlafene Schüler trabten, auf dem Weg zur Straßenbahnhaltestelle, ohne nach rechts oder links zu blicken, einfach auf die Kölner Straße. An der Kreuzung Gilgaustraße stand zwar jeden Morgen ein Schülerlotse in grell orangefarbener Weste, aber manchen Kindern war der Weg zur Ampel anscheinend zu weit.

Er fuhr auf der Kölner Straße an den Kollegen, die wieder ihr Auto zur Radarkontrolle auf der rechten Seite platziert hatten, vorbei. Mittlerweile mussten doch alle Porzer Bürger wissen, dass hier in regelmäßigen Abständen geblitzt wurde und Brandl fragte sich, ob sich das überhaupt noch lohne. Der leichte Anstieg hinter der Kaserne brachte ihn kaum ins Schwitzen, daher überlegte er kurz, ob er die Porzer Ringstraße entlang fahren wollte. Da war nicht so viel los und er würde an Büschen und Bäumen vorbei kommen, aber wenn die Schranke am Rangierbahnhof geschlossen war, konnte man da manchmal eine halbe Stunde stehen und notgedrungen den Zügen beim Rangieren zusehen und kam einfach nicht über die Gleise. Dafür hatte er heute keine Zeit. Also strampelte er weiter nach Poll und von da aus durch Humboldt-Gremberg. Als er die Rolshover Straße entlang fuhr, war der leichte Niesel in Regen übergegangen. Sein Blick fiel auf Blumensträuße und Friedhofskerzen, die an einer Ampel an einer kleinen Kreuzung aufgestellt waren. Das Schild, das dazwischen stand, hatte er sich noch nie genauer angeschaut. Brandl tippte auf eine Erinnerungstafel für einen überfahrenen Radfahrer, vielleicht ein Kind, da auch Spielzeug abgelegt war. Die Blumen wurden regelmäßig erneuert. Er fluchte, als er durch ein Schlagloch bretterte und kräftig durchgeschüttelt wurde. Dann ging es weiter bis auf die Kalker Hauptstraße. Er atmete flach, denn während der Fahrt versuchte er, möglichst wenig Abgase einzuatmen. Der Regen machte ihm nichts aus.

Wenn Brandl samstags Dienst hatte, kaufte er sich auf dem Wochenmarkt, gegenüber den *Köln Arcaden*, immer Obst. In der Woche gab es keinen Markt und am kommenden Wochenende musste Brandl nicht arbeiten. Vielleicht würde er seine Eltern in Aschaffenburg besuchen und dann auch bei seinen Geschwistern vorbeischauen. Vermutlich hatten sich die vielen Nichten und Neffen, deren Namen er immer durcheinander warf, schon wieder so verändert, dass er sie noch schlechter auseinanderhalten konnte. Benni, Chrissi, Larsi, Finn, Valerie und wie sie alle hießen. Alle blond, alle blaue Augen und alle schrecklich hyperaktiv. Oder er würde sich lieber nur ein ruhiges Wochenende gönnen und hätte dann den ganzen Tag Zeit, zur Wahl zu gehen. Europa- und Kommunalwahlen standen an und er wusste noch nicht, wo er sein Kreuz machen sollte. Ohne rückwärts zu schauen, drückte ein Autofahrer kurz vor ihm die Autotür auf, und Brandl konnte nur noch mit einem schnellen Schlenker ausweichen, kam auf der nassen Fahrbahn beinahe ins Rutschen. Er fluchte vor sich hin, verkniff sich aber ein Wortgefecht mit dem Typen, das brachte sowieso nichts.

Im Präsidium schulterte er das Rad und fuhr mit dem Aufzug nach oben. Niemand meckerte mehr darüber, dass er seinen Flitzer im Kopierraum abstellte, die Kollegen hatten sich schlichtweg daran gewöhnt. Brandl zog die nasse Regenjacke aus und hängte sie über den freien Stuhl in seinem Büro. In einer Viertelstunde musste er zur Dienstbesprechung.

Hajo Heinrichs, der Dienststellenleiter, trommelte mit den Fingerspitzen auf dem blanken, weißen Tisch des kargen Besprechungsraums in der zweiten Etage des Polizeipräsidiums Kalk: »Dienstbesprechung ist 8.30, nicht 8.35 oder 8.45 Uhr, Brandl!« Er war so, wie ein Chef zu sein hatte: überkorrekt und kritisch, was die Arbeit der Anderen anging, ironisch und bissig um alle schön klein zu halten, uneinsichtig in Diskussionen und ausgesprochen nachsichtig mit sich selbst. Gegen ihn schienen Alfred Tetzlaff und Al Bundy liebenswerte Zeitgenossen zu sein.

»Tschuldigung, ich war noch auf der Suche nach einer Uralt-Akte und in den Tiefen unseres Kellers kann man sich schon mal verlaufen ...«, Brandl zwinkerte Steffi zu, die an einem Müsliriegel knabberte und zurückzwinkerte. Steffi Zeidler bezeichnete die Mordkommission als ihre große Familie und war deren gute Seele. Die Kriminalkommissarin genoss die uneingeschränkte Achtung der ganzen Mannschaft. Ihr ausgleichendes sonniges Gemüt, verbunden mit einem zärtlichen Hang zu allem, was irgendwie mit Schokolade zu tun hatte, schloss sie als potenzielle Karrierekonkurrentin aus. Mahatma Zeidi wurde sie liebevoll genannt und selbst der Chef verlor in ihrer Nähe seinen Beißreflex.

»Was steht an?« Heinrichs war anscheinend mal wieder mit dem falschen Fuß zuerst aufgestanden, oder der Präventionstag in Karlsruhe mit dem Schwerpunkt ›Wie kann sich der Bürger besser gegen Kriminalität im Internet schützen?‹, hatte seine Erwartungen nicht erfüllt.

Markus Pietschko räusperte sich: »Die Kollegen haben in einer Wohnung in Porz mehrere Kisten Hand- und Mörsergranaten gefunden. Nach bisherigen Erkenntnissen handelt es sich überwiegend um Hülsen, die aber noch Sprengstoff enthalten können, sagt der Kampfmittelräumdienst. Das KK13 ist zuständig. Heute muss noch der Wohnungseigentümer verhört werden, aber da die Aktion vom LKA begleitet wurde, ist noch nicht sicher, wer das durchführt. Wir aber nicht, da sind wir nicht zuständig.« Markus Pietschko, immer gerne Pietschkuss genannt, der Womanizer der kompletten Kriminalinspektion 1. Kein nur ansatzweise weibliches Wesen kam an ihm und seinen Sprüchen vorbei. Nach einem Flirtworkshop hatte sich diese lispelnde, schüchterne, übergewichtige, sommersprossenübersäte und feuermelderrothaarige Raupe in einen ständig baggernden Monsterfalter verwandelt. ›Pietschkuss‹, ihm selber unbekannter, zweiter Name war ›Holzbohrer‹. Pietschko ergänzte nach einem Blick von Heinrichs: »Wir haben selbst genug zu tun!« Dabei lief er wie immer rot an.

All die Selbsterfahrungs- und Flirtseminare haben bei ihm immer noch nicht gegriffen, dachte Brandl.

Zuletzt hatte Pietschko, als Brandl in sein Zimmer gestürzt kam, schnell eine Seite auf dem Bildschirm weggeklickt, die irgendwelche kyrillischen Schriftzeichen zeigte. Ob er sich jetzt eine Frau in Osteuropa suchen wollte? Brandl schüttelte den Kopf. Und das vom Dienstcomputer aus.

»Brandl, was gibt es bei dir?« Heinrichs sah aus wie ein Pitbull-Terrier. Gleich würde er zubeißen.

»Ich war mit Kollegin Biggi in einer Wohnung in der Südstadt. Da hatte es eine heftige Auseinandersetzung mit tödlichem Ausgang gegeben. Ein Dreiundzwanzigjähriger hat nach einem Streit den Lebensgefährten seiner Mutter zunächst mit einem Hammer bedroht und mit Pfefferspray besprüht. Die Nachbarn haben wegen des Lärms die Kollegen gerufen, und die riefen uns, denn als sie ankamen, war die Mutter bereits tot. Sie hatte sich wohl schützend vor ihren Lebensgefährten stellen wollen und das hat den Sohn völlig in Rage gebracht. Er hat sie niedergestochen. Also haben wir den Sohn festgenommen, problemlos übrigens, und die Spusi bestellt. Der Lebensgefährte liegt im Krankenhaus. Biggi hat dann im Zimmer des Sohnes eine Hanfplantage entdeckt. Beim genauen Nachschauen fanden wir im Kleiderschrank noch mehr davon – der Schrank war zu einer kompletten kleinen Aufzuchtanlage, inklusive Spezialbeleuchtung, umgebaut worden. Nachdem dann noch Kollege Schmelzer von der Drogen-›Mafia‹ eingetrudelt war, entdeckten wir Werkzeug, das zum Mischen, Abwiegen und Konsumieren von Cannabis verwendet wird. Außerdem einen über hundert Gramm großen Brocken Haschisch und eine Tüte mit hochwertigen Marihuanablüten. Aber die hatten noch mehr zu bieten, hat die Spusi berichtet. Eine Verpackung, die wie Haushaltszucker aussah, enthielt einen hohen Gehalt Amphetamin, sagte zumindest der Test. Schmelzer arbeitet jetzt weiter an der Sache, dem Lebensgefährten der Mutter wurde kein großer Schaden zugefügt, abgesehen von dem, den er sowieso schon hat«, Brandl tippte sich an die Stirn. »Vielleicht war das ja ein Familienbetrieb. Der Hergang bei der Tötung der Mutter ist eindeutig geklärt. Der Sohn hat alles geschildert. Wir haben das Geständnis.«

»Das heißt, wir haben das geklärt, oder?« Heinrichs blickte in die Runde.

Pia Böhme, die jedes Jahr beim Köln-Marathon mitlief und Askese auf ihre Fahnen geschrieben hatte, verzog das Gesicht: »Du weißt ja, wir liegen immer auf der Lauer und warten darauf, dass das Böse wieder zuschlägt. Es kann jeden Moment wieder losgehen. Aber zwischenzeitlich können wir ja noch mal unseren Betriebsausflug durchgehen – mit was wolltest du dich denn beteiligen?«

Heinrichs atmete tief ein, Brandl, Biggi und Steffi feixten. Jetzt hatten sie ihn.

»Also mit Rudern hab' ich es nicht so«, druckste Heinrichs.

»*Paddeln* heißt esss, nicht *rudern*!« Pietschko fing an zu lispeln, wenn er sich aufregte. Er nahm das persönlich, schließlich hatte er sich starkgemacht bei der Planung des Betriebsausflugs.

»Ja, ja, ist doch egal, wie das heißt. Einer sollte auf jeden Fall hier die Stellung halten«, brummte Heinrichs.

Sven Demmler, der erst ein knappes Jahr im Kommissariat des Erkennungsdienstes war, aber so häufig, wie er nur konnte an Stressbewältigungsseminaren teilnahm, intervenierte: »Ein Betriebsausflug ist ein Event für das ganze Kommissariat. So etwas stärkt das Zusammengehörigkeitsgefühl und den Teamgeist, deshalb sollte sich auch keiner ausklinken! Es wird schon jemand für uns Wache schieben.«

»Wer will denn schon mit in Heinrichs Kanu?«, murmelte Biggi und Brandl grinste sie einvernehmlich an. Biggi Leitner, Brandls Lieblingskollegin, wurde von Lars Krüger, dem Einser-

Kandidaten, neidisch die ›Profiler-Biggi‹ genannt, weil sie geschafft hatte, wozu Krüger sich noch nicht anzumelden traute. Fünf Lehreinheiten und die fallorientierte, analytische Hausarbeit waren von ihr absolviert worden und sie durfte sich jetzt ›Fallanalytikerin‹ nennen.

Sven hob tadelnd den Finger: »Tse, tse, tse, das will ich nicht gehört haben, meine Liebe! Also, alle kommen mit!«

Heinrichs stand schon hinter seinem Stuhl: »Dann zurück an die Arbeit, der nächste Fall steht bestimmt schon bald vor der Tür!«

» ... und ich vor deiner ...« zwinkerte Brandl Biggi zu.

4

»Rietmüller, da sind Sie zu weit gegangen!« Hans Dellingers purpurrotes Gesicht war schweißnass. Die Hände des geschäftsführenden Gesellschafters der Baufirma schoben fahrig die Papiere auf dem Schreibtisch hin und her. »Sie müssen die Finger von den Frauen lassen! Zumindest von denen, die hier arbeiten. Sie kennen doch unseren Leitspruch: *Never fuck the company*! Ich kann Sie nicht immer schützen. Zuerst heult mir Ihre neue Sekretärin die Ohren voll, wie brutal Sie vorgehen, dann bekomme ich das Schreiben von der Reinigungsfirma, dass sie ihre Putzfrauen nur noch hier einsetzen, wenn Sie nicht mehr im Hause sind, und heute Morgen standen die Eltern der Praktikantin vor diesem Schreibtisch und sagten, sie werden Sie und mich anzeigen. Sie wegen Vergewaltigung und mich wegen unterlassener Aufsicht, denn schließlich wisse man in diesem Hause von Ihren Neigungen. Rietmüller, was denken Sie sich eigentlich? Sie schaden der Firma – und mir!«

»Nun machen Sie mal halblang, Herr Dellinger, von Schaden kann ja wohl nicht die Rede sein.« Helmut Rietmüller strich sich genüsslich über das Kinn. Er war die Ruhe selbst. Der konnte ihm gar nichts und das wusste er auch. »Wie viele Millionen habe ich Ihnen und der Dellinger GmbH eingebracht? Hunderte Mitarbeiter profitieren von meiner Arbeitsleistung, genau wie Sie auch.« Helmut Rietmüller verschränkte die Arme vor der Brust. Seine Anzugärmel rutschten etwas höher und legten goldene Manschettenknöpfe mit Brillanten frei. Dellinger starrte darauf. Die waren bestimmt ein Vermögen wert.

»Ohne mich könnten Sie sich Ihr aufwendiges Leben wohl kaum leisten. Frau, Geliebte, Haus, Ferienhäuser, Penthouse, Jacht, Autos, Pferdchen für Ihre Kinder und was noch alles, lieber Herr Dellinger. Und den Mitarbeitern geht es auch gut, da nagt keiner am Hungertuch!«

»Darum geht es doch gar nicht. Wir sprechen nicht über Ihre Arbeitsleistung, Rietmüller, sondern über Ihre – wie soll ich sagen – soziale Verträglichkeit, mit der es nicht so weit her ist.« Dellinger deutete auf Helmuts Körpermitte. »Sie haben Ihre Hormone nicht im Griff. Sie glauben, Sie könnten sich alles erlauben, sich jede Frau einfach nehmen, die nicht bei drei auf dem Baum ist. Aber nicht jede Frau lässt sich das gefallen, Rietmüller.«

»Wenn der Blinde von Farben redet«, brummte Helmut.

»Unterstehen Sie sich, Rietmüller, Sie wollen mich doch nicht zum Feind, oder?« Dellinger war aufgestanden und stützte sich mit beiden Händen auf der Schreibtischplatte ab. Sein Kopf wirkte noch bulliger als sonst.

Der könnte auch gut ein nicht ehelicher Sohn von Franz-Josef Strauß sein. Nur Strauß hatte irgendwie Charakter gehabt, Dellinger besaß nur ein offenes Portemonnaie. Rietmüller hatte noch nie Respekt vor seinem Chef gehabt. Er hatte vor niemandem Respekt. Aber er musste den Alten beruhigen, das war klar.

»Herr Dellinger, das ist nicht so, wie es aussieht. Ich glaube, die wollen mich nur anschwärzen. Da ist immer Neid im Spiel. Der Deckert und der Graf kriegen doch kein Bein auf die Erde. Sie sehen nur, dass ich einen Auftrag nach dem anderen an Land ziehe. Und dem Tröger passt es nicht, dass ich ihm die Arbeiter auf den Baustellen aufmische. Der ist viel zu nachsichtig mit der hinterfotzigen Bagage!« Helmut Rietmüller lehnte sich zurück und streckte die Beine aus.

»Auf den Baustellen haben Sie sowieso nichts zu suchen, Rietmüller, das ist nicht Ihre Aufgabe.« Dellinger hatte sich vorgenommen, nicht nachzugeben. »Tröger ist der Bauleiter. Sie sind für die Auftragsakquise und die Subunternehmen zuständig. So wie Graf und Deckert auch. Und so schlecht machen die ihren Job gar nicht; die müssen sich ja auch erst mal ihre Kontakte aufbauen und pflegen, die sind ja noch nicht so lange bei uns.« Dellinger hatte sich wieder hingesetzt und schob seine Papiere vor und zurück. »Ich glaube nicht, dass die Ihnen am Leder flicken wollen. Wie meinen Sie das eigentlich mit dem Herrn Tröger und seiner Nachsichtigkeit?«

Bingo, jetzt hab' ich dich, dachte Helmut Rietmüller. Dellinger hatte angebissen. War doch ganz einfach. »Die Arbeiter klauen alle wie die Raben«, sagte er laut. »Nicht nur beim U-Bahnbau am Waidmarkt und Umgebung. Auch auf unseren Baustellen sind – und hier nenne ich nur ein Beispiel – die Eisenbügel, die ja eigentlich zur Stabilisierung der Wände dienen sollen, heiß begehrt. Laut den Protokollen des Prüfstatikers ist nur ein Drittel der eigentlich vorgesehenen Bügel auch tatsächlich verarbeitet worden.«

»Und das sagen Sie mir erst jetzt? Und einfach so?« Dellingers Kopf glühte.

»Chef, das ist doch schon geregelt. Die Protokolle wurden bereinigt, da kommt keiner drauf. Außerdem reichen die vorhandenen Eisenbügel und Materialien. Die neuen EU-Normen sind völlig überzogen. Selbst wenn man sie uns nicht klaute, würden wir nicht die vorgeschriebene Anzahl verbauen. Das machen wir bei den anderen Baumaterialien, also denen, die wir gar nicht verbaut haben, doch auch so. Aber alles kommt beim Auftraggeber natürlich auf die Rechnung. Und Sie können sich noch ein nettes Häuschen kaufen.« Helmut grinste abfällig.

Dellinger räusperte sich. »Na ja, mit den Einzelheiten muss ich mich ja auch nicht befassen, nicht wahr, Rietmüller?« Er atmete mit Nachdruck aus. »Aber nichtsdestotrotz, was mache ich denn nun mit Ihnen und Ihren Frauengeschichten? Ich verstehe das sowieso nicht. Sie haben doch eine nette Frau. Und Sie haben auch genug Geld, um zu anderen Frauen zu gehen – Sie wissen, was ich meine!« Dellinger zwinkerte Helmut nervös zu. »Diese Beschwerden über Sie, das ist nicht gut für die Firma, für uns alle, für mich und für Sie. Was gedenken Sie zu tun?«

»Ich kümmer' mich drum, Chef, ich kümmer' mich drum!« Helmut rieb mit der rechten Handinnenfläche über den Rücken der linken Hand.

»Aber diskret, Rietmüller, keine lauten Aktionen, das muss keiner mitbekommen, ja?!«

»Ich regel das, Herr Dellinger, ich regel das – ganz in Ihrem Sinne!«

Dellinger nickte. »Gut, Rietmüller, ich wusste, dass ich mich auf Sie verlassen kann. So wie sonst auch. Sie wissen, ich stehe hinter Ihnen, Sie sind doch mein bestes Pferd im Stall!« Er lachte wiehernd und sichtlich erleichtert.

Helmut war schon an der Tür. »Schönen Feierabend, ich fahr noch mal auf die Baustelle in Elsdorf.«

»Sie und Ihre Baustellen. Aber wenn Sie unbedingt immer wieder hinfahren müssen, dann seien Sie nett zu Tröger, Rietmüller!« Dellinger mahnte mit dem Zeigefinger und dachte daran, dass man Rietmüller mal eine Lektion erteilen sollte, der nahm sich ihm gegenüber viel zu viel heraus.

»Ich bin die Nettigkeit in Person.« Helmut schlug die Tür hinter sich zu. Die Chefsekretärin sah ihn über ihre randlose Brille neugierig an.

»Hätte ich Sie als Sekretärin, Frau Walterscheit, dann wäre meine Welt in Ordnung!« Helmut grinste sie an. Die Sekretärin lächelte zurück. Helmut hätte nicht sagen können, ob geschmeichelt oder gequält. Aber egal. Er musste raus hier. Am liebsten hätte er gegen den Papierkorb oder die Hängeregistratur getreten, aber er musste ja ›nett‹ sein. Hier zumindest. »Ich stehe hinter Ihnen«, hatte der Chef gesagt. Blablabla! Doch nur so lange, wie er ihm die Taschen füllte. Nur so lange, bis Dellinger ihn nicht mehr brauchte, einen anderen Geldeintreiber hatte. Er trat gegen die Aufzugtür, aber nur so fest, dass man es kaum hörte. Er würde eine Aufstellung machen. Mit allen Geschäften, die er Dellinger eingebracht hatte. Dazu noch eine Liste mit den ganzen Deals. Wen er wo geschmiert hatte in Stadtverwaltungen und Firmenetagen, um die Aufträge zu bekommen. Dellinger sollte mal schön die Füße still halten, sonst würde er sich ihn vorknöpfen. Oder seine Frau und Freundin. Da war er doch flexibel. Jetzt musste er schon wieder grinsen. Und bekam Lust.

Andere Männer kamen zwischen vierzig und fünfzig in die Midlife-Crisis und kriegten keinen mehr hoch, während er von Tag zu Tag schärfer wurde.

Sandra Sauer, die niedliche Auszubildende stieg zu ihm in den Aufzug, grüßte höflich und senkte die Augen. Helmut grinste. Sie wollte es bestimmt auch, auch wenn sie anders tat. Seine Hand bewegte sich, wie von selbst, in Richtung ihres kleinen festen Hinterns. Sie trat einen Schritt zur Seite. »Na, na, Fräulein Sauer, ist etwas?« Helmut war jetzt ganz nah hinter ihr. Sog ihren Mädchenduft tief ein und griff nach ihr. Da öffnete sich die Fahrstuhltür und Sandra Sauer stürzte hinaus. Helmut lachte. Klar hatte sie gewollt. Wahrscheinlich war ihr Höschen jetzt feucht.

Helmut Rietmüller fuhr aus der Tiefgarage und klappte die Sonnenblende herunter. Diese Scheißkollegen. Diese Scheißweiber. Konnte er denn nie und nirgends seinen Frieden haben? So weit er zurück blickte, war ihm immer wieder alles genommen oder madiggemacht worden. Angefangen mit seinem Scheißvater, diesem strengen Spießer, der ihm nichts zugetraut hatte, aber selber nichts auf die Reihe gekriegt hatte. Und dann seine Mutter, diese Duckmäuserin par excellence. Sie hatte nie gewagt, jemals ein Wort zu seiner Verteidigung zu sagen, wenn der Alte ihn niedergemacht hatte.

Die beschissenen Lehrer in der Schule, die ihn wegen seiner kölschen Aussprache gehänselt und für doof gehalten hatten. »Helmut, es heißt nicht fuffzig, sondern fünfzig D-Mark!«, hatte die bescheuerte Mathelehrerin ihm so lange vorgebetet, bis Helmut sich nicht mehr am Unterricht beteiligt hatte. Und dieser Deutschlehrer, das Sadistenarschloch, hatte ihn in jeder Stunde vor die Klasse gezerrt und Textpassagen lesen lassen, in denen besonders viele Ch- und Sch-Laute vorkamen.

»Helmut ist das beste Beispiel für mangelnde Sprachkompetenz. Wer sich so präsentiert, wird nie etwas!«

Helmut spürte den Druck von damals noch heute in der Brust, wenn er nur daran dachte. Er hatte an sich gearbeitet. Das war lange vorbei. Er war jetzt jemand, vor dem andere sich duckten. Aber die Angst, die Hilflosigkeit und die unterdrückte

Wut brodelten noch tief in ihm, wie ein Vulkan, der ab und zu grummelte, um zu zeigen, dass er noch da war, verborgen unter der äußerlich sichtbaren, ruhigen Oberfläche und der sich jeden Augenblick Bahn brechen konnte. Er spürte das deutlich, wenn er wütend wurde. Dann meldeten sich die alten Sachen, die er doch eigentlich längst abgehakt hatte. Heute liefen Schüler Amok und knallten die Pseudopädagogen einfach ab. Wenn er sich das doch damals auch getraut hätte. Aber er hatte andere Methoden. Er griff ins Handschuhfach und holte das Diktiergerät heraus, stellte es auf Aufnahme. »Heute ist Donnerstag, der 22. Mai 2014. Mein Name ist Helmut Rietmüller, ich bin am 12. Januar 1957 geboren und wohne in 51143 Köln, Hauptstraße 293. Ich bin verheiratet mit Birgit Rietmüller, geborene Schultes, auch sie ist in Köln geboren und zwar am 17. Juli 1965.« Er drückte den Pausenknopf.

Birgit. Sie war jetzt völlig durchgeknallt. Irgendwann würde er sie im Alexianer, in der Psychiatrie abliefern müssen. Dieses fromme Getue. Was sie wohl fand bei diesem Sektenarsch? Sex bestimmt nicht, an dem hatte sie ja schon seit Jahren kein Interesse mehr. Eigentlich schon seit sie versucht hatte, schwanger zu werden. Helmut schüttelte den Kopf. Am liebsten würde er nicht mehr an diese furchtbaren Jahre denken. Demütigend. Sex nach der Uhr, bei Eisprung. Manchmal hatte sie ihn im Büro angerufen, er müsse jetzt nach Hause kommen, es wäre gerade der richtige Zeitpunkt. Und dann war alles klinisch abgelaufen. Auf dem Nachttisch das Thermometer, mit dem Birgit ihre Temperatur gemessen hatte, daneben die Tabelle, in der sie alle Messergebnisse fein säuberlich eingetragen hatte. Und dann noch fünf Ratgeber zum Kinderkriegen. Birgit hatte starr auf dem sauberen weißen Laken liegend die Beine breit gemacht. Sobald er sich auszog, hatte sie die Augen geschlossen. Keine Leidenschaft, keine Geilheit, keine Liebe. Durch seinen Kopf waren dann immer tausend Fragen geschwirrt und er hatte oft keine Erektion bekommen. Und wenn Birgit dann die Augen geöffnet hatte, hatte Enttäuschung darin gelegen. »Du bist schuld, weil du es nicht hinkriegst«, war darin zu lesen gewesen. Immer diese beschissenen Vorwürfe, auch wenn sie sie nie aussprach. Damals war alles kaputt gegangen und doch waren sie zusammengeblieben. Aus Gewohnheit? Oder Verpflichtung? Sie brauchte ihn, er brauchte sie. Einen besseren Kitt für eine Beziehung gab es wohl nicht. Es war einfach eine geniale Lösung, dass sie zur Wellness nach Liechtenstein in dieses teure Hotel fuhr. Und das Problem Geld für ihn löste. Sie marschierte in die Bank und brachte die Kohle entweder dorthin oder holte dicke Summen ab, je nachdem, was anstand. Das war's. So einfach. So komfortabel. Sie wirkte überzeugend unschuldig und mausgrau, nie wurde sie an der Grenze kontrolliert. Ihre Sportsachen hatte sie obenauf in der Tasche. Hauptsache, Birgit hielt auf Dauer die Klappe. Der Guru allerdings, dem sie dauernd hinterher hechelte, machte ihm Sorgen. Ach Quatsch. Sie würde schon dichthalten. Immerhin hing sie ja mit drin. Sie würde nicht wagen, ihre dumme Klappe aufzumachen. Er drückte wieder den Aufnahmeknopf seines Diktiergerätes und räusperte sich.

»Ich halte diese Informationen fest, für alle Fälle und auch als Gedächtnisprotokoll, damit mir immer präsent bleibt, was ich meinen Mitmenschen gegeben habe. Meine Tätigkeit für die Dellinger GmbH und darüber hinaus, beschert mir nicht nur Freunde und Wohltäter. Ich bin kein Samariter, sondern denke in erster Linie an mich und mein Auskommen und ich mache das auch«, Helmut leckte sich über die Lippen, »weil mir mein Job richtig Spaß macht!« Dann folgte eine chronologische Abfolge von Schmiergeldaktionen und Bestechungen. Subunternehmer, die von der Firma Dellinger beauftragt werden wollten, zeigten sich gerne dafür erkenntlich, wenn Rietmüller sich für sie entschied. Die Manipulation von Ausschreibungen mit günstigen Angeboten, die so nie eingehalten werden konnten, war auch sehr lukrativ. Hinzu kamen Scheinrechnungen von nie verbauten Materialien. Es gab so viele Möglichkeiten und alle wollten sich ein Stück vom großen Kuchen abschneiden. Und dazu mussten wieder andere Stellen geschmiert werden. Namen, Summen und Örtlichkeiten kamen ihm leicht von den Lippen, manche Daten würde er noch einmal in seinem Kalender nachschlagen müssen. Nicht in dem Kalender, der in seinem Büroschreibtisch lag, sondern in dem, den er in dem kleinen Tresor in seinem Arbeitszimmer zu Hause verwahrte. Da lag auch der Zettel, den er gestern von seiner Windschutzscheibe geklaubt hatte.

Der war echt der Brüller gewesen. »Wen du nich aufhörs Mein gute frau ansufasen zsneid Ich eier ab.« Dieser dumme Wichser. Kam mit seiner gesammelten Verwandtschaft hierher, weigerte sich aber, die deutsche Sprache zu lernen und ließ seine Frau putzen, wenn sie ihm genug Kinder geworfen hatte. Schön züchtig, mit dunklem Kopftuch. Aber was die wirklich dachte, wusste der Alte doch bestimmt nicht. ›Gute Frau‹, dass er nicht lachte. Es gab keine guten Frauen. In keinem Land der Welt. Sie waren alle nur gut zu gebrauchen, Helmut nickte bejahend. Überall musste man hart durchgreifen, Respekt gab's nicht einfach so. Er wusste, wie man ihn sich verschaffte. Erst zuletzt, als er die Kündigung dieses Hanswurstes aus der Kalkulationsabteilung durchgesetzt hatte. Der war bei der Nachkalkulation des Rohbaus in Elsdorf auf diverse Ungereimtheiten gestoßen und hatte Punkt um Punkt aufgelistet. Und dann die Liste Dellinger vorgelegt. So könne nicht gearbeitet werden, hatte dieser selbst ernannte Gutmensch getönt. Das ginge doch nicht!

Einen Kollegen, der einem so in den Rücken fiel, konnte Rietmüller in seiner Mannschaft nicht gebrauchen. Also hatte er Dellinger dazu gebracht, dem Mann fristlos zu kündigen, weil dieser angeblich seine Kompetenzen überschritten und interne Informationen, die nicht für den Bauherrn bestimmt waren, an diesen weitergegeben hatte. Manchmal mussten solche Aktionen eben sein, sonst spurte die Belegschaft irgendwann nicht mehr. Er verzog das Gesicht zu einem höhnischen Grinsen, als er an die Szene in Dellingers Büro dachte. Das junge Kalkulationsgenie war mehr als geschockt gewesen und hatte den Erhalt der Kündigung ohne ein Wort der Gegenwehr unterschrieben und in Helmuts Beisein anschließend innerhalb von zehn Minuten seinen Schreibtisch geräumt und das Gebäude verlassen. So ging man mit Verrätern um. Besser konnte man eine Botschaft nicht demonstrieren. Die Wirkung dieser Aktion auf die anderen Mitarbeiter und insbesondere auf Tröger hatte nicht lange auf sich warten lassen. Die waren alle auf Samtpfötchen um Helmut herum getanzt. Bloß nicht anecken, bloß nicht auffallen. Und dem Türken würde er auch noch Bescheid stoßen. Wenn er ihm das nächste Mal auflauerte, würde er ihm schon klar machen, dass sein Weib eine geile Nutte war. Ehre wem

Ehre gebührt, das war denen doch so wichtig, oder? Rietmüllers selbstgefälliges Raubtiergrinsen wurde noch breiter. Er schaltete einen Gang höher und drehte das Radio auf.

Eine Viertelstunde später parkte er den Wagen direkt am Bauzaun. Beim Aussteigen sahen zwei Arbeiter, die vor dem Dixi-Klo standen, ängstlich zu ihm hinüber und verstummten.

»Schon Feierabend in Bulgarien?« Helmut sah demonstrativ auf seine Armbanduhr.

»Nein, nein, Chef, nur pissen, dann weiterarbeiten, schnell.« Ein Mann hetzte aus dem Klo heraus und knöpfte dabei die Arbeitshose zu. Eilig besetzte einer der davor Stehenden die Toilette.

»Fürs Pause machen wird hier keiner bezahlt, klar?«

Die Arbeiter nickten und sahen zu, wie Helmut zum Baucontainer schritt.

Sascha Tröger stand über den Tisch gebeugt und fuhr mit dem rechten Zeigefinger über einen Plan. Er fuhr hoch, als Helmut eintrat.

»Na, Tröger, alles im Zeitplan? Oder spuren die Neger nicht?« Helmut versuchte ein Grinsen.

Sascha Tröger biss sich auf die Unterlippe. »Alles soweit in Ordnung, Herr Rietmüller.« Er sprach vorsichtig, als überlegte er bei jedem Wort, ob nicht ein anderes besser passte.

»Dann zeig mir mal den Bauzeitenplan und das Bautagebuch.«

Tröger nickte. »Natürlich, beide haben Sie ja auch erst letzte Woche eingesehen.« Seine Stimme klang verkrampft, als müsse er sich zusammenreißen, um nicht laut loszuschreien. Er drehte sich zum Metallschrank um, griff nach Rolle und Buch und legte sie vor Helmut auf den Tisch.

Helmut tat, als würde er prüfen. Tröger stand ihm mit verschränkten Armen gegenüber und verlagerte sein Gewicht von den Fersen auf die Zehenspitzen und wieder zurück.

»Sind Sie nervös, Herr Bauleiter? So wie Sie mit den Arbeiten in Verzug sind, haben Sie ja auch allen Grund dazu.« Helmut tat väterlich. »Als ich so jung war wie Sie, Sascha, da unterliefen mir auch schon mal Fehler. Da wusste ich noch nicht, wie der Hase läuft. Aber dafür gibt es ja ältere Kollegen, die einem helfen können, nicht wahr?« Er trat neben Tröger und klopfte ihm auf die Schulter. »Dellinger weiß von den Diebstählen hier bei Ihnen. Er hat auch irgendwie herausgefunden, dass Sie nicht ganz so kompetent sind, wie es Ihr Diplom annehmen ließ. Wie läuft eigentlich die Zusammenarbeit mit dem Zoll? Hat sich Herr Wendigmeier über unseren Plasmabildschirm und die Surroundanlage für sein Heimkino gefreut?«

Sascha Tröger war sehr blass geworden. Er nickte nur kurz. »Wendigmeier lässt uns jetzt in Ruhe, hat er mir gesagt. Keine Überprüfungen mehr. Und sollte ein anderer Kollege aus dem Haus auf die Idee kommen, die Arbeiter hier und deren Papiere überprüfen zu wollen, gibt Wendigmeier uns einen Tipp.«

Helmut Rietmüller klappte das Bautagebuch zu. »Brav, diese Beamten. Ich habe Sie übrigens beim Chef in Schutz genommen, Tröger. Nur dass Sie das wissen, ich …« Er atmete tief ein und klopfte sich dabei mit der flachen Hand auf die Brust, »*ich* bin nicht Ihr Feind. Hab' unserem Boss vorgerechnet, was Sie ihm so einbringen mit Ihren sparsamen Arbeitern, den Abrechnungen von nie verbautem Material, und dass die paar Eisenbügel und der ganze Krempel doch nicht der Rede wert sind. Ich denke, der hat Sie jetzt nicht mehr auf dem Kieker. Zumal ich ihn überzeugen konnte, dass niemand so gut wie Sie die technischen Aufzeichnungen fälschen kann. So, genug geschwätzt, jetzt können Sie schön weiterarbeiten, Tröger. Machen Sie sich keine Sorgen. Sie haben ja schließlich mich, darauf können Sie bauen.« Helmut lachte dröhnend und stolzierte aus dem Baucontainer.

Tröger sank auf den Stuhl, stützte die Ellbogen auf und legte den Kopf in die Hände. Er versuchte den Schluchzer, der ihm in der Kehle brannte, hinunterzuschlucken. Dann griff er in seine Hemdtasche, nahm das Mobiltelefon und tippte wie besessen Buchstaben um Buchstaben. »Melanie, er war schon wieder hier. Hat mich fertiggemacht, irgendwann bring ich das Arschloch um. Sascha«, las er halblaut vom Display ab. Er atmete schwer.

Der Vorarbeiter stand in der Tür. »Herre Tröger, soll Kamerad machen was gegen den?«

Sascha Tröger schreckte hoch. »Nein, nein, Wanko, das war nur so gesagt. Vergessen Sie's, bitte!«

»Mit Bagger Unfall schnell. Cousin da auf andere Baustelle. Da schon zwei tot wegen Bagger.«

Sascha Tröger schüttelte den Kopf. Vielleicht gab es einen anderen Weg, den Rietmüller los zu werden.

5

Ulla fühlte, sie war angekommen im neuen Haus, diesem uralten Fachwerkhaus im Burgweg, verwinkelt und auch etwas kleiner und hellhöriger als ihr Haus in Ensen. Aber es hatte Charme. Sie hatte sich sofort in die Holzdielen, die sonnendurchfluteten Räume verliebt. Nur wenige Schritte, und sie war an der Groov. Parken konnten sie allerdings nur an der Hauptstraße weiter oben, da zum Häuschen keine Garage gehörte. Lebensmittel und Wasserkästen mussten sie jetzt etwas weiter schleppen als früher, da sie mit dem Auto zum Entladen zwar bis vor die Haustür fahren konnten, aber die Treppe vor dem Haus bewältigen mussten. Aber die Kinder, Michael und sie waren näher zusammen gerückt. Gut war das. Sie wischte schnell den Küchentisch ab und schaute auf die Uhr. Noch Zeit für einen kleinen Umweg zu ihrer Freundin Elli, bevor sie zur Pauluskirche fuhr. Dort wollte sie sich heute um 18 Uhr mit Pfarrer Theobold und den Presbytern treffen. Die Einzelheiten des Pfarrfestes mussten besprochen, die Veranstaltungen geplant werden. Die nächste Gospelnacht stand auch auf dem Programm. Da sang tatsächlich Michaels Chor. Ob er schon beim nächsten Auftritt dabei sein würde? Michael hatte ihr begeistert berichtet, dass *Spirit of Change* zweimal im Jahr abwechselnd entweder in St. Mariä Geburt oder in der Pauluskirche eine Zündorfer Gospelnacht gestalteten. Schon über zwanzig Mal waren sie in den Kirchen aufgetreten. Und nicht nur dort, es gab viele öffentliche Konzerte. Ulla trank den letzten Schluck Kaffee aus. Er schmeckte bitter. Michael blühte durch seine Mitgliedschaft im Chor richtig auf. Er sang ständig. Und sie? Sie hatte sich verändert. Zu Hause war sie entspannter, einverstandener. Sie genoss die neue Nähe zu Michael. Fast vergessen hatte sie, wie gern sie in Michaels Armen lag, wie sehr sie seinen Geruch mochte. Und jetzt fühlte sie sich ihm näher als je zuvor. Alte Liebe, dachte sie und grinste. Da gab es doch ein Gedicht von Mascha Kaléko. Wo war das denn gelandet? Sie kramte in den Gedichtbänden, die sich auf der Fensterbank stapelten. Da war es doch.

»Weil du nicht da bist«, rufen Wand und Schränke,
Verstaubte Noten über dem Klavier.
Und wenn ich endlich nicht mehr an dich denke,
Die Dinge um mich reden nur von dir.
Weil du nicht da bist, blättre ich in Briefen
Und weck vergilbte Träume, die schon schliefen.
Mein Lachen, Liebster, ist dir nachgereist.
Weil du nicht da bist, ist mein Herz verwaist.

Nein, das passte ja gar nicht. Nicht zu Michael und ihr. Etwas anderes klopfte vorsichtig an. Traurigkeit, die mit Michael so gar nichts zu tun hatte. Wenn sie, wie jetzt, zur Ruhe kam, spürte sie Sehnsucht. Wie eine kleine eiternde Wunde, ganz tief verborgen. Die alte Geschichte mit Brandl nagte an ihr. Und nur mit Elli konnte sie offen darüber sprechen. Elli. Seit sie nicht mehr nebeneinander wohnten, sahen sie sich viel zu selten. Sie hatte auch schon seit drei Tagen nicht angerufen. Das war merkwürdig. Normalerweise meldete sich Elli täglich, um kurz mit Ulla zu plaudern. Also los. Sie nahm den Autoschlüssel und machte sich auf den Weg. Zur Kirche konnte sie mit dem Fahrrad fahren, aber nach Ensen und dann zurück, dazu war die Zeit zu knapp. Vom Haus gegenüber wehte der Duft von frisch aufgebrühtem Kaffee und Gebackenem herüber. Das war bestimmt Viola Pfeiffer, die hatte ihnen zum Einzug ein Brot und eine Tüte mit echtem Himalaja-Salz geschenkt. Sympathische Frau, vielleicht redete sie zu viel, wie alle Menschen, die oft allein waren und froh, die Gelegenheit zum Austausch zu nutzen.

Vor Ellis Tür horchte Ulla. Auf ihr Klingeln hin rührte sich nichts. Sie schaute durchs Fenster. Nichts zu sehen. Die Küchentür war geschlossen, daher konnte sie nicht bis ins Wohnzimmer gucken. Sie klopfte ans Fenster. Nebenan ging eine Tür auf. Ihre Nachmieterin Rosa Mora-Schautz steckte den Kopf hinaus. Sie hatte als Übersetzerin viele Jahre im Ausland gelebt, war geschieden und hatte eine erwachsene Tochter, Carmen, die immer noch in Spanien lebte, weil sie dort arbeitete. Rosa hatte das Haus gemietet, weil sie wohl hoffte, ihre Tochter werde bald nach Porz kommen. Sie hatte ihr zwei Zimmer eingerichtet, die Carmen auch nutzte, während sie ihre Mutter besuchte. Rosa hatte Ulla auch nach Sportmöglichkeiten gefragt und so hatte sie ihr Mrs.Sporty empfohlen. Jetzt sahen sie sich ab und zu dort. Ulla hatte eine pinkschwarze Sporttasche für die Werbung bekommen. Darin standen ihre Sportsachen immer bereit für das nächste Training.

»Guten Abend, Rosa. Haben Sie meine Freundin vielleicht gesehen? Ich wollte einfach mal bei ihr vorbeischauen und einen Kaffee mit ihr trinken.«

Frau Mora-Schautz trug einen bequemen Hausanzug. Um die Haare hatte sie ein Tuch gewickelt. »Buenos días, Ulla. Nein, leider nicht. Schon ewig nicht, um ehrlich zu sein. Sag mal, duzen wir uns nicht alle bei Mrs.Sporty? In Spanien ist das eh üblich. An die Siezerei hier muss ich mich erst wieder gewöhnen.«

»Klar, duzen wir uns«, lachte Ulla. »Entschuldige bitte, ich bin etwas nervös wegen meiner Freundin.«

»Komm doch herein und geh einfach über die Terrasse nach nebenan. Du kennst dich ja aus, oder?«

Sie hielt freundlich die Tür auf. Ulla schlüpfte durch und bemerkte, dass die Veränderungen, die Rosa vorgenommen hatte, sie schmerzten. Ihr altes Haus. So voll gestellt mit fremden, dunklen Möbeln. Große und kleine gerahmte Fotos von Barcelona, Rosas früherer Heimat, überall an den Wänden. Ulla erkannte die Kirche Sagrada Familia und den Parc Guell. Dort war sie irgendwann im Sommer einmal gewesen. Mit Michael und den Kindern. Lange her. Besonders faszinierte sie ein helles Strandbild mit Pinien. Schroffe Felsen, Strand, Meer und dieser unglaublich blaue Himmel. Wenn man den auf Postkarten sah, dachte man immer: kitschig. Man konnte förmlich die Hitze in der Luft flirren sehen und war geblendet von dem hellen, klaren

Licht, das so typisch war für die Costa Brava. Grün und blau. Vielleicht sollten Michael und sie wieder einmal dort hinfahren.

Ulla öffnete die Terrassentür und zwängte sich durch die Büsche, die die Grundstücke voneinander trennten. Wie oft war sie hier hindurchgeschlüpft, um mit Elli zu sprechen. Wie oft war Elli herübergekommen, um die Kinder zu versorgen, die sie wie ihre eigenen angenommen hatte. Sie selbst war kinderlos geblieben, was sie sehr schmerzte.

Ulla blinzelte durch die Glasscheibe, Elli lag auf dem Sofa. Warum stand sie nicht auf? Ulla klopfte an die Scheibe. Elli hob den Kopf nicht, nur die eine Hand, gab Zeichen, die Ulla nicht verstand. Offensichtlich konnte sie nicht aufstehen. Ulla wusste aber, dass Elli einen Haustürschlüssel bei einer alten Nachbarin in der Häuserreihe deponiert hatte, die fast immer zu Hause war.

Rosa stand neben ihr. Ulla hatte sie nicht kommen hören. »Was hat sie denn?«, fragte sie besorgt. »Soll ich nicht direkt eine Ambulanz rufen?«

»Ich laufe schnell zu Frau Meier. Die hat einen Schlüssel. Vielleicht hat sie sich ja nur den Fuß verknackst.« Aber wieso hatte sie dann nicht wenigstens per Telefon Hilfe geholt? Wahrscheinlich war sie nicht an das Mobilteil herangekommen. Ullas Gedanken wirbelten durcheinander, während sie durch Rosas Haus auf den Stichweg zurück und zu Frau Meier am Ende des Wegs lief und dort Sturm klingelte. Frau Meier war tatsächlich zu Hause. Sie holte den Schlüssel. Ihr Sohn saß gerade beim Abendessen. Er war bei der Feuerwehr. Auf Ullas Bericht, Elli läge auf dem Sofa, stehe nicht auf, stellte der bärtige Mann schwungvoll das Wasserglas ab, ließ sich von seiner Mutter den Schlüssel geben und lief sofort mit Ulla zu Ellis Haus. Er schloss auf, es roch nach Urin. »Elli«, schrie Ulla, ihre Stimme klang schrill. »Was ist denn los?« Klaus Meier beugte sich zu Elli, nahm ihre Hand und fühlte den Puls. »Hören Sie mich?«, rief er. »Hallo!«

Elli lag nur da, die Augen weit geöffnet, stumm.

Er sah sich suchend um. »Wo ist das Telefon?«, fragte er und hatte es schon gefunden, wählte. »Wir brauchen sofort den Notarzt.« Er gab genaue Anweisungen, ein Profi eben.

Ulla stand wie betäubt. Sie verstand kaum, was er sagte. Ihre Elli. Sie griff nach Ellis Hand. »Elli. Hörst du mich?«

Ellis Augenlider flackerten. Die Finger der einen Hand bewegten sich ganz leicht. Rosa klopfte leise an die Terrassentür. Klaus Meier öffnete und sagte: »Bitte gehen Sie, die Frau ist krank.«

Rosa machte einen langen Hals: »Was hat sie denn?«

»Bitte«, wiederholte Klaus Meier nur.

Da drehte sie sich um und verschwand nach nebenan.

Zu Ulla gewandt sagte Klaus Meier: »Schauen Sie mal, der linke Mundwinkel hängt ganz schief. Wahrscheinlich Schlaganfall.«

Fünf Minuten später waren die Sanitäter da. Der Notarzt folgte. Er legte einen venösen Zugang, während die Sanitäter Elli eine transparente Maske über das Gesicht streiften, an die sie eine kleine blaue Sauerstoffflasche anschlossen. Ulla bewegte sich wie in einem Albtraum. Alles hatte sich verlangsamt. Der Fahrer des Rettungswagens nahm die Personalien auf, Ulla reichte ihm Ellis Versichertenkarte, die diese immer in ihrem Portemonnaie herumtrug. Sogar die Karte der Zusatzversicherung. Ulla packte ein paar Sachen für Elli ein, die würde sie ihr ins Krankenhaus bringen.

»Sie können jetzt nichts für Ihre Freundin tun, Frau Wolff. Lassen Sie uns mal machen. Das sieht doch gar nicht so schlecht aus. Die Frage ist, wie lange sie schon hier gelegen hat, bis Hilfe kam. Kommen Sie später zum Krankenhaus.« Der Notarzt beruhigte sie etwas.

Ulla nickte: »Gut, dann bis nachher. Elli, ich komm gleich hinterher.« Sie drückte die Freundin vorsichtig. Sie würde jetzt schnell nach Zündorf zu der Besprechung fahren und danach nach Elli schauen. Dann konnten die Ärzte sicher schon mehr sagen.

Als sie eine Stunde später im Krankenhaus an der Intensivstation klingelte, öffnete ihr eine Schwester die Milchglastür. Sie kannte die Frau; ihr Sohn war gemeinsam mit Lea im Kindergarten gewesen. Ulla war so aufgeregt, dass sie sich im Moment nicht mehr an den Namen erinnerte. Schwester Silke, las sie auf dem Namensschild. Genau, Silke und der Sohn hieß Karim. War inzwischen ein Riesenkerl, wie viele Jungen in Leas Alter. Sie hatte ihn kürzlich in Porz in der Fußgängerzone gesehen.

»Hallo«, sagte Silke zögernd und ließ sie eintreten. Ihre Augen funkelten ungewöhnlich hell. »Kann ich helfen?«

»Hallo, Silke. Wir kennen uns ja noch aus dem Kindergarten nebenan.« Ulla lächelte freundlich. »Ich komme, um meiner Freundin Elli ein paar Sachen zu bringen.« Sie hielt die Tasche hoch. »Sie hat keine Verwandten, soviel ich weiß, ihr Mann lebt nicht mehr. Sie wurde vor etwa einer Stunde hier eingeliefert. Ich hab' Elli gefunden.« Sie sah sich kurz um, ein Mann war an ein Beatmungsgerät angeschlossen. Überall blinkten Monitore. Es piepte regelmäßig. Leises Schnorcheln und Stöhnen.

»Elli Sieg?«, fragte Silke knapp. »Schlaganfall?«

Ulla nickte. »Wo ist sie denn? Kann ich zu ihr?«

»Setz dich doch einen Moment dorthin«, wich Silke aus und deutete auf einen Stuhl neben dem Eingangsbereich. »Ich hole dir Dr. Simrock, den Oberarzt.« Ihre Schuhsohlen quietschten bei jedem Schritt auf dem Linoleum.

Ulla fühlte Angst hochsteigen. Ihr Magen krampfte sich zusammen. Gehorsam blieb sie auf dem Stuhl sitzen.

Als der Arzt kurz darauf auf sie zusteuerte, stand sie sofort auf. Er sah sie freundlich an. Müde wirkte er. Er gab ihr die Hand, die sich trocken anfühlte und nach Desinfektionsmittel roch. »Es tut mir leid, Frau Wolff. Ich darf Ihnen keine Auskunft geben. Wäre es möglich, mit einem der nächsten Angehörigen von Frau Sieg zu sprechen?«

Ulla schaute verständnislos. »Angehörige hat Elli nicht. Ihr Mann ist tot. Kinder und Geschwister gibt es keine. Die Eltern und Schwiegereltern leben nicht mehr. Sie hat nur mich. Bitte sagen Sie mir, was los ist.« Ulla konnte die Spannung kaum ertragen. Ihre Stimme bettelte.

»Na, dann. Es tut mir sehr leid«, wiederholte der Arzt und sah an ihr vorbei. Silke stellte sich neben Ulla. Wahrscheinlich weiß sie, was jetzt kommt, dachte Ulla plötzlich. »Nein«, hauchte sie. »Bitte nicht.«

»Leider konnten wir nichts mehr machen.« Der Arzt wirkte gefasst. So etwas passierte eben, gehörte zu seinem Berufsalltag. »Obwohl wir ihr sofort einen Tropf gelegt haben, hat Ihre

Freundin einen zweiten Schlaganfall erlitten. Noch auf der Fahrt hierher. Sie ist tot. Sie liegt unten im Kühlraum. Mein Beileid. Wissen Sie, welches Bestattungsinstitut zuständig ist? Vielleicht können Sie Schwester Silke bei den Formalitäten behilflich sein?« Jetzt schaute er sie an. Als er sah, wie ihr stumm die Tränen herunterliefen, drückte er ihr kurz die Hand und drehte sich um. »Ich muss jetzt weiter. Schwester Silke wird sich um alles kümmern.« Damit war er weg.

Ulla sank auf den Stuhl zurück, weinte still. Schwester Silke saß neben ihr und legt den Arm um sie: »Ulla, ihre Zeit war abgelaufen. Wahrscheinlich wird sie im nächsten Leben eine Stufe höher neu beginnen.«

Ulla sah Silke verständnislos an. Was sollte denn dieses esoterische Gequatsche?

Silke biss sich auf die Lippe. »Wie wäre es, wenn du mit der Krankenhausseelsorgerin, Frau Walter, Kontakt aufnimmst? Das ist doch eine Kollegin von dir. Es gibt im Haus einen neuen Abschiedsraum. Da kannst du deiner Freundin in Ruhe Lebewohl sagen.«

Ulla nickte, genau. Der Abschiedsraum. Da war sie sogar zur Einweihung gewesen und hatte nicht geahnt, dass sie ihn so bald wieder betreten würde.

Sie zog ihr Handy aus der Tasche. Silke blickte sie freundlich an. »Bitte draußen telefonieren, Ulla.«

Ulla verließ die Intensivstation und rief Michael an, nur die Mailbox. »Bitte komm zum Krankenhaus. Elli ist tot.«

Dann wählte sie die Nummer der Krankenhausseelsorgerin. Die nahm sofort ab. »Jasmin Walter.«

Ulla weinte haltlos. Nur mit Mühe konnte sie berichten, was geschehen war. So geweint hatte sie schon lange nicht mehr. Ellis Tod war wie ein Dammbruch. Die ganze angesammelte Trauer brach sich Bahn. Jasmin verstand sofort und bat sie, zu ihr in die siebte Etage zu kommen.

Seit langer Zeit hatte Birgit wieder Lust gehabt, Cognac zu trinken. Nur ein Glas. Dann noch eins. Es hatte ihr so gut getan. Neben der Meditation entspannte sie nichts so gut wie ein Glas Cognac. Etwas benommen lag sie nun auf ihrer Matte. Die

Kopfhörer auf den Ohren. Ein Vogel zwitscherte. Wellen plätscherten an den Strand und Musik begann.

»Liebste Sudevi. Ich danke dir, dass du meinen Vorgaben so gut gefolgt bist. Du bist auf dem richtigen Weg. Unsere Verbindung ist aktiv und fruchtbar. Ich bin immer bei dir. Nun komm zur Ruhe. Sorge dafür, dass du jetzt gut eine halbe Stunde Zeit hast und ungestört bist. Begib dich in eine angenehme Liegeposition. Mach es dir ganz bequem. Stelle die Lautstärke so ein, dass es dir dabei gut geht. Schließe deine Augen und spüre einen Moment lang nach, wie sich deine Unterlage anfühlt und wie du darauf liegst. Sorge gut für dich, damit dir warm, gemütlich und behaglich ist, damit du eine geraume Zeit lang so liegen bleiben kannst. Dein Atem fließt ruhig. Und für eine gute Weile lausche deinem Atem. Wie du ein und ausatmest und dabei mehr und mehr zu dir findest. Da ist nichts, was du falsch machen kannst. Alles ist richtig. Du atmest ein und aus. Ein und aus. Und mit dem Strom deines Atems lass nun deine Aufmerksamkeit in dein Inneres fließen. Erlaube, dass du von deinem Inneren aus deine Reise zu deiner Intuition und deiner inneren Stimme beginnen kannst. Ich will dir helfen, aus Stimmungen, die dich quälen, herauszufinden, hin zum Licht. Dem Licht, das schon lange in dir lebt. Dein Licht.«

Birgit liebte die Stimme SEINER Heiligkeit. Zärtlich und bestimmend zugleich. Sie folgte IHM. Egal wohin.

»Da ist nichts, was du falsch machen kannst. Alles ist richtig. Wenn du jetzt konzentriert meiner Stimme zuhörst, ist es nicht notwendig, alles zu verstehen. Folge mir. Begib dich an den Ort in deinem Körper, der sich nach Heilung sehnt. Schau dir die Landschaft deiner Verletzungen an ... Die zerstörten Häuser, die Einschläge der Bomben, die im Namen der Liebe Krater in deiner Seele hinterlassen haben ... Hörst du die weinenden Kinder? Vielleicht spürst du ihren Schmerz, wie den Hauch eines Windes, der ein Rascheln zu dir trägt. Sie weinen, weil sie leben wollten und es nicht durften ...«

Ihr Atem floss ruhig, ein und aus. ER kannte sie gut. ER wusste, was sie durchgemacht hatte und wie sehr sie die wahre Liebe, die Erfüllung gesucht und nie gefunden hatte. Bis sie IHM begegnet war. ER würde ihr den richtigen Weg weisen,

ER war immer für sie da, blieb an ihrer Seite. Das unterschied IHN von allen anderen.

»Vor dir schlängelt sich ein Weg und du folgst ihm mit deinen Blicken. Am Wegesrand liegen zusammengekrümmte Menschen, die für all deine Verletzungen stehen. Lass sie hinter dir, während du den Weg entlang gehst, Schritt für Schritt ... Tiefer und tiefer ... Da ist nichts, was du falsch machen kannst. Alles ist richtig. Trage das göttliche Licht und die unendliche Liebe zu ihnen und erhelle ihre Gesichter, bis sich die Narben glätten und neues Leben in ihnen entsteht. Entzünde damit dein erloschenes Licht. Und vertreibe mit der göttlichen Kraft, die auch deine Kraft ist, die bösen Mächte, die dich auch heute noch verletzten wollen und es auch tagtäglich tun.

Da ist nichts, was du falsch machen kannst. Alles ist richtig. Atme tief ein und aus, hole dir den Mut, der unter diesen ganzen Demütigungen versteckt liegt, und lass ihn dich starkmachen. Dein inneres Wissen sagt dir, dass dir deine Kraft immer wieder neu gegeben werden kann. Erstarke!«

Birgit spürte eine unbändige, nicht geahnte Kraft in sich, gleichzeitig eine große Verwirrung. Sie atmete tief ein und die Luft floss kraftvoll in jede Zelle ihres Körpers.

»In all dem Hellen lauert das Dunkle. Böse Mächte greifen nach dir, am Tag und in der Nacht.

Schütze dich vor ihnen. Tritt ihnen entgegen, spür deine Kraft. Wer will dir Böses? Wer ist der Feind?«

Birgits Hände ballten sich zu Fäusten. Die Verwirrtheit ließ nach. Sie wusste, wer ihr Feind war, wer sie an ihrem Leben gehindert hatte. Helmut. Er war ihr Feind. Sie hatte es schon lange gewusst, aber es sich nicht eingestehen wollen. Heiße Wut stieg in ihr auf. Helmut hatte ihr Leben zerstört, mit dem was er früher einmal ›Liebe‹ genannt hatte. Er hatte sie erstickt. Er hatte die Kinder nicht leben lassen. Welches Kind wollte schon in eine solche Beziehung kommen? ER sagte immer, dass sich die ungeborenen Kinder ihre Eltern aussuchten. Kein Kind hatte zu ihr kommen wollen. Birgits Fäuste schlugen im Rhythmus der sphärischen Musikklänge auf die Yogamatte.

»Alles, was in dir und mit dir jetzt geschieht, dient der Vollendung deines Weges. Wenn du aufmerksam meinen Worten lauschst, können die Worte zu Kämpfern werden. Kämpfer, die dich schützen und verteidigen. Dich befreien.

Da ist nichts, was du falsch machen kannst. Alles ist richtig. Befreie dich von deinem Unglück und du wirst wieder die klare Luft in deiner inneren Kathedrale spüren. Du wirst reingewaschen werden und frei sein. Spüre, wie der Hass und die Wut durch deinen Körper pulsieren. Sie werden dir helfen, dich zu entbürden. Sage den Namen deiner Bürde!«

»Helmut«, würgte sie heraus. Der Name war wie übler Brechreiz. »Helmut, Helmut, Helmut!« Sie schrie immer lauter. Dabei stampften ihre Füße im Rhythmus ihrer Fäuste neben der Matte auf.

»Es ist jetzt notwendig etwas zu verändern. Du spürst es schon lange. Du weißt es schon lange. Alles, was geschieht, ist in Ordnung.

Lass dich von meiner Stimme tragen. Zu dem Ort, wo Liebe dich einhüllt, wie eine duftige Wolkendaunendecke, wo alle Tränen getrocknet sind und du Glück lebst. Lass dir von deinem tiefsten Selbst den Weg zeigen. Befreie dich. Heile dich. Töte den Feind. Heute noch. Jetzt. Geh!«

Birgit richtete sich langsam auf. Sie empfand sich wie in Watte gepackt. Alles war leicht, alles war richtig. Sie stand auf. Bewegte sich wie in Zeitlupe. Vielleicht waren es auch die kleinen blauen Tabletten, die ihr der Göttliche in die Hand gedrückt hatte – unbemerkt von den anderen. Sie hatte sie gestern Abend eingenommen und auch heute Morgen, so wie ER es ihr empfohlen hatte. »Hier überreiche ich dir eine rein pflanzliche Stärkung, nur für dich. Sie wird deine Schritte und dein Tun beflügeln. Nur Auserwählte erhalten von mir diese Seelennahrung.«

ER hatte recht: Sie war stark, stärker, als sie je gedacht hatte. ER traute ihr diese Kraft zu, ER setzte auf sie. Helmut stand im Weg. Ihr im Weg. Ihnen im Weg. Das wusste sie. Helmut machte ihr Leben unmöglich. Eine armselige Kreatur, die aus ihrem Leben verschwinden musste. Sie hatte die Botschaft verstanden.

SEINE Botschaft. Sie bewegte sich langsam, als sie das Zimmer verließ. Bückte sich im Hinausgehen und griff nach der blauen Eisenhantel, die neben der Tür lag. Sie war bereit, die Handlung war vorbestimmt. Sie würde den Feind auslöschen. Auslöschen, auslöschen, hallte es in ihr nach. Ein Echo, das ins Unendliche weiterhallte. Kalt und hart lag die Hantel in ihrer Hand. Sie fühlte den Weg, den sie ging. Bei jedem einzelnen Schritt vibrierte der Boden. Sie hörte Glöckchen klingeln. Alles war richtig, alles war leicht. Sie fühlte sich benommen und klar gleichzeitig. Mit einem Ruck riss sie die Tür zu Helmuts Arbeitszimmer auf. Er saß mit dem Rücken zu ihr, hatte die Kopfhörer auf. Bevor er sie bemerken konnte, schlug sie zu.

»Befreie dich! Befreie dich jetzt!«, wiederholte die Stimme in ihr. Birgit sagte leise: »Ich will frei sein, der Feind muss verschwinden.« Verschwinden, verschwinden, verschwinden, wiederholte das Echo in ihr. Die Hantel tanzte auf seinem Kopf. Traf ihn immer wieder, sein Kopf kippte nach hinten. Sie sah das Gesicht, das feindliche, jetzt blutverschmierte Gesicht, aus dem aufgerissene, fassungslose Augen sie anstarrten. Er war viel zu überrascht gewesen, um sich zu wehren. Und jetzt war es zu spät. Sie schlug weiter zu. Blut spritzte. Blut quoll zwischen seinen dünnen Haaren hervor, bedeckte die beginnende Glatze, rann das Gesicht hinunter, tränkte das Hemd. »Verschwinden, verschwinden, verschwinden, töte den Feind!«

Sie sah ihn an. »Er verdient den Tod«, sagte das Echo. »Den Tod, den Tod, den Tod.« Sie führte nur aus, war ein göttlicher Kanal. Sie schlug wieder zu. Wieder und wieder. Der Feind bewegte sich schon lange nicht mehr. Sein Gesicht war eine blutverschmierte breiige Masse, der Kopf aufgeplatzt, Knochen staken hervor. Sie atmete tief ein und aus. Die Hantel in ihrer Hand war leicht. Ihr Herz war leicht. Ihr Leben würde von nun an leicht sein. Sie hatte ihre Aufgabe erfüllt. Der Feind war vernichtet.

Birgit ging ins Bad, schrubbte die Hantel und ihre Hände mit einer Wurzelbürste. Immer und immer wieder. Wie hartnäckig Blut klebte! »Sauber, sauber, sauber«, sagte das Echo. Sorgsam spülte sie das Waschbecken aus. Dann zog sie ihre Bluse und die Hose aus und rollte sie zusammen. Alles war mit Blut bespritzt. Sie musste duschen, überall klebte es noch an ihr. Sie drehte das Wasser auf und stieg in die Dusche. Dort hing noch sein Waschlappen. Ekelhaft. Der Lappen der Kreatur. Angeekelt warf sie ihn zu ihren Anziehsachen, die mit dem Blut der Kreatur bespritzt waren. Nachdem sie sich gründlich eingeseift, abgespült und abgetrocknet hatte, packte sie alles Besudelte in eine Plastiktüte.

Dann griff sie zum Telefon und rief den Meister an. »Ich habe mich befreit. Der Feind ist tot. Was soll ich jetzt tun?« Sie lauschte, nickte und beendete das Gespräch. Das große rotweiß gestreifte Badehandtuch wickelte sie um Helmuts Kopf. Dann holte sie Küchenrolle und Reiniger und bearbeitete den Sessel. Auf dem Parkett, an den weiß gestrichenen Wänden, am Schreibtisch, überall klebte Blut. Sie schaute auf das Fenster. Sie würde wahrscheinlich alles reinigen und auch neu streichen müssen. Gleich nachher würde sie den Eimer mit der weißen Farbe aus dem Keller holen. Sie fühlte sich immer noch wie in Trance. Alles wirkte wie ein Traum, aber der Albtraum war jetzt vorbei.

Es klingelte an der Tür. Sudhir und Ranjeet nickten Birgit kurz zu und traten in den Flur.

»Hier rechts, im Arbeitszimmer. Ich habe schon angefangen sauber zu machen.« Birgit sprach wie ein Roboter, sachlich, kalt. Sie war nicht wiederzuerkennen.

Ranjeet blickte sie einen Moment irritiert an, so hatte er diese Frau noch nie erlebt, dann breitete er etwas Grünes auf dem Parkett aus. Er griff nach Helmuts Schultern und Sudhir nahm die Füße. Sie legten den schweren Mann schnell und doch behutsam in den grünen Sack und Sudhir zog den Reißverschluss zu. Er trug weiße Handschuhe, Birgit sah es erst jetzt. Ranjeet auch.

»Womit hast du zugeschlagen, Schwester?« Sudhir sah sie ernst an. Wie der große Bruder, den sich Birgit immer gewünscht hatte.

»Mit der Hantel, sie liegt da auf dem Schreibtisch.«

»Reinige sie und entsorge sie. Alles wird gut.« Er umarmte sie, hielt sie einen Moment länger als ein älterer Bruder es tun würde. »Wenn du willst, ich bin für dich da – jederzeit!« Hörte sie ganz nah an ihrem Ohr. Was meinte er damit?

Ranjeet räusperte sich. »Komm, wir müssen los, Gerhard!«

»Nenn mich nicht Gerhard! Das Leben liegt hinter mir, ich bin Sudhir, der Resolute, der Treue. Der treue Diener des

Göttlichen!« Er schnaubte wütend. »Ja, ja doch, lass uns gehen. Sudevi, holst du bitte den Aufzug und schaust nach, ob er leer ist?«

Birgit nickte. Ranjeet war ruhig, konzentriert, kalt. Das tat ihr im Augenblick gut. Wie das Öffnen der Kühlschranktür an einem heißen Augustnachmittag. Sie hatte das an Ranjeet bisher nie gesehen.

»Kling.« Der Aufzug war da. Er war leer. Birgit winkte den beiden zu. Sie trugen den grünen Sack hinein, setzten ihn nicht ab und drückten den Knopf für die Tiefgarage. Bis sich die Türen schlossen, stierte Sudhir sie unverhohlen an. Lüstern. Er wollte sie, Birgit war sich da ganz sicher.

Mit steifen Schritten kehrte sie zurück in Helmuts Arbeitszimmer und säuberte es mechanisch. Sauber, sauber, sauber. Alles musste wieder rein werden. Sie wischte und reinigte, sprühte Desinfektionsmittel. Die Fliesen, auch sie mussten rein werden. Birgit holte einen Müllsack, packte die Putztücher, Kissen und alles, was nicht sauber wurde, einfach hinein. Dann brachte sie den Müll in den Keller und warf ihn in den Container. Schon bald würde der Müll abgeholt. Alles weg. Der Schmutz, die Wut, die Scham, alles war weg. Sie fuhr wieder nach oben, ging in ihre Wohnung, holte die Räucherstäbchen aus dem Wohnzimmerschrank und reinigte, leise Gebete singend, die gesamte Wohnung. Schmutzige Wäsche steckte sie in die Waschmaschine. Dann nahm sie noch eine der blauen Tabletten, spülte sie mit einem Glas Cognac herunter.

Sie putzte die Zähne, cremte sich ein und legte sich zuerst aus alter Gewohnheit in ihre Betthälfte. Birgit lachte leise. Das war vorbei. Sie schob sich in die Mitte des Bettes. Das gehörte jetzt ganz allein ihr. Sie war jetzt frei. Befreit. Ihr neues Leben hatte begonnen. Dann fiel sie in einen tiefen traumlosen Schlaf.

6

Ulla verharrte regungslos vor der Treppe, die zum Abschiedsraum des Krankenhauses führte. Sie beobachtete, wie Michael sorgfältig sein Fahrrad abschloss.

Er eilte auf sie zu, nahm sie fest in die Arme. Ulla stiegen sofort wieder Tränen in die Augen. Seine Wärme tat ihr gut. Er küsste sie vorsichtig auf die Locken und drückte sie an sich.

»Ich habe alles stehen und liegen lassen, war sowieso schon länger im Büro als geplant.« Der Softwarefehler war so gut wie erkannt und bestimmt bald beseitigt, darum konnte er sich auch noch später kümmern. Die Voicebox hatte sich eingeschaltet, weil er nicht schnell genug das Handy aus dem Rucksack hatte angeln können. All das würde er Ulla später erzählen, wenn sie in Ruhe über Ellis Tod sprechen würden.

Ulla sah ihn hilflos an. »Kommst du mit runter? Ich will mich nicht allein von Elli verabschieden.«

Michael nickte, nahm ihre Hand und dann stiegen sie gemeinsam Stufe um Stufe nach unten. Bis vor einigen Jahren hatte man im Porzer Krankenhaus, wenn man sich von seinen Angehörigen verabschieden wollte, nur einen Abstellraum im Keller zur Verfügung gehabt. Die Verstorbenen wurden sofort in einem Kühlraum im Keller gelagert und konnten bei Bedarf schnell dort hineingeschoben werden. Eine Zumutung für die Angehörigen, die von weither angereist waren, um ihre Verwandten noch einmal zu sehen. Das hatten sie Ulla auf den Beerdigungen später oft erzählt. Von den Bestattern wurde der Familie dann meist nach dem Abholen, Präparieren und Aufbahren des Verstorbenen im Institut noch ein würdevoller Blick auf den Toten erlaubt.

Der Förderverein des Krankenhauses hatte eine Künstlerin beauftragt, den Raum umzugestalten; nach zwei Jahren war das Projekt fertig gewesen. Es hatte sich gelohnt. Ulla war bei der Eröffnung tief beeindruckt gewesen, wie hell, ruhig und seelenvoll der Raum wirkte.

Nun betrat sie selbst den Vorraum, wo eine sonnengelb gestrichene Wand den direkten Blick in den Raum erst einmal abfing.

Michael war direkt hinter ihr. Sie hängten ihre Jacken auf, Jasmin Walter, die Krankenhausseelsorgerin trat ihnen entgegen und begrüßte auch Michael kurz. Leise sprachen sie miteinander. Der Vorraum war in einem warmen Gelbton gestrichen. Von dort traten sie in den eigentlichen Abschiedsraum. Elli lag auf dem aus hellem Birkenholz gefertigten Katafalk. Sie trug noch das Krankenhausnachthemd, war gewaschen und gekämmt und mit einer normalen Bettdecke zugedeckt. Auch Schwester Silke war da. Sie lächelte Ulla aufmunternd zu. Mit Trauer und dem Umgang mit Toten schien sie kein Problem zu haben.

Ulla zog einen Stuhl heran, fasste Ellis Hand. Ihre Freundin fühlte sich kalt an, sah wächsern aus, anders als die lebendige Elli, die immer munter und liebevoll gewesen war. So warmherzig. Die Kinder. Für sie war Ellis Tod schrecklich. Sie würden sie mehr vermissen als Ullas Mutter, die wegen ihrer politischen Aktivitäten auch vor ihrer Erkrankung nur wenig Zeit und Interesse für die Enkel aufgebracht hatte. Und nun war sie dement und hatte sie vergessen. Wie alles andere auch.

Michael setzte sich neben Ulla. Langsam sickerte eine Träne in seinen Hemdkragen, wie Ulla mit einem Seitenblick feststellte. Er hatte Elli auch sehr gemocht. Immer war er ihr dankbar gewesen, weil sie sich so um die Kinder gekümmert hatte. Obwohl er auch etwas eifersüchtig auf die enge Freundschaft der zwei Frauen gewesen war. Jetzt war er an Ullas Seite und sie war froh darüber. Jasmin Walter hielt sich dezent im Hintergrund. Ulla faltete die Hände und betete leise. Sie spürte keine Erleichterung, keine Linderung. Ihr Kopf sagte ihr, dass Elli nun bei Gott war, ihn schaute von Angesicht zu Angesicht, wie es in der Bibel hieß. Aber es tröstete sie nicht wirklich. Tief in ihrem Inneren war sie wütend. Wütend auf Gott, dass er ihr die Freundin genommen hatte, wütend auf sich selbst, dass sie nicht früher zu Elli gefahren war. Wütend, dass sie nicht direkt mit zum Krankenhaus gefahren war. Vielleicht hätte sie noch mit Elli sprechen, ein Wort von ihr hören können. Vielleicht, vielleicht, vielleicht. Sie schaute auf die Holzinstallation an der Wand, die in einem hellen, wohligen Gelb gestrichen war. Ein dickes Stück Eichenholz, das aussah wie ein Fundstück vom Rheinufer. Es deutete die Form eines Bootes an. Ulla musste an Charon denken, der half, den Totenfluss Styx zu überqueren. Hinter dem Treibholz klebten Seiten aus einem alten Gesangbuch und einem Theaterstück von Sartre. Das hatte ihr die Künstlerin bei der Einweihung erzählt. Um dem Holz Halt und Festigkeit zu geben. Ein treffendes Symbol, fand Ulla. Die Poren des Holzes waren mit Goldfarbe bearbeitet. Gold stand in der Symbolsprache für Gott, den Himmel, die Ewigkeit, den höchsten Punkt der spirituellen Entwicklung. Christen, Juden, Atheisten, Anders-Gläubige, alle konnten hier in ihrer Trauer Halt finden. Bruchstücke aus dem Psalm 23 des Alten Testaments hatte die Künstlerin auf den Kreis in einer Wellenform hinter das Boot gepinselt. ›Der Herr ist mein Hirte‹, konnte Ulla entziffern. ›Mir wird nichts mangeln‹, ›Er weidet mich auf einer grünen Aue und führet mich zum frischen Wasser. Und ob ich schon wanderte im finstern Tal / fürchte ich kein Unglück / Denn du bist bei mir / Dein Stecken und Stab trösten mich‹. Sätze, von denen sich Christen, Juden und auch Atheisten angesprochen fühlen konnten. ›Du bist bei mir‹.

Ulla schaute auf Michael und griff nach seiner Hand. »Danke, dass du hier bei mir bist«, flüsterte sie und stand auf. »Wiedersehen, Elli.« Sie drückte noch einmal Ellis Hand, streichelte ihr über die Wange. Alles so kalt. Sie hatte nicht das Gefühl, dass das noch ihre Freundin war. Sie war so weit weg.

Michael stand ebenfalls respektvoll auf, drückte kurz Ulla an sich. »Ich geh' schon mal vor, ich warte draußen.« Leise verließ er den Abschiedsraum, warf noch schnell einen erstaunten Blick nach oben. Ulla folgte seinem Blick. Die Decke war um einen ovalen Ausschnitt herum tiefer gelegt, wodurch eine große Öffnung nach oben suggeriert wurde. So hatte man das Gefühl, der Raum öffne sich nach oben. Auf dem Oval hatte die Künstlerin einen hellblauen Himmel mit kleinen Wolken angedeutet, die kleinen Halogenleuchten wirkten wie Sterne am Himmel, die den Betrachter vergessen ließen, dass er sich in einem Keller befand. Eine tolle Idee. Und obwohl Licht durch die Fenster einfiel, waren Lebende und Verstorbene durch die Milchglasscheiben gegen neugierige Blicke von außen geschützt.

Jasmin Walter war schon hinausgegangen. Schwester Silke stand ganz still an der Wand. Als Ulla sich von Elli abwandte, griff die Schwester kurz in ihre Kitteltasche.

»Der Bestatter wird jetzt gleich kommen und Frau Sieg abholen, liebe Frau Wolff, das ist alles schon besprochen. Hier. Ich habe noch etwas für Sie.« Sie hielt ihr einen Flyer hin.

Ulla schaute überrascht hoch. Silkes Gesichtsausdruck war nicht zu deuten. Ihre Augen irrlichterten immer noch stark. Dann griff Ulla zu. ›Meditativer Tanz im Engelshof‹, las sie erstaunt. ›Heilen Sie sich selbst. Gefühle wie Trauer, Wut und Enttäuschung loslassen und heil werden ...‹

Sicher meinte Silke es gut. Ulla lächelte freundlich, ärgerte sich aber auch. Diese Silke schätzte sie völlig falsch ein, oder? Sie bemühte sich, freundlich zu bleiben. »Danke, Silke. Aber ich leite sogar ein Trauercafé, jetzt in der Pauluskirche. Mit Trauerarbeit kenne ich mich aus.«

Silke schien unbeeindruckt. »Ja, anderen helfen kann man immer gut. Aber was ist, wenn es um einen selbst geht? Ich habe gute Erfahrungen damit gemacht. Mal nicht reden, sondern mal was anderes tun, um seine Trauer auszudrücken. Ich nehme Sie gern mittwochs mal mit. Alles Gute, liebe Frau Wolff.« Silke gab ihr die Hand. »Sie können auch einfach im Engelshof vorbeischauen, ganz unverbindlich. Denken Sie doch mal darüber nach. Ich freue mich. Wiedersehen.«

Sie schien sich ihrer Sache ganz sicher und lächelte freundlich und liebevoll. Ulla fühlte Dankbarkeit. Alle waren so nett zu ihr. Jasmin Walter, Silke und vor allem Michael.

»Wiedersehen«, sagte sie schnell, denn sie spürte, dass die Tränen wieder fließen würden, griff nach ihrer Jacke und stieg die Stufen hinauf. Michael küsste sie, als sie oben ankam. Ulla nahm dankbar seine Zuneigung an, sie tat ihr gut. Dann flutete wieder eine Welle der Traurigkeit durch sie. Tief in ihr brannten Wut und Schuldgefühle, die sie erst einmal in die hinterste Ecke verbannte.

Endlich Wochenende. Brandl zog das EkiP, das Mitteilungsblatt der evangelischen Kirche in Porz, aus seinem Briefkasten. Merkwürdig, aber das Blättchen konnte eigentlich nur für seine Vormieterin Franziska Berger bestimmt sein. Er wusste, dass sie zur Johanneskirche gehört hatte, denn Ulla hatte sie gekannt. Bevor die alte Frau ermordet und am Rheinufer aufgehängt worden war. Brandl erinnerte sich ungern an diesen Mord. Abgründe aus der Vergangenheit hatten sich aufgetan. Allerdings hatte er bei der Aufklärung Ulla Wolff kennengelernt. Ulla und er, sie waren sich sehr nah gekommen.

Anscheinend hatte man vergessen, die Adresse aus dem Verteiler zu streichen und so landete der Gemeindebrief immer noch bei ihm. Auf der Rückseite las er: Gott nahe zu sein ist mein Glück. Sein Glück war es gewesen, Ulla nahe zu sein. Ach, Quatsch, Schnee von gestern. Er blätterte das schmale Heftchen schnell durch. Da, ein Foto von Ulla mit ihren angehenden Konfirmanden. Sie lächelte in die Kamera und sah froh und entspannt aus. Die Konfigruppe der Pauluskirche, las Brandl. Aha. Da arbeitete sie jetzt? Er wüsste nur zu gern, wie es ihr ging. Sein Handy vibrierte. »Ja«, sagte er unfreundlich, denn er hatte die Telefonnummer seiner Mutter erkannt.

»Wann kommst du denn endlich mal vorbei?«, fragte seine Mutter mit vorwurfsvollem Unterton. »Wir möchten einiges mit dir besprechen. Wir wollen jetzt endlich mal eine Patientenverfügung aufsetzen. Das ist doch nicht zu viel verlangt, dass du uns dabei hilfst?«

»Patientenverfügung? Wofür das denn?« Brandl verdrehte die Augen. »Bist du krank? Das könnt ihr doch auch alleine. Da gibt es doch Vordrucke überall. Füllt die einfach aus und dann schickt sie mir zu.«

Brandl ging mit dem Handy zur Wohnungstür, öffnete sie und drückte auf den Klingelknopf. Es läutete laut und durchdringend.

»Ach, es läutet gerade, Mutter. Ich muss Schluss machen. Wahrscheinlich der Paketbote.«

Die Nachbarin von gegenüber stand erstaunt vor ihrer Wohnungstür. Sie hatte Brandl beobachtet. Er grinste und machte die Tür zu. »Also dann Tschüss, Mutter. Ich melde mich.«

Er griff wieder zu dem Gemeindebrief und blätterte weiter. Bei einer Einladung zum Open-Air-Gottesdienst blieb er hängen. ›Segnung von Mensch und Tier‹, las er laut und lachte. Und Ulla würde mit ihrem Kollegen den Gottesdienst auf Gut Leidenhausen gestalten. Herrlich. Alle Tierbesitzer waren eingeladen mit Pferd, Hund, Katze, Maus, Kaninchen, Vogel oder sonstigem Getier zum Gottesdienst zu kommen und ihr Tier segnen zu lassen. Er überlegte, ob er nicht irgendwo einen Hund ausleihen könnte, um hinzugehen. Vielleicht den von Kollege Krüger. Auf Ullas Gesichtsausdruck wäre er gespannt …

7

Sonntagmittags klingelte bei Familie Wolff das Telefon. Auf dem Herd köchelten in einem gusseisernen Topf Zucchini, Möhren, Zwiebeln, Knoblauch und ein klitzekleines Stück Ingwer. Ulla kochte Ratatouille. Gemüse half bei jedem Schmerz. Die letzten beiden Tage war sie zu Hause geblieben, hatte gemeinsam mit Michael und den Kindern die Fotoalben nach Aufnahmen von Elli durchblättert und sich an das, was sie gemeinsam erlebt hatten, erinnert.

Ulla klemmte den Hörer zwischen Ohr und Schulter ein und warf noch ein paar Nudeln ins Ratatouille, weil sie immer befürchtete, ihre Kinder könnten von dem Gemüse allein nicht satt werden. Vor allem Jonas forderte lautstark Kohlehydrate und Eiweiß, nicht nur, wenn er zum Eishockey-Training ging, nein immer. Aber mit seinen siebzehn Jahren musste er wahrscheinlich ständig essen, um seine Reserven aufzufüllen.

Die Stimme von Viola Pfeiffer, der Nachbarin, schrillte aus dem Hörer. »Frau Wolff, unsere Sarah ist noch nicht zu Hause. Ich habe bei der Küsterin angerufen, sie war gar nicht in der Kirche, nicht beim Kindergottesdienst. Vielleicht hat sie geschwänzt. Obwohl ich mir das nicht vorstellen kann. Sie ist doch so ein liebes Mädchen. Ihre Freundinnen wissen nicht, wo sie ist, dachten, sie wäre krank. Frau Wolff, ich hab' so ein schlimmes Gefühl, dass was passiert ist!«

»Frau Pfeiffer, ganz ruhig. Lassen Sie uns genau überlegen. Sie haben bestimmt auch schon bei den Großeltern und anderen Verwandten nachgehört?« Ulla lauschte auf die Antwort, dann nickte sie. »Und bei allen Freundinnen? Gut. Gäbe es etwas anderes, was sie gerne macht? Nein. Dann sollten Sie vielleicht im Krankenhaus anrufen und dort nachfragen, obwohl die sich sicher gemeldet hätten, wenn es einen Unfall gegeben hätte. Wenn da auch nichts ist, müssen Sie die Polizei informieren. Die werden wahrscheinlich vermuten, Sarah sei weggelaufen.« Ulla hielt das Telefon etwas vom Ohr weg. »Natürlich ist sie das nicht, Frau Pfeiffer. Ich sage doch nur, die Polizei wird erst einmal die Vermutung haben. Bitte, bleiben Sie ganz ruhig. Ja, ich komme zu Ihnen.«

Ulla schrieb eilig einen Zettel, legte ihn auf den Esszimmertisch. Sie drehte den Herd aus. Der Nächste, der Hunger hatte, brauchte nur wieder anzudrehen. Das Gemüse war fast fertig. Sie pfefferte noch ein wenig und gab Basilikum dazu. Es duftete so lecker, ein wenig nach Urlaub. Ihr Magen knurrte. Später. Sie griff nach ihrer Jacke und rannte hinaus. Familie Pfeiffer wohnte schräg gegenüber, Frau Pfeiffer arbeitete in der Zündorfer Bücherei mit, die zu St. Mariä Geburt gehörte. Ulla hatte sich kürzlich dort einen Krimi ausgeliehen. Eine schräge Geschichte, die ihr richtigen Spaß gemacht hatte. Aber so exzentrische Ermittler und Polizeibeamte wie in diesem Buch gab es wohl nur in England. Wobei schön schräg war Peter Brandl auch gewesen, mit seinem Fahrrad im Schlafzimmer. Immerhin hatte das Rad nicht im Bett gelegen. Sie schob den Gedanken an das Schlafzimmer und alles, was da sonst noch passiert war, schnell wieder zur Seite. Besser schön im Hier und Jetzt bleiben. Sonst begab sie sich auf brüchiges Eis. ›Und das im Mai, das geht doch gar nicht‹, sagte sie sich.

Noch bevor Ulla klingeln konnte, wurde die Haustür aufgerissen.

»Danke, dass Sie so schnell kommen konnten, Frau Pastorin.« Viola Pfeiffer hatte rote Augen, war blass und rieb die Hände an den Hosenbeinen ab. »Udo, mein Mann, ist auch unterwegs vom Squash hierher; sonntags spielt er immer mit einem Freund. Ich hab' solche Angst, Frau Wolff, solche Angst. Ich hab' ihr immer gesagt, sie darf mit keinem Fremden mitgehen. Sie wird doch auf mich gehört haben, Frau Wolff?«

Ulla trat ganz nah an sie heran, legte einen Arm um Viola Pfeiffers Schulter und führte sie ins Wohnzimmer. Dann drückte sie sie sanft auf das plüschige Sofa und setzte sich neben sie. Sie schaute sich um. Hier wohnte eine Familie. Überall hingen Fotos. Papa, Mama, Kind. Links vor dem Fenster, das zum Garten ging, ein roter Kindertisch mit Stuhl. Darauf Malkreiden und eine Puppe. Im Flur jede Menge Schuhe und Jacken an der Garderobe. Die Treppe hinauf war an der Wand entlang eine Schnur gespannt, an der viele bunte Kinderzeichnungen mit Wäscheklammern befestigt waren. Sicher alle von Sarah. Ulla fand die Idee richtig gut. Das hätte es bei ihr zu Hause niemals gegeben. Ihre Eltern hatten ihre Zeichnungen überhaupt nicht geschätzt. »Narrenhände beschmieren Tisch und Wände«, hatte ihr Vater gesagt und ihre – wie sie heute wusste – sehr gelungenen Zeichnungen zum Anzünden des Ofens genutzt.

Frau Pfeiffer griff nach Ullas Hand. »Sollen wir beten, Frau Wolff?« Ihre Augen waren geweitet und füllten sich wieder mit Tränen.

»Wir können beten, wenn Sie das möchten. Beten kann uns helfen zur Ruhe zu kommen, klarer zu werden. Gott ist aber auch bei Ihnen, wenn Sie nicht beten, Frau Pfeiffer.«

»Nennen Sie mich doch Viola, bitte.«

Ulla nickte. »Dann sagen Sie aber auch Ulla zu mir.« Sie faltete die Hände und begann: »Vater unser im Himmel, geheiligt werde dein Name. Dein Reich komme, Dein Wille geschehe ...«

Frau Pfeiffer schluchzte laut auf.

Es klingelte. Viola sprang auf und rannte zur Tür. Zwei uniformierte Polizisten kamen hinter ihr ins Wohnzimmer. Als es klingelte, hatte Ulla kurz an Brandl denken müssen, es sich aber direkt wieder verboten.

»Polizeihauptkommissar Pohlmann und das ist mein Kollege Polizeikommissar Reichel von der Wache hier aus Porz. Frau Pfeiffer, wir wollen keine Zeit vergeuden, auch wenn die Wahrscheinlichkeit hoch ist, dass Ihre Tochter gleich auftaucht, weil sie einfach den ganzen Vormittag auf dem Spielplatz verbracht und die Zeit vergessen hat. Bitte schildern Sie doch genau, was passiert ist. Wann ist Ihre Tochter denn aus dem Haus gegangen? Und in der Kirche ist sie gar nicht angekommen?«

Während die Polizisten Viola zuhörten und immer wieder Fragen stellten und sich ihre Antworten notierten, hielt Ulla

Violas Hand. Sie fragte sich, was sie wohl tun würde, wenn Lea verschwunden wäre.

»Sie sind also überzeugt, dass sie nicht an die Groov oder sonst wohin in der Nähe gefahren ist? Na, Sie werden Ihre Tochter am besten kennen. Geben Sie uns doch mal ein aktuelles Foto der Kleinen mit. Dann können wir gezielter Ausschau halten.« Die Polizisten waren aufgestanden. Nach den Aussagen der Mutter wirkten sie beunruhigt. Viola brachte ihnen ein Foto.

»Wir beginnen sofort mit der Suche.« Pohlmann eilte zur Tür hinaus und Reichel gab Viola eine Visitenkarte. »Unter dieser Telefonnummer können Sie uns jederzeit und direkt erreichen. Falls wir etwas erfahren, haben wir ja Ihre Handynummer.«

Ulla stand im Flur und rief Viola zu: »Wir müssen auch suchen, jede Stunde zählt. Lass uns Leute zusammentrommeln, ich von drüben, du von hier. Wir treffen uns dann in einer halben Stunde am Nepomuk-Denkmal und gehen dann alle Wege ab.«

Der ganze Ort war auf den Beinen. Ulla sah Eltern, Kinder, Großeltern, Jugendgruppen, Polizisten der Einsatzhundertschaft und Feuerwehrleute. Sie hatten sich gut organisiert. Die Pfadfinder suchten mit den Eltern die Groov und das Rheinufer ab. Die Schüler Spielplätze und die Umgebung rund um die Kirche. Die Eltern hatten sich mit der Feuerwehr die großen Felder und die Waldstücke vorgenommen. Die Großeltern klingelten an allen Häusern und verteilten Zettel mit Sarahs Foto, fragten, ob jemand sie gesehen hätte. Ulla hatte sich der Elterngruppe angeschlossen; sie suchten konzentriert in jedem Gebüsch, sahen hinter jedem Strauch nach. »Sarah«, hörte man es überall rufen. »Sarah!«

Später trafen sich alle wieder auf dem Nepomukplatz. Nichts. Keine einzige Spur, kein Hinweis. Die Gruppe der Großeltern brachte Wasser und belegte Brötchen.

Ulla beobachtete gerührt, wie schnell die Menschen wieder zu einer Gemeinschaft zusammenfanden und sich unterstützten, wenn es darauf ankam. Stunden waren nun seit Sarahs Verschwinden vergangen. Keine Spur von dem Mädchen. Sie war wie vom Erdboden verschluckt.

Sie suchten bis zum Einbruch der Dunkelheit, fanden Sarah aber nicht. Bedrückt und sorgenvoll ging Ulla nach Hause.

Am nächsten Mittag trafen sich alle wieder auf dem Nepomukplatz. Der Einsatzleiter trat vor die Wartenden, von denen viele so aussahen, als hätten sie schlecht oder gar nicht geschlafen. »Die Polizei weitet ihren Radius aus und fährt zum Rangierbahnhof nach Ensen, um dort zu suchen. Frau Pfeiffer hat erzählt, dass Sarah den Loks gerne beim Rangieren zusieht. Das Mädchen kennt das Gelände auch, weil sie mit ihrer Mutter ab und zu dorthin geradelt ist, um die Züge zu beobachten. Es gibt auch eine Zeugenaussage, die in eine ähnliche Richtung deutet. Der gehen wir auf jeden Fall nach.« Der Blick des Einsatzleiters ging zu seinen Kollegen. Niemand hier zweifelte mehr daran, dass Sarahs Verschwinden ein Ernstfall war. Aber sie hatten im kleinen Kreis über die Zeugenaussage debattiert. Immer gab es jemanden, der wen oder was gesehen haben wollte. »Wie soll sie denn bis dorthin gekommen sein?«, hatte ein Kollege gefragt. Aber sie waren sich dann doch einig gewesen, auch diese Gegend abzusuchen. Schließlich mussten sie jeder noch so kleinen Spur nachgehen, damit es nicht so wie beim Fall von Natascha Kampusch liefe. Wenn man damals der Aussage eines Zeugen nachgegangen wäre, hätte sie schnell befreit werden können.

»Von einem Hubschrauber aus wurden heute früh schon Fotos gemacht und auf ein Raster gedruckt. Von jetzt an werden wir die Suche systematischer angehen und Stück für Stück durchkämmen. Eine Einsatzhundertschaft der Polizei und Rot-Kreuz-Helfer mit Suchhunden sind schon vor Ort; wer von den Erwachsenen mit nach Ensen möchte, kann sich uns anschließen, soll sich aber dort bei der Einsatzleitung melden, um an der richtigen Stelle eingeteilt zu werden. Ich schlage vor, dass die Kinder unter der Obhut der Großelterngruppe hier bleiben.« Der Einsatzleiter wies auf einen jungen Rot-Kreuz-Helfer, der die Stimme hob: »Da wir nicht wissen, in welchem Zustand wir die Vermisste auffinden werden, bitten wir dringend darum, die Kinder und die Jugendlichen von der Suche fernzuhalten. Es werden ausreichend Erwachsene bei euch bleiben und sich um euch kümmern.« Einige Kinder riefen, sie wollten doch auch mithelfen, Sarah sei doch allein dort irgendwo. Ulla wandte sich an die empörten Kinder und Jugendlichen. Einige von ihnen kannte sie aus dem Familiengottesdienst, die älteren aus dem

Konfirmandenunterricht. »Ich kann euch gut verstehen, aber der Mann hat recht. Die Hunde werden auch sehr schnell vorausgehen, da werden wir Erwachsene schon Probleme haben mitzuhalten. Wenn etwas ist, wir haben ja Handys dabei. Wir sagen euch Bescheid. Versprochen.« Sie wuschelte Bastian aus ihrer Konfirmandengruppe durchs Haar. Der murrte zwar noch, war er doch wohl mit vierzehn schon viel zu alt, um wie ein Baby behandelt zu werden, dann nickte er aber.

»Ihr könnt ja im Internet weitersuchen. Postet doch mal etwas bei Facebook«, schlug Ulla vor. Die Jugendlichen murmelten Zustimmung und machten sich ohne weitere Einwände auf den Weg. Ulla lächelte. Sie kam gut mit den Jugendlichen klar, nur bei ihren eigenen Kindern fand sie oft nicht den richtigen Ton.

Ulla war mit einer großen Gruppe Zündorfern nach Ensen gefahren. Das Verschwinden des Mädchens und die inzwischen groß angelegte Suchaktion hatten sich wie ein Lauffeuer in Porz verbreitet, von überallher strömten Menschen an den Einsatzort. Das Gelände rund um den Baggersee kannte Ulla gut. Als sie noch in Ensen gewohnt hatte, waren sie dort manchmal zum Schwimmen gegangen. Das war zwar verboten, aber Michael hatte gemeint, sie könnten ja auch ab und zu etwas Verbotenes tun, wo sie doch sonst so brav wären.

Ein idealer Ort für einen Thriller – die Unterführungen, das wilde Gestrüpp, die illegalen Müllkippen, der Unterstand für die Karnevalswagen. Ulla wusste, Jonas und seine Freunde suchten den See immer wieder heimlich auf, obwohl die Erwachsenen es ihnen verboten hatten. Es gab kaum noch Orte, an denen sich Jugendliche treffen konnten, ohne dass es die Erwachsenen störte. Trafen sie sich am Rheinufer und machten ein Feuerchen, rief sofort jemand die Polizei. Hier konnten sie laut sein, ihre Musik hören, Scheinkämpfe austragen.

Ulla fand den Ort unheimlich. Er erinnerte sie an die verwunschenen Wälder aus ihrem alten Märchenbuch. Bösewichte und Ungeheuer hatten dort gewohnt. Doch die Einsatzhundertschaft der Polizei machte sie mutiger. Polizisten und Eltern bildeten hinter dem Rangierbahnhof eine Reihe und rückten langsam vor, die Hundeführer vorneweg. Außer dem Bellen der Hunde hörte man vereinzelte, teilweise verzweifelte »Sarah!«-Rufe. Die Angst um das Mädchen war nun fast körperlich spürbar und ließ alle verstummen. Meter um Meter arbeiteten sie sich voran. Ulla dachte an Viola und Udo, die jetzt betreut von einer Psychologin und einem Polizeibeamten zu Hause saßen und auf einen Anruf warteten. Womöglich war Sarah entführt worden, dann würden sich die Entführer hoffentlich bald melden. Ulla schluckte, der Kloß in ihrem Hals blieb. Ihr Mund war trocken.

Zwei Schäferhunde schlugen an, bellten wild. Ihre Führer konnten sie kaum bändigen. Die Reihe stand still. »Sie haben bestimmt was gefunden«, raunte eine Frau neben Ulla.

»Kleidungsstücke. Da vorne.« Wie bei ›Stille Post‹ wurden die Informationen leise von einem zum anderen weitergegeben.

»Von dem Mädchen?« Die Rückfrage kam schnell.

»Weiß noch keiner.«

Ein Polizist kam mit einem Plastiksack in den Händen, auf die Reihe zu, die sich sofort öffnete und ihn passieren ließ.

»Er wird bestimmt zu den Eltern fahren, damit sie die Klamotten identifizieren.« Durch die Reihe raunte es schon wieder.

»Wir machen weiter!« Der Einsatzleiter hatte ein Megafon.

Vor den Büschen teilte sich die Reihe. Dann hörte man wieder ein Bellen. Alle blieben stehen.

»Ein Kinderfahrrad, ziemlich neu. Es ist pink und hat ein Barbiefähnchen.« Ulla spürte heftigen Druck im Magen. Ihr wurde übel. Das musste Sarahs neues Rad sein. Vergangene Woche war sie mit solch einem Kinderfahrrad nachmittags pausenlos an der Groov auf- und abgefahren.

Ulla ließ die Mitsuchenden rechts und links stehen und rannte nach vorn, versuchte an den Polizisten vorbei zu kommen. »Ich kenne Sarahs Fahrrad, ich bin die Nachbarin«, rief sie immer wieder und setzte sich so bis zur Fundstelle durch.

»Ja«, sagte sie so leise, als wollte sie es lieber für sich behalten, »das könnte Sarah gehören, so ein ähnliches Fahrrad hat sie. Allerdings fehlen das Körbchen und die Plastikblümchen am Lenker.« Wenige Meter weiter ging es zum Baggersee hinunter. »Lieber Gott, bitte nicht«, Ulla schickte ein stummes Gebet, ihr fehlten die Worte. Sie hörte, wie der Einsatzleiter in sein Funkgerät sprach. Hörte etwas von Tauchern.

»Und was sollen wir jetzt machen?« Sie sah von einem zum anderen.

Der Einsatzleiter blickte sie direkt an: »Wenn die Taucher da sind, suchen die den See ab, die anderen gehen weiter das Gelände ab.« Von dem Namenschild auf seiner Uniformjacke las Ulla seinen Namen ab. ›Schiefer‹.

Ulla kehrte zu ihrer Reihe zurück. Sie fühlte sich wie in Eiswasser getaucht. Kein Gebet, kein Gedanke. Mechanisch setzte sie Schritt vor Schritt, stocherte mit ihrem Stock im Unterholz herum. Niemand sprach.

Sie suchten ohne Ergebnis weiter, bis ein Polizist sie zusammenrief. Die Erwachsenen sammelten sich auf einer Wiese direkt neben dem Elektrizitätswerk. Robert Schiefer näherte sich vom Baggersee ihrer Gruppe. »Wir haben den Großteil des Sees abgesucht. Bisher haben wir keinerlei Hinweis auf ein Kind«, rief er.

»Ist das jetzt gut oder schlecht?« Eine junge Frau wandte sich mit fragend-ängstlichem Blick an Ulla. Sie hatte selbst eine Tochter in Sarahs Alter. Ulla kannte sie.

»Ich weiß nicht genau. Aber ich denke, es erhöht die Chance, dass Sarah noch lebt.«

»Na, hoffentlich.« Sie wischte sich über die Augen. Wahrscheinlich dachte sie an ihre eigene Tochter.

Der große Einsatzwagen der Kriminaltechnischen Untersuchung und weitere Einsatzfahrzeuge fuhren neben ihnen die Schotterstraße entlang in Richtung Baggersee.

»Wollen Sie uns verarschen, Schiefer? Sie sagen, Sie haben das Kind nicht gefunden und was wollen die dann hier?« Ein junger Mann brüllte den Polizisten an und stieß ihn mit dem ausgestreckten Zeigefinger immer wieder gegen die Brust.

»Immer mit der Ruhe, junger Mann.« Schiefer blieb ganz Profi. »Es ist nicht so, wie Sie denken.« Mit einem Blick auf Ulla, schob er schnell nach. »Ja, wir haben eine Leiche gefunden. Aber keine Kinderleiche. Einen erwachsenen Mann. Und er ist schon ein paar Tage tot.«

Schiefer plauderte bestimmt mehr aus, als er durfte, dachte Ulla. So etwas passierte den Leuten dauernd, wenn sie Ulla ansahen. »Gut, was sollen wir denn jetzt Ihrer Meinung nach tun, Herr Schiefer?«

»Wenn Sie wollen, können Sie noch weitersuchen. Oder nach Hause gehen. Wir benachrichtigen Sie sofort, wenn wir etwas Neues wissen.« Er atmete aus und sah Ulla freundlich an. »Wegen dieses Fundes warten wir jetzt auf die Mordkommission.«

Ulla drehte sich weg. Kannte er sie? Hatte er damals etwas von ihr und Brandl mitbekommen? Das fehlte gerade noch.

Einige Eltern diskutierten noch, wie man jetzt weiter verfahren sollte, dann löste sich die Gruppe auf. Ein harter Kern wollte das ihnen zugeteilte Stück noch absuchen. Andere zog es nach Hause zu ihren Familien.

Auch Ulla machte sich auf den Weg nach Zündorf. Sie wollte zu ihren Kindern und zu Michael. Michael hatte sich verändert, seit er im Chor sang. Allerdings gingen ihr die Anrufe der anderen Chormitglieder manchmal auf die Nerven. Dauernd klingelte das Telefon. »Hallo, hier ist Christa. Kann ich mal den Michael sprechen? Ich habe die Noten für ihn mitgenommen. Er war ja beim letzten Mal so früh weg.« »Hi, hier ist Anke, bitte richten Sie doch dem Michael aus, dass wir uns wegen des Geburtstagsgeschenks für Elke noch mal kurzschließen sollten. Ich hab' sogar schon eine Idee. Sabine beteiligt sich auch. Danke!« War sie Michaels Sekretärin oder was? Christa, Elke, Anke, Sabine, es reichte ihr bald.

Sie überquerte die kleine Straße. Ein Auto fuhr an ihr vorbei. Das war doch Brandl. Sie war sich sicher. Sein Profil würde sie immer erkennen. Gut, dass er sie nicht gesehen hatte.

8

Schwarzer Weg. Na, wenn das nicht passte! Brandl fuhr an Gebäuden und Elektromasten vorbei. Hing dort an der Vorderseite nicht eine Überwachungskamera? Danach würde er sich später erkundigen. Er fuhr weiter, den Handzeichen der uniformierten Beamten folgend, die am Wegrand standen und die Einsatzfahrzeuge durchwinkten. Büsche wucherten so weit über den Weg, dass sich die größeren Kollegen bücken mussten.

Auch liefen hier viele Zivilisten herum. Woher kamen die denn? Manche rannten einfach los, ohne zu gucken. Wahrscheinlich suchten sie nach dem vermissten Kind. Brandl hatte wie alle anderen per Intranet eine Mail des Dienststellenleiters mit einem Foto des Mädchens erhalten. Mit genauer Beschreibung und den Details des Verschwindens. Sobald ein Kind verschwand, ging niemand mehr ein Risiko ein. Es wurde umgehend gehandelt, die Presse und alle Diensthabenden informiert.

Der Weg endete an einer Unterführung. Das niedrige Eisentor war zusätzlich oberhalb mit Stacheldraht gesichert. Brandl parkte den Wagen neben dem der Kollegen, die für die kriminaltechnische Untersuchung der Fund- und Tatorte zuständig waren, und warf einen Blick zwischen den Eisenstangen hindurch in das gemauerte Halbrund. Dort hinten standen vier abgedeckte Karnevalswagen, zwei rechts, zwei links waren direkt an der Wand abgestellt. Auf einem las er etwas wie ›Attila‹. Gut fünfzig Meter dahinter machte er eine weitere Eisenbahnunterführung aus, auch durch ein Tor gesichert. Von hier aus konnte er jedoch nicht erkennen, was dort untergebracht war. Er drehte sich um, stapfte an der wilden Müllkippe vorbei. Dort stapelten sich Bauschutt, ein alter Kinderwagen und zwei verbogene Regenschirme. Brandl folgte dem Trampelpfad, der den kleinen Hügel hinauf ins Gebüsch führte. Der faulige Geruch von alten Essensresten wurde stärker. Hinten links sah er einen weiteren Berg Müll, obenauf eine verschimmelte Matratze. Rechts unter ihm schimmerte der Baggersee, graugrün, mit unbewegter Wasseroberfläche. Brandl kletterte hinab, ein Taucher in voller Ausrüstung kam ihm gemächlichen Schrittes entgegen und nickte ihm zu. Weiter unten stand Erwin.

»Ach, der Herr Brandl gibt uns heute die Ehre!« Erwin grinste breit.

»Was ist denn mit dir los, du bist doch sonst nicht so freundlich?« Brandl war auf der Hut.

»Ein wunderschöner Tag, eine nette Leiche, eine tolle Umgebung ...«, Erwin ruderte mit den Armen. Er sah in seinem weißen Overall mit der Kapuze ein bisschen aus wie ein Pinguin, der zu fliegen versuchte.

»Wer bist du und was hast du mit meinem Kollegen Erwin gemacht?« Brandl fragte sich erstaunt, wo Erwins Grantigkeit der letzten Monate hingekommen war. Erwin Seckler, Vater von drei Kindern zwischen neun und zwölf Jahren, verheiratet mit einer Frau auf dem ›Selbstverwirklichungstrip‹, wie Erwin es immer nannte. Vorzugsweise legte sie ihre Aktivitäten, wie Trommelworkshop, Barfußtanz oder Engelseminare, auf die dienstfreien Wochenenden, sodass sich Erwin ›ganz intensiv seinen Kindern widmen‹ konnte. Der Frust war ihm anzumerken, schließlich war Erwin früher immer gerne klettern oder angeln gegangen.

Brandl sah sich Hilfe suchend um. Einige Kollegen feixten still vor sich hin. Dann rief eine Frauenstimme. »Erwin, zeigst du mir bitte noch einmal, wie ich das richtig eintüte hier?« Die Stimme klang jung, weich, melodisch und beinahe zärtlich.

Erwin stürmte sofort los. »Na klar, Nadine, dafür bin ich doch da. Wenn du willst, erkläre ich dir die ganze Welt!« Erwin gurrte wie ein Täuberich bei der Brautwerbung und Brandl verdrehte die Augen.

»Wir haben eine neue Praktikantin, Brandl, sie mischt den ganzen Laden auf.« Johannes, einer der älteren Kollegen der Spurensicherung, seufzte. »Und Erwin macht ’ne Frischzellenkur. Ich weiß nicht, welcher Erwin mir lieber war.«

»Kann mich denn irgendjemand hier mal über die Leiche, den Tatort oder was auch immer informieren?«, brüllte Brandl und stemmte die Hände in die Hüften.

»Ich dachte, du wolltest wissen, was mit Erwin los ist. Ist ja schon gut.« Johannes war rot angelaufen. »Männliche Leiche, circa fünfzig Jahre alt. Wurde erschlagen, übel zugerichtet. Schädel- und Nasenbeinbruch, das Gesicht vollkommen zertrümmert. Der Täter hat wohl immer wieder zugeschlagen.«

»Was denkt ihr womit?«

»Etwas Größeres, Stumpfes, aus Metall?«

»Ich stelle hier die Fragen. Kleidung?«

»Ja, Hemd, Anzughose, Krawatte. Alles voller Blut.«

»Ausweispapiere?«

»Nichts. Keine Brieftasche, kein Zettel. Keine Uhr. Er trägt einen Ehering. Der sitzt aber total fest, sieht aus, als wäre der eingewachsen.«

»Die Taucher haben ihn aus dem See gezogen?«

»Ja. Also zuerst eine Hundebox, ein gutes Stück vom Ufer weg. Und in der Box war der Leichensack.« Johannes zeigte auf einen grünen Plastikhaufen. »Könnte was Amerikanisches sein.«

»Ein Leichensack? Keine profane Plastiktüte? Und eine Hundebox? Das nenn' ich mal einen gut vorbereiteten Mörder!« Brandl pfiff durch die Zähne. Etwas, das die Frauen meist witzig fanden. Bei Ulla hatte er es nie gemacht.

Ulla. Sie würde ihn wahrscheinlich nie wieder anschauen wollen, oder überhaupt an ihn denken, dessen war er sich sicher. Das hatte er gründlich vergeigt. Auch wenn er versuchte sich selbst vorzumachen, dass diese Gedanken einfach lächerlich waren, schmerzten sie noch immer. Na ja, kein richtiger Schmerz, schrillte es sofort in seinem Kopf, aber er dachte häufig darüber nach. An ihre erste Begegnung, das, was bei den weiteren Treffen alles passiert war, – und den gemeinsam gelösten Fall. Das war mehr als eine Affäre gewesen. Von Anfang an hatte er eine besondere Verbindung zu ihr gespürt. So viel Nähe, alles war so selbstverständlich gewesen. Er grinste, als er daran dachte, wie sie ihm nach einer lebensgefährlichen Situation auf die Jeans gekotzt hatte. Was hätte sein können, was wäre heute, wenn er sie nicht wieder mit ihrem Koffer nach Hause geschickt hätte? Aber was hätte er denn tun sollen? So etwas konnte sie doch nicht ohne ein Gespräch entscheiden, oder? Einfach mit

Sack und Pack bei ihm zu Hause aufschlagen, das war doch eine Zumutung gewesen. Trotzdem. Sie war etwas Besonderes …

»Der Sack war mit Steinen gefüllt. Wie beim Wolf und den sieben Geißlein. Der wäre nie mehr nach oben gekommen!«, holte ihn Johannes aus seinen Gedanken. »Ich will ja nichts sagen, Brandl. Aber lustig ist das nun wirklich nicht. Nimm also mal dein blödes Grinsen aus dem Gesicht.« Der Kollege sah ihn irritiert an.

Brandl ignorierte den Vorwurf und war sofort wieder präsent. »Und wäre wohl auch nicht gefunden worden, wenn das Mädchen nicht gesucht würde ...«, griff er den Faden auf und kaute an seiner Unterlippe, Wölfe und Wölfinnen waren ihm egal, vor allem die mit Doppel-F ... »Danke, Jo, ich seh' mir die Leiche selbst an.«

Die Kollegen hatten den Reißverschluss geöffnet und den Toten freigelegt. Er sah weder aufgequollen noch angenagt aus. Das Material war eindeutig luft- und wasserdicht. Selbst das Blut auf Hemd und Hose schien frisch zu sein.

»Erwin, wie lang lag er denn im Wasser?« Brandl legte die Hände wie ein Megafon vor den Mund. Vielleicht würde er Erwin damit aus seinem Liebesrausch zurückholen.

»Höchstens fünf Tage, auch wenn es für die Ewigkeit gedacht war ... «, er zwinkerte der Praktikantin zu. Die grinste verschwörerisch.

»Fingerabdrücke, andere Spuren?«

»Brandl, Brandl, die Ungeduld in Person! Denk an deinen Magen, denk an dein Herz, du bist auch nicht mehr der Jüngste«, er zwinkerte schon wieder.

Scheißfrühling! Dem fressen ja wohl die Hormone den Verstand weg. Brandl wurde allmählich wütend. »Wann bekomme ich die Ergebnisse?«, fragte er laut und bemühte sich um einen sachlichen Tonfall.

»Schnellstens, postwendend, flink und direkt – so wie ich immer meine Arbeit verrichte.« Erwin lächelte dämlich.

Brandl konnte und wollte nichts mehr sagen, drehte sich um und kletterte den Hang wieder hinauf. Johannes stand vor dem Matratzenmüllplatz.

»Und?« Brandl sah ihn erwartungsvoll an.

»Hier war schon ewig keiner mehr. Alte Zeitungen, alles sonst verwittert, vermodert. Ich versuche trotzdem noch ein paar Spuren zu ergattern.«

»Nehmt euch bitte auch die Unterführung vor, vielleicht gibt es dort was Frisches.« Brandl massierte seinen Nacken.

»Da ist schon wer unterwegs, um die Schlüssel zu holen.«

»Gut, ich fahre ins Präsidium und warte auf euren Bericht. Hat sich schon jemand um die Überwachungskamera gekümmert?«

»Überwachungskamera? Welche Überwachungskamera?«

»Schon gut, ich mach' das noch.«

Brandl stoppte vor dem zweistöckigen Gebäude. *Transport GmbH* las er auf dem Messingschild neben der Tür. Er zeigte dem Pförtner seinen Dienstausweis. »Wer kann mir was zu der Überwachungskamera dort vorne sagen?«, fragte er und zeigte in Richtung Straße.

»Ähm, der Werkschutzleiter, der Herr Schneider, der bestimmt.«

»Und wo finde ich Herrn Schneider?«

»Ähm, der wird auf'm Gelände oder sonst wo unterwegs sein, hab' ihn heute noch nich jesehn.«

Brandl schnaubte. »Aber Sie könnten vielleicht versuchen ihn anzupiepen?«

Der Pförtner kratzte sich ausgiebig am Hinterkopf. »Ja, ja, versuchen kann man immer.« Er drückte ein paar Knöpfe auf einer Schalttafel und nahm einen monströsen Telefonhörer ans Ohr. »... Ach, Herr Schneider«; schrie er in die Muschel »wo sinn Se denn?« Er lauschte angestrengt in die Hörmuschel. »Ach so, in Ihrem Bürro, jut. Ja, da ist einer, der will Se sprechen wejen der Viddeokamera, jut, ich schick ihn errüber, jut.« Er legte den Hörer auf und holte Luft.

»Hab' schon gehört, Herr Schneider ist doch anwesend. Wo finde ich ihn?« Brandl schnaubte ungeduldig.

Der Pförtner verzog beleidigt die Lippen: »Den Gang weiter durch, letzte Tür, steht ›Werkschutz‹ dran.« Der rechte Mundwinkel des Pförtners zuckte ununterbrochen.

Brandl überlegte, ob heute eigentlich nur Verrückte unterwegs waren. Der Flur war hell erleuchtet. An den Wänden zeigten Fotos den Rangierbahnhof und die unterschiedlichsten

Lokomotiven. Als Brandl das Ende des Flurs fast erreicht hatte, öffnete sich eine Tür.

»Herr Schneider?«

Der Mann nickte. Brandl schätzte ihn auf Mitte fünfzig. Er hatte fettiges, dunkelblondes Haar, mit einem exakten Scheitel über der rechten Braue geteilt, und dunkle Ringe unter den Augen. »Kommen Sie doch herein«, er deutete auf eine Miniatursitzgruppe am Fenster. Auch von hier sah man direkt auf Strommasten.

»Ganz schön viele Strommasten, da draußen«, Brandl wollte es ruhig angehen.

»Man nennt sie Freileitungen«, knurrte Schneider und rieb sein linkes Knie. »Aber deswegen sind Sie doch bestimmt nicht hier, oder?«

»Ist die Überwachungskamera, die neben dem Verbotsschild hängt, in Betrieb? Und gibt es hier auf dem Gelände noch weitere Kameras?« Wenn Schneider nicht wollte, dann bitte. Er konnte auch anders.

«Natürlich ist sie in Betrieb, was gäbe das denn sonst für einen Sinn?« Schneider nickte unwillig.

»Rund um die Uhr?«

»Na ja.« Schneider schluckte. »Nachts gibt es schon mal ein paar technische Probleme – durch die Freileitungen.«

»Nur nachts? Das find' ich komisch. Der Strom fließt doch wohl vierundzwanzig Stunden am Tag, oder?«

»Es gibt auch tagsüber schon mal Schwankungen, aber die Qualität der Aufnahmen ist ganz o.k. Warum interessieren Sie sich denn dafür? Was ist heute hier überhaupt für ein Betrieb die Straße rauf und runter?«

»Es wurde eine Leiche im See gefunden.«

»Doch nicht etwa das Mädchen?« Schneider schluckte wieder.

Brandl fixierte ihn einen Moment. »Woher wissen Sie, wen wir suchen?«

»Na, es gibt doch schon den ganzen Tag Suchmeldungen bei Radio Köln.«

»Haben Sie irgendetwas gesehen oder gehört?«

Schneider schüttelte den Kopf. »Nein, nein. Leider.«

»Dann geben Sie mir doch bitte die Aufnahmen der Überwachungskamera. Vielleicht ist da ja was zu sehen.«

Schneider stand auf. »Welcher Zeitraum?«

»Der letzten zwei Wochen, denk ich.«

»Ich hole sie aus der Technik, bitte warten Sie solange hier.« Die Tür fiel knarrend hinter ihm ins Schloss.

Brandl ließ seinen Blick aus dem Fenster schweifen und dann wieder in den Raum zurück. Ein Dreimonatskalender mit Plastikschieber, ein Plakat von einem Badestrand mit Palmen, Fotografien, die eine Frau und zwei Kindern zeigten. Brandl ging zu Schneiders Schreibtisch. Auf dem Bildschirm flimmerte eine Tabelle. Unten in der Menüleiste wurden verschiedenen Dokumentdateien und eine Fotodatei angezeigt. Instinktiv klickte Brandl sie an. Ein kleiner Junge, nackt und schief lächelnd.

Brandl überprüfte, woher das Foto stammte. Es war keine Internetseite geöffnet, aber ein Datenstick steckte und blinkte im PC-Block. Hunderte Dateien waren darauf, Jungen, Mädchen, alle in eindeutigen Posen. So ein Schwein, dachte Brandl. Dann klickte er wieder das Diagramm in den Vordergrund und setzte sich ans Fenster.

Wenige Minuten später kam Schneider zurück. Sein Blick sprang zum Schreibtisch und wieder zum Fenster. Er reichte ihm einen Packen DVDs. »Hier, das ist alles, was ich habe. Ich glaube, das sind keine vollen vierzehn Tage. Wir löschen hier meist nach ’ner Woche.«

»Danke, Sie bekommen sie bald zurück.«

»Ja, sicher, bitte.« Schneider wischte die Hand an der Hose ab.

Brandl baute sich vor Schneider auf. »Auch wenn das nicht mein Fall ist, haben Sie denn etwas von dem vermissten Mädchen gehört oder gesehen? Es heißt, sie spielte manchmal hier in der Gegend.«

»Nein. Nein! Hier dürfen keine Unbefugten aufs Gelände. Vermutlich war sie am Baggersee, oder am Rangierbahnhof.« Schneider schluckte mehrmals, räusperte sich, fasste sich mit der Hand an die Nase, seine Stimme klang belegt.

»Da darf doch auch kein Unbefugter hin ...«, Brandl versuchte in Schneiders Augen zu sehen, doch der starrte nach unten auf seine Hände.

»Nein, natürlich nicht, aber hier sieht man keine Kinder, weder in der Woche noch am Wochenende.«

»Sie sind auch am Wochenende hier?«

»Nur bei einem Notfall, ich hab' ja noch Familie und genieße die Wochenenden zu Hause.« Jetzt sah er ihn an.

Brandl nickte kurz. »Herr Schneider, ich habe gerade, während Sie draußen waren, auf Ihrem PC pornografische Fotos entdeckt. Sie wissen bestimmt, dass schon der Besitz solcher Fotos strafbar ist. Ich werde jetzt meine Kollegen rufen. Zumal ja ein Mädchen vermisst wird. Herr Schneider!« Er packte sofort zu, als er sah, dass Schneider zum Computer sprang.

»Hier wird nichts gelöscht, Herr Schneider!« Brandl packte Schneiders rechten Arm, drehte ihn auf dessen Rücken; dabei drückte er ihn unsanft auf den Bürostuhl. Schneider stemmte sich gegen ihn, versuchte ihn umzuwerfen. »Na, na. Wer wird sich denn aufregen?« Brandl hangelte seine Handschellen vom Gürtel, während er immer noch mit einer Hand Schneider gepackt hielt. Ein Klick und die Handschellen saßen fest. »Ich nehme Sie vorläufig fest – wegen Widerstands gegen die Staatsgewalt.« Brandl zog sein Handy aus der Tasche. »Erwin, bitte komm mal rüber. Und bring noch ein paar Leute mit. Wir werden den Laden hier mal auseinandernehmen. Beweismittelsicherung. Und ruf doch den Kollegen Wegler von KK 12 dazu, der ist doch für Sexualdelikte zuständig. Ich hab' was für ihn.«

9

Brandl war nach der Festnahme von Schneider aufs Präsidium nach Kalk gefahren, um seinen Bericht zu schreiben, hatte dann aber unterbrechen müssen und war schon wieder auf dem Weg nach Porz. Ein Spürhund hatte auf einem Baugelände in Westhoven angeschlagen. Das THW war jetzt mit schwerem Gerät am Werk, um das, was den Hund aufmerksam gemacht hatte, freizulegen. Die Kleine konnte es vom zeitlichen Ablauf nicht sein. An dieser Stelle war letzte Woche Samstag der Beton gegossen worden, hatten die Bauarbeiter vor Ort den Kollegen erzählt. Das Mädchen wurde aber seit Sonntag vermisst. Hoffentlich war es nicht irgendein Tier, für das die ganze Aktion stattfand. Brandl fragte sich, ob ein Spürhund wirklich nur Menschen witterte und wie so etwas wohl geschult wurde.

Dann dachte er an die Eltern des vermissten Mädchens. Was die jetzt durchmachten! Wenn das seine Tochter wäre, dann würde er … Ja, was würde er dann tun? Oder, wenn es Ullas Tochter wäre? Er merkte, wie die Handinnenflächen am Lenkrad feucht wurden. ›Wer liebt, kann verletzt werden‹, hatte er irgendwo gelesen und sich nach seiner Scheidung vor vielen Jahren geschworen, es nicht noch einmal so weit kommen zu lassen. Nie mehr wollte er sich wie ein Depp fühlen, zurückgelassen wie ein altes Paar Schuhe, lieber sollten die anderen heulen. Er nicht. Obwohl er sich eingestehen musste, seiner Ehefrau keine Träne nachgeweint zu haben. ›Kühl halten, aber nicht gefrieren lassen‹, das war sein Motto, wenn es um die Liebe ging. Körperlich durfte es schon heiß hergehen, aber sonst … Lieber ›cool‹ als ›fool‹. Aber das war nicht so leicht. Gefühle machten einfach, was sie wollten – waberten im ganzen Körper herum und ließen ihn immer wieder an Ulla denken, von ihr träumen, sich nach ihr sehnen. »Sehnen!«, stieß Brandl kopfschüttelnd aus. »Jetzt mach aber mal halblang, Brandl!«, er sah kurz in den Rückspiegel. »Nur nicht aus Liebe weinen, es gibt auf Erden nicht nur die eine! Es gibt so viele auf dieser Welt, ich liebe Jede, die mir gefällt …«, knurrte er in Anlehnung an das Zarah Leander-Lied. Andere Mütter hatten auch schöne Töchter. Er seufzte und fuhr auf das Baustellengelände. Ein Kollege in Uniform näherte sich. »Volkmann, Wache Porz, wir kennen uns, Herr Brandl!«

»Na ja, kennen?« Brandl runzelte die Stirn. Der war ihm doch schon mal so richtig auf die Nerven gegangen. »Die Leiche am Rheinufer, schon eine Weile her, meinst du das?«

Der junge Polizist nickte.

»Du warst gerade ganz frisch von der Polizeischule gekommen und wohl ein bisschen übermotiviert …«, zwinkernd grinste Brandl den jungen Mann an. Hoffentlich hatte der inzwischen eine etwas entspanntere Gangart gelernt.

»Motivation ist mein zweiter Vorname, noch immer. Ich will schließlich nicht hier in Porz kleben bleiben!« Er warf Brandl einen trotzigen Blick zu, während er ihm einen Schutzhelm anreichte.

»Dann erzähl mal, was los ist.« Brandl stülpte den Helm auf den Kopf. Warum wollte der partout hier weg? Hier gab es doch anscheinend immer gut zu tun.

»Bei der Suche nach dem Mädchen hat der Hund an einer Mauer im Außenbereich angeschlagen. Das Gebäude selbst – hier werden altersgerechte Wohneinheiten gebaut – steht soweit, also der Rohbau ist fertig, und letzte Woche wurden die Fundamente für die Mauern gegossen.«

»Wieso sind die mit den Hunden hier übers Gelände?« Brandl rüttelte an dem Helm, er saß nicht richtig.

»Die waren auf dem Weg zu den Schrebergärten. Zuerst haben sie die Rheinaue abgesucht und das Gelände der ehemaligen Kaserne Brasseur. Von da aus sind sie hier entlang gekommen und der Hundeführer meinte, so eine Baustelle wäre ja vielleicht auch ein toller Spielplatz. Ich hab' früher auch gern auf Baustellen gespielt …«

»Na, na, Kollege Volkmann, das ist aber verboten!«, grinste Brandl. »Eltern haften für ihre Kinder, du kennst doch das große gelbe Schild an jedem Bauzaun!«

»Als Kind sieht man das doch anders, das war ja auch der Nervenkitzel, wenn der Polier laut schimpfend hinter uns herjagte, um uns zu fangen«, feixte Volkmann.

»Da ist was!« Ein älterer Polizist lief ihnen entgegen. »Sie haben schon einen Arm freigelegt. Vermutlich den Arm eines Erwachsenen«, fügte er hinzu, als er Volkmanns Blick auffing. »Rufst du die Spusi?«

Volkmann rannte schon Richtung Streifenwagen.

»So sieht man sich wieder«, Brandl nickte dem Kollegen Schröder zu. »Damals die alte Frau an der Linde, jetzt ein Toter im Baggersee und eine einbetonierte Person hier. Ganz schön viel kriminelle Energie hier in Porz!«

»Nit schlimmer als anderswo, sonst wärst du doch wohl nit hierhin jezogen, ne?!« Er schob seine Brille näher an die Augen.

»Die Wohnung der alten Berger wurde ja frei, aber keiner wollte dort einziehen«, Brandl zuckte die Schultern, »und der Ausblick ist einfach nur genial! Du glaubst nicht, wie gern ich auf dem Balkon sitze und den Schiffen auf dem Rhein zusehe … Nur der Dieselgestank stört ab und zu.«

»Sonst noch was? Also komm mal mit«, Schröder drehte sich um und setzte sich in Bewegung. Brandl folgte ihm.

Am rot-weißen Absperrband standen Bauarbeiter und unterhielten sich leise. Ein Mann in dunklem Anzug und Krawatte kam über die Baustelle gelaufen. »Hallo, kann mir mal jemand sagen, was hier los ist?«

Der jüngere Polizist wandte sich ihm zu: »Polizeikommissar Volkmann. Auf dem Gelände finden polizeiliche Ermittlungen statt. Können Sie sich ausweisen?«

»Deckert, Heinz-Rudolf, ich bin Geschäftsführer bei der Dellinger GmbH und verantwortlich für die Planung und Ausführung dieses Projektes. Sie können die Arbeit nicht einfach so unterbrechen, wir müssen Fristen einhalten!« Er schob das Kinn vor.

»Doch, das können wir!« Brandl zückte seine Dienstmarke. »Peter Brandl, Mordkommission Köln. Und ich möchte, dass sie sich zur Verfügung halten, Herr Deckert!«

Der wich einen Schritt zurück. »Mordkommission? Das heißt, das heißt, da«, er atmete flach, »haben Sie jemanden gefunden?«

»Ja, aber wir haben die Person noch nicht vollständig freilegen können.« Brandl sah, dass Deckert blass wurde. »Sie können ja schon mal überlegen, ob Sie jemanden aus Ihrer Mannschaft vermissen.«

»Einbetoniert«, Deckert leckte sich über die Lippen. »Hier kommt doch kein Fremder auf die Baustelle. Das kann nur jemand sein, der …« Er brach ab und nestelte sein Smartphone aus der Hosentasche.

»Ich geh' mal gucken, wie weit die Kollegen sind.« Schröder verschwand hinter der Mauer und kam nach wenigen Minuten zurück. »Ein Mann, graue Hose, dunkelblaues Jackett. Wenn man das mit dem vielen Dreck drauf, überhaupt richtig einschätzen kann.«

»Hoffentlich der Rietmüller!« Deckert schlug sich die Hand vor den Mund.

»Wieso Rietmüller?« Brandl zückte sein Handy, um sich Notizen zu machen.

»Ein kleiner Scherz. Ist mir rausgerutscht.« Deckert geriet ins Faseln. »Äh, ein Kollege, auch Geschäftsführer wie ich. Er war heute nicht im Büro und auch nicht erreichbar. Aber das ist nicht ungewöhnlich. Der tanzt immer auf verschiedenen Hochzeiten. Und das hier ist nicht sein Projekt, sondern meins.« Er runzelte die Stirn und murmelte vor sich hin. »Aber das wär ihm ja auch scheißegal.«

»Wie soll ich das verstehen? Sie machen Witze, wo wir hier gerade eine Leiche aus dem Beton stemmen?« Brandl hatte die Eingabe gestoppt und schaute Deckert mit gerunzelter Stirn an.

»Quatsch, nein, ja, ach. Ich habe nur so vor mich hingebrabbelt. Wie man halt so spricht, wenn man aufgeregt ist. Das ist eine Ausnahmesituation. Bei uns ist sonst immer alles in Ordnung, da können Sie jeden fragen.« Deckert tippte auf sein Smartphone und nahm es dann ans Ohr. »Deckert hier. Hallo, Herr Dellinger. Ich bin auf der Baustelle in Westhoven. Die Polizei ist hier. Nein, nein, das nicht.« Er sah angestrengt auf seine Schuhspitzen, »es wurde ein Toter gefunden. So wie ich gehört habe, wurde er einbetoniert. Ja, ein Mann. Nein, in der Außenanlage. Ja, genau da, wo letzte Woche Beton gegossen wurde. Nein, weiß ich nicht. Nein, weiß ich auch nicht …« Deckert ließ das Smartphone sinken. »Wie lange werden die Ermittlungen hier dauern?«

»Kann ich nicht sagen. Die Spurensicherung muss noch

arbeiten. Kommt darauf an, jetzt ist hier schon bald Feierabend, also heute und morgen brauchen die bestimmt, vielleicht noch länger.«

Brandl tippte wieder auf sein Handy, Deckert führte das Smartphone zurück ans Ohr und wiederholte Brandls Worte. »Ja, okay, ich bleibe hier. Nein, nicht ohne Anwalt. Okay.«

»Geben Sie mir bitte Ihre Karte, wir müssen Sie auf jeden Fall zur Sache befragen.« Brandl hatte zugehört. »Und das am Telefon gerade, das war Ihr Chef, ja?«

Deckert nickte und reichte ihm eine weiße Karte mit überdimensionalem roten Logo. »Mein direkter Chef ist Hans Dellinger, geschäftsführender Gesellschafter der Dellinger GmbH.«

»Und wer ist Rietmüller?«

Deckert schüttelte abwehrend den Kopf. »Der ist, wie ich schon sagte, auch Geschäftsführer.«

»Geben Sie mir bitte seine Mobilnummer?« Brandl gab sie in sein Handy ein und wählte, aber es sprang nur die Mailbox an. »Haben Sie auch die Privatnummer von Herrn Rietmüller?«

»Nein, aber seine Sekretärin, Frau Warbecke, Sie erreichen sie unter der Nummer auf meiner Karte, aber am Ende dann Durchwahl 367. Wenn Sie mich jetzt hier nicht mehr brauchen, würde ich mich gern mit dem Bauleiter kurzschließen, er muss instruiert werden.« Deckert hatte wieder in seine Rolle als Geschäftsführer zurückgefunden.

Brandl nickte. »Gut, aber ich werde Sie und den Bauleiter noch befragen müssen, halten Sie sich zur Verfügung.«

Deckert winkte ab und ging mit weit ausholenden Schritten zu dem direkt an der Einfahrt zur Baustelle platzierten Container. Brandl wandte sich an den jungen Kollegen: »Und du gehst mit um die Personalien des Bauleiters aufzunehmen.« Volkmann sprintete los.

In diesem Moment fuhr der Wagen der Spurensicherung an ihnen vorbei.

Brandl winkte Erwin kurz zu und bog dann hinter die Mauer ein.

»Wenn der Hund hier nit lang jeführt worden wäre, hätte der für ewig da jelegen«, brummte Schröder und deutete vor sich.

Brandl sah einen Hinterkopf mit grau meliertem Haar und einem dunkelblauen Stoffkragen. »Die Spusi ist gerade eingetroffen, ich warte noch ab, was die mir auf die Schnelle sagen können, dann kann ich vielleicht schon mal gucken, wer das ist. Verändert nichts, sonst kriegt Erwin wieder einen Tobsuchtsanfall!« Brandl griente.

»Danke, Brandl. Ohne dich wüssten wir nich, wat zu tun is!« Schröders Stimme klang kühl.

»Wo ist denn eigentlich der Hundeführer hin?« Brandl sah sich suchend um.

Volkmann stand wieder neben ihm und reichte ihm seine Notizen. »Der ist weiter zu den Schrebergärten an der Kölner Straße. Hoffentlich finden sie das Mädchen bald!«

Brandl nickte. Ja, das wurde wirklich Zeit! Je länger sich die Suche hinzog, desto unwahrscheinlicher, dass sie das Mädchen lebend finden würden.

Michael erwartete Ulla an der Tür und umarmte sie sofort. »Habt ihr sie gefunden?«

Ganz warm wurde ihr bei seiner Fürsorge. »Nein. Aber eine männliche Leiche im Baggersee und eben raste ein Großaufgebot von Polizei nebst Rettungswagen, Richtung Ensen.«

»Um Himmels willen, ein Unfall?«

»Weiß nicht, ist mir auch egal. Ich muss noch mal zu den Pfeiffers rüber.«

Er hielt sie zurück. »Ulla, du musst zuerst was essen!«

»Ich kriege sowieso nichts runter, aber danke. Was machen die Kinder?«

»Jonas hängt vorm Computer, Lea ist bei Leonie. Ich hole sie gleich ab, man weiß ja nie.«

Oben ging eine Tür auf und wenig später fiel die Badezimmertür ins Schloss. ›Jeanny‹, kreischte Falco gerade aus Jonas' Zimmer, ›quit livin' on dreams, Jeanny, life is not what it seems …‹

Ulla schlug die Hand vor den Mund. Michael brüllte durch das Treppenhaus nach oben: »Mach das sofort aus, Jonas!«

Die Badezimmertür öffnete sich wieder. »Reg dich ab, ist doch voll krass retro, dieser Falco!«

›Sie kommen! Sie kommen dich zu holen. Sie werden dich nicht finden. Niemand wird dich finden!! Du bist bei mir. Jeanny‹, Jonas Zimmertür knallte zu.

»Ich glaube, der versteht gar nicht, worum's in dem Lied geht«, meinte Michael. »Ich rede mal mit ihm.«

Ulla umarmte ihn und drückte ihm einen Kuss hinters Ohr auf den Hals. Michael sah sie erstaunt und fragend an.

»Das musste einfach sein! Bis nachher.« Ulla schlüpfte zur Tür hinaus.

Udo Pfeiffer öffnete direkt nach ihrem Klingeln. »Ach, Sie sind's Frau Wolff. Meine Frau wird froh sein, dass Sie da sind.«

Bevor sie fragen konnte, antwortete er schon: »Nein, noch nichts Neues. Sie will kein Beruhigungsmittel nehmen.« Sie gingen ins Wohnzimmer.

Viola saß zusammengesunken auf der Couch, neben ihr eine Box Papiertaschentücher. Als sie Ulla sah, raffte sie beide Hände voll zerknüllter Taschentücher, die rund um sie verstreut lagen. »Es ist bestimmt etwas Schlimmes passiert, Frau Wolff. Wie kann Gott das zulassen? Unser kleines Mädchen hatte noch das ganze Leben vor sich.«

Udo Pfeiffer sah Ulla entsetzt an, dann wieder seine Frau. »Viola, ich kann dich gut verstehen. Die ganze Angst ... Denk doch nicht gleich das Schlimmste. Noch wissen wir nichts Genaues.« Und zu Ulla gewandt fuhr er fort: »Ich koch uns mal 'nen Tee.« Violas Mann schien froh zu sein, endlich etwas tun und das Zimmer verlassen zu können.

Ulla legte den Arm um die schluchzende Frau. »Viola, das ist doch nicht allein Gottes Sache. Die Menschen haben doch ihre Entscheidungsfähigkeit. Er steht uns bei, wird uns helfen, Kraft geben und beschützen.«

»Das glaubst du doch wohl selber nicht!« Ihre Stimme kippte, sie begann wieder zu weinen. »Mein Kind ist mutterseelenallein da draußen. Bestimmt wird sie gequält oder ist schon tot.«

»Gott ist auch bei deiner Tochter, ganz gleich, wo sie jetzt sein mag.« Ulla schluckte und schickte stumm ein Bittgebet nach oben. Dabei hielt sie Viola weiter fest im Arm. Die legte ihren Kopf an Ullas Schulter und schluchzte wie ein Kind, das nicht zu trösten war.

Udo Pfeiffer kam mit einem Tablett herein und stellte eine Kanne, Zucker, Tassen und ein paar Kekse auf den Tisch.

Das hätte Michael auch gemacht, dachte Ulla.

Er schenkte seiner Frau ein und deutete auf die Kanne: »Bedienen Sie sich, Frau Wolff, bitte.«

»Danke, Herr Pfeiffer, oder darf ich auch Udo sagen?«

Er nickte, dann schaltete er den Fernseher ein und zappte sich zur ›Aktuellen Stunde‹ durch. Der blonde Moderator machte ein ernstes Gesicht. Sarahs Foto erschien im Hintergrund. Udo stellte den Ton lauter. »... mit einer dringenden Suchmeldung an Sie. Die siebenjährige Sarah wird seit dem Sonntagvormittag vermisst. Sie ist auf dem Weg zum Kindergottesdienst in Porz-Zündorf verschwunden. Die bisherige Suche blieb erfolglos. Sarah trug eine pinkfarbene Jacke, hellblaue Jeans und ebenfalls pinkfarbene Turnschuhe. Sie hat eine rosafarbene Tasche mit Pferdemotiven und ein pinkfarbenes Kinderfahrrad dabei. Wenn Sie sachdienliche Hinweise zum Verbleib des Mädchens machen können, wenden Sie sich bitte an eine naheliegende Polizeidienststelle oder rufen Sie unter der unten eingeblendeten Nummer an. Auf unserer Internetseite finden Sie weitere Informationen. Und nun zum Wetter.« Udo stellte den Ton leiser.

»Sie hatte auch eine Puppe dabei«, flüsterte Viola. »Wir haben vergessen, das der Polizei zu sagen. Sie hat ihre Leni mitgenommen.«

»Das ist bestimmt nicht so wichtig, Schatz.« Udo hockte sich vor Viola und griff nach ihrer Hand.

»Woher willst du denn wissen, was wichtig ist und was nicht?« Sie entzog ihm die Hand. »Jetzt, wo sie weg ist, hast du dein blödes Squash sogar sausen lassen. Wenn es brennt, dann kannst du auch mal früher aus dem Büro nach Hause kommen. Dann geht das plötzlich. Und sonst? Das Kind sieht dich doch nur an den Wochenenden und selbst dann nur, wenn es dir zeitlich in dein Freizeitprogramm passt!« Ihr Gesicht war blass, die Wangen brannten. Die Wut hatte offensichtlich die Angst verdrängt.

»Viola, das gehört jetzt nicht hierhin!« Udo war die Szene offensichtlich peinlich, sein Blick pendelte zwischen Ulla und seiner Frau hin und her.

»Frau Wolff hat selbst Familie und bekommt auch sonst so einiges mit, sie weiß, wie es läuft. Glaubst du wirklich, du machst genug hier für die Familie und Sarah?«

»Viola, ich muss Geld verdienen, die Rechnungen bezahlen sich nicht von allein. Wir haben damals beschlossen, dass du beim Kind bleibst und ich mich einbringe, so wie ich kann.«

»Einbringen nennst du das? Das ist ein Minimalangebot, das ist zu wenig für ein Kind. Und für mich auch. Ich möchte dich nicht nur während deiner kleinen freien Zeitfenster sehen! Was hat das alles noch mit Liebe zu tun?« Sie schluchzte wieder.

»Beruhige dich doch, Schatz, alles wird gut.« Udo rieb die Handflächen an seiner beigefarbenen Cordhose ab. Ulla sah ihn auffordernd an. Er setzte sich auf die freie Seite neben Viola. Ulla zog ihren Arm zurück und er legte seinen um seine Frau. »Alles wird gut. Alles wird gut, Schatz.« Er wiederholte es immer und immer wieder, dann weinte auch er.

Warum musste das Zusammenleben immer so schwierig sein? Hatte ihre Freundin Elli recht gehabt, wenn sie sagte, dass Männer und Frauen einfach nicht zusammenpassten? Ullas Magen krampfte sich zusammen, als sie an die kluge Elli dachte. Wie oft hatten sie über dieses Thema gesprochen! Und dass es Männer und Frauen trotz aller Unterschiede immer wieder zueinander hinzog. Vielleicht auch gerade deswegen. Zuerst schmiedete man verliebt Pläne für eine glückliche Zukunft. Man redete Tag und Nacht miteinander, schickte voller Sehnsucht Briefe und SMS, man liebte sich wild, zärtlich, leidenschaftlich – immer und überall. Man plante ein gemeinsames Leben, ein Familienleben. Das erste Kind kam – und spätestens damit veränderte sich alles. Oft war schon vorher Ernüchterung an die Stelle der Begeisterung füreinander getreten, doch mit einem Kind – so hofften viele – würde sich das Blatt wenden, die Bindung neu belebt werden. Doch mit dem Kind rückte jetzt jemand anderes in den Mittelpunkt, der die gesamte Aufmerksamkeit, Liebe und Kraft aufsaugte. Über Nacht war man Eltern und kein Liebespaar mehr. Kam dann noch ein zweites Kind, mutierte die Beziehung zu einem Familienunternehmen. Hauptsache, alles funktionierte irgendwie. Man redete nur noch das Nötigste, für Sex war mindestens einer immer zu müde. Ulla seufzte. »Ihr seid mit diesen Schwierigkeiten nicht allein. Es wäre wichtig, dass ihr mehr Zeit für euch und die Familie findet. Dinge zu zweit zu machen, euch daran zu erinnern, warum ihr euch eigentlich mal füreinander entschieden habt. So schwer ist das gar nicht. Ihr habt es in der Hand, ...« Sie hatte den Eindruck, dass die beiden gar nicht zuhörten.

Das Telefon klingelte. Viola und Udo griffen gleichzeitig nach dem Hörer. Dann zog Viola ihre Hand zurück, als hätte sie sich verbrannt.

Udo musste sich erst räuspern, dann drückte er den Annahmeknopf. »Pfeiffer, ja, ja? Nein. Das darf doch nicht wahr sein ... Viola«, er hielt das Telefon ans Ohr gedrückt, lauschte und schaute dabei seine Frau an. Die starrte ihn wie hypnotisiert an, ließ ihn nicht aus den Augen. Er horchte und sprach gleichzeitig. »Viola, sie haben sie gefunden … Sie lebt, kein Verbrechen … Ja, Herr Schiefer, wir warten hier … Wo sagten Sie, haben Sie sie gefunden? Ja doch, ich lege auf, bis gleich.« Er warf das Telefon auf die Couch und umarmte seine Frau, die steif da saß und ihn ungläubig anstierte.

Er weinte und lachte gleichzeitig. »Sie lebt. Hat keinen Kratzer. Sie war in einer Gartenlaube, in einer Gartenlaube. In einem Schrebergarten. Samt Fahrrad. Wie ist sie da bloß gelandet? Was wollte sie da nur?«

Viola schüttelte immer wieder den Kopf.

Ulla dachte: danke, lieber Gott. Dann merkte sie, dass sie vor Erleichterung weinte.

Viola und Udo saßen eng umschlungen. Ulla hörte Udo flüstern. »Du hast ja recht. Ich werde mir mehr Zeit für Sarah und dich nehmen. Wir haben jetzt eine zweite Chance. Willst du?«

Ulla ging zur Tür und zog sie leise hinter sich zu. Dann beeilte sie sich, nach Hause zu kommen. Sie wollte zu Michael.

Zu Hause lief der Fernseher, aber außer Sultan, dem grau getigerten Familienkater schien sich niemand für das Programm zu interessieren. Und der hörte auch lediglich ›fern‹, hatte sich eingerollt und seinen Kopf bequem auf eines der Sofakissen gebettet. Bestimmt hatte Jonas den Fernseher zunächst eingeschaltet und dann war ihm etwas Besseres eingefallen. Von oben hörte Ulla Lea laut singen. Seit sie diese Karaoke-CD hatte, spielte sie andauernd ›Deutschland sucht den Superstar‹. Sie gewann immer.

Ulla rannte förmlich die Stufen zu Michaels Arbeitszimmer hoch und riss die Tür auf. Sie registrierte noch, dass er schnell etwas weg klickte, bevor er sich mit dem Bürostuhl zu ihr umdrehte.

»Sie ist wieder da. Sarah wurde in einer Gartenlaube gefunden, unversehrt!« Ulla lachte und warf sich Michael auf den Schoß. »Ich bin so froh, hatte solche Angst! Doch jetzt ist alles gut!« Sie küsste Michael immer wieder. Auf die Stirn, die Augen, die Nase, die Wangen, den Mund. Er kam gar nicht zum Reden.

Dieser ruhige, so überlegt handelnde Mann. Das habe ich schon immer an ihm geliebt. Ein wenig introvertiert und in sich ruhend. Und dann diese zärtlichen Hände. Gedankenfetzen wirbelten durch Ullas Kopf, Michael hatte sie zu streicheln begonnen. Als er ihr T-Shirt hochschob, sah er sie fragend an.

Ulla nickte und lächelte.

10

Dienstagmorgen. Brandl eilte den Flur entlang. In der Rechtsmedizin hatte es doch länger gedauert als erwartet. Die Untersuchung der Leiche aus dem Baggersee war abgeschlossen und Brandl hielt den Bericht in Händen. Tod durch harte Schläge auf Kopf, Gesicht und Schultern. Todeszeitpunkt: Donnerstagabend, 22. Mai. Die Leiche war eindeutig identifiziert. Helmut Rietmüller hieß der Tote – da würde sich der Geschäftsführer von der Baustelle in Westhoven vermutlich freuen. Rietmüllers Frau Birgit hatte ihren Mann am 24. Mai als vermisst gemeldet. Sie war einbestellt worden und hatte bei der Identifikation, nach kurzem Blick auf den übel zugerichteten Toten, stumm genickt und sich umgedreht. Hinterher hatte sie auf Brandls Nachfrage geantwortet, sie habe ihn an der Kleidung und den Händen erkannt. Als Brandl hatte wissen wollen, warum sie sich erst zwei Tage nach seinem Verschwinden bei der Polizei gemeldet hatte, meinte sie, ihr Mann bliebe häufiger über Nacht fort, ohne mitzuteilen, wo er sich aufhielt. Brandl hatte sich darüber gewundert, wie gefasst Birgit Rietmüller gewesen war. Wahrscheinlich kam die Reaktion verzögert, wenn sie wirklich realisierte, dass ihr Mann tot war. Frau Rietmüller hatte auch davon gesprochen, dass ihr Mann einen schweren Stand im Beruf gehabt hätte und dass sie am Donnerstagabend in einer Sauna in Overath gewesen sei. Nicht allein, sondern gemeinsam mit anderen Mitglieder ihrer Meditationsgruppe. Deren Namen könne sie gerne mitteilen. Während sie mit Brandl gesprochen hatte, hatte sie ihn gar nicht richtig angesehen, eher einen Punkt zwischen seinen Augen fixiert. Sie wirkte wie versteinert, irgendwie hatte sie ihn an einen Roboter erinnert. Unwohl hatte sich Brandl dabei gefühlt. Er würde noch einmal mit ihr sprechen müssen.

Bodo Frost stand vor der Tür des Vernehmungsraumes und sah ihm entgegen. Bodo war auch Sportler, wie Brandl. Er wurde von den Kollegen ›Ironman‹ genannt, denn er nahm an den großen Triathlon-Langstreckenwettbewerben auf der ganzen Welt teil; dazu war er schon in Neuseeland, Mexiko, Kanada und sogar auf Hawaii gewesen. In seinem Büro stapelten sich die Pokale in den Regalen, aber Bodo sprach von sich aus nie über seine Erfolge. Angenehmer Kollege, fand Brandl.

»Hi Bodo, ist das die erste Vernehmung Schneiders?«

Bodo nickte. »Sein Anwalt ist noch unterwegs, steht im Stau.«

»Vielleicht nicht gerade unpraktisch, schon mal anzufangen«, lachte Brandl.

Bodo öffnete schwungvoll die Tür. »Guten Morgen, Herr Schneider! Herrn Brandl von der Mordkommission kennen Sie ja bereits, mein Name ist Bodo Frost und ich bin hier für die technische Unterstützung bei der Auswertung Ihres Computers zuständig. Später wird noch der Kollege vom KK 12 zu uns stoßen. Aber bis dahin vertreiben wir uns ein wenig die Zeit mit den Fragen, die Herrn Brandl so auf den Nägeln brennen, nicht wahr?«

Schneiders Blicke huschten zwischen Frost und Brandl hin und her. Zeigefinger und Daumen der linken Hand zupften an der Haut des rechten Handknöchels. »Warum denn die Mordkommission?«

Brandl sah, dass sich Schneiders Adamsapfel auf und ab bewegte.

»Mir geht es ausschließlich um Ihre Beobachtungen rund um Ihre Arbeitsstelle bis hin zum Baggersee. Die kinderpornografischen Vergehen bearbeiten die Kollegen vom KK12, dem

Kommissariat, das für Sexualdelikte zuständig ist, und das KK35, zu dem unser Kollege Frost gehört, unterstützt uns, wenn es um Computer geht. Die sind da ganz besonders bewandert. Also, Herr Schneider, Sie haben mir am 25. Mai in Ihrem Büro gesagt, Sie hätten in den Tagen davor nichts Außergewöhnliches gesehen. Ich muss Sie heute noch einmal fragen, ob Ihnen in der Zeit vor dem 25. Mai nicht doch irgendetwas oder irgendjemand aufgefallen ist. Oder ist Ihnen auf Ihren Aufzeichnungen etwas sonderbar vorgekommen?«

Schneider beugte sich vor, starrte Brandl an. »Sie haben doch die Aufzeichnungen mitgenommen, haben Sie denn etwas entdeckt?«

»Die DVDs sind wohl defekt, Herr Schneider. Und das, was unsere Techniker wiederherstellen konnten, zeigte tiefste Nacht mit ein paar grauen Streifen. Für mich stellt sich die Frage, ob und was da von Ihnen wirklich überwacht wird.«

Schneiders Adamsapfel war wieder in Bewegung. »Natürlich überwachen wir das Objekt, dafür werden wir bezahlt. Aber es gab keine besonderen Vorkommnisse. So einfach ist das.«

»Und ob es da besondere Vorkommnisse gab. Irgendjemand hat einen Toten in einer Hundebox direkt an Ihrer Nase vorbei getragen. Da haben Sie wohl gerade geschlafen oder am PC gespielt, oder? Verkaufen Sie mich nicht für blöd, Schneider. Vielleicht war ja jemand aus Ihrer Firma beteiligt oder Sie selbst.«

»Ja, klar. Ich weiß nicht, wovon Sie reden, weiß nicht, was passiert ist. Ich hab' damit nichts zu tun.« Schneider schüttelte ununterbrochen den Kopf. »Nur weil ich mir ein paar Bildchen angeguckt habe, bin ich doch nicht kriminell. Und mit dem vermissten Mädchen hab' ich auch nichts zu tun. Ich weiß gar nicht, was Sie von mir wollen. Ich sag' jetzt auch nichts mehr, bis mein Anwalt da ist. Das ist doch lächerlich!« Seine Stimme war immer lauter geworden.

»Kinderpornografisches Material zu besitzen, ist grundsätzlich nicht lächerlich. Aber das wird Ihnen Hauptkommissar Frost gerne näher erläutern.« Brandl nickte Bodo zu. »Ich bin dann mal weg.«

Ulla war nach einigem Zögern der Empfehlung von Krankenschwester Silke gefolgt und wollte sich heute diese Trauergruppe, oder was auch immer das war, im Engelshof anschauen. Sie hatte es zu Hause einfach nicht mehr ausgehalten und schlenderte, mit Decke und Sporttasche bewaffnet, zu ihrem Auto. Gerade als sie aufschließen wollte, kam Viola auf sie zu.

»Hallo Ulla, gehst du zum Sport?« Viola wartete keine Antwort ab, sprach sofort weiter.

»Wir sind so glücklich, wir drei. Seit Sarah wieder da ist, ist alles anders.« Ihre Augen leuchteten. »Danke, dass du mich so unterstützt hast. Das war richtig gut.« Viola griff nach Ullas Hand, drückte sie fest.

Ulla lächelte, dann wurde sie ernst: »Konnte die Polizei euch sagen, warum Sarah so lange fort war und wo sie gesteckt hat?«

»Ja, aber das brauchten sie gar nicht, denn Sarah hat erzählt wie ein Wasserfall. Auf dem Weg zur Kirche ist sie einfach mit dem Rädchen zum Rhein gefahren. Da wäre angeblich eine so süße Entenfamilie gewesen, mit sieben gelben und einem dunklen Küken. Und denen ist sie dann hinterher geradelt bis nach Westhoven, immer am Rhein entlang. Da war sie dann ganz müde, hatte Durst und hat sich auf eine Bank gesetzt, direkt neben einen alten Mann. Nein, nein, keine Sorge, nicht so einer …«, sie rollte mit den Augen, drückte, als sie Ullas erschrockenes Gesicht sah, deren Hand.

»Der ist wohl ganz allein und langweilt sich. Er hat Sarah von seinem Schrebergarten und der großen Voliere, die er da hätte, erzählt. Sarah wollte unbedingt dahin und die Kanarienvögel, Wellensittiche und Papageien sehen.«

Ulla sah auf ihre Uhr, sie wollte pünktlich im Engelshof sein. Viola verstand den Wink und beeilte sich. »Also, die sind dahin und die ganze Zeit über dort gewesen. Dieser Herr Dries hat für sie beide auf einem kleinen Gaskocher eine Dosensuppe vom Discounter gekocht und ihr vorgelesen. Sarah liebt Hühnernudelsuppe aus der Dose. Dazu gab's wohl Brötchen. Irgendwann war Sarah müde und er hat sie auf eine Liege gepackt und zugedeckt. Er selbst schlief auf seiner Schlafcouch im anderen Raum. Von der ganzen Suchaktion haben die beiden nichts mitbekommen, weil er weder Radio noch Fernseher in seinem Schrebergartenhäuschen hat. Beide waren wohl ganz erschrocken, als der Polizeihund im Garten wie verrückt gebellt hat.«

»Sachen gibt's.« Ulla schüttelte den Kopf.

»Sarah will auch weiter den Opa Dries, wie sie ihn nennt, besuchen. Der wäre ja so allein und sie hätte ja keinen Opa mehr, hat sie gesagt.«

Ulla öffnete die Wagentür, warf die Sporttasche auf den Rücksitz. »Kann ich verstehen, so ein Leihopa ist ja auch was Feines. Allerdings müsst ihr mit dem reden, Viola, so geht das nicht. Der kann doch nicht einfach ein Kind über Nacht irgendwo festhalten. Der scheint ja schon ganz schön durcheinander zu sein. Bei allem Verständnis, auch wenn der einsam ist. Aber so was geht echt nicht, das müsst ihr ihm klar machen. Also«, sagte sie schnell, als Viola den Mund aufklappte. »Ich muss los. Ich bin total froh, dass alles gut ausgegangen ist! Aber ich hab' jetzt einen Termin. Ein anderes Mal gern.« Sie umarmte die Nachbarin und sprang ins Auto. Viola winkte ihr zu.

An der nächsten roten Ampel hatte Ulla das Gespräch bereits vergessen. Bleierne Schwere legte sich um sie. In letzter Zeit fühlte sie sich müde und innerlich unruhig zugleich, konnte sich auf nichts so recht konzentrieren. Einzig das Joggen brachte ihr etwas Erleichterung. Die frische Luft, die gleichmäßige Bewegung, die Gesichtsgymnastik, die sie beim Laufen durchführte. Aber immer wieder hatten sich Bilder ins Gedächtnis gedrängt. Sie schlief schlecht, wachte in aller Frühe auf, meist zwei, drei Stunden vor dem Aufstehen und konnte dann nicht mehr einschlafen.

Ellis Beerdigung gestern war schrecklich gewesen. Außer ihr und ihrer Familie waren nur ein paar Nachbarinnen bei der Trauerfeier anwesend gewesen. Nach der Beerdigung durch Pfarrer Fuhrmann, war Michael zur Stadtsparkasse gefahren, die Kinder hatten noch Verabredungen gehabt. Die Nachbarinnen wollten nach Hause. Ulla hatte sich auf eine Bank ganz in der Nähe von Ellis Grab gesetzt und drauf los erzählt bis ihr nichts mehr eingefallen war, dass sie hätte berichten können. Sie fühlte sich immer noch leer, wie ausgehöhlt, hatte kaum geschlafen. Alles fühlte sich so schwer an. Ulla hatte mühsam ihre Arbeit in der Kirche erledigt, zwei Gespräche geführt. Konnte sich aber an nichts erinnern, was besprochen worden war. Sie hatte sich Notizen gemacht, da musste sie reinschauen, nachher. Ulla fröstelte, obwohl es überhaupt nicht kalt war. Sie konnte nicht weinen, keine einzige Träne hatte sie mehr um Elli weinen können. Sie fühlte sich im Stich gelassen, allein gelassen. Wie erstarrt. Warum hast du mich allein gelassen? Warum? Warum hast du mich verlassen? Oder habe ich dich schon vorher im Stich gelassen? Hätte ich nicht wegziehen sollen? Hätte ich dann früher etwas bemerkt?

Lautes Hupen schreckte Ulla hoch und sie fuhr mit quietschenden Reifen an. Dann zockelte sie weiter. Gleich würde sie den Engelshof erreichen.

Elli und sie waren schon so lange befreundet gewesen. Täglich hatten sie miteinander telefoniert, sich mindestens einmal in der Woche getroffen. Früher, als sie noch nebeneinander gewohnt hatten, war jede im Haus der anderen ein und ausgegangen. Alltagsdinge und Geheimnisse wurden geteilt, sie hatten sich immer auf die Verschwiegenheit und die Unterstützung der anderen verlassen können. Und nun? Sie fühlte Elli nicht. Sie war weg. Verschwunden. Wie aufgelöst in einem schwarzen Nichts. Ihre Freundin, mit der sie sich tiefer verbunden gefühlt hatte, als mit irgendeinem Menschen sonst, war weg. Als hätte es sie nie gegeben. Ulla parkte den Wagen ein und versuchte sich zur Ordnung zu rufen. Sie glaubte doch an ein Leben nach dem Tod. Erzählte auf Beerdigungen selbst davon. Warum spürte sie jetzt nichts mehr? Elli hatte eine schmerzende Lücke hinterlassen. War sie jetzt bei Gott? Und schaute ihn von Angesicht zu Angesicht an, wie es in der Bibel stand? Was hieß das eigentlich? Mechanisch schloss sie ihr Auto auf dem Parkplatz vor dem Engelshof ab, schlenderte durch das Tor in den Innenhof und betrat die Treppe, die ins Haupthaus führte. Auf dem Dach amselte es lautstark. Auch das war wieder eine Wortschöpfung von Elli, wenn eine Amsel gar nicht mehr zu flöten aufhören wollte.

›Wenn man keine Ahnung hat: Einfach mal Fresse halten‹, sagte der Kabarettist Dieter Nuhr immer. Genau. Schnabel zu. Ulla wollte nichts hören. Sie drückte die Tür auf und betrat den Raum. An einer Bank hatten die Menschen, die vor ihr gekommen waren, ihre Schuhe abgestellt und Taschen und Jacken abgelegt.

Sie packte ihre Sachen dazu und setzte sich zu den anderen auf eine Matte in der hintersten Reihe. Der Gruppenleiter vorne warf ihr kurz einen Blick zu, nickte freundlich und sprach dann weiter.

»Mittwoch ist der heilige Tag, er teilt die Woche. Zwei Teile eines Ganzen fügen sich hier zusammen. Wie Yin und Yang, Schwarz und Weiß, Licht und Schatten. An diesem wichtigen Schnittpunkt treffen wir uns. Eine ganz besondere, energiegeladene Atmosphäre herrscht an diesem Tag, die nutzen wir für uns. In anderen Glaubensgemeinschaften muss ein Schüler ein Jahr lang warten, um an einer solchen ›Session‹ teilnehmen zu dürfen, aber ich traue euch das richtige ›Standing‹ zu. Ich spüre, ihr habt den ›Spirit‹.« Der Mann blickte offen und vertrauensvoll in die Runde.

Ulla fragte sich, ob er wohl selbst wusste, wovon er genau sprach, aber da alle anderen nickten, wollte sie nicht direkt beim ersten Treffen durch unangenehmes Nachfragen auffallen.

»Ich sehe, ihr tragt bequeme Kleidung … dann bitte ich euch nun, zu den Tönen der Klangschale durch den Raum zu gehen. Kreuz und quer, nicht nur im Kreis oder Gänsemarsch.«

Hell und klar vibrierten die Töne durch den Raum. Auf den Fensterbänken flackerten Teelichter und Ulla spürte, wie sich ihre Bewegungen verlangsamten, sich ihre Starre mit jedem Schritt mehr löste. Die Stimme des Gruppenleiters, der laut Kursprogramm Rajan hieß, war beruhigend und aufmunternd zugleich, als ob sie ihrem Kater Sultan durch sein flauschiges Fell streichelte, die seidige Weichheit spürte, sein Schnurren hörte und dann sah, dass das Tier die Krallen ausgefahren hatte. Natürlich rein massagetechnisch wurden von ihm das Sofakissen und ihre Beine bearbeitet. Sultan war seit einiger Zeit nicht mehr allein. Die Glückskatze Hermine, dreifarbig und sehr ängstlich, gehörte seit ihrem Umzug nach Zündorf mit zum Haushalt. Die Kleine war ihnen über den Tierschutzverein Porz vermittelt worden. Sultan hatte sie zunächst keines Blickes gewürdigt, dann aber akzeptiert. Er hielt Distanz. Ulla lächelte, als sie an das ungleiche Paar dachte.

Rajan gab leise, aber deutlich seine Anweisungen und alle folgten. Er ließ sie tanzen, auf Zehenspitzen schleichen, hüpfen, mit den Armen rudern, die Zunge herausstrecken. Und dann forderte er sie auf, laut zu schreien. »Schreit alles aus euch heraus, was euch belastet, was auf eurer Seele liegt, was euch wütend oder traurig macht. Schreit es in die Welt hinaus, die es womöglich gar nicht hören will. Aber hier drinnen, wir hören zu, ich höre zu, Gott hört zu.«

Zuerst traute sich Ulla nicht. Das laute Herumschreien der anderen ängstigte sie ein wenig. Aber als es um sie herum lauter und lauter wurde, fasste sie Mut und begann auch zu brüllen. »Das war viel zu früh, Elli! Du kannst mich nicht einfach so allein lassen, was mach ich denn ohne dich?« Sie schluchzte. »Ich konnte doch nicht früher kommen, ich konnte doch nicht wissen, dass du da liegst!« Ulla schluchzte lauter. »Du bist doch meine Freundin, hast gesagt, du wärest immer für mich da. Auch um mir zu helfen!« Sie ballte die Fäuste, doch sie war nicht wütend auf Elli, nur auf sich und auch auf Peter Brandl, der sie weggeschickt hatte. Ihre Stimme wurde schriller: »Du verlogener Scheißkerl! Das hast du nicht umsonst mit mir gemacht, Brandl. Nicht mit mir! So nicht! So kannst du mit deinen Betthäschen umgehen, mit deinen bescheuerten Praktikantinnen, aber nicht mit mir! Dir werde ich's zeigen, Brandl! Ich hab' es geschafft. Nicht nur die Kurve gekriegt. Ich bin glücklich. Glücklich, hörst du Brandl? Und nicht mit dir. Ich bin glücklich, ohne dich!« Bei dem Wort *glücklich* kippte ihr zwar die Stimme weg, aber das war ihr gleich. Rajan beobachtete sie aufmerksam, aber als sie zu ihm hin sah, schaute er weg.

»Gut so, lasst all das, was euch schmerzt und klein macht, aus euch heraus. Haltet nichts zurück! Macht euch frei!«

Der Raum füllte sich mit Schreien, Seufzern und Jammern. Ulla fragte sich, ob das keine Probleme mit den anderen Kursen hier im Engelshof geben würde und was wohl die Leute dachten, wenn alle hier so herumbrüllten. Sie war gedanklich schon wieder abgeschweift. Rajan hob die rechte Augenbraue und sah sie fragend an. Ulla bekam sofort ein schlechtes Gewissen. Was sollte das denn? Wollte der sie unter Druck setzen? Sie war schließlich neu. Dieses ›Im-Hier-und-Jetzt-Sein‹ und sich zu öffnen, fiel ihr schwerer, als sie gedacht hatte.

»Legt euch nun auf die Matten und kommt zur Ruhe. Spürt nach, wie befreit ihr seid. Spürt nach, ob ihr den Groll loswerden konntet. Atmet tief ein und aus. Spürt euer Herzchakra, legt die linke Hand auf die linke Brust, die rechte Hand darüber.«

Ulla hob fragend den Kopf. Herzchakra? Ah, die anderen legten die Hände auf die Mitte des Brustkorbes. Ohne, dass sie es bemerkt hatte, war Rajan an ihre Seite getreten, beugte sich nun zu ihr hinunter und korrigierte die Lage ihrer Hände. Dabei streifte er ihre Brüste. Zufall?, dachte Ulla. Kann ja mal passieren, beruhigte sie sich selbst. Dann hörte sie seine Stimme von einer anderen Stelle im Raum. Er sprach langsam in einer Art Singsang. Es waren Worte, die sie nicht verstehen konnte, die sich aber angenehm in ihr Ohr schmiegten. Ulla wurde ruhiger, ließ sich immer mehr und mehr in die Melodie hineinziehen. Bilder tauchten vor ihrem inneren Auge auf.

Sie war klein, lief barfuß durch den Garten. Kirschblüten regneten auf sie herunter und sie drehte sich mit ausgestreckten Armen um sich selbst. In der Ferne hörte sie Kirchturmglocken wie zur Weihnachtszeit. Schnitt. Sie war am Strand. Die Tour nach Saint-Jean-de-Luz, direkt nach dem Abitur. Uschi, Susi, Elke und sie hatten den Käfer von Elkes Vater ausgeliehen und waren einfach drauflos gefahren, der Sonne entgegen – bis sie an der rauen französischen Atlantikküste gelandet waren. Sie hatten einfach nur im warmen Sand gelegen und den Wolken zugesehen, die sich in Drachen und Schlösser verwandelten.

»Geht mit eurer Konzentration immer tiefer ins Herzchakra. Ihr verbindet euch dadurch mit mir und meinem Höheren Selbst. Spürt, wie ihr selbst erhöht werdet. Fragt euch, was euer wahres Ziel ist. Seid ehrlich zu euch selbst. Welche Bedeutung haben materielle Dinge bei eurem Streben nach Verwirklichung? Seid ihr euch des höchsten Zieles bewusst? Ich sage euch, euer materielles Leben erhält erst dann wirkliche Bedeutung, wenn ihr es dem höchsten Ziel widmet.«

Ulla spürte Widerstand aufsteigen. Was redete der denn da, was wollte er? Wollte er einem Geistlichen Konkurrenz machen? Sie wollte lieber noch weiter bei ihren inneren Bildern bleiben, an die sie sich so lange nicht erinnert hatte, die aber wohl irgendwo in einer Schublade ihres Gehirns abgelegt waren. Das Seminar hatte sie ihr zurückgebracht. Oder zumindest diese Meditation.

Auch wenn der redete, als hätte er die Weisheit mit Suppenkellen gefuttert. Irgendwie hatte ihr das gut getan. Mist, jetzt hatte sie den Anschluss verpasst. Alle waren aufgestanden und hatten sich im Kreis aufgestellt. Ulla sprang auf und schlüpfte zwischen eine Frau in ihrem Alter und einen Mann mit Vollbart.

»Nehmt euch an den Händen, schließt die Augen und tönt euren Gesang an die Sonne und an eure innere Stärke.«

Rajans Stimme klang wie die eines Chorknaben, hell und rein und dabei doch verführerisch männlich. Rein? Ulla fiel kein besseres Wort für diesen Klang ein. Rein wie Wasser aus einer frischen Quelle. Sie wollte auch so klingen, wollte ihre Töne in dieser Klarheit waschen, reinwaschen von all dem Schmerz, der sich angesammelt hatte. Sie wunderte sich darüber, wie tief Rajans Stimme sie anrührte.

»So, meine Schüler, meine lieben verbundenen Seelen, das war es für heute. Bleibt auf dem eingeschlagenen Weg, verlasst ihn nicht, schaut weder links noch rechts. Helft euch gegenseitig, denn ihr seid die Lichtsucher, die Lichtfinder. Ich rate euch, morgens um 6 Uhr die erste Meditation durchzuführen. Ihr wisst, ich konzentriere mich zwischen 2 und 6 Uhr auf euch und sende all meine Energie und Liebe zu euch.« Er faltete die Hände vor der Brust und verneigte sich vor der Gruppe. Die anderen Teilnehmer lagen schon bäuchlings auf dem Boden, die Handinnenflächen nach oben.

»Na, denn tschüss und vielleicht bis nächste Woche.« Ulla war stehengeblieben, wandte sich ab; das war ihr doch eine Nummer zu dick aufgetragen gewesen, jetzt zum Ende hin.

Rajan folgte ihr. »Bitte warte noch einen Moment.« Er lächelte und griff nach ihrer Hand. Ulla spürte einen kleinen elektrischen Schlag, als er sie berührte. Sie sah ihn fragend an. »Ja, bitte?«

Der Mann blickte ihr freundlich in die Augen. »Du bist traurig«, sagte er leise.

Ulla schluckte, dann nickte sie.

»Du musst Geduld mit dir und deinen Gefühlen haben.«

Er schien mehr zu wissen, als ihr lieb war. Sie nickte brav wie ein Schulmädchen und ärgerte sich gleichzeitig über sich selbst.

»Du wirst sehen, dass du die Lösung schon in dir trägst. Lass dir etwas Zeit und dein Schmerz wird sich auflösen. Du solltest keinem Menschen so viel Macht über dich geben, dass du so unglücklich seinetwegen bist. Du bist frei, du weißt es nur noch nicht.«

Ulla nickte, obwohl ihr Kopf sie auf die Allgemeinplätze hinwies, die der Mann von sich gab. Ein winziger Zipfel ihrer Seele fühlte sich wohl, von ihm gesehen, dehnte sich hoffnungsvoll aus … Als sie etwas sagen wollte, war er schon weitergegangen. An der Tür drehte er sich noch einmal zu ihr um. »Du wirst wiederkommen, das sehe ich.« Er nickte und weg war er.

Ulla ärgerte sich. Was war das denn für ein arroganter Schnösel? Aber insgeheim wollte sie ihm am liebsten hinterherlaufen und ihn bitten, er sollte sie noch einmal ansehen, mit ihr sprechen. Quatsch. So ein Blödsinn. Sie drehte sich rasch um und stieß mit einer Frau zusammen, die sie kannte. Das war doch Birgit, die wie sie bei Mrs.Sporty trainierte. Sie lächelte ihr zu.

»Er ist toll, oder?« Birgit wies mit dem Kopf in die Richtung, die Rajan eingeschlagen hatte. »Er tut mir so gut. Bist du zum ersten Mal hier gewesen?«

Ulla nickte und sagte: »Ich glaube nicht, dass ich wiederkomme.«

»Das dachte ich auch beim ersten Mal.« Birgit lachte laut, wie nach einem tollen Witz. »Das denken alle. Dann bis nächste Woche, Ulla.«

Ulla drehte sich weg. Das würde sie sich noch überlegen. Aber sie fühlte sich etwas besser, das war ja wohl die Hauptsache.

11

»Danke, Frau Walterscheidt, bitte stellen Sie die nächste Zeit keine Gespräche durch. Ich möchte mich ganz ungestört mit Herrn?« Hans Dellinger, ein braun gebrannter Endfünfziger, sah Brandl fragend an.

»Brandl, Kriminalhauptkommissar Peter Brandl, Mordkommission Köln«, Brandl stand vor einem weit ausladenden, pompös wirkenden dunkelbraunen Holzschreibtisch, der mit auffallend vielen, zu vielen nach Brandls Geschmack, Fotografien in goldenen Rahmen dekoriert war.

»Also, mit Kriminalhauptkommissar Brandl unterhalten, bitte bringen Sie uns doch noch einen Kaffee, Frau Walterscheidt, danke. Oder«, wieder an Brandl gewandt, »wollen Sie lieber Tee?«

Der verneinte. Dellinger bewegte, sich gemessenen Schrittes zu der kleinen Sitzgruppe aus schwarzen Ledersesseln, setzte sich und deutete auf den Sessel, der ihm gegenüberstand.

»Kaffee passt schon.« Brandl holte sein Handy umständlich aus der Jackentasche; der Sessel war so tief, dass Brandl darin versank.

»Wie kann ich Ihnen helfen, Herr Kommissar?« Dellinger hatte die Beine übereinandergeschlagen, seine Ellbogen ausladend auf den Armlehnen platziert, und schaute Brandl mit aufgesetzt wirkendem Lächeln an.

»Herr Dellinger. Wie Sie schon wissen, wurde Ihr Mitarbeiter Helmut Rietmüller tot aufgefunden, ermordet. Herr Rietmüller hat wie viele Jahre bei Ihnen gearbeitet?«

»Dreiunddreißig Jahre. Er hat nach dem Studium hier angefangen und sich nach und nach bis in die Chefetage hochgearbeitet«, bestätigte Dellinger. »Mein bester Mitarbeiter!«

Er zog ein Gesicht, von dem er wohl annahm, dass es betroffen wirkte. Es überzeugte Brandl aber nicht. Brandl machte sich Notizen.

»Ihr bester Mitarbeiter? In welcher Hinsicht? Fachlich, menschlich, wirtschaftlich? Welche Position hatte Rietmüller denn inne, womit beschäftigte er sich?« Brandl nahm von der Sekretärin, die lautlos hereingekommen war, eine Tasse entgegen. Frau Walterscheidt stellte eine weitere Tasse, Milch und Zucker auf den Tisch zwischen Brandl und Dellinger, presste ein ›Bitteschön‹ hervor und huschte aus dem Zimmer.

»Danke, Frau Walterscheidt«, dröhnte Dellinger, aber die Tür war schon wieder geschlossen.

»Herr Rietmüller war einer unserer Geschäftsführer hier, wie Hans-Rudolf Deckert und Joachim Graf auch. Wir, also die Dellinger GmbH, sind ein Bauunternehmen, so wie zum Beispiel Bauwens oder die Kaiser Baugruppe. Wenn uns ein Bauherr den entsprechenden Auftrag erteilt, machen wir alles. Das bedeutet, je nach Auftrag, neben der kompletten Bauausführung manchmal auch die Planung. Das heißt, die Architekten und Fachplaner arbeiten dann in unserem Auftrag. Wir liefern schlüsselfertige Gebäude. Herr Rietmüller war zuständig für die Akquisition und er hatte ein Auge darauf, dass auch alles frist- und fachgerecht vonstattenging. Natürlich hatte er dafür einen Mitarbeiterstab unter sich, war nicht für alle Kleinigkeiten selber zuständig, aber er ging auch immer wieder gerne selbst auf die Baustellen, nach dem Motto ›Vertrauen ist gut, Kontrolle ist besser‹.« Dellinger lachte dröhnend, wurde dann wieder ernst. »Er war fachlich kompetent, arbeitete effektiv und für die Firma lukrativ. Ich nannte ihn immer mein bestes Pferd im Stall und das wusste er auch.«

»Und menschlich? War er bei der Belegschaft beliebt? Hatte er Feinde? Wie kam er bei den Kunden an?« Brandl beugte sich nach vorne, griff nach der Milch. Dellinger war umgeben von einer Wolke sehr intensiv, fast aggressiv riechenden Aftershaves. Brandl lehnte sich zurück und rührte um. Dellinger räusperte sich. »Na ja, er war halt ein Erfolgsmensch.«

»Und das bedeutet?« Der Kaffee schmeckte gut, er breitete sich wärmend in Brandls Magen aus, und er spürte instinktiv, dass Rietmüllers Chef mehr zu sagen hatte. »Herr Dellinger, wenn Sie es mir nicht erzählen, wird es bestimmt ein Mitarbeiter Ihrer Firma tun.«

»Ja, ja, ich weiß.« Dellinger lehnte sich zurück und verschränkte die Arme vor der Brust. »Also, Rietmüller war nicht so beliebt. Er ist das eine oder andere Mal angeeckt.«

»Nicht so beliebt, angeeckt? Geht das auch etwas präziser oder steht es in seiner Personalakte?« Brandl setzte seine Tasse etwas zu fest auf dem Glastisch ab, es klirrte.

Dellinger zuckte zusammen. »Nein, in der Akte steht so weit nichts, ich habe es mit Herrn Rietmüller meist persönlich geklärt, wenn es Vorwürfe gegen ihn gab. Er konnte sie immer entkräften und es kam dann auch später nichts mehr, also die betroffenen Personen haben mich danach nicht mehr angesprochen.« Dellinger legte die Hände auf die Knie.

»Um was ging es denn genau?« Brandl hatte wieder das Handy in der Hand.

»Er, er war schon sehr selbstbewusst, Erfolgsmensch eben. Mit Ellenbogen.« Dellinger sah auf seine Hände. »Er setzte sich gerne durch, verstehen Sie, was ich meine?«

Brandl schüttelte den Kopf.

»Er interessierte sich nicht für die Meinung anderer Leute. Meist hatte er ja auch recht damit, ich meine, keiner hat so viele Abschlüsse getätigt wie er.«

»In welchen Bereich gab es denn Ihrer Auffassung nach Meinungsverschiedenheiten? Und mit wem?«

»Also, wie ich schon sagte, es kam ja nie etwas nach.« Dellinger verschränkte wieder die Arme vor der Brust. »Herr Rietmüller stand eben über den Dingen.«

»Um welche Beschwerden ging es denn da genau?« Brandl bemühte sich um einen sachlichen Ton. So langsam ging ihm das Geeiere des Typen auf die Nerven.

»Die Frauen, also Herr Rietmüller schoss da vielleicht manchmal etwas übers Ziel hinaus. Eine Sekretärin von ihm hatte um ihre Versetzung gebeten, sagte aber später, es sei aus privaten Gründen gewesen. Die eine oder andere Auszubildende und Praktikantin, und vor Kurzem hatte ich den Mann einer Putzfrau vor meinem Schreibtisch stehen … Aber ich kann mir nicht vorstellen, dass Herr Rietmüller mit einer Putzfrau …«, beeilte sich Dellinger anzufügen und zog die Unterlippe zwischen die Zähne.

»Übergriffe? Sexuelle Belästigung? Nötigung? Vergewaltigung? Wovon sprechen wir hier denn, Herr Dellinger? War er ein Don Juan oder nutzte er seine Position aus, um wirtschaftlich

Abhängige zu Dingen zu zwingen, die diese nicht wollten? Fürsorge- und Aufsichtspflicht von Vorgesetzten sind Ihnen sicher ein Begriff, oder?« Brandl hatte es satt. Er wollte sich nicht mehr um einen freundlichen Ton bemühen.

»Er mochte halt die Frauen, Herr Brandl, es ist nie zu einer Anzeige gekommen. Sonst hätte ich doch reagiert. Das können Sie mir glauben.« Dellinger tat empört.

»Hatte er auch mit männlichen Mitarbeitern Probleme?« Brandl ahnte, dass das nicht alles gewesen sein konnte.

»Na ja, was heißt Probleme? Eher mal den einen oder anderen Dissenz, würde ich sagen.« Dellinger wischte sich den Schweiß mit einem Stofftaschentuch vom Gesicht. Die Befragung schien ihm langsam unangenehm zu werden. Brandl verzog keine Miene.

»Soweit ich weiß, gab es schon mal Schwierigkeiten mit dem Bauleiter Sascha Tröger, davon habe ich gehört und na ja, und dann vielleicht der übliche Schlagabtausch mit den Herren Deckert und Graf. Aber das ist doch normal in einem Unternehmen. Die Geschäftsführer sind im ständigen Dialog miteinander. Ich glaube, es gab auch vor längerer Zeit ein kleines Problem mit der Bauaufsicht, aber, wie schon gesagt, das hat sich dann alles wieder in Wohlgefallen aufgelöst.«

»In Wohlgefallen? Ah ja. Falls es schriftliche Korrespondenz zu den Themen gibt, hätte ich gern Kopien, soweit sie sich auf Rietmüller beziehen und eine Liste Ihrer Mitarbeiter; an erster Stelle, die, die sich über Herrn Rietmüller beschwert haben – egal, wie lange es zurückliegt und wie schnell die Beschwerden wieder zurückgezogen wurden.«

Dellinger nickte. »Bekommen Sie, Herr Brandl, falls es da etwas gibt. Ich werde meine Sekretärin bitten nachzuschauen. Ich unterstütze Sie gerne. Es geht ja um meinen bewährten langjährigen Mitarbeiter.«

»Das hoffe ich doch, Herr Dellinger!« Brandl war aufgestanden und reichte dem Firmenchef die Hand. »Es wäre gut, Sie würden die Liste noch heute mailen oder faxen, hier haben Sie meine Karte. Und wenn Ihnen sonst noch etwas Wichtiges einfällt, höre ich auch gerne telefonisch von Ihnen. Danke, ich finde allein hinaus!«

Nach dem Gespräch mit dem Firmenchef hatte Brandl noch kurz den Geschäftsführer Deckert in dessen Büro aufgesucht. »Mit Herrn Rietmüller bin ich nicht gut klargekommen, der war mir zu proletenhaft«, hatte er mit vielsagendem Blick angedeutet. Nähere Details oder Hinweise konnte oder wollte er aber dann nicht geben. Vielmehr hatte er mit Nachdruck auf seine dringenden Termine verwiesen und Brandl auf einen späteren Zeitpunkt vertröstet.

Jetzt fuhr Brandl direkt zu der Dellinger-Baustelle nach Elsdorf. »Brandl, Kriminalkommissar der Mordkommission«, sagte er und baute sich direkt vor dem Mann auf, der sich als Bauleiter vorgestellt hatte. »Herr Tröger, Sie haben bestimmt gehört, was mit Herrn Rietmüller passiert ist. Wie kamen Sie denn so mit ihm zurecht?«

Brandls Blick glitt über die Hängeregistraturen und Metallschränke. Ordentlich sah es hier im Baucontainer zwar nicht aus, aber Sascha Tröger schien das Chaos zu beherrschen.

»Wie man halt so zurechtkommt unter Arbeitskollegen.« Tröger sah ihn wachsam an.

»Gab es Ärger mit ihm oder Streit?«

»Ärger gehört zur Tagesordnung. Über die Terminierung, die Zulieferer, den Auftraggeber, das ist normal.«

»Und da wird es auch schon mal laut?« Brandl schaute Tröger in die Augen.

»Klar. Das kann passieren.« Der Bauleiter zuckte mit den Schultern, drehte sich weg und kramte nervös in seinen Unterlagen.

Brandl versuchte es weiter. »Herr Tröger. Ich weiß, dass Herr Rietmüller im Kollegenkreis nicht sehr beliebt war.«

Tröger setzte sich auf den quietschenden Drehstuhl. »Was wollen Sie denn jetzt hören?«

»Was Sie mir sagen können und am besten die Wahrheit.« Brandl wurde ungeduldig.

»Über Rietmüller?«

»Über Helmut Rietmüller und seine Position in der Firma vielleicht?« Meine Güte, dieser Bauleiter hatte aber die Hosen voll. Brandl konnte seine Angst förmlich riechen. Was hatte er denn zu verbergen?

»Herr Rietmüller war in der Firma eigentlich für die Akquise von Aufträgen zuständig. Er hielt Kontakt zu Auftraggebern, Behörden und Subunternehmen. Für die Leitung auf der Baustelle sind Bauleiter wie ich zuständig. Aber Rietmüller war ja Mister Superwichtig. Er hat seine Nase in alle Bereiche gesteckt, mischte überall mit. Und er drangsalierte die Leute gerne.« Tröger sah Brandl an wie ein verängstigter Hund in einem Tierheimzwinger.

»Auch Sie?«

Tröger nickte. »Ja, klar. Und die Arbeiter, die Kollegen aus den Büros und alle, die ihm in die Quere kamen.«

»Auch Frauen?«

»Ich hab' da mal was gehört, war aber selber nicht dabei. Kann es mir aber gut vorstellen. Der war ein Schwein! Auch wenn man über Tote nichts Schlechtes sagen soll, aber er war's wirklich.«

»Womit hat er Sie denn drangsaliert?«

»Mit allem, was ihm einfiel. Terminverzug. Mangelnde Kompetenz. Mein zu lascher Umgang mit den Arbeitern.« Tröger schaute aus dem Fenster.

»Nichts Illegales?«

Der Mann wandte ihm langsam das Gesicht zu. Sein linkes Augenlid zuckte ganz leicht. »Wie meinen Sie das?«

»Wie ich es sage. Die Baubranche hat nicht den besten Ruf. Der Kölner U-Bahn-Bau und der festgestellte Pfusch am Bau sind ja weit über die Stadt- und Landesgrenzen hinaus bekannt. Und das gibt es auch in Bonn, Frankfurt, am Berliner Flughafen …« Brandl machte eine ausladende Handbewegung.

»Na ja. Was soll ich sagen?« Tröger trommelte mit den Fingern auf der Tischplatte.

»Am besten mal Klartext. Mich interessiert alles rund um Helmut Rietmüller. Vor allem, ob Sie oder sonst jemand anderes aus der Firma einen Grund gehabt hätte, ihn umzubringen. Falls Sie etwas über Unregelmäßigkeiten in Ihrer Firma zu erzählen haben, können Sie auch gerne mit dem Kriminalkommissariat 31 – Wirtschaftskriminalität – sprechen. Taffe Kollegen, die sich mit Ihrer Branche gut auskennen. Das wäre eine gute Gelegenheit für Sie. Also, wann haben Sie Herrn Rietmüller denn das letzte Mal gesehen?«

»Letzte Woche, Donnerstag, also genau vor einer Woche. Moment, das war«, Tröger blätterte in einem vollgekritzelten Tischkalender, »am 22., gegen 16 Uhr.«

»Am 22.? Dann sind Sie im Moment der Letzte, der ihn lebend gesehen hat. Was wollte er?«

»Das Übliche.« Tröger presste die Lippen aufeinander.

»Herr Tröger!« Brandl machte die Handbewegung eines Polizisten, der den Verkehrsfluss vorantreibt. »Jetzt erzählen Sie doch mal ausführlich.«

»Na ja, er kam hier rein stolziert, wollte Bautagebuch und Bauzeitenplan prüfen – das tat er nicht selten mehrmals in der Woche. Und er faselte davon, dass er mich beim Chef in Schutz genommen hätte und dass er mein Freund wäre.«

Brandl zog die Augenbrauen hoch. »Ihr Freund?«

»Das war Verarschung. Er war kein Freund, für niemand. Eher der Feind von allen. Und er liebte diese Rolle.«

»Wusste er denn etwas, das er hätte gegen Sie verwenden können, Herr Tröger?«

»Wie ich schon sagte, wir sind mit den Arbeiten manchmal nicht im Zeitplan. Und es gab ein paar Unstimmigkeiten zwischen Materialverwendung und den Abrechnungen mit dem Bauherrn. Aber dafür bin ich nicht alleine zuständig.« Tröger sah Brandl trotzig an.

»Was hat Rietmüller genau zu Ihnen gesagt, Herr Tröger? Ich kann Sie auch aufs Präsidium vorladen, vielleicht fällt Ihnen dort ja mehr ein.«

»Also, er behauptete, dass Dellinger, unser Chef, vermutet, dass hier auf der Baustelle geklaut würde. Aber gestohlen wird ja überall. Eisenbügel und andere Materialien verschwinden von jeder Baustelle, obschon sich das hier in Grenzen hält.«

Brandl horchte auf. »Moment, Eisenbügel? Waren die nicht auch beim Einsturz des Stadtarchivs ein Thema?«

Tröger nickte. »Ja, aber die Normen gehen da an dem, was für die Stabilität wirklich nötig ist, ziemlich vorbei. Na ja, wie dem auch sei. Rietmüller faselte auch was davon, dass der Chef wohl meinte, ich würde meine Arbeit nicht kompetent genug ausführen. Und er – Rietmüller – hätte Dellinger vorgerechnet, was ich ihm alles an Verdienst einbrächte, schon allein durch meine kreativen Materialabrechnungen.« Tröger hatte den Blick starr auf den Tisch gesenkt.

»Und wie kreativ rechnen Sie ab?« Brandl leckte sich über die Lippen.

»Das war alles an den Haaren herbeigezogen.« Trögers Stimme klang, als würde er gleich losheulen.

»So schätze ich Sie auch ein, Herr Tröger«, Brandl tat der junge Mann leid. Bei einem früheren Fall hatte er miterlebt, dass Bauleiter ziemlich harte Hunde waren, nicht so sensibel wie dieser Tröger. Da musste er vielleicht nur noch ein bisschen weiter bohren. »Haben Sie aus Ihrer Arbeit irgendwelche Vorteile gezogen?«

Sascha Tröger hatte den Kopf in die Hände gestützt. »Nein«, klang es dumpf zwischen seinen Händen hervor. »Rietmüller. Rietmüller hat immer alles so gedreht, dass die Schuld bei den anderen lag. Er hat immer und bei jedem versucht, nichtige Kleinigkeiten aufzublasen. Alles heiße Luft.«

Aha, dachte Brandl. Der Rietmüller hatte es wahrscheinlich verstanden, Macht über andere auszuüben. Sie in der Hand gehabt, indem er Informationen über sie sammelte. Dieses Wissen war Macht, die er nutzen konnte, wann immer er die anderen für irgendetwas brauchte. Möglicherweise hatte er es irgendwann übertrieben und man hatte zurückgeschlagen. Laut sagte er: »Herr Tröger, hatte Herr Rietmüller denn etwas gegen Sie in der Hand? Hat er Sie mit etwas unter Druck gesetzt?«

»Nein, wirklich, nein, ich weiß schon, worauf Sie hinaus wollen! Aber da liegen Sie völlig daneben. Ich war zwar wütend auf den, aber das waren viele.« Sascha Tröger hatte jetzt Tränen in den Augen. »Herr Rietmüller ist noch über die Baustelle, hat Handwerker und Arbeiter aufgemischt und ist später weggefahren – lebendig.«

»Und das kann auch jemand bezeugen?«

»Ja, die Arbeiter, die noch hier waren. Der Vorarbeiter kam direkt zu mir, als Rietmüller weg war.«

»Kann ich ihn sprechen?«

»Ja, ich denke doch, ich kann ihn rufen.«

»Später. Wann haben Sie die Baustelle verlassen und was haben Sie danach gemacht?«

Tröger sah in seinen Kalender. »Ich habe mir hier 19.45 Uhr notiert. Und danach bin ich nach Hause zu meiner Freundin gefahren.«»Sie notieren sich, wie lange Sie arbeiten?«

»Für den Fall, dass ich mal die Überstunden bezahlt bekommen sollte. Ist wahrscheinlich eh sinnlos.« Er schnaubte ärgerlich.

»Und Ihre Freundin kann bezeugen, dass Sie zu Hause waren?«

Tröger sah ihn ernst an. »Ja. Sie heißt Melanie Jung, wohnt, wie ich, am Höninger Weg in Zollstock. Hier haben Sie unsere Karte mit den Telefonnummern. Sie können sie gern fragen.«

Brandl steckte kommentarlos die Visitenkarte ein. »Der Vorarbeiter?«, fragte er nur knapp.

»Ich hole ihn.« Tröger hastete hinaus.

Brandl stand auf und schlenderte um Trögers Schreibtisch herum. Blätterte im Tischkalender, öffnete die Hängeregistratur und nahm verschiedene Hefter heraus. In den Pappkladden waren Rechnungen, Aktennotizen, E-Mailausdrucke. Für ihn hatte das alles wenig Aussagekraft. Vielleicht würde es ja die Kollegen von der Wirtschaftskriminalität interessieren. Aber die würden wahrscheinlich auf jeder Baustelle etwas finden, wenn sie nur tief genug einstiegen. Trögers Handy klingelte. Brandl sah sich suchend um. Dann öffnete er die oberste Schreibtischschublade. »Verpasster Anruf von Melanie« stand auf dem Display. Brandl sah kurz zum Fenster hinaus. Tröger gestikulierte vor einem fünfzig Meter entfernt stehenden Bagger mit zwei Männern. Brandl überflog die SMS-Eingänge. Tröger und seine Freundin schrieben sich anscheinend mehrmals am Tag. Brandl scrollte zurück auf den 22.05. Da schrieb diese Melanie um 19.04 Uhr: »*Sascha, er ist es nicht wert. mach dir nicht die finger schmutzig an dem schwein. komm nach hause. ildgddd. m.*« Brandl sah bei den SMS, die gesendet worden waren nach. Der Ordner war leer, alles gelöscht. Brandl legte das Handy zurück in die Schublade. Na, das war ja interessant. Er würde umgehend mit Trögers Freundin reden.

Tröger trat ein. Neben ihm ein breitschultriger Mann in Arbeitskleidung. Den Helm hatte er abgenommen und hielt ihn mit beiden Händen fest. Augenblicklich roch es im Container nach Staub, Schweiß und Chemie. Tröger deutete auf den Mann und sagte: »Das ist Wenko, Wenko Luchin aus Bulgarien. Er ist unser Vorarbeiter.«

»Hallo, Herr Luchin. Ich bin Hauptkommissar Peter Brandl von der Mordkommission. Sie wissen schon, dass Helmut Rietmüller tot ist?«

Luchin sah schnell zu Tröger und nickte: »Ich haben Papiere, alles richtig!«

Tröger steckte die Hände in die Hosentaschen. »Ich habe die Belegschaft darüber informiert, nachdem Herr Dellinger mich informiert hatte.«

»Herr Luchin, mich interessieren ihre Papiere nicht, ich habe einige Fragen zu Herrn Rietmüller. Der war doch letzte Woche Donnerstag, am 22. Mai, hier bei Herrn Tröger. Können Sie das bestätigen?«

Luchin nickte wieder.

»Haben die beiden sich gestritten?«

Luchin sah Tröger an. Der hatte den Blick auf seine staubigen Schuhe gerichtet. »Ich haben Papiere mit Stempel. Kann holen und zeigen.«

Brandl holte tief Luft: »Ist ja gut, Herr Luchin, antworten Sie bitte auf meine Frage!«

»Ich hier alles richtig. Sicher.«

»Herr Luchin, was war am Donnerstag?«

»Nix richtig Streit. Rietmüller immer böse. Hat zu Kollege gebrüllt.«

»Herr Rietmüller hat Herrn Tröger angebrüllt?«

»Nix Sascha. Kollege von Baustelle, weil pinkeln müssen. Keine Feierabend sein. Alle Kollege richtige Papier, sicher.«

»Das machte Rietmüller immer so. Gab es Andrang beim Dixi-Klo, hat er gemeckert, sie sollten arbeiten. Und er meckerte auch, wenn sie zu langsam waren oder was rumlag. Manchmal kontrollierte er auch ihre Taschen nach Diebesgut.« Tröger blickte Brandl an.

»Herr Luchin, war der Herr Rietmüller auch hier im Container bei Herrn Tröger?«

»Ja, is dann weg. Ich rein zu Sascha. Sascha Trauer in Auge. Ich mit ihm geredet. Rietmüller ist Lump. Sonst aber alles richtig auf Baustelle.«

»Und Helmut Rietmüller ist dann weggefahren?«

Luchin nickte heftig.

»Und wann ist dann der Herr Tröger weg?«

»Bisschen nach Nachricht in TV. Ich da drüben schlafe, in Container mit andere Kollege. Kollege gute Manner, alles gut mit Papiere.«

»Danke, Herr Luchin, das war‘s für heute. Halten Sie sich aber zur weiteren Verfügung, für den Fall, dass die Polizei noch Fragen hat«, beendete Brandl die Befragung.

Luchin sah zu Tröger hinüber.

»Das geht schon klar. Danke, Wenko, danke!« Er klopfte ihm auf den Rücken. Staubpartikel tanzten im Licht der Schreibtischlampe.

12

Michael schaute kurz in Ullas Arbeitszimmer. Es war das kleinste Zimmer im Haus und lag im Erdgeschoss, durch das Sprossenfenster sah man in den winzigen Garten, in dem ein paar Gartenstühle, ein Tisch und jede Menge Blumen Platz hatten.

Ullas Arbeitszimmer bestand aus einem Schreibtisch und zwei kleinen Bücherregalen. Ulla bereitete sich auf die Trauung am Sonntag vor. Die Predigt floss ihr wohl nicht so leicht aus den Fingern, denn sie starrte bewegungslos aus dem Fenster und fuhr heftig zusammen, als er ihr die Hand auf die Schulter legte.

»Ulla«, er strich sanft mit der Hand ihren rechten Arm entlang.

Sie sah sich nach ihm um und lächelte. »Michael, was gibt’s?«

»Denkst du über Elli nach?«, antwortete er mit einer Gegenfrage.

Sie stand auf und stellte sich vor ihn hin, er legte behutsam die Arme um sie. Sie wirkte müde. »Auch.« Mehr war aus ihr nicht herauszubringen. Er musste Geduld haben. Michael beugte sich kurz zu ihr hinunter und küsste sie. Ihre Lippen waren weich und zart. Er liebte sie. Das spürte er. Diese Frau war sein Schicksal. Wo hatte er das denn gelesen? Sehr pathetisch. Trotzdem, da konnte kommen, was wollte. Oder gewesen sein, was wollte. Michael war sich nicht sicher, ob er wissen wollte, warum sie damals mit ihrem Koffer weggegangen war und wohin. Wahrscheinlich zu diesem Kommissar, der immer um sie herumgeschlichen war und sie mit den Blicken förmlich ausgezogen hatte. Hatte sie ihn wegen dieser Pfeife verlassen wollen, sogar ihre Kinder? Das konnte er nicht glauben. Aber nachfragen wollte er lieber nicht. Später, dachte er. Irgendwann, wenn sie genügend Abstand zu der Sache hatte.

»Ich fahr' jetzt zum Chor«, sagte Michael. »Mit dem Rad. Holst du mich nachher ab? Dann können wir zusammen am Rhein entlang nach Hause fahren und du kriegst auch noch ein wenig Bewegung. Da kannst du deinen Kopf mal lüften.«

»Ach ja, Donnerstag, Chortag.« Sie lächelte. »Ich überleg's mir. Wenn ich fertig werde, komme ich. Du siehst ja, ob ich auf dich warte.« Sie legte ihm die Hände um das Gesicht und küsste ihn zärtlich auf den Mund. Das hatte sie schon lange nicht getan. Er freute sich. Alles würde gut.

»Dann bis nachher oder danach. Vielleicht sollten wir auch mal wieder unser Therapiegespräch führen …«, lachte er und war schon aus der Tür.

Laut pfeifend radelte er kurze Zeit später in Richtung Porz-Mitte. »Walking down that glory road«, sang er. »I got no more troubles on my mind. I've been many miles and I've seen joys and trials, but I have left my troubles far behind.« Er hatte sich den Text gut eingeprägt. Er liebte dieses Lied. »No more troubles, no, no more, are on my mind ...«

Vor dem Dechant-Scheben-Haus in Porz-Mitte warteten schon einige Chormitglieder. Michael schloss sein Fahrrad vor der Tür ab. Er würde es gleich in den Hausflur tragen und an die Wand neben der Kellertreppe stellen. Die Haustür würde eine halbe Stunde, nachdem der Chor angefangen hatte, abgeschlossen, dann kam das Fahrrad mit Sicherheit nicht weg.

Anke freute sich wie immer, ihn zu sehen. Er mochte sie. Ihr Lächeln wärmte von innen, fand er. Sie umarmte ihn sofort. »Hallo, Michael. Schön, dass du da bist.« Sie meinte, was sie sagte. Michael freute sich auch.

Auch die anderen Frauen wollten jetzt der Reihe nach von ihm gedrückt werden. Gaby, Sabine, Christa, vor der er enormen

Respekt hatte, nachdem er zufällig von ihrer Krankengeschichte gehört hatte. So eine starke Frau. Sie hatte nie aufgegeben. Sich sogar nach ihrer Chemo ohne ein Haar auf dem Kopf beim Konzert in die erste Reihe gestellt. Dahin, wo sie immer stand, im Alt, und gesungen.

›Donnerwetter‹, hatte Michael nur beeindruckt gesagt, als Sabine ihm das erzählte.

Anke lachte ihn an. »Ich hatte dir die fehlenden Noten kopiert. Jetzt hast aber du alles komplett, oder?«

Er lächelte dankbar. Anke stellte die Liedertexte auf DIN-A5-Blättern zusammen, die er dann auf schwarzen Karton in DIN-A4-Größe kleben konnte. Die fielen beim Auftritt gar nicht auf, wenn man sie als Gedächtnisstütze in der Hand hielt. Die Melodien der Lieder, seine Stimme, beherrschte er schon, die hatte er sehr schnell im Kopf. Michael sang für sein Leben gern, ärgerte sich jedoch ein bisschen, dass er so lange gewartet hatte, um sich bei diesem Chor zu bewerben. Er hatte sich einige Auftritte, auch von anderen Chören angesehen. Das ist er, war ihm nach dem ersten Konzertbesuch von *Spirit of Change* klar gewesen. Die Repertoire-Mischung aus Gospel, Blues und Pop traf genau seinen Musikgeschmack. Die Stimmen hatten ihn tief berührt. Obwohl er nicht gläubig war, hatte er plötzlich so etwas wie Ergriffenheit für eine höhere Macht gespürt. Er grinste, als Mann einer Pfarrerin war es nicht einfach, sich fern der kirchlichen Pfade zu halten. Und jetzt war er Mitglied in einem katholischen Chor.

Der Chorleiter schloss die Tür auf, die meisten stürmten ungestüm wie junge Hunde die Treppen hinauf in den Probenraum im ersten Stock. Dann wurden die Stühle aufgestellt.

»Hallo, Michael«, begrüßte Michael den Chorleiter etwas schüchtern.

»Hallo, Michael«, feixte der zurück. Es gab noch einen dritten Michael im Chor. Michael Huber, der war aber fünfzehn Jahre jünger als Michael und sang nicht nur, sondern spielte auch in der choreigenen Band das Schlagzeug. Alle Altersgruppen zwischen siebzehn und sechsundsiebzig waren im Chor vertreten.

»Hast du dir überlegt, ob du mit dem Sologesang anfangen willst? Ich hätte hier ein schönes Stück, das du abwechselnd mit Honardo und Roswitha singen könntest.« Der Chorleiter sah ihn aufmerksam an.

Michael nickte. »Ja, gern. Ich hoffe, ich kann das.« Sein Herz klopfte vor Freude.

»Bestimmt. Dann sprechen wir hinterher einen Termin ab, um uns zu einer gemeinsamen Probe zu treffen. Das geht besser außerhalb der normalen Chorproben.« Der Chorleiter wandte sich seinem Keyboard zu, das er mitten im Raum aufbaute. Ihm gegenüber würden in etwa zwei bis drei Metern Abstand in drei Stuhlreihen die Männer, links die Tenöre und rechts die Bässe sitzen. An seiner rechten Flanke hatte der Alt seinen festen Platz, ebenfalls in drei Reihen, die im rechten Winkel bis zu den Bässen reichten. Links von ihm in drei Reihen saß bis hin zu den Tenören der Sopran.

Die Sängerinnen und Sänger umarmten sich fröhlich und es wirkte, als hätten sie sich nicht nur eine Woche, sondern ein ganzes Jahr nicht gesehen. Man erkundigte sich nach kranken Kindern, nach Überlastung am Arbeitsplatz, oder ob die Halsschmerzen überstanden seien.

Michael spürte, dass das nicht aufgesetzt war. Die wollten wirklich wissen, wie es ihm ging, wenn sie ihn danach fragten. Neue Mitglieder wurden von den ›alten Hasen‹ begrüßt und mit einbezogen. Man sprach mit ihnen, fragte sie, wie es ihnen ging, ob sie Noten oder Rat bräuchten. Dieter hatte ihm schon bei der ersten Probe angeboten, ihm einen blauen Schal für die Auftritte zu organisieren. Er habe noch einen zweiten zu Hause. Den hatte er dann auch tatsächlich beim nächsten Mal angeschleppt. »Hat meine Frau extra gewaschen«, grinste er. Alle trugen bei den Auftritten schwarz. Sie unterschieden sich nur durch die bunten Schals. Der Sopran trug orange, der Alt rot und die Männer allesamt blau. »So, jetzt kannst du auch bald beim Auftritt mitsingen«, hatte Dieter hinzugefügt. »Michael gibt dir dann Bescheid, wann es so weit ist. Du musst natürlich erst mal ein paar Wochen mit uns proben. Lieder, Noten, Texte und Choreografie kennenlernen. Dann geht's los.«

Michael hatte das vor Jahren in einem Chor in Köln ganz anders erlebt. Auch nach drei Monaten gemeinsamer Probenarbeiten hatte er noch nicht die Namen der anderen Sänger gekannt.

Keiner hatte ein Wort mit ihm gewechselt oder ihm die Noten aufgehoben, wenn er nicht da war. ›Hallo und Tschüss‹. Die Leute waren gekommen, hatten sich aufgestellt, waren vom Chorleiter um Ruhe gebeten worden, und dann war es losgegangen. Das Singen hatte ihm gefallen, aber heimisch war er in dem Chor nie geworden. Einige kannten sich gut, die redeten miteinander, ihn sprach keiner an. Und wenn er sie etwas fragte, zum Beispiel, was sie beim letzten Mal gesungen hatten, ob es ein neues Lied gäbe, erhielt er eine knappe Antwort und die Leute redeten untereinander weiter. Sie waren nicht unfreundlich, aber überhaupt nicht daran interessiert, ihn kennenzulernen. Irgendwann war er einfach nicht mehr hingegangen. Es hatte sich auch keiner nach ihm erkundigt. Wie denn auch. Sie kannten ja weder seinen Namen noch seine Telefonnummer.

Michael hatte seine Noten nun zusammen. Auf dem Weg zu seinem Platz kam er zwangsläufig am Chorleiter vorbei. Der sprach gerade mit zwei Chormitgliedern, Herbert aus dem Bass und Franziska aus dem Sopran. Die beiden hatten was miteinander, das wusste Michael.

»Ich habe euch schon einmal verwarnt«, hörte er den Chorleiter ernst sagen. »Der Verteiler ist ausschließlich für Chormitteilungen. Wenn ihr etwas verschicken wollt, müsst ihr das zuerst an mich mailen. Ich entscheide dann, ob das an alle geht oder nicht. Wenn ihr zu euren dubiosen Treffen einladen wollt, dann bitte nicht über unseren Verteiler. Ist das klar? Das ist meine letzte Warnung. Ich habe euch im Blick. Wenn das noch einmal passiert, seid ihr draußen.« Damit drehte er sich um.

Michael war erstaunt. Er hatte kürzlich eine Einladungsmail zu einem Meditationstreffen über die Choradresse erhalten und gelöscht, weil ihn das nicht interessierte. Er hatte sich darüber nicht weiter gewundert, aber der Chorleiter schien überhaupt nicht damit einverstanden.

Eigentlich richtig, dachte Michael. Bei achtzig Leuten würde man sonst ja auch in Mails ersticken.

Der Chorleiter sah in die Runde. Ruhe trat ein. »Können wir?«

Zunächst machte der Chor Atemübungen, dann erst sangen sie sich ein. »Lalalalala«, trällerten die Chormitglieder. »Roseroseroserose … Wiiieeen.«

Die eigentlich Probe startete mit Michaels Lieblingslied: »Walking down that glory road ...« Bis zur Pause verschwendete Michael keinen Gedanken mehr an Herbert und Franziska. Er folgte den Noten, ließ sich von der Musik tragen, genoss die vollen Stimmen rechts und links neben ihm. Der Sopran klang so jubilierend frisch, der Alt klar und voll, der Bass ging ihm bis in die Eingeweide.

Der Tenor machte seine Sache heute gut, stellte er stolz fest. Nur einmal brach der Chorleiter ab und fixierte sie streng. »Wer singt denn da auf einmal im Bass mit? Bist du das Karl?«

Der Angesprochene lief rot an. Michael hörte wirklich alles.

»Das könnt ihr doch besser, Männer. Konzentriert euch bitte.« Nun lächelte der Chorleiter väterlich. »Der Tenor noch mal allein, bitte.« Und danach: »Geht doch, oder? SEHR gut gemacht. Ich wusste es doch.«

Alt, Sopran und Bässe klatschten Beifall. Die Stimmung knisterte vor Spannung und guter Laune.

Nach über einer Stunde machten sie eine Pause. Dieter riss sofort die Fenster zum Lüften auf. Die Anwohner hatten sich vor einiger Zeit über die lauten Chorproben beschwert. Seither sangen sie meist bei geschlossenen Fenstern.

Zwei Raucher verschwanden auf den Balkon. Herbert stellte sich zu Michael. Der unterhielt sich gerade mit Dieter über dessen außergewöhnliche Fotomontagen, die er in einer Ausstellung im Porzer Rathaus präsentiert hatte. Herbert legte den Arm um Michael und zog ihn ein wenig zur Seite. Michael war das unangenehm. Er wollte aber nicht unhöflich sein.

»Willst du nicht mal zu einem Meditationstreffen von uns kommen?«, fragte er freundlich. Plötzlich stand auch Franziska neben ihm, auf der anderen Seite. Sie zog einen Flyer aus der Tasche. »Hier, mein Lieber«, flötete sie. »Das wird dir bestimmt gefallen, glaub' mir.«

›Liebe die Liebe‹, las Michael. Sein Blick fiel auf den Chorleiter.

Der warf ihnen einen seiner gefürchteten Blicke zu. Rasierklingenscharf erfasste er, was da vor sich ging. »Ich habe euch gewarnt«, schien sein Gesichtsausdruck zu signalisieren.

Herbert und Franziska verstanden sofort. Sie wandten sich

wortlos um und kehrten übertrieben langsam an ihre Plätze zurück. »Pass bloß auf, lieber Michael«, hörte Michael Herbert kaum wahrnehmbar zischeln. Meinte der ihn? Wohl eher den Chorleiter. Michael steckte den Flyer in die Tasche, weil er nicht wusste, wohin damit.

Dieter schien auf ihn gewartet zu haben. »Lass dich von denen nicht einwickeln«, warnte er leise. »Ich weiß zwar nicht, was die beiden treiben, aber ganz geheuer ist mir das nicht. Der Chorleiter ist auch schon auf hundertachtzig wegen ihnen.«

Michael nickte und ging an seinen Platz zurück. Der Chorleiter hatte schon die ersten Takte von »Can you feel the love tonight« angespielt. Das würden sie als Nächstes singen.

»Liebe die Liebe«, vielleicht war das ja mal was für Ulla und ihn, nachdem die letzte Paarberatung so schief gelaufen war. Ach, Unsinn. Ulla würde sich auf solch einen Eso-Quatsch niemals einlassen. Und sie hatte recht damit. Michael konzentrierte sich nur noch auf die Noten. »It is where we are ...«, sang er. Vielleicht würde Ulla gleich draußen auf ihn warten.

13

Brandl hatte verschlafen, saß jetzt mit einem großen Becher Kaffee an seinem Schreibtisch und klickte das Tool der Vermisstenanzeigen an. Große Hoffnung hatte er nicht, aber es könnte ja sein, dass jemand den Mann vermisste, den irgendwer auf Nimmerwiedersehen vergraben und mit frischem Beton übergossen hatte.

Jeden Tag wurden allein in Deutschland um die zweihundertfünfzig Personen als vermisst gemeldet. Die Hälfte dieser Fälle wurde innerhalb einer Woche aufgeklärt. Blieben immer noch genügend übrig, die einfach verschwanden und keiner wusste, wohin. Wenn Brandl sich richtig an die Zahlen erinnerte, landeten 2013 in Deutschland zwischen sechs und siebentausend Menschen in der Vermisstendatei.

Er seufzte, griff nach dem Bericht der Rechtsmedizin und gab die Suchkriterien ein: Männliche Leiche, ein Meter achtzig groß, zwischen Mitte vierzig und Mitte fünfzig stand da – Brandl gab Jahrgang 1964 ein. Dann Augen- und Haarfarbe und bei besonderen Merkmalen ›kleine Narbe an der Oberlippe‹. Sollte er sich nur die deutschen Vermissten anzeigen lassen oder ›EU‹ anklicken? Er beließ es erst einmal bei Deutschland und startete den Suchlauf. Das konnte jetzt dauern. Ob er in der Zwischenzeit Biggi einen kurzen Besuch abstatten sollte?

Er holte sich in der Küche den nächsten Kaffee und nahm noch einen Cappuccino für Biggi mit. Summend schlenderte er über den Flur, den süß-würzigen Kaffeeduft in der Nase, eine Melodie im Ohr, die er bei der schnellen Dusche heute Morgen gehört hatte. Die Tür zu Pietschkos Büro stand offen und Brandl dachte, wie jedes Mal, wenn er dieses Zimmer betrachtete, dass kein anderer Kollege in einem so unpersönlichen Loch arbeitete. Alle anderen hatten ihre Büros mit persönlichen Dingen dekoriert, die Vorlieben, Sehnsüchte oder Hobbys spiegelte. Nur Pietschko beschränkte sich auf zwei übersichtlich gefüllte Ablagekörbe, Telefon, Monitor, Tastatur und das übliche Kabelgewirr auf dem Tisch. Dann gab es noch einen Stuhl, einen Aktenschrank, ein Regal. Fertig. Keine individuelle Note, keine Fotos, keine Poster, keine Pflanzen. Wenn das die Wohnung eines Verdächtigen wäre, würde Brandl auf eine Persönlichkeitsstörung tippen …

Er stieß die Tür zu Biggis Büro auf. Biggi und Pietschko schreckten hoch. Beide hatten auf Biggis Schreibtischseite vor dem Bildschirm gesessen, anscheinend ziemlich dicht beieinander.

»Sorry, konnte nicht anklopfen, hatte die Hände voll«, Brandl stellte den Cappuccino vor Biggi ab. »Wenn ich gewusst hätte, dass du hier zum Händchenhalten bist, hätte ich dir auch was mitgebracht«, knurrte er Pietschko an.

Der wurde rot. »Wir, wir, es geht …«, er atmete schnell ein und aus, »der Betriebsausflug! Wir planen!«

Biggi legte beruhigend die Hand auf Pietschkos Pranke. »Lass dich doch nicht ärgern von unserem Macho-Männchen, Pietschko, der will hier nur ein bisschen markieren!« Sie sah Brandl herausfordernd an, während sich auf Pietschkos Gesicht rote Flecken bildeten.

Brandl tat, als hätte er Biggi nicht zugehört. »Hör mal, Pietschkuss, was macht denn eigentlich die Liebe? Hab' ich das richtig mitbekommen, du hast dich bei einem speziellen, einem ganz speziellen Internetportal angemeldet?« Er zwinkerte Pietschko zu und trank einen großen Schluck Kaffee, der schon bitter schmeckte.

Biggi kniff die Augen zu Schlitzen zusammen und schüttelte den Kopf. »Ich glaube nicht, dass dich das was angeht, Brandl!«

»Bist du jetzt seine Mutti? Oder kann Pietschkuss selber antworten?« Brandl verstand selbst nicht, warum er so giftig war, aber es wurmte ihn, wenn Biggi Pietschko in Schutz nahm.

»Macht nichts, kannst ruhig fragen. Hast recht, ich ich, also es gibt da so ein Portal, da kann man, also das ist eine Partnervermittlung mit Frauen aus dem Osten. Mit denen in Deutschland klappt das irgendwie nicht ... Sssory, Biggi.« Pietschko hatte Biggis Blick gesehen, die ihn jetzt stirnrunzelnd ansah. »Nicht nicht alle Frauen sind so nett wie du, bei den meisten da kommt es nicht mal zu einem zweiten Date.« Brandl sah, dass Pietschkos Stirn feucht glänzte.

»Aber ...«, Biggi und Brandl hatten gleichzeitig gesprochen und brachen beide wieder ab. Brandl machte eine Handbewegung, dass Biggi reden sollte. Die räusperte sich. »Ich hab' da mal einen Bericht im Fernsehen 'drüber gesehen. Das war ziemliche Abzocke, Pietschkuss«, sagte sie und sah Brandl um Unterstützung bittend an.

»Habe ich auch schon von gehört, die locken die Männer in ihr Land. Das kostet hier, das kostet da, die lassen die Herren richtig bluten.« Brandl rieb Daumen und Mittel- und Zeigefinger aneinander. »Und dann schicken sie sie in die Wüste, in die Beziehungswüste nach Deutschland zurück. Vielleicht brauchst du ja so was wie ›Hitch, den Datedoktor‹?« Er grinste schief.

»Und du stellst dich zur Verfügung?« Biggi warf eine Handvoll Büroklammern nach Brandl.

»Für dich, für euch, issst das alles, ist das alles immer so was von lussstig. Und für dich ist das alles total easy!« Pietschko war aufgesprungen und stürzte an Brandl vorbei zur Tür hinaus.

»Sag jetzt nichts und ruf ihm auch nichts hinterher!«, zischte Biggi.

»Nein, nein, Frau Profilerin, ich folge genau Ihren Anweisungen!« Brandl versuchte es mit seinem bewährten Dackelblick, aber Biggi sprang nicht darauf an.

»Hast du schon einen passenden Vermissten?«

»Das Programm sucht noch, deshalb wollte ich mir hier bei dir, mit dir, eine kleine Auszeit nehmen.«

Biggi starrte weiter auf den Bildschirm. »Hör auf zu schleimen, Brandl. Du kannst so unsensibel sein, weißt du das eigentlich?« Jetzt sah sie ihn an.

Brandl senkte den Blick. »Vielleicht bin ich ja gar nicht so taff, wie ich gern tue …«

»Hm, kann schon sein.« Biggis Stimme klang schon weicher als vorher. »Der Pietschkuss ist ein Seelchen, der hat's bestimmt nicht immer leicht gehabt.«

Etwas in Brandls Magen rumorte. »Aber wir sind nicht seine Therapeuten, Biggi. Ich versteh gar nicht, warum er dir so wichtig ist!«

»Menschen sind mir immer wichtig, Brandl. Mich interessiert, warum sie so sind, wie sie sind. Warum die einen bestimmte Dinge tun und andere nicht. Ich will wissen, was sie bewegt, was sie zu dem oder der gemacht hat, der oder die sie sind. Niemand ist ein unbeschriebenes Blatt.« Biggi strich sich eine Strähne aus der Stirn.

Brandl hatte einen blöden Spruch auf der Zunge, schluckte ihn aber wieder runter. Stattdessen fragte er: »Deshalb bist du Profilerin geworden, nicht wahr?« Er räusperte sich. »Ich guck mal, was das Programm macht, wir können ja später noch reden, ja? Oder soll ich …«

Biggi schüttelte den Kopf. Brandl verließ ihr Büro und schloss behutsam die Tür.

Sie starrte auf die geschlossene Tür. »Großmaul. Aber du hast noch eine andere Seite, Peter Brandl. Was soll ich nur mit dir machen?« Kopfschüttelnd wandte sie sich wieder ihrer Arbeit zu.

»Treffer, na also!« Brandl schlug mit der flachen Hand auf den Schreibtisch. Dann las er: Bernhard Schütte, vierundfünfzig Jahre alt, ein Meter achtzig groß, schlank, kurze grau melierte Haare. Brillenträger, Narbe an der Oberlippe. Geboren in Wipperfürth, wohnhaft in Köln-Lindenthal, Stadtwaldgürtel 14.

Seine Putzfrau Olga Worobjow hatte ihn am 19. Mai als vermisst gemeldet.

»Oh, oh!«, murmelte er laut. Er sah auf die Uhr und druckte die Vermisstenanzeige aus. Die würde er gleich mit in die Dienstbesprechung nehmen. Aber vorher musste er noch nachhören, wer ihn identifizieren könnte und die Person einbestellen.

Erwin brachte die Praktikantin mit und stellte sie allen vor: »Nadine Schmidt. Damit das Mädchen richtig was sieht und lernt, ist sie bei allem mit dabei!«, erklärte er kategorisch, noch bevor jemand die Chance hatte, etwas zu äußern.

»Nimmst du sie auch mit aufs Klo?« Lars Krüger war kein Charmeur und hatte es auch nie sein wollen. Er glaubte alles zu wissen und zu können und trug zu seinen Maßanzügen prinzipiell braune italienische Slipper. Auch wenn er Lars hieß, riefen sie ihn ›Freddy‹, manchmal auch ›Nightmare‹, wie der gleichnamige Film. Doch seit er mit seiner Noch-Lebensabschnittsgefährtin einen Rosenkrieg führte, reagierte er häufig gereizter als früher. Soweit Steffi es richtig mitbekommen und an die Kollegen weitergegeben hatte, stritten sie gerade erbittert um den gemeinsamen Hund. Im Moment lebte er bei Lars und schon ein paar Mal hatte er ihn mit ins Präsidium gebracht. Ein Mischling, der immer Hunger hatte. Bolle. Ein Cockerspaniel im Körper eines Rottweilers, der scheinbar viel zu viel Fell hatte. Bolle war gutmütig, langsam und unglaublich verfressen. Er mochte alle und jeden, sogar Katzen, wie Lars versicherte. Allein der Gedanke, sich von ihm trennen zu müssen, schien Lars schlimmer zu treffen als die Trennung von seiner Frau. Brandl mochte den Hund auch, irgendwie hatte er etwas durch und durch Positives. Er schien in jedem Lebewesen erst einmal etwas Gutes zu vermuten. Und er erinnerte ihn an jemanden, er kam nur nicht darauf, an wen.

Steffi verteilte erst einmal eine Runde Karamellbonbons. »Heinrichs lässt sich entschuldigen, er musste zum Polizeipräsidenten«, rief sie fröhlich in die Runde.

»Polizeipräsidenten? Will er sich versetzen lassen? Das sind doch mal gute Neuigkeiten!« Pia Böhme, die disziplinierte Marathonläuferin, hatte ihre blonde Mähne streng nach hinten gekämmt und zu einem Pferdeschwanz gebunden. Brandl musste sofort an diese berühmten Models denken, wenn er sie sah – ausgeprägte Wangenknochen, eine mädchenhafte Figur. Aber er wusste, dass sie Haare auf den Zähnen hatte, auch wenn sie aussah wie eine Elfe.

Er schwenkte seinen Computerausdruck: »Dann erzähl' ich euch mal was zu unserem Einbetonierten, also dem, der unter dem Beton eingebuddelt worden war. Ihr habt ja alle bestimmt Erwins Bericht gelesen und ich weiß jetzt zu neunundneunzig Prozent, wer es ist.« Brandl ging zur Pinnwand und heftete den Ausdruck mit Foto an. »Bernhard Schütte. Alter, Größe, Beschreibung stimmen. Vermisst seit vorletzter Woche. Letzte Woche wurde das Fundament der Mauer, unter der er lag, gegossen, kommt also auch zeitlich hin. Und …«, er sah bedeutungsvoll in die Runde, »Schütte war Mitarbeiter der Stadt Köln, genauer gesagt, bei der Bauaufsicht!«

»Bingo!«, sagte Biggi anerkennend, »Treffer! Da bleibt ja alles in der Familie.«

»Der Tote, den wir im Baggersee gefunden haben, du warst ja dabei, nicht wahr, der arbeitete für eine Baufirma. Da könnte ein Zusammenhang bestehen.« Erwin klang wie ein Märchenonkel. Die Praktikantin hing beeindruckt an seinen Lippen, während Lars ungeduldig die Augen verdrehte und zur Decke schaute.

»Ja, und?« Nadine hatte eine piepsige Kleinmädchenstimme und alle außer Erwin atmeten hörbar ein.

»Erwin, du kannst auch in deinem Büro den Erklärbär machen!« Lars hatte sich vorgebeugt und dabei den Kragen seines Jacketts aufgestellt. Erwin kniff die Lippen zusammen, Nadines Gesicht verfärbte sich knallrot. Lars beachtete sie nicht weiter, sondern wandte sich den anderen zu: »Das heißt, wenn Schütte eindeutig identifiziert wurde, gehen wir zum Bauaufsichtsamt, sprechen mit Angehörigen. Falls der welche hat. Sonst eben die Putzfrau. Pia?«

Die nickte.

»Ich hab' schon jemand von uns beim Amt angekündigt und fahre selbst zu Rietmüllers Frau, hab' sie eben kontaktiert. Kommst du mit, Biggi? Vier Ohren hören mehr als zwei.« Brandl sah sie fragend an.

»Wann willst du los?« Biggi glättete das Karamellbonbonpapier.

»Gegen 13 Uhr. Frau Rietmüller meinte, sie wäre vorher beim Sport. Klingt nicht gerade nach einer trauernden Witwe …«, Brandl nahm sich auch ein Bonbon.

»Jeder trauert anders«, hielt Steffi dagegen.

»Und manche gar nicht!«, brummte Lars.

Pietschko hatte die ganze Zeit geschwiegen. Jetzt räusperte er sich. »Wie war denn dein Gespräch mit Rietmüllers Chef?«

»Ich dachte, ich hätte den Bericht an euch geschickt?« Brandl sah die anderen kopfschüttelnd verneinen. »Dann erzähl ich es euch haarklein – dort müssen wir sowieso noch graben, ich glaube, das lohnt sich!«

Birgit Rietmüller schloss ihr schwarzes City-Fahrrad an dem schiefen Bauzaun an. Das metallene Gitter schützte die Reste, des vor Jahren abgebrannten Pavillons, in dem früher mit großem Erfolg Spielwaren verkauft worden waren. Besonders vor Weihnachten war der Laden bis unters Dach mit Puppen und Kinderfahrrädern angefüllt gewesen. Viele Porzer Mütter und Väter hatten dort ihre Großeinkäufe abgewickelt. Birgit war neidisch gewesen, wenn sie die Eltern manchmal beobachtet hatte, wie sie Spielzeugflugzeuge und Barbiepuppen kauften. Wie schön wäre es gewesen, wenn sie das auch mal hätte tun können. Für ihr eigenes Mädchen.

Unkraut wucherte kniehoch zwischen den Steinen, es roch nach Verwahrlosung, Urin und Unrat. Birgit sah schnell zur Seite.

Unter der Fußgängerbrücke brauste der Verkehr über die Hauptstraße. Unten, auf der freien Fläche des Friedrich-Ebert-Platzes, drückten sich ein paar Jugendliche herum, die die Schule schwänzten oder gerade Pause hatten. Der Deutschkurs für Ausländer neben Mrs.Sporty hatte schon angefangen. Schüler aller Altersgruppen lernten fleißig, die Köpfe über den Büchern. Auf großen Aushängen konnte man die Fälle, Konjugationen und Deklinationen der deutschen Sprache ablesen.

Obwohl die Stadt Köln jetzt das leer stehende Hertie-Kaufhaus gekauft hatte, passierte noch nichts. Nachdem der Billighändler, der im Erdgeschoss eine Zeit lang Ramsch angeboten hatte, wieder geschlossen hatte, stand es leer. Aus Sicherheitsgründen, wie es allgemein hieß. Birgit rümpfte die Nase. Sie hatte in dem Laden einmal Batterien gekauft, einfach, um zu schauen, was es dort gäbe. Ein Euro für das Viererpäckchen. Die waren unbrauchbar gewesen, wie sich zu Hause herausstellte.

»Na, klasse«, hatte Helmut nur spitz gesagt. »Was kannst du eigentlich? Noch nicht mal Batterien kaufen.« Und sich abgewendet.

›Kinder kriegen auf jeden Fall nicht‹, das wollte er doch wohl sagen, oder? Sie hatte noch nie ein Händchen für Männer gehabt. Noch nie. Immer war es der Falsche gewesen. Schlecht und abschätzig hatten die Kerle sie behandelt. Wie ihr Vater. Allerdings war keiner so cholerisch und unkontrolliert gewesen wie er. Vater hatte immer sofort zugeschlagen, egal womit. Wenn es irgendwie ging, hatte Birgit sich möglichst unsichtbar gemacht. Einmal hatte er ihren kleinen Dackel zur Tür hinausgetreten, weil ihm das Gewinsel auf die Nerven gefallen war. Dabei hatte Waldi einfach nur Gassi gehen wollen. Und sie konnte ihre Schuhe nicht schnell genug zubinden. Der Dackel hatte vor der Haustür gehockt und die Klinke angeschaut, als wollte er sie hypnotisieren. Und gewinselt eben. So dringend musste er raus.

Ihr Vater hatte die Zeitung auf den Tisch geknallt, war aufgesprungen und hatte gebrüllt: »Kann man hier noch nicht mal in Ruhe lesen?« Er hatte mit seinen großen Schuhen auf das Tier eingetreten. Waldi hatte gejault vor Schmerzen. Birgit konnte nicht still sein. Das Tier war ihr bester und einziger Freund. Sie war mit einem offenen Schuh zu ihrem Vater gerannt, wäre fast gefallen und hatte sich in seine Strickjacke gekrallt.

»Papa, nicht!« Das Jaulen war ihr durch und durch gegangen. »Papa, lass doch. Ich geh doch jetzt mit ihm«, die Tränen waren schon gelaufen.

Vater hatte weiter getreten, die Tür aufgerissen und den Hund mit einem Tritt in den Hausflur befördert. Dann die Tür abgeschlossen. »So, der bleibt jetzt draußen, ein für alle Mal. Ich will das Vieh hier nicht mehr sehen. Schluss, aus!«

Birgit hatte geweint und gefleht. Aber der Vater war unerbittlich geblieben. Ihre Mutter hatte den Hund dann zum Tierheim gebracht. Birgit war ihn dort heimlich zwei Mal besuchen gegangen. Dann wurde Waldi in eine tierliebe Familie vermittelt. Die hatten sich über den niedlichen Dackel gefreut, hatte der Mann im Tierheim vorwurfsvoll berichtet. Die Adresse wollte er ihr nicht nennen.

So war ihr Vater gewesen. Er hatte alles bestimmt. Niemand durfte sich ihm widersetzen. Er hatte ihr immer alles kaputtgemacht. Gut, dass er tot war. Als er endlich an Krebs gestorben war, hatte Birgit ihm keine Träne nachgeweint.

Vor Mrs.Sporty standen drei Frauen. Gleich würde aufgegeschlossen. Mit dem Glockenschlag von St. Josef gegenüber. Die ›Mrs.Sportys‹ waren superpünktlich. Da. Der erste Glockenton. 9 Uhr. Die Tür ging auf. Selina ließ sie offen stehen, damit kühle Morgenluft hereinkam. Die Trainerin war jung, blond, durchtrainiert und hatte richtig was drauf. Seit Abschluss ihres Studiums war sie hier in dem Fitnessstudio beschäftigt. Sie hatte fetzige Musik aufgelegt. Samba-Rhythmen. »Demasiado corazón, demasiado corazón.« Zu viel Herz, zu viel Herz. Birgit grüßte freundlich in die Runde. Sie hatte auch immer zu viel Herz gehabt und sich viel zu sehr auf andere eingestellt, sich nach ihnen gerichtet. Damit war jetzt Schluss. Birgit eilte nach links zur Garderobe und hängte die Jacke auf einen der Metallbügel. Dann schlüpfte sie in die Sportschuhe. Der Trainingsraum war weiß gestrichen, der Boden mit hellem Parkett ausgelegt. Einige pinkfarbene Akzente komplettierten das Mrs.Sporty-Ambiente. Tageslicht fiel durch das Milchglas der breiten Fensterfront auf der Vorderseite. Alu-Deckenstrahler leuchteten den Raum noch zusätzlich aus. Die Geräte waren für den Zirkel im Kreis aufgestellt.

Den Rucksack stellte Birgit in ein offenes Taschenfach, die Wasserflasche oben auf das Regal. Dann zog sie ihre Karte aus der Außentasche des Rucksacks, um einzuchecken. Dazu schob sie die Karte durch den Slot der Maschine und schon tauchte auf dem Bildschirm der Trainerin Birgits Foto mit ihren Daten auf. Selina nickte ihr freundlich zu. Sie hatte das Foto gar nicht nötig. Sie kannte die Kundinnen genau. Bei über zweihundert Frauen, die hier trainierten, eine tolle Leistung, fand Birgit.

»Guten Morgen, Birgit Eins«, lachte sie. Es gab noch eine andere Birgit, die ihr aber nie begegnet war. »Wo warst du denn vorgestern Morgen? Wir haben dich vermisst.«

»Ich war leider verhindert.« Birgit schwieg. Selina erwartete auch keine Antwort. Ihr und den anderen Trainerinnen ging es darum zu zeigen: Du bist bei uns in guten Händen. Wir achten auf dich. Wir mögen dich.

Drei Frauen hatten schon mit dem Training begonnen. Birgit roch leichten Schweißgeruch, der herüberwehte. ›Pumageruch‹ nannte die Leiterin das immer. Und sprach schon mal die eine oder andere an, die gar zu geruchsintensiv war. Manche Frauen reagierten empfindlich auf den Schweiß der anderen. Daher war auch ein Handtuch Pflicht, das sie sich bei den Geräten unterlegten.

Ulla Wolff kam herein, grüßte und checkte mit der Mitgliedskarte ein. Mit ihr wehte ein Duft nach Apfel und Vanille herüber. Jede kam und ging, wie es für sie am besten passte.

Birgit hatte nun schon fast die Runde hinter sich. Sie begann ihren Zirkel immer am Stepper. Dann konnte sie sich besser merken, wie viele Runden sie schon absolviert hatte. Einmal war sie mitten im Zirkel am Rückentrainer hinten rechts in der Ecke gestartet. Da war sie ganz durcheinandergeraten und hatte statt der üblichen drei vier Runden absolviert.

Trainerin Selina stellte sich für alle gut sichtbar in die Mitte des Kreises, um das Wochenprogramm vorzuführen, das auf dem Stepper und auf dem Jogging-Plate in Runde eins, zwei und drei absolviert werden sollte.

Bei ihr sah alles so einfach aus. Aber als Birgit versuchte, die Schritte nachzumachen und dazu auch noch die Arme im Rhythmus gegenläufig bewegen sollte, fiel ihr die Koordination schwer. Selina lachte und wiederholte die Übungen geduldig. Sie hatte immer gute Laune und steckte damit die Frauen an. »Eine richtige Motivationsbrumme«, flüsterte Ulla Birgit zu. Sie trainierte neben ihr.

Alle vierzig Sekunden sprach ›Simone‹: »Bitte wechseln.«

›Simone‹ war der CD-Player, den sie so genannt hatten, weil es im ganzen Klub nicht eine Simone gab. Auf ›Simones‹ Anweisung wechselten die Frauen zur nächsten Position. Selina ging von einer zur anderen und korrigierte die Haltung. »Achtet auf die Bauchspannung, Mädels«, lachte sie. Alle zogen wie auf Kommando den Bauch ein.

Ulla trug wadenlange rote Leggins und darüber ein weites

weißes T-Shirt. ›Meine Figur – eine Laune der Natur‹ prangte in verschnörkelten Buchstaben auf der Vorderseite. Ulla schien ganz in Gedanken versunken. Die anderen lachten und erzählten, wie sie beim letzten Check-up abgeschnitten hatten, während sie eifrig ihre Übungen absolvierten.

»Ist bei dir nicht ein Check-up fällig?« Selina sah Birgit aufmunternd an. »Wie sieht es aus? Soll ich mal einen Termin eintragen?«

Birgit wehrte ab. »Lieber nicht, lass uns noch warten. Der letzte liegt noch nicht lange zurück. Seither hatte ich Stillstand.«

»Achtest du denn auf die Ernährung?«, fragte Selina sofort. »Soll ich dir mal ein paar Rezepte kopieren?«

»Ja, gern«, antwortete Birgit, mehr um Selina vom Check-up abzulenken. Sie hatte ihre Ernährung komplett umgestellt, seit sie zum ›Weg des Lichts‹ gefunden hatte. Ihr prickelte die Haut, wenn sie an die Streicheleinheiten, die sie von Rajan erhielt, dachte. Endlich wusste sie, was ihr all die Jahre gefehlt hatte.

»Bitte wechseln.« Birgit nahm ihr Handtuch und legte es um den Nacken. Dann griff sie nach den orangefarbenen Hanteln, die vor dem Stepper abgelegt waren, und bewegte die Arme rhythmisch zur Musik, während sie auf der Stelle marschierte. Die Hanteln waren ganz schön schwer, wahrscheinlich stemmte sie mit jeder Hand zwei Kilo. »By the rivers of Babylon, where we sat down ...«

»Das ist gut gegen die Chickenwings. Wenn dir die orangefarbenen Hanteln zu schwer sind, nimm die blauen. Die wiegen die Hälfte«, grinste Selina Birgit an. »Schön den Bauch anspannen. Und hoch die Arme. Heute ist Freitag. Hände nach innen zum Körper drehen und hoch und runter und eins und zwei und eins und zwei. Am Wochenende wollt ihr doch gut aussehen. Hoch die Arme. Auf Wiedersehen Winkeärmchen … There we went ...«, sang Selina. »Sehr, sehr schön, Mädels. Ihr seid gut. Ihr macht das klasse!«

Birgit folgte Selinas Stimme willig. Sie wollte schön sein, schön und attraktiv für ihren Meister. ER hatte sie erwählt. Sie war glücklich.

»Du strahlst ja so.«

Birgit schaute nach links.

Auf Ullas Gesicht glänzte der Schweiß. Ihre blonden Haare klebten im Nacken, auf ihrem T-Shirt malten sich bereits Schweißflecken ab. Ulla übernahm die Hanteln direkt aus Birgits Händen, als ›Simone‹ den Wechsel ansagte. Sie trainierte auf dem Jogging-Plate, während Birgit auf dem Rücken-Bauch-Trainer weitermachte.

Die meisten Frauen kannten sich nur mit dem Vornamen, doch bei Birgit und Ulla war das anders. Birgit hatte teilgenommen an einem Schreibworkshop, den Ulla in der Kirche abgehalten hatte. Und da war noch letzten Mittwoch dieser Trauerworkshop im Engelshof gewesen. Porz war wirklich ein Dorf. Überall traf man ständig Bekannte.

Selina riss sie aus ihren Gedanken. »Irgendwie haben unsere Hanteln die galoppierende Schwindsucht. Es fehlt schon wieder eine blaue, schon seit ein paar Tagen. Keine Ahnung, wo die hingekommen ist.«

Ulla lachte. »Bisschen Schwund ist immer«, pflegt meine Mutter zu sagen. »Die taucht bestimmt irgendwann wieder auf. So was klaut doch keine.«

Birgits Lächeln wurde starr. Ihr Magen krampfte sich kurz zusammen. Sie dachte an die Hantel, die sie zuletzt wohl ganz in Gedanken in ihre Tasche gepackt und mit nach Hause genommen hatte. Sie lag im Flur. Sie hatte sie eigentlich heute mitnehmen und irgendwann unauffällig zu den anderen zurücklegen wollen. Wahrscheinlich stimmte dann die Anzahl wieder. Aber Birgit wollte sich jetzt nicht damit beschäftigen. Das Leben war schön. Sie war glücklich. Keine Sorgen mehr. Für alles würde es eine Lösung geben. Sie hatte jetzt die drei Runden absolviert, trank einen Schluck aus der Wasserflasche und ging zum Dehnen an die Fensterfront. Dort waren Matten ausgelegt. Selina hatte ihr vor Kurzem nachdrücklich ans Herz gelegt, dass die Dehnübungen zum Abschluss des Trainings ebenso wichtig seien wie das übrige Training. Sie hatte nämlich beobachtet, dass Birgit schon nach einer Minute damit fertig war.

Das ginge gar nicht, hatte sie gemeint. Kein Wunder, dass Birgit dauernd Muskelkater bekäme. Birgit wusste, dass der Muskelkater andere Ursachen hatte, lächelte, sagte aber nichts. Einmal hatte sie sich an einem Mittwoch morgens der Walking-

Gruppe angeschlossen, die vor der Tür von Mrs.Sporty startete. Das Tempo war ihr aber zu hoch gewesen. Außerdem redeten ihr diese jungen Frauen beim Laufen zu viel. Nein, das machte sie lieber allein, wenn überhaupt. Außerdem musste man ja nicht alles mitmachen, oder? Sie hatte ja so viele Termine. Ihre Meditationsgruppe nahm auch Zeit in Anspruch. Und dann noch die Sessions beim Meister in Bergisch-Gladbach. Immer häufiger war sie dort. Birgit trocknete sich mit dem Handtuch ab, zog ihre Jacke und die Straßenschuhe an und verstaute die verschwitzten Schuhe im Rucksack.

Der Postbote betrat den Raum durch die offene Tür und sah sich suchend um. »Ein Paket«, rief er.

Sofort kreischten die Frauen los. »Ein Mann! Selina! Ein Mann. Hilfe!« Natürlich war das Gekreische reine Show.

Aber Selina lief sofort zu ihm hin. »Sie sind wohl eine Vertretung?«, fragte sie freundlich und schob den verdutzten Mann nach draußen. Birgt hörte, wie sie ihm erklärte, dass Männer bei Mrs.Sporty grundsätzlich keinen Zutritt hätten. Auch keine Postboten. »Hier trainieren auch islamische Frauen, unverschleiert und ohne Kopftuch, weil sie darauf vertrauen, dass keine Männer reinkommen. Sie können einfach klingeln«, wies sie ihn an. »Klar?«

Er nickte und ließ sich die Lieferung des Pakets quittieren. Nichts wie weg hier, ging ihm vermutlich durch den Kopf.

Birgit machte der Briefträger nichts aus. Sollte er sie doch sehen. Stolz war sie auf ihren Body. Sie war gesegnet, das wusste sie. Gleich würde sie nach Hause fahren, duschen und dann noch einmal die neue Meditations-CD hören, die der Meister ihr mitgegeben hatte. Gegen eins wollte der Kommissar vorbeikommen. Warum auch nicht? Ihre Tablette hatte sie auch schon eingenommen. Sie fühlte sich wie schwerelos. Leichtfüßig eilte sie zum Tresen, checkte aus. Mit einem Lächeln und »Tschüss bis bald« verließ sie den Trainingsraum.

Die Frau im rosafarbenen Sportdress öffnete Biggi und Brandl die Tür. Sie war schlank und gut trainiert. Nur das Gesicht zeigte ihr wahres Alter. Sie hatte Ringe unter den Augen, ein Mundwinkel zuckte leicht.

»Guten Morgen, Frau Rietmüller. Kriminalhauptkommissar Peter Brandl von der Kölner Polizei, das ist meine Kollegin Brigitte Sattler, dürfen wir hereinkommen?« Er hielt seinen Ausweis hoch. »Wir hatten uns schon bei der Identifizierung Ihres Mannes in der Rechtsmedizin getroffen.«

Birgit Rietmüller nickte und ließ sie eintreten. Im hellen Flur roch es nach Kräutern wie in einem Bioladen. Brandl schnupperte.

»Salbei«, sagte Biggi halblaut. Dann fiel ihr Blick auf eine blaue Hantel, die neben der Garderobe auf dem Boden lag.

»Oh, wer trainiert denn hier so fleißig?« Sportliche Leute waren ihr immer sympathisch.

Birgit Rietmüller drehte sich kurz um, ihre Augen flackerten: »Ich trainiere hier. Und der Salbei vertreibt negative Energien.«

»Negative Energien?« Brandl schaute schnell im Vorbeigehen in ein Zimmer, dessen Tür ein Stück offen stand. Ein Foto, daneben zwei brennende Kerzen, auf einem weißen Tuch mit rosafarbenen Tupfen darauf. Rosenblätter?, fragte Brandl sich. Vermutlich war das ein Foto von Helmut Rietmüller, also doch eine trauernde Witwe, auch wenn sie zum Sport ging, dachte Brandl.

»Die negativen Energien sind überall, bei den Lebenden und den Toten. Aber sie fliehen beim Geruch von Salbei.« Birgit Rietmüller führte sie in ein ausschließlich in Weißtönen eingerichtetes Wohnzimmer, von dem aus man den Rhein und bis zum gegenüberliegenden Ufer sehen konnte.

»Ist das da drüben Weiß? Oder Wesseling?« Biggi war beeindruckt.

Brandl dachte, dass er Biggi nachher unbedingt erzählen musste, dass er von seinem Wohnzimmer in der Hohe Straße in Ensen einen ähnlich tollen Blick hatte. Vielleicht hatte sie ja Lust, ihn mal zu besuchen oder nach dem Dienst auf einen Kaffee mitzukommen. Natürlich nur wegen der Aussicht. Er grinste kurz, rief sich dann aber sofort wieder zur Ordnung.

Sie setzten sich auf das ausladende Sofa, das Brandl, davon war er fest überzeugt, vor einigen Wochen in einem Prospekt einer Designerfirma gesehen hatte. Birgit Rietmüller bot ihnen Wasser aus einer Karaffe an, in der helle Steine lagen.

»Ach, Sie nutzen auch die Bergkristalle, um das Trinkwasser

aufzuladen, das mache ich auch, danke.« Biggi führte ihr Glas direkt zum Mund.

Birgit Rietmüller sah sie nur müde an, sagte nichts.

»Frau Rietmüller, zuerst einmal unser Beileid. Wir müssen Ihnen ein paar Fragen stellen, um ein klareres Bild Ihres Mannes zu bekommen. Ist das für Sie in Ordnung?« Brandl trank jetzt auch einen Schluck. Er schmeckte keinen Unterschied zu dem Leitungswasser, das er immer trank. Was war das wieder für ein Eso-Quatsch?

Birgit Rietmüller lehnte sich zurück, zog die nackten Füße auf die Couch und setzte sich in den Schneidersitz. »Sie können mich alles fragen und ich werde versuchen, alles zu beantworten.« Ihre Stimme klang leise, aber fest, ihr Blick lag auf einer Rosenblüte, die sie vom Tisch genommen und in ihre rechte Handinnenfläche gelegt hatte.

»Wie lange waren Sie mit Ihrem Mann Helmut verheiratet?« Biggi hielt einen Notizblock in Händen.

»Wir haben uns schon in der Berufsschule kennengelernt, sind, nein, waren seitdem zusammen. Das war …«, sie überlegte einen Moment, »1985, 1986. Danach sind wir zusammengezogen, zuerst in eine Wohnung in Deutz, später dann in ein Haus in Porz-Zündorf, aber da waren wir schon verheiratet.«

»Haben Sie Kinder?« Brandl wusste, dass nichts Derartiges im Melderegister stand, aber diese Frage löste immer eine Reaktion aus.

Birgit Rietmüller legte beide Hände schützend um die Rose. »Nein, leider.«

»Wollten Sie keine oder Ihr Mann?«

Biggi sah Brandl fragend an, Birgit Rietmüller schaute nur auf ihre Hände.

»Doch. Wir haben alles probiert. Erst mit allen möglichen medizinischen Methoden. Als ich dann nicht schwanger wurde, wollten wir ein Kind adoptieren.« Brandl konnte sehen, dass es der Frau schwerfiel, ruhig zu atmen. »Übers Jugendamt, aber das war das Allerletzte. Wir waren denen zu alt.«

Birgit Rietmüller begann, die Rosenblüte in der Hand sanft hin und her zu wiegen. »Dann haben wir es auf einem anderen Weg probiert. Wollten ein Kind im Ausland adoptieren. Aber wir gerieten wohl an die falschen Leute.« Jetzt weinte sie. Mit kerzengeradem Rücken und ohne einen Laut von sich zu geben. Brandl sah Biggi bittend an.

»Was ist passiert, Frau Rietmüller?« Biggi nestelte ein Papiertaschentuch aus einer Packung, die sie aus der Jacke gezogen hatten, und reichte es ihr.

Birgit Rietmüller schüttelte ablehnend den Kopf. Sie hob leicht ihre Hände, die wie ein Kelch die Rosenblüte umschlossen. »Das Kind starb. Wir hatten den Männern das Geld gegeben, bekamen das kleine Mädchen und in der zweiten Nacht lag es tot in seinem Bettchen. Der Arzt sprach von einem tödlichen Virus, ich hab' das gar nicht mehr richtig mitbekommen. Helmut hat mit ihm und den Behörden gesprochen. Es wäre alles legal, hieß es. Er hat alles geregelt. Ich konnte nicht mehr, ich hatte einen Nervenzusammenbruch.« Birgit Rietmüllers Stimme wurde immer leiser. »Wir haben die Kleine dort begraben.«

»Wo war das genau?« Biggi sprach jetzt auch ganz leise.

»Malaysia. Teluk Itan. Der Friedhof lag nah am Fluss. Wir sind dann zurück. Erst ein Flug nach Singapur, von dort nach Köln. Helmut hat die ganze Zeit geschimpft und geflucht und ich hab' die Tabletten genommen, die der Arzt mir gegeben hatte.«

»Und dann?« Brandl hatte schon von solchen Auslandsadoptionen gehört, war aber bisher nicht damit in Berührung gekommen.

»Ich bekam die Depressionen nicht weg. Helmut hat die erste Zeit noch gekämpft. Hat versucht die Schuldigen zur Verantwortung zu ziehen, hat mit Reportern gesprochen, es gab einen großen Artikel in einer Zeitschrift, dann hörte er schlagartig auf. Als ich ihm das in irgendeinem Streit einmal vorwarf, zeigte er mir die Mails, die er bekommen hatte. Darin stand, dass, wenn er nicht aufhören würde, es mir und ihm schlecht bekäme.«

»Sie bekamen Drohmails?« Biggi schrieb emsig mit. »Von wem? Wann war das genau? Haben Sie sich an die Polizei gewandt?«

Birgit Rietmüller nickte. »Doch, aber das ist schon lange her. Der Beamte damals meinte, wir sollten die Sache ruhen lassen, es würde sowieso nichts bringen.«

Brandl trank sein Glas leer, sah Birgit Rietmüller prüfend an, sagte aber nichts.

»Ach, ich wollte einfach damit abschließen. Tagsüber ging es auch, aber nachts, da hat es mich eingeholt. Immer und immer wieder. Ich habe lange von einem kleinen Mädchen geträumt, das weint und mir die Arme entgegenstreckt und nach mir ruft. Ich laufe und laufe auf sie zu, doch ich schaffe es nicht, sie zu erreichen, meine Beine sind so schwer. Ich komme einfach nicht von der Stelle und das Kind löst sich auf. Selbst heute träume ich noch manchmal davon, aber selten. Rajan hilft mir dabei. ER hilft mir immer.« Birgit Rietmüller schien mit ihren Gedanken weit weg zu sein.

»Haben Sie noch die Unterlagen von damals, Namen, Kontaktdaten?« Brandl witterte eine Spur.

»Ich glaube, Helmut hat das in unserem Tresor. Wenn Sie wollen ...«, Birgit Rietmüller legte die Rose behutsam in die weiße Porzellanschale, die auf dem Tisch stand.

»Selbstverständlich!« Brandl war aufgestanden. »Was hat Ihr Mann denn sonst noch dort aufbewahrt?«

»Keine Ahnung. Aber«, sie hielt abrupt inne, »dafür habe ich keinen Schlüssel.« Sie setzte sich wieder.

»Bitte?« Brandl sank auf das Sofa zurück.

»Wissen Sie. Wir waren nicht mehr glücklich miteinander. Die Sache damals. Meine Depressionen. Wir haben uns immer weiter voneinander entfernt. Ich habe meinen Job aufgeben müssen. Ich hab' mich verändert, Helmut hat sich verändert.«

»Aber der Tresor?« Brandl konnte es nicht verstehen.

»Er hat alles von mir ferngehalten. Er sagte, ich bräuchte keinen Zugang zum Tresor und auch nicht zu seinem Girokonto. Er würde alles für mich regeln.« Birgit griff wieder nach der Rose.

»Sie konnten nicht auf sein Konto zugreifen?« Biggi schüttelte den Kopf.

»Wozu denn? Ich habe ein eigenes. Für den Haushalt und für mich. Helmut war großzügig, ich konnte immer gut leben und musste auch nur selten Rechenschaft über meine Ausgaben ablegen.« Birgit Rietmüller sah zum Fenster hinaus.

»Selten?« hakte Brandl nach.

»Seit ich zu Rajan ging, hat er wieder mehr kontrolliert. Er mochte ihn nicht.« Birgit Rietmüller lächelte sanft.

Brandl schaute sie an. »Vielleicht ist das jetzt unangenehm, wenn ich Sie das frage, Frau Rietmüller. Aber hatte Ihr Mann vielleicht eine Geliebte?«

Birgit starrte ihn an. Ihre Augen schienen riesengroß. »Nicht, dass ich wüsste. Er hatte schon mit mir und der Arbeit genug Probleme, glaube ich. Aber sicher weiß man so was natürlich nie. Aber nein«, überlegte sie laut. »Eher nicht, glaube ich.«

»Und Sie selbst?«, bohrte Brandl weiter. »Wer ist denn dieser Rajan? Hatte Ihr Mann Grund zur Eifersucht?«

Birgit Rietmüller sah ihn mit unschuldigem Augenaufschlag an. »Helmut war nie eifersüchtig, selbst wenn es einen Grund gegeben hätte. Aber es gab keinen. Rajan ist über jeden Zweifel erhaben. ER ist mein geistiger Führer. ER hat mich gerettet, wird uns alle retten!« Birgit führte die Rose zur Stirn, zum Mund, vor die Brust.

Brandl sah Biggi an und runzelte die Stirn.

»Nehmen Sie Medikamente, Frau Rietmüller?« Biggis Stimme klang mitfühlend.

»Selten, aber Rajan hat mir etwas mitgegeben, damit ich besser schlafen kann. ER sorgt so gut für mich.« Sie lächelte wieder.

»Ist dieser Rajan ein Arzt? Ihr Arzt?« Brandl fragte sich, was mit Birgit Rietmüller los war. Die war ja so kühl wie eine Eisscholle. Da war keine Trauer oder zumindest keine, die mit dem Tod des Mannes zu tun hatte.

Birgit Rietmüller lachte glucksend. »Nein, kein Arzt, aber ein großer Heiler. Ein göttlicher Heiler.«

»Wo finden wir diesen Rajan denn?« Brandl kratzte sich am Kopf. Diese ganze Geschichte erschien ihm zunehmend dubioser. Er würde sich diesen Betbruder mal genauer ansehen.

»Überall. Sogar in Ihren Herzen!« Birgit Rietmüller hatte die Rose wieder zurück gelegt und war aufgestanden. »Aber ich gebe Ihnen einen Flyer mit, damit Sie es leichter haben.« Mit wenigen Schritten hatte sie das Wohnzimmer verlassen und Brandl tippte sich mit einem kurzen Blick auf Biggi an die Stirn.

Sie standen auf und folgten ihr.

»Und wegen des Tresors, Frau Rietmüller, da müssen wir

ran, auch an den Computer Ihres Mannes.« Brandl hatte lauter gesprochen, als er wollte.

»Kein Problem.« Birgit Rietmüller hielt ihm einen sonnengelben Flyer entgegen. »Wenn Sie jemanden vorbeischicken, soll er vorher wegen eines Termins anrufen, damit er mich nicht bei der Meditation stört. Ich meditiere viel. Jetzt gleich ist es wieder soweit.« Sie öffnete die Eingangstür.

»Auf Wiedersehen, Frau Rietmüller«, Biggi hielt ihr die Hand hin, aber die Frau hatte ihnen schon den Rücken zugewandt, bückte sich gerade, hob die Hantel vom Boden auf und steuerte schnurstracks auf das Zimmer mit dem Foto und den Kerzen zu.

Brandl zog die Wohnungstür hinter Biggi und sich ins Schloss. Merkwürdige Frau, dachte er. Erfahrungsgemäß wusste er, dass ein großer Teil der Morde Beziehungstaten waren. Auch die Statistiken belegten das eindeutig. Diese Frau schien zwar auf dem Esotrip zu sein, aber das musste ja noch lange nicht bedeuten, dass sie ihren Mann umgebracht hatte. »Wie ist denn dein Eindruck?«, fragte er Biggi mit einem Seitenblick, während er das Auto startete. »Hat sie was mit dem Tod ihres Mannes zu tun?«

Biggi schien in Gedanken versunken, sah überrascht auf. »Jeder ist zu einer Affekttat fähig«, sagte sie. »Aber vom Gefühl her würde ich sie nicht zu den Verdächtigen zählen. Wir werden sehen.« Sie lächelte Brandl kurz an, der gab Gas und brauste los.

14

Ulla schloss die Tür zu ihrem Häuschen auf. Drei Monate wohnten sie jetzt hier. Zwei Etagen und ein ausgebauter Dachboden. Das älteste Haus in Zündorf, hatte ihr der Makler stolz versichert. Das war aber Unsinn. Ulla wusste, dass das älteste Wohngebäude in Zündorf ein anderes war. »Mit das älteste Bauwerk in Niederzündorf ist der Turmhof, der wurde erstmals 1380 erwähnt«, wusste Elli zu berichten, als Ulla ihr die Expertise des Maklers gezeigt hatte. »Der Turm ist aus Kopfbasalt und zwanzig Meter hoch und da ist jetzt eine Außenstelle des Kölnischen Stadtmuseums mit Exponaten zur Geschichte von Zündorf und Porz drin. Zum Glück waren die Dokumente nicht im Kölner Stadtarchiv gelagert, sonst wären die jetzt alle futsch.« Elli war ein wandelndes Lexikon der Porzer Ortsgeschichte gewesen. Ach, Elli. Ulla seufzte.

Das neue Haus der Familie Wolff war auf jeden Fall mehrere hundert Jahre alt. Das sah man. Es war ein windschiefes Fachwerkhaus mit vielen kleinen Butzenfenstern. Ulla hatte nicht anders gekonnt, als sich sofort in das Häuschen zu verlieben. Der alte Friedhof lag ganz in der Nähe, daneben die Kirche St. Michael, die 1155 zum ersten Mal namentlich erwähnt wurde. Wenn es um die Porzer Geschichte ging, war Elli in ihrem Element gewesen. Manchmal hatte Ulla bei den vielen Zahlen gar nicht richtig zugehört, sie war mehr an den Geschichten der Menschen hier interessiert und hatte erst wieder aufgehorcht als Elli von der Groov, der kleinen Rheininsel hier in Zündorf, erzählt hatte, die nach dem 1259 eingeführten Stapelrecht Kölns als Warenumschlagplatz genutzt worden war. Die Kaufleute umgingen dadurch die lästige Regelung; der Wohlstand, den Zündorf damals erworben hatte, war noch heute an den Fachwerkhäusern der hier frei wirtschaftenden protestantischen und jüdischen Kaufleute ablesbar. Denen hatte das katholische Köln das Bürger- und Aufenthaltsrecht jahrhundertelang verwehrt.

All das hatte Elli ihr erzählt. Aber sie hatte auch gerne zugehört wenn Ulla von den alten Friedhöfen im Süden Europas geschwärmt hatte. Schon seit Jahrzehnten ließen die Angehörigen dort Fotos von ihren Liebsten in Grabstellen in der Mauer ein. Auf Korsika, wo Ulla mit Michael und den Kindern schon abenteuerliche Urlaube in urigen Bergdörfern nahe am Strand verbracht hatte, hatte sie einen richtigen Totenkult erlebt. Die Korsen wollten nämlich nicht gern auf dem städtischen Friedhof beerdigt werden. So baute sich jede Familie, die es sich leisten konnte, ein eigenes Mausoleum in allerbester Hanglage, mit Blick auf das türkisblaue Mittelmeer. Ferienhäuser in solchen Lagen würden viel Geld bringen. Manche Mausoleen verfügten über einen eigenen kleinen Parkplatz und umfassten sogar mehrere Etagen, mit niedlichen Treppen, Fenstern und kleinen Balkonen. Zwischen Topfblumen gedachten dort die Familien ihrer verstorbenen Angehörigen. Solche Ruhestätten hatten Ulla gezeigt, wie sehr andere Kulturen den Tod ins Leben integrierten.

Kühler Hauch streifte Ulla, wie eine kalte Hand, die ihren Nacken berührte. Ellis Tod. Sie war erst knapp über sechzig gewesen. Schlaganfall. Intensivstation. Tod. So schnell konnte es gehen. Ulla griff nach einem Tuch, das an der Garderobe hing, legte es um ihren Nacken.

Hoffentlich hatte ihr die liebe Familie etwas vom Mittagessen übrig gelassen. In der kleinen, aber ungeheuer praktisch eingerichteten Küche schaute sie in den Kühlschrank. Na bitte, da stand doch ein Topf. Sie stellte ihn auf die Herdplatte.

Michael und sie hatten einen Schnitt machen wollen. Da war das Angebot von Pfarrer Theobold, mit ihrer halben Stelle doch zu ihm an die Pauluskirche zu wechseln, gerade richtig gekommen. Ulla hatte gern zugegriffen. In Ensen war sie durch die Forensikgeschichte doch sehr mit den Gläubigen aneinandergeraten. Pfarrer Fuhrmann hatte Ullas Plänen zögerlich zugestimmt. Aber er wusste, dass sie einen Neustart brauchte. Er würde die Johanneskirche gemeinsam mit der neuen Vikarin schon schaukeln. Das Presbyterium war sowieso einverstanden. Denn in Zündorf und Langel war eine weitere halbe Pfarrstelle dringend zu besetzen gewesen. Sympathische Presbyter, dachte Ulla. Und so engagiert. Sie rührte gedankenverloren im Topf.

Ihr war klar, dass Michael bemerkt haben musste, dass sie damals mitsamt ihrem gepackten Koffer verschwunden war.

Und kurze Zeit später wieder auftauchte. Verheult, enttäuscht, wortlos hatte sie den Koffer wieder ins Schlafzimmer geschleppt und ausgepackt. Michael war im Fahrradkeller verschwunden. Bis heute hatte er nicht gefragt, wohin sie damals gewollt hatte und warum sie zurückgekommen war. Wahrscheinlich hatte er zu viel Angst vor der Wahrheit. Und befürchtete, dass sie wieder gehen würde, wenn er sie auf ihren Spontanauszug ansprach.

Lautes Quieken unterbrach ihre Gedanken. Ulla horchte. Tatsächlich. Oben quiekte jemand. Dann hechelte eine Stimme »Ja, ja, ja, ja«, in den höchsten Tönen. Hallo? Was war denn oben los? Sie ging in den Flur und lauschte. Noch mehr Quieken, es musste aus Jonas Zimmer kommen. Dann quietschte das Bett rhythmisch. Das durfte doch wohl nicht wahr sein, oder? Jonas war erst siebzehn. War diese frühreife Laura bei ihm? Seine neue Flamme? Hatten die etwa Sex da oben? In ihrem eigenen Haus? Sind die wahnsinnig geworden? Klar, sie hatte mit Jonas kurz über Verhütung gesprochen. Michael ausführlicher, das fand sie auch passend. Oben quietschte das Bett und das Mädchen quiekte. Sie musste eingreifen. Das ging entschieden zu weit. Was fiel denn denen ein?

»Jonas?«, brüllte Ulla nach oben. »Komm doch mal bitte sofort runter.«

Das rhythmische Quietschen und die Brunftschreie erstarben in Sekundenbruchteilen. Stille. Was tun? Nach oben gehen? Ins Zimmer?

»Jonas«, rief sie nochmals. »Wenn du nicht runter kommst, komme ich rauf.«

Kurze Zeit darauf hörte Ulla wie Jonas die Tür aufriss und mit Shorts und T-Shirt bekleidet verschwitzt die Treppe herunter kam. »Was kann ich für dich tun, Muttertier?«, fragte er mit Unschuldsblick.

»Mein lieber Sohn«, Ulla holte tief Luft. Ganz ruhig bleiben. »Du weißt, dass wir sehr offene und verständnisvolle Eltern sind. Aber das geht zu weit. Ihr seid beide erst siebzehn. Was fällt euch ein, hier so einen Höllenlärm zu veranstalten und im ganzen Haus hört man Brunftschreie? Das geht so nicht. Nicht in meinem Haus.«

»Ach, Mama.« Jonas lief rot an. Ein Zeichen, dass er wütend wurde. »Wir sind keine kleinen Kinder mehr. Außerdem dachten wir, wir wären allein im Haus. Kann ja keiner ahnen, dass du dich hier rein schleichst und uns belauschst. Du bist ja nur sauer, weil bei euch nichts läuft. Wenn du nicht aufpasst, mutierst du zu einer Ätz-Mutter, die nur rumnölt, weil sie mega gefrustet ist. Such dir doch einen potenten Lover, wenn Papa es nicht bringt.«

Ulla war sprachlos. Das war doch nicht ihr Jonas. Der so gern mit ihr und Michael in die Eifel gefahren war, um dort die Korallenfelder bei den Bauern in Manderscheid umzugraben. Ihr Jonas, der beim Krippenspiel vor Weihnachten Jahr um Jahr vom Schaf bis zum Josef alle Rollen mit Leidenschaft durchgespielt hatte. Ulla wollte es nicht glauben. Das musste der Einfluss von dieser verflixten Laura sein. Sie fraß auch immer den ganzen Kühlschrank leer, wenn sie hier war. Sie war wie ein Fass ohne Boden und jetzt auch noch der Sex, lautstark und völlig ungehemmt. Es reichte ihr. »Wir sprechen uns später. Ich werde mit deinem Vater darüber reden. Ich verbitte mir deinen frechen Ton und diese Unterstellungen. Nicht ich liege falsch, sondern ihr nehmt euch zu viel raus. Klar? Du kannst froh sein, dass deine kleine Schwester Lea nicht zu Hause ist. Dann hätte ich nämlich bei euch im Zimmer gestanden und Laura eigenhändig raus befördert. Also bitte, sorge dafür, dass sie sich verzieht oder zumindest zivilisiert verhält. Und du genauso. Punkt.«

Jonas drehte sich um. »Du spinnst doch total. Du mit deinem moralinsauren Frust-Getue. Am besten sprichst du ein Gebet.«

Ulla schnappte wütend los: »Was soll das denn heißen? Moralinsaures Frust-Getue. Das ist eine Frechheit. Wenn du wüsstest, mein Lieber …«, klappte aber dann früh genug den Mund zu, bevor sie in ihrer Wut und Hilflosigkeit etwas Unüberlegtes preisgegeben hätte. Das ging Jonas überhaupt nichts an. Sie musste sich für nichts rechtfertigen.

»Ach, jetzt kommt wieder die Arie über deine Hippiezeit, oder? Lass mich bloß in Ruhe mit dem alten Mist.« Jonas trollte sich in sein Zimmer und knallte die Tür zu.

Wenn du wüsstest, dachte Ulla, aber die Affäre mit Brandl war endgültig abgeschlossen. Sie würde sich jetzt auf Michael konzentrieren, sie hatte sich und ihm versprochen, ihrer Ehe noch eine Chance zu geben. Sie kehrte zu ihrem Essen zurück. Angebrannt. Kein Wunder. Sie kratzte mit dem Löffel im Topf herum, ließ Wasser einlaufen. Das Essen war ungenießbar, hoffentlich war wenigstens der Topf noch zu retten. Oben blieb es still, als wäre das Haus leer.

Ulla stand vor den Klingelknöpfen und ging die Namensschilder durch: Huber, Braun, Simowski, las sie halblaut. Eine Windbö fuhr ihr heftig durchs Haar, in den Büschen hinter ihr raschelte es und zwei Elstern keckerten und schimpften, als würden sie sich um irgendetwas streiten. Auf dem Leinpfad war der übliche Sonntagnachmittagsbetrieb – Radfahrer, Familien, Hundebesitzer mit ihren Lieblingen.

Wie hieß Birgit bloß mit Nachnamen? Was hatte sie gesagt? Müller? Nein, der Name war länger gewesen. Zu blöd, dass man sich bei Mrs.Sporty immer nur mit den Vornamen ansprach. Scheitmüller? Mit dem Zeigefinger glitt sie die Namensschilder entlang. Da. Rietmüller, H. und B. Ulla klingelte und mit einem sonoren Summton schwang die Tür auf. Ob Birgit alle Besucher ohne Rückfrage einließ? Oder gab es eine Kamera? Ulla sah sich prüfend um, konnte aber keine entdecken. Der Aufzug glitt ruhig nach oben und öffnete sich mit einem dezenten ›Pling‹. Rechts oder links entlang? Ulla wandte den Kopf in beide Richtungen, lauschte. Da, jemand schloss eine Tür auf. Ulla folgte dem Geräusch. Aus der vorletzten Wohnung klang leise Gitarrenmusik, auf der Fußmatte prangte eine riesige Sonne und Salbeigeruch waberte in den Flur. Die Tür war nur angelehnt. Ulla klopfte: »Hallo, Birgit?« rief sie.

»Komm rein, Ulla.« Birgit Rietmüllers Stimme klang gedämpft.

Beim Hineinschlüpfen fiel Ullas Blick auf das Klingelschild. Ein schmaler weißer Zettel klebte auf dem Messingplättchen. ›Birgit Rietmüller‹ stand darauf und war offenbar von Hand geschrieben und darauf gepappt worden.

»Wo find ich dich denn?« Durch ihre seelsorgerische Arbeit kam Ulla immer wieder in fremde Wohnungen und stellte dabei oft fest, dass sich das Wesen der Menschen in dem, was sie umgab, spiegelte. Was würde sie hier vorfinden? Und wie ging es Birgit überhaupt?

»Ich bin hier, im Schlafzimmer, zweite Tür rechts.« Das Rascheln war genauso laut wie Birgits Stimme.

Ulla blieb abrupt auf der Schwelle stehen. Die hohen Türen der weißen Schleiflackschränke, die drei von vier Wänden bedeckten, standen sperrangelweit offen, es roch nach Lavendel. Die meisten Fächer, Ablagen und Stangen waren leer. Auf dem Bett türmten sich Anzüge, Oberhemden, Herrenunterwäsche, Socken. Ein dunkelblauer Bademantel war heruntergerutscht, Birgit griff mit hochrotem Kopf danach und stopfte ihn in einen blauen Müllsack. »Wie viele Klamotten sich in all den Jahren anhäufen«, seufzte sie und raffte weitere Kleidungsstücke vom Bett.

Ulla zählte acht prall gefüllte Säcke, die sich schon vor der Balkontür stapelten. Daneben lehnte ein riesiger Frauenakt, bestimmt zweimal zwei Meter groß. Der musste über dem Bett gehangen haben, die Aufhängung baumelte noch von der Decke.

Birgit hielt inne und sah Ulla aufmerksam an. »Wenn du keine Sportsachen anhast, siehst du ganz anders aus, aber trotzdem nicht so, wie ich mir immer eine Pfarrerin vorgestellt habe. Letztens habe ich noch mit Rosa über dich gesprochen. Sie findet auch, dass du viele verschiedene Facetten hast.« Sie kniff die Augen zusammen. »In welcher Rolle bist du denn hier? Als Sportfreundin oder als Seelsorgerin auf der Suche nach einer verlorenen Seele?«

»Ich suche keine verlorenen Seelen«, Ulla sprach so sanft wie möglich, obwohl sie sich über Birgits Frage ärgerte. Sie schien vergessen zu haben, dass sie beide einmal gemeinsam einen Kurs biografisches Schreiben besucht hatten und sie wirklich viel von ihr wusste. Sie hatte sich sehr geöffnet. Auch Ulla hatte einiges aufgeschrieben und vorgelesen. Spielte sie etwa auf ihre Brandl-Geschichte an? Wahrscheinlich reagierte Birgit nach dem Tod ihres Mannes mit Wut und Verzweiflung, die sich jetzt gegen sie richtete. Na ja, sollte sie ruhig Dampf ablassen, wenn es ihr half, ihre Trauer auszuhalten. Wie schwer der Umgang mit dem Verlust eines nahen Menschen war, wusste Ulla ja aus eigener Erfahrung.

Friede sei mit dir, dachte sie. Meist half ihr das, die anderen anzunehmen und ihre Reaktionen nicht persönlich zu nehmen. »Ich wollte dir nur anbieten, dass du dich, wenn du jemanden zum Reden oder sonst irgendeine Unterstützung brauchst, gerne an mich wenden kannst. Und ich wollte dir sagen, dass es mir unendlich leidtut, dass du deinen Mann auf so schreckliche Art und Weise verloren hast – das ist ein furchtbarer Verlust …« Sie hielt inne, als Birgit abwehrend die Hand hob. Ihren Blick konnte Ulla nicht recht deuten.

»Danke für deine Anteilnahme. Und auch für dein Hilfsangebot. Aber ich bin gut versorgt. Ich habe liebe Menschen, die sich um mich kümmern. Du weißt, die Gruppe. Und Rajan natürlich. Sie stehen mir alle bei. Möchtest du eine Tasse Tee? Ich habe von Rajan eine ganz besondere Mischung bekommen.« Ohne eine Antwort abzuwarten, kam sie auf Ulla zu und schob sich an ihr vorbei. »Komm mit«, rief sie und Ulla folgte ihr in die Küche.

Auch hier glänzte alles in Weiß und Chrom. Fotografien von tropfnassen Tomaten, gebündelten Chilischoten und Knoblauchpyramiden setzten die einzigen farbigen Akzente. Nichts lag herum, selbst Küchentücher fehlten. Ob Birgit hier überhaupt kochte? Ulla fröstelte, als hätte ein kalter Hauch sie gestreift.

Birgit goss aus einer Thermoskanne eine grünliche Flüssigkeit in zwei hohe Porzellanbecher. »Jasmintee mit stärkenden Kräutern, von Rajan«, betonte sie nachdrücklich.

»Verstehe«, sagte Ulla und schnupperte. Der Tee duftete intensiv und betörend. Jasmin roch sehr stark. Sie erinnerte sich an einen Urlaub in einem Ferienhäuschen in einem Dorf im Süden, wo sie abends richtig eingelullt von dem Duft des Jasmins an der Hauswand bei offenem Fenster eingeschlafen war. In einer Zeitschrift hatte sie vor einigen Wochen etwas über Jasmin gelesen. Bestimmte Aromaessenzen der Blüten übten auf manche Menschen eine ähnliche Wirkung wie Schlaftabletten oder Stimmungsaufheller aus. Da hatte sogar gestanden, dass dieser Duft irgendwann auch Valium ersetzen könne. Sie hatte sich damals im Urlaub auch wie gedopt gefühlt.

»Du bist in IHN verliebt, nicht wahr?« Birgit wischte mit einem Tuch, das sie aus einer Schublade gezogen hatte, über die Arbeitsplatte.

»Bitte? Verliebt? In wen?« Ulla hätte beinahe ihren Tee verschüttet. Wovon redete Birgit?

»In Rajan. Alle Frauen sind in IHN verliebt.« Birgit sah sie herausfordernd an.

»Ich bestimmt nicht. Ich kenne ihn doch kaum und ich bin verheiratet, glücklich verheiratet!«, Ulla merkte, dass sie immer schneller gesprochen hatte.

»Ja, ja, das sagen sie alle, aber in Wirklichkeit wünschen sie sich, dass ER sie erwählt.« Birgit lächelte verächtlich. »Aber keine von euch wird IHN bekommen!«

Ulla nahm einen Schluck Tee. Er roch süß, schmeckte aber bitter. Vermutlich war Birgit durcheinander. Ulla hatte schon die unterschiedlichsten Reaktionen von Angehörigen auf den Tod eines geliebten Menschen erlebt.

Birgit goss sich Tee nach. »Bei Mrs.Sporty wird gemunkelt, dass du doch nicht ganz so glücklich verheiratet bist. Ich erinnere mich auch an die Geschichte, die du in dem Kurs damals vorgelesen hast. Du musst mir nichts vormachen. Ich weiß, wie Ehemänner sind. Für mich ist das kein Verlust.«

»Was jetzt?« Ulla war irritiert, schob ihre Tasse weg. Birgit verdrängte anscheinend ihre Trauer völlig.

»Helmuts Tod. Wir passten einfach nicht zusammen, er wollte sich nicht transformieren.« Birgit wischte wieder.

»Transformieren? Hättest du ihn lieber anders gehabt, oder was meinst du?« Ulla bemühte sich, ruhig und verständnisvoll zu bleiben. Irgendetwas stimmte mit dieser Frau nicht. Ulla merkte, wie bei aller Professionalität als Pfarrerin ganz tief in ihr eine andere Saite anklang. Sicher, sie wollte Birgit einen Kondolenzbesuch abstatten, doch gleichzeitig hatte sie eine Witterung aufgenommen. Ulla spürte, dass hinter dieser gut gepflegten Fassade etwas lauerte. Beinahe konnte sie es mit den Händen greifen.

Birgit legte unbeeindruckt das Tuch behutsam in die Schublade zurück und streckte sich. »Helmut war im Dunklen, im Schatten, und wollte es auch bleiben. Er war schlecht. Böse. Durch und durch. Ich habe versucht, ihn auf die andere Seite zu ziehen, ins Licht. Auch Rajan hat ihm die Hand hingehalten. Aber Helmut war sich selbst Gott genug. Und daneben durfte es keinen anderen geben.«

»Böse? Zu dir?« Bei jeder anderen hätte Ulla jetzt die Hand auf ihre gelegt, aber bei dieser Frau hielt sie irgendetwas davon ab.

Birgit nahm einen ordentlichen Schluck Tee. »Falsch und böse. Zu mir, zu anderen. Im Privaten und Geschäftlichen. Er hat jeden betrogen, auch sich selbst. Es hat ihm gefallen, andere zu demütigen, zu quälen, zu verletzen. Er war schuld daran, dass wir keine Kinder hatten. Er war nicht fähig, Leben weiterzugeben. Er hat das Leben zu wenig wertgeschätzt. Er hat nur genommen, genommen, genommen. Er konnte nichts geben, nichts. Aber darüber bin ich hinweg.« Sie griff wieder in die Schublade und holte das Tuch heraus.

»Wenn er zeugungsunfähig war, hättet ihr doch ein Kind adoptieren können, ihr hättet …« Ulla brach ab, als sie Birgits Gesicht sah. Plötzlich erinnerte sie sich an das Gedicht, das Birgit damals im Kurs geschrieben und vorgelesen hatte.

Tot
Klein – unschuldig
Warum starbst du
Ich wollte dich lieben
Tochter

»Wir hatten eine kleine Tochter«, würgte Birgit hervor. Sie schwankte, sackte dann zusammen. Ulla griff nach ihr und hielt sie fest. Dabei strich sie ihr über den Rücken. »Ich weiß, ich weiß. Wenn du erzählen magst, ich habe Zeit.« Ihre Stimme klang rau.

15

Biggi hatte sich schon früh an diesem trüben Montagmorgen mit der Ex-Frau von Bernhard Schütte in der Rechtsmedizin getroffen. Weinend hatte sie ihren früheren Ehemann identifiziert. Direkt danach war Biggi nach Deutz gefahren. Im Parkhaus vom Stadthaus hatte sie den Dienstwagen abgestellt, war mit dem Aufzug ins Erdgeschoss hinuntergefahren und betrat nun das Stadthaus von der Seite. Schon von Weitem erkannte sie das große ›I‹ für Information und steuerte zügig darauf zu, wurde jedoch nach wenigen Metern langsamer. Diese hohe Halle in schwarz und rot. Bei jedem Schritt hatte sie den Eindruck zu schrumpfen. Das war von den Architekten bestimmt absichtlich so geplant worden, nach dem Motto: »Der kleine, unwerte Bürger in den Räumen der Macht.«Hier drinnen war es viel düsterer als draußen, das frühlingshafte Wetter schien wie ausgesperrt. Es roch staubig, auch wenn nirgends Staub lag.

An der Infotheke zückte sie den Dienstausweis. »Guten Morgen. Sattler, Kriminalpolizei Köln, ich möchte zu Herrn Wendler, dem Vorgesetzten von Herrn Schütte, wo finde ich ihn?«

Die junge Mitarbeiterin legte schnell einen angebissenen Apfel beiseite, tippte auf der Tastatur herum und starrte angestrengt auf den Bildschirm ihres PCs. »Morgen. Der Herr Wendler? Bauaufsicht. Ich rufe mal an, denn der hat oft Außentermine«, sagte die Frau und zog die Augenbrauen bei jedem Wort hoch.

Biggi versuchte nicht hinzusehen. Was hatte die denn für Zuckungen? »Er hat ja bestimmt eine Vertretung, wenn er nicht im Haus ist?«

Die junge Frau griff zum Telefonhörer, wählte und wartete. »Infothek, Hüber. Hallo Frau Kubitschek. Der Herr Wendler? Ach so, Sie haben umgestellt. Ja. Hier ist jemand von der Polizei, eine Kommissarin. Es geht wohl um Herrn Schütte ... Ja, ist gut. Sag ich. Danke und tschüss.«

»Herr Wendler ist unterwegs, aber Frau Kubitschek ist da.« Ihre Augenbrauen zogen sich zusammen. »Die Kollegen vom Bauaufsichtsamt sind auf den Ebenen 5, 6 und 7. Gehen Sie da hoch bis Riegel C. Dann nehmen Sie den Aufzug. Ebene 5, Zimmer 508, Frau Kubitschek erwartet Sie.«

»Wo hoch, die Treppe?« Biggi sah sich suchend um.

Die Frau zeigte vage ins Innere der Halle: »Da hoch, nicht die Treppe«, und griff wieder nach ihrem Apfel.

Biggi wandte sich nach rechts und marschierte los. Der Boden hatte eine ordentliche Steigung, vermutlich meinte die Frau von der Infothek das mit ›da hoch‹. Diesen Backsteinbau hatte Biggi schon immer ein bisschen zu klobig gefunden, so als hätte man ihn an anderer Stelle weggenommen und dann neben die Lanxess Arena verpflanzt. Hieß die überhaupt noch so, Lanxess? Auch egal, ›Henkelmännchen‹ gefiel ihr sowieso besser. Die Kölner hatten immer so passende Beinamen für ihre Bauwerke oder Persönlichkeiten; die Arena sah wirklich aus wie ein Henkelmann. Biggi konnte sich noch gut daran erinnern, wie ihr Vater damals sein Mittagessen in solch einem Behälter mit zur Arbeit in die Schlosserei genommen hatte.

Sie seufzte. Richtig hell war es hier nicht. An der linken Seite standen unterschiedlich große Dommodelle aus Pappmaschee. Da, ein großes rotes ›C‹. Was die Frau mit ›Riegel‹ gemeint hatte, wusste Biggi zwar nicht, aber sie bog nach rechts ab und betrat den Aufzug.

»Ebene 5« quäkte die Stimme aus dem Lautsprecher, die Türen öffneten sich. Eine Frau um die fünfzig in einem dunkelblauen Hosenanzug und mit grauem Kurzhaarschnitt kam Biggi auf dem düsteren Flur entgegen. »Sie möchten bestimmt zu mir, oder?« Sie reichte Biggi die Hand. »Kubitscheck, Marlene.«

»Sattler, Kriminalpolizei Köln«, stellte sich Biggi vor.

»Bitte kommen Sie doch mit in mein Büro. Sie müssen entschuldigen, dass es hier so dunkel ist, aber aus Kostengründen wurde jede zweite Deckenleuchte ausgeschaltet.« Marlene Kubitscheck drehte auf dem Absatz um und tippelte vor Biggi her. Dann stoppte sie und sah die Kommissarin an. »Es ist uns allen ein Rätsel, wo Herr Schütte abgeblieben ist, können Sie mir vielleicht etwas dazu sagen? Wir machen uns große Sorgen ...«

»Nur so viel, dass er vermutlich Opfer eines Verbrechens wurde. Bitte haben Sie Verständnis, dass ich Ihnen weiter nichts dazu sagen darf. Laufende Ermittlungen.«

Die Kubitschek sah sie mit einer Art entsetzter Neugier an, schwieg jedoch.

»Wann ist er denn das letzte Mal im Büro gewesen?« Biggi war hier, um Fragen zu stellen, nicht um Erklärungen zu liefern. Obwohl ihr die Frau nicht unsympathisch war.

»Muss ich nachsehen. Hier sind wir, kommen Sie doch rein.« Frau Kubitscheck öffnete die Tür zu einem kleinen Büro mit Fenster zum Innenhof. »Moment, bitte.« Mit wenigen Handgriffen fuhr sie den Schreibtisch von der Höhe eines Stehpults herunter. Ihre Hände zitterten leicht. »Ich habe Rückenprobleme und da kann man hier, natürlich nur mit Attest, einen solchen Tisch beantragen. Haben Sie das in Ihrer Behörde auch?«

Biggi schüttelte den Kopf. »Ich nicht, aber der eine oder andere Kollege schon. Doch wir sitzen eher selten den ganzen Tag am Schreibtisch.« Die Frau kam ihr jetzt merkwürdig vor. Wollte die plaudern? Nachdem sie gerade erfahren hatte, dass ihr Kollege wahrscheinlich tot war?

Frau Kubitschek griff nach dem Umschlagkalender auf dem Schreibtisch und blätterte zurück. »Am 16. Mai hatte Herr Schütte um 9 Uhr eine Besprechung mit Herrn Schlagmer, dem Abschnittsleiter, und dem Kollegen Wiesener und der ist der Vertreter von Herrn Schlagmer.«

»Und da war er anwesend?«

»Ja, natürlich. Es ging um mehrere Neubauprojekte, die von ihm kontrolliert wurden. Da war es im Vorfeld zu, nun ja, wie soll ich sagen, zu Differenzen mit dem Bauunternehmer gekommen und es gab wohl noch weitere Ungereimtheiten. Das am 16. war so eine Art Krisensitzung.« Die Kubitschek legte den Kalender wieder auf den Tisch und sah Biggi erwartungsvoll an.

Biggi schrieb mit. »Und dann. Was hat der Herr Schütte dann gemacht?«

»Er ist natürlich raus zu der Baustelle.«

»Zu welcher?«

Frau Kubitschek rollte mit dem Bürostuhl näher an den PC-Monitor, klickte und scrollte schnell mit der Maus herum. »Porz-Westhoven. Er hatte einen Termin mit dem Bauleiter um 11 Uhr und ich glaube, der Bauherrenvertreter war auch dabei.« Sie drehte sich langsam zu Biggi. »Das ist doch die Baustelle, wo der Tote im Beton gefunden wurde, oder? Das stand im ›Express‹. Hat das was mit Herrn Schütte zu tun?« Ihr Gesicht war jetzt weiß wie die Wand hinter ihr.

»Bitte verstehen Sie, dass ich Ihnen dazu nichts sagen darf. Frau Kubitschek, ich brauche alle Informationen, die Sie haben. Das hilft uns weiter. Bitte schreiben Sie mir noch den Namen des Bauherrenvertreters auf, damit wir alle Angaben komplett haben. Um welche Differenzen genau ging es? Jedes Detail ist wichtig.« Biggi sah sie aufmerksam an. Die Kubitschek schien sich langsam wieder zu fassen. Zumindest kehrte allmählich wieder etwas Farbe in ihr Gesicht zurück.

»Angeblich stimmte etwas mit der baulichen Umsetzung der Baugenehmigung nicht.« Marlene Kubitschek blickte angestrengt auf den Bildschirm.

»Und das hatte Herr Schütte herausgefunden?«

»Nein, der Herr Wiesener. Der hatte wohl eine Mail, die eigentlich für Herrn Schütte bestimmt war, bekommen und danach war hier die Hölle los.« Marlene Kubitschek sah nicht hoch.

»Könnte es sein, dass Herr Schütte irgendetwas gemacht hat, das nicht ganz in Ordnung war?« Biggi beugte sich zu der Sekretärin hinunter. »Wie würden Sie denn seine Tätigkeit hier beschreiben?«

»Herr Schütte ist für die Bauüberwachung zuständig, er ist Baukontrolleur. Er muss kontrollieren, ob die Baugenehmigung, also die gesetzlichen Vorgaben und Bestimmungen sowie die Auflagen eingehalten werden.«

»Gab es denn Beschwerden?« Biggi kam kaum mit dem Notieren nach.

»Na ja.« Frau Kubitschek rollte mit dem Bürostuhl vor und zurück. »Es ist ja nicht selten, dass Anwohner von Objekten, die sich im Bau befinden, hier anrufen und sagen, dass es zu laut ist oder eine Wand schief oder etwas wacklig aussieht. Da könnte ja wohl etwas mit der Statik oder so nicht stimmen, heißt es dann. Solchen Angaben müssen wir nachgehen, und wenn dem so ist, müssen wir auch die betreffende Baustelle mal stilllegen.« Sie griff zu einer großen Tasse, auf der der Spruch: ›Ich bin mit der Gesamtsituation unzufrieden‹ prangte und nahm einen Schluck. »Aber oft wollen Nachbarn auch nur jemanden anschwärzen oder sich wichtigmachen. Wie dem auch sei. Die rufen hier an oder schreiben, und Herr Schlagmer schickt Herrn Schütte dann zu den Baustellen.«

»Verstehe. Worum ging es in dem Gespräch?« Biggi hatte auch einen trockenen Mund, aber die Kubitschek bot ihr nichts an.

»Im Protokoll zu dem Gespräch vom 18. Mai schreibt Herr Schlagmer, dass der Kollege Wiesener die interne Kontrolle einschalten wolle. Hier, können Sie selbst lesen.« Sie drehte Biggi den Bildschirm hin.

Biggi reichte ihr ihre Karte. Mit Datenschutz hatten es die Leute hier ja wohl nicht so. Die Frau hatte nicht einmal gefragt, ob sie das denn überhaupt alles weitergeben durfte. Das waren doch Interna. Na, ihr sollte es Recht sein. »Bitte drucken Sie mir diese Mail und andere aus, die Herrn Schütte betreffen, wir benötigen sie für unsere Ermittlungen. Wenn Ihnen noch etwas einfällt, weitere Mails oder Anrufe für Herrn Schütte kommen, dann leiten Sie sie auch an mich weiter. Im Laufe des Tages wird noch ein Kollege vorbeikommen und den Rechner von Herrn Schütte abholen. Hatte er einen Laptop?«

Frau Kubitschek lachte. »Das hier ist die Verwaltung der Stadt Köln, so fortschrittlich sind wir nicht! Das soll kommen, aber bisher ist nur die Leitung damit ausgestattet. Die meisten Kollegen nehmen ihre privaten Geräte mit. Herr Schütte hat so ein iPad, also so ein Tabletding, das hab' ich schon gesehen. Und da sind seine Fotos, der Schriftverkehr und die Pläne und was er sonst so braucht drauf.«

Marlene Kubitschek hielt Biggis Visitenkarte so fest in der Hand, dass sie sich verbog. »Frau Sattler, können Sie mir denn gar nichts über den Verbleib von Herrn Schütte sagen? Hier gehen laufend Anrufe für ihn ein, alle fragen nach ihm und was los ist.«

»Vermutlich ist er tot, Frau Kubitscheck.« Biggi sah von ihrem Smartphone hoch.

»Ich habe es geahnt.« Die Sekretärin hielt sich mit beiden Händen an der Schreibtischplatte fest. »War *er* das, die Leiche im Beton?«, fragte sie noch einmal nach.

Biggi sah, dass die Frau mit den Tränen kämpfte, beschloss aber, ihr keine weiteren Informationen zu geben. »Kannten Sie Herrn Schütte näher?«

»Nein, nein, nur auf der kollegialen Basis. Er war eher ein Einzelgänger. Aber das ist ja ganz schrecklich!« Sie kramte nach einem Taschentuch und putzte sich die Nase. »Manchmal hat er sich mit dem Herrn Martens von der Genehmigungsstelle unterhalten. Der raucht ja auch und dann haben die sich im Raucherraum im Ostgebäude getroffen, manchmal saßen sie auch in der Kantine zusammen.«

»Wo finde ich denn Herrn Martens? Und sonst gab es niemanden?«

»Die Frau Sabelhaus, die hab' ich schon mal in seinem Büro angetroffen. Sie sitzt mit der Frau Krämer in dem Büro, das direkt gegenüber von Herrn Schüttes ist, Zimmer 512. Herr Martens hat das Büro 717. Ich kann Ihnen die Durchwahl von beiden geben, aber Frau Sabelhaus ist nur halbe Tage da, die hat zwei kleine Kinder.« Frau Kubitschek schrieb alle Daten auf.

Biggi steckte ihr Smartphone ein, nahm den Zettel entgegen und stand auf. »Das war's für heute, aber es wird noch weitere Befragungen geben; durch mich, oder einen meiner Kollegen. Wichtig wäre es auch, mit dem Abschnittsleiter und seinem Vertreter zu sprechen.«

Die Frau deutete auf den Zettel in Biggis Hand. »Die Zimmer- und Telefonnummern stehen auch da mit drauf.«

»Sehr gut, danke, Frau Kubitschek. Bitte behandeln Sie alles, was wir besprochen haben, unbedingt vertraulich!« Biggi sah beim Hinausgehen, dass die Frau nach dem Telefonhörer griff. Na, lange würde dieses Gespräch sicher nicht vertraulich bleiben.

Biggi, Pia, Steffi, Brandl und Lars besprachen sich in kleiner Runde, die anderen Kollegen waren im Einsatz, Hajo Heinrichs, der Dienststellenleiter hatte sich krankgemeldet.

»Der wacht doch immer wie der Höllenhund Zerberus über den Krankenstand, damit nur ja keiner krankfeiert. Nur bei sich selbst sieht er das nicht so eng.« Lars nutzte jede Gelegenheit, seine Privatstatistik anzubringen.

Brandl wollte das Thema nicht vertiefen. Er wusste nur zu gut um die oft knappe Personaldecke, daher konnte er die Unerbittlichkeit des Chefs nachvollziehen. Jeder, der krank war, fehlte bei der Ermittlungsarbeit. So war es nun mal. »Je mehr wir graben, desto mehr Verdächtige mit noch mehr Motiven finden wir.« Er blies die Wangen auf und ließ geräuschvoll die Luft wieder entweichen.

»Da könnte doch unsere Profilerin mal ein schönes Diagramm erstellen«, grinste Lars Richtung Biggi. Er hielt nicht viel von diesem ganzen Profilerzeugs, wie er es nannte. Richtige Ermittlungsarbeit stand ihm näher. Konkret auf den Fall bezogen. Aber es konnte ja nichts schaden, wenn man auch andere Ansätze mit verfolgte.

»Gerne, wenn du auch mitdenkst«, konterte Biggi und Steffi verteilte vorsichtshalber eine Runde Müsliriegel, um die Wogen zu glätten.

»Die KTU hat Rietmüllers Firmenwagen untersucht und nichts Besonderes gefunden. Ihr habt die Liste der Gegenstände, sowie der gesicherten Spuren vorliegen, aber die bringen uns bisher nicht weiter. Sein Smartphone wurde noch nicht gefunden, auch kein Laptop, nur ein altmodisches Diktiergerät, vermutlich ein Erinnerungsstück, der Firma ›Grundig‹. Dann werden noch die Daten aus Rietmüllers Firmen-PC durchforstet, sieht bisher aber auch nicht so interessant aus. Spannender war der Inhalt des Tresors. Da hatte er zum Beispiel noch einen Kalender drin, den gleicht gerade unser Praktikant mit Rietmüllers offiziellem Tischkalender aus der Firma ab; schon beim ersten Durchblättern fielen Unstimmigkeiten auf.«

»Hoffentlich kann der Mike das, der ist doch noch ganz frisch von der Polizeischule«, brummte Lars. »Keine Ahnung, was die da lernen, aber wohl nichts für die Praxis.«

»Wie soll er etwas lernen, wenn er nicht mitarbeitet? Gib ihm doch erst mal eine Chance!« Steffi wollte heute nicht nachsichtig sein. »Sie müssen sich bei allem Verständnis auch mal klar abgrenzen und eigene Positionen vertreten, auch wenn es Ihnen schwerfällt. Die Leute können das schon verkraften«, hatte ihr gestern erst die Heilpraktikerin geraten, als Steffi ihr berichtet hatte, dass ihr Magen in letzter Zeit sehr anfällig sei.

Lars hob die Augenbrauen. Biggi sah Steffi überrascht an, dann nickte sie anerkennend. »Im Tresor waren Kontounterlagen von Banken in der Schweiz und in Liechtenstein. Der hat Geld gehortet wie ein Eichhörnchen.«

»Und die Witwe freut sich!« Lars blieb bei seiner Sicht auf die Dinge.

»Bisher sind die Banken nicht wirklich großzügig mit Auskünften. Aber ich bleibe dran. Habe einige gute Kontakte geknüpft, die ich intensiv anzapfe.« Biggi strich sich eine Strähne aus dem Gesicht. »Ich habe schon gemailt und herumtelefoniert. Letzter Stand waren gut anderthalb Millionen in Liechtenstein und eine halbe Million in der Schweiz.«

Steffi pfiff durch die Zähne und Lars schreckte hoch.

»Er hatte auch noch ein paar Konten und Fonds hier in Deutschland. Und mit Aktien hat er auch gemakelt. Wie so mancher Prominente hat Rietmüller hier und in der Schweiz spekuliert und die Verluste noch steuerlich gegeneinander aufgerechnet, aber natürlich alles«, sie machte mit den Fingern ein Zeichen für Anführungsstriche, »legal, versteht sich!«

»Rietmüller und diese Promis haben bestimmt dieselbe Beratungsfirma,« Brandl ärgerte sich über die Einstellung dieser Superreichen. Wie viele soziale Projekte hätten von diesen Steuergeldern gefördert werden können! Etliche sinnvolle Programme für Jugendliche und Alte waren eingestellt worden, weil dem Staat das Geld dafür fehlte. Bürgerzentren wie das in Porz-Finkenberg kämpften ums Überleben. Aber der Geldadel brachte die Kohle ins Ausland! Er rief sich selbst zur Ordnung. Sachlich bleiben, Brandl, dachte er. Wenn du emotional wirst, vernebelt das den Blick. Laut sagte er: »In dem Tresor waren auch drei dicke Ordner, in denen es um Adoptionen geht. Rietmüller hatte jede Menge Material über legale und illegale Wege zum Kind gesammelt. Seine Frau hat uns erzählt, dass sie vor Jahren ein Kind in Malaysia adoptieren wollten, aber das Ganze ging schief. Geld weg, Kind tot. Zusammenbruch der Frau.«

Steffi atmete hörbar ein und legte die Hände auf den Bauch.

»Birgit Rietmüller hat auch etwas von Drohungen gesagt, und dass ihr Mann daraufhin seine Recherche eingestellt hätte«, warf Biggi ein.

»Ich würd' mich gern darum kümmern«; Steffi, die sonst immer lächelte, war ganz ernst. »Kann ich die Ordner haben? Ich«, sie hatte die fragenden Gesichter der anderen gesehen, »ich hab' mit Adoption so meine Erfahrung gemacht.« Sie suchte in ihren Hosentaschen herum.

Biggi reichte ihr ein Taschentuch über den Tisch. Lars kaute auf der Unterlippe und sah Brandl Hilfe suchend an. Doch der reagierte nicht.

»Sorry!« Steffi putzte sich nachdrücklich die Nase.

»Ja klar, wenn du meinst, du hast bestimmt genug professionelle Distanz zum Thema. Warum nicht? Biggi ist ja noch an den Banken dran, Lars und ich müssen noch mehr Kollegen und Nachbarn von Rietmüller und Schütte abklappern und befragen. Meist erhalten wir ja doch noch einen Hinweis oder es erinnert sich jemand an etwas, das er gesehen oder gehört hat. Wurde das Alibi von Birgit Rietmüller überprüft?«

Lars nickte. »Zwei Männer haben bestätigt, dass sie den ganzen Abend in der Sauna war. Ich hab den Bericht eben erst eingestellt. Die Typen waren ziemlich sonderbar drauf. Die haben gar nicht auf ihre Namen, unter denen sie gemeldet sind, reagiert. Haben mir lang und breit erklärt, dass sie nicht mehr so hießen, weil sie erst jetzt im Licht irgendeiner Heiligkeit wirklich leben würden. Die sahen eigentlich ganz normal aus, aber wenn man mit denen redet, merkt man, dass die völlig abgehoben sind!« Lars tippte sich an die Stirn. »Sekte oder so etwas, würde ich sagen.«

»Die Rietmüller hat sich auch merkwürdig verhalten. Allein das Vokabular ist sonderbar. Als würden alle in der Gruppe einer Gehirnwäsche unterzogen«, überlegte Biggi laut. »Wahrscheinlich ist es wichtig, dieselben Ausdrücke wie die anderen zu benutzen. Und sich neue Namen zuzulegen. Damit demonstrieren sie Zusammengehörigkeit. Wir sollten uns die Gruppe und ihren Leithammel mal vorknöpfen.«

»Siehst du einen Zusammenhang?« Brandl sah die Verbindung noch nicht, wusste aber, dass Biggi immer ein gutes Gespür hatte.

»In alle Richtungen ermitteln, sagst du doch sonst auch immer, Brandl. Übrigens, der Vorgesetzte von Schütte hat sich kurzfristig Urlaub genommen; rate mal wann?«

»Nachdem du da warst?« Brandl beugte sich vor.

»Yes, Sir! Zu Hause ist er nicht erreichbar und nein«, Biggi wartete die Frage der anderen gar nicht erst ab, »er ist nicht als vermisst gemeldet. Er und seine Frau sind im Urlaub. Brasilien oder Argentinien, die Nachbarin ist sich nicht ganz sicher. Aber sie hat den Hausschlüssel bekommen, soll sich um Post und Blumen kümmern. Und sie hat gesehen, wie die Schlagmers am 28. Mai mit großen Koffern im Taxi weggefahren sind. Laut der Nachbarin sollen sie am 8. Juni zurückkommen.«

»Gibt es eine Handynummer oder weiß sie, in welchem Hotel die Schlagmers sind?« Brandl lehnte sich zurück.

»Leider nicht. So eng befreundet ist die Nachbarschaft wohl nicht. Wenn wir vermuten, dass sie Zeugen sein könnten und vielleicht wichtige Informationen bewusst durch ihr Verreisen zurückhalten, könnten wir versuchen, von der Staatsanwaltschaft einen Durchsuchungsbeschluss für Schlagmers Haus zu bekommen. Große Aussicht auf Erfolg sehe ich nicht, aber wir könnten es probieren, vielleicht finden wir in der Wohnung noch brauchbare Hinweise. Immerhin liegt die Vermutung nahe, dass dieses Tötungsdelikt im Zusammenhang mit Bestechung oder Korruption steht. Was ich nämlich auch rausgefunden habe, ist, dass die interne Kontrolle, die ein Kollege auf Schütte ansetzen wollte, nicht in Aktion getreten ist. Und das aufgrund einer Intervention von Schüttes Chef Schlagmer. Man konnte ja in der Vergangenheit schon über korrupte Mitarbeiter der Bauämter in Norddeutschland oder im Saarland lesen, warum soll das nicht auch in Köln so laufen? Das hieße, Schütte und sein Chef Schlagmer hätten beide gut verdient. Und dann gibt es noch einen Mitarbeiter, zu dem Schütte einen engeren Kontakt als zu den anderen Kollegen gepflegt hätte, wurde mir erzählt. Ein Mats Martens und der ist – oh Wunder – für die Bau*genehmigungen* zuständig. Der ist aber gerade krankgeschrieben, mit Burn-out.« Biggi verschränkte die Finger ineinander. »Eine interessante Verflechtung und zudem eine Häufung von Nichtanwesenheit, oder?«

»Super, ja, das passt. Ich telefoniere mit der Staatsanwaltschaft wegen eines Durchsuchungsbeschlusses und nachher fahre ich zur Baustelle in Westhoven und knöpfe mir mal den Bauleiter vor.« Brandl rieb sich die Hände. »Versuch macht kluch. Und übrigens«, er wedelte mit einem eingeschweißten Zettel in DIN-

A5-Größe herum. »Das Beste hab' ich mir bis zum Schluss aufgehoben.« Brandl machte eine Kunstpause. »In Helmut Rietmüllers Tresor lag dieser nette Drohbrief.« Ein kleiner Tumult entstand. Brandl gab den Zettel an Lars weiter, der hob die Hand und las laut vor.

»Da hätten wir doch einen Verdächtigen. Wissen wir schon, wer das geschrieben hat?«

Brandl nickte. »Der Mann einer Putzfrau bei der Dellinger GmbH. Hast du Zeit hinzufahren, um ihm auf den Zahn zu fühlen?«

»Aber sischer, sischer! Gib mir die Adresse und dann fahr ich gleich raus.« Lars war hoch motiviert.

Brandl hatte vor Dienstschluss das Büro verlassen und war von Kalk, über Humboldt nach Westhoven zu der Dellinger-Baustelle geradelt, die direkt auf seinem Heimweg nach Ensen lag. Nun schloss er sein Rad mit einem dicken Schloss am rostigen Bauzaun an. Brandl hatte nach dem Telefonat mit der Staatsanwältin den Bauleiter angerufen und gefragt, ob er ihn am späten Nachmittag noch auf der Baustelle antreffen würde und Rainer Stankowski stand jetzt wartend in der Tür des grauen Wellblechcontainers.

Der hat etwas von einem Kampfhund, dachte Brandl, als er vor ihm stand.

Stankowski war untersetzt, reichte Brandl gerade mal bis an die Schulter, dafür war er muskulös. Aus einem seiner Oberschenkel hätte man locker zwei machen können. Stankowski zog die rechte Hand aus der Hosentasche und hielt sie Brandl hin. Der schüttelte die Pranke und stellte sich vor.

»Wollen Sie reinkommen?« Stankowski deutete mit dem Kopf ins Innere des Containers. »Ist aber ziemlich stickig.«

»Kann nicht schlimmer sein als in meinem Büro«, frotzelte Brandl und stapfte hinein. Er hatte beschlossen, es locker angehen zu lassen. Hier sah es aufgeräumter aus, als bei Bauleiter Tröger auf der Baustelle in Elsdorf, fast schon zu ordentlich.

Stankowski schob Brandl einen blauen Plastikstuhl hin und setzte sich ihm gegenüber hinter den Schreibtisch, auf dem nur zwei Ablagekörbchen und ein Telefon standen.

»Herr Stankowski, am Montag wurde der Baukontrolleur Schütte tot auf Ihrer Baustelle aufgefunden, Sie waren bei der Bergung der Leiche am Platz.«

Stankowski nickte.

»Wir wissen, dass Herr Schütte regelmäßig hierher kam. Und es interessiert mich, wann Sie das letzte Mal mit ihm zu tun hatten, wann Sie ihn zuletzt gesehen haben, lebend versteht sich.« Brandl sah, dass Stankowskis Wangenmuskeln sich beim letzten Teil seiner Ausführung verhärteten.

Der Bauleiter räusperte sich: »Na ja, regelmäßig kam Herr Schütte nicht, der war hier zur Rohbauabnahme und dann hatten wir ein Gespräch ...« Stankowski legte kurz die Stirn in Falten. »Vorletzte Woche Freitag, glaube ich.«

»Stimmt. Ein Krisengespräch, wie ich bereits erfahren habe. Worum ging es dabei?« Brandl sah auf sein Smartphone.

»Na ja, Krise. Ich weiß nicht.« Stankowski fuhr sich mit der flachen Hand über die blonden Haarstoppel, die Brandl an ein abgeerntetes Weizenfeld erinnerten.

»Eine Mitarbeiterin der Stadtverwaltung hat mir mitgeteilt, dass es sich um ein Krisengespräch handelte. Es gibt ein Protokoll darüber und das liegt mir vor.« Brandl fragte sich, ob der Bauleiter ihn für dumm verkaufte oder nur testen wollte, wie viel der Kommissar schon wusste.

»Ach so, das meinen Sie.« Stankowski lachte verächtlich. »Peanuts!«

Brandl beugte sich vor. »Tatsächlich? ... Ich stufe eine bauliche Umsetzung, die nicht der Baugenehmigung entspricht, eher als gesetzeswidrig ein.«

»Aber doch nicht hier auf der Baustelle. Hier gab es keine Beanstandungen, nicht von Schütte, nicht von anderen. Unser Problem war die Einhaltung der Fristen und Herr Schütte wollte noch Angaben des Prüfstatikers abgleichen, deshalb war er hier. Und er ist gegen Mittag wieder weg.«

»Gegen Mittag wieder weg? Wann genau?« Brandl machte sich Notizen.

Stankowski zuckte die Schultern. »Kurz nach 12 Uhr.« Er starrte Brandl an.

»Und wissen Sie wohin?«, fragte Brandl weiter.

»Vielleicht ist er noch nach Elsdorf oder auf die Baustelle in Niehl. Er hat, glaube ich, davon gesprochen, dass er noch ’ne Rundreise vor seinem verdienten Feierabend vor sich hätte.«

»War noch jemand bei der Besprechung anwesend und kann Ihre Ausführungen bestätigen?«

Stankowski überlegte einen Tick zu lange für Brandls Geschmack. Wollte der sich interessant machen? So schwer konnte es doch wohl nicht sein, sich zu erinnern.

»Herr Möller, der Bauherrenvertreter war mit dabei.«

Geht doch, dachte Brandl und nickte nur.

»Der ist heute auch da, um mit dem TGA-Fachplaner zu reden. Sie können direkt mit ihm sprechen, wenn Sie wollen.«

Brandl nickte wieder und fragte sich, ob der wirklich so ganz zufällig da war. Aber er könnte mit seiner direkten Befragung zwei Fliegen mit einer Klappe schlagen.

»Ich hole ihn schnell, bevor er abschwirrt.« Der Bauleiter sprang auf und war schon weg, ehe Brandl sich ihm anschließen konnte.

Brandl stand auf und schaute die Unterlagen im Ablagekorb durch. Nichts von Interesse. Er setzte sich wieder.

Wenige Momente später öffnete ein junger Mann, den Brandl auf höchstens dreißig schätzte, die Tür. Er nahm den Bauhelm ab, bückte sich, trat ein und richtete sich wieder auf. Gregor Möller war das genaue Gegenteil des Bauleiters Stankowski. Bestimmt zwei Meter lang und schlaksig. Mit seinen mittellangen Locken und der randlosen Brille sah er fast noch wie ein Student oder ein Intellektueller aus, fand Brandl. Möller war mit wenigen Schritten bei ihm und reichte ihm die Hand. Möllers Händedruck war lasch. Der Bauleiter gesellte sich zu ihnen und schaute abwartend in die Runde.

»Herr Stankowski, ich würde gern mit Herrn Möller alleine sprechen.« Brandl sah den Muckibudentyp eindringlich an und der verließ, etwas Unverständliches vor sich hinmurmelnd, den Container. Möller sah ihm hinterher.

»Herr Möller, Sie waren am 16., also vorletzte Woche Freitag, hier auf der Baustelle, ja?«

Der Mann saß jetzt auf der vordersten Kante des Bürostuhls und nickte eifrig.

»Gemeinsam mit Herrn Stankowski und Herrn Schütte, dem Baukontrolleur?«

»Das war um 11 Uhr, das weiß ich genau. Es ging um die Baustatik und wir haben über die Einhaltung der Fristen gesprochen«, sprudelte es aus ihm heraus.

»War das ein schwieriges Gespräch, welchen Eindruck hatten Sie von Herrn Schütte, kannten Sie ihn schon von vorherigen Treffen?« Für Brandl klang es, als hätte Stankowski Möller instruiert.

»Doch, doch ich kannte ihn schon von anderen Treffen, hier und auch auf anderen Baustellen.« Möller legte die Hände auf die Knie. »Er war, zumindest glaube ich das, sauer auf einen Kollegen, der wohl irgendwelche Dinge in Zusammenhang gebracht hatte, bei denen es keinen Zusammenhang gab. Aber zwischen uns, also ich meine Herrn Schütte, Herrn Stankowski und mir, gab es keinerlei Probleme, nein, ganz bestimmt nicht.«

»Und was war hinterher?«

Möller sah ihn irritiert an. »Wie jetzt?«

Eine dicke Fliege flog brummend an Brandls Gesicht vorbei. Brandl fragte sich, ob dieser Möller immer so schwer von Begriff war. »Wie lang hat das Gespräch gedauert, waren Sie bis zum Schluss dabei? Wissen Sie, was Herr Schütte danach gemacht hat, oder haben Sie gesehen, ob er geblieben oder gefahren ist?«

»Ach so, ach so. Wir waren um kurz nach zwölf mit allem durch. Ich bin dann zu meinem Auto, Herr Schütte zu seinem. Ich bin dann ins Büro, aber wohin Herr Schütte ist«, er hob fragend beide Hände und drehte die Innenflächen nach oben.

»In welches Büro sind Sie?«

»Kölner Siedlungsgesellschaft, wir haben unseren Hauptsitz in Köln-Mülheim, ich geb' Ihnen meine Karte.« Er kramte in der Jacketttasche herum.

Brandl nahm sie entgegen. »Gut, das war's fürs Erste. Aber ich werd' vermutlich noch einmal auf Sie zukommen.«

»Ja, ja, natürlich, Herr Kommissar. Ich begleite Sie hinaus.« Schnell war Möller aufgestanden, zur Tür geeilt, riss sie auf und eröffnete den Blick auf seinen überraschten Kollegen.

Stankowski wich zurück. »Ich, ich wollte gerade schauen, wie lang Sie noch brauchen, ich müsste an meinen Schreibtisch zurück«, stammelte er.

»Kein Problem, wir sind fertig.« Brandl ging an den beiden, die ihn an die dänischen Komiker Pat und Patachon erinnerten, vorbei. »Ach ja, Herr Stankowski, bitte halten Sie sich für weitere Fragen zur Verfügung. Es wäre gut, wenn Sie die nächste Zeit nicht verreisen würden. Einen schönen Tag noch.« Brandl winkte kurz.

Er schloss sein Rad auf und sah noch einmal zu den Männern hinüber. Stankowski redete wild auf Möller ein und zog ihn dann am Ärmel in den Container hinein.

Merkwürdige Gestalten, alle beide, dachte Brandl. Die würde er im Auge behalten und sie bei Gelegenheit noch mal anpieksen. Aber jetzt war erst einmal Feierabend angesagt, endlich!

16

»Das glaube ich jetzt nicht!« Ulla saß in ihrem Arbeitszimmer vor dem aufgeklappten Laptop und klickte eine Homepage nach der anderen an, las und konnte gar nicht anders, als vor sich hin zu reden oder auch fluchen. Überschriften wie ›Adoptionsmafia‹ oder ›Anita und ihre gestohlene Tochter‹ prangten in dicken Lettern über den Artikeln. Neben dem Laptop stand die schreiend bunte Diddl-Tasse, aus der würziger Kaffeeduft aufstieg.

Michael hatte heute Morgen anscheinend schon Schokoladenkuchen gebacken, das ganze Haus roch danach, und er hatte ihr ein dickes Stück abgeschnitten und auf den Tisch gestellt, bevor er zu einem Termin gefahren war.

Der Appetit auf Süßes war Ulla inzwischen vergangen. Ihr Besuch bei Birgit Rietmüller lag ihr immer noch schwer im Magen. Nicht, dass sie ihr jetzt sympathischer wäre, zur Freundin wollte sie diese sonderbare Frau auf gar keinen Fall haben, aber sie tat ihr doch leid. Vielleicht hatte ja dieses schreckliche Erlebnis sie so geprägt und zu der werden lassen, die sie heute war. Was es bedeutete, sich wie wahnsinnig auf ein Kind zu freuen und es dann zu verlieren, das konnte sie nur ansatzweise nachempfinden. So ein entsetzlicher Verlust war ihr bisher erspart geblieben. Ihre Kinder lebten und waren gesund, auch wenn sie manchmal anstrengend waren. Sie erinnerte sich kurz daran, wie süß Lea nach der Geburt gewesen war, wie fest sie sie im Arm gehalten hatte. Und Jonas, der lange Kerl mit den großen Händen und Füßen. Die Hebamme hatte direkt gesagt: »Das wird ein Riese, das sieht man an den Händen und Füßen, die das Baby hat.« Und so war es gekommen, ein großer Junge, der schon erwachsen sein wollte. Ulla trank einen Schluck Kaffee, dabei fiel ihr Blick auf die Fotos von Jonas und Lea, die bunt gerahmt auf ihrem Schreibtisch standen. Auch an den Wänden hingen Fotocollagen von ihren Urlauben, auf denen die Kinder vom Babyalter bis in die Pubertät in die Kamera lachten oder Grimassen zogen. Jonas und Lea hatten sie verändert. Wie hätte ihr Leben ohne die beiden ausgesehen, wie wäre sie heute? Auch so wie Birgit Rietmüller?

Vor dem Fenster zwitscherten die Vögel wie verrückt. »Die zwitschern sich wieder einen Wolf«, hatte ihre Freundin Elli immer grinsend gesagt. Die Jungen waren vor wenigen Wochen geschlüpft und brauchten Futter und Schutz. Ullas Kater Sultan brachte sie gern in helle Aufregung, auch wenn er es selten schaffte, eins der Vögelchen zu erwischen. Die Glückskatze Hermine beschränkte sich darauf, die Vögel von der Fensterbank aus zu beschimpfen. Sie gab die seltsamsten Laute von sich, wenn sie die Federbällchen auf der Wiese herumhüpfen sah. Die Vogeljungen, die Kinder, alle mussten beschützt werden, wenn das doch immer so einfach wäre. Ulla seufzte. Und die Erwachsenen manchmal auch. Ulla dachte an die Passage eines Psalms:

Sprich zum Herrn: Du meine Zuflucht, meine Burg,
mein Gott, auf den ich vertraue.
Denn er ist es, der dich rettet aus dem Netz des Jägers,
aus gefährlicher Lage.
Mit seinen Fittichen schirmt er dich,
unter seinen Flügeln findest du Zuflucht.

Ulla kopierte sich einige Passagen aus den Artikeln heraus und schrieb dann das auf, was Birgit ihr erzählt hatte. Über die Vermittlungsstelle in Deutschland, die kriminellen Machenschaften, mit denen sie in Malaysia zu tun gehabt hatte, die Drohungen danach. Dann fügte sie die aktuellen Artikel aus dem Internet ein, schließlich war der Adoptionsversuch der Rietmüllers über zehn Jahre her. Und das Adoptionsgeschäft boomte weiter. Ulla fand Hinweise auf Guatemala, wo angeblich alle zweieinhalb Stunden ein Kind zur Adoption freigegeben wurde. Sie atmete tief ein und aus, als sie das Zitat der Adoptionsfirma einfügte: ›Der Adoptionsprozess ist einfach, die Reise ins Land kurz und relativ preiswert‹, pries eine US-amerikanische Adoptionsvermittlungsagentur auf ihrer Internetseite an. Es war nur eine von rund einhundertsechzig ausländischen Agenturen, die Adoptionen organisierten. Die Adoptionswilligen konnten im Internet Fotos ihrer potenziellen Kinder begutachten, auswählen und dementsprechend ihre Reiseroute buchen. Inklusive der Unterbringung in einem Nobelhotel wurden ihre Kinder wie das Frühstück direkt ins Hotelzimmer geliefert. Kinder als Ware. Das war Menschenhandel. Ulla las weiter, dass neben Guatemala und China auch einige osteuropäische Länder wie Kasachstan Spitzenpositionen einnahmen, wenn es um erfolgreiche Auslandsvermittlung von Adoptionen ging.

Ulla musste mit jemandem darüber reden. Michael war noch nicht zurück. Ihr kam der Gedanke, sich an Peter Brandl zu wenden. Lieber nicht. Er hatte beim letzten Fall, als es um die Ermordung der alten Berger ging, gereizt auf ihre Einmischung, wie er es nannte, reagiert. Dabei war sie, genau wie jetzt, eher zufällig in die ganze Sache hineingeraten. Sie konnte doch nichts dafür, dass sie Birgit kannte. Oder? Ulla rieb sich die Nase, sie juckte so. Wurde sie allergisch gegen Pollen? Sie nieste. Und dachte an Brandl. Der hatte ihre Spürnase nicht geschätzt, aber stattdessen alles daran gesetzt, sie in sein Bett zu bekommen. Naja, ins Bett gezerrt hatte er sie ja nicht gerade. Sie schob den Gedanken beiseite. Er würde es mit Sicherheit falsch verstehen, wenn sie sich bei ihm meldete. Trotzdem, vielleicht hatte der Tod von Helmut Rietmüller etwas mit dieser Adoptionsgeschichte zu tun. Ulla griff zu ihrer Tasse, pfui, der Kaffee war kalt. So kalt sollte sie auch Brandl gegenüber sein. Vielleicht würde sie ihm besser nur eine E-Mail schicken. Da fiel ihr ein, dass Rosa, die in ihr Haus in Ensen gezogen war, einmal beim Sport erzählt hatte, ihre Tochter arbeite bei der spanischen Polizei. Während Rosa keuchend die Übungen auf dem Stepper absolvierte, hatte sie stoßweise berichtet: »Meine Carmen hat sich. Damals, als diese Prozesse losgingen. Die Prozesse, in denen es um die Machenschaften der Adoptionsmafia ging. Diese Mafia hat während der Franko-Diktatur zehntausende Kinder entführt und verkauft. In das Thema hat sich Carmen immer tiefer eingearbeitet.« Noch in der Umkleidekabine war es weitergegangen: »Sie nimmt auch an weltweiten Fachtagungen teil, referiert dort auch. Sie ist eine regelrechte Expertin«, hatte sie stolz berichtet.

Ulla griff zum Telefon: »Rosa, hier ist Ulla, Ulla Wolff, ich hätte da mal ein paar Fragen an deine Tochter. Könntest du mir ihre Telefonnummer oder E-Mail-Adresse geben? Was, sie ist gerade zu Besuch bei dir? Das passt ja. Meinst du, ich könnte mal mit ihr sprechen? … Nein, nicht so am Telefon. … Sprich dich doch bitte mit ihr ab und sag mir Bescheid. Danke und bis bald!«

Ullas Blick fiel auf den Tischkalender mit den Gedichten. Mittwoch. Sollte sie heute Abend wieder in den Engelshof zu diesem Rajan gehen? Sie schaute auf die Uhr, Zeit genug wäre noch.

Die Haustür wurde aufgesperrt und leise geschlossen. Michael war zurück, denn die Kinder warfen die Tür immer mit einem Rums zu. Ulla streckte sich, griff mit der einen Hand die Tasse und mit der anderen den Laptop und stieg die Treppe hinunter.

Vatertagstour. Klassisch mit dem Rad ins Siebengebirge. Schon in der Regionalbahn nach Bonn waren die Frotzeleien losgegangen. »Bei der nassen Fahrbahn wird der Duke ein Taxi nehmen müssen«, hatte Franky gehetzt und Charlie Brown musste sich über Brandls neues Outfit auslassen: »Karl Lagerfeld ist ja ein Waisenjunge gegen dich!« Brandl hatte mit den anderen gelacht und zum Fenster hinausgesehen. Als gäbe es dort viel zu sehen. Regen rann an den schmutzigen Scheiben herunter, Schatten flogen vorbei.

Endlich wieder ein dienstfreier Feiertag und endlich wieder eine Tour der *radlerfruende.* Ein paar neue Gesichter waren mit dabei. Ullas Mann nicht. Ulla. Wie sah ihr Tag heute wohl aus? Frühstück mit der Familie? Gottesdienst? Familienausflug? Anscheinend hatte sie ja mühelos zurück in ihr altes Leben gefunden. Und ihre Ehe – ob sie jetzt glücklicher war?

Franky stieß ihm in die Rippen: »Ey, Duke, wir sind gleich da, pack dein Bündel!«

Sie schulterten die Räder und drängten hinaus. Vorsichtige Schubser, freundliches Gepöbel, Gelächter, Brandl fühlte sich ein wenig wie auf früheren Klassenfahrten mit der Schule. Nur der leichte Schweißgeruch roch nicht mehr nach Jungs, sondern nach Männern. Sie schoben an dem denkmalgeschützten Güterschuppen vorbei. Inzwischen regnete es nicht mehr. Die Bonner *radlerfruende* warteten schon. An der Bahnhaltestelle stand eine Männergruppe mit Handkarren. Einer rief der Radtruppe etwas von »Opas on Tour« und »Ich dachte, Rudi Altig wär schon tot« hinterher. Seine Kumpel lachten, mancher von ihnen hatte schon Schlagseite und das um 10 Uhr vormittags.

Brandl drehte sich um. »Der Altig lebt noch, ihr Deppen.« Ach, was sollte das.

Bergbock, der die Tour vorbereitet hatte, murmelte vor sich hin: »Ich lass mich nicht provozieren, ich lass mich grundsätzlich nicht provozieren!« Dann wandte er sich mit einem Ruck der Radgruppe zu: »Die Tour heute geht von hier aus über echt klassische Anstiege des Siebengebirges. Da sind nur wenige flache Stücke dabei, Männer! Wir fahren nur bergauf und bergab, die einzelnen Anstiege liegen im Bereich von nur hundert Höhenmetern, sind kurz und steil. Von hier aus geht's bis Hennef, dann nehmen wir ein paar Anstiege mit, erreichen über eine Schleife entlang des Pleisbachtals wieder den Rhein bei Bad Honnef, und zum krönenden Abschluss erklimmen die härtesten von uns noch den Drachenfels. Die ›Mädchen‹ «, er grinste süffisant, »die Mädchen können auch mit der Zahnradbahn hochfahren … Noch Fragen?« Er rieb sich die Hände an den kräftigen Oberschenkeln.

»Haste gut geplant, Bergbock, wir sind stolz auf dich!«, lachte Franky. »Mal seh'n, wem zuerst die Beine abfallen ...«

Nach der Unterquerung der Bahngleise fuhren sie in lockerer Formation stadtauswärts. Jung-Siegfried fluchte über das Kopfsteinpflaster. Von Birlinghoven ging es dann ins Pleisbachtal. Sie fuhren zügig und Brandl fand es gut, dass die Straße für Kraftfahrzeuge gesperrt war. Beim zweiten Anstieg zum Haus Ölgarten hatte sich das Feld schon auseinandergezogen, sodass Bergbock oben auf die anderen wartete. Das Gelächter hatte nach und nach aufgehört.

»Die Abfahrt bringt uns nach Hennef, fahrt auf der steilen Straße durch den Ort vorsichtig, da gibt's vielleicht den einen oder anderen Autofahrer, der aus einmündenden Straßen raus schießt!«

Im Tal angekommen bogen sie ab nach Wippenhohn. Sie überholten ein voll besetztes Biertaxi, die singenden Männer prosteten ihnen zu.

»Die Nicht-Väter sind die Schlimmsten!« Franky fuhr neben Brandl. »Hast du Kinder?«

»Nicht dass ich wüsste.« Er grinste Franky an. »Ist in Lanzenbach unser erster Stopp?« Brandl hatte keine Lust auf das Thema.

»Nee, das ist noch zu früh. Ich mein, ich hätte auf der Internetseite gelesen, dass wir erst in Eudenbach Rast machen. Das müssten knapp vierzig Kilometer sein.«

Sie holten auf. »Da merkt man, welche Muskeln noch schlapp sind«, schnaufte Charlie Brown jetzt neben Brandl.

»Fährst du denn in der Woche nicht?« Brandl merkte noch nichts.

»Wie soll das denn gehen. Ich sitze den ganzen Tag am Schreibtisch, von 8 bis 18 Uhr. Danach muss ich die Familie bespaßen.« Er runzelte die Stirn.

»Und klappt das?« Brandl interessierte sich nicht wirklich für die Antwort. Single zu sein hatte seine Vorteile.

»Nicht immer. Meine Frau. Die ist nie zufrieden. Der kann man es nie recht machen.«

Schon wieder eine Liebesgeschichte ohne Happy End. »Außer manchmal bei 'nem Unfall, gibt's bei Ehen wohl kein Happy End!«, hatte Stephan Sulke mal gesungen. Nicht ganz zu Unrecht. Lebte Sulke eigentlich noch?

»Und bei dir – alles fit im Schritt?« Charlie Brown grinste anzüglich. Brandl hatte in der Gruppe seinen Namen weg. Der Duke. In Anlehnung an John Wayne und seine Lonesome-Rider-Attitüde. Alle glaubten zu wissen, dass Brandl bei den Frauen einen guten Schnitt machte. Kam er wirklich so rüber? Ob Ulla das auch so gesehen hatte? Er schüttelte den Kopf. Sonst hätte Ulla wohl kaum mit gepackten Koffern vor seiner Tür gestanden. Er wischte sich den Schweiß von der Stirn. »Geht so, Charlie Brown, meine besten Tage sind wohl auch vorbei …« Brandl seufzte.

»Haste ein Formtief? Junge, das glaub ich nicht. Das liegt bestimmt an den Weibern. Die werden immer komplizierter. Und anspruchsvoller. Da weißte als Mann gar nicht, wie du es machen sollst. Was du machst, ist sowieso verkehrt. Immer.«

Brandl antwortete nicht. Im Grunde genommen erwartete Charlie Brown das auch gar nicht.

Sie durchfuhren zwei Serpentinen mit leichtem Anstieg und Fünfhäuserorte, von deren Wiesen Kühe herüber muhten. Die Landluft zwang Brandl dazu, durch den Mund zu atmen. Es ging weiter bergauf und bergab. Die Örtchen flogen an ihnen vorbei.

Franky holte noch einmal auf. »Ich bin platt. Nach nur knapp vierzig Kilometern.« Er keuchte richtig.

Die Gruppe stoppte am Campingplatz.

»Mahlzeit! Schnitzelfassen ist angesagt!«, schrie Bergbock.

Johlen und Murren schwoll an. »Für die Damen unter uns«, feixte Bergbock, »gibt es auch ein fettreduziertes Salätchen mit Balsamicodressing!« Da lachten wieder alle.

Brandl war froh, Charlie Browns gutgemeintem Gelaber und Frankys Gejammer zu entkommen. Er setzte sich an einen Tisch mit ihm noch unbekannten *radlerfruende* und stellte sich mit knappen Worten vor. Die Antworten waren kurz und bündig. Hier war er richtig. Sie bestellten und aßen schweigend.

Bergbock ging von Tisch zu Tisch. »Kinders, von nun ab wird es erst einmal geruhsamer. Wir fahren Richtung Jüngsfeld. Von der kleinen Kapelle aus kann man bei gutem Wetter sogar den Kölner Dom erkennen. Da bietet sich 'ne kleine Pause an.«

Die Radfahrer an Brandls Tisch widersprachen. »Den Kölner Dom muss ich nicht aus der Ferne angucken!«

Bergbock zuckte die Achseln. »Ist eure Entscheidung. Auf jeden Fall kommt danach 'ne Strecke mit Treppenpassagen und teilweise losem Geröll. Wem das zu schwierig ist, der muss sein ›Auto‹ streckenweise schieben. Für die Profis unter euch ist das ja kein Problem. Wir sehen uns dann beim nächsten Stopp am Drachenfels. Dann geht's zurück Richtung Köln-Porz. Da ist übrigens Inselfest an der Zündorfer Groov. Wer noch nichts vorhat, könnte da den Tag bei leckerem Kölsch ausklingen lassen. Für die, die da keine Lust drauf haben, die können von Porz-Wahn aus mit der S-Bahn nach Köln fahren. Die Bonner *Freunde* machen sich bestimmt vorher vom Acker?«

Beifälliges Gemurmel von einem der anderen Tische war die Antwort.

Nach dem Essen setzte sich die Gruppe zügig in Bewegung. Brandl schloss sich den Schweigern an. Die Sonne war jetzt zum Nachmittag rausgekommen und brannte heftig. Sie sahen einen Flugplatz in der Ferne; Segelflugzeuge kreisten lautlos darüber wie Adler.

Inselfest. Ob Ulla da sein würde? Er sah ihr lachendes Gesicht vor sich. Dachte an die Röte ihrer Wangen nach dem Sex. Ihre Haut, die immer nach Apfel gerochen hatte.

»Mensch, Duke, pass doch auf, fast wär ich dir rein gerauscht!« Charlie Brown schäumte. »Wo biste denn mit deinen Gedanken?«

»Beim Inselfest, hab' schon Durst.« War ja nicht gelogen. So konnte das nicht weitergehen. Er musste Ulla vergessen. Dabei würde vielleicht die neue Praktikantin helfen. Oder Biggi. Oder beide. Am Samstag war Betriebsausflug, da musste er sich zu alter Form aufschwingen.

Sie fuhren Kilometer um Kilometer. Vorbei an Westerhausen und Ittenbach. Brandl spürte die Anstrengung nun auch immer mehr. Seine Oberschenkel brannten.

An der Margarethenhöhe stoppten sie kurz, um die Bonner zu verabschieden.

Die Kölner fuhren eisern weiter, der Stopp beim beliebten Ausflugsziel Schloss Drachenburg fiel kurz aus. Hier wimmelte es von Feiertagstouristen und betrunkenen Vätern. Bergbock versuchte die Gruppe zu motivieren: »Ihr seid doch echte Kerle, die paar Kilometer schafft ihr doch locker – oder soll ich euch ein Biertaxi bestellen?«

Brandl hatte keine Lust, darauf zu antworten. Achtzig Kilometer Berg- und Talfahrt waren ja nun kein Pappenstiel. Sie fuhren von jetzt ab, wenn es nur irgendwie ging, den Rhein entlang. Die Strecke zog sich wie zu weich gewordener Gummi.

Die Hälfte der Truppe verabschiedete sich hinter Lülsdorf und fuhr nach Wahn zur S-Bahnhaltestelle. Charlie Brown war auch dabei. Nuschelte etwas von »Frau beglücken« und »keinen Ärger kriegen« und zockelte davon. Bergbock, Franky und noch zwei von den Schweigern rollten mit Brandl nach Zündorf. Schon von Weitem sahen sie das Geschiebe und Gedränge auf den schmalen Wegen und vor den Kirmesbuden. Von der Bühne wummerte irgendetwas Kölsches. »Guckst de he!«, dröhnte es aus den Lautsprechern und das Publikum sang lautstark und textsicher mit. Bratwurstduft und Frittierfettwolken waberten bis auf den Weg.

»Bis zur Bühne will ich mich aber nicht durchquetschen«, maulte Franky. »Schon mal gar nicht mit dem Rad!«

»Ich lass mein Rad nirgendwo allein!« Dieser Franky war eine richtige Heulsuse, Brandl schüttelte den Kopf.

»Dann bleiben wir doch hier bei den Kirmesbuden.« Bergbock wollte die kleine Gruppe zusammenhalten. Sie stellten sich an den Getränkestand gegenüber dem Autoscooter. Das Kölsch schmeckte und langsam lockerten sich auch ihre Zungen wieder. »Die Tour heute – die war eindeutig Krafttraining, Bergbock!« Franky massierte seinen Oberschenkel.

»Ja, und? Das wollt ihr doch genauso. Ich hatte meinen Spaß und könnte noch mal hundert Kilometer schaffen!« Er warf sich in die Brust.

»Haste sonst nix im Leben?!« Einer der Schweiger konnte doch sprechen.

Brandl sog den Geruch von frischem Popcorn und gebrannten Mandeln ein. Als er noch klein war, war der Besuch der Kirmes immer etwas ganz Besonderes gewesen. In der Aschaffenburger Innenstadt hatten zu dieser Zeit viele Karussells und Fressbuden gestanden. Brandl war am liebsten aufs Kettenkarussell gegangen und hatte seine Mutter nach mehreren Runden so lange bequengelt, bis sie ihm eine Brezel gekauft hatte.

Brandl sah zu dem afrikanischen Markt hinüber. Er hatte im Wochenblättchen gelesen, dass der wie im letzten Jahr dort wäre, mit Kunsthandwerk, Stoffen, Schmuck, Mode, traditionellen Musikinstrumenten und exotischen Spezialitäten. Und das Bühnenprogramm bot alles, was die kölsche Seele brauchte.

Franky reichte ihm noch ein Kölsch. »Na, Duke, haste dir schon eine schwarze Schönheit ausgeguckt?« Er zwinkerte ihm zu.

»Mach mal langsam, Franky, ein alter Mann ist doch kein D-Zug!« Brandl prostete ihm zu und drehte sich wieder weg. Das Geschiebe auf dem Weg nahm zu.

»Ulla! Hier, hier bin ich!« Wer hatte da gerufen? Brandl sah sich suchend um. Da ruderte ein Mann heftig mit den Armen und winkte wild. War das nicht Ullas Mann? Brandl schluckte. Ulla. Da kam sie. Sie trug ein rotes Kleid, dessen kurzer Rock bei jedem ihrer Schritte mitschwang, und balancierte einen riesigen rosafarbenen Zuckerwatteberg vor sich her. Eine dunkelblaue Regenjacke hatte sie sich locker um die Schulter gelegt. Brandl musste wieder schlucken. Ulla war noch schöner als vor einem Jahr. Er drückte Franky sein Glas in die Hand und setzte sich langsam in Bewegung. Eine Frau mit Zwillingskinderwagen versperrte den Weg. Daneben eine Großfamilie. Verdammt, jetzt hatte er Ulla aus den Augen verloren. Brandl hörte wieder jemand ihren Namen rufen. Und jetzt sah er sie auch. Sie war nur wenige Meter entfernt und blickte in die Richtung, aus der sie gerufen wurde. Zuckerwattepflaum lag auf ihrer Wange und klebte auf dem Kleid. Bevor Brandl Ulla erreichen konnte, stürzte der Rufer auf sie zu. Es war tatsächlich ihr Mann. Brandl blieb abrupt stehen. Meine Güte, wie Ulla strahlte. Der Mann küsste sie lachend auf den Mund: »Zuckerwatte! Zuckerwatte und du, huhuhu – was will ich mehr?!« Er sang und küsste sie immer wieder und tat, als würde er ihr Gesicht ablecken. Ulla kicherte und tat, als wolle sie sich wehren. Aber Brandl sah, dass es ihr gefiel. Sie hatte die Augen geschlossen und sah so glücklich aus.

Brandl drehte sich um und stürmte davon. Rempelte einen Mann an und rannte weiter, ohne sich zu entschuldigen. Der andere brüllte hinter ihm her: »Blind und auch noch stumm?

Oder was? Kannst froh sein, dass ich heute freihabe!« Brandl war das egal. Sollte der doch kommen, in der Stimmung würde er ohne zu zögern zuschlagen!

17

Hajo Heinrichs klopfte mit der flachen Hand auf den Tisch. »Bevor wir zu den aktuellen Ermittlungen kommen, möchte ich kurz über mein Gespräch bei unserem großen Chef berichten.«

»Wirst du wegbefördert, *kleiner Chef?«* Lars' Gesicht hellte sich ein wenig auf.

»Von wegen *kleiner Chef,* Frechheit. Wegbefördern. Pass bloß auf. Das hättest du wohl gern, aber den Gefallen tu ich euch nicht!«, knurrte Heinrichs. »Außerdem könnte euch ein wenig mehr Respekt nicht schaden. Wie ihr wisst, gab und gibt es heftige Widerstände aus dem Bergischen und Rhein-Erft-Kreis gegen die Zusammenlegung der Präsidien und Polizeiwachen und jetzt ist es, im Rahmen der Landtagswahl, zu erneuten Schlammschlachten gekommen. Ich musste Rede und Antwort stehen und aufzeigen, wie effektiv wir – als übergeordnete Behörde, aber in guter Zusammenarbeit mit den verschiedenen Bereichen – arbeiten.« Heinrichs drückte die Brust raus.

»Der könnte doch direkt in die Politik gehen, bei den Schachtelsätzen. Wann arbeitet der denn noch hier?«, zischte Pia Biggi zu und stieß ihr in die Rippen.

»Die einen laufen, die anderen können organisieren und reden und argumentieren, liebe Pia Böhme«, bemerkte Heinrichs spitz. Sein Gehör war hervorragend, auch wenn er selten auf das hörte, was seine Mitarbeiter sagten. Vor allem, wenn sie Wünsche äußerten.

»Gibt es von eurer Seite Beschwerden oder Anregungen zu diesem Thema?« Er blickte von einem zum anderen.

»Das ist nicht unsere Baustelle, Hajo.« Brandl wollte den Chef beschwichtigen. »Aber wenn ich mit den Kollegen aus

Leverkusen und Umgebung zusammenarbeite, gibt es keinerlei Probleme, alles kompetente Leute. Und für mich sieht es so aus, als hätten die ihre Kreise gut im Griff.« Brandl sah angespannt aus. Er massierte sich den Oberschenkel. Die Fahrradtour gestern war wohl doch etwas lang gewesen. Er hatte schlecht geschlafen und von einem Hund geträumt. Um genauer zu sein, von Bolle. Dem Cocker im Rottweilerkörper. Ein total lieber Köter, der aussah wie ein böser. Mit angeborenem Stummelschwanz.

Er hatte geträumt, dass er Bolle streichelte, aber total unsicher war im Umgang mit dem Tier. Bolle wirkte doch irgendwie gefährlich und war so merkwürdig gewesen, so unruhig. Und Brandl hatte nicht gewusst, was er tun sollte, hatte auch Angst, dass der Hund ihn beißen könnte. Bis ihm einfiel, dass Bolle Hunger haben könnte. Was für ein bescheuerter Traum. Er hatte ganz ernsthaft nachgerechnet und festgestellt, dass er das Tier schon eine ganze Zeit bei sich hatte und ihm noch gar nichts zu essen gegeben hatte. Er musste im Kühlschrank herumsuchen und bot ihm alles Mögliche an. Käse, Wurst, halt das, was er finden konnte. Schmatzend verschlang Bolle seine ganzen Vorräte, war anscheinend völlig ausgehungert. Brandl hatte im Traum überlegt, ob der Käse dem Hund wohl schadete, aber der war, wie all die anderen Sachen, mit einem Happs in seinem Maul verschwunden, so hungrig war Bolle, so hungrig …

Brandl schreckte hoch.

»Wenn euch noch was einfällt, könnt ihr es mir ja mailen.« Heinrichs redete immer noch. »Jetzt nach der Wahl wird erst einmal Ruhe einkehren, denn die Landesregierung wird möglicherweise ihr Konzept weiterverfolgen oder es komplett neu sondieren, da müssen wir abwarten, ob die Wahlversprechen eingehalten werden. Wie ist der Stand eurer Ermittlungen?«

Pietschko räusperte sich: »Ich war bei dem Leichenfund in Bilderstöckchen. Da wurde eine Vierundzwanzigjährige auf einem Feldweg gefunden. Erdrosselt. Laut Rechtsmedizin war sssie im dritten Monat schwanger. Hab den Freund der Frau befragt und bin dabei, sein Alibi zu überprüfen. Ich geh im Moment von 'ner Beziehungstat ausss.«

»Wie fast immer«, Steffi steckte sich ein Schokotäfelchen in den Mund. »Genau wie bei der Mutter, die mit ihrer kleinen Tochter in den Rhein gegangen ist. Ich bin noch bei der Befragung von Familie und Freunden. Es gibt wohl auch einen behandelnden Arzt, irgendwer hat was von Psychopharmaka gesagt. Wahrscheinlich erweiterter Selbstmord.«

Biggi nickte Brandl aufmunternd zu. »Du warst doch noch mal im Bauaufsichtsamt?«

»Ja, vorgestern. Nachdem ich deinen detaillierten Bericht gelesen hatte, musste das sein. Du hast ja nicht nur die Fakten genannt, sondern auch dein Profilerwissen einfließen lassen, super!«

»Oh, horcht mal, er gurrt, unser Täuber«, gnatzte Lars, der am Mittwoch, nach einem anstrengenden Arbeitstag, ein ellenlanges Schreiben der Rechtsanwältin seiner Ex aus dem Briefkasten gefischt hatte. Die Liste der Forderungen war um etliche Positionen länger geworden.

Steffi schob Lars einen Schokoriegel hinüber: »Das hilft, glaub mir. Alles wird irgendwann gut und die Süße kehrt zu dir zurück.«

»Mahatma Zeidi, wie sie einem das Leben versüßt«, versuchte er zu spotten, griff aber trotzdem zu, riss das Papier ab und stopfte den ganzen Riegel auf einmal in den Mund.

»Du musst es genießen, nicht so schlingen, Lars.« Steffis Stimme klang wie die einer Mutter, die ihr ungezogenes Kind ermahnte. »So schnell können sich deine Geschmacksknospen gar nicht auf diesen Leckerbissen einstellen. Du könntest auch die Augen dabei schließen und …«

Heinrichs grätschte dazwischen: »Geht's noch? Das ist hier keine Werbeveranstaltung und auch kein Wohlfühlseminar. Jetzt reicht's aber. Ich möchte alle noch einmal daran erinnern, dass wir hier zu arbeiten haben, auch du, liebe Steffi!«

Lars verschluckte sich und hustete, Steffi lächelte Heinrichs strahlend an. Sie ließ sich nicht provozieren, von niemandem, auch nicht von ihrem Dienststellenleiter, der offensichtlich wieder sein Ego streicheln musste.

Brandl übernahm wieder und brachte alles in den gewohnt professionellen Rahmen: »Also, ich war zuerst im Personalbüro, im Ostteil dieses unübersichtlichen Stadthauses. Da konnte ich einen Blick auf die Verdienstbescheinigung werfen. Bernhard Schütte war Beamter im mittleren Dienst und hatte monatlich um die zweitausendsechshundert Euro auf dem Gehaltskonto. Ich wusste gar nicht, dass Baukontrolleure so schlecht verdienen. Wenn ihr mich fragt, gefährlich wenig, wo sie doch so viel Verantwortung tragen.«

»Wie Krankenschwestern und Pfleger auch«, warf Steffi ein.

»Da hast du recht.« Brandl nickte. »Aber die schuften sich hauptsächlich den Rücken kaputt, während so ein Kontrolleur am neuralgischen Punkt eines Bauvorhabens herum schnuppert und immer und direkt allen Beteiligten ausgesetzt ist, hat mir ein Kollege von Schütte geflüstert. Da sind einerseits die Bauherren mit ihren teilweise utopischen Wünschen. Auf der anderen Seite steht der Bauunternehmer, der so schnell und gleichzeitig so billig wie möglich das Projekt durchziehen will. Zeit ist Geld. Es gibt die Architekten, deren Pläne nicht immer nach den Buchstaben des Gesetzes realisiert werden können. Und dazwischen hockt der Beamte – sozusagen zwischen allen Stühlen.« Brandl stand auf, ging zur Pinnwand hinüber und tippte auf das Foto von Bernhard Schütte. »Er überwacht die Einhaltung der behördlichen Vorschriften. Dazu gehören unter anderem die Bauabnahmen. Dazu wiederum gehören alle baurechtlichen Vorschriften und Auflagen, vor allem alles, was mit der Sicherheit und Statik eines Bauvorhabens zu tun hat.« Er blickte auf sein Smartphone, in dem er seine Notizen gespeichert hatte, und las vor: »Wie beispielsweise die Rohbau- und Schlussabnahmen.« Er hob den Kopf und blickte in die Runde. »Das heißt, Schütte fuhr zu den Objekten hin und überprüfte die exakte Ausführung des genehmigten Bauantrags. Wenn ein solcher Kontrolleur feststellen würde, dass es irgendwo Abweichungen gibt, ist er nicht nur befugt, sondern sogar verpflichtet, das Bauvorhaben stillzulegen. Er muss reagieren und das Ganze erst einmal stoppen. Und das läuft natürlich den Interessen der Bauunternehmer zuwider, ist ja klar.« Brandl beobachtete, wie Heinrichs *Statik* und *Sicherheit* auf das Blatt vor ihm schrieb und Pietschko die Tastatur seines Handys bearbeitete.

»Ich weiß, diese lange Ausführung ist für manche hier langweilig, aber ich halte sie für wichtig. Bitte bleibt noch einen Moment mit eurer Aufmerksamkeit bei mir.« Er grinste. »Die meiste Zeit war Schütte auf den Baustellen, aber er prüfte auch die Anträge und die Verfahrensabwicklung der Bauvorhaben. Ein wichtiger Mann, denn er konnte entscheiden, ob ein Bauvorhaben zügig abgewickelt oder wegen irgendwelcher baurechtlicher Einwände auf die lange Bank geschoben wurde. Apropos Bank. Er verdiente nicht viel, zumindest nicht so viel, um sich sein dickes Auto und ein Loft am Stadtwaldgürtel leisten zu können.«

»Ein Loft?« Pia schien beeindruckt. »Und was für einen Wagen fuhr der Schütte?«

»Einen Jaguar!« Brandl sprach in das auf die Automarke folgende Gemurmel hinein. »Das stinkt. Zumindest müssen wir überprüfen, woher der große Geldsegen kam. Ich habe mich mal umgehört, wie er bei den Leuten ankam. Ein Kollege hat ihn als Einzelgänger bezeichnet. Und dass er anscheinend glaubte, etwas Besseres zu sein. Eingebildet und arrogant, meinte ein anderer. Und das Geld für den Jaguar hätte er angeblich aus einer Erbschaft, hat Schütte selber einer Kollegin erklärt. Aber die wusste auch, dass er gerne teure Anzüge und Schuhe trug und sie war überzeugt, er habe das Geld beim Pferderennen und in Spielbanken gewonnen.«

Brandl machte einige Schritte nach links und stand nun vor dem Foto von Helmut Rietmüller. »Nix Spielbank oder Erbschaft! Schütte und Rietmüller kannten sich, hatten in regelmäßigen Abständen miteinander zu tun. Überraschenderweise kontrollierte Schütte immer alle Bauprojekte, mit denen die Firma Dellinger, also die Firma, für die unser Mordopfer Rietmüller ja laut Aussagen seines Chefs sehr erfolgreich arbeitete, beauftragt war. Das geht eindeutig aus den Unterlagen, die wir bei Rietmüller gefunden haben, hervor. Ich vermute also, dass die beiden Fälle zusammenhängen, oder?!«

Brandls Kollegen nickten zustimmend. Nur Biggi warf einen zweifelnden Blick, der besagte: Ist das nicht zu einfach?

»Wie kann es denn sein, dass Schütte immer an den Dellingerprojekten dran war?« Lars runzelte die Stirn. »Ist das nicht wie beim Finanzamt, wo die Sachbearbeiter turnusmäßig ihre Klienten wechseln sollen, so von wegen Korruptionsprävention und so?«

»Das weiß ich nicht, noch nicht. Das müssen wir klären.« Brandl sah Biggi an. »Wie war das bei deiner Befragung?«

»Die Mitarbeiterin der Stadtverwaltung hat gesagt, dass Schütte von seinem Vorgesetzten auf die Baustellen beordert wurde. Das heißt, er konnte sie sich wohl nicht selber aussuchen.« Biggi blätterte in ihren Unterlagen. »Der Vorgesetzte ist der Herr Schlagmer, der zurzeit ganz weit weggeflogen ist. Solange wir da nicht weiterkommen, setz ich mich an Schüttes Bankkonten.«

»Konten?« Lars zog die Augenbraue hoch.

»Soweit ich bisher gesehen habe, sind es drei bei verschiedenen Banken.« Biggi deutete auf das Blatt vor sich.

»Vielleicht wär ich besser auch Baukontrolleur geworden«, brummte Lars.

»Das hätt dich auch nicht glücklicher gemacht.« Steffi hatte wieder diesen meditativen Singsang in der Stimme. »Was war eigentlich mit dem Typ, der Rietmüller diesen dubiosen Drohbrief geschrieben hat?«

Lars winkte ab. »Der Herr Yigit hat ein Alibi. Der war zwar stinksauer auf Rietmüller, aber der war am Mordabend bei einer Podiumsdiskussion auf der Bühne im Bürgerzentrum in Ehrenfeld. Und auch die anderen Feinde von Rietmüller«, Lars sah in die fragenden Gesichter seiner Kollegen, »also die, die sich irgendwann einmal über Rietmüller bei seinem Chef beschwert hatten, haben Alibis.«

Heinrichs brauchte einen Kaffee: »Auch wenn uns diese Spuren nicht weiter gebracht haben, gibt es noch andere Ansatzmöglichkeiten. Macht da weiter. Was ist geplant?«

»Befragung der Nachbarn von Schütte und Rietmüller. Dann die Kollegen bei Firma Dellinger und wir müssen noch mal ins Stadthaus. Ich warte auch auf die Auswertung von Schüttes und Rietmüllers PCs und Smartphones, wobei das von Schütte bisher nicht aufzufinden ist. Der Antrag auf Durchsuchungsbeschluss für die Wohnung von Schüttes Vorgesetztem läuft auch.« Brandl war eingefallen, dass er noch keinen Bericht der KTU für die Wohnung von Schütte bekommen hatte. Vermutlich flirtete Erwin den ganzen Tag und hatte für solche Nebensächlichkeiten keine Zeit. Aber dem würde er jetzt mal Dampf machen.

Michael war auf dem Weg nach Hause. Ein wichtiges Software-Projekt bei der Sparkasse war erfolgreich abgeschlossen. Der Chef hatte ihn gelobt. Gut, dass Michael die Zeiten, in denen er von zu Hause aus arbeitete, reduziert hatte und wieder häufiger in der Hauptfiliale präsent war. Lea und Jonas waren jetzt groß genug und mussten nicht mehr rund um die Uhr beaufsichtigt werden. Die Softwareentwicklung und -betreuung machte Michael großen Spaß, die Kollegen waren nett. Wobei er zugeben musste, dass der Job damals in Borken spannender gewesen war. Bei dem Wort ›spannend‹ musste er lächeln und an Julia denken. Julia Bergmann, die Abteilungssekretärin mit dem langen blonden Haar und den knappen Röcken. Sie hatte keinen Hehl daraus gemacht, dass er ihr gefiel. Und als Ulla während der Schwangerschaft und auch nach Leas Geburt gar keine Notiz mehr von Michael genommen hatte, war es passiert. Zuerst nach einem langen Arbeitstag, dann hatten sie sich ab und zu ein Zimmer in einer kleinen Pension in Reken genommen. Bis irgendjemand aus dem Ort es Ulla gesteckt hatte. Klar hatte er ein schlechtes Gewissen gehabt und auch nur das eine Mal zugegeben, aber andererseits hatte Julia Ulla doch gar nichts weggenommen. Schließlich war er doch für seine Frau Luft gewesen. Julia hatte sowieso kein schlechtes Gewissen gehabt, war ein richtiger Feger, süß und frech. Sie waren in lockerem Mailkontakt geblieben und vor wenigen Tagen hatte Julia ausdrücklich thematisiert, dass sie Michael gerne wiedersehen wolle. »Ganz unkompliziert und spontan« sollten sie sich doch mal wieder treffen. Fast hätte Ulla die letzte E-Mail gesehen, als sie zu ihm ins Büro gestiefelt kam. Wenn sie das mitbekommen hätte, wäre aber was los gewesen. Dabei war Michael so froh, dass er und Ulla sich langsam wieder annäherten. Aber er hatte sich auch über Julias Interesse an ihm gefreut, es schmeichelte ihm, dass sie ihn attraktiv fand. Sie war ja auch ein heißes Gerät …

Michael überquerte von der Keimergasse aus die Hauptstraße. Jetzt war er bald zu Hause.

»Hallo Michael!«, Franziska und Herbert aus dem Chor standen plötzlich vor ihm.

Hatten die auf ihn gewartet? Michael begrüßte sie zurückhaltend.

»Hattest du schon Zeit, dir den Flyer näher anzuschauen?« Franziska hielt seine Hand länger fest als nötig.

Michael entzog sie ihr mit einem Ruck.

»Nicht direkt, im Moment hab' ich viel um die Ohren. Beruflich viel zu tun.«

Herbert klopfte ihm auf den Rücken: »Es ist wirklich eine tolle Gemeinschaft, etwas ganz anderes als der Chor. Wir verstehen nicht, was der Chorleiter gegen uns hat. Eigentlich müsste er doch daran interessiert sein, dass es den Sängerinnen und Sängern gut geht und sie sich auch spirituell weiterentwickeln. *Spirit of Change*, so ein Name ist doch Programm. Wir haben uns sehr verändert, seit wir das Licht in uns entdeckt haben.« Herbert wirkte verträumt, packte aber im nächsten Moment wieder Michaels Arm.

Michael trat einen Schritt zur Seite. Er fühlte sich bedrängt.

»Wahrscheinlich sind wir dem Chorleiter nicht christlich genug«, sagte Franziska und beobachtete Michael lauernd. »Obwohl das Quatsch ist, denn sogar deine Frau hat ja schon an unseren Treffen teilgenommen. Ich glaube, es hat ihr gut bei uns gefallen. Hat sie dir nichts davon erzählt?«

»Doch, doch«, log Michael, der sich immer unbehaglicher fühlte. »Aber ich hatte wirklich noch keine Zeit, mich damit zu beschäftigen.« Er würde Ulla danach fragen. Sie war doch sonst so bodenständig und auch fest in ihrer protestantischen Tradition verankert. Was wollte die mit solchen Leuten?

»Wir werden den Chor verlassen. Wir können uns dort nicht weiterentwickeln, müssen uns regelrecht verbiegen. Auch die Musik ist uns zu christlich geprägt. Weißt du, wir haben uns einfach mit der Zeit mehr und mehr entwickelt, sind jetzt auf einer ganz anderen Stufe als die meisten dort. Aber du würdest sehr sehr gut in unsere Gemeinschaft passen. Wir bringen alle auch unser berufliches Know-how dort ein. Du hast bestimmt einiges, das du beisteuern könntest. Überleg es dir und sprich mal mit deiner Frau. Wir freuen uns auf euch beim nächsten Treffen!«

Franziska umarmte Michael, der hölzern dastand, Herbert klopfte ihm wieder auf den Rücken, dann schlenderten sie davon.

Das war doch kein Zufall, dass die hier gestanden hatten! Was wollten die bloß von ihm? Michael musste unbedingt mit Ulla darüber sprechen.

Ulla horchte auf, als die Haustür aufgeschlossen wurde und dann leise zuklappte. Sie hörte gedämpftes Rascheln und öffnete die Küchentür. Jonas stellte gerade seine Schuhe in das Schuhregal und drehte sich langsam um. Blass sah er aus.

Aber Ulla wollte ihm die Konfrontation nicht ersparen. »Und?«, fragte sie und merkte selbst, dass ihre Stimme laut und hart klang. »Wie geht es Niklas?«

Jonas wollte sich an ihr vorbeidrängen und die Treppe hinauf in sein Zimmer flüchten. Ulla schnitt ihm den Weg ab und stellte sich vor die erste Treppenstufe und breitete die Arme aus und hielt sich mit den Händen am Geländer und der Wand fest. Sie sah Jonas in die Augen. »Wie geht es deinem Freund, der auf dem Inselfest so betrunken war, dass er im Krankenhaus auf der Intensivstation gelandet ist?«

Jonas sah noch blasser aus. »Wenn du mich so nett fragst. Er ist bei Bewusstsein. Deine Predigt kannst du dir gerne für den Gottesdienst aufheben«, grollte er. »Der Arzt hat gesagt, er kommt durch. Und wir könnten froh sein, dass er nicht gestorben ist.« Seine Stimme wurde immer leiser.

»Weißt du eigentlich, wie gefährlich so ein Komasaufen ist?«, schrie Ulla. Sie konnte sich nicht länger beherrschen. »Er hätte tot sein können. Und du warst auch so besoffen, dass Matthias dich nach Hause schleppen musste. Der Junge ist einen Kopf kleiner als du. Und musste dich fast tragen. Du bist doch selbst kaum die Treppe hochgekommen. Nein, mein Lieber, so einfach geht das nicht«, rief sie, als Jonas versuchte, sich an ihr vorbei zu drängen. Sie stieß ihn mit den Armen zurück. »Weißt du eigentlich, was das mit euch macht? Mit euren Gehirnen? Die sind doch noch gar nicht ausgereift! Das kann Schäden verursachen. Wer ist auf diese schwachsinnige Idee gekommen, sich an die Groov zu setzen und Wodka flaschenweise zu saufen? Warst du das?«

Jonas schwieg. Dann drehte er sich langsam zur Tür um. »So lass ich nicht mit mir reden. Wenn du jetzt nicht aufhörst zu schreien, gehe ich wieder.«

»Ohne Schuhe? Und wo willst du denn hin? Nein, mein Lieber, du gehst jetzt erst mal nirgendwo mehr hin. Du bleibst zu Hause und hast Stubenarrest bis auf Weiteres.« Michael öffnete die Haustür und trat in den Flur. »Das ist doch wohl nicht dein Ernst, Ulla. *Stubenarrest*. Jonas ist doch keine Zehn mehr. Was soll denn der Blödsinn?«

Jonas grinste dankbar und erleichtert zu Michael hinüber.

Ulla fuhr herum. »Bitte halt du dich da raus. Das ist eine Sache zwischen Jonas und mir.«

»Das ist auch eine Sache zwischen Jonas und *mir*. Immerhin bin ich sein Vater. Und ich finde, dass die Jungs schon bestraft genug sind. Ihr Freund ist fast gestorben und die Ärzte im Krankenhaus haben ihnen ganz schön die Hölle heiß gemacht. Ich denke, das reicht. Er weiß jetzt, dass Alkohol gefährlich ist.«

»Gefährlich? Darum geht es doch gar nicht. Es geht darum, dass er sich nicht an Grenzen hält, dass er kommt und geht, wann er will. Dass er überhaupt nichts ernst nimmt, was ich ihm sage. Noch ist er nicht volljährig. Wir sind für ihn verantwortlich.« Ulla wurde jetzt richtig giftig.

Michael auch. »Verantwortlich? Er ist fast achtzehn. Hör auf, ihn wie ein Kleinkind zu behandeln. Die Erziehung ist gelaufen. Wenn er bis jetzt noch nichts gelernt hat, dann ist's eh zu spät.«

Jonas sah von einem zu anderen. Dann drückte er sich blitzschnell an Ulla vorbei und war schon die Treppe hoch und in seinem Zimmer verschwunden.

»He, komm sofort zurück.« Ulla konnte es nicht fassen. Er entzog sich einfach.

Michael grinste. »Ach, lass ihn doch. Jeder macht mal einen Fehler. Das solltest du doch am besten wissen. Denk mal darüber nach, warum wir eigentlich hier in Porz sind.«

Ulla sah ihn an, stemmt die Hände in die Hüften. »Ich fasse es nicht. Ich mache mir die größten Sorgen um Jonas, will ihn, wenn nötig auch vor sich selbst schützen, und du zeigst auf mich, um von dem eigentlichen Problem abzulenken? Außerdem: Warum sind wir denn hier? Weil du damals fremd gegangen bist. Das war doch der Auslöser des ganzen Desasters. Erinnerst du dich?«

»Ach, so kann man es auch drehen. Du drehst dir ja alles, wie es gerade passt. Und wenn du schon die alten Kamellen auf den Tisch bringst: Die Julia hat mir damals nur den Rücken gestärkt. *Du* hast unsere Ehe doch kaputtgemacht. Du warst nie für mich da. Was kann ich denn dafür, dass du dich so betrunken hast, dass du bei der Beerdigung der alten Frau Tschernih fast in das Grab gefallen wärst. Du standst doch völlig neben dir. Du warst dort nicht mehr tragbar. Also lass deine Schuldgefühle wegen der Sauferei damals nicht an unserem Sohn aus.«

Ulla lief rot an. Jetzt war es aber genug. Sie hatte schon lange nicht mehr darüber nachgedacht, weshalb sie damals ihre Stelle im Münsterland aufgegeben und mit Michael hier neu angefangen hatte.

Der Name ›Julia‹ hatte ihr einen richtigen Stich versetzt. Rücken gestärkt? Der hatte eine Affäre mit der blöden Tusse gehabt. Viel mehr als Michaels Einmischung in ihren Erziehungsversuch schmerzte sie, wie er die Tatsachen verdrehte und ihr die Schuld in die Schuhe schob. Die alten Kamellen, wie Michael es genannt hatte, waren ihr auf einmal präsenter als Jonas' Alkoholexzess auf dem Inselfest.

»Das sehen wir wohl ganz unterschiedlich. Ich glaube, wir beenden jetzt hier dieses Gespräch«, sagte Ulla und hörte selbst, wie eisig ihre Worte klangen. Mit drei Schritten war sie wieder in der Küche und machte nachdrücklich die Tür hinter sich zu. Das würde ja ein schönes Wochenende werden!

18

Brandl hatte die Hände zu einem Trichter zusammengelegt und brüllte den Kollegen zu: »Bewegung, Leute, Bewegung! Was seid ihr bloß für Schnecken!« Die schimpften, drohten mit den Fäusten und schrien etwas zurück. Doch Brandl verstand sie nicht, wollte er auch gar nicht. Er genoss die Tour, obwohl Krüger und Pietschko sie organisiert hatten. Die Lahn floss gemächlich dahin und alle paddelten, was das Zeug hielt. Nur das Wetter spielte nicht mit. Die dunklen Wolken über ihnen verhießen nichts Gutes.

Krüger und Pietschko mussten natürlich die Ersten und ganz vorn an der Spitze sein. Ein paar Kollegen der Spurensicherung forderten sie immer wieder zu einem Wettpaddeln heraus. Die Platzhirsche mussten sich selbst in der Freizeit beweisen, wie toll sie waren und vor allem, wie viel besser als die anderen. Testosteron pur. Steffi und Pia paddelten gemächlich in einem Kanu ein paar Meter vor Brandl. Sie schienen sich bestens zu unterhalten. Wettfahrten interessierten sie nicht im Geringsten.

»Ich muss es nicht so flott haben, Brandl. Wir können uns auch Zeit lassen, oder?« Biggi saß hinter ihm im Boot und er hörte, dass sie lächelte.

»Isch gäbe dirrr alle Zeit von die Welt, mon amour! Comme je suis heureux ici avec vous, Mademoiselle Bribri.« Brandl drehte sich um, zwinkerte ihr zu. Gelernt ist gelernt, dachte er. Biggi sah richtig hübsch aus in ihren kurzen Shorts und dem knappen grünen Top, das ihren üppigen Busen betonte und ihre Augen zum Leuchten brachte. So dunkelbraun konnten Augen doch gar nicht sein, oder? Vielleicht trug sie ja farbige Kontaktlinsen. Aber egal, man konnte auch gut mit ihr reden. Aber im Moment wollte er das eigentlich nicht.

Der Tross der Zweier-Kanus zog weiter und weiter. Brandls Kanu verlor an Tempo, fiel zurück. Sie unterquerten gerade eine Brücke, als es zu regnen begann. Dicke Tropfen schlugen auf das Metall. Brandl bremste ab, sah Biggi fragend an.

»Gutes Timing, Brandl«, lachte Biggi.

»Hab ich so bestellt, Frau Profiler! Und wie kann ich Ihnen jetzt behilflich sein?«

»Ach Brandl, nur Mut, vielleicht fällt dir ja was ein. Ich wüsste zu gern, wovon die Praktikantinnen so schwärmen!«

»Praktikantinnen, ich hatte nie etwas mit Praktikantinnen, Euer Ehren! Ich kenne gar keine.« Er stand auf, drehte sich langsam um. Das Kanu schwankte ein bisschen, Brandl setzte sich Biggi gegenüber und feixte. Dann beugte er sich zu ihr hinüber. »Viel Bewegungsfreiheit haben wir hier nicht, für weitere Details sollten wir besser bis heute Abend warten, Gnädigste!« Er legte zärtlich seine Hände um ihren Nacken und küsste sie leicht und doch verführerisch.

Biggi sah ihn einen Moment an. »Nicht schlecht, Herr Kollege, das könnten wir vertiefen.« Ihre Stimme war weich, da war nichts Spöttisches mehr. Sie küsste ihn zurück, biss ihm leicht in die Unterlippe.

Das war ja wohl ein eindeutiges Ja. Brandl lachte: »Merci beaucoup, Mademoiselle Bribri. Je suis très content. Komm, lass uns die anderen einholen. Die kriegen wir doch locker!«

Er setzte sich wieder in Fahrtrichtung und sie paddelten los. Die Lahn roch wie frisch gewaschen, alles Modrige war verschwunden. Biggi und Brandl fuhren im Einklang durch den warmen Regen und schwiegen. Brandl spürte seine Armmuskeln, das Wetter machte ihm nichts aus. Es würde ein guter Abend werden, vielleicht auch eine gute Nacht. Er spürte ein Prickeln auf der Haut. Lange war er nicht mehr mit einer Frau zusammen gewesen, zu lange, auch wenn er einen anderen Ruf hatte. Seit der Affäre mit Ulla hatte er keine rechte Lust mehr gehabt. Und wenn doch mal leichtes Begehren anklopfte, hatte er schnell wieder das Interesse verloren. Irgendwie hatte er sich verändert. Oder etwas in ihm hatte sich verändert, wie auch immer. Vielleicht war er sentimentaler geworden. Als reiche ihm Sex allein nicht mehr aus. Mit Ulla zusammen hatte er etwas ganz Neues entdeckt, eine Vertrautheit, die er nicht gekannt hatte. Auch der Schlagabtausch mit ihr; sie hatte wirklich auf alles eine Antwort gehabt. Und wie sie ständig Gedichte parat hatte, witzig. Er hatte noch nie zu jemandem so einen Draht gehabt, zumindest nicht zu einer Frau, mit der er auch geschlafen hatte.

Aber vielleicht war so etwas auch mit Biggi möglich. Er würde es ausprobieren.

Biggi unterbrach seine Gedanken, als sie plötzlich fragte: »Alles klar, Herr Kommissar oder bereust du es schon?«

»Quatsch. Wieso sollte ich?!« Brandl drehte sich um und brachte damit das Kanu zum Schaukeln. »Ich freu mich auf mehr!«

»Guck mal da«, unterbrach ihn Biggi und deutete nach vorn. »Die sind ja wohl gekentert, oder?«

Johannes und Sven von der KTU versuchten gerade, ihr Kanu umzudrehen und wieder hineinzuklettern. Jo fluchte und Sven, der als Einziger die für alle Kollegen angebotenen Stressbewältigungsseminare besuchte, redete beschwichtigend auf ihn ein. Brandl hörte etwas von »sowieso schon durch den Regen nass« und »haben noch ausreichend trockene Kleidung im Zelt.«

»Wenn ihr Hilfe braucht, fragt nicht uns, wir ziehen weiter!«, rief Brandl, während Biggi ihnen gleichzeitig ein Seil zuwarf.

»Ich wusste schon immer, dass du Jo attraktiver findest als mich!« Brandl zog einen Schmollmund, grinste aber dann.

»Unbedingt, Brandl, besonders seine Halbglatze, das zeugt ja von Potenz.«

»Gerade du als Wissenschaftlerin müsstest wissen, dass das ein populärer Irrtum ist.« Brandl fuhr sich mit beiden Händen durch sein volles Haar, sodass es in alle Richtungen abstand.

»Frau wird sehen, Brandl, frau wird sehn!« Biggi zwinkerte ihm zu. »Versprich nicht zu viel.«

»Wir brauchen das Seil nicht, wir schaffen das auch so«, rief Johannes bockig und Sven seufzte.

Biggi und Brandl fuhren weiter. »Hast du ein Zimmer im Hotel oder bist du im Großraumtipi? Biggi im Tipi, klingt fast nach Sechzigerjahre.«

»Ich bin schon ein großes Mädchen, Brandl, ich habe mein eigenes kleines Zelt mitgebracht. Mit meiner eigenen Matratze und meinem eigenen Schlafsack.«

»Du kleine Pfadfinderin, du. Wusste gar nicht, dass du romantisch veranlagt bist. Machst du oft Zelturlaub?«

»Das willst du doch nicht wirklich wissen, oder?« Biggi sah Brandl argwöhnisch an.

»Nö, nicht wirklich. Ich hasse zelten. Jahrelang bin ich mit Eltern und Geschwistern auf so einen Zeltplatz nach Bayern gefahren, es war die Hölle. Ständig diese Ameisen in den Schlafsäcken, und wenn es regnete, wurde alles so klamm und roch muffig, igitt. Ich mag gar nicht daran denken. Und dann diese Gemeinschaftsduschen und Toiletten, nee, das war nichts für Peter.«

»Daraus schließe ich, dass du ein Hotelzimmer hast.«

»Yes, absolutely right, Ms. Profiler, and you're welcome. Schöne breite Matratze, heiße Dusche, gut gefüllte Minibar – kann ich Sie damit verführen?"

»Damit eher nicht, wir entscheiden später, ob wir zu mir oder dir gehen, mal sehen, wie sich der Abend entwickelt ...«

»Ja, vielleicht macht Johannes ja doch noch das Rennen. Vielleicht stehst du ja auf klein-klein. Oder Pietschkuss lullt dich mit seinen Sprüchen ein und schleppt dich ins Tipi.«

»Wir werden sehen, Brandl, wir werden sehen.« Ihr Lächeln versprach viel.

Als sie den Zeltplatz erreichten, brannte das Lagerfeuer und die besten Plätze waren schon belegt. Krüger und Pietschko hatten das Kölsch aus den Autos geholt und die Fässchen gut gesichert zur Kühlung in die Lahn gestellt. Gerade schlugen sie das erste Fass an. Auf dem Riesengrill brutzelten etliche Steaks, Koteletts und Würstchen. Auf einem Biertisch hatte jemand bereits an die zehn Schüsseln mit Salaten aufgereiht.

»Na, seid Ihr auch in 'ner Schleuse hängen geblieben oder umgekippt?« Erwin fuchtelte mit seinem Grillkotelett herum, während er auf Biggi und Brandl zeigte.

Brandl prostete Erwin zu: »Nein, wir haben uns nur unter die Brücke geflüchtet und geknutscht!«

Der lachte laut los. »Wer's glaubt, wird selig. Träum weiter, Brandl!«

»Wo ist denn deine Praktikantin abgeblieben?« Brandl sah sich suchend um.

»Sie macht sich ein bisschen frisch. Für mich!« Erwins fettiger Mund zog sich von einem Ohr zum anderen.

»Und das jetzt schon seit zwei Stunden«, rief Johannes, »so unfrisch kann doch keiner sein!« Dann pfiff er durch die Schneidezähne. »Hossa, das hat sich aber gelohnt!«

Nadine kam in einem Kleid, das gegen die untergehende Sonne fast durchsichtig war, und auf Stöckelschuhen über den Zeltplatz stolziert. Erwin fuhr sich mit dem Ärmel über den Mund. »Das ist meine, hört gut zu, besonders du, Brandl, aber auch ihr anderen Mistkerle, ich arbeite schon länger dran!«

Biggi öffnete den Mund, sagte aber nichts. Auch die anderen schwiegen und setzten sich dann ans Lagerfeuer. Nadine tuschelte erst mit Erwin, dann kamen die beiden auch herüber. Erwin trug ein Kölsch in der einen Hand und in der anderen einen Teller mit einem Kotelett für Nadine.

Biggi rückte näher zu Brandl heran. »Mich kotzen diese Familienväter dermaßen an. Machen immer auf Heilige, erzählen jedem, der es hören und nicht hören will, alles über die Entwicklungsfortschritte der eigenen Brut, aber kommt eine vorbei, die halb so alt ist wie die Ehefrau und halb so gestresst, dann gibt's kein Halten!« Sie schnaubte wütend.

»Ich bin Single, Biggi. Keine Frau, keine Kinder.« Brandl wusste, wann er einen Trumpf ausspielen konnte.

Biggi nickte, ihren Gesichtsausdruck konnte er nicht recht deuten.

Hajo Heinrichs, der nach der Paddeltour zu ihnen gestoßen war, belud schon den dritten Teller mit Fleisch und Salaten vom Buffet. Dann setzte er sich zu zwei Kollegen der KTU und verwickelte Markus und Ralf in eine Diskussion über Fehlzeiten.

Krüger lenkte sein Cabriolet in die Nähe des Lagerfeuers. Dann drehte er das Radio auf.

»Es darf getanzt werden!«, rief Steffi und bewegte die Arme schlangenartig und schwenkte die Hüften.

Erwin band Nadine gerade seinen Pullover um. »War ja klar, dass das Hühnchen in dem dünnen Fummel friert«, knurrte Biggi.

»Kleines, ich hol dir noch schnell meine Felldecke aus dem Zelt, die hat mir ein alter Eskimo geschenkt«, gurrte Erwin, »darunter lässt sich gut kuscheln!« Nadine kicherte albern und sämtliche Kollegen verdrehten die Augen.

Johannes baute sich vor Steffi auf und bettelte um einen Tanz. Er ließ sich auf die Knie fallen und betete sie an: »Oh

Mahatma Zeidi, du Traum meiner schlaflosen Bürozeiten und Überstunden, schenk mir einen Klammerblues!«

Pia frotzelte: »Ich wusste ja gar nicht, wie romantisch die Kollegen von der KTU sein können!«

Sven legte ihr seine Jacke um die Schultern: »Ach, wenn du wüsstest, Pia, wie lange ich schon für dich und deine marathongestählten Beine schwärme ...« Er seufzte tief und Pia kicherte. Ob es am Kölsch lag oder ob sie sich doch geschmeichelt fühlte, Brandl konnte es nicht sagen. Sie ließ es aber zu, das Sven ganz nah an sie heranrückte. Beide starrten stumm ins Feuer.

Brandl war es gleich, was die Kollegen machten, er hatte noch etwas mit Biggi vor. Kurz dachte er an Ulla. Sie machte ja jetzt anscheinend auf glückliche Ehefrau und ganz in Familie. Wie verliebt sie mit ihrem Mann getan hatte. Als wäre nie etwas zwischen ihr und ihm, Peter Brandl, gewesen. Dabei hatte er Ulla zu nichts überreden müssen. Sie war doch so hungrig nach ihm und einem anderen Leben gewesen. Oder nach Liebe, was auch immer. Brandl trank sein Kölsch auf einen Zug aus. Nur als er sich nicht hatte einfangen lassen, da war sie beleidigt gewesen.

Biggi sah ihn schräg von der Seite an. »Alles okay?«

Brandl nickte und legte seine freie Hand auf ihren Oberschenkel. Warm fühlte sich der Jeansstoff an, vom Feuer gewärmt. Ob Biggis Haut zart war, so zart wie Ullas? Brandl glaubte, Ullas Parfum zu riechen, benutzte Biggi etwa dasselbe?

»Komm, Brandl, lass uns tanzen. James Blunt lädt doch zum Schmusen ein.« Biggi zog ihn hoch, er war nicht der Vortänzer, aber Klammerblues ging immer.

Steffi und Jo klebten aneinander, bewegten sich nur minimal. Ein Schritt rechts, ein Schritt links. Dafür waren ihre Hände aktiver.

»Na Steffi, ist doch besser als Tiramisu, oder?« Brandl grinste. »Ob Jo schon mal was von Tantra gehört hat?«

»Lass die beiden in Ruhe, Brandl, kümmer dich um dein Programm!« Biggi klang sauer.

»Programm, was haben Sie denn heute noch vor, ma chère amie?« Er probierte sein jungenhaftes Lächeln.

»Viel wird das wohl nicht mehr, wenn du so weiter trinkst!« Sie war wirklich wütend, was hatte er denn wieder falsch gemacht? Vielleicht sollte er nicht mehr so viel nachdenken.

»Ab jetzt bist nur noch du meine Droge, komm lass uns hier verschwinden!« Brandl zog sie an der Hand hinter sich her. Die Kollegen waren mit sich beschäftigt, und so konnten sie den Grillplatz unbemerkt verlassen.

Brandl hatte das Zimmer mit der Nummer 13. Er reichte ihr seinen Schlüssel und sie nestelte damit im Schloss herum. Brandl lehnte an der mit Tapeten aus den Siebzigerjahren beklebten Wand und beobachtete sie. Sie sah wirklich gut aus mit ihren langen braunen Locken, der getönten Haut, den dunklen Augen. Sie hatte einen südländischen Touch, ob sie auch das passende Temperament hatte? Brandl wurde es warm, er zog die Jacke aus und folgte Biggi in das Eiche-rustikal-Zimmer.

»Eine Liebeshöhle sieht anders aus, aber das Bett ist ja groß ge ...«, bevor sie weiterreden konnte, hatte Brandl sie in die Arme genommen und geküsst. Sie küssten und küssten. Brandl zog Biggi die Jacke aus. Fuhr ihren Rücken hinunter, massierte ihren Po. Sie zerrte an seinem Sweatshirt, er half ihr, zog auch das T-Shirt aus. Dann knöpfte er Knopf für Knopf ihrer Bluse auf, beugte sich hinunter und küsste ihre warme Haut. Sie roch nach Waldwiese und Lagerfeuer und schmeckte noch besser. Alles war gut. Brandl schob Biggi zum Bett, sie ließen sich auf die schreiend bunte Tagesdecke fallen.

»Hast du Kondome dabei, Brandl?«

Er ließ sich nicht beirren, schüttelte nur den Kopf, küsste weiter. Jetzt, wo Bluse und BH weg waren, war die Haut noch wärmer, roch noch besser.

»Ich auch nicht. Und ohne passiert hier nix!« Biggi legte die Hände zwischen ihre Brüste und Brandls Gesicht.

»Ich besorg welche, bleib so!« Brandl sprang auf, zog sich die Jacke an und stolperte zur Tür hinaus. Auf dem Flur wäre er beinah mit Pia und Sven zusammengestoßen. Sie erschraken genauso wie er.

»Äh, wir wollten, ich wollte, also Pias Zimmer hat ne Dusche und wir ...« Svens Kopf war feuermelderrot.

»Ist mir doch so was von egal, was ihr macht«, knurrte Brandl und wollte an ihnen vorbei. Dann drehte er sich zu Sven um und fragte ihn leiser: »Hast du vielleicht Kondome dabei?«

Sven sah ihn an wie das Karnickel die Schlange. Er räusperte sich. »Moment, ähm Pia, geh doch schon mal vor, ich komme gleich nach.« Dann drehte er sich Brandl zu. »Du bist ein verdammter Idiot, Brandl! So was muss man immer dabei haben, das ist erste Bürgerpflicht. Was willste denn?« Er griff in seinen Parka und dann lag in seiner Hand ein buntes Sammelsurium an quadratischen Plastiktütchen. »Mit Geschmack, gefühlsecht, etwas für längeres Vergnügen, Noppen, keine Noppen?«

»Mensch, Sven, das haut mich um, ich wusste gar nicht, dass du so ein schlimmer Finger bist!« Brandl nickte anerkennend und griff sich von jeder Sorte eins aus der Verpackung.

»Übernimm dich nicht, alter Mann!« Sven grinste verschwörerisch, dann wandte er sich ohne ein weiteres Wort um und lief den Flur hinunter.

Brandl studierte auf dem Rückweg die Lobpreisungen der Kondomherstellergilde auf den Tütchen, dann klopfte er leise an die Tür. Als Biggi öffnete, sah er, dass sie nur noch ein Badetuch umgebunden hatte. Er wedelte mit den Kondomtütchen und ließ sie auf den Nachttisch fallen.

»Ich will jetzt gar nicht wissen, woher du sie hast!« Biggi legte sich aufs Bett und öffnete einladend das Badetuch.

»Aber ich muss es dir unbedingt später erzählen!« Brandl vergrub sein Gesicht zwischen ihren Brüsten und vergaß alles um sich herum. Jetzt war nur noch fühlen angesagt, fühlen und genießen.

Morgens saß Brandl vor allen anderen im Frühstücksraum. Er beobachtete die unwirsche Serviererin beim Decken der Tische und trank einen Kaffee nach dem anderen. Biggi hatte gesagt, sie wolle ein wenig Zeit für sich, ihr Schönheitsprogramm, er wisse schon. Doch Brandl war sich da nicht so sicher. Hatte ihr die Nacht mit ihm nicht gefallen? Vielleicht hatte er nicht gehalten, was sie sich versprochen hatte. Und hatte die Nacht gehalten, was er sich davon versprochen hatte? Brandl stützte den Kopf in beide Hände, starrte auf die gegenüberliegende Wand, die voller Reh- und Hirschgeweihe hing.

»Na, was macht der Kater, fütterst du ihn mit Kaffee?« Erwin klopfte ihm väterlich auf die Schulter.

»Erwin, du bist schon auf?« Brandl blickte überrascht in ein blasses Gesicht.

»Klar«, knurrte der, »ich hab' doch kleine Kinder. Ich kenne schon seit Jahren kein Ausschlafen mehr. Ich weiß gar nicht mehr, wie das geht.«

Die Kellnerin stellte ungefragt eine Tasse Kaffee vor Erwin. Er bedankte sich, musste dann niesen. »Verdammte Kälte!« Er nieste wieder.

»Du hast heute Nacht gefroren? Was war denn mit Nadine?«

»Ach, hör mir doch auf! Die war so voll, dass sie nur noch allein in ihr Zelt wollte. Meinen Pullover, die Jacke und meine Lammfelldecke hat sie aber mitgenommen. Und ich hatte nichts mehr zum Zudecken. So ein Großraumtipi ist ganz schön zugig!« Jetzt hustete er auch noch.

Brandl fand, es klang aufgesetzt, aber er revanchierte sich bei ihm mit aufbauendem Schulterklopfen. Erwin nickte ihm dankbar zu.

»Und wie war deine Nacht?«

»Gut, danke, hab' nicht gefroren.«

Das Frühstücksbuffet war inzwischen fertig gerichtet. Es roch köstlich nach frischen Brötchen. Brandl stand auf. »Kommste mit?«

»Essen hilft vielleicht«, seufzte Erwin.

Nach und nach trudelten auch die anderen Kollegen ein. Zwei bestellten Bier, doch die übrigen blieben bei Orangensaft und Kaffee.

»Pietschkuss hat im Auto gepennt. Wollte Sterne gucken mit Markus«, verriet Johannes glucksend.

Pietschko lief rot an. »Ja, und? Nur weil du keinen Ssinn für so was hast, brauchste nicht hetzen!«

»War doch nicht bös gemeint, Pietschkuss, ganz ruhig, wir sind doch nur neidisch!«, rief Jo vom Brötchenkorb aus. Neben ihm stand Steffi und strahlte wie der jungfräuliche Morgen.

»Oh wie wunderbar, ein frisch verliebtes Liebespaar!«, schnaubte Erwin.

»Ach, da ist ja auch der alte Erwin wieder. Guten Morgen,

lieber Erwin!« Jo schien sehr entspannt zu sein, legte den Arm um Steffis Hüfte und schlenderte mit ihr und einem gut gefüllten Teller auf einen freien Tisch zu.

Pia und Sven bummelten herein. »Euch kann man bis auf den Zeltplatz hören«, lachte Pia.

»Pia, du bissst gut gelaunt? Warst du schon laufen?« Pietschko kaute auf seiner Unterlippe.

»Manchmal mache ich anderen Sport. Ausgleichssport!« Jetzt lachte sie tatsächlich. »Würde ich dir auch mal empfehlen!«

»Ist ja toll, wie gut sich alle Kollegen verstehen. Das ist wohl Zweck eines Betriebsausfluges.« Erwin schob den noch halb gefüllten Teller in die Mitte des Tisches und wollte aufstehen.

»Guten Morgen, Erwin!«, flötete eine Stimme hinter ihm. »Du, ich hab' ein ganz schlechtes Gewissen wegen gestern Abend. Du musst doch schrecklich gefroren haben, du Armer!« Nadine rubbelte über Erwins Schultern und seinen Rücken hinunter.

Auf Erwins Gesicht ging augenblicklich die Sonne auf. Er drehte sich wie hypnotisiert zu Nadine um. »Das ist doch keine große Sache, Nadine, Mäuschen.«

Die sind alle total verrückt, dachte Brandl. Die ganze Welt war verrückt. Und Biggi war immer noch nicht da.

19

Das ganze Wochenende waren Ulla und Michael sich aus dem Weg gegangen. Hatten nur das Nötigste miteinander gesprochen, während sich der Familienalltag weiter abspulte. Jonas wandte sich nur an Michael, ignorierte sie einfach, während Lea wie eine Klette an Ulla klebte. Als Ulla abends vom Frauenabendkreis zurückkam, wartete Michael mit einer Flasche Rotwein und zwei Gläsern in der Küche auf sie. Der Spargelgeruch vom Mittagessen hing noch in der Luft.

Ulla setzte sich zu Michael an den Tisch, er schenkte ein. Das leise Gluckern und das Ticken der Küchenuhr waren die einzigen Geräusche, das Haus schien schon zu schlafen.

»Waffenstillstand oder Friedensangebot?« Ulla legte den Kopf schief und versuchte in Michaels Augen zu lesen.

»Friedensangebot, denn wir sollten uns eine Strategie für die nächste Sitzung bei unseren Therapeuten überlegen. Zumal wir den Termin am Freitag verschwitzt haben.« Er deutete auf den Kalender.

Ulla sah erschrocken hoch. »Was? Ich hab' da gar nicht mehr dran gedacht. Vielleicht weil ich nicht hin will.«

»Ich hab' ja auch keine Lust, aber beim letzten Mal ging's uns danach schon besser.« Michael schenkte sich nach.

Ulla schob ihm ihr Glas hin. »Eigentlich hatten wir doch beschlossen, nicht mehr hinzugeben. Uns ging es doch nur besser, weil wir uns gegen den Kerl verbündet haben, nicht weil die beiden so toll sind.« Sie setzte sich aufrecht, sah Michael eindringlich an und hob die Stimme: »Kann es sein, dass das etwas ist, das Sie öfter erleben? Sie wollen mehr haben, mehr, mehr, mehr?«, sie schlug dabei mit der Faust auf den Tisch.

Michael lachte. »Dieser Schmalfeld ist schon ein sonderbarer Therapeutenkauz, hast ihn gut imitiert! Du gehörst tatsächlich eher auf die Bühne als auf die Kanzel!« Er prostete ihr zu. »Wir müssen ja nicht hin. Ich ruf einfach morgen an und sage, wir hätten uns wieder zusammengerauft und bräuchten seine kompetente Hilfe und natürlich die seiner Frau nicht mehr, ja?«

Ulla nickte heftig und legte ihre Hand auf seine. »Aber mit Jonas musst du auch strenger sein, Michael. Ich weiß von so vielen Familien, wo die Kinder abgerutscht sind«, fügte sie hinzu und sah ihn bittend an.

»Ich weiß, dass du dich sorgst, Ulla. Aber Jonas ist in Ordnung. Der landet doch nicht in der Gosse. Das ist absoluter Quark. Ich denke, darüber brauchen wir uns keine Sorgen zu machen. Wir haben ein gutes Fundament gelegt, der wird nicht abrutschen.« Er nahm Ullas Hand in beide Hände. »Meine Eltern haben mir nie richtig was zugetraut. Immer hieß es ›das kannst du nicht‹, ›dazu bist du zu jung, zu doof, zu irgendwas‹. Wir haben das bei unseren Kindern doch bewusst anders gemacht und ich vertrau' beiden.«

Ulla merkte, wie ihr Tränen in die Augen stiegen. Sie lenkte schnell ab. »Erzengel Michael, der Streiter für die Söhne seines Volkes«, lachte sie und nahm seine Hand und legte sie sich an die Wange.

Michael räusperte sich. »Und das sagt meine Frau, die streitbare Pfarrerin?« Er versuchte spöttisch zu klingen, aber in seiner Stimme schwang Zärtlichkeit mit. Ulla hörte es genau.

»Jonas weiß, dass wir da sind, wenn er uns braucht und er muss auch seine eigenen Fehler machen dürfen. Versuch' doch mal ihm zu vertrauen. Du wirst sehen, dass er seinen Weg finden wird.« Michael schaute sie bittend an.

Ulla spürte ein dickes ›Aber‹ auf der Zunge, doch sie schluckte es hinunter. Sie würde darüber nachdenken, aber vielleicht machte Michael es sich auch nur zu leicht.

»Guten Tag, Frau Jung. Schön, dass Sie so schnell Zeit für mich hatten!« Brandl gab Melanie Jung über den Tisch hinweg die Hand. Sie fühlte sich warm und weich an. Ihr Händedruck war leicht und irgendwie artig.

Der Raum, in dem die Befragungen stattfanden, war spartanisch eingerichtet wie eine Klosterzelle. Nur die Pritsche fehlte. Ein hellgrauer Resopaltisch, vier dunkelgraue Polsterstühle, das Aufnahmegerät in der Mitte.

Die junge Frau versuchte ein Lächeln, während sie auf einem der Stühle Brandl gegenüber Platz nahm. »Ich möchte doch auch, dass die ganze Sache schnell geklärt wird. Sascha dreht sonst noch total durch.« Sie zupfte nervös am Ärmel ihres bunten Sommerkleids herum. »Das Ganze nimmt ihn sehr mit.«

Brandl war sich sicher, dass die Freundin von Bauleiter Tröger offen mit ihm sprach. Hübsch war sie und ihr Blick wirkte ehrlich. »Ja, das glaube ich. Ich hatte auch den Eindruck, dass ihm das sehr zu schaffen macht.« Er sah sie freundlich an.

»Nicht nur das. Der Sascha passt eigentlich gar nicht in diese Branche. Diese ganzen Machtspielchen, der Umgangston«, sagte sie und verdrehte die Augen.

»Was hat er denn genau erzählt?«, hakte Brandl nach. Anscheinend war der Tröger keiner von der Fraktion der einsamen Wölfe.

»Wenn's ihm zu viel wurde, dann hat er schon mal das eine oder andere erzählt. Meist über den Rietmüller, das war wohl ein richtiges Schwein. Oh, das hätte ich jetzt nicht sagen dürfen, man soll ja nichts Schlechtes über Tote sagen. Aber«, sie atmete tief ein und sah Brandl treuherzig mit ihren klaren blauen Augen an, »was stimmt, stimmt! Der hat jeden fertiggemacht. Die haben ihn alle gehasst.«

»So sehr, dass man ihn hätte umbringen wollen?«

Die junge Frau wurde noch blasser. »Ich weiß nicht, wie jemand reagiert, wenn er in die Enge getrieben wird …« Sie flüsterte beinahe.

»Und Ihr Freund, war er in die Enge getrieben und sah vielleicht keinen Ausweg mehr?«, setzte Brandl nach. »Worum ging es denn in den Auseinandersetzungen mit Rietmüller genau? Hat er das gesagt?«

»Nicht direkt. Aber dem konnte man nie was recht machen. Der hatte immer an allem was zu stänkern. Aber Sascha hat ihn nicht umgebracht, vielleicht mal daran gedacht. Aber nein, Sascha würde so was nie tun, egal, wie schlimm jemand ist. Der würd' eher abhauen, kündigen oder so, wenn er es gar nicht mehr aushält.« Melanie Jung schüttelte den Kopf.

»Am 22. Mai hat Rietmüller ihren Freund zum x-ten Mal fertiggemacht und Sascha Tröger hat Ihnen eine SMS geschickt, in der er äußerte, dass er Rietmüller umbringen wollte …«, Brandl pokerte hoch und beobachtete Melanie Jung genau. Sie biss an, fragte noch nicht einmal, woher er die Informationen habe.

»Ja, er hat so was gesimst«, gab sie treuherzig zu. »Aber er hat ihn nicht umgebracht, das müssen Sie mir glauben! Das könnte er nicht, niemals.«

Die Frau sah ihn bittend an. Sie war fest von der Unschuld ihres Freundes überzeugt, das sah Brandl.

»Er war gegen 20 Uhr zu Hause und hat mir noch mal alles brühwarm erzählt. Er hat sogar geweint und gesagt, er würde das nicht mehr länger aushalten und würde sich jetzt endgültig nach einem neuen Job umgucken. Das müsste er sich nicht bieten lassen. Jetzt wäre Schluss. In der Baubranche werden gute Kräfte gesucht, wissen Sie?« Sie funkelte Brandl wütend an. »Da findet der Sascha immer was. Er ist nämlich gut.«

»Und er hat danach die gemeinsame Wohnung nicht mehr verlassen?« Brandl wollte ihre Aussage fürs Protokoll vervollständigen.

»Nein, Herr Kommissar, er ist den ganzen Abend da geblieben. Unsere Nachbarn sind noch rüber gekommen und ich war froh, dass sie Sascha auf andere Gedanken gebracht haben. Es ist dann spät geworden und wir sind erst nach Mitternacht ins Bett gekommen. Erst am nächsten Morgen, etwa gegen halb acht, ist er wieder los zur Arbeit. Sie können die Fleischers fragen, wenn Sie mir nicht glauben.«

»Danke, Frau Jung.« Brandl nickte ihr zu, notierte noch die Namen, Adresse und Telefonnummer der Nachbarn. Dann standen sie beide auf. »Es kann sein, dass ich Sie erneut befragen muss, ich würde mich dann melden.«

»Kein Problem. Danke vielmals und auf Wiedersehen, Herr Kommissar.« Melanie Jung drückte ihm die Hand und wandte sich zur Tür. Brandl erklärte ihr noch schnell, wie sie wieder aus dem Präsidium herausfand. Doch dann begleitete er sie lieber bis zum Aufzug, um sicherzugehen, dass sie auch dort ankam. Er konnte es nicht leiden, wenn Besucher im Haus herumirrten. Melanie Jung lächelte ihm zum Abschied zu. Die Aufzugtür ging auf und heraus trat Biggi. Sie musterte die beiden nur kurz und schritt dann wort- und grußlos den Gang entlang in Richtung ihres Büros.

Ulla lag, eingekuschelt in die warme Wolldecke, auf dem Sofa und hörte sich die CD an, die sie sich kurz vor Ellis Tod auf dem Lyrikfestival, im Belgischen Haus, gekauft hatte. Elli hatte die Karten für den Abschlussabend besorgt und Ulla eingeladen, wusste sie doch, wofür sich ihre Freundin begeisterte. Direkt zu Anfang war eine dunkelhäutige Künstlerin mit Übersetzerin auf die Bühne gekommen. Maroula Blades hieß sie und hatte stimmgewaltig mit Musikbegleitung und illustriert von künstlerisch gestalteten Dias lyrische Texte vorgetragen. Die waren Ulla direkt ins Herz getropft, hatten sich darin ausgebreitet, ihre inneren Bilder angestoßen und sie nach Ellis Hand greifen lassen. Elli, ihre geliebte Elli, die ihre Hand dann sanft und fest zugleich gedrückt hatte, kannte viele von Ullas Geheimnissen, Sehnsüchten und Traurigkeiten.

Als Jürg Halter, der junge Lyriker aus der Schweiz dann auch noch vorlas:

Miniatur für eine gewesene Sehnsucht
Ich reibe meine kalten Hände
bis diese sich entzünden
und mit ihnen die Frage
nach deinem Verbleib.
Schon trägt frei ein
Feuerwehrmann
mich aus der
brennenden
Szenerie.

Da hatte Elli Ullas Hand losgelassen, den Arm um sie gelegt und ihr ein Taschentuch hingehalten. So war Elli gewesen. Jeden Tag vermisste Ulla sie und auch jetzt konnte sie gar nicht aufhören zu weinen.

»Like a lover's touch«, füllte das Zimmer. Aber was war der Verlust eines Liebhabers im Vergleich zur Lücke, die die beste Freundin gerissen hatte? Ulla griff nach Block und Stift und begann zu zeichnen.

Biggi starrte auf ihren Bildschirm und versuchte zu verstehen, was sie da las. Die E-Mail des Bankberaters strotzte nur so von Phrasen. *Haben Sie bitte Verständnis dafür, dass eine Überprüfung des Zahlungsverkehrs im Privatkundenbereich sehr umfangreich ist.* Biggi las halblaut vor. *Die Klärung ihrer Anfrage, ob unser Kunde, Herr Helmut Rietmüller, Wertpapier- und Investmentgeschäfte mit offenen und geschlossenen Beteiligungen und/oder Termingeschäfte getätigt hat und/oder konservative Anlagemethoden bevorzugte, bedarf umfangreicher Nachprüfungen und kann nicht ad hoc zu einem eindeutigen Ergebnis gebracht werden.*

In dieser Art ging es weiter und weiter. Sie brauchte jetzt einen Cappuccino, aber was wäre, wenn sie Brandl in der Abteilungsküche begegnete? Nach dem, was am Wochenende zwischen ihnen gewesen war? Sie wollte ihm im Moment lieber nicht über den Weg laufen. In der Dienstbesprechung war es etwas anderes. Da waren sie professionell genug, um sich nicht von privaten Geschichten ablenken zu lassen. Aber so zwischen Tür und Angel, bei einem Kaffee? Da konnte man schon privat ins Plaudern kommen. Und genau das wollte sie jetzt nicht. Schon gar nicht, bis sie herausgefunden hatte, woher diese Rose stammte. Heute Morgen hatte auf dem Gehweg vor ihrem Haus eine riesige rote Rose geprangt, mit einem ›B‹ in der Mitte. Bestimmt einen halben Meter groß. Jemand musste sie in der Nacht dort hingezeichnet haben. Ganz offensichtlich für sie, denn das große B war ja wohl eindeutig. Sie hatte versucht, die Rose mit einem nassen Lappen wegzuwischen, weil sie auf eine Kreidezeichnung getippt hatte. Aber sie war nicht zu entfernen. Wahrscheinlich hatte man sie auf den Asphalt gesprüht. Sogar Spiritus hatte nichts genützt.

Selbst die alte Kramer, die unten in der Parterrewohnung lebte und beinahe den ganzen Tag gestützt auf ein dickes Sofakissen im Fenster lag und über alles und jeden im Haus und in der Straße Bescheid wusste, war überrascht gewesen. »Nä, dat han ich ja jestern noch nit jesinn. Dat muss letzte Nacht passiert sein, dobei ess doch d'r erste Mai schon lang vürbei.« Ihr Kopf samt Lockenwicklern hatte kräftig gewackelt. »Wer dat wohl war un für wen? Jlauben Se, Sie woren damit jemeint?«

Biggi hatte mit den Schultern gezuckt und sich schnell verabschiedet. Vielleicht brachte Frau Kramer ja noch Licht in die Angelegenheit; sie würde bestimmt nicht ruhen, bis sie alle Nachbarn befragt hatte.

Aber was, wenn Brandl ... »Quatsch, Biggi!«, schalt sie sich laut. »Brandl doch nicht. Der ist so romantisch wie ein Haifisch. Außerdem muss er sich doch gar nicht mehr bemühen, wir waren doch schon miteinander im Bett!«

Ein kurzes Klopfen an der Tür und Pietschko öffnete sie vorsichtig. »Hallo Biggi! Wie geht's dir heute?« Er lächelte zaghaft.

»Gut, danke. Das war ein schöner Betriebsausflug, nicht wahr? Hast du gut organisiert, Pietschko!«

Der wurde rot. »Hab ich ja nicht allein gemacht, Krüger und auch du, ihr habt ja mitgeholfen.«

Sie lächelte ihn an. »Jetzt steckst du dein Organisationstalent wieder in die Ermittlungsarbeit, oder?«

Pietschko nickte. »Wann machste denn heute Mittag? Vielleicht gehen wir ja zzusammen was essen?«

»Gegen halb eins, klar doch, Pietschko, machen wir doch sonst auch. Aber ich muss jetzt erst noch«, sie deutete auf den Bildschirm.

»Jaja, klar, ich hab' auch ordentlich zu tun. Bis nachher!« Er schloss behutsam die Tür.

20

Ulla schloss die Haustür ab, lief die Stufen zur Straße hinunter und hängte sich den Schlüssel um den Hals. Dann joggte sie los in Richtung Groov. Wie üppig es überall blühte. Löwenzahn, Kleeblumen, Hahnenfuß. Sie atmete tief ein, passierte die Haltestelle der Fähre nach Weiß. Das Fährboot ›Krokodil‹ legte gerade an und die Fahrradfahrer und Fußgänger, die über den Rhein wollten, zückten ihre Portemonnaies. Ulla bog in den kleinen Weg ein, der an der Grillstelle vorbeiführte. Hier war niemand. Sie zog die Unterlippe über die Zähne in den Mund, machte das Kinn lang. Halten. Das sollte die Hängebäckchen glätten. Ulla hatte mit Schrecken festgestellt, dass sich an ihrem Unterkiefer rechts und links merkwürdige Verdickungen gebildet hatten. Die Schwerkraft machte sich auch bei ihr bemerkbar, selbst im Gesicht. Also ziehen, halten. Tatsächlich festigte sich die Kinnpartie durch das regelmäßige Training, so wie sie es in einem Ratgeber gelesen hatte, dessen Übungen sie mindestens zwei-, dreimal pro Woche während des Laufens oder auch beim Fahrradfahren jeweils dreißig Mal wiederholte. Selbstverständlich schaute sie immer, ob jemand in der Nähe war. Denn das wäre ja zu peinlich, wenn sie jemand beim Grimassen schneiden beobachtete.

Unterlippe über die Zähne in den Mund. Halten.

Nachdem sie mit der Übung angefangen hatte, war ihr aufgefallen, dass die Falten neben dem Mund irgendwie tiefer wurden. Seitdem versuchte sie während der Übung die Handflächen neben die Mundwinkel zu legen, um eine weitere Faltenbildung zu vermeiden. Sie hatte nämlich vor dem Spiegel festgestellt, dass die Falten sich während des Antihängebäckchentrainings tatsächlich vertieften. Übung, halten, laufen, wiederholen und auch noch die Hände am Gesicht, Ulla verlangsamte den Schritt. Alles auf einmal war einfach zu viel. Jetzt machte sie die ›Eule‹. Sie riss die Augen weit auf, schaute nach rechts oben, dann nach links unten. Entspannen. Flugs wieder die Augen aufreißen, nach links oben schauen und wieder nach rechts unten. Inzwischen war sie an dem breiteren Weg angelangt, der zwischen den Feldern Richtung Langel führte. Sie lief wieder schneller, kein Mensch weit und breit. Sie formte einen Kussmund und küsste laut schmatzend. Eins, zwei, drei, … Das formte volle Lippen. Ein Radfahrer überholte sie von hinten und schaute sie irritiert an, denn sie küsste gut hörbar vor sich hin. Dann bremste er und lächelte sie breit an.

Zu blöd. Der meinte wohl, die Küsse galten ihm. Ohne ein Wort drehte Ulla auf dem Absatz um und joggte schnell zurück, Richtung Schwimmbad. Lautes Kinderkreischen hallte vom Spielplatz gegenüber der Minigolfanlage bis hierher. Die Büsche waren hier so hoch und voll, dass man sie nicht sehen konnte. Ihr Atmen ging schwer, sie war wohl zu schnell gelaufen. Ulla verlangsamte nochmals, probierte die nächste Übung. ›Der Stier‹. Mittel- und Zeigefinger jeder Hand kam an die Stirn, oberhalb der Augenbrauen. Die Daumen stellte Ulla hoch und zog sie nun so fest es ging in die Höhe, drückte gleichzeitig mit den Fingern dagegen. Sofort spannten sich Hals und Dekolleté an. Diese Übung galt als die effektivste überhaupt und war ein regelrechtes Lifting. Hoffentlich wusste das auch ihr Gesicht, dachte Ulla. Gemächlich schlenderte sie nun nach Hause, genoss die Sonne, die warme Luft und das Gefühl, quicklebendig zu sein, das sich immer nach dem Laufen einstellte. Sie spürte die Erde unter den Füßen, fühlte sich sicher und aufgehoben. Jede Schwierigkeit würde die richtige Lösung finden. In solchen Momenten pulsierte das Leben förmlich durch ihren Körper.

Brandl lehnte Dellingers Getränkeangebot ab. Er setzte sich vor dem Schreibtisch des Firmenchefs auf den freien Stuhl und kam sofort zur Sache. »Herr Dellinger, wir haben – in Zusammenarbeit mit den Kollegen der Wirtschaftskriminalität – ein Konto von Frau Rietmüller entdeckt, das ihr Mann für sie 2008 in Liechtenstein eröffnet hat. Dort gab es Zahlungseingänge und Abhebungen in bar und bis vor Kurzem befanden sich circa eineinhalb Millionen Euro darauf. Haben Sie vielleicht eine Erklärung, wie die Rietmüllers zu diesem Vermögen kommen konnten? Oder woher das Geld stammte und wofür es ausgegeben worden ist?«

Dellinger zeigte sich nicht im Geringsten überrascht, sondern verzog das Gesicht zu einem gönnerhaften Grinsen. Er lehnte sich in seinem Chefsessel zurück und fasste mit beiden Händen die Schreibtischkante. »Also, Herr Kommissar, wie ich Ihnen schon in unserem ersten Gespräch berichtet habe, war Rietmüller schon seit Langem mein bester Mann und entsprechend üppig fiel auch sein Festgehalt aus. Dann gab es natürlich, wie in unserer Branche üblich, auch noch Prämien für besonders lukrativ abgeschlossene Projekte … Bonuszahlungen, wie sonst überall in der Wirtschaft üblich, sind auch bei uns keine Seltenheit.«

Brandl unterbrach den Redefluss und hob kurz die rechte Hand, so als wolle er einen Autofahrer auf der Straße zum Halten bringen. »Herr Dellinger, das haben wir schon überprüft, jedoch passen die Kontenbewegungen terminlich und insbesondere in dieser Höhe absolut nicht zueinander. Was jedoch vom Zeitpunkt her ziemlich genau mit den Ein- oder Auszahlungen zusammenpasst, sind die Auftragsvergaben beziehungsweise die Projektstarts, einiger Ihrer Großprojekte.« Insgeheim dankte Brandl Biggi, die das mit ihren akribischen Nachforschungen und dem richtigen Riecher herausgefunden hatte. Immer wieder war sie beim Bauamt vorstellig geworden, um ihre Fragen zu stellen. Zudem hatte sie die Unterlagen aus Rietmüllers Tresor intensiv durchgearbeitet. Jede Notiz hatte sie gelesen, jeden Beleg, jeden Kontoauszug geprüft.

Er beschloss, einen Versuchsballon zu starten. »Bei jedem Projekt werden doch immer Subunternehmer beschäftigt? War Herr Rietmüller für die Auswahl zuständig? Nach welchen Kriterien hat er sie denn ausgewählt? Spielte da klingende Münze eine Rolle?«

Dellingers Grinsen war plötzlich wie weggewischt. Er setzte sich aufrecht hin, zog dabei die Schultern hoch. »Was wollen Sie denn damit andeuten, Herr Brandl?«, stieß Dellinger empört zischend hervor. »Wollen Sie etwa sagen, dass jemand bei der Dellinger GmbH bestechlich ist?« Auf Dellingers Stirn bildete sich eine senkrechte Falte, die grauen Augen verengten sich zu Schlitzen und funkelten Brandl mit unverhohlener Aggression an.

»Ich deute nichts an, Herr Dellinger, ich denke nach und stelle Fragen. Und ich will Antworten. Es gibt einen ermordeten Mitarbeiter Ihres Hauses und einen auf Ihrer Baustelle einbetonierten Baukontrolleur der Stadt Köln, was an Mafiamethoden erinnert. Ich will Antworten und ich will sie von Ihnen. Sollte ich sie nicht bekommen, werden sich die Kollegen von der Wirtschaftskriminalität, der Zoll und auch die Steuerbehörden wohl noch intensiver in Ihre Geschäftsmodelle und Praktiken einarbeiten müssen. Dass die Baubranche seit Jahrzehnten den Spitzenplatz beim Thema Korruption belegt, ist nun wirklich kein Geheimnis; davon erfährt man ja mit schöner Regelmäßigkeit aus den Medien.«

Dellinger zerrte an seinem Krawattenknoten. »Herr Brandl, was haben denn die Subunternehmer mit den Baukontrolleuren zu schaffen. Das sind doch zwei unterschiedliche Paar Schuhe. Ich habe da keine persönlichen Kontakte und kann Ihnen nichts dazu sagen. Und zu irgendwelchen Privatkonten der Frau Rietmüller, zudem noch in Liechtenstein, weiß ich auch nichts Erhellendes. Ich schlage vor, dass Sie dazu Frau Rietmüller befragen.« Dellinger sprach schneller und schneller. »Ebenfalls sind mir keine Unregelmäßigkeiten oder gar Vergehen meiner Mitarbeiter bei unseren Großprojekten bekannt. Schon gar nicht bezüglich der Auftragsvergaben an unsere Subunternehmer. Selbstverständlich kann ich nicht alles kontrollieren, was meine Leute veranlassen, um ein Projekt zu wirtschaftlichem Erfolg zu führen. Aber sie sollten nicht Äpfel und Birnen in einen Topf werfen.« Bei den letzten Worten hob er beide Hände und sah dabei demonstrativ auf die Armbanduhr. »Leider ist mein Terminkalender heute wieder mehr als voll. Wenn Sie also keine weiteren Fragen mehr an mich haben, Herr Kommissar, würde ich mich jetzt sehr gern wieder meinem Tagesgeschäft widmen.«

Heute würde Brandl nichts mehr aus Dellinger herausbekommen. Er war sich jedoch sicher, dass er bei ihm einen Nerv getroffen hatte. Dann mussten eben die Kollegen der Wirtschaftskriminalität noch ein paar Überstunden mehr schieben und Verbindungen und Geldflüsse checken. Darin hatten die schließlich Übung. Dass Dellinger sehr empfindlich auf den Begriff *Subunternehmer* reagiert hatte, würde er den Kollegen natürlich gern mitteilen. Womöglich hatte Rietmüller mehrfach abkassiert. Einmal bei Dellinger und dann auch noch von den Firmen, die unbedingt einen Auftrag haben wollten. Und dass die sich dann das Bestechungsgeld durch Pfusch am Bau, sprich billigeren Beton oder einfach verglaste Fenster, etc. zurückholten, war nun wirklich keine neue Methode der sogenannten Gewinnmaximierung. Das passte bestens zu den Aussagen von Bauleiter Tröger. Blieb mal wieder nur die Frage, welcher der Beteiligten zu gierig geworden war, wer sich vielleicht benachteiligt gefühlt oder die Nerven beim großen Bakschisch-Spiel verloren hatte.

Mit einem kurzen »Bis bald, Herr Dellinger« erhob sich Brandl, ignorierte die ausgestreckte Hand des Firmenchefs und verließ betont langsam, den Blick auf sein Smartphone gerichtet, das Büro. »Sie hören von mir.«

Brandl hatte den Bericht der KTU über Schüttes Wohnung bereits zwei Mal durchgelesen, aber auch beim zweiten Durchgang hatte er nichts Neues entdeckt. Vielleicht brachte die Auswertung von Schüttes Computer mehr. Nun stand Brandl vor dem Fenster und blickte nachdenklich hinaus in den Innenhof des Polizeipräsidiums. Die Ton-Skulpturen versanken immer mehr im Efeu. Er erinnerte sich, wie Ulla und er über diese Kunstobjekte gelacht hatten. »Die Auferstehung der Toten«, hatte sie gesagt. Später waren sie in dem kleinen Andachtsraum im Erdgeschoss gelandet und hatten wild geknutscht. Er fuhr sich mit dem Finger über die Lippen. Ihm fiel das Gedicht ein, das er mal zufällig in dem winzigen, zerfledderten Büchlein gelesen hatte, das Ulla immer in der Hosentasche mit sich herumtrug. Erotik ohne Liebe, oder so ähnlich hieß es, von Hans Kruppa, und er gab den Titel in der Suchmaschine seines PCs ein.

Erotik ohne Liebe
ist wie eine
Gitarre ohne Saiten,
man kann so tun,
als würde man
auf ihr spielen,

aber es kommt
keine Musik
dabei heraus.

Konnte er damit die Geschichte mit Biggi auf den Punkt bringen? Oder war er zu streng. Ach, was sollte dieser Quatsch überhaupt, rief er sich zur Ordnung. Liebe, das war nichts für ihn.

Die Bürotür wurde aufgedrückt, Brandl fuhr herum und Biggi stürmte ins Zimmer. Sie stoppte als sie Brandls Gesicht sah. »Ist wer gestorben? Geht's dir nicht gut?«

Brandl ließ sich auf seinen Stuhl fallen. »Nein, nein, alles in Ordnung, habe nur nachgedacht.«

»Deshalb mach ich Yoga. Macht den Kopf frei, alles relativiert sich. Aber das kennst du doch bestimmt auch vom Radfahren, oder?« Biggi lehnte sich an Brandls Schreibtisch.

»Ja, doch, kenn ich. Aber hier auf dem Flur kann ich ja wohl schlecht meine Runden drehen.« Brandl lächelte schief.

»Obwohl du dein Rad ja direkt nebenan abstellst. Lars scheint sich ja auch mit deiner Extrawurst abgefunden zu haben.« Sie zwinkerte ihm zu.

»Im Kopierraum ist doch genug Platz und da kann es auch nicht rosten.« Brandl versuchte zurückzuzwinkern. Vielleicht konnte ja zwischen ihnen alles wieder so sein wie vor dem Betriebsausflug, überlegte er. »Gibt's was Neues, oder kommst du mich einfach so besuchen?« Er war nicht sicher, wie er sich nach ihrer heißen Nacht mit dem kühlen Morgen danach verhalten sollte. Biggi war erst spät in den Frühstücksraum gekommen und hatte sich zu Steffi gesetzt. Im Bus war er nach hinten durchgegangen und hatte ihr einen Platz neben sich freigehalten, aber sie war nach dem Einstieg irgendwo im vorderen Teil hängen geblieben. Hatte er etwas Falsches gesagt oder ihre Erwartungen nicht erfüllt? Und wollte er überhaupt, dass es zwischen ihnen mehr sein sollte als ein Büroflirt?

»Mach doch nicht so ein Gesicht, Brandl«, seufzte Biggi. »Ich weiß auch nicht, wie das jetzt mit uns weitergehen soll. Der Abend war schön, ja, die Nacht auch. Aber ich bin mir nicht sicher, ob da mehr sein sollte. Und du?«

Brandl zuckte mit den Schultern. »Es ist so …«, er räusperte sich, »so ungewohnt, irgendwie anders, und doch auch wieder nicht … Ich weiß nicht, ich glaub, ich bin irgendwie emotional nicht wirklich frei.«

»Dann lass uns doch erst einmal auf kollegialer Ebene weitermachen und dann schaun wir mal …« Der Kaffee brannte noch in Biggis Magen. Was hatte sie sich denn erhofft? Dass er auf die Knie fallen und ihr seine Liebe gestehen würde? Sie ging um den Schreibtisch und setzte sich auf den Stuhl davor.

»Bist du jetzt sauer, Biggi? Das will ich nicht. Du weißt, dass ich das nie wollte und ich will dir auch nicht wehtun. Ich ...«, Brandl hatte immer schneller gesprochen.

Biggi hob die Hände: »Lass gut sein, Brandl. Mach's doch nicht komplizierter als es ohnehin schon ist. Wir sind beide erwachsen. Du hast mich zu nichts überredet, das ich nicht auch wollte. Ich bin schon groß und weiß, dass, wenn ich ›a‹ sage, ›b‹ folgt. Ich seh' mich nicht als Opfer. Im Gegenteil, wir hatten beide unseren Spaß und fertig. Und jetzt wird wieder gearbeitet!« Biggi stand auf und eilte hinaus.

»Bis später«, rief Brandl noch, aber die Tür war schon zu. Er starrte einen Moment vor sich. Er hatte Biggi schon vergessen. Ulla drängte sich mit Macht in seine Gedanken. Die Nacht mit Biggi hatte nichts verändert. Wenn er ehrlich war, musste er zugeben, dass er Ulla wiedersehen wollte. Er wollte sie lachen hören, ihren Geruch schnuppern, sie umarmen. Selbst ihre bescheuerten Gedichte vermisste er. Mist. Sollte er sie einfach anrufen und sich mit ihr ganz unverbindlich auf einen Kaffee verabreden? Schließlich gab es noch etwas zu klären zwischen ihnen. Er hatte sie verletzt. Gut, aber das konnte er erklären. Vielleicht gab es doch noch eine winzig kleine Chance, dass sie noch einmal da anknüpften, wo sie aufgehört hatten. Und wenn nicht, dann würde er das bestimmt besser kapieren, wenn sie ihm direkt gegenüber saß und selbst sehen konnte, dass nichts mehr zu machen war. Er musste das einfach mit ihr klären. Sonst kam er nie aus dieser Endlosschleife heraus, Ulla, Ulla, Ulla. Er verstand ja selbst nicht, was in ihn gefahren war. Er würde das jetzt klären. Er griff nach dem Telefon. Jetzt gleich musste er das klären. Jetzt. Brandl wählte ihre Nummer, der Anrufbeantworter sprang an. Er legte schnell auf, würde es später wieder versuchen.

21

Birgit Rietmüller trat aus dem Aufzug in den Flur. Sie fröstelte ein wenig, denn nach dem warmen Wasser oben im Schwimmbad, war ihr kalt. Es zog immer ein wenig im Treppenhaus.

An der Wand neben ihrer Wohnungstür lehnte Sudhir und lächelte sie an. »Die kleine sportliche Sudevi, gut siehst du aus!« Sein Blick glitt gierig über ihr Gesicht zum Ausschnitt des Bademantels.

Birgit hielt mit der linken Hand den Bademantel über der Brust zusammen. Ekliger Schleimer. »Hallo Sudhir«, sagte sie möglichst neutral. Sie fühlte sich unwohl. Was wollte der denn hier? »Wie bist du denn ins Haus gekommen?« Birgit schloss langsam die Tür auf.

»Direkt von der Tiefgarage aus, den Weg kenne ich jetzt ja.« Er zwinkerte ihr zu und drängte sich an ihr vorbei in die Wohnung.

Birgit ärgerte sich, dass sie noch nicht mit Rajan über diesen unverschämten Kerl gesprochen hatte. »Ich hab' nicht viel Zeit, was willst du?« Sie öffnete die Balkontür, setzte die Tasche auf dem kleinen weißen Metalltisch ab, zog möglichst ruhig den Reißverschluss auf und hängte ihren Badeanzug und ihr feuchtes Handtuch über die Lehne der knallgrünen Sonnenliege. Das entfernte Knattern eines Rasenmähers war zu hören.

Sudhir war ihr gefolgt und stand direkt hinter ihr, sie spürte seinen Atem im Nacken. »Nett hast du's hier, schöne Frau.« Er legte die Hände auf Birgits Schultern. »So eine einsame, große Wohnung für eine so schöne, einsame Frau.«

»Hände weg, Sudhir!« Sie machte rasch einen Schritt nach vorn und drehte sich um. Ihre Augen blitzten. »Wenn du nicht sofort gehst, spreche ich mit Rajan über dich!«

Sudhir lachte: »Uuuh, da habe ich aber jetzt Angst! Mach das ruhig, bin mal gespannt, was du dann zu hören bekommst!«

Birgit stieß ihn zur Seite und drängte sich an ihm vorbei ins Wohnzimmer.

Sudhir folgte ihr, schloss gemächlich die Balkontür hinter sich und schlenderte auf sie zu. »Kleine, schöne, freche Sudevi, du brauchst einen starken Mann an deiner Seite, der dir sagt, wo es lang geht, der dir durchs Leben hilft und dich beschützt.«

»Und das bist du? Was fällt dir ein?« Birgits Stimme klang schrill, ein ängstlicher Unterton war deutlich wahrnehmbar. »Ich gehöre zu Rajan, zu keinem anderen!«

Sudhir schüttelte mitleidig den Kopf. »Du dummes Kleines. So trotzig. Kleiner frecher Trotzkopf. Niemand gehört zu Rajan und Rajan gehört zu niemandem. Er spielt nur ein bisschen, er spielt immer nur. Aber ich will mehr als nur mit dir spielen.« Mit wenigen Schritten war er bei ihr, packte mit beiden Händen ihren Bademantel und riss ihn ihr von den Schultern.

»Lass mich los!«, kreischte Birgit, doch er packte sie und drückte sie aufs Sofa.

»Zier dich doch nicht, kleine Sudevi, wir hatten doch schon mal das Vergnügen und ich denke immer wieder daran«, keuchte er an ihrem Ohr. »Auch wenn du so getan hast, als wäre ich nur der verlängerte Arm Rajans.« Sudhir lachte boshaft. »Er liebt Menschen, die für ihn handeln und seine Arbeit tun und vieles führe ich gerne aus!«

»Er wird dich bestrafen«, krächzte Birgit. Sudhir hatte eine Hand um ihren Hals gelegt.

Der Mann schnaubte verächtlich und nestelte an seiner Hose: »Das wird er nicht. Vergiss den großen Meister. Für den bist auch du nur ein Mittel zum Zweck. Was will der denn mit dir? Unser lieber Rajan ist der, der immer mit einer weißen Weste da steht. Sollte die Polizei dir und deinem Mord auf die Schliche kommen, wird er sagen, er habe nichts davon gewusst. Der weiß ganz genau, dass keiner von uns irgendetwas über ihn sagen würde.

Birgit lag ganz starr. »Mord? Wieso Mord?«

»Du willst mir doch wohl nicht weiß machen, du wüsstest von nichts?« Sudhir hielt inne. »So verrückt bist du doch nicht, das kannst du mir nicht erzählen …« Er starrte sie an.

»Wüsste nichts, von was denn?«, hauchte Birgit. Ihr Herz klopfte, ihre Hände wurden schweißnass. Der Fetzen einer Erinnerung drängte in ihr Gedächtnis. Wie ein Stück aus einem Albtraum, an den man sich morgens beim Frühstück auf einmal erinnert. *Eine Hantel in ihrer Hand, schwer und feucht.*

Sudhir lachte unsicher, dann hellte sich seine Miene auf. »Ach, so ist das. Da hatte Ranjeet doch recht. Er hat nämlich behauptet, du hättest wegen dieser Hirnhautentzündung damals und deinen dauernden Alkoholexzessen nicht mehr alle Tassen im Schrank. Rajan hatte ihn genauestens instruiert und geplant, dass du von den Pillen, die er dir gegeben hat und seinen Suggestionen einen Black-out bekommst, und deinen Mann ins Jenseits beförderst. Das war eine stramme Leistung, meine Liebe. Der war mausetot.«

»Nein, das kann nicht sein. Helmut ist, Helmut hat, Helmut wurde …«, Birgit stockte. Ganz weit hinten in ihrem Kopf meldeten sich weitere schemenhafte Erinnerungsfetzen. *Sie schlug zu, immer und immer wieder, immer und immer wieder, Hass loderte in ihr, Wut, Verzweiflung …* Das war doch Unsinn, das ließ sie sich jetzt von Sudhir einreden. Der wollte sie nur gefügig machen, sie durfte sich nicht darauf einlassen. Birgit schwieg und starrte Sudhir mit einem Blick an, den er nicht deuten konnte.

»Ranjeet und ich waren doch hier und haben deinen zermatschten Ehemann abgeholt und entsorgt.« Sudhir stand auf und richtete seine Kleidung. »Denk mal ein bisschen nach und dann kannst du dich auch mal bei mir bedanken. Das war schließlich nicht ohne, was ich da für dich getan habe.« Er strich ihr über die Wange, doch Birgit drehte den Kopf weg.

»Dein Dämmerzustand scheint ja tatsächlich echt gewesen zu sein. Rajan hat wohl mal ausnahmsweise die Wahrheit gesagt. Aber lass mal, Sudevi. Ich bin bald wieder da und hole mir, was mir zusteht.« Sudhir betrachtete die nackte Frau besitzergreifend.

Birgit lag wie erstarrt. Sie antwortete nicht. Es sah aus, als lausche sie in sich hinein.

Sudhir drehte sich um, verließ das Zimmer und kurz danach fiel die Wohnungstür ins Schloss.

Birgit griff nach ihrem Bademantel und schlang ihn um sich. Sie schluchzte auf. Das konnte nicht sein, Sudhir hatte ihr nur Angst machen wollen, damit sie mit ihm schlief. Aber was waren das für Bilder in ihrem Kopf gewesen? Birgit drückte sich vom Sofa hoch, ging zu ihrem PC und gab in die Suchmaschine ›Hirnhautentzündung‹, ›Alkoholmissbrauch‹, ›Amnesie‹. Sie überlegt kurz und fügte noch ›Dämmerzustand‹ ein. Dann klickte sie auf *Suchen*. Der erste Link führte sie auf die Seite eines Heilpraktikers. Sie presste sich die Hand vor den Mund, um nicht laut zu schreien, als sie las: *Dämmerzustand*

Der Dämmerzustand ist eine qualitative Bewusstseinsstörung.

Da hatte Sudhir also die Wahrheit gesagt, so was gab es wohl tatsächlich. Das war die Bezeichnung für eine Erkrankung.

Birgit las atemlos weiter.

Der Betroffene wirkt abwesend, eingeengt, ist allerdings nicht bewusstseinsgetrübt. Kennzeichnend ist die Ausrichtung auf inneres Erleben, verringerte Ansprechbarkeit auf Außenreize.

- *kein Bezug zum sonstigen Denken oder sonstiger Motivation: Abspaltungen von sonstigem Bewusstsein bzw. Unterbrechung des sonst fließenden Bewusstseins*
- *verminderte Wahrnehmung*
- *Patienten sind nach außen scheinbar geordnet und orientiert*
- *partielle oder komplette Amnesie – Übergänge zum Delir*

Vorkommen:

- *z. B. Epilepsie, pathologischer Rausch, Schädel-Hirntrauma oder als psychogener Dämmerzustand z. B. bei Schock (also rein durch psychische Belastung verursacht).*

Psychische Belastungen hatte sie einige gehabt und eine Vorschädigung des Gehirns auch. Der Arzt hatte sie davor gewarnt, weiter Alkohol zu trinken nach der Hirnhautentzündung. Verflucht, hätte sie bloß auf ihn gehört. Sie klickte auf den nächsten Link und las entsetzt: *Der Postparoxysmale Dämmerzustand (auch: postiktaler Dämmerzustand) kann ... Stunden, Tage, in seltenen Fällen auch Wochen andauern. Auffälligstes Symptom ist die Bewusstseinstrübung oder Bewusstseinsverengung. Entsprechend sind die betroffenen Menschen in den Denkabläufen und oft im ganzen Verhalten verlangsamt und in ihrer Wahrnehmungsmöglichkeit eingeschränkt. Häufig verkennen sie den Aufforderungscharakter einer Situation und zeigen überschießende Reaktionen auf einfache, grobe Reize, wie beispielsweise Berührung oder Bewegung anderer Menschen. Sie erleben diese als bedrohlich und reagieren mit ängstlicher Flucht oder aggressiver Abwehr, die sich bis zum Amoklauf steigern kann.*

Was sollte das heißen? Aggressive Abwehr, die sich bis zum Amoklauf steigern kann? Birgit wusste nicht mehr, was sie glauben sollte. War da etwas passiert? Sie konnte sich nicht erinnern. Nicht wirklich. Nur ein paar Fetzen, die ihr panische Angst machten. Sie atmete tief ein, versuchte sich an irgendetwas zu erinnern, an dem Fetzchen zu ziehen. Aber nichts. Nur ein schwarzes Loch. Ihre Hände zitterten.

Rajan, sie musste mit ihm sprechen, er würde ihr alles erklären, er würde sie beruhigen. Er würde Licht in dieses dunkle Loch bringen. Vor allem aber würde er ihr diesen Sudhir vom Hals halten. Schnell wählte sie seine Privatnummer, die, die nur die Auserwählten bekamen, und lauschte angespannt auf das Freizeichen.

»Ja, bitte?« Rajans Stimme klang kühl.

»Ich bin's, Sudevi, ich muss unbedingt mit dir reden, kann ich gleich zu dir kommen?« Birgit holte tief Luft. »Sudhir war da, es war ganz schrecklich! Er hat versucht …«

»Ich habe jetzt keine Zeit«, fiel Rajan ihr ins Wort. »Du störst. Vielleicht können wir vor der nächsten Gruppenmeditation nächste Woche kurz darüber sprechen.« Er klang barsch, seine Stimme duldete keinen Widerspruch.

Birgit konnte zunächst keinen Ton herausbringen. So hatte ER noch nie mit ihr gesprochen. Sie suchte nach einem Wort. So böse, so genervt. Noch nie. Dann nahm sie ihren ganzen Mut zusammen und versuchte es noch einmal. »Ich muss dich sehen, ich bin ganz durcheinander. Er hat gesagt, ich hätte etwas getan … Aber ich erinnere mich nicht … Du hast doch gesagt, du bist immer für mich da, ich wäre auserwählt und wir würden gemeinsam …«

»Du weißt, dass du mich nicht bedrängen darfst. Niemals. So sind die Regeln. Wenn Sudhir etwas gesagt hat, dann wird es seine Richtigkeit haben. Ich vertraue ihm und weiß, dass er wahrhaftig ist. Halte dich zurück. Manchmal ist es gut, sich nicht zu erinnern …«

Birgit schrie jetzt in den Hörer: »Was willst du damit andeuten? Willst du sagen, dass … ich …? Das kann doch nicht sein …« Ihre Stimme wurde leiser und erstarb. Oder doch? Stimmte es?

›Klick‹ machte es an Birgits Ohr und die Verbindung war unterbrochen. Birgit wählte wieder Rajans Nummer. »Der

Anschluss, den Sie gewählt haben, ist vorübergehend nicht erreichbar, versuchen Sie es bitte zu einem späteren Zeitpunkt noch einmal. The person you have called is temporarily not available …«

Birgits Hand sank hinunter. Ohne hinzuschauen, stellte sie das Telefon zurück in die Ladestation, dann sackte sie vor ihrem weißen Sofa zusammen. Sie krümmte sich zusammen wie ein Embryo. Wie ein Nichts. Sie war nichts. ER hatte sie verstoßen. ER, der ihr so viel Kraft und Zuversicht gegeben hatte, einen neuen Sinn, Lebenssinn … Seine Worte klangen in ihr nach. Hässliche Worte, wie Messerschnitte. Er hatte sie getötet, ihr den Lebenswillen zerstört. Sie war allein, von allen verlassen. Immer wurde sie von allen verlassen. Immer. Konnte sie so weiterleben? In dieser Ungewissheit, Kälte, in dieser unfassbaren, unerträglichen Einsamkeit? ER hatte sie verstoßen. Sie zitterte vor Kälte, obwohl es doch bald Sommer war, fühlte sich leer und wie betäubt.

22

Freitagmorgen. Die Luft im Besprechungsraum war stickig und abgestanden von der Woche. Das Husten des Dienststellenleiters klang gekünstelt. »Ich bin immer noch angeschlagen, möchte so wenig wie möglich reden, fangt einfach an.« Theatralisch legte er die Hand auf die Stirn, als wolle er prüfen, ob er Fieber hätte.

»Du solltest an deiner Immunabwehr arbeiten, Hajo. Im letzten Jahr warst du über zwei Wochen wegen Erkältung krankgeschrieben und in diesem Jahr schon fünf Tage. Und seltsamerweise meist um lange Wochenenden rum.« Wenn Lars sich einmal in ein Thema verbissen hatte, ließ er so schnell nicht mehr locker. Und die Krankenstatistik der Abteilung war derzeit wohl sein Steckenpferd.

Heinrichs Gesicht färbte sich rötlich, er sprang auf. »Willst du mir was unterstellen, Krüger? Ich reiß mir hier für die

Abteilung den Arsch auf, stelle mich immer wieder vor euch, wenn ihr Mist baut, aber das will ja anscheinend niemand sehen!« Seine Stimme kiekste und er plumpste zurück auf den Stuhl.

Lars sah zufrieden aus. »War nur eine Feststellung, du zitierst uns doch auch immer nach einer Krankschreibung zu dir und erklärst uns lang und breit, wie wir uns fit halten sollen, um weitere Fehlzeiten zu vermeiden. Dabei müsstest du am besten wissen, dass bei uns der niedrigste Krankenstand überhaupt herrscht.«

»Nussnugat«, flötete Steffi und warf Schokoeier in die Runde. »Restbestände von Ostern, alles zum halben Preis. Und für dich habe ich extra Salbei mitgebracht, damit es deiner Stimme bald wieder besser geht.« Mit einer entschiedenen Handbewegung schob sie Heinrichs eine Handvoll Bonbons zu. Der sah sie dankbar an. Alle griffen schnell zu, es knisterte heftig. Selbst Pia, die gerne damit angab, dass Askese ihr zweiter Vorname sei, schälte ungeduldig die Schokolade aus dem Goldpapier und stopfte zwei, drei Eier gleichzeitig in den Mund. Seit dem Betriebsausflug hatte sie sich verändert. Brandl fragte sich, ob sich aus dem One-Night-Stand zwischen Pia und Sven gerade eine Beziehung entwickelte. Auf jeden Fall wirkte sie irgendwie femininer als früher. Sie mutierte allmählich zum richtigen Hingucker ...

»Brandl? Hallo, Erde an Brandl!« Biggi wedelte mit ein paar Blättern vor Brandls Gesicht herum. »Das hier sind die Aufstellungen der Konten von unseren Mordopfern Rietmüller, dem ermordeten Schütte und Schüttes verreistem Abteilungsleiters Schlagmer. Ich hab' mich durch die Kontoauszüge samt Quittungen, die wir in Rietmüllers Tresor gefunden haben und die Unterlagen, die die Banken der drei Verdächtigen mir bisher zur Verfügung gestellt haben, durchgewühlt. Die hatten alle eine ›überdurchschnittliche Performance‹, wenn ich mal den banküblichen Jargon zitieren darf.« Biggi grinste.

»Die hatten was?« Pietschkos Mund stand offen, seine Zähne waren noch braun von der Schokolade.

»Rietmüller, Schütte und Schlagmer haben, beziehungsweise hatten, jede Menge Kohle auf den verschiedensten Konten.

Wie sagte ein Mitarbeiter der *Deutschen Bank*? Erst wenn die Performance unterdurchschnittlich wäre, müsse sich der Kunde ernsthaft Sorgen machen. Damit meinte er die Wertentwicklung von Geldanlagen. So ein Geschwafel muss man sich dann auch noch anhören!«

»Ich dachte immer, ›Performance‹ wär was anderes«, Pietschkos Wangen röteten sich und er griff schnell nach einem Salbeibonbon, aber Hajo Heinrichs schlug ihm leicht auf die Hand. »Sie sind doch nicht krank, Herr Kollege! Die sind für mich.«

Pietschko zog die Hand schnell zurück.

Biggi fand das Gerangel albern. »Rietmüllers Konto in Lichtenstein ist aber trotz der überdurchschnittlichen ›Performance‹ in den vergangenen Jahren, so gut wie geräumt, da gab es am 16. Mai eine Abhebung von eineinhalb Millionen Euro. Vorher wurde hauptsächlich eingezahlt, unterschiedliche Beträge, zwanzigtausend, fünfzigtausend Euro.« Biggi deutete auf einen Kontoauszug.

»Eineinhalb Millionen? Und wo sind die? Auf deutschen Konten bestimmt nicht. Da gäb's direkt eine Prüfung vonseiten der Bank. Zumindest sind Versicherungen und Kreditinstitute wegen des Geldwäschegesetzes ab fünfzehntausend Euro dazu verpflichtet. Ob die die Ergebnisse der Überprüfung dann dem Finanzamt anzeigen, oder nur für ihre Unterlagen aufzeichnen, ist deren Sache. Aber was meinst du mit ›abgehoben‹? So richtig mit dem Köfferchen oder wurde die Summe irgendwohin überwiesen?« Lars kippelte mit seinem Stuhl.

»Richtig mit Köfferchen. Es gibt einen Auszahlungsbeleg. Der Beleg wurde von Birgit Rietmüller gegengezeichnet, hier ist die Kopie.« Biggi hob ein Blatt hoch. »Übrigens liefen alle Transaktionen in Liechtenstein über sie. Helmut Rietmüller ist nur zur Kontoeröffnung mit in Liechtenstein gewesen, eine Kopie des Vorgangs habe ich auch vorliegen.«

Brandl machte sich kopfschüttelnd eine Notiz. »Diese unscheinbare Sportmaus, die den ganzen Tag meditiert und von den Geldgeschäften ihres Mannes angeblich keine Ahnung hatte. Da schau mal an. Na, die müssen wir uns aber noch einmal vorknöpfen. Was hat sie denn mit der Kohle gemacht? Und was ist mit den beiden von der Stadtverwaltung? Auch denen müssen wir auf den Zahn fühlen!«

»Gegen Rietmüller waren das wirklich eher Waisenknaben. Schlagmer, der Abschnittsleiter, ist vermutlich erst später als der Baukontrolleur Schütte eingestiegen. Ich schätze, der Rietmüller hat gemerkt, dass er den auch noch mit ins Boot nehmen musste. Zumal der Schlagmer ja bestimmte, wohin sich der Schütte zur Kontrolle in Bewegung setzen musste. Woher die Geldeingänge an die beiden stammen, konnte bisher nicht ermittelt werden, unsere Spezialisten sitzen noch dran. Entweder Bareinzahlungen, oder sie kamen über die Schweizer Konten von Rietmüller, aber auch hier gibt es jede Menge Treuhandfonds, die der Verschleierung dienen. Fast jede Bank, auch hier in Deutschland, hat Tochtergesellschaften für Trust-Dienstleistungen und hilft somit ihren Kunden dabei, ihr Geld vor dem Zugriff der Finanzbehörden zu schützen. Ich lass euch die Ergebnisse noch zukommen. Da wird euch bestimmt auch auffallen, dass Helmut Rietmüller noch ein kleines Geheimnis hatte …« Biggi machte eine Kunstpause. »Er hat vor gut fünf Jahren eine Art Förderverein mitgegründet. Der heißt ›*Du kannst das auch!*‹ und kümmert sich um benachteiligte Kinder hier in Deutschland.«

»Wie jetzt?« Brandl starrte sie verständnislos an. »Ein Wohltäter?«

Biggi zuckte die Schultern. »Es sieht so aus, als hätte er tatsächlich Geld in eine gute Sache gesteckt, ohne weiter erkennbaren Nutzen für sich. Das war ihm wohl wichtig. Es gibt drei Zweigniederlassungen, in denen kontinuierliche Lese- und Sprachförderungen für Kinder durchgeführt werden. Mit Elternsprechnachmittagen, Elternabenden, Eltern-Kind-Nachmittagen und so weiter. Auch therapeutische Angebote, Erziehungsberatung und Elternbildung. Das gehörte alles zum Programm. Ein Familienzentrum ist schon im Bau.« Sie faltete einen bunten Flyer auf und las vor: »Hier sollen Kinder und Eltern medizinische, psychologische, therapeutische und pädagogische Angebote und Hilfen erhalten. Und zwar für jedes Kind – ganz gleich, ob behindert oder nicht, sozial benachteiligt oder nicht, mit Migrationshintergrund oder ohne – maßgeschneidert je nach Bedarf. Geplant ist ein Fachdienst mit einer

Sozialpädagogin, einer Kinder- und Jugendpsychotherapeutin und einer Logopädin.«

Biggi sah von einem zum anderen: »Der Rietmüller hat diesem Verein über Jahre eine Million zweihunderttausend Euro gespendet und doch kennt ihn keiner dort persönlich. Klar, die anderen Gründungsmitglieder, aber ansonsten hat er immer über einen Anwalt agiert oder ihn als Vertreter zu den Treffen geschickt.«

Brandl schüttelte den Kopf. »Wieso? Schlechtes Gewissen?«

»Keine Ahnung.« Biggi seufzte. »Warum der das gemacht hat, danach können wir ihn ja jetzt nicht mehr fragen. Du solltest auch mal mit deiner Schwarz-Weiß-Denke aufhören. Kein Mensch ist nur gut oder nur schlecht. Auf jeden Fall hatte er nichts Materielles davon. Übrigens, Brandl«, wechselte sie das Thema, »dieser Mats Martens, der in der Stadtverwaltung für die Baugenehmigungen zuständig ist und mit dem Baukontrolleur Schütte so dicke war, kommt morgen in anwaltlicher Begleitung zur Befragung. Früher war er angeblich aus gesundheitlichen Gründen nicht dazu in der Lage. Sprichst du mit ihm? Er kommt um 11 Uhr.«

Brandl nickte. »Auf jeden Fall sollte noch ein Kollege von der Wirtschaftskriminalität mit dabei sein. Apropos Fachleute – unsere Kollegen von KK 35 konnten dem Typen mit den Kinderpornos auf dem Rechner nachweisen, dass er sich strafbar gemacht hat, den erwartet jetzt ein Verfahren. Den Mord hat er nicht begangen, er hat ein Alibi, saß mit Mutti zu Hause auf dem Sofa.«

Heinrichs nickte Biggi zu. »Danke, Biggi. Aber wer kommt infrage? Lasst uns mal ein paar Thesen aufstellen!« Er blickte aufmunternd in die Runde.

»Beziehungstat«, rief Lars. »Ehefrau, Freundin, eifersüchtiger Nebenbuhler, beleidigter Mitarbeiter, unzufriedener Chef. Habe ich noch jemanden vergessen?«, überlegte er laut.

»Baumafia«, ergänzte Pietschko. »Rietmüller ist jemandem auf die Füße getreten oder jemand fühlte sich schlecht behandelt.«

»Da stellt sich die Frage, wer wem überhaupt Geld gegeben … hat …« Steffi holte Luft. »Ich durchblicke die Zusammenhänge noch nicht so ganz, geht mir das allein so?«

»Du bist nicht allein«, versuchte Sven anzusingen und wurde ernst. »Nee, ich finde das auch sehr undurchsichtig.«

Biggi atmete tief ein und stand auf. Sie trat an das Flipchart und nahm einen schwarzen Eddingstift in die Hand. »Also. Es hat schon etliche Fälle gegeben, in denen Baufirmen oder deren Mitarbeiter selbst geschmiert worden sind oder andere geschmiert haben. Da geht es einmal um die Auftragsvergabe für den Bau. Ein privater Auftraggeber«, sie malte einen Kasten in der Mitte auf die rechte Seite des weißen Blattes und schrieb PA hinein, »oder auch ein öffentlicher Auftraggeber«, sie schrieb ÖA links oben auf das Blatt, »will bauen. Nun will beispielsweise die Firma Dellinger«, sie zeichnete einen großen Kasten zwischen die Kästen ÖA und PA und schrieb Dellinger GmbH hinein, »die Firma Dellinger möchte diesen Auftrag bekommen. Nehmen wir an, es gibt noch mehr Firmen, die an dem Auftrag interessiert sind. Nun wird der öffentliche Auftraggeber, zum Beispiel die Stadt, den Auftrag ausschreiben. Hier gibt es einmal die Möglichkeit, die Ausschreibungen der Öffentlichen Auftraggeber zu manipulieren, indem sich die Firma Dellinger mit anderen Firmen abspricht, wer das günstigste Angebot abliefern wird und so den Auftrag bekommt. Das nennt man Kartellabsprachen. Die Firmen können sich auf diese Weise abstimmen und so die Verteilung der Aufträge untereinander kontrollieren. Die Gefahr ist: Einer fühlt sich ungerecht behandelt oder kommt nicht zum Zug und schon wird gepetzt. Die andere Möglichkeit ist beispielsweise bei einem privaten Auftraggeber, dass die Firma Dellinger der privaten Firma, die den Bauauftrag vergibt, eine gewisse Summe zahlt, damit sie sich für Dellinger entscheidet.« Biggi malte einen roten Pfeil zu ihrem PA-Kästchen. »Hat Dellinger beispielsweise den Auftrag zum Bau des Wohnkomplexes erhalten, wollen nun etliche Subunternehmer wiederum einen Auftrag von ihm, damit sie ihre Gewerke da einbringen können.«

Steffi unterbrach sie: »Gewerke? Sind das alle handwerklichen und bautechnischen Bereiche?«

Biggi nickte. »Ja. Und wir müssen unterstellen, dass sich etliche Unternehmen um diese Aufträge bemühen. Manche zahlen auch dafür wiederum.« Sie zeichnete nun unter den Dellinger-Kasten drei parallele Kästchen, über die sie Subunternehmer schrieb. Unter jeden Subunternehmen skizzierte sie weitere

Subunternehmer, die wiederum ihm zuarbeiteten. An das Ende der Kette malte sie jeweils ein A. »Am Ende steht meist ein Pseudoselbstständiger, ein Alleinunternehmer, der Maler- oder Pflasterarbeiten erledigt und oft gar kein Geld erhält. So kann man auch sparen. Bis der sein Geld eingeklagt hat, ist er pleite. Da kann auch der eine oder andere wütend geworden sein.«

»Das heißt, Rietmüller könnte, da er auch für die Vergabe der Aufträge an die Subunternehmer zuständig war, sein Geld von denen haben?« Brandl beugte sich vor.

Biggi nickte nur.

Lars hob die Hand. »Das überzeugt mich. Und er könnte auch den Schütte von der Bauaufsicht so manipuliert haben, dass er ein Auge zudrückt.«

»Das glaube ich eher nicht«, meinte Biggi und schrieb Rietmüller unten in das Dellinger-Kästchen. Sie verband Rietmüller und die Subunternehmer mit roten Pfeilen. Sie zeichnete einen Kasten rechts oben auf das Blatt und schrieb Bauaufsicht hinein. Dann verband sie Dellinger GmbH mit der Bauaufsicht, ebenfalls mit einem roten Pfeil. »Ich vermute, dass niemand die Bauaufsicht finanziell beglücken konnte, ohne dass Dellinger davon wusste. Wahrscheinlich hat der die Bauaufsicht aus einer eigenen schwarzen Kasse bezahlt. Das müssen wir noch ermitteln.«

Brandl sah Biggi an. »Vielleicht sollten wir eine genaue Fallanalyse bezüglich Rietmüller und Schütte machen, Biggi? Ich hab' das Gefühl, wir laufen im Kreis.«

»Wer macht noch mit?« Biggi sah von einem zum anderen. Sven, der immer mal wieder versucht hatte, unter dem Tisch mit Pia zu füßeln, hob die Hand. »Ich würd' mich gern einbringen.« Sein Blick streifte Pia. Die presste die Lippen aufeinander.

»Ich wär' auch mit dabei, aber nur, wenn ihr wollt.« Pietschko schwitzte schon wieder.

»Gut, gut. Dann ist das ja auch geklärt. Brandl, Biggi, Sven und Pietschko, ihr seid somit aus dem allgemeinen Tagesgeschäft raus und die anderen fahren zu den Einsätzen, die frisch reinkommen.« Heinrichs liebte es zu organisieren. Dann hustete er. »Ich glaub, ich muss doch noch mal zum Arzt«, murmelte er.

»Gute Besserung, Hajo«, tönte es einstimmig zurück, nur Lars schwieg.

23

Das Telefon riss Brandl aus seinen Überlegungen. Für den Bruchteil einer Sekunde hoffte er, Ulla riefe an. Dann hob er ab. »Brandl?«

»Kubitscheck, Stadtverwaltung Köln, guten Tag. Ich wollte mit Frau Sattler, Brigitte Sattler, sprechen, aber jetzt bin ich anscheinend bei Ihnen gelandet.« Die Frau sprach schnell und ihre Stimme klang schrill. Für einen Montagmorgen ganz schön übermotiviert, dachte Brandl.

»Tut mir leid, meine Kollegin hat auf meinen Apparat umgestellt, sie ist im Einsatz. Vielleicht kann ich Ihnen ja auch helfen?« Brandl klickte im Intranet das Dokument mit Biggis Befragung an. »Frau Kubitschek, ich höre.«

»Also. Ich weiß nicht. Frau Sattler war ja vor einigen Tagen hier und ich, ich weiß nicht, sie ist ja schon ganz im Thema drin.«

»Ich habe das Protokoll direkt vor mir auf dem Rechner und Frau Sattler wäre bestimmt einverstanden, wenn Sie mit mir sprechen. Ich gehöre auch zum Ermittlerteam, zumal ich nicht sagen kann, wann und ob sie heute noch zurück sein wird.« Wenn er mal bei der Polizei aufhörte, würde er zur Telefonseelsorge gehen, dachte Brandl.

»Ach so, ja, gut. Frau Sattler hat gesagt, wenn mir noch was einfällt, soll ich mich melden.«

»Ja, Frau Kubitschek, und?« Brandl versuchte einen Blick auf die aktuelle Schlagzeile des Express zu werfen. »Was ist Ihnen denn noch eingefallen? Nur Mut.«

»Ich wollte ja niemanden anschwärzen und deshalb hab' ich zuerst nichts gesagt, aber, aber der Herr Martens …«, Brandl fragte nach: »Der Kollege, der für die Baugenehmigungen zuständig ist?«

»Ja, genau, Sie sind ja wirklich gut informiert. Ja, also, der war am Freitagabend hier. Ich hab' länger gearbeitet als sonst, weil ich einen Vorgang fertig machen wollte und vorher keine Ruhe dafür gehabt hatte und da hab' ich ihn gesehen.«

»Frau Kubitschek, unseren Unterlagen zufolge ist Herr Martens doch krankgeschrieben?« Brandl scrollte weiter nach unten.

»Ja, eben. Aber ich hab' ja von meinem Büro aus den direkten Blick auf seins. Und da ging um kurz nach 18 Uhr das Licht auf einmal an und er spazierte herein.« Die Frau stockte.

»Das ist ja interessant, Frau Kubitschek. Konnten Sie sehen, was er dann gemacht hat?« Er hoffte, sie würde jetzt nicht behaupten, sie hätte ihren Kollegen nicht weiter beobachtet.

»Er ist zu seinem Schreibtisch, hat den PC hochgefahren und ist dann eine ganze Weile davor sitzen geblieben. Er hat auf der Tastatur herum getippt und es sah so aus, als hätte er einen Stick dabei und hätte was darauf gespeichert.« Sie atmete hörbar aus.

»Sie haben wirklich gute Augen, das konnten Sie alles sehen?« Brandl fragte sich, ob die Frau vielleicht zu viel Fantasie besaß.

»Nein, so direkt nicht, aber von den Bewegungen könnte das gut hinkommen. Sie können das doch bestimmt am PC feststellen, oder? Ihre Kollegin meinte, die PCs würden doch auch untersucht. Aber vielleicht ist das ja gar nicht so wichtig …« Enttäuscht senkte sie die Stimme.

Brandl lächelte ins Telefon. »Doch, Frau Kubitschek, alles in einem laufenden Verfahren ist wichtig für uns. Hat Herr Martens Sie auch gesehen?«

Die Frau räusperte sich. »Nein, bestimmt nicht. Ich hatte das Licht schon aus, weil ich fertig war und gerade gehen wollte. Ich stand quasi im Dunkeln. Ich glaub, der fühlte sich sicher, sonst …« Sie stockte wieder.

»Sonst was?« Brandl spürte sofort, dass sie noch etwas auf der Pfanne hatte.

»Herr Martens hat versucht, Akten verschwinden zu lassen«, platzte sie heraus. »Im Parkhaus gibt es Diensträume und einen davon hat das Bauaufsichtsamt. Da werden alte Akten gelagert, für die oben kein Platz mehr ist und die vernichtet werden sollen. Aber es gibt einen Bearbeitungsstau. Wir haben zu wenig Mitarbeiter, deshalb stehen da noch so viele Ordner rum. Auf jeden Fall war Herr Martens dort, hat drei Aktenordner entnommen und die in die Papiercontainer geworfen.«

»Sind Sie ihm gefolgt oder woher wissen Sie das?« Diese Frau machte Sherlock Holmes Konkurrenz, dachte Brandl und grinste.

»Nein, ich musste doch zu meinem Auto, das stand in der Tiefgarage, Ebene drei, da wo auch der Raum ist. Und da hab' ich ihn rauskommen sehen. Auf einem Ordner prangte der Geißbock. Und heute Morgen habe ich einfach mal in den Containern nachgeschaut.«

»Nein, Frau Kubitschek, das glaub ich jetzt nicht, und?« Brandl schüttelte den Kopf.

»Doch. Ich hab' die Ordner hier bei mir auf dem Tisch.« Ihre Stimme klang selbstbewusst und Brandl hörte, dass sie auf irgendetwas klopfte.

»Perfekt, an Ihnen ist eine Ermittlerin verloren gegangen«, lobte er sie. »Dann lassen Sie die auch mal da liegen. Ich schicke einen Kollegen vorbei, damit er die Ordner abholt.«

»Dann kann er auch den Ausdruck der Kartenregistrierungen mitnehmen, die habe ich auch schon besorgt, ohne eine Karte kommt kein Mitarbeiter in die Räume. Wir haben hier ja keine Schlüssel mehr.« Ihre Stimme strotzte nur so vor Stolz.

»Wenn ich Orden verleihen könnte, würden Sie einen bekommen, Frau Kubitschek!«, lachte Brandl und verabschiedete sich freundlich von ihr. Mal schauen, hoffentlich steckte da nicht nur alter Schrott in den Ordnern. Die Leute beim Bauamt waren ja wohl völlig unausgelastet, sonst hätten die nicht so viel Zeit, sich gegenseitig zu bespitzeln. Kein Wunder, dass es so lange dauerte, bis Bauanträge und -vorhaben bearbeitet wurden. Erst vor Kurzem hatte in der Zeitung gestanden, dass sich Architekten und Bauherren darüber beklagten, dass die Kölner Verwaltung zu lange brauche, um Baugenehmigungen zu erteilen. Da schien ja intern einiges los zu sein.

Tagelang hatte Birgit die Wohnung nicht verlassen, war nicht ans Telefon gegangen, sie hatte nichts gegessen, zumindest konnte sie sich an nichts erinnern. Wasser hatte sie aus dem Hahn getrunken. Sie war zwischen Wut und Trauer hin und her gependelt, hatte gejammert, geweint, ins Kissen geschrien, darauf eingeprügelt. Irgendwann waren keine Tränen mehr da gewesen. Sie hatte sich aufgerichtet, ihren eigenen Schweiß gerochen und sich vor sich selbst geekelt. Sie war aufgestanden, in die Küche gegangen und hatte nach einer Scheibe trockenem

Brot gegriffen und daran herumgekaut. Mit jedem Kauen war das Summen in ihrem Ohr leiser geworden. Eine heiße Welle Wut war plötzlich in ihr aufgestiegen. Wut, die so groß war, dass sie selbst von der Wucht dieses Gefühls überrascht war. »So einfach kommst du mir nicht davon«, hatte sie laut gesagt. »So nicht, mein Freund.« Er hatte sie benutzt, sie weggeworfen wie ein gebrauchtes Kondom. Stärke hatte sie erfüllt, eine Kraft, die auch erschreckend gewesen war. Sie hatte nach dem Telefon gegriffen und Rajans Nummer gewählt.

»Sudevi«, flötete er sofort, als sie sich meldete. »Wie geht es dir, meine Liebe?«

Birgit spürte sofort die alte Faszination. Wie sehr sie ihn geliebt hatte, wie sehr. Es nahm ihr fast den Atem. Gleichzeitig stiegen brennende Wut und ein unbändiger Hass in ihr hoch. So stark, dass ihre Finger sich fest um das Telefon krallten. Sie schwieg.

»Du warst nicht bei den Treffen, wir haben dich vermisst. Du warst auch nicht hier im Ashram, noch hast du angerufen.«

Birgit musste sich zwingen, ruhig zu atmen. Der Wunsch danach, dass alles wieder so sein sollte wie früher, schnellte in ihr hoch wie eine Schlingpflanze. Ihr Schweigen irritierte ihn offensichtlich. Denn seine Stimme klang jetzt besorgt. Sie schloss die Augen, lauschte dem hypnotischen Timbre.

»Weißt du, Daya, du kennst sie, die zierliche Blonde, ich glaube, sie ist Lehrerin, ist immer häufiger hier bei mir. Sie hat sich auch schon gewundert, wo du abgeblieben bist. Sie fragt andauernd, ob du noch wiederkommst.« Rajan lachte gekünstelt.

Mit einem Ruck öffnete Birgit die Augen. Der Wunsch nach seiner Nähe war verschwunden. Es blieb nur die heiße Wut. Er hatte schnell Ersatz gefunden. Das würde er immer, denn die Frauen wollten, so schnell es ging, in sein Bett. Wie sie auch, wenn sie ehrlich war. Birgit schluckte, holte Luft. »Ich komme nicht mehr, Rajan. Ich habe nachgedacht. Da ist nichts, was mich hält.« Birgit spürte ein starkes Kratzen im Hals.

»Sudevi? Hast du wieder getrunken?« Rajans Stimme wurde streng.

»Nein, nein, ich bin nüchtern, so klar, wie schon lange nicht«, stieß Birgit hervor, und sprach schnell weiter. »Du warst doch nur an meinem Geld interessiert. Was anderes hast du nie gewollt!

Du hast keinerlei Gefühle für mich!« Der letzte Satz war eine sachliche Feststellung.

»Aber, aber, meine Kleine. Das meinst du doch nicht wirklich. Warum sollte ich keine Gefühle für dich haben?«, fragte Rajan sanft.

Birgit glaubte seine Hand auf ihrer Wange zu spüren. Unwillig wischte sie sich über das Gesicht. Nein, sie würde sich nicht einlullen lassen! Ausflüchte, Halbwahrheiten, Geschwafel. Er liebte nur sich selbst, das wurde ihr auf einmal mit eisklarer Deutlichkeit bewusst. »Ich glaube dir nicht mehr. Nicht das, was du über uns sagst und auch nicht das, was du der Gruppe vorgaukelst. Ich will nichts mehr von dir. Ich will nur das, was mir gehört, Rajan.«

»Was soll das denn heißen, Sudevi?«, fragte er lauernd. »Hast du den Verstand verloren?«

»Gib mir mein Geld zurück. Die Tasche hast du ja noch. Pack alles in die Tasche und bring es mir. Mehr will ich nicht von dir. Aber das wirst du mir zurückgeben, Rajan. Sonst …«, fügte sie leise hinzu und horchte erstaunt auf ihre eigenen Worte. Sie konnte sich nicht daran erinnern, jemals so selbstbewusst etwas gefordert zu haben. Etwas in ihr war zerbrochen. Sie wusste jetzt, dass sie niemandem trauen konnte, niemandem, niemals. Diese Gewissheit erfüllte sie mit Stärke und einer ungekannten Ruhe.

»Sonst was?«, nahm Rajan den Gesprächsfaden auf.

Sie schwieg.

»Sudevi, Sudevi«, tadelte er sie mit oberlehrerhafter Stimme. Aber Birgit nahm auch zum ersten Mal Unsicherheit wahr. »Was ist denn in dich gefahren? Du hast mir das Geld doch geschenkt, damit ich es zum Wohl aller Menschen einsetzen kann. Das hast du selbst so bestimmt.«

»Als ich das gesagt habe, war ich überzeugt, das Richtige zu tun. Aber jetzt weiß ich, dass du mich getäuscht hast, wie du alle täuscht, die in deine Nähe kommen. Du lebst nicht das, was du predigst. Du tust nichts für das Wohl anderer Menschen, dir geht es immer nur um dich.« Die Worte klangen kalt, Birgit hörte es selbst. Abscheu lag in ihrer Stimme. »Ich will dir sagen, was passiert, wenn du mir nicht gibst, was mir gehört. Ich gehe zur Polizei. Ich sag ihnen, was passiert ist und dass du mich angestiftet hast, meinen Mann umzubringen. Die Medikamente, die Gehirnwäsche, deine CD hab' ich ja noch, die werde ich denen vorspielen!« Triumph schwang in ihrer Stimme.

»Sudevi, du Arme, was ist mit deinem Licht geschehen? Du hast dich in die Dunkelheit begeben, dich von der Lebensquelle abgewandt.«

Die Sanftheit in Rajans Stimme ließ Birgit erschauern. Gänsehaut bildete sich auf ihren Armen.

»Aber selbstverständlich entscheidest du. Wenn du das Geld zurückhaben möchtest, ist das kein Problem. Das ändert nichts an meinen Gefühlen für dich.«

Birgit zögerte kurz. »Ich möchte nur eins wissen: Liebst du mich, Rajan?«

»Warum fragst du das?« Birgit hörte, dass er lächelte. Er war sich ihrer sicher und Birgit stellte sich plötzlich das Bild einer Spinne vor, die lauernd in ihrem Netz hing.

»Antworte einfach nur mit ›Ja‹ oder ›Nein‹!«, sagte sie scharf.

»So kommen wir nicht weiter, liebste Sudevi. Wir können gerne darüber sprechen, wenn du wieder besser emotional gelevelt bist.« Rajans Stimme war kühl wie Raureif.

Birgit zog den Atem ein. Sie hatte es gewusst. »Morgen bringst du mir mein Geld. Ich bin zu Hause.« Sie drückte das Gespräch schnell weg und sank auf einen Stuhl. Das Gespräch hatte sie alle Kraft gekostet. Aber sie würde wieder aufstehen. Sie würde essen und trinken und duschen. Sie würde jetzt gut für sich sorgen. Das schwor sie sich.

24

Ulla bog in die schmale Stichstraße ein und parkte das Auto im Schildgenweg. Beinahe fünfzehn Jahre hatten sie hier gewohnt, dachte sie ein wenig wehmütig. Sicher, ihr Haus in Zündorf lag viel idyllischer. Aber die Rosen, die hier in den Vorgärten dufteten, schienen sie zu begrüßen. Sie lächelte. Na, ihr, dachte sie. Ihr seid ja schon sehr weit. Die Stiefmütterchen ließen schon die Köpfe hängen. Durch den milden Winter und die vielen Sonnentage war die Natur förmlich explodiert. Sogar die Pfingstrosen waren schon da. Alles blühte mindestens zwei Wochen früher als in den vorherigen Jahren. Der Blick auf die vor Ellis Haus aufgetürmten Möbel und aufgeweichten Kartons versetzte Ulla einen Stich. Wie aus dem Nichts war eine Nichte aufgetaucht und hatte sich als die Erbin ihrer Freundin vorgestellt. Natürlich hatten Michael und Ulla das prüfen lassen, doch die Papiere dieser Petra Meier, die sich zu Ellis Lebzeiten nicht ein einziges Mal hatte blicken lassen, waren in Ordnung. Anscheinend hatte Elli nichts über ihre verstorbene Schwester, die nach Kanada ausgewandert war und dort geheiratet hatte, erzählen wollen. Und deren Tochter, Mitte dreißig mit einem verkniffenen Mund, hatte sich in Ellis Haus breit gemacht und Ulla der Türe verwiesen. Sie war noch nicht mal dazu bereit gewesen, Ulla ein Erinnerungsstück an Elli auszuhändigen und jetzt landete alles auf dem Müll. Ulla schaute in die obersten Kartons, die schon leicht muffig rochen, hinein und griff zu. Der blaue indianische Traumfänger, den Elli von einer ihrer Reisen mitgebracht und über ihr Bett gehängt hatte. Die kleinen, weißen Federn kitzelten in Ullas Hand. Und da, die afrikanische Holzskulptur und der kubanische Skorpion aus Horn, der leere Schildkrötenpanzer, den sie auf einem Pow-Wow in den USA gekauft hatte. Sie hatte eine Rassel daraus fertigen wollen.

»Wenn ich mal die Gänseblümchen von unten betrachte, ist das alles für dich, wenn du es haben möchtest. Und ich hab'auch noch was für Lea und Jonas gespart.« Ach, was sollte der schnöde Mammon … Die Kinder hatten doch alles, was sie brauchten.

Ulla brachte die Kleinigkeiten ins Auto, schnäuzte sich und ging dann zu ihrem ehemaligen Haus. Wie wenig von einem Leben übrig blieb.

Schon vor der Tür konnte Ulla Lachen hören. Selbst das Dingdongdong des Klingeltons war ihr noch sehr vertraut. Der Lavendel, den Ulla aus Frankreich mitgebracht und direkt neben die Eingangstür gepflanzt hatte, würde bald blühen. Ulla glaubte, den Duft schon zu riechen.

Rosa riss die Tür auf. Ihre Wangen waren rosig und die Augen leuchteten. »Ulla, wie schön, komm doch rein, wir kochen gerade *Albóndigas con tomate*. Leckere Hackbällchen mit Erbsen und Tomatensauce.«

Es roch würzig und süß und Ulla folgte schlafwandlerisch dem Duft, bis sie sich in ihrer alten Küche wiederfand, deren Möbel Rosa beim Einzug übernommen hatte. Vor dem Herd stand eine jüngere und noch hübschere Ausgabe von Rosa. Die junge Frau drehte sich um.

Wow, dachte Ulla, blonde Locken, braune Samtaugen, tolle Figur, eine richtige Schönheit!

»Carmen«, lachte diese, wischte sich die Hände an der besprenkelten Schürze ab und reichte Ulla die Hand. »Ich bin Rosas Tochter und zu Besuch hier. Und du bist also die sportliche Pfarrerin, die so gerne joggt. Freut mich, dich kennenzulernen!« Ihr Händedruck war kräftig, ihr Blick geradeheraus und Ulla wusste sofort, dass sie es hier mit einer sehr selbstbewussten Frau zu tun hatte.

»Du isst doch bestimmt eine Kleinigkeit mit?« Rosa öffnete die Schranktür und holte dicke, braun glasierte Steingutteller hinaus. »Ich hab' auch noch einen leckeren spanischen Rotwein, nicht zu schwer, versteht sich.« Sie schaute Ulla fragend an.

Die sah auf die Uhr. »Ja, gerne, nur keinen Wein, aber sonst … Es riecht total lecker, in meinem Mund könnte ich ein Schwimmbad eröffnen, die Pawlowschen Hunde jaulen schon!« Sie stimmte in das Lachen der beiden Frauen mit ein.

Nach dem Essen saßen sie bei einem *Café Sólo* am Tisch. Rosa hatte Süßigkeiten aus dem Schrank gekramt und auf den Tisch gestellt. »Das ist *Turrón*«, erklärte sie und legte eine Art

Schokoladentafel auf den Tisch, von der sie kleine Stücke abbrach und auf ein Tellerchen platzierte. Sie grinste. »Eigentlich isst man den bei uns zu Weihnachten, aber Carmen weiß, dass ich *Turrón* liebe, und hat mir welchen aus Barcelona mitgebracht. Sie hat selbst immer ein wenig *Turrón* in der Schreibtischschublade oder in der Tasche. Probier mal, der schmeckt fast wie selbst gemacht. Wir haben auch ein traditionelles Rezept aus der Familie meines Ex, der aus Barbastro stammt. Seine Oma hat es mir verraten. Aber der Gekaufte schmeckt auch. Eigentlich gehört dazu ein Gläschen Sherry. Aber Kaffee geht auch.«

Ulla griff eifrig zu und ließ sich ein Stückchen *Turrón* auf der Zunge zergehen. Sie schmeckte Karamell, Mandeln, Honig. Schon während sie die köstlichen Fleischbällchen in Tomatensauce verputzt hatten, hatte Carmen von ihrer Arbeit bei der ›Policía Nacional‹ in Barcelona erzählt. Dass sie dort anfangs ausschließlich mit Raub, Touristenmorden und dem täglichen Kleinkram, wie sie es nannte, zu tun gehabt hätte. Kürzlich war sie bei einem Überfall in einer Tapas-Bar in der Altstadt von Barcelona in eine Schießerei geraten. Manchmal ging es heftig zu. Carmen sprach fast perfekt Deutsch. Nur wenn man genau hinhörte, nahm man einen ganz leichten Akzent war. Dass sie Spanisch, Katalanisch und Deutsch sprach, erleichterte ihr die Arbeit sehr.

Erst beim Nachtisch, der herrlich nach Karamell duftenden *Crema Catalana,* war sie auf den Ermittlungsbereich umgeschwenkt, der ihr besonders am Herzen lag. Gerade hatte sie davon erzählt, wie sie Anfang 2012 vor den Juzgado de Barcelona, dem dortigen Gericht, bestellt worden war, um als Zeugin zu einer Verhaftung auszusagen, bei der ein Mann verletzt worden war. Vor dem Gerichtsgebäude hatten dutzende Frauen Plakate mit Sprüchen hoch gehalten wie: »Wir sind alle Marisa.« Sie hatte nachgefragt und erfahren, dass Marisa Torres eine Frau war, die ihre Tochter nach jahrelanger Suche wiedergefunden hatte. Ein TV-Sender hatte sie dabei unterstützt. Nur so hatte sie ihr Kind tatsächlich wiedergefunden. All diese demonstrierenden Frauen suchten ihre Kinder, einige hatten schon Anzeige erstattet, denn auch sie befürchteten oder waren sicher, dass man auch ihnen in Krankenhäusern ihr Kind

›geraubt‹ und gegen eine ›Spende‹ an Adoptionswillige vermittelt hatte. Hinter diesen lukrativen Kindesentführungen steckte eine gut funktionierende Gemeinschaftsarbeit von Ärzten, Nonnen, Priestern und Krankenhäusern.

Carmen wirkte sehr betroffen: »Stellt euch vor, selbst nach Francos Tod im Jahr 1975 wurde diese Praxis noch lange weitergeführt. Vorher hatte man hauptsächlich Frauen aus schwierigen Verhältnissen oder ledigen Müttern die Kinder weggenommen und zwangsadoptiert. Oft waren es auch Kinder von Regimegegnern, die man so zur Umerziehung gab. Aber auch ganz ›normale‹ Familien wurden getäuscht. Man sagte den Müttern einfach, das Kind sei gestorben und fertig. Sogar Melderegister wurden gefälscht, sodass es fast unmöglich war, die Kinder wieder aufzuspüren. Nach dem Ende der Franco-Diktatur war diese Praxis bis in die Neunzigerjahre weitergegangen. Man hatte ja gut verdient und die Strukturen waren vorhanden und konnten genutzt werden. Das ist mir einfach nicht mehr aus dem Kopf gegangen.« Also hatte Carmen angefangen, über den Fall ›Marisa‹ und auch die anderen Fälle zu recherchieren. Und von da aus war es nur noch ein Schritt zu den international agierenden Kinderhändlerringen. Wohl gemerkt, es ging hier nicht um Kinderprostitution, sondern um Adoptionen. Meist wurden die Kinder sogar in liebevolle, immer aber gut situierte Familien vermittelt. Denn so ein Kind hatte seinen Preis. »Aber es handelt sich um Zwangsadoptionen«, betonte Carmen. »Immer nutzt man die Probleme der Mütter aus. Unerfahrenheit, Armut, Alkohol, Drogen, was auch immer. Und das passiert in Rumänien, in Lateinamerika, und sonst wo. Viele Kinder werden in die USA vermittelt oder nach Deutschland. In den USA gibt es eine starke Lobby, die sich dafür einsetzt, dass adoptierte Kinder nicht zu ihren Eltern zurückgeführt werden dürfen. Ach, wenn ich einmal anfange, höre ich gar nicht auf zu reden. Ich weiß auch nicht, warum mich das so gepackt hat«, sagte Carmen, runzelte die Stirn und schob mit dem Finger ein Stückchen Brot hin und her. »Aber es ging mir ständig im Kopf herum. Ich habe damals beinahe jede Nacht geträumt, ich wäre klein, ein Baby, und würde meiner Mutter aus den Armen gerissen …

Danach bin ich schlotternd vor Kälte wieder aufgewacht.« Sie schüttelte sich. »Dabei bin ich mit Sicherheit nicht adoptiert. Ich seh dir einfach zu ähnlich, Mamá. Ich weiß, das hat nichts mit uns zu tun. Aber eine Zeit lang war ich richtig krank. Konnte nicht schlafen und hatte Probleme, richtig zu sehen. Aber ich hab' meine Augen beim Arzt checken lassen. Da ist alles in Ordnung. Mir ist das richtig unter die Haut gegangen.« Sie sah ihre Mutter fragend an. Rosa schwieg und schaute auf ihre Hände.

Ulla spürte die Spannung, die von ihr ausging. Ihr Herz klopfte. Sie wagte kaum zu atmen.

Rosa nestelte an der Tischdecke herum. »Also«, sie räusperte sich. »Ich hab' da bisher nicht drüber gesprochen«, sie räusperte sich wieder, »und ich weiß auch nicht, ob dein Traum damit etwas zu tun hat, ob es überhaupt von Interesse ist.« Sie schwieg, dann holte sie tief Luft. »Weißt du, Carmencita, eigentlich hattest du eine kleine Schwester. Sie ist nach der Geburt gestorben und danach durfte ich keine Kinder mehr bekommen, hat der Arzt gesagt.«

Carmen sprang auf, ihr Stuhl kippte nach hinten, schlug krachend auf. »Ich hatte was? Eine Schwester? Warum hast du mir das nie erzählt?« Sie starrte ihre Mutter fassungslos an.

»Du hast bis heute ja auch noch nicht über deine Schwierigkeiten gesprochen. Du hast immer gesagt, alles okay, wenn wir geskypt haben und ich fragte, warum du solche Ringe unter den Augen hast.«

»Warum hätte ich das denn erzählen sollen? Dir ging es doch gut. Und ich wollte am liebsten auch nicht mehr dran denken. Du hast dich doch an nichts erinnert. Du warst doch noch so klein damals. Wir waren so froh, dass wir dich noch hatten. Du warst für uns das Wichtigste in unserem Leben. Warum hätte ich dich damit belasten sollen?« Rosas Stimme klang ängstlich. Als fühlte sie sich in die Enge getrieben, hätte ein schlechtes Gewissen. Ihre Fröhlichkeit, ihre Stärke waren verschwunden. Sie wirkte alt, die Gesichtshaut grau.

»Kommunikation ist in unserer Familie wohl ein Fremdwort! Papa hat auch nie etwas gesagt. Wahrscheinlich habt ihr euch deshalb getrennt. Weil ihr nie über das gesprochen habt, was euch wirklich wichtig ist.« Carmen verschränkte die Arme und sah ihre Mutter mit einem Blick an, den Ulla nicht zu deuten wusste. War es Wut? Oder Verletztheit? Traurigkeit?

Sie versuchte zu schlichten: »Carmen, bitte setz' dich doch wieder hin und wir hören von deiner Mutter vielleicht die ganze Geschichte?« Sie sah Rosa fragend an.

Rosa nickte.

Carmen blieb wie festgewachsen vor dem Tisch stehen.

Kind bleibt Kind, auch wenn man schon über dreißig ist, dachte Ulla. Wie viele Diskussionen hatte sie selbst mit ihrer Mutter ausgefochten. Und immer das Gefühl gehabt, ihre Mutter würde sie nicht ernst nehmen. Wenn Rosa doch nur den Mund aufmachte und erzählte, was passiert war. Ulla wusste, wie wichtig es war, solche Familiengeheimnisse ans Licht zu bringen. In der Systemischen Familientherapie war man überzeugt, dass gerade tote Geschwister oder ausgegrenzte Familienmitglieder einen großen Einfluss auf den Lebensweg und die eigene Entwicklung ausübten, ohne dass man es selber wusste. Aber Rosa wollte reden, das spürte Ulla. Sie hatte schon oft erlebt, dass Menschen ihr unvermittelt Dinge erzählten, die sie oft jahrzehntelang in sich vergraben hatten, an die sie sich am liebsten nicht mehr erinnern wollten. In ihrer Gegenwart schwappten manchmal Geschichten hoch, flossen über die Lippen, waren nicht mehr aufzuhalten, wie Wasser bei einem Dammbruch. Sie legte ihre Hand auf die von Rosa und sah sie aufmunternd an.

»Da gibt's nicht viel zu erzählen«, Rosa sprach leise, wie zu sich selbst. »Alles war normal, keinerlei Probleme während der Schwangerschaft. Dann setzten die Wehen ein, wir hatten Carmen zu den Großeltern nach Barbastro gebracht. Mein Gott, diese furchtbare Straße über Lérida nach Barbastro. Heute gibt es ja die Autobahn, aber damals. Schrecklich. Aber dann erreichten wir das Krankenhaus. Dein Vater durfte nicht mit in den Kreißsaal, aber das war ja auch schon bei deiner Geburt so gewesen.« Sie sah Carmen an und die setzte sich nun endlich wieder.

»Die Wehen dauerten und dauerten, aber die Herztöne waren normal, kein Grund zur Sorge, sagte die Hebamme immer wieder, doch das machte mich richtig nervös. Und weil ich so unruhig war, gaben sie mir ein Beruhigungsmittel.« Rosa hielt jetzt mit beiden Händen Ullas Hand. »Ich habe mich darauf verlassen, dass das Mittel dem Kind nicht schadet, aber das war ein Fehler. Sie, sie gaben es mir mehrmals und auch noch was gegen die Schmerzen, weil ich doch so gejammert habe. Ich wurde immer ruhiger, müder, dann schlief ich ein. Danach ist die Erinnerung wie im Nebel.« Rosa weinte jetzt. Carmen saß wie versteinert, ganz langsam lief eine Träne ihre linke Wange herunter. Sie blinzelte nicht einmal.

»Es kamen immer stärkere Wehen, sie legten mir eine Maske aufs Gesicht, Lachgas, sagte die Hebamme. Wir müssen das Kind holen, rief jemand. Da stimmt etwas nicht. Und dann war ich bewusstlos.« Rosa legte die Fäuste auf den Tisch und stützte ihre Stirn darauf. »Als ich wieder wach wurde, war mein Bauch leer, das Kind weg.« Ihre Stimme klang dumpf. »Ramón«, sie hob kurz den Kopf und sah Ulla an, »kam mit verheulten Augen an mein Bett und sagte, dass unsere kleine *nenita* tot sei. Ihr Herz war zu schwach, sagten die Ärzte.« Ihr Kopf sank wieder auf die Hände.

Carmens Gesicht war blass, ihre Stimme belegt. »Hast du sie noch einmal gesehen?«, fragte sie ihre Mutter leise.

Rosa schüttelte den Kopf, ohne hochzusehen.

»Habt ihr sie beerdigt?« Carmen räusperte sich.

»Ja, klar. Wir erhielten einen kleinen weißen Sarg, und da sie ja noch nicht getauft worden war, wurde sie neben dem Friedhof beerdigt, ohne Kreuz, ohne Stein.« Sie schluchzte. »Ich wollte sie Paula nennen. Aber das ging alles so schnell. Dann war sie weg. Keine Ahnung, wo genau sie begraben wurde.«

Ulla streichelte Rosa über den Rücken.

»Aber Ihr habt sie nicht noch einmal gesehen, nicht mehr in den Sarg geschaut?«, hakte Carmen nach.

»Nein, nein«, krächzte Rosa. »Warum hätten wir das tun sollen? Sie war doch tot.«

»Das war wann?« Carmen hatte ihr Smartphone gezückt.

»27. Juli 1980«, antwortete Rosa sofort und richtete sich auf. »An einem Sonntag, sie war ein Sonntagskind.« Ulla reichte ihr ein Taschentuch.

»Vielleicht haben sie euch belogen.« Carmens Augen wurden ganz schmal. »Deine Geschichte klingt genauso wie die von hunderten anderer Spanierinnen, denen man ihr Kind direkt nach der Geburt weggenommen hat. Vielleicht ist meine Schwester damals gar nicht gestorben, vielleicht lebt sie noch. Lebt irgendwo in einer anderen Familie.« Carmens Augen funkelten bedrohlich. »Hättest du mir das früher gesagt, hätte ich sie vielleicht schon gefunden!«

Ulla fühlte sich unbehaglich. »Weißt du Carmen, manchmal gibt es Dinge, über die man nicht reden kann. Dafür gibt es viele verschiedene Gründe. Vielleicht fühlte sich deine Mutter ja mitschuldig wegen der ganzen Beruhigungs- und Schmerzmittel, die sie sich hatte geben lassen. Es ist nie zu spät, Carmen. Immerhin hat sie es jetzt erzählt. Und du kannst vielleicht etwas herausfinden. Aber es kann auch sein, dass sie tatsächlich damals gestorben ist.« Ulla sah Carmen bittend an.

Rosa nickte, versuchte zu lächeln.

Ulla erinnerte sich an den Grund ihres Besuches, überlegte, ob sie gar nichts sagen sollte, entschied sich dann aber anders. »Ich weiß, das ist jetzt bestimmt nicht der richtige Zeitpunkt, aber ich bräuchte eigentlich Informationen oder Hilfe wegen einer merkwürdigen Sache, die mir begegnet ist. Aber vielleicht komme ich damit ein anderes Mal«, sagte sie unsicher, griff nach ihrer Tasche und wollte aufstehen.

»Bleib da und sag, was es ist. Vielleicht fahre ich schon bald zurück nach Barcelona, wenn ich nicht von hier aus recherchieren kann.« Carmens Miene ähnelte jetzt der Brandls, wenn er hochkonzentriert war, weil er die Witterung aufgenommen hatte. Ulla schilderte ihr die Ermordung von Helmut Rietmüller und die Adoptionsgeschichte, die sie von Birgit Rietmüller gehört hatte. Kurz erwähnte sie noch die Informationen zur Adoptionsmafia, die sie im Internet gefunden hatte.

Carmen nickte immer wieder zwischendurch. »Ja, da bist du bei mir an der richtigen Adresse. Gut, dass du es erzählt hast. Manchmal passt es einfach. Eins kann ich dir sagen: Das ist kein Einzelfall. Interessant wären die Unterlagen, die der Ehemann zusammengetragen hat. Hast du eine Möglichkeit daran zu kommen?«

Ulla biss sich auf die Unterlippe. »Ich weiß nicht, vielleicht ... Ich kenne den ermittelnden Kommissar. Aber um etwas von ihm zu erfahren, bräuchte ich mehr Infos.«

»Bekommst du von mir, ich kenne die meisten Köpfe, die hinter diesen Agenturen stecken, du kannst die Informationen von mir haben, aber du musst sie vertraulich behandeln.« Sie sah Ulla prüfend an. »Habt ihr bei Pfarrern so eine Schweigepflicht?«

Ulla nickte, holte ihren Notizblock aus der Tasche und schrieb darauf. »Hier hast du meine Telefonnummer und die E-Mail-Adresse. Ich werde den Kommissar kontaktieren, vielleicht können wir uns ja auch mal zu dritt zusammensetzen, wenn du dann noch hier bist.«

»Ja, so machen wir's.« Carmen nahm den Zettel, dann griff sie über den Tisch und legte ihre Hände auf die ihrer Mutter. »Und von dir will ich jetzt jedes noch so kleine Detail wissen, ich protokolliere alles, Mama. Wenn sie noch lebt, finde ich sie!«

Rosa nickte. Ulla sah ihr an, dass sie keine große Hoffnung hatte. Sie hatte um ihre zweite Tochter getrauert, den Schmerz tief in sich eingeschlossen. Vor langer Zeit.

Ulla stand auf. »Danke, euch beiden, für alles! Bleibt sitzen, ich finde allein raus, kenn mich ja hier aus.« Sie winkte noch einmal kurz von der Tür aus. Sie würde Brandl anrufen.

»Sudevi ist zum Problem geworden.« Rajan saß an seinem Schreibtisch. Er hatte die Hände mit den feingliedrigen Fingern auf die Tischplatte gelegt und betrachtete sie anerkennend.

Sudhir lehnte sich auf dem unbequemen Besucherstuhl zurück. Er wartete darauf, dass Rajan zum Punkt kam. Morgenkühle strömte durch das geöffnete Fenster, im Garten stritten sich zwei Elstern lautstark.

Rajan spreizte die Finger, der goldene Ring mit dem funkelnden Saphir an seinem linken Ringfinger glänzte. »Sie erpresst mich, uns.« Er hob den Blick und sah Sudhir an. »Sie will zur Polizei gehen und sagen, dass wir sie angestiftet haben, ihren Mann umzubringen. Und ihn auch entsorgt hätten.«

»Diese verdammte Kotzkrücke!« Sudhir ballte die Hände zur Faust. »Ich dachte, die fährt voll auf dich ab und macht, was du willst.« Das konnte er sich nach der Abfuhr, die sie ihm erteilt hatte, nicht verkneifen.

»Sie ist krank, Sudhir, krank im Kopf.« Rajan ignorierte einfach, was sein treuester Mann gesagt hatte. Für Kritik war er unempfindlich. Während seiner Zeit in Indien hatte er gelernt, sich selbst und seine Gefühle zu kontrollieren. Sudhirs Eifersüchteleien schwächten den Mann nur. Er war nicht in seiner Mitte, die Frau verwirrte ihn wohl. Es galt Emotionen für sich zu nutzen, nicht sich von ihnen leiten zu lassen. Jetzt galt es, ein Problem zu lösen. »Sudevi will ihr Geldgeschenk zurück, sonst will sie zur Polizei gehen«, wiederholte er geduldig. »Hast du einen Vorschlag, wie wir damit umgehen?«

Sudhir schaute ihn nicht an. Er hasste es, wenn Rajan ihm solche Fragen stellte. Rajan steuerte sie immer so, dass der Gefragte selbst einen Plan entwarf und damit gleichzeitig die Verantwortung bei der Umsetzung und vor allem der Folgen übernahm. Der große Meister wollte sich anscheinend weder die Hände, noch den Geist beschmutzen.

»Mit ihr reden? Es ihr ausreden, meine ich.« Sudhir schaute jetzt unschuldig naiv. Sollte der ruhig mal selbst etwas vorschlagen. Er nahm den leichten Schweißgeruch wahr, der von Rajan ausging. Hatte er ihn ins Schwitzen gebracht? Sehr gut.

»Da hätte ich etwas anderes von dir erwartet.« Rajan seufzte. In die Stille, die zwischen ihnen eintrat, tönte der Glockenschlag einer Kirche. Sudhir fuhr immer auf dem Weg zu Rajan an dem klobigen Backsteingebäude vorbei. In einem ähnlichen Gotteshaus hatte er als Kind oft und gerne gesessen, besonders wenn die Sonne ihn durch die bunten Fenster fallend gewärmt hatte. Von klein auf hatte Sudhir, der damals noch Gerhard hieß, eine tiefe religiöse Sehnsucht gespürt. Er fühlte sich auserwählt, zu Höherem berufen. Andächtig hatte er den Worten des Priesters gelauscht und gewusst, Gott schaute auf ihn und würde ihn als ein Werkzeug nutzen, darüber war er sich immer ganz sicher gewesen. Die Aufgabe würde sich irgendwann zeigen. Er war so oft in der Kirche gewesen, dass er alle Lieder und Gebete auswendig konnte. Er hatte die Kindermesse, die Christenlehre besucht und keine Mai- oder Rosenkranzandacht ausgelassen. Sein Vater hatte seinen religiösen Eifer nicht nachvollziehen können. Er hatte ihn dauernd als Versager beschimpft, denn für ihn war es nur um gute Noten in Mathe und Naturwissenschaften und um Sportpokale gegangen. Mit den Einsern in Religion konnte Gerhard bei ihm nicht punkten. Und gerade dieses Fach hatte in den Augen seines Vaters nicht gezählt, denn er ging noch nicht einmal zur Messe. Als er irgendwann Rajan begegnete, viele, viele Jahre später, hatte dieser seine Fähigkeiten, seine Berufung, seine Sehnsucht sofort erkannt. Er hatte Gerhard den Namen Sudhir gegeben und mit ihm einen neuen Lebenssinn. Der Name ›Sudhir‹ bedeutete der Resolute, der Tapfere und Mutige. Sudhir war stolz auf seinen Namen. Und um zu zeigen, wie sehr dieser Name zu ihm passte, arbeitete Sudhir seit Jahren für Rajan. Sein Leben, seine Ausbildung, sein Geld, alles hatte er ihm anvertraut. Und es war ihm gut damit ergangen. Allerdings hatte er sich im Laufe der Jahre verändert. War er anfangs enthusiastisch und genauso blauäugig und tief überzeugt von Rajans göttlichen Fähigkeiten wie die anderen Anhänger gewesen, so hatten sich nach und nach Zweifel eingestellt. Erst leise, dann immer lauter werdende Zweifel. Sein naiver Kinderglaube, mit dem er so glücklich gewesen war, hatte sich zurückgemeldet. Und mit diesem Glauben eine Stimme, die in letzter Zeit von Reinheit und Güte sprach. Eigenschaften, die Rajan nicht hatte. Er war weder rein noch gut, das war Sudhir inzwischen klar. Rajan war ein Seelenfänger. Kalt, berechnend und ungeheuer einfühlsam, was das Manipulieren von Menschen anging. Aber er war erfolgreich, und Erfolg beeindruckte Sudhir. Er schob die Gedanken beiseite, sah Rajan in die Augen: »Sag, was du wirklich willst. Willst du, dass ich Sudevi beseitige?«

Rajan seufzte wieder. »Sie ist eine Gefahr für sich und für uns. So kann es nicht weitergehen«, sagte er kryptisch.

Von ihr kann er sich trennen, aber nicht von der Kohle, dachte Sudhir höhnisch, er wollte ihm keine Vorschläge mehr machen. »Wie?«

»Du gehst morgen zu ihr. Nimmst die Tasche mit dem Geld und einen Blanko-Briefbogen mit, versehen mit dem morgigen Datum. Ich gebe dir einen Stick mit, den du entsprechend den Anweisungen verwendest, die ich dir noch geben werde. Die Tasche gibst du ihr und lässt sie auf dem Briefbogen den Empfang des Geldes mit Vor- und Nachnamen quittieren. Wenn du die Unterschrift hast, kannst du mit Sudevi machen, was du willst. Denn das willst du doch, oder?« Rajan lächelte wissend. »Und bitte: sei gründlich. Kein Restrisiko.«

Sudhir ging nicht darauf ein, auch wenn sein Herz gerade schneller schlug. »Wann soll ich dort sein?«

»Morgen, am frühen Nachmittag. Sudevi hat gesagt, sie sei zu Hause. Komm eine Stunde vorher zu mir und nimm alles entgegen. Ich habe alles, was du brauchst.« Rajan nahm die Zweideutigkeit des Satzes wahr, unterdrückte den Anflug eines Lächelns. Dann nickte er Sudhir zu. Das war das klare Zeichen, dass die Audienz beendet war.

25

Brandl fluchte. Sein Antrag auf einen Durchsuchungsbeschluss für Schlagmers Haus war vom Gericht abgelehnt worden. Zu dünne Beweislage. Die Begründung sei nicht ausreichend, hieß es und eine Durchsuchung für die laufenden Ermittlungen nicht angezeigt.

Trotzdem war er seiner Spürnase gefolgt, hatte sich auf den Weg gemacht und parkte nun vor einem gepflegten Einfamilienhaus, in dessen Vorgarten Rosen in allen Farben blühten. ›In der Rosenau‹ hatte er beim Abbiegen von der Hauptstraße gelesen. Na, das passte ja. Brandl hatte in einer Biografie eines Zündorfers, die er vor Kurzem in der Buchhandlung an der Wahner Straße gekauft hatte, gelesen, dass noch in den Fünfziger und Sechzigerjahren wenige Autos durch Zündorf gefahren waren und die Kinder auf den Straßen im Sommer problemlos Rollschuhlaufen und im Winter mit dem Schlitten die Gassen hätten hinuntersausen können. Sie waren dabei nur selten gestört worden. Morgens und abends hatte man die Kühe die Hauptstraße hinunter auf die Weiden getrieben. Das konnte sich heutzutage niemand mehr vorstellen, wo die Straßen morgens und abends von den vielen, vielen Autos völlig verstopft waren. Die Zündorfer hatten früher jeden Sommerabend auf ihren Küchenstühlen vor den Häusern gesessen und sich mit den Nachbarn über die neuesten Ereignisse ausgetauscht. Das machte heute kein Mensch mehr, jeder saß lieber allein in seiner Wohnung vor dem Fernseher. Vor der Haustüre herumtratschen, das war entlang der Hauptstraße schon wegen des Autolärms unmöglich. Man würde ja sein eigenes Wort nicht verstehen und vor allem – wer würde sich freiwillig den Abgasen aussetzen?

Brandl umrundete das Haus. Der Duft der Rosen legte sich schwer auf seine Bronchien. Bei seinen Großeltern hatten auch so viele Rosen die Beete um das Haus herum gefüllt und Kletterrosen die Hauswände mit Blüten und Blättern übersät. An den Dornen war Brandl beim Spielen immer wieder hängen geblieben. Seine Großmutter hatte abends die vielen Kratzer mit Salbe versorgt und die zerrissenen Hosen geflickt. ›Wer schweigen kann und warten, dem wachsen die Rosen im Garten‹. Dieser Spruch des Schweizer Heimatdichters Alfred Huggenberger war so eine Art Lebensmotto seines Großvaters gewesen. Wortkarg, wie er war, musste die Großmutter das Wenige, das er überhaupt sprach, noch übersetzen, damit der Rest der Familie verstand, was er sagen wollte. So leise und vernuschelt hatte er gesprochen.

Eine Frau sah über den Jägerzaun zu ihm herüber. »Suchen Sie etwas? Kann ich Ihnen helfen?«

Lange blonde Haare, ein ausdruckstarkes Kinn, strahlende Augen. Brandl lächelte und zückte seinen Ausweis. »Brandl, Kripo Köln. Sind Sie die freundliche Nachbarin, mit der meine Kollegin schon gesprochen hat?«

Die Frau nickte. »Ja, Roswitha Weber. Aber ob ich so freundlich bin?« Ihr Lächeln umschloss ihn regelrecht. Sie zog die pinkfarbenen Gartenhandschuhe aus und reichte Brandl über den Zaun hinweg die Hand.

Brandl trat näher und setzte sein charmantestes Lächeln auf; damit hatte er schon oft erreicht, was er wollte. »Liebe Frau Weber, ich bin so froh, dass ich Sie antreffe. Sie haben ja meiner Kollegin wichtige Informationen gegeben … Nur hat leider niemand eine Telefonnummer, unter der wir Ihre Nachbarn erreichen könnten. Wenn ich mich recht erinnere, haben Sie doch einen Schlüssel, oder?« Brandl trat noch näher an den Zaun und sah der Frau direkt in die Augen. »Könnten Sie mir den vielleicht mal leihen? Im Haus sind bestimmt Reiseunterlagen oder Ähnliches … Vielleicht finde ich ja einen Anhaltspunkt, wo die Familie sich aufhält und wo wir sie erreichen können. Das wäre enorm wichtig für uns. Sie würden uns und Ihren Nachbarn einen großen Dienst erweisen!« Er strahlte sie an. »Natürlich nur, wenn es Ihnen nicht so viel Umstände macht!«

»Das macht doch keine Umstände, Herr Kommissar, ich helfe gerne, wo ich nur kann!« Sie flocht ihre langen blonden Haare zu einem Zopf zusammen und legte ein Gummiband um das Zopfende. Dann eilte sie durch die geöffnete Terrassentür ins Haus. Nach weniger als einer Minute war sie mit einem Schlüssel zurück und reichte ihn Brandl über den Zaun. »Hier, zu treuen Händen«, sagte sie. »Ich frage mal lieber nicht, ob das überhaupt legal ist, oder? Aber Sie werden schon keinen Unsinn machen.« Sie lächelte verschwörerisch.

Brandl bedankte sich mit einer angedeuteten Verbeugung und griff schnell zu. »Ich brauche nicht so lange, denke ich. Ich gebe ihn Ihnen gleich wieder zurück.«

»Halt, Herr Kommissar, sie brauchen auch den Code für die Alarmanlage.« Frau Weber griff in ihre Jeanstasche und reichte ihm einen Zettel über den Zaun.

Das Haus der Schlagmers, das von außen wie ein typisches Einfamilienhaus der Mittelklasse gewirkt hatte, entpuppte sich innen als luxuriös ausgestattete Villa, die sicher bei jedem Schöner-Wohnen-Wettbewerb einen Preis gewonnen hätte. Brandl verstand nicht viel von Antiquitäten und Designermöbeln, aber er vermutete, dass die Einrichtung ein Vermögen gekostet hatte. Hier war nichts dem Zufall überlassen worden; es gab in der Decke und in den Wänden eingebaute Lichtquellen, die alles dezent beleuchteten und bestrahlten, antike Schränke, moderne Gemälde und Skulpturen. In den Wänden waren Lautsprecher eingelassen. Nur das Feinste vom Feinsten, dachte Brandl. Ein Blick in die zum Wohnzimmer offene Hochglanzküche bestätigte seine Vermutung, jeder Fernsehkoch hätte seine helle Freude hier kochen zu dürfen.

Brandl zog Schubladen auf und sah in die Schränke. Alles aufgeräumt und ordentlich, nichts lag herum. Es gab keine Pinnwand, an der wichtige Rufnummern und Hinweise angebracht waren. Brandl erinnerte sich an das Sammelsurium an Ullas Pinnwand in ihrer Küche.

Wenn er ehrlich war, dann würde er sich lieber heute als morgen wieder mit ihr treffen.

Auf der Treppe, die nach oben führte, nahm er zwei Stufen auf einmal. Zwei Schlafzimmer, ein Büro. Brandl durchsuchte den Schreibtisch, fuhr währenddessen den PC hoch. Keine Reise- oder Buchungsunterlagen. Passwort? Kollege Frost, aus der Abteilung Computerkriminalität, hatte ihm mal beim Mittagessen in der Kantine erzählt, dass die meisten PC-Nutzer die Grundeinstellung des Computerherstellers nicht veränderten und so probierte Brandl einfach mal den Namen, der auf dem Computer stand. Tatsächlich, der Desktop wurde sichtbar. Etliche Ordner mit Fotos und privater Korrespondenz. Er klickte sich durch, nichts von Interesse dabei. Im E-Mail-Programm fand er keinerlei Buchungsbestätigungen – weder für Flüge, noch von einem Hotel oder einer Autovermietung. Auch im Papierkorb fand er keine gelöschten Mails. Da hatte jemand gut aufgeräumt.

Rüdiger Schlagmer hatte bestimmt einen E-Mail-Account bei einem anderen Provider. Brandl gab mehrere Suchbegriffe ein und entdeckte einige weitergeleitete Mails. Als er versuchte, das entsprechende Konto aufzurufen, kam eine Mitteilung, dass es aufgelöst wurde. Brandl hatte schon von diesen Wegwerf-E-Mail-Adressen gehört. Sie waren nur zeitlich begrenzt gültig und verfielen nach einer bestimmten Zeit oder nach einer bestimmten Zahl eingegangener Mails von selbst. Da müsste ein Computerspezialist ran, aber ohne den verdammten Durchsuchungsbeschluss war das nicht möglich. Und nicht verwertbar, falls er etwas fand. Aber er würde nichts finden, da war er sich sicher. Brandl musste über die Taxizentrale und die Flughäfen gehen, vielleicht käme er damit weiter. Er fuhr den PC herunter und legte die Hände auf die Schreibtischauflage. Wo würde er eine wichtige Nummer oder notwendige Unterlagen verstecken? Sein Blick streifte den Schrank, die Blumentöpfe auf der Fensterbank, die Bilder, die Ablagekörbe, die Akten. Er stand auf, blättere die Ordner durch, drehte die Bilder um. Nichts. Es gab zwar Rechnungen für den Festnetzanschluss, aber keinerlei Unterlagen, die auf ein Handy hinwiesen. Der Mülleimer war leer. Brandl eilte die Treppe hinunter und bis in den Keller. Auch hier alles aufgeräumt und ordentlich verstaut.

»Das ist doch nicht normal, so wohnt doch keiner!«, murrte er. Er aktivierte die Alarmanlage und verließ das Haus. Die blonde Nachbarin harkte in einem Beet am anderen Ende ihres Gartens herum und sang laut vor sich hin. »I will open up my heart …«, konnte Brandl verstehen. Das klang sehr professionell.

Inzwischen war wohl ihr kleiner Sohn nach Hause gekommen. Er schoss mit solcher Wucht einen Fußball gegen die Garagenwand, dass es knallte. Die Garage. Noch ein Versuch. Brandl drehte sich um drückte die Klinke herunter. Die Tür war nicht abgeschlossen. Kein Auto. Aber ein paar Mülltonnen. Gelb, braun, grau, blau. Er hob die mit dem blauen Deckel an und grinste. Sie war randvoll mit zerrissenem Papier. Bingo.

»Verpetzen Sie mich nicht, Herr Kommissar, ich hab' letzte Woche ganz vergessen, die Papiertonne der Schlagmers rauszustellen.« Roswitha Weber war, ohne dass Brandl sie gehört hatte, plötzlich hinter ihm aufgetaucht.

»Keine Sorge, Frau Weber. Das bleibt unter uns.« Brandl konnte sein Glück kaum fassen. Gut, dass die Frau es vergessen hatte. Wahrscheinlich das erste Mal in ihrem Leben, dass ihr so etwas unterlaufen war. Sie wirkte so was von zuverlässig. Darauf hatten die Schlagmers wohl vertraut. Brandl versuchte vom Auto aus Ulla zu erreichen, endlich hatte er sie am Apparat.

Sehnsüchtig und innerlich zitternd hatte Birgit gewartet. Endlich klingelte es. Das musste ER sein. Rajan. Sie versuchte ruhig zu bleiben, wollte keine Schwäche zeigen. Ihr Geld gehörte ihr, das sollte er ihr zurückgeben. Dann würde sie weiter sehen. Sie drückte den Türöffner und sperrte die Wohnungstür auf.

Als die Türen des Aufzugs zur Seite glitten, traute sie ihren Augen nicht. »Du?« Der Feigling hatte sich nicht getraut. Was hatte sie auch erwartet? ER hatte für alles seine Leute. Birgit starrte Sudhir feindselig an.

Er grinste und hielt ihre Sporttasche hoch. »Du hattest doch wohl nicht im Ernst mit dem Meister persönlich gerechnet, oder?« Der Mann lachte höhnisch und zeigte mit dem Finger auf sie. »Doch, du hast es geglaubt.« Er schüttelte den Kopf. »Da kennst du ihn aber wirklich schlecht.« Er deutete auf die Tasche in seiner Hand. »Soll ich hier draußen stehen bleiben oder können wir die Sache auch drinnen regeln?«

Widerwillig trat Birgit zur Seite, ließ Sudhir vorgehen und schloss die Tür. Sie blickte auf seinen breiten Rücken. Es sah aus, als sei über dem Hosenbund ein Gegenstand, zumindest war da eine Beule in der Lederjacke. Er wird doch keine Waffe dabei haben?, fragte sie sich ängstlich, bemühte sich aber, ruhig und entspannt zu wirken.

Sudhir hob die schwarz-pinke Sporttasche auf den Couchtisch, die Glasvase mit der roten Stoffgerbera kippte um. »Ich bin froh, dass mich keiner mit dieser albernen Tasche gesehen hat«, sagte er. »Aber der Alte bestand darauf, dass du auch deine bescheuerte Tasche zurückbekommst. Ich glaube, er will echt nichts mehr von dir in seiner Villa haben.« Er öffnete den Reißverschluss der Tasche ein Stück. Birgit fiel auf, dass Sudhir wie fast immer dünne, helle Handschuhe trug. Sie hatte ihn vor Wochen einmal nach einer Meditation darauf angesprochen, da hatte er auf eine Hautkrankheit verwiesen. Birgit wusste, dass viele Menschen unter Schuppenflechte an Ellbogen und auf dem Kopf litten, vermutlich sah diese Krankheit an Händen noch ekliger aus, hatte sie damals gedacht und Sudhir einen Moment bedauert. Ihr Blick fiel unvermittelt auf die vielen Geldbündel. Sudhir zog einen Blanko-Briefbogen heraus, legte ihn auf den Tisch. »Wenn du mir den Empfang des Geldes bitte quittieren würdest? Vor- und Nachname reichen.«

Birgit riss die Augen weit auf, dann lachte sie verbittert. »Der traut weder dir noch mir über den Weg.«

Sudhir grinste schief. »Ich mach nur das, was er gesagt hat. Meistens jedenfalls.« Er tippte auf das weiße Blatt, auf dem im unteren Drittel nur ein Datum stand und eine Linie, wo sie unterschreiben konnte.

Birgit holte einen Kugelschreiber aus der Schrankschublade, warf noch einen Blick auf die halb geöffnete Tasche. Dass ihr der Gedanke kam, sie solle besser nachzählen, zeigte, dass sie schon jeden Rest von Vertrauen in Rajan verloren hatte. Sie wandte sich Sudhir zu, doch der knurrte sie an: »Avanti, avanti, ich hab' nicht den ganzen Tag Zeit. Ich hab die Tasche genauso von Rajan bekommen. Jetzt mach schon!« Er schob ihr ungeduldig das Blatt hin.

»Ja doch.« Birgit beugte sich hinunter, Sudhir zeigte auf die gestrichelte Linie, neben der das Datum stand, stützte sich mit der Hand darauf ab. Birgits Hand zitterte leicht, als sie unterschrieb. Sudhir verstaute das Blatt in der Innentasche seiner Jacke, zögerte und sah sie aufmerksam an. »Hast du Angst, Sudevi? Angst vor mir?«

»Muss ich die haben?« Birgit wich einen Schritt zurück.

Der Mann machte einen Schritt auf sie zu. »Nun, wenn ich das täte, was Rajan angeordnet hat.« Seine Stimme war dunkel.

Birgit schluckte. »Was denn?«, flüsterte sie beinahe.

»Er hat gesagt, ich könnte mit dir machen, was ich wollte. Hauptsache, er wäre dich für immer los.« Sudhir kam noch einen Schritt näher. Birgit zog die Schultern noch höher. Ihre Augen füllten sich mit Tränen. »Das Schwein!«

Sudhir stand jetzt vor ihr, griff mit beiden Händen nach ihren Schultern.

»Ich will nicht sterben, Sudhir, bitte!«, flehte sie. »Zuerst, da habe ich an Selbstmord gedacht, aber jetzt will ich leben. Dafür brauche ich das Geld.« Birgit sprach immer schneller. »Du hast eben gesagt, dass du nicht immer das machst, was Rajan sagt, nicht wahr?« Sie zwang sich zu einem Lächeln. Er konnte sehen, dass es sie große Überwindung kostete.

»Sudhir, eineinhalb Millionen reichen auch für zwei Leute. Ich könnte mit dir teilen. Dann bräuchtest du nicht mehr Rajans Handlanger zu sein.« Ihre Stimme klang beschwörend.

Sudhirs Blick verfinsterte sich. »Ach, ich bin also nur der Handlanger?« Sein Gesicht war jetzt ganz nah an ihrem.

»Nein, nein, natürlich nicht. So hab' ich das nicht gemeint. Aber manchmal, manchmal da macht er dich doch zu einem. Befiehlt und gängelt dich, so als wärst du ein dummer kleiner Junge. Was ich natürlich nicht denke!«, schickte sie schnell hinterher. »Ich finde, du bist, ein, ein ...«, sie suchte bebend nach den richtigen Worten, aber ihr fiel nichts Passendes ein.

»Ein was? Kleine Sudevi, streng dich ein bisschen an. Von dem, was du sagst, hängt vielleicht dein Leben ab«, sagte er und leckte ihr langsam und genüsslich über die Wange, dann über den Mund. Er stank nach Schweiß.

»Ich möchte mit dir schlafen«, flüsterte sie tonlos und spürte Übelkeit in sich aufsteigen.

»Nicht schlecht für den Anfang«, lobte Sudhir sie. »Aber was bin ich für dich? Das ist die große Preisfrage.«

Birgit fiel auf die Knie und zog den Reißverschluss seiner Jeans auf.

»Oh, oh, doch ein böses Mädchen«, lachte er dröhnend. Dann griff er in ihre Haare und bog ihren Kopf nach hinten. »Sachte, sachte, Sudevi. Sag mir zuerst, wen oder was du in mir siehst.«

»Du bist sympathisch, Sudhir. Du bist jemand, dem man vertrauen kann, sonst würde Rajan das nicht tun. Du bist zuverlässig«, sprudelte Birgit. Jedes Wort klang verlogen.

Er schien es nicht zu bemerken, beugte sich zu ihr hinunter. »Könntest du dir vorstellen nicht nur mit mir zu teilen, sondern gemeinsam abzuhauen?«

Birgit fiel ihm ins Wort: »Ja, ja, natürlich könnte ich das! Gerne, jederzeit!« Sie lachte hysterisch. »Und das richtige Startkapital haben wir ja auch schon.« Sie griff nach der Tasche auf dem Tisch neben ihr, riss sie auf, in der Hoffnung, der Anblick des vielen Geldes würde ihn überzeugen und ihn zugleich von ihr ablenken. Aber außer den Geldbündeln, die zuoberst gelegen hatten, quoll nur zurechtgeschnittenes Zeitungspapier heraus.

In wenigen Sekunden wandelte sich ihre Angst in unbändige Wut. »Du gemeines Arschloch!«, kreischte sie. »Du bescheißt mich genauso wie Rajan!« Birgit sprang auf und schlug auf Sudhir ein.

Der wich ihren Faustschlägen zunächst lachend aus, dann packte er sie. »Komm ins Bett. So wie du versprochen hast, da kannst du dich austoben, du wildes Mädchen.«

26

Ulla stieg die Stufen zum ›Himmel un Äd‹ hinauf, vom Rhein her kreischten Möwen. Überrascht über Brandls Anruf – dass der das überhaupt noch wagte! – hatte sie einem Treffen heute Abend zugestimmt. Sie hatte ja selbst schon daran gedacht, ihn wegen dieser Adoptionsgeschichte anzurufen. Außerdem hatte Lea hinter ihr neugierig die Ohren aufgesperrt. Sie hatte zunächst abgewehrt, montags sei im ›Himmel un Äd‹ Ruhetag.

Aber Brandl meinte nur: »Ums Porzer Inselfest herum und bei dem schönen Wetter haben sie ausnahmsweise jeden Tag auf. Ich hab' extra angerufen. Bitte, Ulla.« Hartnäckig war er gewesen. Und Lea hatte von einem Fuß auf den anderen getreten.

»Wer ist das denn? Wie lange willst du noch da rum diskutieren?«

Da musste sie doch schnell zustimmen, um Brandl loszuwerden.

Ulla war schon öfter mit der ganzen Familie im ›Himmel un Äd‹ gewesen. Sie liebte den freien Blick auf den Rhein, den sie von dem Restaurant im ersten Stock des einzigen Hochhauses am Porzer Rheinufer hatte. Der Lindenhof hatte achtzehn Stockwerke und stammte noch aus den Siebzigerjahren, als in Porz ›Rheinhattan‹ entstehen sollte. Zum Glück hatte man nach dem Bau eines Hochhauses aufgehört, das Rheinufer mit weiteren ›Wolkenkratzern‹ zu beglücken. Die Wohnungen waren gut saniert, manche richtig luxuriös. Ulla hatte schon das eine oder andere Gemeindemitglied in seiner Wohnung im Lindenhof besucht. Kaffeeklatsch mit spektakulärer Aussicht. Auf dem Balkon hatten einige sogar wintergärtenartige Fensterfronten eingezogen, sodass man auch während kühler Tage oder bei Wind dort gut sitzen, Kaffee trinken und den Sonnenuntergang genießen konnte. Eigentlich lag dieser Teil der Porzer Hauptstraße im Einzugsgebiet der Lukaskirche, aber Pfarrer Kehlmann hatte ja auch mal Urlaub und bat dann um Vertretung. Außerdem war sie ja sowieso jetzt regelmäßig in der Lukaskirche, weil der gesammelte Konfirmandenunterricht dort stattfand. Fünfundsiebzig Konfirmanden in diesem Jahr, das war schon eine Herausforderung. Aber Ulla machte die Arbeit mit ihren Konfirmanden, die dann in Zündorf in der Pauluskirche konfirmiert wurden, großen Spaß.

Sie war in Gedanken versunken grußlos an der Theke vorbeigegangen, stand daher plötzlich vor Brandl, der einen Tisch mit einem der besten Fensterplätze ausgesucht hatte.

Es war nicht viel los. Wahrscheinlich gingen doch die meisten davon aus, dass der Ruhetag eingehalten würde. Brandl hatte aus dem Fenster geschaut und sprang jetzt auf. Er machte einen Schritt auf Ulla zu und wollte sie in den Arm nehmen. »Hallo«, grinste er. Wie immer zog er den linken Mundwinkel etwas schief, was bei Ulla Herzklopfen auslöste.

Ganz ruhig, dachte sie. »Hallo«, sagte sie laut und schüttelte Brandl die Hand. Dann setzte sie sich schnell auf einen der dunkelbraunen Holzstühle, die mit bunten Kissen gepolstert waren.

Brandl biss sich auf die Unterlippe und nahm ihr gegenüber Platz.

Ulla drehte sich kurz um. Die Frau hinter der Theke hatte sie schon bei den früheren Besuchen hier gesehen.

Ullas Magen zog sich zusammen. Hoffentlich war sie nicht auch eine von Michaels Chorfreundinnen. Sie hatte keine Lust, dass Michael womöglich von irgendwem berichtet würde, »Ach übrigens, kürzlich habe ich deine Frau mit einem attraktiven Mann Anfang Vierzig im ›Himmel un Äd‹ gesehen.« Sie musste ja damit rechnen, dass ständig irgendeiner von denen in Porz unterwegs war. Bei fast achtzig Chormitgliedern!

Und Michael hatte sie ja stolz quasi jeder einzelnen Stimme vorgestellt, als sie ihn einmal zur Probe begleitet hatte. »Das ist Roswitha aus dem Sopran, sie hat mit ihrem Mann den Chor gegründet. Hier, das ist Gaby, Dieter singt im Bass, Honardo ist Tenor und singt auch solo. Das soll ich auch demnächst, hat der Chorleiter gesagt. Hier haben wir noch Christa, Sabine, Heike, Anke, Sophia, Petra und Elke aus dem Alt, ach ja, hier kommen noch Jürgen und Stephanie.« Ihr hatte der Kopf nur so geschwirrt. Sie war dann noch mit dem Fahrrad zu einer kleinen Tour am Rhein entlang Richtung Langel gestartet und später durch die Felder wieder zurückgefahren. Herrlich. Das Radfahren machte ihr neuerdings wieder richtigen Spaß. Michael freute das. »Da haben wir ja wieder etwas gemeinsam«, hatte er gemeint und sie mit einem kleinen Lächeln schüchtern angeguckt. Immer öfter erkannte sie in ihm wieder den Mann, in den sie sich vor vielen Jahren verliebt hatte. Dieser Chor und auch der Umzug wirkten Wunder. Und auch die Eheberatung, auch wenn sie überhaupt nicht so verlaufen war, wie sie sich das erhofft hatte.

Brandl räusperte sich. »Ich will dich ja nicht stören«, griente er. »Aber vielleicht solltest du mal in die Karte gucken und was bestellen.«

Ulla sah auf. Die Wirtin stand mit breitem Lächeln vor ihr. Sie griff nach der bunten Karte, der ›Fooderkaat‹. »Dat wat de Kölsche jän müffele«, las sie.

»Ein Kölsch und auch einmal ›Himmel un Äd‹«, bestellte sie dann schnell mit einem Blick auf Brandls Teller. »Du hast ja schon gewählt«, fügte sie mit ironischem Unterton hinzu.

Ulla liebte die kölsche Spezialität, die dem Restaurant den Namen gegeben hatte. ›Himmel un Äd‹ bestand aus Blutwurst mit gedünsteten Zwiebeln, Kartoffelpüree und Apfelmus. Dieses Gericht – zumindest ein ähnliches – kannte Ulla noch aus dem Münsterland. Da hieß es Pannas und gehörte seit Jahrhunderten traditionell zur Hausschlachtung dazu. Zeitweise hatten ihre Eltern selbst drei Schweine im Stall gehabt. Die beim Wurstkochen anfallende, sehr gehaltvolle Brühe durfte man nicht ganz wegkippen. Sie wurde dann mit unterschiedlichen Mehlen, bisweilen auch mit kräftigem Buchweizenmehl angedickt. Papa schmeckte dann mit Salz, Pfeffer, Piment und etwas Nelken oder Wacholderbeeren ab. Dazu kamen noch durch den Wolf gedrehte Schweinestücke und Speckwürfel sowie jede Menge Schweineblut. Anschließend ließ man das Pannas erstarren. Pannas musste recht bald verzehrt werden, es wurde meist am selben Abend in die Pfanne geschnitten und gebraten. Meist gab es Sauerkraut, Stampfkartoffeln oder Püree als Beilage. Michael schüttelte sich als ›eingefleischter‹ Vegetarier – Ulla grinste über das Wortspiel – schon, wenn man nur ›Blutwurst‹ oder Pannas sagte. Michael, Michael, Michael. Warum dachte sie andauernd an ihn oder Pannas? Brandl saß ihr doch gegenüber. Sie wollte immerhin etwas mit ihm besprechen. Und er wollte offensichtlich auch was von ihr.

»Was kann ich für dich tun?«, fragte sie Brandl freundlich, der stumm aus dem Fenster guckte und abwartete. »Du wolltest mich sprechen?«

Die Wirtin stellte mit einem Grinsen »Wohl bekommt's«, das Kölsch auf den Tisch und entfernte sich langsam.

Doch, sie gehörte auch zum Chor, Ulla war sich jetzt sicher und trank einen kräftigen Schluck. Einige Gesichter hatte sie sich inzwischen eingeprägt, aber alle? Es waren einfach zu viele. Ein Kölsch konnte sie trinken. Sie war ja mit dem Fahrrad hier und weit hatte sie es eh nicht.

Brandl legte seine Hand auf ihre rechte, nachdem sie das Glas abgestellt hatte. »Ich weiß gar nicht, was ich sagen soll, Ulla. Ich freu mich so, dich zu sehen.«

»Na, das hättest du mir vor einiger Zeit mal sagen sollen, Brandl.« Sie zog ihre Hand weg. »Bevor du mir die Tür vor der Nase zugehauen hast. Ich weiß wirklich nicht, was wir noch zu besprechen hätten.« Sie hörte selbst, dass ihre Stimme eher verletzt als wütend klang. Tränen füllten ihre Augen. Sie wandte sich schnell ab und schaute aus dem Fenster. Kein Mensch sollte so viel Macht über dich haben, dass er dich zum Weinen bringt, dachte sie in Anlehnung an die Worte von diesem Rajan. Vor allem kein Mann.

Brandl hatte es wohl doch wahrgenommen. Er strich mit dem Zeigefinger kurz über ihren Handrücken, wie um sie zu trösten. Ulla durchzuckte es brennend heiß.

»Bitte, ich weiß auch nicht, was ich sagen soll. Ich kann mich nur entschuldigen. Ich habe es wohl mit der Angst zu tun bekommen, in dem Moment.« Brandl sah auf ihren Mund. Er wusste genau, wie weich ihre Lippen sich beim Küssen anfühlten.

Ulla kribbelte es am ganzen Körper.

Die Wirtin unterbrach sie. Sie stellte nun auch Ullas Bestellung auf den Tisch. »Se haben ja nit mehr weiterjejessen, junger Mann. Jetz aba ... juten Appetit och, ne?« Sie zwinkerte ihnen fröhlich zu. »Von d'r Liebe allein kann keiner leben. Versuchen se dat etz jarnit.« Sie lachte laut über ihren Witz und ließ die beiden mit einem Kopfschütteln und einem leisen »als wie de Öljötzen!« einfach sitzen.

Ulla nahm brav ihre Gabel und führte einen Bissen zum Mund. Wahrscheinlich doch keine Chorfreundin, sonst würde sie nicht solche Sprüche klopfen. Es schmeckte wie erhofft, und doch auch wieder nicht.

Auch Brandl wandte sich seinem Teller zu. Eine Zeit lang aßen sie wortlos. Dann legte er das Besteck ab und trank sein Kölsch in einem Zug aus.

»Vorsicht, nachher musst du wieder ein Taxi nach Mülheim nehmen«, warnte Ulla und grinste. Ihr letzter gemeinsamer Brauhausbesuch war nicht nur mit etlichen Kölsch, sondern auch in einer heftigen Knutscherei geendet. Das würde ihr heute nicht passieren. Nicht nachdem die Weichen mit Michael wieder Richtung Liebesehe gestellt waren. Sie wollte es nicht vermasseln.

Brandl schien sich ebenfalls an ihre leidenschaftlichen Küsse zu erinnern, denn er streichelte ihr zart über die Wange. »Ich wohne jetzt in Ensen«, meinte er und zog dann seine Hand schnell zurück. »In der Hohe Straße mit Blick auf den Rhein.«

»Doch nicht in der Wohnung der alten Berger?«, fragte Ulla entsetzt. Sie erinnerte sich mit Schrecken daran, wie der Mörder der alten Berger sie in diese Wohnung entführt hatte. Und wie er sie bedroht hatte. Wie sie von Brandl gerettet worden war ...

Brandl lachte peinlich berührt. »Na, die Berger und ihr schöner Enkel sind doch tot, oder? Und der Blick ist sensationell. Ich habe die Wohnung übernommen und renoviert. Mein Fahrrad kann ich dort auf dem Balkon parken. Wenn du willst, kannst du mich gern mal besuchen kommen.« Plötzlich beugte er sich vor und küsste Ulla auf den Mund.

Sie sprang auf, der Stuhl fiel nach hinten, ihr noch zu einem Drittel gefülltes Glas kippte um. Das Kölsch lief über den Tisch und tropfte vom Rand auf den Linoleumboden. Das Glas blieb unbeschädigt auf dem Tisch liegen. »Bist du verrückt?«, rief Ulla und sah sich erschrocken um. Sie hob den Stuhl auf, setzte sich, stellte das Glas wieder hoch und fingerte ein Taschentuch aus ihrem Rucksack. Keiner schien etwas bemerkt zu haben. »Wenn du nicht sofort aufhörst, mich zu begrapschen und abzulecken, bin ich weg. Klar? Ich bin verheiratet, Pfarrerin hier im Ort und habe Kinder, die hier zur Schule gehen. Bitte lass das jetzt sofort sein!«

Brandl blieb ganz ruhig, nur seine Augen brannten. »Ich will wirklich mit dir reden, Ulla«, sagte er leichthin. »Bitte hör jetzt zu.« Er sah ihr in die Augen. »Das klingt jetzt vielleicht blöd, aber ich denke jeden Tag an dich. Ich weiß selbst nicht, was mit mir los ist. Selbst am vergangenen Wochenende, als ich auf dem Betriebsausflug mit Biggi …« Er brach abrupt ab.

Aber Ulla hatte schon verstanden. »Willst du mir erzählen, dass du es da – bist übrigens richtig braun geworden, Glückwunsch«, giftete sie. »Dass du es am Wochenende mit deiner Kollegin, dieser Profilerin, hast richtig krachen lassen?«, zischte sie weiter. »Und jetzt willst du wieder mit mir anbandeln, damit die andere gar nicht erst auf die Idee kommt, du wolltest vielleicht eine Beziehung? Lernst du denn überhaupt nicht dazu, Brandl?« Sie war so wütend, dass sie ihm am liebsten die Gabel in den Oberschenkel gerammt hätte. Auf das Essen hatte sie keine Lust mehr. Sie schob den Teller weg.

»Jetzt red' doch nicht so einen Stuss«, versuchte Brandl sie zu beruhigen. Das schlechte Gewissen hörte man ihm an. »Mir geht es doch um dich. Du bist für mich irgendwie nicht aus dem Kopf zu kriegen. Ich wache morgens auf und muss an dich denken. Und abends im Bett auch wieder und zwischendurch ...«, er sprach jetzt kaum hörbar, als redete er nur zu sich selbst. Dann sah er sie verzweifelt an. »Ich dachte doch nur, wenn ich mal mit dir spreche ...«

Ulla tippte sich an die Stirn. »Was weiß denn ich, was mit dir los ist? Du glaubst doch wohl nicht, dass mich das noch interessiert, oder? Ich habe das abgehakt und will das vergessen, Brandl. Mein Bedarf an aussichtslosen Affären ist gedeckt für alle Zeiten.« Sie sah ihm in die Augen. Ihr Herz hämmerte plötzlich los. Sie spürte es bis in die Fingerspitzen pochen. Hatte er sich etwa in sie verliebt? War es das, was er ihr sagen wollte? Was hieß das jetzt? Quatsch, es war zu spät. Oder? In ihr schrie eine Stimme los: Ich will aber, ich will aber, ich will ihn. Nein, dachte Ulla streng und brachte die innere Stimme zum Schweigen. Sie atmete tief durch. »Nicht noch einmal, Peter«, sagte sie laut, ihre Stimme klang rau. Sie schaute auf den Rhein. Brandl sollte weder ihren inneren Zwiespalt sehen, noch die Traurigkeit, die in ihr hochschwappte. Peter. Sie hatte seinen Vornamen ausgesprochen, zum ersten Mal seit Wochen. Sie schluckte.

»Ulla«, Brandl legte seine Hand ganz nah an ihre, berührte sie aber nicht. »Bitte, Ulla.« Obwohl er sie nicht anrührte, fühlte sie sich wie elektrisiert. Sie spürte es ganz genau. Wenn sie jetzt nicht direkt abhaute, würde sie schwach. Das wusste sie. Es zog sie mit aller Macht zu ihm hin, genau wie früher. Ulla nahm all ihre Kraft zusammen. Steh auf, Ulla. Hau ab, solange du noch kannst. Sie schaffte es tatsächlich aufzustehen. »Ich muss jetzt gehen, Peter ...«

Birgit riss sich mit aller Kraft los. Die Tür zum Flur war durch Sudhir versperrt. Kein Ausweg. Sie drehte sich um, rannte los. Da, die Balkontür war nur angelehnt. Sie zerrte sie auf, sprang auf den Balkon und war mit zwei Schritten an der Brüstung. Birgit beugte sich weit hinüber. Da musste doch jemand auf dem Parkplatz sein. Sie würde laut um Hilfe rufen, sobald jemand auf sie aufmerksam geworden wäre, würde Sudhir sich nicht mehr trauen, ihr etwas anzutun. Aber er war schon hinter ihr und begriff sofort. Der Mann packte ihre Beine, hob sie hoch, es war ganz leicht, sie verlor sofort das Gleichgewicht und kippte fast wie von selbst über die Brüstung. Ein spitzer Entsetzensschrei verschwand mit ihr in der Tiefe.

Sudhir widerstand der Versuchung, über die Brüstung zu schauen; vielleicht war tatsächlich jemand auf dem Parkplatz. Er machte nur zwei Schritte rückwärts. Als von unten ein dumpf klatschendes Geräusch herauf drang, verließ er den Balkon.

Ulla schaute, als sie nach ihrem Rucksack griff, wieder zum Fenster. Dann erstarrte sie. Brandl folgte in Bruchteilen einer Sekunde ihrem Blick. Draußen am Fenster flog etwas Großes vorüber. Mit einem lauten Schrei. Wie eine Puppe stürzte eine Frau mit verdrehten Gliedern vorbei und war sofort wieder verschwunden. Brandl sprang auf, rannte zur Tür. Ulla folgte ihm. Die wenigen Gäste, die an den Tischen saßen, blieben starr, als trauten sie ihren Augen nicht.

»Zurückbleiben, Polizei«, rief Brandl ihnen und der Wirtin zu. »Bitte rufen Sie sofort einen Rettungswagen. Bleib zurück, Ulla.« Ulla hörte nicht auf ihn und folgte Brandl auf dem Fuß nach draußen. Vor dem Hochhaus, auf dem Parkplatz lag mit merkwürdig verdrehtem Hals in einer Blutlache eine Frau. Ihr Kopf war zerschmettert.

Brandl lief zu ihr hin, fühlte den Puls. Ulla folgte ihm mit langsamem Schritt. »Sie ist tot«, sagte Brandl knapp. »So einen Sturz überlebt keiner.« Er hatte schon sein Handy am Ohr. »Brauche Unterstützung am Lindenhof Hochhaus in Porz, Hauptstraße. Eine weibliche Leiche, wahrscheinlich Genickbruch.« Sein Blick ging zum Hochhaus hinauf. Die Rietmüller. Unfall? Selbstmord?

Jetzt musste Sudhir sich beeilen. Mit wenigen Schritten war er im Arbeitszimmer und warf den PC an. Das Passwortfeld tauchte auf, er gab ›Rajan‹ ein und grinste. Sehr gut. Von dem mitgebrachten USB-Stick kopierte er den Abschiedsbrief auf die Festplatte, öffnete ihn mit dem Textverarbeitungsprogramm. Ein Probedruck zeigte, dass es passen würde, also legte er jetzt den Blankobogen mit Birgits Unterschrift in den Drucker. Perfekt! Er war skeptisch gewesen, ob das so einfach funktionieren würde, aber es sah echt aus. Er fuhr den Rechner herunter, schaltete PC und Drucker wieder aus, drapierte den Abschiedsbrief auf dem Couchtisch im Wohnzimmertisch und packte das herumliegende Geld und Zeitungspapier in die Tasche. Leise zog er die Wohnungstür hinter sich ins Schloss. Niemand sah, wie er im Aufzug nach unten fuhr und aus der Haustür schlich. Kurz drehte er sich um. Auf dem Parkplatz hatte sich eine Menschentraube um die Leiche gebildet. Sudhir nahm niemand wahr.

Ulla stand wie versteinert. »Ich kenn die Frau. Das ist Birgit Rietmüller. Vom Sport kenn ich sie. Und von so einem Meditationstreffen im Engelshof. Sie war sehr unglücklich, sie konnte keine Kinder bekommen. Ihr Mann ist ermordet worden. Die Arme, nun hat sie den Schmerz nicht mehr ausgehalten.« Sie plapperte und plapperte. Brandl legte den Arm um sie, um sie zu beruhigen. Ulla wehrte sich nicht, lehnte sich an ihn.

»Später, Ulla. Das erzählst du mir alles später. Ich melde mich bei dir.« Er strich ihr über das Haar und dann küsste er sie.

Die Gäste und die Wirtin vom ›Himmel un Äd‹ machten große Augen. Da lag eine zerschmetterte Frau und der Polizist und die Frau küssten sich, direkt vor der Leiche. War das nicht die Pastorin von der Pauluskirche? Die knutschten echt. Hatte man so was schon mal gesehen? Ein Mann zückte sein Handy und drückte auf Aufnahme. Man konnte ja nie wissen. Die Zeitung war ja grundsätzlich nicht an so etwas interessiert. Es wurde am liebsten nicht über Selbstmord berichtet, schon um Nachahmer nicht auf Ideen zu bringen. Aber so ein hübsches kleines Video könnte man ja bei YouTube hochladen. Das brachte bestimmt viele Clicks.

27

Steffi Zeidler war immer noch im Büro und scrollte sich durch die Treffer im Internet, die sich auf ihren Suchbegriff ›Adoption‹ gezeigt hatten. Festgebissen hatte sie sich, konnte gar nicht mehr aufhören. Im Gegensatz zu den Zahlen von vor zwanzig Jahren, las sie, wurden in Deutschland immer weniger Kinder adoptiert. Die Option einer Leihmutter und erleichterte Abtreibungen waren nur zwei Gründe für diesen Trend. Die Zahl der Adoptionen in Deutschland war seit 1991 um fast die Hälfte zurückgegangen, lagen bei gut viertausend im Jahr. Vor zwanzig Jahren waren es noch über siebentausend. Hinter einer dieser Statistikzahlen verbarg sich Steffis Kind, das sie damals unter Druck zur Adoption gegeben hatte. Steffi schluckte. Es hatte jetzt wahrscheinlich schon das Abitur und studierte. Als sie schwanger wurde, war sie noch auf der Schule gewesen. Eine Abtreibung war für ihre Eltern nicht infrage gekommen, also musste sie das Kind austragen und es dann weggeben. Manchmal träumte Steffi von ihrem Mädchen. Sie suchte es dann in einem Schrank, wusste genau, dass sie es dort hingepackt hatte, fand es aber nicht.

Steffi brach sich ein Stück dunkler Schokolade ab, steckte es in den Mund und lutschte es langsam.

Sie zwang sich zum Weiterlesen. Leihmutterschaft war ein großes Thema – eine fremde Frau trug gegen Bezahlung das durch künstliche Befruchtung entstandene Kind eines Paares aus. Das war in Deutschland verboten. Die Kommissarin klickte die nächste Seite an. Hier befasste sich ein Artikel mit der rückläufigen Zahl der Inlandsadoptionen. Ein Grund lag angeblich in der erleichterten Möglichkeit zur Abtreibung. Auch war es heute für alleinstehende Mütter leichter als früher, ein Kind aufzuziehen. Es gab Mutter-Kind-Häuser für Teenie-Mütter, die noch zur Schule gingen oder eine Ausbildung machen wollten. Das Kind wurde betreut während die Mutter in der Schule oder bei der Arbeit war.

Schade, dass ich von einer solchen Möglichkeit nichts gewusst habe, dachte Steffi. Hoffentlich war es ihrem Mädchen gut ergangen, das wünschte sie sich sehr. Sie nahm noch ein Schokoladenstück, trank einen Schluck Kaffee und scrollte weiter.

Während durch die demografische Entwicklung die Zahl der unter Vierzigjährigen abnahm, die ja vorwiegend als Adoptionseltern in Betracht kamen, sank generell in Deutschland die Zahl derjenigen, die sich überhaupt für Kinder entschieden.

Dennoch gab es weiterhin deutlich mehr Bewerber als zur Adoption freigegebene Kinder: sieben Bewerber kamen auf ein Kind.

Steffi suchte weiter. An einem Artikel blieb sie hängen. ›Wie sich Adoption auswirkt‹, las sie und weiter: ›Adoptierte oder früh in Familienpflege gegebene Kinder führen zwei Leben: Eines mit ihrer emotionalen Familie in Alltag und Normalität – und eines voll seelischem Schmerz, von den eigenen Eltern fortgegeben worden zu sein. Aus der Säuglingsforschung weiß man, dass Neugeborene ihre Eltern an der Stimme, der Sprache, am Herzschlag und am Geruch erkennen. Neugeborene spüren und speichern den Verlust, den Bruch im Leben. Es gibt vielfältige seelische Folgen, zum Beispiel lebenslange Selbstunsicherheit, Ängste vor neuer Trennung, Selbstzweifel und Selbstablehnung. Die in Schweden erstmals nachgewiesene hohe Rate von Suizid und Suizidversuchen bei ausländischen Adoptierten oder der erhöhte Anteil von Adoptierten in der Psychiatrie sind deutliche Hinweise auf die Störanfälligkeit von Menschen mit frühen Verlusten und Beziehungsabbrüchen‹.

Steffis hielt die Luft an. Das hatte sie nicht gewusst. Ob ihr Mädchen auch krank geworden war? Sie konnte das Rad nicht zurückdrehen, würde aber wirklich gern wissen, wo ihre Tochter war und wie es ihr ging. Steffi hatte schon einmal im Internet recherchiert, unter dem Geburtstag war nichts zu finden gewesen. Sie hatte schon vor langer Zeit einen Brief mit ihren Daten beim Jugendamt hinterlegen lassen. Wenn ihre Tochter wollte, würde sie sich irgendwann bei ihr melden und fragen, warum Steffi sie nicht gewollt hatte. »Was war falsch an mir, dass du mich nicht wolltest?«, würde sie vielleicht fragen. Was sollte sie darauf antworten? Die Wahrheit? Ich wollte dich, aber meine Eltern wollten nicht? Es würde wie eine Ausrede klingen.

Steffi klickte weiter, fand einen weiteren Bericht über eine Adoption. Sie las: »Das war ein ganz heißer Sommertag und wir haben sie in der Wohnung, wo sie geboren ist, abgeholt. Die Mutter hatte beschlossen, dass sie das Kind zur Adoption freigibt, hat es aber nicht mehr geschafft ins Krankenhaus zu kommen und daraufhin hat die Hebamme, die die Geburt betreute, uns angerufen und wir sind in der Hitze dorthin gefahren, das Treppenhaus hochgestiegen. Dort hat uns dann die Hebamme ein neugeborenes Kind, das in ein paar Handtücher eingewickelt war, in den Arm gedrückt und wir sind wieder nach Hause gegangen. Das fand ich ungeheuer schwierig und dann war es einfach ein wundervolles, ein ganz süßes Kind und es war unglaublich, es war etwa zwei Stunden nach der Geburt und ich dachte, das kann nicht wahr sein, dass dieses Kind jetzt unser Kind sein soll.«

Steffi schnäuzte sich. Hoffentlich waren die Adoptionseltern ihrer Tochter auch so gewesen. Steffis Eltern hatten damals bestimmt, dass keinerlei Kontakt zum Kind bestehen bleiben solle.

Für Adoptionsbewerber, die sich nichts sehnlicher wünschten als ein Kind, war es sicher oft schwer nachzuvollziehen, warum eine Mutter ihr Kind weggab. Steffi las die Aussage einer Sozialarbeiterin, die in einer Vermittlungsstelle Mütter und Eltern begleitete, die ihr Kind zur Adoption freigeben wollten. Sie besuchte sie schon während der Schwangerschaft im

Gefängnis oder im Krankenhaus und suchte für sie und manchmal mit ihnen gemeinsam die passenden Adoptionseltern für ihr Kind aus. Sie wusste, die meisten Frauen befanden sich in einer nahezu ausweglosen Notlage. Genauso wie ich, dachte Steffi, als sie las, was diese Frau im Interview gesagt hatte: »Ich finde, dass eine Frau das Recht hat, sich auch so zu entscheiden, wenn das für sie klar ist. Wenn man eine Frau dabei unterstützen kann, dieses ›Ja‹ beziehungsweise ›Nein‹ zum eigenen Kind mit gutem Gewissen zu sagen, dann läuft der Adoptionsprozess leichter.«

Steffi lockerte die Schultern, überflog einige Absätze, dann stieg sie wieder in den Text ein: Da dieser Adoptionsprozess oft für viele Adoptionswillige schwer durchschaubar und die Aussichten auf Erfolg so gering erscheinen, entscheidet sich ungefähr ein Drittel aller Adoptionsbewerber dafür, ein Kind aus dem Ausland zu adoptieren.

Aha! Steffi war also nun beim Thema angekommen, zu dem sie eigentlich hatte recherchieren wollen. Die Adoptionsgeschichte ging ihr einfach zu Herzen.

Manche Paare entschieden sich ganz bewusst für die Auslandsadoption, nach dem Motto, wenn schon adoptieren, dann auch wirklich von dort, wo es Kinder am schwersten haben. Vor allem waren das die Eltern, die sich Kinder wünschten, aber hier im Inland wenige Chancen hatten, weil sie über vierzig waren oder sonst aus anderen Gründen nicht infrage kamen. Und solche, die keine Leihmutter wollten. Für sie blieb der Weg der Auslandsadoption. Viele Kinder in Ländern wie Haiti, Russland oder Indien lebten unterhalb des Existenzminimums, waren unterernährt, mussten betteln. Babys wurden anonym als Findelkinder vor Waisenhäusern abgelegt. Die Zahl der zur Adoption stehenden Kinder war größer als die Zahl adoptionswilliger Paare in den Ursprungsländern. Überfüllte Waisenhäuser, überfordertes Personal, wenig Essen, kaum sauberes Wasser. Da konnten ausländische Adoptionseltern erfolgreich punkten, sogar Single-Frauen über vierzig und homosexuelle Paare hatten hier gute Chancen.

Steffi schloss die angeklickten Seiten und fuhr den Rechner herunter. Nachdenklich machte sie sich auf den Weg nach Hause, morgen würde sie weiter recherchieren.

Nach den Sprints verlangsamte Michael jetzt das Tempo. Er musste den Kopf freibekommen, das ging am besten mit dem Fahrrad. Er war von Zündorf aus, am Eltzhof vorbei, in die Wahner Heide gefahren. Dort geriet ihm der herumfliegende Pappelflaum andauernd in die Augen und Abendspaziergänger hatte er vom Weg klingeln müssen. Von da aus ging es Richtung Königsforst, wo ihn ein freilaufender Schäferhund beinah zu Fall gebracht hatte, jetzt war er wieder auf dem Weg zurück nach Porz.

Sein Gedankenkarussell war nicht zum Stillstand gekommen. Julia. Sie hatten sich getroffen. In Köln am Rheinufer. Sie waren spazieren gegangen und hatten in einem kleinen Bistro Kaffee getrunken. Sie hatte ein Hotelzimmer im Novotel direkt gegenüber vom Schokoladenmuseum. Sie würde ein paar Tage hier in Köln bleiben, hatte sie gesagt. Sie hatten sich so viel zu erzählen gehabt, dabei hatten sie doch immer mal wieder telefoniert und auch geskypt. Aber irgendwie war doch nicht alles so einfach, wie Julia es vor ihrem Treffen angekündigt hatte. Das lag aber nicht an ihr, sondern an ihm. Er wollte sie wiedersehen und sie wollte das auch, ihre SMS waren eindeutig. Julia redete nie lange um den heißen Brei herum. Sie sagte klar und deutlich, was sie wollte und was nicht. Da musste er nicht herumprobieren, Stimmungen ausloten, nicht aufpassen, etwas Falsches zu sagen.

Mit Julia war alles eher unkompliziert, aber gerade das machte sein Leben komplizierter. Michael seufzte. Was sollte er tun? Mit Ulla sprechen? Er dachte erneut an die Situation, in der er eine E-Mail von Julia im letzten Moment hatte vom Bildschirm klicken können, als Ulla in sein Büro gestürmt war. Gab es denn überhaupt etwas zu erzählen? Gerade jetzt, wo Ulla wieder verliebt in ihn war und er auch in sie? Aber wie konnte er gleichzeitig auch verliebt in Julia sein? Denn das war er doch wohl, wenn er ehrlich war. Ging so etwas überhaupt? Nach dem letzten Treffen mit Julia hatte er den Song ›Happy‹ von Pharrell Williams gehört und seitdem ging er ihm nicht mehr aus dem Kopf. Der wäre doch auch was für den Chor, denn Musik und Text machten wirklich glücklich. Er hatte gelesen, dass es jede Menge Videoclips im Internet gab, auf denen Menschen aus aller Welt zu dem Lied tanzten. Na ja, mit dem Tanzen hatte er es ja nicht so, aber er sang gern. Und hier in der Wahner Heide hörte ihn eh niemand, Michael holte tief Luft:

»It might seem crazy what I'm about to say Sunshine she's here, you can take a break I'm a hot air balloon that could go to space With the air, like I don't care baby by the way.
Because I'm happy clap along if you feel like a room without a roof Because I'm happy clap along if you feel like happiness is the truth …«

Ja, er fühlte sich wie ein Heißluftballon auf dem Weg ins Weltall und er fühlte sich leicht und glücklich. Aber ob das Ulla und Julia auch so ging?

28

»Wie Eltern ihre Kinder für deren schlechtes Verhalten bestrafen, so bestraft die Seele den Verstand und den Körper, wenn sie ihr nicht folgen. Natürlich manifestiert sich die Bestrafung im physischen Körper, aber Verstand und Körper haben gleichermaßen Anteil, wenn sie etwas Schlechtes tun. Die Seele besitzt und nutzt die Fähigkeit, einzelne Körperteile oder Organe erheblich zu schädigen. Es kann euer Kopf sein, den die Seele straft, es kann euer Oberkörper sein, euer Unterleib, es können eure Arme, eure Beine sein, eure Augen oder eure Ohren. Auch euer Mund kann gestraft werden. Es können Organe sein, die krank werden, wie Nieren, Galle, Lunge, Herz, Gebärmutter, Eierstöcke, Milz, Magen. So bestraft die Seele den Körper!«

Die Jünger senkten den Kopf, richteten den Blick auf den Boden. Auch Ulla sah auf ihre Hände, die leicht angespannt auf den Knien lagen. Sie war Rajans Einladung zum Treffen in seinem Haus gefolgt, konnte sich aber nicht entspannen, eine innere Stimme kommentierte alles, was dieser Rajan von sich gab mit, nein, nein, nein! nein!‹ Niemand hatte etwas zu Birgits Tod gesagt, selbst Rajan nicht.

»Ihr seid Sucher. Sucher der Wahrheit, der inneren und äußeren. Ihr seid Sucher des Lichtes. Licht ist das, was ein Suchender am dringendsten braucht. Doch ihr fürchtet euch vor dem Licht, denn es wird eure Unwissenheit und Unvollkommenheiten aufdecken. Und soll ich euch sagen, warum ihr Angst habt? Weil es schmerzt, wenn ihr etwas seht, das nicht zu eurem Selbstbild passt. Wenn ihr seht, dass alles, was ihr als eure Basis angenommen habt, ein Lügengerüst ist, das auf Sand gebaut ist. Dass das Licht diese Grundfeste zerstören, auflösen wird und ihr eurer eigenen Leere ausgesetzt seid. Dann werdet ihr nichts mehr haben, an das ihr euch klammern könnt. Aber fürchtet euch nicht vor dem Licht, denn ich werde euch halten. Fürchtet euch nicht vor eurer Leere, denn ich werde sie füllen. Vertraut mir und ich halte euch! Unterwerft euch und das Göttliche in euch und mir wird zu einer einzigen Kraft verschmelzen! Stärke wird euch erfüllen. Lebenskraft und Freude. Wie die Sonne die Welt erhellt und alles Leben ermöglicht, so werde ich euch mit dem göttlichen Licht erhellen und euer Leben lebenswert machen.«

Jetzt warfen sich alle um Ulla herum bäuchlings auf die kalten Fliesen, die Handflächen nach oben. Ulla rutschte weiter zurück, bis sie die kühle Wand im Rücken spürte.

»Im Laufe der Evolution streben wir nach Vollkommenheit. Jeder Mensch wird geleitet von diesem Wunsch nach Weiterentwicklung. Wiederholt also, was ich sage: Von wenig Licht entwickeln wir uns zu immer mehr Licht.«

Die Männer und Frauen murmelten: »Von wenig Licht entwickeln wir uns zu immer mehr Licht.«

»Irgendwann macht jeder die Erfahrung, dass das Erfüllen von Wünschen und Begierden keine wahre Erfüllung bringt. Verlangen bindet uns, inneres Streben befreit.«

Die Stimmen wurden lauter: »Verlangen bindet uns, inneres Streben befreit.«

»Menschlicher Stolz lässt uns selbst und andere oft leiden. Göttlicher Stolz bedeutet: Eins sein, das Wissen, dass Gott der Handelnde und die Handlung selbst ist.«

Der Geräuschpegel stieg: »Eins sein, das Wissen, dass Gott der Handelnde und die Handlung selbst ist!«

»Wir identifizieren uns mit unserem Körper. Doch in Wirklichkeit sind wir die Seele.«

»Wir sind die Seele«, schrien die Jüngerinnen und Jünger und sprangen auf. Ulla war auch aufgestanden und drückte den Rücken fest gegen die Wand. Die waren ja wohl völlig verrückt geworden. Wo war sie hier bloß hingeraten?

»Spirituelle Selbsthingabe bedeutet ein Hineinwachsen in die Fülle des Göttlichen.«

»Die Fülle des Göttlichen, des Göttlichen!« Sie bewegten sich auf ihn zu. Ullas spürte, dass sie vor Angst ganz flach atmete.

»Die tiefste, fruchtbarste und dauerhafteste Beziehung zwischen Menschen ist die zwischen Meister und Schüler.«

Er stand mit ausgebreiteten Armen vor seinen Anhängern und sie umringten ihn, streichelten ihn, hoben ihn hoch und trugen ihn durch den Raum: »Wir lieben dich Meister, wir gehören dir, Göttlicher. Sage uns, was zu tun ist. Erleuchte uns. Heile uns mit Deinem Licht, bleibe bei uns und führe uns durch die Dunkelheit.

»Was ist das Höchste?«, rief er ihnen zu.

»Das Höchste ist die Seele!«, hallte es zurück.

»Lasst euren Seelenvogel fliegen!«, rief Rajan nun und ließ sich von ihnen durch den Raum tragen.

Ulla schlüpfte schnell zur Tür hinaus. Das durfte doch nicht wahr sein. Das war eine Sekte und dieser Rajan hatte die Leute alle im Griff. Sie griff sich an den Hals, versuchte ruhiger zu atmen, ihr Mund, der Hals, alles trocken. Ulla sah sich um. Hier kannte sie sich nicht so gut aus wie im Engelshof. Dahinten hatten sie sich umgezogen, daneben waren die Toiletten. Und die Tür weiter rechts? Mit wenigen Schritten war sie dort und drückte die Klinke herunter. Abgeschlossen. Weiter den Gang entlang. Eine Tür mit dem Schild, ›Büro‹, abgeschlossen. Die nächste auch. Dann eine Terrassentür. Ulla musste mit beiden Händen den Türgriff fassen und kräftig Druck ausüben und daran rütteln, bis sie die Tür aufziehen konnte. Endlich frische Luft. Ulla trat auf die Terrasse eines verwilderten Gartens, in dem Buddha-Statuen in allen Größen aufgestellt waren. Auch ein Brunnen, etwa in der Mitte, stellte einen Buddha in Menschengröße dar, durch seine Hände floss das Wasser in eine Schale vor ihm.

Ulla drehte sich nach links. Trat zu dem Fenster und schaute hindurch. Das musste das Zimmer sein, auf dessen verschlossener Tür sie eben ›Büro‹ gelesen hatte. Ulla trat ganz nah heran und versuchte etwas zu erkennen. Sehr ordentlich, dieser Rajan. Regale bis zur Decke, gefüllt mit akkurat beschrifteten Ordnern. Der Schreibtisch war so positioniert, dass er mit dem Rücken zum Fenster sitzen würde und mit Blick zur Tür. Auf der Schreibtischplatte hatte er alles akkurat platziert. Ein Ablagekörbchen, Locher, ein gespitzter Bleistift, die Telefonanlage, ein Foto. Ulla drückte die Nase gegen die Scheibe. Er hatte doch tatsächlich ein Foto von sich selbst auf dem Schreibtisch. Ulla grinste. Na, der hatte ein Ego so groß wie ein Fesselballon. An der linken Wand stand ein Schrankelement, dessen Türen ein Stück offen standen. Ulla machte einen Schritt nach rechts, um besser sehen zu können und reckte den Hals. Was war denn da drin? Waren das vielleicht Monitore? Auf dem einen konnte sie schemenhafte Bewegungen ausmachen. Das könnte Rajan sein, der immer noch von vielen Händen durch den Meditationsraum getragen wurde. Die anderen Bildschirme waren schwarz, oder? Ulla glaubte auf dem, ganz links oben, Betten, Kinderbetten sehen zu können, aber das musste Einbildung sein. Waren das wirklich Überwachungskameras? Zeichnete Rajan alles auf? Oder wollte er nur die Möglichkeit haben, alles im Blick zu behalten, wenn er nicht anwesend war? Sie schaute sich um. Waren hier etwa auch Kameras? Dann würde er bald wissen, dass Ulla herum geschnüffelt hatte. Sie musste weg hier. Gerade als sie sich wegdrehen wollte, entdeckte sie eine Sporttasche neben dem Schreibtisch. Eine mit dem Logo von ›Mrs.Sporty‹. Birgit, dachte sie sofort, denn so eine hatte sie auch. Sie hatte doch dasselbe Werbegeschenk bekommen wie Ulla. Aber, wenn es Birgits Tasche war, was machte sie in Rajans Büro? Zumal Birgit tot war. Egal, falls sie überwacht wurde, brauchte Ulla erst einmal eine plausible Erklärung, warum sie hier draußen war. Sie überlegte nicht lange, sondern setzte langsam Fuß vor Fuß und wankte zum Brunnen. Dort hielt sie sich mit beiden Händen fest und tat, als würde sie nach Luft ringen. Dann ließ sie sich auf einen Brunnenvorsprung sinken, kühlte sich mit Wasser die Stirn und schloss die Augen. Von irgendwoher hörte sie Kinderstimmen. Rajans Haus war ganz am Rand der Siedlung, umzäunt von Büschen und Bäumen. Haus war eigentlich untertrieben, es handelte sich eher um ein Anwesen. Und das nächste Haus war weit entfernt. Ulla legte die Hand an die Stirn und blinzelte durch die Büsche. Hinter den Rhododendren, die üppig lila und rot blühten, schien noch ein Anbau zu sein. Die Stimmen kamen von dort, da war sich Ulla sicher. Ob hier außer Rajan noch weitere Personen wohnten? Vielleicht gab es ja so etwas wie eine Kommune?

»Ach, hier bist du!« Rajan war mit wenigen Schritten neben ihr. Er legte sanft die Hand auf ihre Schulter. »Geht es dir nicht gut?«

»Langsam wird es wieder besser. Ich, ich glaub, mein Kreislauf, mir war auf einmal ganz schwindlig.« Ulla bemühte sich um eine weinerliche Stimme.

»Und dann findest du hierher?« Rajan hob die rechte Augenbraue an.

Wenn Ulla wollte, konnte sie sehr unschuldig gucken. »Ich brauchte frische Luft und habe mich etwas verlaufen. Ich wusste nicht mehr, wo die Eingangstür war, da bin ich einfach den Gang hier herunter und nach draußen. Ich hoffe, das war in Ordnung. Schön hast du's hier!« Sie lächelte ihn von unten her an.

Rajan sah sich prüfend um. »Ja, doch, ein nettes Fleckchen, aber ich hänge mein Herz nicht daran, das Leben ist Veränderung. Möchtest du etwas Quellwasser?« Er ging zu dem wuchtigen Holzschrank, der in der Terrassennische stand, und öffnete eine der Türen. Dahinter war ein großer Kühlschrank, in dem Wasser- und Weinflaschen ordentlich gestapelt übereinander lagen. Er reichte Ulla eine Flasche. »Das lasse ich extra aus den französischen Alpen kommen, wegen der Reinheit.«

Snob, dachte Ulla und wandte sich ihm zu. »Musst du nicht wieder rein?«

»Nein, die Meditations- und Reinigungseinheit ist vorbei. Jetzt haben die Menschen Zeit für sich und die anderen.« Er zwinkerte ihr zu.

Ullas Atem stockte kurz. »Was machen sie denn jetzt da drinnen?« Ihre Stimme hörte sich ein bisschen an wie die eines kleinen Mädchens.

Rajan schaute sie abschätzend an. »Was sie so wollen.« Auch er nahm einen tiefen Schluck aus der Wasserflasche, aus der Ulla eben noch getrunken hatte. »Manche meditieren weiter, andere dösen und ein paar«, er sah Ulla direkt in die Augen, »haben Sex miteinander.« Er hielt Ulla die Flasche hin.

»Gruppensex?« Ulla hörte selbst, wie erschrocken sie klang.

Rajan hob die Schultern. »Niemandem werden hier Grenzen gesetzt, zumindest nicht in dieser Hinsicht. Jeder und jede soll im Einklang mit sich und den anderen leben können. Tust du das, liebe Ulla?«

Ulla schnappte nach Luft. Was nahm der Kerl sich denn da raus? Das ging den doch gar nichts an. Sie hatte das Gefühl, als wollte der Mann in sie hineinkriechen. Wissen ist Macht, dachte Ulla. Vor allem, wenn ich viel über andere weiß. Aber sie sprach ihre Gedanken nicht aus. »Ich bin im Einklang mit mir, Gott und meinen Lieben!«, sagte sie ruhig. »Hattest du eigentlich eine enge Beziehung zu Birgit?«, fragte sie schnell und sah Rajan forschend an.

Sein linkes Augenlid zuckte ein-, zweimal kurz. »Ich glaube nicht, dass das dich oder sonst jemand etwas angeht!« Der Ton seiner Stimme war schneidend und eiskalt. »Birgits Seele absolviert jetzt schon die nächsten Stufen auf dem Weg zur Erleuchtung. Sie begegnet mir in dem Wasser hier. Ihre Seele hat sich mit dem All-eins-sein vereint.« Er schöpfte mit der Hand Wasser aus dem Brunnen und seine Stimme klang wieder voll, eindringlich, dabei warm und weich wie bei der Meditation. »Ich höre ihre Stimme im Gesang der Vögel, rieche ihren Geruch in den Blüten dort drüben. Birgit war meine beste Schülerin und ja, wir hatten Großes vor, aber nicht das, was du meinst. Wahre Liebe geht weit über das Körperliche hinaus. Wobei sie einen Weg auf eine höhere Bewusstseinsstufe eröffnen kann.«

Ein Mann mit rötlichen Haaren eilte auf die Terrasse. »Rajan, kommst du bitte, Purnima rastet mal wieder aus und beschimpft Daya, sie hätte was mit dir. Sie ist völlig irre vor Eifersucht und …«

»Schschsch, Ranjeet, ich komme gleich. Ulla ging es nicht gut und ich hab' ihr nur etwas Gesellschaft geleistet. Ich denk, wir gehen jetzt alle wieder hinein.« Rajan hielt Ulla die Hand hin. Plötzlich erklang lautes Kinderweinen und Ulla, die gerade aufstehen wollte, hielt inne. »Habt ihr Kinder in der Nachbarschaft?« Sie sah, dass Rajan und Ranjeet Blicke tauschten.

»Jaja, da ist immer viel Besuch und Geschrei.« Rajan griff nach Ullas Arm und zog sie zum Haus. »Komm mit, ich spüre, dass es dir wieder gut geht.« Seine Stimme duldete keinen Widerspruch.

Brandl, Sven, Pietschko und Biggi trafen sich direkt nach Dienstbeginn im kleineren der beiden Besprechungsräume und hängten zuerst alle Fotos und Berichte der KTU und der Rechtsmedizin an die Pinnwand. Das Profiling hatte nicht so zeitnah stattfinden können wie geplant. Auf die linke Seite hefteten sie Helmut Rietmüllers Foto, rechts das von Bernhard Schütte. Sie teilten die Akten untereinander auf. Dann setzten sie sich an den geräumigen quadratischen Besprechungstisch, die Laptops vor sich, und arbeiten sich durch die schon ermittelten Informationen und Berichte. Das erneute Lesen, bei dem sie besonders auf Unstimmigkeiten achteten oder auf Spuren, die sie vielleicht bisher übersehen hatten, war ein absolutes Muss. Dafür war der Vormittag eingeplant. Keiner sprach ein Wort. Ab und zu raschelte Papier oder jemand setzte seine Kaffeetasse etwas unsanft auf der Untertasse ab. Alle blätterten eifrig, scrollten oder tippten auf der Tastatur herum. Ab und zu stöhnte oder seufzte jemand oder rief: ›Das ist ja ein Ding!‹ Doch keiner reagierte. Man würde später alles besprechen.

In der Mittagspause gingen sie gemeinsam in die Kantine und setzten sich zu den bereits laut diskutierenden Kollegen.

»Oh, oh, wie wunderbar, zwei ernsthaft ermittelnde, schweigsame Profilerpaare«, frotzelte Pia und knuffte Sven in die Seite. »Wenn man den ganzen Morgen nur liest und liest, fällt das Umswitchen auf die Kantine schwer, aber für dich investiere ich mein schönstes Lächeln.«

Svens Gesicht verzog sich zu einer eher missglückten Grimasse. »Sorry, Schatz, vielleicht heute Abend wieder«, fügte er noch hinzu.

Pietschko kaute gedankenverloren auf einem Stück Schnitzel herum, Brandl schlurfte eine Tomatensuppe und Biggi stocherte in ihrem Salat.

»Milchreis mit Zimt, Zucker und Kirschen, fast wie bei Muttern früher«, jubelte Steffi und brachte sich direkt zwei Portionen mit.

»Isst du nie was Herzhaftes?«, fragte Jo. Er hatte einen Teller dampfender Spaghetti Carbonara vor sich. »Nicht, dass ich dir da rein reden will, mein Herz, nur damit ich weiß, was ich einkaufen muss, wenn du mich besuchen kommst.« Er versuchte gerade ein paar widerspenstige Nudeln auf die Gabel zu wickeln.

»Die Betonung liegt auf ›*wenn*‹ und du solltest jede Menge Süßes auf Lager haben.« Steffi leckte genüsslich den Löffel ab. »Für Bauch, Herz und Haut!«

»Hört, hört, das ist ja mal eine klare Ansage«, lachte Sven.

»Am besten auch Süßholz zum Raspeln«, knurrte Lars, »aber nein, das hast du ja schon!« Er biss in ein dick belegtes Thunfischbaguette.

Biggi griff nach ihrem halb vollen Teller, murmelte etwas von ›auf Toilette gehen‹ und sagte dann lauter: »In zehn Minuten geht's weiter, okay?!«, und war schon wieder weg.

Steffi sah ihr nachdenklich nach. »Etwas stimmt nicht mit der Frau Profilerin. Sie ist in letzter Zeit so niedergedrückt. Vor dem Betriebsausflug war sie anders drauf. Ich hoffe nicht, dass einer von euch ihr was getan hat!« Sie sah von einem zum anderen und hob drohend den Löffel.

»Wir doch nicht!« Lars sah sie empört an. »Vielleicht gibt es ja einen großen Unbekannten, der ihr nicht gut tut …«

»Ich, ich glaub, da muss man nicht so weit suchen«, Pietschko sah Brandl eindringlich an.

Was wollte denn diese Frauen abschreckende Raupe von ihm? Brandl stierte genauso eindringlich zurück.

»Wir müssen jetzt los, Bösewichte fangen«, griente Sven, stand auf und küsste dabei Pia flüchtig auf den Scheitel. »Bis später, Schatz!«

»Nenn mich Schatz, Namen kann ich mir so schlecht merken!«, gnatzte Lars und Pia warf den Salzstreuer nach ihm.

Brandl fing ihn auf. »Nicht so wild, Kinder, geht nach draußen spielen!« Dann folgten er und Pietschko Sven.

Biggi stand schon an der Pinnwand und sah ihnen entgegen. »Hier ist gerade der Abschiedsbrief der Birgit Rietmüller hereingekommen von der KTU. Ich hab' ihn und ein Foto der Tatverdächtigen direkt dazu gepinnt. Wir gehen jetzt aber zuerst alle Fakten durch. Dabei zerlegen wir den Tathergang in viele Einzelschritte und diskutieren jeden dieser Schritte unter allen denkbaren Aspekten, die Grund für die Morde sein könnten. Und haben dabei im Hinterkopf, dass das oder die Verbrechen als Spiegel für die seelische Verfassung des Täters zu sehen sind. Im Grunde genommen spiegelt sich das Innenleben eines Menschen zu einem gewissen Grad in seinem äußeren Leben wider. Ich will damit sagen, dass, wenn eine Tat chaotisch durchgeführt wurde, dann ist die Wahrscheinlichkeit groß, dass die Psyche des Täters auch so strukturiert ist. Das würden aber Menschen in seinem nahen Umfeld mitbekommen. Daher wird eine solche Persönlichkeit sich eher von anderen zurückhalten, also ein Einzelgänger sein, auch, damit er nicht durchschaut wird.« Biggi trank einen Schluck Wasser und erklärte weiter: »Eine andere Frage, die wir uns stellen sollten, ist, *wie* wurde die Gewalt ausgeübt? Eher methodisch, geplant oder war es eine Bestrafung, vielleicht im Affekt? War es eine Hinrichtung oder wollte jemand das Opfer regelrecht abschlachten? Was sagen uns die Fundorte? Die Tatorte? Wie aggressiv ist jemand mit dem Opfer und mit der Leiche umgegangen? Manchmal wird ja eine Leiche richtig in Szene gesetzt. Und«, sprach sie weiter und hob die Stimme, »könnt ihr euch vielleicht vorstellen, welche Rolle der Täter während der Tat den Opfern gegeben hat? Wir tragen jetzt einfach alles, was uns in den Sinn kommt, zusammen!« Sie sah auffordernd in die Runde. Die drei Männer senkten die Köpfe und starrten auf ihre Unterlagen. »Wie gesagt, wir werden versuchen, den gesamten Ablauf der Tat im Detail nachzuvollziehen. Das wird ›Sequenzanalyse‹ genannt. Wir nehmen den Tathergang auseinander und puzzeln dann alles wieder zusammen. Wichtig ist: wann hat der Täter was genau getan und vor allen Dingen warum? War es eine spontane Handlung, weil sich dem Täter hier eine nicht geahnte Gelegenheit bot, oder erscheint die Tat wie von langer Hand geplant? Spricht etwas dafür, dass der Täter das Opfer kannte? Wenn ja, woher? Zu jeder vermeintlichen Unwichtigkeit, jedem vermeintlichen Motiv werden alle denkbaren Vermutungen aufgeschrieben und ich mach dann daraus ein Flussdiagramm.«

Brandl schwirrte der Kopf. »Ich weiß nicht, ob ich alles, was du da eben genannt hast, im Hinterkopf behalten kann, wenn ich mir die Fakten jetzt vornehme«, seufzte er und die anderen beiden nickten.

»Das hört sich schlimmer an, als es ist«, beruhigte Biggi sie. »Im Grunde geht ihr wahrscheinlich ähnlich vor, wenn ihr versucht, einen Fall zu klären. Wir gehen zuerst noch einmal alle Personen durch, die im engeren und weiteren Kreis mit den Ermordeten zu tun hatten. Denn in den seltensten Fällen kannten sich Täter und Opfer vor der Tat nicht.« Biggi heftete die Namensschilder von Partnern und Kollegen um die Fotos der beiden Toten. Die, mit denen beide zu tun gehabt hatten, kamen in die Mitte, das waren der Firmenchef Hans Dellinger, der Bauleiter Sascha Tröger, Geschäftsführer Deckert. Im privaten Bereich gab es keinerlei Überschneidungen. Biggi setzte sich wieder an den Tisch, Sven hob die Hand.

»Also der Mord an Rietmüller fällt meiner Meinung nach eher unter den Begriff ›chaotisch‹, so, wie der zugerichtet war. Im Gegensatz dazu war jedoch die Entsorgung seiner Leiche sehr ordentlich und sauber durchgeführt worden. Da frag ich mich, ob der Täter gewartet hat, bis er sich wieder beruhigt hatte oder wir es hier mit mehreren Tätern zu tun haben. Und der Schütte, der hatte laut Bericht der Rechtsmedizin eine Fraktur im Nacken, die auf den ersten Blick einen Sturz vermuten lässt, dieser jedoch war laut Untersuchung nicht tödlich. Schütte hatte Erde in der Lunge, der ist da qualvoll erstickt. Das sieht mir nicht nach einer Affekthandlung aus, der wurde bei lebendigem Leib an der Stelle verbuddelt, wo am nächsten Tag der Beton gegossen werden sollte. Dann hat jemand die Stahlwehrung darüber gepackt und für den, der den Beton dann samstags da aufgebracht hat, sah alles ganz normal aus. Also ich seh' keine Ähnlichkeiten zwischen den beiden Taten.« Er verschränkte die Arme vor der Brust.

»Vielleicht dachte der Täter, Schütte sei tot.« Pietschko räusperte sich: »Der kann nach dem Sturz doch ohnmächtig gewesen sssein, dann hat der Täter gedacht, das bleibt an ihm hängen und hat Angst bekommen und ab mit ihm unter die Erde.«

Sven schüttelte sich. »Das ist doch das Allerschlimmste, lebendig vergraben oder begraben werden! Ich hab' da mal vor Jahren einen Bericht drüber geseh'n. In Italien kann man Särge mit Beleuchtung, Klingel und Sauerstoffversorgung kaufen.«

»Die spinnen, die Italiener!« Biggi verwandelte einfach den Spruch ›Die spinnen, die Römer‹ aus den Asterixheften, die sie früher so gern gelesen hatte. »Aber solche Klingeln waren in Leichenschauhäusern im 19. Jahrhundert auch üblich und im Mittelalter verfügten manche Leute, dass ihnen ein Seil um den Zeh oder die Hand gebunden werden sollte und am Ende des Seils, also oben war eine Glocke oder Klingel befestigt.«

Pietschko sah sie staunend an.

Brandl sah zu Biggi hinüber. Steffi hatte recht gehabt, Biggi sah traurig aus und das war vermutlich seine Schuld.

»Ich würd gern noch mal wegen Rietmüller zu Dellinger gehen. Der Rietmüller wurde geschmiert und hat geschmiert, vermutlich auch den Schütte. Es könnte ja sein, dass Schütte gierig geworden ist und mehr wollte. Und Rietmüller hat ihn dann beseitigt. Der hat doch noch gelebt, als der Schütte verschwand. Aber ich würde gern noch über die Geldströme in der Baubranche zurückkommen.«

Brandl stand auf und stellte sich ans Flipchart. Er schrieb ›Dellinger GmbH‹ in die Mitte des Blattes, oben rechts ›Bauamt‹; unter ›Dellinger‹ notierte er Subunternehmer X, Y, Z. Rechts von ›Dellinger‹ kamen noch ›Öffentliche Hand‹ und ›Privatkunden‹ aufs Papier. »Wie könnte es gewesen sein?« Er sah die anderen an.

»Dellinger möchte gerne den Auftrag eines Privatkunden haben. Um den zu bekommen, kann er seine Arbeit kostengünstiger anbieten als andere Baufirmen, oder er gibt dem, der den Auftrag vergibt, etwas, das ihm gefällt.« Biggis Augen blitzten. »Geld, oder andere schöne Dinge, wie eine große Reise, den Bau eines Swimmingpools im Privathaus, was auch immer.«

Brandl zeichnete einen Pfeil von ›Dellinger‹ zu ›Privatkunde‹. »Wer kümmert sich um diese Zahlungen?«

Pietschko hob die Hand. »Vermutlich der Chef persönlich, denn er hat das größte Interesse an so einem Auftrag.«

»Woher bekommt er das Schwarzgeld, denn diese Summen kann er ja nicht auf den Geschäftskonten verbuchen?« Brandl sah Biggi an, denn er wusste, dass sie sich gut in die Materie eingearbeitet hatte.

»Scheinrechnungen sind der einfachste Weg und in der Branche schon häufig vorgekommen.« Als sie Pietschkos fragenden Blick sah, fügte sie hinzu: »Die Subunternehmen, die für Dellinger arbeiten, also die Dacharbeiten, Fensterbau, Haustechnik, Metallbau, Beleuchtung, Malerarbeiten und so weiter, durchführen, stellen Rechnungen aus, deren Materialien oder Arbeitsleistungen sie nie erbracht haben. Dellinger stellt das dem Kunden in Rechnung und teilt sich dann mit den Subunternehmen den Gewinn.«

»Und woher bekam Rietmüller das Geld, das in Liechtenstein angelegt wurde?« Sven rutschte auf dem Stuhl hin und her.

»Vermutlich von den Subunternehmen, die von der Firma Dellinger beauftragt wurden. Nach dem Motto ›Du gibst mir den Auftrag und ich geb dir Bares‹. Das wäre nicht das erste Mal, dass so etwas vorkommt.« Biggi seufzte.

Brandl schrieb unter ›Dellinger GmbH‹ drei Namen, Hans Dellinger, Hans-Rudolf Deckert, Helmut Rietmüller. Dann kamen Pfeile von Subunternehmer X, Y, Z zu Rietmüller und Deckert. »So könnte es gewesen sein.«

»Und die Bauaufsicht? Von wem bekommt die das Geld?« Sven wollte es genau wissen.

»Von Dellinger oder vielleicht auch von Rietmüller, falls Dellinger ihn damit beauftragt hat«, Brandl sah in die Runde, die anderen nickten.

»Gut so! So machen wir weiter. Sprecht alles, was euch in den Sinn kommt, aus. Jede Idee ist wichtig. Bewertet nicht im Kopf. Alles kann wichtig sein. Jedes noch so kleine oder unwichtig erscheinende Detail. Benutzt euren Verstand, eure Erfahrung und euren Spürsinn!«, feuerte Biggi sie an und sie arbeiteten bis über den Dienstschluss hinaus. Brandl machte das nichts, Hauptsache war, sie würden pünktlich fertig. Ulla würde heute Abend zu ihm kommen.

29

Ulla stand auf dem Balkon und schaute ins Regengrau. Der Rhein war in der Dämmerung nur noch schemenhaft wahrzunehmen, aber sein Plätschern war bis hier oben zu hören. Der kühle Wind ließ sie frösteln. Sie legte die Hand auf das feuchte Geländer, roch dessen herb-metallischen Geruch und schon war die Erinnerung an den entsetzlichen Abend, als Giselher Berger sie entführt und hierhin gebracht hatte, wieder da. Sie wischte sich über die Augen. Brandl trat neben sie und reichte ihr ein Glas Rotwein. »Ich bin so froh, dass du doch gekommen bist!« Seine Stimme war dunkel und warm.

»Du hast ja nicht aufgehört mit deiner Drängelei«, versuchte Ulla zu scherzen und setzte schnell das Glas an die Lippen, als Brandl sich zu ihr beugte. Bloß nicht küssen!, schrie es in ihrem Kopf. Nicht wieder! »Ist schon merkwürdig, dass du jetzt hier in der Wohnung der alten Berger lebst. Aber schön ist sie wirklich. Unser neues Haus auch«, fügte sie schnell hinzu. »Wir haben einen Neuanfang gestartet. Ich meine, Michael und ich.«

Brandl lehnte sich ans Balkongeländer und nippte an seinem Glas. »Und?«

»Gut, klappt *sehr* gut.« Ulla betonte das Wort ›sehr‹ etwas zu stark für ihr eigenes Empfinden. Als wollte ich mich selbst überzeugen, dachte sie. Sie sprach schnell weiter. »Wir sind ja auch umgezogen, nach Zündorf. Das war auch gut. Neues Häuschen, zweite Chance, neuer Start.« Ihr Glas war fast leer und ihr Herz klopfte wild.

»Ich weiß.« Brandl sprach leise, so, als würde er mit sich reden. »Ich wollte dich sehen, mit dir sprechen, dich …« Er hielt inne. »Ich habe vor deiner Tür gestanden, aber da war ein anderer Name.«

»Und du konntest, obwohl du an der Quelle sitzt, meine neue Adresse nicht rausfinden?« Die Worte waren aus Ulla herausgeplatzt, ohne dass sie sie hätte zurückhalten können.

»Hätte das etwas geändert?« Brandl stellte sein Glas aufs Balkongeländer, nahm Ullas Gesicht in die Hände und hob es an. Jetzt musste sie ihn ansehen. »Ich war ein Idiot.«

»Ja, warst du!« Ullas Augen füllten sich mit Tränen.

»Ich wollte dir nicht wehtun.«

»Hast du aber und jetzt bist du wieder dabei!« Sie schluckte.

»Das tut dir weh?« Brandl wischte mit dem Zeigefinger ihre Tränen weg, und legte seine Wange an ihre.

Ulla schluchzte. »Alles kommt wieder hoch. Das alles war für mich abgehakt. Du warst für mich abgehakt. Meine Gefühle für dich, abgehakt! Und jetzt, und jetzt …« Sie presste das Gesicht an seine Schulter, atmete seinen, ihr immer noch vertrauten, Geruch ein.

Brandl streichelte über ihren Rücken. »Da ist nichts abgehakt, Ulla. Bei dir nicht und bei mir auch nicht.« Seine Stimme klang belegt.

Ulla hob den Kopf und sah, wie unglaublich traurig er aussah.

»Ich würd' es gern besser machen, weißt du? Aber es kann sein, dass ich es wieder vermassele. Mit Familie hab' ich es nicht so. Ich glaub, ich bin ein Beziehungslegastheniker. Vielleicht ist dein Mann doch die bessere Wahl.« Er wandte den Kopf ab.

Er liebt mich, schrillte es in Ullas Kopf, er will mit mir zusammen sein. Sie stellte sich auf die Zehenspitzen und küsste ihn auf die Wange, denn an seinen Mund kam sie nicht heran.

Er wandte sich ihr zu. »Ich weiß nicht, ob ich gut für dich bin.« Seine Stimme klang brüchig.

»Lass mich das selbst entscheiden, ja?!« Ulla küsste ihn auf den Mund und er erwiderte den Kuss. Ulla fühlte sich wie in einen Fluss geworfen. Die Strömung nahm sie einfach mit. Sie konnte nichts dagegen tun. Nichts. Es war wie nach Hause kommen. Nicht nach Zündorf, nicht in ihr Elternhaus, ein Zuhause, das sie noch nicht kannte, obwohl es immer da gewesen war.

Küssend bewegten sie sich zur Balkontür. Dabei stießen sie gegen Brandls Glas und es kippte vom Balkon, zersprang klirrend auf dem Fahrradweg.

»Scherben bringen Glück, oder?« Brandl lächelte Ulla an und zog sie Richtung Couch.

Porzellanscherben ja, Glasscherben nicht, dachte Ulla, aber sagte es nicht. Sie wollte glücklich sein, nur noch glücklich sein.

Brandl hatte nicht viel geschlafen. Nachdem Ulla gefahren war, hatte er sich in seinem Bett herumgewälzt, den Kopf voller Wenn und Aber. Jedoch tief in ihm fühlte es sich himmlisch an, wenn sie zusammen waren. Richtig und gut.

Jetzt saß er im Büro und seine Augen brannten. Er starrte auf die drei staubigen Ordner, die der Praktikant bei der Stadtverwaltung abgeholt und vor ihm auf dem Schreibtisch aufgetürmt hatte.

»Die Kubitschek war ziemlich neugierig und hat versucht mich auszuquetschen, aber ich habe geschwiegen wie ein Grab!« Mike sah Brandl hungrig nach Lob an.

»Das war ja auch nicht schwer, du hast doch von nix 'ne Ahnung«, feixte Brandl und sofort zog der junge Mann enttäuscht einen Flunsch.

»Aber deshalb bist du ja hier, um etwas zu lernen oder?«, lenkte Brandl ein und schlug einen, wie er meinte, väterlich-versöhnlichen Ton an. »Du darfst dir die Ordner jetzt mal vornehmen und deinen ganzen kriminalistischen Spürsinn nutzen, um herauszufinden, warum der Baukontrolleur Schütte gerade diese Ordner wegschmeißen wollte.«

Mike sah nicht begeistert aus. »Vielleicht geht es aber auch nur um alte, verjährte Projekte da drin, die kein Schwein mehr interessiert …«

»Klar, das kann sein. Aber es kann eben auch sein, dass es ganz anders ist. Und das sollst du herausfinden, Pink Panther. Außerdem hast du das mit Rietmüllers Tischkalenderabgleich super gemacht, das war 'ne richtige Hilfe für uns!« Brandl versuchte es auf die diplomatische Tour. »Notier' dir die Sachen, die dir nicht ganz sauber vorkommen und dann sprich dich mit Biggi ab, sie ist ja gerade die Hüterin der Schmiergeld- und sonstigen Konten.« Brandl gefiel es zu delegieren, zumindest solche Fleißarbeiten.«Und du kannst hier meinen zweiten Schreibtisch mit Beschlag belegen. Ich wollte sowieso noch mal raus, um mir diesen Sektenchef näher anschauen, da hast du hier das ganze Reich für dich!«

Brandl stand auf, nickte dem immer noch nicht sehr begeisterten Mike aufmunternd zu und war auch schon zur Tür hinaus.

Auf der Fahrt nach Bergisch Gladbach ging er in Gedanken die Fakten durch, die er über diesen Rajan recherchiert hatte.

Rolf Hanssmann hieß er mit bürgerlichem Namen. Jahrgang 1955, geboren in der Nähe von Stuttgart. Die Eltern hatten einen landwirtschaftlichen Betrieb und Weinberge besessen, Hanssmann ein Internat besucht. Danach war er anscheinend in Indien und Amerika gewesen und erst 1998, nach dem Tod des Vaters, zurückgekehrt. Hab und Gut seiner Eltern hatte er dann veräußert, die Mutter in einem Pflegeheim untergebracht. Dann wurde das Haus in Bergisch Gladbach gekauft, dort war er ordnungsgemäß gemeldet und bezahlte seine Steuern. Im Melderegister standen auch noch sechs weitere Namen unter dieser Adresse. Nein, nicht ganz, Rolf Hanssmann war unter der Adresse Hafner Weg 4a, registriert, die anderen Namen unter 4b. Es gab Einträge im Internet über die Heilsbotschaften, die er als Rajan verkündete, aber bei INPOL, der polizeilichen Datenbank, war kein Kriminalaktennachweis zu finden gewesen, der Angaben zu erkennungsdienstlichen Behandlungen, Haftdaten oder Strafanzeigen hätte liefern können.

Und Verrücktsein war ja nicht strafbar. Zumindest, solange er keinen damit schädigte oder diffamierte. Die Leute rannten ihm doch wohl freiwillig hinterher. Brandl dachte an Ulla. Ulla auf seinem Balkon. Ulla auf seiner Couch. Wie sie zusammen gewesen waren und wie gut es sich angefühlt hatte. Nicht nur der Sex. Das Im-Arm-Halten, das Lachen. Immer wieder hatte er sie küssen müssen. Später war sie aufgesprungen, hatte sich vor ihn gestellt und ihm zugezwinkert: »Ich hab' mal schnell bei Hans Kruppa geklaut und seinen Text passend gemacht:

Auf dich war
ich – wieder – nicht vorbereitet.
Wie ein Blitz
aus heiterem Himmel
hast du mein Herz getroffen
und in Brand gesteckt –
du Brandl, Brandstifter, du!
ein Feuer,
in das du
deine Hände legen kannst.«

Sie hatte nackt da gestanden und ihn erwartungsvoll angesehen. Er hatte gelacht und gelacht und dann waren ihm die Tränen gekommen. Selbst jetzt, wo er sich daran erinnerte, wurde ihm ganz schwindlig. Mein Gott, Brandl, jetzt wirst du noch sentimental!, ging es ihm durch den Kopf. Wie sehr er sie vermisst hatte, ihre verrückte Leidenschaft, für ihn und für Gedichte. Er suchte nach einem Ansatz, um aus dieser Gefühlsduselei herauszukommen. Denk daran, was sie danach erzählt hat, über den Guru und Birgit Rietmüller! Arbeit funktionierte immer. Ullas Schilderungen über diese Lichtheilungstreffen und was Hanssmann dabei von sich gab, fand Brandl haarsträubend. Er fragte sich, wie sich Menschen freiwillig einem solchen Schwachmaten anschließen konnten. Brandl war für solche Heilsgeschichten überhaupt nicht anfällig. Selbst die Kirche konnte ihn nicht beeindrucken. Die einzige Stärkung, die er ab und zu brauchte, wenn er einen Tatort beging oder Leichenteile zusammensuchen musste, war ein Riegel Schokolade. Andere rauchten, er suchte dann immer nach einem Riegel in der Tasche. Meist fand er auch einen. Aber gut. Jeder hatte das Recht, einen Idioten aus sich zu machen. Das Einzige, was ihn interessierte: Wo war die Verbindung zum aktuellen Fall? Birgit Rietmüller hatte zu der Sekte, wenn man sie denn so nennen konnte, gehört. Aber die Frau war gesprungen. Fremdeinwirkung hatte die KTU, anhand der bisherigen Spurenlage, so gut wie ausgeschlossen. Der Abschiedsbrief war auch untersucht worden und er schien echt zu sein. Sie hatte darin sogar zugegeben, ihren Mann Helmut ermordet und im Baggersee versenkt zu haben. Ganz allein. Auch wenn Brandl Letzteres nicht glaubte. Sie musste Hilfe gehabt haben, schützte ganz offensichtlich jemanden. Interessant war ja, dass ihre Glaubensgenossen ihr erst einmal ein Alibi gegeben hatten. War das gelogen gewesen, um sie zu schützen? Oder wollten sie sich selbst schützen? Steckten sie mit dahinter, oder der Hanssmann selbst? Er konnte bisher nichts beweisen. Daher würde er sich genau überlegen, was er von dem Guru wissen wollte. Das tat er vor jeder Befragung. Also, was wollte er bei diesem Leuteverarscher? Brandl konnte sich nicht vorstellen, dass irgendjemand von solch einem Schwachsinn selbst überzeugt sein konnte. Das musste er unbedingt herausfinden.

Ulla hatte auch etwas von einer Sporttasche gesagt, die sie bei ihm gesehen hatte. Eine Sporttasche, wie wohl Birgit Rietmüller auch eine gehabt hatte. Brandl schüttelte den Kopf. Wahrscheinlich hatten tausend Mrs.Sporty-Frauen so ein Teil. Und außerdem: Die hätte sie ja auch dort einfach vergessen haben können. Andererseits erinnerte er sich gut daran, dass Ulla damals bei den Morden in Porz mit vielen Dingen richtig gelegen und ihm gute Hinweise gegeben hatte. Schade, dass sie Pfarrerin geworden war, sie wäre eine gute Kriminalistin. Sie nahm sehr genau wahr und fühlte sich unheimlich gut in die Leute ein. Was hatte sie noch mal gesagt? Sie hätte Kinderstimmen auf dem Gelände gehört. Na ja, die Kinder könnten ja bei den Leuten aus Hausnummer 4b wohnen oder zu Besuch gewesen sein. Nichts Verdächtiges, aber seine Kollegin Biggi hatte auch gemeint, man solle dem Sektenführer mal auf den Zahn fühlen. Und Biggi war ein Profi.

Brandl parkte den Wagen vor der Doppelgarage, deren schwarzes Rolltor sich in eindrucksvollem Akzent von den weißen Hauswänden absetzte. Alles gleißend hell, beinahe grell hier. Brandl kniff die Augen zusammen. Selbst die Einfahrt des Bungalows war mit fast weißen Fliesen ausgestattet, die wie ein Parkettfußboden verlegt waren. Noch bevor Brandl klingeln konnte, öffnete ein groß gewachsener Mann in weißer, wallender Kleidung die Tür.

»Kriminalhauptkommissar Peter Brandl, guten Tag Herr Hanssmann«, Brandl sah auf das Klingelschild auf dem ›Rajan‹ stand. Daneben prangte eine große gelbe Sonne aus Messing.

»Ich wünsche Ihnen auch einen guten Tag, Herr Brandl«, Rolf Hanssmanns Stimme klang dunkel und freundlich zugleich. »Was kann ich für Sie tun?« Er taxierte Brandl genau.

»Wir ermitteln im Todesfall von Helmut Rietmüller. Nun ist seine Frau Birgit ums Leben gekommen und sie hatte uns bei einer Befragung gesagt, dass sie häufig an Ihren Seminaren teilnähme. Vielleicht können Sie mir dabei helfen, mir ein klareres Bild von Frau Rietmüller zu machen?« Brandl merkte, dass er schwitzte. Warm heute.

»Kommen Sie herein, Herr Kommissar. Ich öffne Ihnen mein Haus. Auch wenn ich davon ausgehe, Ihnen nicht wirklich helfen zu können und sicher weiß, dass ich Ihnen eigentlich nichts sagen müsste.« Der Mann trat einen Schritt zur Seite und machte eine einladende Handbewegung. »Mein Haus steht allen Menschen auf der Suche offen. Immer geradeaus und dann rechts.«

Je weiter Brandl durch den langen Flur ging, desto lauter wurde die monotone Musik. Er kam an grell bunten Postern vorbei, auf denen Brandl verschiedene indische Gottheiten erkannte. Sabrina, mit der er ein paar Jahre verheiratet gewesen war, hatte mal nach einem ihrer Yoga-Wochenenden, versucht, sie ihm zu erklären. Viel war da nicht haften geblieben, nur soviel, dass er wusste, dass es sich um indische Gottheiten handelte mit vielen Armen und irgendwelchen Rüsseln. Den großen Raum, den er dann betrat, erfüllte dichter Qualm. Brandl versuchte den Hustenreiz zu unterdrücken, keine Chance.

»Sandelholz und Himalajakräuter, das sind ganz spezielle tibetanische Räucherstäbchen«, Rolf Hanssmann ging an ihm vorbei, setzte sich auf einen mit dicken, orangefarbenen Kissen übersäten roten Diwan und deutete auf den Kissenberg vor ihm. »Stühle gibt es in diesem Raum nicht, aber Sie sehen sportlich genug aus, um nachher wieder hochzukommen. Sonst helfe ich Ihnen gern.«

Überall standen mit Sand gefüllte Schalen, in denen glimmende Räucherstäbchen steckten. In Brandls Kehle kitzelte es die ganze Zeit, er hüstelte wieder und räusperte sich: »Sie wissen schon, dass das Abbrennen von diesem Räucherwerk den Gehalt an Feinstaub in der Raumluft um das Vielfache des gesetzlichen Grenzwertes erhöht?«

Hanssmann griff zur Fernbedienung und schaltete die Musik aus, dann sah er ihn eindringlich an. »Deshalb sind Sie doch nicht hier, Herr Brandl oder übernimmt die Polizei neuerdings Aufgaben des Gesundheitsamts?«

Brandl konnte diesen Guru jetzt schon nicht leiden. »Kannten Sie Helmut Rietmüller?«

Hanssmann schüttelte den Kopf. »Nicht persönlich. Aber Sudevi hat einmal kurz von ihm erzählt.«

»Sudevi? Meinen Sie damit Frau Rietmüller? Wenn Sie sich vielleicht an die richtigen Namen statt an die Spitznamen halten würden, wäre das eine große Erleichterung. Danke.«

»Wer sich für die andere, die wahre Welt öffnet, der wird neu. Und zu diesem Neuwerden gehört auch die Taufe mit einem reinen Namen. Aus Birgit Rietmüller wurde Sudevi.« Hanssmann schlug die Beine übereinander und glättete das Gewand, dessen Säume und Nähte orange abgesetzt waren. Seine Hände und auch die nackten Füße sahen aus, als wäre er gerade erst in einem Nagelstudio gewesen.

Was hatte Ulla gesagt? Ein charismatischer Mann, dem alle Frauen verfielen? Brandl konnte den immer stärker werdenden Reiz nicht weiter unterdrücken und hustete, bis ihm die Tränen kamen. »Vielleicht können wir uns woanders unterhalten?«, krächzte er.

Hanssmann zog die Augenbrauen hoch, dann lächelte er milde. »Ich möchte Sie selbstverständlich nicht quälen.« Er stand auf, stolzierte in die linke Ecke des Zimmers, zog an einer Schnur. Lautlos bewegten sich die schweren, dunklen Samtvorhänge zur Seite. Dahinter kam eine Terrassentür zum Vorschein. Hanssmann schob die Riegel, die auf drei verschiedenen Höhen angebracht waren, zurück und öffnete die Tür.

Brandl preschte an ihm vorbei nach draußen und holte tief Luft. Hanssmann folgte ihm und deutete auf eine Rattan-Sitzgruppe. Von seinem Platz auf dem Sofa sah Brandl weiter hinten im Garten einen Brunnen mit einer Statue.

»Also, was können Sie mir denn über Frau Rietmüller sagen, Herr Hanssmann?«

»Bitte nennen Sie mich Rajan, auch ich habe meinen behördlichen Namen schon lange abgelegt. Sudevi war eine gute Schülerin, hatte sich schnell in die Gruppe integriert. Sie war freundlich und umgänglich, ich wüsste nicht, dass jemand Probleme mit ihr gehabt hätte.« Er glättete wieder sein Gewand, bevor er weitersprach. »Es gab aber wohl Probleme zwischen ihr und ihrem Mann. Zu wenig Liebe, zu wenig Licht. Ein unerfüllter Kinderwunsch. Ihr tat die Gemeinschaft hier gut.« Hanssmann sah versonnen auf seine Hände.

»War sie mit jemandem aus der Gruppe befreundet, hatte sie mit jemandem oder vielleicht auch mit Ihnen, Herr Hanssmann, eine Beziehung, eine Affäre?« Brandl bekam schon wieder diesen Hustenreiz im Hals. Seine Stimme war belegt. Und er würde den Teufel tun, diesen Mann mit seinem Gurunamen anzureden.

»Herr Brandl, jetzt werden Sie aber sehr indiskret.« Hanssmann hob tadelnd den Zeigefinger. »Meine«, er stockte, »meine Mitstreiter sind erwachsene Menschen und deren Gefühls- und Intimleben geht mich nichts an.« Er verschränkte die Arme vor der Brust.

Brandl war sich sicher, dass Hanssmann bestimmt ›Jünger‹ oder ›Anhänger‹ hatte sagen wollen, dann jedoch die unverfänglichere Bezeichnung ›Mitstreiter‹ gewählt hatte. Groupies wäre wohl treffender.

»Werden hier in Ihren Räumen freie Liebe oder Sexpartys praktiziert?« Brandl erinnerte sich daran, was Ulla ihm erzählt hatte.

Hanssmann sah ihm direkt in die Augen. »Das Licht fließt überall hin, es gibt keinerlei Grenzen und Einschränkungen. Die, die an das Heil des Lichts glauben und sich ihm verschrieben haben, lassen sich auch nicht mehr eingrenzen oder einschränken.«

»Das heißt also ja, nehme ich an. Aber ich gehe davon aus, dass es hier nicht um käuflichen Sex geht? Und dass es sich bei den Besuchern ihrer sogenannten Seminare ausschließlich um Erwachsene handelt?« In Brandls Kehle kitzelte es wieder, das kam bestimmt von dem hier umherfliegenden Pappelflaum, der alles wie Schnee bedeckte.

»Was denken Sie denn, Herr Brandl? Ja, selbstverständlich nur Erwachsene. Sie können gerne mal an einem Seminar hier teilnehmen. Sie wären nicht der einzige Polizeibeamte, der zu uns findet. In unsere Gemeinschaft kommen Menschen aus allen Schichten, Berufsgruppen. Rechtsanwälte, Richter, IT-Spezialisten, Manager und Managerinnen, Lehrer, Krankenschwestern, Ärzte und auch Interessierte aus kreativen Berufen. Und, wie schon gesagt, keiner unter achtzehn Jahren.« Er lächelte, aber sein Blick war schneidend klar und kalt wie Eis.

»Auch Menschen, die bei der Kölner Stadtverwaltung, oder besser gesagt, bei der Bauaufsicht arbeiten?« Vielleicht gab es ja auch hier einen Zusammenhang zwischen den Fällen, Brandl war jetzt hellwach.

»Kann sein, aber ich könnte Ihnen da keine Namen nennen. Nicht jeder spricht hier über seinen beruflichen oder familiären Hintergrund.«

Bevor Brandl nachhaken konnte, begann irgendwo hinter dem Brunnen eine helle Frauenstimme zu singen und Kinderstimmen fielen in den Gesang ein. Brandl sah Hanssmann fragend an.

»Das Grundstück umfasst an die zweitausend Quadratmeter«, erklärte der arrogant. »Wir haben vor gut zwei Jahren dort drüben eine Wohneinheit für unsere Gefährten geschaffen. Da wohnen zurzeit ein Mann, Ranjeet, der hier so etwas Ähnliches wie ein Hausmeister ist und drei Paare mit ihren Kindern. Alle wollen in der Heilkraft des Lichts leben und auch die Kinder in diesem Sinne erziehen.« Hanssmann verschränkte kurz die Hände ineinander, dann löste er sie wieder und legte sie auf die Oberschenkel.

Also doch eine Sekte schoss es Brandl durch den Kopf. »Wie soll ich das verstehen? So eine Art Kommune oder Wohngemeinschaft? Gehen die Kinder zur Schule? Und sie nehmen nicht an ihren Freie-Liebe-Seminaren teil?«

»Herr Kommissar, ich sagte es bereits. Es hat alles seine Richtigkeit, wir sind im Dialog mit den entsprechenden Behörden. Die Kinder sind von der Schulpflicht freigestellt. Sie werden zu Hause unterrichtet und noch einmal: nein, sie nehmen nicht an den Erwachsenenseminaren teil. Ich und die Eltern, wir führen mit ihnen eigene, kindgerechte Seminare durch.« Hanssmann stand auf. »Aber das muss ich Ihnen gar nicht erzählen. Lassen wir es nun gut sein.«

Ich und die Eltern … Der Esel nennt sich immer zuerst – der Spruch seiner Großmutter fiel Brandl ein. Sie hatte Unhöflichkeiten nicht ausstehen können und Leute, die sich in den Vordergrund schoben, schon gar nicht. Brandl blieb sitzen.

»Ich wüsste jetzt aber auch nicht, was das mit den Rietmüllers zu tun haben sollte.« Hanssmann wartete einen Moment ab, dann machte er einen Schritt vom Tisch weg. »Und ich habe gleich auch noch einen Termin, wenn Sie dann keine wirklich wichtigen Fragen mehr hätten, würde ich das Gespräch gern beenden.« Er deutete Richtung Haus.

Brandl dachte an die von Ulla erwähnte Sporttasche. »Hat Birgit Rietmüller Ihnen Geld gegeben? Ich meine nicht die Seminargebühren, sondern größere Beträge, zwanzigtausend, hunderttausend Euro oder mehr?«

Hanssmanns Hand zuckte kurz. »Wie kommen Sie denn darauf? Hat sie etwa so etwas behauptet?«

Brandl hielt Hanssmanns Blick stand. »Wenn dem so wäre?« Bloß nicht beim Bluffen erwischen lassen!

»Dann würde mich das sehr wundern. Denn Sudevi hat sich beim Einweihungsritual der Wahrheit verpflichtet und hätte mit einer solchen Anschuldigung gelogen. Ich wusste gar nicht, dass sie über solche Summen verfügte. Geld ist hier kein Thema. Irdische Güter interessieren uns nicht. Wir wollen unsere Seele und den Geist entwickeln.«

Etwas in Hanssmanns Stimme alarmierte Brandl. »Wenn Geld kein Thema ist, wie finanziert sich das Ganze denn hier?« Brandl machte eine ausladende Handbewegung.

»Ich habe mein eigenes Erbe eingebracht. Dazu kommen Seminargebühren, kleine Spenden, meist im materiellen Bereich. Das, was der oder die Einzelne kann, bringt auch er in die Gemeinschaft ein.« Er reagierte sofort auf Brandls misstrauischen Blick. »Handwerker reparieren etwas, wenn es nötig ist. Die, die sich mit dem Gärtnern auskennen, kümmern sich um das Gelände hier und helfen Ranjeet, der ja sonst für alles rund ums und im Haus zuständig ist.« Es klang alles ganz leicht und einfach, so wie er es aufzählte. »Manche bringen Lebensmittel oder Getränke mit, andere tragen etwas zu den Dekorationen oder zur Sauberkeit bei. Eine Schwester kümmert sich um die Büroarbeit, ein Bruder um die Steuer. Und so weiter und so weiter.« Langsam verlor Hanssmann die Geduld. Brandl hörte es ihm ganz deutlich an.

»Der kommunistische Gedanke«, brummte Brandl. Er wollte so schnell nicht nachgeben.

»In seiner reinen Form, ja!«, bestätigte Hanssmann und drehte sich langsam zur Terrassentür. »War es das?«

Brandl erhob sich jetzt auch. »Noch eine Frage. Sie und weitere Zeugen hatten ausgesagt, dass Birgit Rietmüller am Tatabend in der Sauna war. Wie sind Sie nur darauf gekommen? Nach unserem Erkenntnisstand ist das nicht möglich. Haben Sie dafür eine Erklärung? Oder können Ihre Jünger an zwei Orten gleichzeitig sein? Wie die Hermine bei Harry Potter?«

Hanssmann verhielt sich einen Moment still. Dann schaute er Brandl freundlich an. »Da werden wir uns im Tag vertan haben.

So was kann ja mal passieren, oder? Das ist ja wohl nicht strafbar. Irren ist menschlich. Errare humanum est, wie schon die Philosophen sagten. War es das jetzt?« Seine Stimme klang kalt. Die Audienz war beendet.

»Fürs Erste ja. Aber ich werde bestimmt wiederkommen.«

»Zu einem Seminar, bei Fragen, jederzeit, ich habe nichts zu verbergen, meine Seele ist rein.« Hanssmann hatte die Hände erhoben und stand da, wie Jesus auf dem Bild, das bei Brandls Großmutter immer über dem Bett gehangen und das er kürzlich auf dem Flohmarkt entdeckt hatte. Fast hätte er es in einem Anfall von Nostalgie gekauft. Erst als er sich selbst fragte, wohin er es denn hängen wollte, hatte er das Bild zurückgestellt und war wortlos weitergegangen.

Er folgte Hanssmann von der Terrasse ins Haus. »Und dieser Ranjeet, Ihr Hausmeister, wie heißt der im richtigen Leben?« Brandl konnte nur Hanssmanns Rücken sehen, der wurde noch ein wenig gerader als vorher.

»Ich wüsste nicht, wozu Sie das wissen müssten, Herr Brandl. Und selbst wenn ich es Ihnen sagen wollte, ich kann mich beim besten Willen nicht mehr an seinen bürgerlichen Namen erinnern.« Er öffnete schwungvoll die Eingangstür. »Ihnen noch einen schönen Tag und viel Erfolg bei Ihren weiteren Ermittlungen!« Er reichte Brandl die Hand.

Der schüttelte sie kurz. Sie fühlte sich kühl und angenehm an. »Dann bis bald, Herr Hanssmann.« Brandl verstand jetzt, warum Biggi und Ulla ein ungutes Gefühl bei diesem Guru gehabt hatten. Ob er der Schlüssel war und ihm Antworten zu den Fragen rund um Helmut Rietmüllers Tod liefern konnte?

Die Tür fiel hinter ihm ins Schloss. Brandl ging nicht direkt zum Auto, sondern schlenderte um den Bungalow herum zu dem Haus, das hinter einer Zypressenreihe versteckt stand. Er notierte sich die Namen, die auf den Klingelschildern standen, vielleicht könnte er so den des Hausmeisters herausfinden. Er musste sie ja nur mit den hier gemeldeten Bewohnern vergleichen. Brandl hörte das Gemurmel von Kinderstimmen seitlich des Hauses und folgte dem Singsang. Zwölf Kinder knieten mit gesenkten Köpfen vor einer Frau, die mit geschlossenen Augen, die Hände vor der Brust gefaltet, im Schneidersitz, einige Worte sprach, die von den Kindern dann wiederholt wurden.

Die Frau trug ein dottergelbes Gewand, bunte Ketten, an denen goldgerahmte Frauenfotos baumelten, und hatte das blonde Haar zu einem dicken Zopf gebunden. Auf der Brust war eine Sonne aufgenäht. Hell, strahlend gelb. Plötzlich schlug sie die Augen auf, klatschte in die Hände und rief: »Genug meditiert für heute Morgen, wascht euch die Hände und dann deckt den Tisch, Kinder des Lichts!«

Die Kinder sprangen auf, ein Mädchen knickte um, massierte die Fußknöchel. Es schluchzte: »Ich kann nicht so lange knien, das waren bestimmt drei Stunden!« Die Frau ging zu ihr und nahm sie in die Arme: »Mit der Zeit wirst du es lernen, Ajala, wenn du erst sieben bist, fällt dir die zweistündige Sonnenmeditation bestimmt ganz leicht.« Sie strich ihr übers Haar.

»Ich hab' aber auch so Hunger, Mama!«, jammerte sie.

»Schschsch, nenn mich nicht Mama, ich bin hier für alle Sarasvati, auch für dich. Und bald gibt es auch etwas zu Essen. Du weißt doch, Fasten und Meditieren reinigen die Seele. Rajan hat uns doch auch gesagt, dass wir eigentlich ganz ohne feste und flüssige Nahrung auskommen könnten, das Licht reicht uns Menschen vollkommen aus. Gib einem Hungernden Meditation, dann denkt er nicht mehr ans Brot und wird gleichwohl glücklich. Das sind seine Worte.«

Das Mädchen wimmerte: »Aber ich hab' Hunger, so doll Hunger, immer!«

»Gleich gibt es Suppe, dann geht's dir besser. Du musst lernen, deinen Körper zu kontrollieren.« Lächelnd drückte sie der Kleinen einen Kuss auf die Stirn und beide folgten den anderen Kindern.

Lautes Hupen hallte zu Brandl herüber. Er drehte um und eilte zurück. Das Rolltor der Garage stand offen, und als Brandl näher kam, sah er Hanssmann hinter dem Steuer eines *Rolls-Royce Wraith* sitzen und mit den Fingern auf dem Lenkrad trommeln. Brandl setzte den Dienstwagen zurück und Hanssmann fuhr schwungvoll hinaus. Die Scheibe des Seitenfensters senkte sich. »Na, haben Sie sich ein wenig umgeschaut? Hübsches Plätzchen hier, nicht wahr?« Er schien bester Laune zu sein. Dann hob er grüßend die Hand und brauste davon.

»Von wegen nur vom Licht leben!«, knurrte Brandl. »Für dich scheint das ja wohl nicht zuzutreffen!« Er würde schon noch herausbekommen, warum diese Kerle Birgit Rietmüller ein falsches Alibi geliefert hatten.

30

Rajan thronte hinter seinem Schreibtisch, die Arme hatte er locker auf die Lehnen des Schreibtischstuhls gelegt, Sudhir und Ranjeet hockten auf den Besucherstühlen vor dem Tisch. Sie schauten zu ihm auf, denn ihre Stühle waren niedriger als seiner.

»Ein Kommissar der Mordkommission war hier und hat wegen der Rietmüllergeschichte rumgeschnüffelt«, sagte Rajan betont gelassen und gähnte. »Nicht, dass er irgendwo einen Anknüpfungspunkt gäbe, aber ich denke, wir sollten das, was ich gesagt habe und ihr sagen werdet, abgleichen.«

Ranjeet hob den Kopf: »Wieso sollte der uns befragen?«

»Das liegt in der Natur der Sache, Polizisten schnüffeln nun mal herum. Das ist ihr Job. Mich hat er ja schon befragt. Da ging's um Sudevis Alibi für den Mordabend. Ich hab' gesagt, wir waren zusammen in der Sauna, Gurmeet war auch dabei und der hat das bestätigt. Alles bestens!« Sudhir lehnte sich entspannt und zufrieden zurück.

Rajan seufzte: »Nein, nicht so ganz. Sudevi hat ihr irdisches Leben beendet und einen Abschiedsbrief hinterlassen.«

Ranjeet sah ihn erschrocken an, Sudhir beobachtete eine Fliege, die immer wieder laut brummend gegen die Fensterscheibe flog.

Ranjeets Stimme schrillte: »Sie ist tot? Wie denn? Was denn? Was stand denn im Brief? Was machen wir denn jetzt?«

Rajan hob die Hände und er verstummte. »Ich weiß nicht genau, was drin steht. Der Polizist hat gesagt, sie hätte den Mord an ihrem Mann zugegeben und dass sie ihn alleine entsorgt hätte.«

»Na, dann«, Ranjeet atmete hörbar aus.

Sudhir sah ihn von der Seite an und runzelte die Stirn. »Du bist raus, aber ich hab' denen ein falsches Alibi gegeben, shit! Gurmeet müssen wir das auch sagen!«

»Bleib bei einer Befragung so locker wie möglich. Du hast dich einfach im Tag vertan. Es war wohl nicht wie üblich donnerstags, wo ihr sonst immer in die Sauna geht, sondern am Freitag gewesen. Ganz einfach, so was kann passieren. Ich hab' das dem Kommissar auch so gesagt. Und Gurmeet sollte es ähnlich ausdrücken.« Rajan legte beide Hände flach nebeneinander auf den Tisch. »Können die anhand des Leichensacks oder der Hundebox irgendeine Verbindung zu dir herstellen?« Er sah Ranjeet fragend an.

Der schüttelte den Kopf. »Nein, da gibt's keine Rechnungen, die hab ich aus 'ner Wohnungsauflösung von vor zehn Jahren, das finden die nicht raus. Fingerabdrücke wird es auch keine geben, bei solchen Aktionen tragen wir immer Handschuhe.« Sudhir nickte bekräftigend.

»Gut, bei euch ist wirklich alles in den besten Händen, ich kann mich immer auf euch verlassen!« Rajan war aufgestanden und zu einem Schrank gegangen. Er holte zwei Bündel Geldscheine heraus. »Was schwieriger ist – der Polizist hat mich nach Geld gefragt. Geld, das Sudevi gegeben haben könnte. Bestimmte wollte der Bulle einfach nur bluffen, der kann nichts wissen.« Er legte ein Bündel vor Ranjeet und eines vor Sudhir. »Das ist eine kleine Extravergütung dafür, dass ihr so zuverlässig seid und für eure Verschwiegenheit.«

Die Männer nickten dankbar und stolz. »Ich weiß von nichts!« Ranjeet hob die Hand wie zum Schwur.

»Und mein Name ist Hase«, fügte Sudhir lachend hinzu.

»Ach, Sudhir, pass ein bisschen auf deine Triebe auf. Sudevi hatte mir erzählt, dass du sie bedrängt hast. Hier soll alles – auch der Sex – einvernehmlich durchgeführt werden, ist das klar?!« Rajan sah Sudhir streng an, der wurde rot, ballte die Hände zu Fäusten.

»Die wollte das, ich bin doch nicht blöd. Bedrängen! Das habe ich doch nicht nötig!«, wehrte er sich und Rajan legte die Hand auf seine Schulter. »Kein Streit, keine Dissonanzen, hier soll Frieden herrschen und Licht sein, nur darum geht es, meine Lieben! Und im Vertrauen, diese Sudevi war auch ganz schön abgedreht!« Er zwinkerte Sudhir zu und schob ihn zur Tür hinaus. Ranjeet folgte ihm.

»Bald werden die Brüder und Schwestern kommen, bereitet alles für die Meditation vor, ich muss noch ein paar Telefonate führen.« Rajan schloss die Tür hinter ihnen und kehrte dann zum Schreibtisch zurück.

Ulla hatte einen Zettel auf dem Küchentisch hinterlassen. »Essen steht im Backofen, wenn nicht warm genug, hilft die Mikrowelle. Bin heute Abend wieder da. KussKuss.« Sie sollte ein schlechtes Gewissen haben, spürte aber nichts. Brandl hatte ihr eine SMS geschickt: »Mache früher frei, kann um 15 Uhr am Mediapark sein. Komm zur Hausnummer 7.«

Ulla hatte direkt gegoogelt. Bei der SK Kultur Stiftung waren zurzeit Fotos von August Sander ausgestellt. Ihr wurde ganz warm. Wie war Brandl auf Sander gekommen? Hatte er sich noch an ihre Schwärmerei für ihn und seinen Blick auf Menschen und Dinge erinnert? Wusste Brandl noch, dass sie gerne Kunst studiert und gemalt hätte? Ulla fuhr in die Tiefgarage des Mediaparks und ermahnte sich, sich die Nummer ihres Parkplatzes zu merken. Sie war mal mit den Kindern hier im Kino gewesen und hatte nach der Vorstellung ewig nach dem Auto gesucht.

»138«, sagte sie sich immer wieder und hastete die Treppe hinauf. »Igitt!«, sie schüttelte sich und atmete durch die Nase. Anscheinend hatten Leute den Treppenaufgang als Toilette benutzt.

Ulla sah zum x-ten Mal auf die Uhr. Sie war zu spät dran, wollte aber nicht rennen. Wie sähe das aus, wenn sie japsend vor Brandl stünde?

Auf dem großen Platz zerrte der Wind an ihrer Jacke, zerzauste ihre Haare. Da, da hinten sah sie Brandl stehen, er hatte das Handy am Ohr und gestikulierte wild. Hoffentlich musste er nicht wieder dienstlich weg. Ulla ging so schnell sie konnte und als sie bei ihm war, hörte sie noch ein »Ja, so machen wir's. Bis morgen. Tschüss, Erwin.« Brandl steckte sein Handy in die Jackentasche und strahlte Ulla an. »Schön, dass du kommen konntest! Ich hab' schon die Karten gekauft, es ist kaum was los, wir haben die Ausstellung fast für uns!« Er nahm Ulla an die Hand und sie stiegen die Stufen hinauf. Der Mann am Verkaufsschalter nickte ihnen freundlich zu, wahrscheinlich war er froh, dass jemand kam. Sie schlüpften in den Ausstellungsraum. Kühl war es hier und Ulla zog die Jacke enger um sich. Ganz allein waren sie nicht, aber die wenigen Besucher verloren sich schnell in den verschiedenen Räumen. Die, die sich unterhielten, sprachen ganz leise, sodass nur ab und zu leises Gemurmel und das Rauschen der Klimaanlage zu hören war.

Ulla und Brandl begannen bei den Familienbildern, danach sahen sie sich die verschiedenen Studien an. Vor den Aufnahmen unterschiedlicher Hände blieb Ulla zunächst fasziniert stehen. Dann setzte sie sich auf den schwarzen Lederzweisitzer vor den Fotos und zog Brandl neben sich. Während sich ihre Hände ineinander verflochten, betrachteten sie still und wie verzaubert abgearbeitete Bauernhände, frierende Frauenhände und die kleinen tastenden Hände eines blinden Mädchens. Ulla hätte gerne gezeichnet, hatte aber den Block zu Hause vergessen. Brandl knabberte an ihrem Ohr herum und sie musste kichern.

»Ich würd' sie gern küssen, Gnädigste«, flüsterte er und Ulla bekam eine Gänsehaut. »Zuerst will ich mir noch die Fotografien von Köln vor und nach dem Krieg ansehen und dann können wir darüber reden«, sie schlug einen gekünstelt strengen Ton an.

Brandl verzog das Gesicht zu einer beleidigten Grimasse. »Immer, immer bist du der Bestimmer!«, maulte er.

Ulla sah ihn fragend an.

Brandl grinste: »Willy Astor, hab' ihn vor Kurzem im Eltzhof gesehen, war total witzig!«

»Uih, da wären wir auch beinah hingegangen, aber ich hatte eine Sitzung in der Gemeinde.« Das wäre ja was gewesen. Ulla wollte sich lieber gar nicht vorstellen, wie sie reagiert hätte, wenn sie womöglich zwischen Brandl und Michael hätte sitzen müssen. Oder in der Pause an der Theke einer rechts und einer links von ihr gestanden hätte. Lieber konzentrierte sie sich auf August Sander.

Auch Brandl reckte den Hals und sie steckten die Köpfe zusammen über den Vitrinen, in denen aufgeklappte Bildbände, Briefe und Urkunden ausgestellt waren. Dann schlenderten sie von Studie zu Studie. ›Menschen, die an meine Tür kamen‹ hatte es Ulla besonders angetan. Diese ausdrucksstarken Gesichter, die ganze Geschichten erzählten, sie konnte sich gar nicht sattsehen, doch Brandl zog sie weiter.

»Da hinten sind Möbel aus seinem Lindenthaler Atelier ausgestellt«, erklärte er ihr und zog sie hinter eine Wand.

»Was machst«, versuchte Ulla noch zu fragen, da küsste er sie schon. Ulla spürte eine glatte Fläche hinter sich und erkannte aus dem Augenwinkel einen Einbauschrank, dann küsste sie zurück. Später gingen sie noch einen Kaffee im *Kandinsky* trinken. Ulla setzte sich auf die Lederbank, Brandl saß ihr gegenüber auf einem der dunklen Holzstühle. Sie sprachen über die Menschen, die August Sander so intensiv porträtiert hatte. Diese Menschen, deren Charakter er so gut eingefangen hatte. Über die Menschen kamen sie auch auf die Sekte. »Der Typ ist ein Menschenfänger«, sagte Ulla. »Im negativen Sinne. Er hält sich für Gott selbst, ich glaube, die Menschen sind für ihn wie Schachfiguren.«

»Der Mann ist völlig durchgeknallt, ich hab' ihn befragt.« Brandl streichelte Ullas Handrücken.

»Und, was hast du rausfinden können?« Ulla beugte sich über den Tisch.

Brandl rührte in seiner Kaffeetasse. »Na ja, so richtig bin ich nicht an ihn rangekommen, aber es gibt da schon ein paar Anhaltspunkte.« Er nahm seine Tasse hoch und trank einen Schluck.

»Über die du mir aber aus ermittlungstechnischen Gründen nichts sagen willst?«, hakte Ulla nach.

Brandl grinste. »Wenn's wichtig ist, werd' ich dich einweihen, aber bisher fische ich noch ziemlich im Trüben. Weißt du was über die Kinder?«

Ulla sah in verständnislos an. »Welche Kinder? Du meinst, die Stimmen, die ich in Rajans Garten gehört hatte? Er hat gesagt, das seien Nachbarskinder oder so.«

»Von wegen. Es gibt da ein ›Haus Lichtquell‹. Das sind Anhänger dieses Gurus mit ihren Kindern. Irgendwie merkwürdig.

Da sind drei Familien mit sieben Kindern gemeldet, aber ich hab' zwölf gezählt.«

»Du meinst, der macht da was Kriminelles?«, fragte Ulla und ihre Augen weiteten sich.

»Weiß nicht, vielleicht ist es auch nur eine Sekte oder eine besondere Art von Kommune.« Brandl sah versonnen auf die gelbe Wand hinter Ullas Rücken. »Man müsste jemand rein schleusen ... Vielleicht Steffi, sie fährt ja auch immer zu so komischen Seminaren hin ... Ich müsste sie mal fragen.«

»Ich, ich war ja sowieso schon da. Mich kennt er schon. Das fällt gar nicht auf, wenn ich da noch mal hingehe.« Ullas Augen flackerten.

»Untersteh dich! Du bringst dich nicht in Gefahr, hörst du?!« warnte Brandl. »Mein Bedarf in der Richtung ist auf Ewigkeiten gedeckt, Ulla. Ich bin nicht Superman!«

Sie lachte. »Och, wenn ich mir dich gerade mal in einem hautengen Supermankostüm vorstelle, gar keine schlechte Vorstellung, wenn du mich fragst ...«

»Pfarrerinnen sind und bleiben doch pervers!«, brummte Brandl grinsend. Er schien erleichtert, dass das Thema vom Tisch war.

»Und Birgit Riedmüllers Tasche?« Ulla blieb hartnäckig.

»Fehlanzeige, habe nichts gesehen. Und als ich Rajan auf eventuelle Geldzahlungen angesprochen habe, hat der ganz cool reagiert. Aber Biggi ist an den Konten dran.« Bei ihrer Namensnennung verfinsterte sich Ullas Gesicht direkt. Doch sie versuchte, sich nichts anmerken zu lassen. »Und wer ist an der Adoptionsmafia dran?«

»Steffi. Morgen will sie darüber berichten, die Recherche nimmt wohl doch ein größeres Maß an, als gedacht.« Brandl hatte Ullas leichte Eifersucht registriert und freute sich insgeheim.

»Ich habe«, sagte Ulla jetzt und warf Brandl einen fragenden Blick zu, »ganz zufällig, Kontakt zu einer spanischen Kommissarin, Carmen Mora Schautz, die sich auf das Thema Adoptionsmafia spezialisiert hat.«

Brandl stöhnte. »Ganz zufällig? Du kannst es einfach nicht lassen, oder?«

»Nein, wirklich. Sie ist Rosas Tochter.«

»Rosa«, wiederholte Brandl. Sein Gesicht war ein einziges Fragezeichen. »Hast du sie schon mal erwähnt?«

»Nein. Ich kenne sie vom Sport und sie ist in unser früheres Haus gezogen.« Ulla schwieg und Brandl wartete ab. Wer weiß, was da noch kam.

»Hängst du noch an dem Haus, oder was ist los?« Er stand auf, kam um den Tisch herum und setzte sich neben Ulla.

»Nein, nein. Ich musste an Elli denken.« Ulla schluchzte. »Meine Freundin Elli ist tot und ich vermisse sie jeden Tag.« Sie weinte.

Brandl legte die Arme um sie. Was es mit dieser Rosa und deren Tochter auf sich hatte, würde er sie später fragen. Er küsste sie aufs Haar. Unfassbar, wie sehr er diese Frau mochte. Verflucht der Tag, an dem er ihr begegnet war. Doch neben ihr zu sitzen und sich von ihr das Hemd vollschniefen zu lassen, das machte ihn glücklich.

»Danke, dass Sie sich trotz Ihrer Krankmeldung noch einmal für mich Zeit genommen haben.« Brandl nickte Mats Martens zu. Der Mitarbeiter der Stadt Köln, der für die Baugenehmigungen zuständig war, war zwar schon letzte Woche befragt worden, aber seine Aussage war nicht so ergiebig gewesen. Brandl sah sich kurz um. »Wie geht es Ihnen denn heute?«

Martens saß in einem grauen Jogginganzug, dessen Armbündchen abgestoßen waren, vor ihm und sah aus, als hätte er etliche Nächte nicht geschlafen. Er hustete und krächzte: »Geht so.«

Seine Wohnung wirkte, als hätte sie schon bessere Zeiten gesehen. Sofa und Sessel waren verschlissen, auf den Schränken lag eine dicke Staubschicht. Das beigefarbene Rollo hing schief vorm Fenster.

»Wir ermitteln weiterhin intensiv zu Herrn Schüttes Tod und ich hätte noch weitere Fragen.«

Martens nickte.

»Wie sah denn Ihr Kontakt zu ihm aus. War der eher beruflich, oder privat?« Sehr gesprächig schien der Mann ja nicht zu sein. Brandl lehnte sich zurück.

»Sowohl als auch. Aber dick befreundet waren wir nicht.« Martens legte sich eine Decke über die Beine.

»Das heißt, Sie wussten nicht, dass er korrupt war?« Brandl sah, dass Martens schwer atmete.

»Nein. Na ja, doch. Eigentlich hab' ich ihn nie darauf angesprochen. Er war im Haus sehr beliebt und alle hielten große Stücke auf ihn. Und er war auch immer sehr freundlich zu mir.« Er goss sich aus einer Glaskanne grünliche Flüssigkeit in die Tasse. Im Zimmer breitete sich ein Geruch nach Heu aus.

»Das heißt, Sie wissen nichts über seine Einnahmequellen?«

Martens schüttelte den Kopf. »Das hab' ich doch schon gesagt. Er meinte, je weniger ich wisse, desto besser für mich.«

»Das heißt, Sie bekamen Geld über Schütte?« Brandl wusste, dass die Kollegen der Wirtschaftskriminalität auch an ihm dran waren.

»Nein, nein. Er hat mir kein Geld gegeben, ich hätte nie was angenommen.« Er starrte einige Minuten vor sich hin. Dann gab er sich einen Ruck. »Ach, was soll's. Sie bekommen es ja sowieso raus. Er hat mir kein Geld gegeben. Ich sollte ihm sagen, wo, also bei wem, ich Schulden hätte. Er wollte sich darum kümmern.« Martens nahm einen Schluck aus der Tasse.

»Das klingt ja wie in einem schlechten Mafiafilm und da war Schütte in Ihren Augen nicht korrupt?« Brandl beugte sich vor. »Wo hatten Sie denn Schulden?«

»Ich, ich spiele gerne. Da gibt es eine Spielhalle, weiter die Straße hoch, da hauptsächlich.« Martens sah angestrengt auf seine Hände. »Ich war auch in Therapie, bin aber wieder rückfällig geworden.«

»Um welche Summen ging es denn da?« Brandl zuckte zusammen, als sein Handy klingelte. »Entschuldigung, ich muss mal gerade …«, auf dem Display hatte er Ullas Nummer gesehen. Mit wenigen Schritten war er aus dem Wohnzimmer hinaus und stand im Flur vor einem muffig riechenden Trockenblumenstrauß.

»Hallo Peter, ich bin's. Entschuldige bitte, dass ich dich störe, aber ich hatte dir doch von Rosa und Carmen erzählt. Nach der Ausstellung. Die spanische Kommissarin, die viel von der Adoptionsmafia weiß. Erinnerst du dich? Sie ist noch in Köln und würde gerne mit dir und mir sprechen. Was hältst du davon?« Ulla klang ganz atemlos und Brandl musste lächeln.

»Du kannst immer anrufen, Ulla, Tag und Nacht«, betonte er. »Und ja, ich erinnere mich gaaanz schwach an unser Treffen.« Er lachte. »Die Idee ist gut. Vielleicht nehmen wir noch meine Kollegin …«

»Nein, nicht deine Kollegin Biggi!«, grätschte Ulla dazwischen.

»… nehmen wir noch meine Kollegin Steffi Zeidler mit, die sich intensiv mit dem Thema beschäftigt hat«, ergänzte Brandl breit grinsend. Eifersüchtig, Ulla war doch tatsächlich eifersüchtig!

»Oh, sorry«, klang es kleinlaut aus dem Hörer. »Ja klar, das wäre gut. Wann hättest du denn Zeit? Carmen würde es heute Abend passen.«

»Bei mir ginge das, aber ich stimme mich noch mit Steffi ab und sag dir nachher Bescheid. Am besten unter deiner Handynummer, ja?« Er nickte, dann fiel ihm ein, dass sie ihn ja nicht sehen konnte. »Bis später dann.« Und leiser fügte er hinzu: »Ich denk an dich.« Dann drückte er die Nummer schnell weg.

Martens hatte einen Block vor sich liegen und schrieb Zahlen untereinander. Dann zog er einen Strich. »Ich glaube, es waren so um die Hunderttausend.«

»Hunderttausend Euro? Das ist kein Pappenstiel, Herr Martens! In welchem Zeitraum?« Brandl machte sich Notizen.

»Drei, vier Jahre, solange bin ich für die Genehmigungen zuständig. Es könnte sein, dass mein Vorgänger auch schon geschmiert wurde. Bernhard hat da mal so ne Andeutung gemacht.«

»Herr Martens, in den drei Ordnern, die Sie verschwinden lassen wollten, taucht immer wieder die Firma Dellinger auf. War das Schüttes Verbindung?« Brandl hatte die Zusammenstellung des Praktikanten vor sich liegen.

Martens war noch blasser geworden. Er legte den Kopf schief und sah Brandl blinzelnd an. »Ich weiß nicht, kann sein, aber Bernhard wollte doch nicht, dass ich was weiß.«

Der würde doch wohl nicht losheulen, oder? Brandl sprach schnell. »Schütte ist tot. Und keines natürlichen Todes gestorben, Herr Martens. Haben Sie da keine Angst?« Brandl klopfte auf die Liste, aber Martens schüttelte den Kopf.

»Nö. Wer soll mir denn was tun und warum? Ich weiß doch nix. Und wer das mit Schütte gemacht hat«, er zuckte mit den Schultern, »ich hab' keinen Schimmer. Warum sollte den einer umbringen, der war doch nützlich?«

Martens sah Brandl verständnislos an.

Ob Spielsucht das Hirn genauso schädigte wie Alkohol oder Drogen? Brandl nahm sich vor, das mal bei Gelegenheit zu recherchieren.

»Und es gab keine besonderen Vorkommnisse, von denen Schütte erzählt hat? Oder fühlte er sich vielleicht bedroht?«, hakte Brandl nach.

Martens sah ihn nachdenklich an. »Jetzt, wo Sie das so fragen. Er war schon nervöser in der letzten Zeit. Aber nicht wirklich ängstlich oder so.«

Also doch. Brandl bohrte weiter. »Versuchen Sie sich zu erinnern. Hat er Namen oder eine spezielle Baustelle genannt?«

Martens leckte sich über die Lippen. »Ich glaube, er hat was von der Baustelle in Westhoven gefaselt und dass es da Zoff gegeben hätte. Aber Namen«, sagte er und runzelte die Stirn, »nee, Namen hat er keine genannt.«

»Halten Sie sich bitte zur Verfügung, Herr Martens, sie werden auch noch mal von den Kollegen der Abteilung Korruption und Wirtschaftskriminalität befragt, beziehungsweise vernommen.

Martens nickte ergeben: »Sie wissen ja, wo Sie mich finden.« Er machte keine Anstalten aufzustehen. Brandl verließ grußlos die Wohnung.

31

»Im Namen des Vaters und des Sohnes und des Heiligen Geistes. Amen.« Ulla schaute die Reihe ihrer Konfirmanden entlang, die mit erwartungsvollen Gesichtern vor ihr saßen.

Plötzlich erinnerte sie sich, was sie in der Nacht vorher geträumt hatte. Michael. Er war krank gewesen.

Sie will zum Gottesdienst, heute ist Konfirmation. Aber sie kann nicht weg, sie muss zu Michael. Er liegt in einem abgedunkelten Zimmer, in ihrem Schlafzimmer. Voller Sorge setzt sie sich zu ihm auf den Bettrand und streichelt tröstend über seinen Arm. Ulla ist klar, dass er schwer krank ist. Sie ist ganz aufgeregt, bemüht sich aber, es ihm nicht zu zeigen. Sie weiß, dass die Leute in der Kirche auf sie warten. Weiß, dass sie alle schon in den Bänken sitzen. Nur sie fehlt. Schweren Herzens wendet sie sich ab und geht zur Kirche, stellt sich in ihrer Straßenkleidung vor den Altar. Die Gottesdienstbesucher starren sie an, schauen vorwurfsvoll auf ihre Uhren. Da wendet Ulla den Blick auf ihre Armbanduhr. Eine Viertelstunde zu spät. Sie hat die Konfirmanden und ihre Eltern warten lassen. Ohne Erklärung. »Die sollen sich nicht so anstellen«, denkt Ulla. Schließlich kann die Viertelstunde einfach dran gehängt werden. Sie beginnt mit dem Gottesdienst, sagt kein Wort über Michaels Erkrankung. Stattdessen konzentriert sie sich auf die Arbeit, doch die vorwurfsvolle Haltung der Gemeinde bleibt, sie kann sie körperlich spüren. Dann sammelt sie selbst die Kollekte ein und freut sich, wie viel Geld zusammenkommt. Wofür sollte das eigentlich sein?

Mit einem Ruck kehrte sie in die Wirklichkeit zurück. So viele Wochen hatten sich die Konfirmanden auf diesen Sonntag vorbereitet. Lisa, Pauline, Sven, Valerie, … sympathische Jugendliche, meist aus gut situierten Familien mit intaktem Elternhaus, na ja, mehr oder weniger.

Siebzig Jugendliche hatten während dieser Wochen in der Lukaskirche am Unterricht teilgenommen. Ein riesiges Projekt. Einige von ihnen waren etwas hormongesteuert, aber im Prinzip hatten sie das, was Ulla und die anderen Pfarrer ihnen erzählten, mit Interesse verfolgt. Lisa und Sven hatten versucht, dauernd Händchen zu halten und zu knutschen, aber Ulla wusste das geschickt zu verhindern. Im Anschluss an den Unterricht erfolgte die Konfirmation in der jeweiligen ›Heimatkirche‹ der Jugendlichen. Und hier in der Pauluskirche waren es siebenundzwanzig Jugendliche, die heute konfirmiert wurden. In ihrem Unterricht hatte Ulla Wert darauf gelegt, den Jugendlichen zu vermitteln, was es hieß, Christ oder Christin zu sein. Über Drogen, Sex und Zigaretten konnten sie woanders oder mit den anderen Pfarrern reden, für Ulla kam das nicht infrage. Für sie war auch wichtig, dass die Jugendlichen wenigstens das Vaterunser beten konnten. Das Glaubensbekenntnis durften sie selbst und gemeinsam formulieren, nachdem Ulla das gültige Glaubensbekenntnis Zeile für Zeile mit ihnen durchdiskutiert hatte. Gerade im Konfirmandenalter, also meist zwischen vierzehn und sechzehn, war es wichtig, dass die Jugendlichen sich darüber klar wurden, was die Zugehörigkeit zur Kirchengemeinde bedeutete.

»Ihr werdet nun als vollwertige Mitglieder in die Gemeinde aufgenommen.« Ulla blickte in die Runde. »Ich freue mich, dass auch aus der Gemeinde viele Gläubige anwesend sind, die diesen Schritt heute bezeugen werden, nicht nur eure Familien. Denn die Konfirmation ist ein Fest für die ganze Gemeinde.« Sie wandte sich wieder direkt an die Konfirmanden. »Ihr habt euch entschieden, hier zu uns zu gehören. Ihr seid alle getauft …« Ulla sah kurz zu Jenny hin und zwinkerte ihr zu, denn sie hatte sich erst vor einer Woche taufen lassen. »Und ihr habt euch aus freiem Willen und im Wissen um die Inhalte unseres Glaubens für diesen Schritt entschieden.« Ganz warm wurde es Ulla vor lauter Freude. »Ich hoffe, ihr seid nicht hier nur wegen der Geschenke und des Geldes, das euch die Familien und Freunde heute überreichen werden.«

Die Konfirmanden grinsten. Einige Eltern tuschelten empört.

Ulla ließ sich davon nicht irritieren. Sie wusste, dass die Möglichkeit im Mittelpunkt zu stehen und die Aussicht auf eine ordentliche Geldsumme auch eine Rolle bei der Konfirmation spielten. Sie fand das nicht schlimm, solange der eigentliche Sinn nicht verloren ging.

»Also nicht nur des Geldes und der Geschenke wegen, aber ihr dürft euch ruhig darüber freuen. Denn der Glaube ist auch ein Geschenk, das euch hoffentlich euer ganzes Leben lang bleibt.«

Ulla hatte während des Unterrichts erlebt, wie wichtig es für die Jugendlichen war, sich gerade jetzt mit Werten und Fragen der Identitätsfindung zu beschäftigen: Wohin gehöre ich? Was oder wer ist mir wichtig? Wie soll mein Leben aussehen? Welche Werte sollen mein Handeln bestimmen?

Ulla betete für und mit den Jugendlichen, berichtete der Gemeinde von den Themen, mit denen sie sich in den letzten Wochen beschäftigt hatten, ließ die Jugendlichen an den Altar treten. Dann lasen sie, mit Blick auf die Gemeinde, abwechselnd ihr Glaubensbekenntnis vor.

Die Sätze: »Ich glaube an mich selbst, daran, dass es Menschen gibt, die es gut mit mir meinen und denen ich vertrauen kann …«, trieben Ulla Tränen der Rührung in die Augen. Sie blinzelte.

Zwei Frauen, die sich in der Nähe des Altars an die Wand gestellt hatten, zischelten empört. »Unglaublich«, stieß die eine hervor. »Das hätte es früher nicht gegeben.« Und die andere fügte hinzu: »Da wurden wir vor der Gemeinde abgefragt und wehe, wenn einer die Gebete und Psalmen nicht richtig auswendig aufsagen konnte.«

Ulla lächelte freundlich in ihre Richtung, die beiden hatten wohl das übliche Glaubensbekenntnis erwartet. »Es hat sich viel verändert in der evangelischen Kirche«, sagte sie zu Beginn ihrer Predigt. »Und trotzdem sind wir tief verwurzelt in unseren Traditionen, die uns Sicherheit und Orientierung geben. Aber Tradition sollte kein Selbstzweck sein, sonst wird Sicherheit zu Starrheit. Und die Lebendigkeit unseres Glaubens kann nur bleiben, wenn wir uns weiterentwickeln …«

Die Jugendlichen lächelten, fühlten sich gesehen und angenommen. Das spürte Ulla. Sie wollte den jungen Leuten das Gefühl vermitteln, dass jeder von ihnen wichtig, gebraucht und genauso wie er oder sie war, einfach unverzichtbar war. Dieses Gefühl begegnete vielen von ihnen sonst leider selten. Oft genug hatten sie, ganz gleich, ob in der Schule oder auch, was die beruflichen Aussichten anging, eher das Gefühl, dass die Gesellschaft gut auf sie verzichten könnte und dass es reines Glück oder ein Riesenzufall war, wenn sie später einen Ausbildungs- oder Studienplatz bekämen.

Die Eltern strahlten jetzt mit ihren Kindern um die Wette. Das Abendmahl war vorüber, dann segnete Ulla mit den Presbytern die Jugendlichen und überreichte jedem zur Erinnerung ein kleines Kreuz. Die Konfirmanden selbst wandten sich nun an ihre überraschten Eltern, für die sie kleine Geschenke mit einem kleinen Dankeskärtchen gebastelt hatten.

Ulla segnete die Gemeinde und verließ, noch während des Orgelspiels, die Kirche und stellte sich mit den Presbytern an die Ausgangstür. Die Presbyter hielten Sammelkörbchen für die zweite Kollekte in Händen. Diese und auch das Geld, das während des Gottesdienstes gesammelt worden war, würden in diesem Jahr an ›Lobby für Mädchen e. V.‹ gehen, die Konfirmanden hatten selbst entschieden, welches Projekt, welcher Verein, unterstützt werden sollte.

Jedem, der die Kirche verließ und das wollte, schüttelte Ulla die Hand und sagte ein paar freundliche Worte. Ihren Mann sah sie erst, als er vor ihr stand. Mit einem scheuen, fast schüchternen Blick nahm Michael sie in den Arm. Er roch gut. Ulla schnupperte nach seinem Rasierwasser. Er sah gesund und munter aus. Ganz anders als in ihrem Traum. Jetzt blickte er sie an mit einem Ausdruck, der gleichzeitig stolz und belustigt war. »Du kriegst sie alle«, flüsterte Michael anerkennend in ihr Ohr. »Ich denke, es liegt daran, dass du selbst glaubst, was du sagst, kombiniert mit einer gefährlichen Mischung aus Charme und liebevoller Zuwendung.« Er küsste sie schnell auf die Wange, dann war er schon in der Menge verschwunden.

»Morgen ist es so weit, Ranjeet. Du musst alles für die Übergabe vorbereiten.« Der Sektenführer Rajan hatte seinen Hausmeister am Buddha-Brunnen gefunden. Die zwei Meter hohe Figur lag, geschützt durch eine dunkelbraune Wolldecke, auf der Terrasse. Ranjeet schraubte an der Wasserpumpe herum. »Immer setzt sich das Mistding zu«, brummte Ranjeet ohne aufzuschauen. »Dasselbe Prozedere wie immer?«

»Ja. Die glücklichen Eltern kommen ihr *Engelchen*«, betonte Rajan und deutete mit den Fingern Anführungsstriche an,

»morgen um 9 Uhr abholen. Der Zeitpunkt hat sich bisher als günstig erwiesen. Da ist so ein Baby satt und sauber und die Mutter muss ihre Meditation machen.«

»Du sagst es Deepika nicht vorher? Dann gibt es doch nur wieder Riesentamtam und Geheule«, versuchte Ranjeet einzuwenden.

»Es gibt immer Geheule, egal wie genau man es diesen dämlichen Glucken erklärt. Leihmutter ist Leihmutter. Sie werden befruchtet, sie sind schwanger, sie gebären, das Kind kommt weg. So ist der Deal. Aber das scheint in so ein Frauenhühnerhirn nicht reinzugehen. Also, du bereitest alles vor, die Papiere liegen in deinem Fach im Büro.« Rajan hob kurz die Hand zum Gruß und ging ins Haus zurück.

Ranjeet fluchte. Er war mit dem Schraubenzieher abgerutscht und blutete jetzt am Zeigefinger. Schnell zog er ein Taschentuch aus seinem Blaumann und wickelte es um den Finger. Er hasste Geplärr und das von morgen war schon programmiert. Seitdem Rajan festgestellt hatte, wie viel Kohle man mit Kindern machen konnte, hielt er sich die reinste Legebatterie. Da gab es immer wieder Frauen, die Geld mit der Vermietung ihrer Bäuche verdienen wollten, aber auch solche, die ungewollt schwanger geworden waren und nicht wussten, wohin sie sich wenden sollten. Sie waren froh, wenn sie für die Zeit der Schwangerschaft im ›Haus Lichtquell‹ unterkamen.

Der große Meister kümmerte sich eigenhändig um die Vermittlung der Kinder. Ganz unbürokratisch, wie er immer behauptete. Die Nachfrage bestimmte den Preis. Da es viele ungewollt kinderlose Paare gab, war der Preis hoch. Rajan hatte ihm erzählt, dass in den USA für ein Kind, das durch eine Leihmutter zur Welt kam, bis zu hunderttausend Dollar bezahlt wurden. Wie viel Rajan hier in Deutschland, wo eine Leihmutterschaft ja verboten war, für ein Kind kassierte, wusste Ranjeet nicht, aber es musste sich lohnen, denn die Frauen zogen, nachdem sie sich zuerst lautstark ausgeheult hatten, meist mit den wildesten Zukunftsplänen ab.

»Jetzt mach' ich endlich meinen Laden, mein Nagelstudio, ein Kosmetikirgendwas auf«, hatte er immer wieder gehört. Oder: »Das ist das Ticket für mein neues Leben.« Ranjeet hatte auch mitbekommen, dass schon mal ältere Kinder abgeholt worden waren, aber auf seine Fragen war Rajan nicht eingegangen. Ranjeet war das egal. Hauptsache, er konnte hier in Ruhe leben, sein früheres Leben lag weiter hinter ihm. Er hatte alles, was er wollte und sich je erträumt hatte.

Als drittes Kind von fünfen, mit einem Vater, der im Bergbau malochte und einer Mutter, die an der Kasse vom ›Konsum‹ gesessen hatte, hatte er nach der Scheiß-Schule so schnell wie möglich raus gewollt. Jobbte ein paar Jahre auf dem Schrottplatz in Altenessen und übernahm ihn dann später. Mit seinem dicken Porsche hatte er ’nen ganz schönen Schlag bei den Weibern gehabt, doch kein Glück. Jutta hatte er von der Straße geholt, viel Geld für sie abgedrückt und geheiratet. Zwei Jungs kamen direkt hintereinander und Jutta wollte, dass sie was Anständiges lernten. Nach der Grundschule mussten sie auf ein Internat. Dann bekam Jutta Bauchspeicheldrüsenkrebs und war innerhalb eines Jahres unter der Erde gewesen.

Ranjeet hob den Buddha wieder auf den Brunnen. Die beiden Meisen, die im Rhododendron herum getschilpt hatten, stoben davon.

Er dachte an die Zeit nach Juttas Tod. Nach ihrer Beerdigung hatte er den Schrottplatz verkauft und das Geld gut angelegt. Von der Kohle hatte er Rajan nie etwas erzählt, der musste nicht alles wissen, das hatte er schon gelernt. Vor allem wenn’s um Kohle ging. Erzählt hatte er ihm aber, dass er nach dem Tod von Jutta zwei Jahre lang im Shaolin Kloster Songshan in China gewesen war und dort Kampfsport gelernt hatte. Dann war er zurückgekehrt und hatte nach einer spirituellen Gemeinschaft gesucht und im Shaolin Tempel in Berlin war von Rajan die Rede gewesen und er war nach Köln getrampt. Schon bei ihrem ersten Treffen hatte Rajan von seinem Haus und dass er jemanden bräuchte, der sich ums ›Grobe‹, wie er es genannt hatte, kümmerte. Sie waren sich schnell einig gewesen und Ranjeet bereute es bis heute nicht.

Manchmal träumte er von seinen beiden Jungs, kürzlich sogar, dass Rajan sie verkauft hätte, aber sie waren schon viel zu groß dafür, hatte er sich beruhigt. Und sie kamen bestimmt besser ohne ihren Vater klar. Er hatte sie seit Jahren nicht mehr gesehen.

Der Brunnen sprudelte wieder und Ranjeet hörte ein Baby weinen. Er räumte sein Werkzeug weg und machte sich auf den Weg ins Büro, um die Papiere zu holen.

Biggi stand an der Kantinentheke des Polizeipräsidiums und verfrachtete gerade eine Spargelcremesuppe mit einem Teller Baguettescheiben auf ihr Tablett. Vom Tisch klang Gejohle herüber. Pietschko hatte ihr den Stuhl neben sich freigehalten und winkte ihr zu, sein Kopf war mal wieder puterrot.

»Ah, da kommt die Biggi, die wird dich bestimmt beschützen«, witzelte Brandl gerade und Biggi setzte das Tablett so energisch ab, dass die Teller darauf klirrten. »Ihr müsst immer jemanden haben, auf dem ihr rumhackt, ja? Wieso versucht ihr es nicht mal bei mir? Das traut ihr euch wohl nicht, oder?«

»Oh, oh, welch ausgeprägter Beschützerinstinkt.« Lars stopfte sich mehrere Fritten auf einmal in den Mund.

»Wir wollen ihm doch gar nichts, Biggi. Unser lieber Pietschkuss will sich eine Frau in Russland kaufen und wir wollen ihn nur davor schützen, sonst nichts!« Sven sah Biggi treuherzig an.

»Pietschkuss ist alt genug, er kann das bestimmt auch selber regeln oder wollt ihr, dass ich euch Beziehungsratschläge gebe?« Sie sah kampfeslustig in die Runde. Die Männer sahen auf ihre Teller.

»Sso schlimm war's gar nicht, Biggi«, Pietschko sah sie von der Seite an. »Aber danke, du bist immer so nett!«

»Vorsicht, Schmalzalarm!«, prustete Sven und Biggi ärgerte sich, dass sie überhaupt etwas gesagt hatte.

Nach und nach wurde es am Tisch leerer. Biggi legte den Löffel beiseite und sah Pietschko an: »Was ist das denn nun mit dir und den russischen Frauen?«

Pietschko räusperte sich. »Ich hab' mich bei einer Agentur angemeldet und ein Briefpaket für vierhundert Euro bestellt. Dafür bekam ich hundert E-Mail-Adressen von russischen Frauen, die zu mir passen. Und demnächst fliege ich nach Kiew und treffe da ein paar von denen.« Er wischte sich Schweiß von der Stirn.

»Kiew ist nicht in Russland, sondern in der Ukraine. Das

solltest du eigentlich wissen, wenn du dir dort eine Frau holen willst«, tadelte Biggi wie eine alte Lehrerin. »Das ist doch seit Monaten täglich in den Nachrichten. Auf welchem Stern lebst du denn? Und das kostet dann jede Menge Kohle, was?! Willst du eine ehrliche Meinung dazu?« Biggi schob ihr Tablett von sich.

Pietschko nickte.

»Das ist Abzocke, ganz bestimmt. Such dir lieber hier was Nettes. Und nicht in Russland oder in der Ukraine oder wo auch immer. Glaub mir, das bringt nix.« Sie legte ihre Hand auf seine.

Pietschko sah sie gequält an. Dann stand Biggi auf und tätschelte ihm den Rücken, wie einem unwilligen Pferd: »Du machst das schon richtig. Hopp, hopp! Zurück an die Arbeit!«

Kurz vor dem Feierabend traf Biggi Pietschko auf dem Flur. Er sah sie nur kurz an, nickte dann. »Du hast recht, wie immer Biggi. Ich probier' jetzt was Anderes.« Er grinste nur und wünschte ihr einen schönen Feierabend. Biggi würde noch weiter an ihrem Bericht schreiben und sich dann mit einer Freundin auf ein Kölsch treffen, beschloss sie.

32

Ulla öffnete die Terrassentür und tappte barfuß nach draußen. Sie hatte ihren lilafarbenen flauschigen Lieblingsschlafanzug an. Kühle und doch weiche Luft empfing sie. 6 Uhr morgens. Die Vögel zwitscherten laut, ›sie zwitschern sich schon wieder einen Wolf da draußen‹, hätte Elli gesagt. Ulla lächelte. Sie hatten so viel miteinander gelacht. Jetzt war Elli frei und in guten Händen gehalten, wo immer sie auch war.

Ulla liebte diese Zeit. Alles war so ruhig, nur hier und da wurde eine Jalousie hochgezogen. Ein Schiff tuckerte den Rhein entlang. Der Dieselmotor war deutlich zu hören. Ulla schlug willkürlich ihre Gedichtsammlung auf, in der sie im Moment morgens las. Ihr Blick fiel auf den Anfang von Wilhelm Busch:

Der Traum
Ich schlief. Da hat ich einen Traum.
Mein Ich verließ den Seelenraum
frei vom gemeinen Tagesleben,
vermocht ich leicht dahinzuschweben ...

Ulla schmunzelte. Selbst Wilhelm Busch hatte also schon meditiert. Wenn sie selbst morgens hier mit Blick in das dichte Grün auf ihrer unbequemen Holzbank hockte und einfach nur schaute, fühlte sie sich auch so schwerelos. Frei, noch keine Verpflichtungen, keine Kinder, kein Michael, keine Gemeinde. Nur sie und dieser sich langsam, hellblau färbende Himmel, die unterschiedlichen Grünschattierungen des kleinen Gartens und Hermine, die Katze, die jetzt auf die Gartenbank sprang, sich setzte, aufrichtete und bewegungslos und gebannt, genau wie sie selbst, in den Garten starrte. Ulla spürte, wie ihre Muskeln sich entspannten, alles fiel von ihr ab. Sie atmete tief ein. Es roch, als hätte die Nacht allen Schmutz und üble Gerüche weggewaschen, der Duft der rosafarbenen Kletterrose stieg ihr in die Nase. Der Wind spielte mit den dicken grünen Blättern des Holunders. Die Wiese bestand eigentlich nur aus Moos, Klee und Gänseblümchen. Ulla gefiel das. Sie trank einen Schluck aus ihrer Kaffeetasse, dann legte sie die Hände ineinander und betete. »Herr, lass mich heute Deinen Willen für mich erkennen und gib mir die Kraft, ihn auch auszuführen.« Sie spürte jedem einzelnen Wort nach. Hier in der Stille, mitten in der üppigen Natur fühlte sie sich Gott ganz nah. Sie nahm ihn förmlich wahr, diesen guten Willen, der für sie da war. Und für jeden, der sich mit ihm verband. Mit dieser liebenden Kraft, die Ordnung ins Chaos brachte und alles zum Guten wendete. Wenn man sie denn ließ. Denn jeder hatte ja seinen freien Willen und konnte entscheiden, an wen und was er sich band. Für Ulla bedeutete Religion diese Rückbindung an die Kraft Gottes. Sie wusste, dass dies nichts mit Dogmen oder Glaubensregeln zu tun hatte. Dies war eine Kraft, die die Menschen frei sehen wollte, frei, ihre ureigene Bestimmung, ihre Aufgabe zu finden und zu erfüllen. Wie gefährlich war es, wenn jemand anderes sich dazu aufschwang, Menschen zu sagen, was sie zu tun oder zu lassen hatten, wo es langging. Jeder musste es selbst herausfinden.

Hermine hatte sich ganz eng an Ulla geschmiegt und schnurrte laut, als sie ihre Hand spürte.

Dieser Rajan war so ein Typ, der über andere bestimmen wollte. Sie spürte Angst, wenn sie nur an ihn dachte. Dieser Mann beanspruchte einen Platz in den Köpfen und Seelen seiner Leute, der nur dieser ureigenen Verbindung zum Göttlichen vorbehalten sein sollte.

Sicher, es stimmte schon, was Michael manchmal sagte: »Die Kirche hat über die Jahrhunderte ihre Mitglieder oft genauso schändlich manipuliert und sie mit Angst und Schreckensbildern dazu gebracht, ihnen Geld, Macht und Einfluss einzuräumen. Sie hat die Leute klein gehalten und von sich und ihren Dogmen abhängig gemacht.« Ja, sie musste zugeben, da war einiges schief gelaufen. Aber Martin Luther hatte sich doch genau dagegen gewandt. Immerhin hatte sie als Frau die Möglichkeit Pfarrerin zu sein und sogar Bischöfin, wenn sie das gewollt hätte. Das Wichtigste war jedoch, dass Luther von der Gnade Gottes überzeugt gewesen war. Man musste sich nicht freibetteln oder gar freikaufen: Gott war gnädig, jedem gegenüber. Gott liebte die Menschen und verzieh und war langmütig. Sie konnte sich ein Grinsen nun nicht mehr verkneifen: Schon am frühen Morgen fing sie an, hier im Garten zu predigen. Das war wirklich ihre Bestimmung. Na, immerhin redete sie nicht laut mit sich selbst.

Ihr fiel Birgit Rietmüller ein und dann dachte sie über das Geld nach, das bei Rajan in die Kassen floss, wahrscheinlich von all seinen Anhängern. Hatte Birgit ihm auch Geld gegeben? Doch Geld spielte auch in ihrer Kirche eine Rolle. Die Kirchensteuer, die der Staat abführte, floss in die Institution. Dann die Entschädigungszahlungen, die der Staat seit Jahrhunderten an die Kirche zahlte wegen früherer Enteignungen. Das konnte man den Steuerzahlern kaum klar machen, warum da Millionen gezahlt wurden, regelmäßig.

Dann der rigorose Sparkurs, den auch die evangelische Gemeinde in Porz fahren musste, um bei den sinkenden Einnahmen wegen der Kirchenaustritte die sozialen Angebote weiter zu sichern.

Ulla griff nach ihrem Kaffee, bah, der war inzwischen kalt und schmeckte nicht mehr. Sie würde sich jetzt wieder in die

Realität begeben. Hermine stand gemächlich auf, machte einen Buckel, dann streckte sie sich. Noch ein Blick auf das Gedicht von Wilhelm Busch:

... Jetzt trifft er dich ins Herz, so dacht ich,
und von dem Todesschreck erwacht ich,
und sprang vom Lager ungesäumt,
sonst hätt ich wohl noch mehr geträumt.

Auch Ulla war jetzt wach und unternehmungslustig. Das Leben rief.

Biggi hob die Hand und sofort verstummten die Kollegen erwartungsvoll. »Nachdem Brandl bei diesem Sektenführer Rajan war, habe ich meine Recherchen über ihn und seine Leute intensiviert, Kollege Pietschko war mir dabei sehr behilflich!«

»Hört, hört, sitzt unser kleiner Holzbohrer jetzt schon bei dir mit im Zimmer?« Lars konnte die Frotzelei einfach nicht lassen. »Übrigens, Pietschkuss«, sagte er leise und beugte sich zu ihm hinüber, »haste letztens die Überschrift im EXPRESS gelesen? Da stand was von 'nem armen Rentner, der in eine Sexfalle geraten ist. Das hatte irgendwas mit russischen Frauen zu tun.« Er lachte glucksend.

Pietschko wurde noch roter als rot. Biggi erfasste die Situation mit einem Blick und sagte schnell: »Im Milieu von Sekten zu ermitteln, ist ziemlich schwierig. Es gibt zwar immer wieder Aussteiger, aber deren Berichte sind schon so häufig durch alle Medien gewandert, dass sie eher Märchenerzählungen ähneln als Berichten. Ich habe also versucht, mit den aktuellen Anhängern des Rajan, also Rolf Hanssmann, zu sprechen – Fehlanzeige. Alle finden ihn toll, sind total glücklich, bei ihm sein zu dürfen. Eine verschworene Gemeinschaft, wie's scheint.«

»Friede, Freude, Eierkuchen«, brummte Lars. »Ist doch schön, wenn da die Welt noch heil ist!«

»Wenn sie es denn wäre.« Biggi heftete das Foto einer jungen Frau an die Pinnwand. »Das hier ist Bettina Haberland. Ich habe sie über einen Artikel im Internet gefunden und kontaktiert. Sie kennt Rajan schon lange, hat einige Jahre für ihn gearbeitet und währenddessen, wie die meisten seiner ›Anhänger‹, ihr Gehalt direkt an Rajan überwiesen.«

»Sie hat was?« Lars sah sie entrüstet an. »Ich dachte, so was machen nur Ehemänner, die von ihren Frauen abgezogen werden?«

»Krüger, vielleicht wäre es möglich, deine persönliche Geschichte nicht andauernd mit allem zu verknüpfen?«, fuhr Pietschko ihn an. Lars' Mund klappte auf und alle in der Runde klopften begeistert mit den Fingerknöcheln auf den Tisch.

Nur Biggi reagierte nicht darauf. »Das ist so üblich. Die Sektenanhänger ermöglichen ihrem Guru ein gutes Leben. Sie überweisen ihre Einkünfte oder organisieren Konzerte, Spendenläufe, Trödelmärkte, was auch immer, nur damit sie ihrem Meister Geld geben können. Der dankt es ihnen mit Seelenheil.«

»Also ist er gar nicht so uneigennützig, wie er gerne tut. Mir hat er gesagt, dass er kein Geld nähme«, brummte Brandl.

»Er nimmt es ja auch in dem Sinne nicht, sondern lässt es sich schenken«, ergänzte Pietschko.

Steffi runzelte die Stirn. »Ich seh' grad so ein emsiges Bienenvolk vor meinem geistigen Auge. Alle arbeiten wie verrückt für ihre Königin.« Sie steckte sich einen Kaugummi in den Mund.

»Wie jetzt, Kaugummi? Keine Schoki?« Brandl sah sie irritiert an.

»Gesundheitscheck beim Amtsarzt. Cholesterinwert zu hoch.« Steffi zog eine Grimasse.

»Das muss ja die Hölle für dich sein«, Pia drückte ihr mitfühlend die Hand. Steffi nickte nur.

»Aber für uns auch, Steffi hat uns doch immer die Dienstbesprechungen versüßt«, fügte Sven augenzwinkernd hinzu. »Manchmal gibt es da auch Verwechslungen, vielleicht solltest du noch eine zweite Arztmeinung einholen?«

Biggi zeigte wiederum auf das Foto. »Bettina Haberland hatte durch den frühen Verlust der Eltern ein schweres Trauma erlitten und war immer wieder in ärztlicher und psychotherapeutischer Behandlung. Da gab es unkontrollierte Gefühlsausbrüche, die anderen Leuten Angst machten. Lachen, Weinen, Schreien in unangemessener Lautstärke und Intensität. Sie ist kurz nach dem Abitur nach Indien gegangen und hat dort Hanssmann kennengelernt. Sie ist mit ihm nach Amerika, gemeinsam waren sie auch eine Zeit lang bei dem Guru Sri Chinmoy, aber sie waren kein Paar. Sie hat mir versichert, dass sie, solange sie in Rajans Nähe war, völlig gesund gewesen sei. Er hat sie sozusagen geheilt.«

»Dieser Chinmoy, über den hab' ich aber mal was gelesen. Zu dem sind auch die ganzen Promis hingerannt, Rockmusiker und so. Der war total autoritär, verlangte von seinen Leuten das Zölibat und hat selber mit seinen Anhängerinnen rumgemacht.« Lars hatte die Hand gehoben wie in der Schule.

»Richtig. Die beiden sind da auch nicht lange geblieben. 1998 kamen sie nach Deutschland zurück. Rajan nach Bergisch Gladbach, Bettina ging nach Bayern, um dort eine Gruppe in Rajans Sinn aufzubauen. Sie suchte sich Arbeit und steckte ihre ganze Energie in die Rekrutierung neuer Mitglieder. Alles Geld, das sie verdiente, schickte sie auf ein Konto in der Schweiz. Im Protokoll unseres Gesprächs steht, ich zitiere wörtlich: ›Rajan nahm meine Wut und Trauer aus meinen Eingeweiden. Ich vertraute ihm grenzenlos. Spürte, dass er heilende Fähigkeiten hatte. Ich gab mich ganz in seine Hände, vertraute ihm mein Leben an. Nie habe ich mich sicherer und freier gefühlt, als in dem bedingungslosen Gefolge des Meisters. Ich war frei von der Vergangenheit, von Zweifeln, von Ängsten und von mir selbst‹.« Biggi schaute in die Runde.

»Das ist ja ganz schön schräg!«, Brandl verschränkte die Arme vor der Brust.

»Ja, und es zeigt, wie gefährlich dieser Mann ist.« Biggi bemühte sich ruhig zu bleiben. »Die Regeln, die Rajan für sie und alle anderen aufstellte, boten Bettina Struktur und Halt. Sie hielt sich eisern daran. Dreimal am Tag betete sie sein Bild an, sie gehorchte ihm, liebte ihn.«

Lars ächzte: »Das wünscht sich doch jeder Mann!«

»Nicht so, Lars, nicht so!« Svens Stimme hatte einen warnenden Unterton.

Biggi zählte auf: »Lossagung von allen irdischen Gütern, Verzicht auf kulinarische Schwelgereien bis hin zu der These ›Lichtnahrung statt Essen und Trinken‹. Und Freundschaften,

Sex und Beziehungen außerhalb der Gruppe waren streng verboten. Bettina achtete auch bei den Mitgliedern ihrer Gruppe streng auf die Einhaltung der Regeln. Verstöße meldete sie sofort Rajan. Strafen folgten, manchmal der Ausschluss aus der Sekte. Das war für die Leute die Hölle, denn sie waren völlig abhängig von der Geschichte.« Biggi wurde von Lars unterbrochen.

»Könnte man da nicht einhaken, bei denen, die ausgeschlossen wurden?«

Biggi wiegte den Kopf hin und her. »Vielleicht, aber wie sollen wir an sie rankommen? Ich wüsste nicht, dass es dazu Bücher oder Aufzeichnungen gäbe. Sie haben bestimmt keine Mitgliedslisten ins Internet gestellt.« Sie starrte auf ihre Unterlagen. »Na ja, ich erzähl' die Geschichte mal gerade zu Ende. Bettina lernte einen Mann außerhalb der Gruppe kennen und verliebte sich in ihn. Er wollte aber nicht in die Sekte und bekniete sie, sich von Rajan und seinen sonderbaren Vorschriften loszusagen. Damals wog sie, infolge von Mangelernährung, nur noch wenig über fünfundvierzig Kilo. Zum gleichen Zeitpunkt erfuhr sie zufällig, dass sich Rajan selbst gar nicht an seine eigenen Statuten hielt.«

»Boah, kotzen mich solche Typen an!« Pia war schon die ganze Zeit unruhig auf ihrem Stuhl hin und her gerutscht, jetzt schlug sie mit der flachen Hand auf den Tisch. »Macht, Macht, Macht! Ob es Politiker, Gurus oder Kirchenfürsten sind. Diese Typen sind doch nur machtgeil und werden gesteuert von ihrem …«

»PIA!«, schrien alle männlichen Kollegen gleichzeitig in Großbuchstaben.

»Du kannst Männer nicht alle über einen Kamm scheren«, bemühte sich Sven um einen verbindlichen Tonfall. »Schau dich doch um. Überall gibt es auch Ausnahmen. Wir sind doch ein Team. Und außerdem gibt es auch Frauen, die Macht haben oder haben wollen.«

»Aber die betet keiner an oder nur heimlich.« Lars hatte sich gern auf das Thema eingelassen und zwinkerte Pietschko zu.

Biggi räusperte sich. »Wenn ihr vielleicht noch einen Moment zuhören würdet? Also, Bettina Haberland ist immer noch in psychotherapeutischer Behandlung. Sie hat Rajan, also Rolf Hanssmann, nicht angezeigt oder so. Sie wurde von ihm und der Gruppe verstoßen und leidet da noch immer drunter, obwohl sie weiß, dass es falsch ist.«

Dienststellenleiter Heinrichs riss die Tür auf. »Tschuldigung, war noch beim Arzt. Macht weiter, ich höre einfach zu und versuche reinzukommen.« Er ließ sich auf einen der freien Stühle fallen.

»Ist das Gehirnwäsche, oder wie funktioniert so was?« Brandl sah Biggi nachdenklich an.

»Es hat vermutlich was mit Liebe zu tun«, Röte breitete sich auf Biggis Wangen aus. »Also, ich mein', da gehen meist Leute hin, die verletzt wurden, schlimme Dinge erlebt haben. Die von ihren Eltern nichts bekommen haben oder nur Negatives. In denen schlummert die Sehnsucht danach, geliebt und angenommen zu sein, bedingungslos und wie ein Kind von der Mama geliebt und versorgt zu werden. Und dieser Guru spürt genau heraus, was sie brauchen und gibt es ihnen. Das meinte ich mit gefährlich. Denn wenn er weiß, was sie brauchen, kann er sie infolgedessen leicht manipulieren.«

Heinrichs öffnete den obersten Knopf seines Hemdes und lockerte den Krawattenknoten. Dann sah er von einem zum anderen. »Ich geh mal davon aus, dass es gerade um den Mann aus Bergisch Gladbach geht, ja? Ich hab' ja nicht alles mitbekommen, lese aber eure Berichte aufmerksam. Und möchte mal fragen, was das mit der Mordkommission zu tun hat. Und euch auch daran erinnern, dass, solange sich aus seinem Handeln keine Straftat ergibt, eine Manipulation nichts Kriminelles ist. Werbung ist ja auch nicht strafbar, obwohl dort unentwegt manipuliert wird.«

Brandl griff nach der Flasche Wasser und goss sich ein. »Aber auch da gibt es unlauteren Wettbewerb. Die dürfen auch nicht alles behaupten, wie sie lustig sind. Und dem Guru müssen wir genau auf die Finger schauen. Ich bin sicher, wenn wir richtig suchen, finden wir einiges, bei dem er mit dem Gesetz im Konflikt gerät. Ich bin überzeugt, der ist nicht so harmlos, wie er tut. Da steckt mehr dahinter. Und das werden wir herausfinden, Leute.«

Rosa stellte Gläser und eine Bleikristallkaraffe mit einer rosafarbenen Flüssigkeit, in der Eiswürfel leise klimpernd aneinanderschlugen, auf dem dunkel lasierten Terrassentisch und sofort roch es nach Rhabarber. Die Nachmittagssonne stand tief. Ihre Tochter Carmen brachte eine Schale mit *Turrón.*

»Ist das weißer Nougat mit Früchten und Nüssen?« Steffis Hand wurde von der Süßigkeit magisch angezogen.

»Na ja, eine Variante davon. Das ist eine Lieblingsleckerei der Spanier und meine Obsession«, Carmen lächelte Brandl an. »Sie wird hergestellt aus Mandeln, Honig, Zucker und Eiklar. Andere mögliche Zutaten sind, je nach *Turrón*variation Schokolade, kandierte Früchte, Mandeln oder Erdnüsse. Ich hab' prinzipiell einen Vorrat davon und den immer griffbereit, wie meine Dienstwaffe.« Der Augenaufschlag, den sie Brandl zudachte, war phänomenal, und Brandl lächelte sie überrascht und dann erfreut an.

In der Haselnusshecke keckerte eine Elster und Ulla musste schlucken. Das durfte doch wohl jetzt nicht wahr sein, oder? »Frau Zeidler, was haben Sie denn alles recherchiert?«, wandte sie sich demonstrativ an Steffi.

»Ich denke, wir können uns doch alle duzen, oder?« Steffi schob die Schale mit der Süßigkeit von sich. Dann erzählte sie los und Carmen nickte häufig bekräftigend, manchmal ergänzte sie Steffis Ausführungen mit Fakten und ihren eigenen Rechercheergebnissen.

Die spanische Kommissarin war jetzt hoch konzentriert und hatte keine Augen mehr für den deutschen Kommissar. »Egal, wohin man guckt, die Gefahr für Kinder ist groß. Das Kinderhilfswerk UNICEF berichtet immer wieder davon, dass das Risiko von Kinderhandel, der Verkauf von Kindern als Sklaven oder in Form von illegaler Adoption erheblich sei. Das sieht man auch am Beispiel von Haiti. Fast vierzig Prozent aller Haitianer sind unter vierzehn Jahre alt, und schon vor dem Erdbeben 2010 haben in den Waisenhäusern dreihundertachtzigtausend Kinder gelebt, von denen fünfzigtausend keine Eltern mehr hatten. Durch das Beben ist dann die Zahl der auf sich gestellten Kinder erheblich gestiegen. Schätzungen sprechen von bis zu einer Million. Und sofort reisten adoptionswillige Leute aus aller Herren Länder und wollten ein Kind haben. Da ist die Gefahr groß, dass bei der Vermittlung nicht alles legal läuft und sehr viel kriminelle Energie am Werke ist.«

Ulla schüttelte den Kopf. »Schrecklich! Ich hab' mich ja auch ein wenig im Internet umgeschaut, was da so alles zu lesen ist … Wie können Menschen nur so handeln?«

» ›Der Mensch handelt schlecht, wenn er das Gute nicht weiß ‹ hat, wohl schon Sokrates gesagt.« Carmen griff nach einem Stück *Turrón*, steckte es sich in den Mund und schloss die Augen. Brandl beobachtete, wie sich ihr Gesicht entspannte, die etwas herben Züge weicher wurden. Unvermittelt schlug sie die Augen auf, sah Brandls Blick und zog die linke Augenbraue hoch. »Ich kann die Menschen nicht ändern, das weiß ich, aber meine Hoffnung ist, dass wenn ich informiere und aufkläre, können sie zumindest darüber nachdenken, in Zukunft etwas anders zu machen. Ich bin nicht naiv, aber trotzdem engagiert in dem, was ich tue. In allem, was ich tue!« Ihr Lächeln galt Brandl allein und der lächelte, wie Ulla sah, einvernehmlich zurück.

In Ullas Kopf schrillte eine Alarmglocke. Diese Carmen war offensichtlich scharf auf Brandl und ihm schien das zu gefallen. Dabei hatte Ulla die spanische Kommissarin doch so sympathisch gefunden. Ulla fühlte es heiß in ihren Eingeweiden aufsteigen. Ihr Herz klopfte. Sie beobachtete wie Brandl, Steffi und Carmen ihre Köpfe über den Unterlagen zusammensteckten und fühlte sich ausgeschlossen. Sofort schwirrte durch ihren Kopf die Stimme des Paartherapeuten: »Kann es sein, dass das etwas ist, das Sie öfter erleben?« Ja, sie musste sich eingestehen, dass es so war. Sie fühlte sich schnell ausgeschlossen und nicht dazugehörig. Eifersucht flammte in ihr hoch. Das kannte sie so nicht. Sie hätte dieser Carmen am liebsten die Augen ausgekratzt. Stattdessen holte sie tief Luft und versuchte sich auf ihren Atem zu konzentrieren. Sie würde sich jetzt nicht damit auseinandersetzen, wollte nur versuchen, sich zu beruhigen. Friede sei mit mir, betete sie sich innerlich vor. Herr, ich bin nicht würdig, dass du eingehst unter mein Dach, aber sprich nur ein Wort, so wird meine Seele gesund. Es funktionierte. Sie entspannte sich.

Brandl sah sie gerade von der Seite an: »Ohne Ulla hätte ich bei dem Sektenheini gar nicht so geschnüffelt, sie hat mich auf die Kinderstimmen aufmerksam gemacht.« Er legte seine Hand kurz auf ihre und drückte sie leicht.

»Wie können wir denn vorgehen?« Carmens Augen blitzten. »Ich schlage vor, dass ich meine Archive durchforste und meine Kontaktpersonen abtelefoniere, vielleicht ist dieser Rajan irgendwo bekannt.«

»Ich kann dir alles mailen, was wir schon herausgefunden haben«, Steffi stopfte wieder ein Stück *Turrón* in den Mund. »Und ich recherchiere auch noch weiter zum Thema Adoption.« Sie kaute genüsslich.

»Denk an dein Cholesterin«, mahnte Brandl.

»Ja, Papi«, kiekste Steffi mit Kinderstimme und alle lachten.

»Ulla und ich hatten auch schon mal überlegt, ob wir nicht jemanden bei Rajan einschleusen.« Brandl runzelte die Stirn. »Steffi, du besuchst doch immer wieder solche Selbsterfahrungskurse, nicht wahr?«

Steffi nickte.

»Wir könnten zusammen zum nächsten Treffen fahren. Ich war ja schon da und wir dürfen immer Neulinge mitbringen. Was meinst du?«, schlug Ulla vor.

»Das wär mir sehr recht; ihr könnt gegenseitig auf euch aufpassen, dass ihr dem Guru nicht auf dem Leim geht.« Brandls Augen blitzten.

Steffi sah ihn nur an und auch Ulla wusste offensichtlich nicht, ob sie etwas erwidern sollte.

»Gut. Und wir treffen uns dann bald wieder. Hier oder per Skype.« Carmen war für ironische Bemerkungen anscheinend unempfindlich. Sie sah sehr entschlossen aus.

Rosa trat mit einem Tablett zu ihnen auf die Terrasse und bot allen noch einen *Café Sólo* an.

33

Steffi saß am nächsten Morgen wieder an ihrem PC, sie wollte noch weiter bei den Auslandsadoptionen nachlesen, hatte die Links zu den entsprechenden Internetseiten gespeichert.

Entweder erfolgte die Adoption im Ausland über eine staatlich anerkannte Adoptionsvermittlungsstelle oder über das jeweilige Landesjugendamt. Der erste Weg war der einfachste. Die Vermittlungsstelle half bei der Erstellung der notwendigen Papiere und organisierte den Ablauf im Herkunftsland. So konnte kaum etwas schief gehen. Die einzelnen Vermittlungsstellen hatten Zulassungen für jeweils unterschiedliche Länder. Diese Stellen gaben Auskünfte und schauten sich die potenziellen Eltern genau an, wählte die am besten passende Option für das jeweilige Kind aus.

Steffi scrollte sich weiter durch die Fülle an Informationen.

Es gab noch eine weitere Möglichkeit, im Ausland zu adoptieren: die Privatadoption. Bewerber wählten zumeist diesen Weg, weil sie sich mehr Einfluss auf die Auswahl des Kindes erhofften. Im jeweiligen Herkunftsland mussten sie sich um alle Kontakte und Schritte selbst kümmern – Gerichtsverfahren, Übersetzungen, Kontakt zur Adoptions-Zentrale. Diese Variante war ohne Sprachkenntnisse, eine gut gefüllte Brieftasche und Kontakte im Land sehr schwierig. Von über tausend Kindern, die zur Adoption nach Deutschland vermittelt wurden, kamen gut achthundert durch die Vermittlungsstellen, knapp dreihundert als Privatadoption. So weit die offiziellen Zahlen, dachte Steffi. Die Dunkelziffer war bestimmt höher. Viele verzichteten lieber auf teure und langwierige Bewerbungsverfahren, kauften sich ein Kind im Ausland und nahmen es dann mit. Wie so mancher Prominente aus dem Showbusiness und der Politik. Die Behörden in Deutschland hatten dann die Privatadoptionen legalisiert. So kam man auch zu einem Kind. Die Kosten für die Dokumente, die Vermittlungsstelle und die Reise lagen je nach Land zwischen achttausend und zwanzigtausend Euro.

Steffi recherchierte weiter, las den Bericht von Sibille und Albert, die zwei ausländische Kinder adoptiert hatten. Zuerst die heute sechsjährige Shamila aus Sri Lanka, deren Adoption zwei Jahre dauerte und vor knapp einem Jahr den kleinen Thanh aus Vietnam. Jedes Mal musste Albert ins Land fliegen und dort wochenlang im Hotel bleiben, bis die Adoption von Gericht und Jugendamt vor Ort abgewickelt war. Auch den leiblichen Eltern war er dabei begegnet. Thanh hatte bereits fünf Geschwister, als die Eltern beim sechsten entschieden, dieses Kind wegzugeben. Der Adoptivvater erzählte darin:

»Ich hab' die Familie gesehen, es ist auch mit unseren Maßstäben nicht zu vergleichen. Wenn vierzehn Leute in einem Raum leben, wo die Wände nicht verputzt sind und der Boden mit Erde bedeckt ist oder nur 'ne kleine Betonschicht drauf und da stehen nur Betten drin. Es ist eine andere Welt und ich hab' das Gefühl gehabt, helfen zu müssen. Die Mutter war traurig beim ersten Mal, als sie das Kind denn auch abgegeben hat, sind dann auch Tränen geflossen und da hatte ich schon das Gefühl, ihr den Jungen wegzunehmen, also der Familie das Kind wegzunehmen. Da wollte man am liebsten alles abbrechen und dachte, das kannst du eigentlich gar nicht machen. Aber dann ist da dieses gemischte Gefühl, du möchtest auch ein Kind oder ein zweites Kind haben und dann ziehst du das halt durch und die Tränen sind geflossen. Vor dem zweiten Termin hab' ich dann auch Panik gehabt, denn ich hatte von anderen gehört, dass da auch Probleme auftreten können, dass die Mutter das Kind auf einmal nicht mehr hergeben will. Aber bei mir war es dann so, dass sie mich umarmt hat, der Vater war freundlich und glücklich, den Thanh auch noch mal in den Armen zu halten, aber nach den zwei Stunden auf dem Gericht waren sie froh, dass sie mir das Kind dann auch wieder geben konnten, sie hatten damit abgeschlossen, ganz klar.«

Steffi schüttelte den Kopf. Obwohl diese Eltern ihre Kinder nicht über irgendwelche dubiosen Kanäle adoptiert hatten, sondern über offizielle Auslandsadoptionsvermittlungsstellen, die ihnen vom hiesigen Jugendamt empfohlen wurden, verschlangen die Adoptionen riesige Summen. Solche Geldsummen hätten wahrscheinlich schon für einige Jahre Unterhalt der Kinder im

Heimatland gereicht, überlegte Steffi. Aber da drängte doch der Wunsch nach dem eigenen Kind die Absicht des helfen Wollens in den Hintergrund. Immerhin hatte der Adoptionsvater das zugegeben: »So zwischen fünfzehntausend und zwanzigtausend Euro müssen Sie rechnen, da kommen Sie auch nicht drumherum, für Vermittlungsstelle, Unterkunft, Übersetzung«, hatte er im Interview dargestellt. Und: »Es ist wichtig, diese Kinder zu selbstbewussten Kindern und Jugendlichen heranzuziehen, die auf ihre Herkunft stolz sind, die sagen können, ich habe zwar deutsche Eltern und ich wohne in Deutschland aber ich bin eine Singhalesin oder ich bin ein Vietnamese nach der Geburt, nach der Herkunft her, und wenn man das schafft, den Kindern zu vermitteln, dann haben sie auch eine Portion Selbstbewusstsein, womit sie dann mit Dingen, die auf sie zukommen, dann auch damit fertig werden können.«

Na, das waren ja fromme Wünsche. Wie es diesen Kindern wohl als Erwachsene ergehen würde, fragte sich Steffi und lehnte sich zurück. Sie würde mit Ulla Wolff zu diesem Rajan fahren und herausfinden, was das für Kinder dort waren und was mit ihnen passierte.

»Was für ein süßes Kind. Unser Baby.« Die Frau strahlte Rajan an. »Schau doch mal, er hat deine Ohren«, flüsterte sie ihrem Mann zu. Sie zog das Sanitastuch aus dem Gesicht des zwei Tage alten Säuglings. Er schlief selig. Der Mann starrte das Kind sprachlos an. Auch er konnte sein Glück wohl kaum fassen.

Rajan klopfte ihm auf die Schulter. »Ein gelungenes Menschlein«, sagte er und schaute der Frau in die Augen. Dass sie nicht genug von ihrer Brut bekamen, diese Babys sahen doch eh alle gleich aus. »Gut, dass Sie auf mich gehört und die Leihmutterschaft gewählt haben. Das kostet zwar etwas mehr, aber so ist das wirklich Ihr eigenes Fleisch und Blut. Ihre Eizelle, Ihr Samen«, fügte er mit einem anerkennenden Lächeln in Richtung des Vaters hinzu. Die Frau sah ihn bewundernd an.

»Dass Sie das so gut organisiert haben, Herr Rajan«, sagte sie. »Obwohl wir die Frau, die unser Kind ausgetragen hat, auch gern kennengelernt hätten?« Sie ließ die Frage im Raum stehen.

Rajan seufzte leise. Die Frau hatte immer noch nicht geschnallt, dass Rajan sein Vorname war. Und sie wusste doch nur zu gut, dass er auf keinen Fall einen Kontakt zwischen Leihmüttern und den Eltern des Kindes duldete. Das war eindeutig im Vertrag festgeschrieben. Am besten wusste keiner, wer wer war. Dann konnte es auch keine Komplikationen geben.

»Wir sollten jetzt das Geschäft zu Ende bringen, Frau und Herr Hörster«, mahnte er. Zwei Drittel der einhundertfünfzigtausend Euro hatten die Leute bereits bezahlt. Jetzt kam noch das letzte Drittel bei Lieferung. »Sie wissen ja, der Restbetrag steht noch aus.«

»Selbstverständlich«, beeilte sich Paul Hörster zu sagen. Schnell griff er in seine Anzuginnentasche und zog einen prall gefüllten Umschlag heraus. »Hier bitte. Möchten Sie nachzählen?«

»Nein«, sagte Rajan schnell. Sie würden nicht wagen, ihn übers Ohr zu hauen. Dazu waren sie viel zu sehr auf ihn angewiesen.

Das Baby schlug die Augen auf und begann zu wimmern. Mathilde Hörster sah Rajan fragend an. »Hat er Hunger?«

Rajan lächelte sie an. »Sie werden das schon richtig machen. Hier sind die Unterlagen.« Er reichte dem Mann die Papiere. »Geburtsurkunde, alles eingetragen und korrekt.« Dann wandte er sich seiner Frau zu. »Die Angaben, mit welchem Milchpulver Sie das Baby füttern sollten und wie oft, sind hier aufgeführt. Das Andere finden sie schon heraus. Ich vertraue Ihnen da vollkommen. Sie sind doch die Mutter.« Er sah, wie Frau Hörster sich aufrichtete. Na also. »Alles Gute und auf Wiedersehen!«

Ihr Mann griff nach der Babytasche, die Frau presste den Kleinen an sich. Ohne ihm noch einmal die Hand zu geben, wandten sie sich um. Rajan begleitete sie zur Tür. Im selben Moment drückte jemand von außen dagegen. Eine junge Frau in einem orangefarbenen Flatterkleid drängte in den Raum. Sie wollte nach dem Kind greifen. Rajan packte ihre Arme mit beiden Händen und umklammerte sie. Mathilde Hörster schrie auf, rannte mit dem Baby hinaus, ihr Mann hinterher. Sie verließen wie auf der Flucht mit dem weinenden Baby das Haus. Laut krachend fiel die Haustür ins Schloss. Die junge Frau brüllte wie ein waidwundes Tier. Aber Rajan hielt sie fest umklammert und schloss mit einem gezielten Fußtritt die Bürotür. Dann legte er die Hände um ihren Kiefer und presste ihn zusammen. »Halts Maul«, zischte er der Frau ins Ohr. »Was willst du überhaupt hier, du Schlampe?«

Die Frau konnte wegen der festen Umklammerung keinen Ton herausbringen. Als Rajan locker ließ, schrie sie sofort wieder verzweifelt los: »Ich will mein Kind zurück, mein Kind. Gib mir mein Kind zurück.«

»Wir haben einen Deal. Du hast Geld bekommen und die Leute das Kind.« Rajan näherte sich ihrem verweinten Gesicht, dass sich ihre Münder fast berührten. Sie roch nach Alkohol. Ekelhaft. Kein Wunder, dass sie so ausrastete, dachte Rajan. Sie ist betrunken. »Wir haben einen Deal. Halte dich daran«, zischte er noch einmal. »Ich will kein Wort mehr hören. Schlag dir das Balg aus dem Kopf. Sonst bist du bald nicht mehr in der Lage, überhaupt noch etwas zu sagen. Klar?« Er sah sie durchdringend an. »Klar?«, wiederholte er.

Die junge Frau nickte. Tränen liefen ihr über die Wangen.

»Verzieh dich«, sagte Rajan eiskalt. »Und pack deine Sachen. In einer halben Stunde bist du hier verschwunden. Und wehe, ich höre noch einen Ton von dir. Das ist meine letzte Warnung.«

Sie nickte wieder, sah ihn an mit einem Blick, der leer und ohne Hoffnung war. Langsam drehte sie sich um und verließ den Raum. Leise zog sie die Tür hinter sich zu. Rajan war sich sicher, dass er nichts von ihr zu befürchten hatte. Er kannte diese Haltung. Da kam nichts mehr.

Er war stark und vollkommen, das wusste er. Versonnen lächelnd stand er auf und griff nach dem dicken Umschlag, der noch immer auf dem Schreibtisch lag. Dann wandte er sich dem Bild zu, hinter dem er einen Tresor hatte anbringen lassen. Als er den Code eintippte und die Tür aufsprang, fiel sein Blick zuerst auf die vielen Umschläge, die dort schon gestapelt waren. Er schob sie etwas nach hinten, legte den neuen Umschlag in den Geldschrank. Als er die Tür verschloss, spürte er tiefe Zufriedenheit in sich aufsteigen. Ich bin innerlich und äußerlich reich und frei, dachte er und grinste. Und ich genieße meinen Reichtum voller Freude und Hingabe. Genau. Dieses Leben stand ihm zu, er war gesegnet.

»Tschüss Steffi!« Ulla legte den Hörer auf, starrte zum Fenster hinaus, ohne etwas zu sehen. Meine Güte, was Steffi da alles recherchiert hat, dachte sie. Wenn dieser Rajan wirklich in den Handel mit Kindern verstrickt war, dann musste er gestoppt werden. Dachte der, er könne sich alles erlauben, auch über Menschen und Schicksale entscheiden? Glaubte er Gott zu sein?

Ulla löste sich aus der Starre, setzte sich wieder an den Schreibtisch und griff nach ihrer ganz persönlichen Medizin. Die Gedichtsammlung half, neben dem Kochen, immer. Wenn sie traurig, wütend, ratlos war. Auch bei Erkältung oder Bauchschmerzen. Bei Liebeskummer oder Sehnsucht sowieso. Aber auch, wenn sie das Gefühl hatte, als Mutter alles falsch zu machen. Auch bei Enttäuschungen waren Gedichte ein guter Wegbegleiter.

Die Texte, die in der abgegriffenen roten Kladde lagen, hatte Ulla über Jahre gesammelt. Immer wenn sie in einer Zeitschrift oder Zeitung etwas Lyrisches las, schnitt sie sich die Zeilen aus, oder kopierte die Verse. Wenn ihr etwas besonders gut gefiel, schrieb sie es ab.

Ulla blätterte, suchte ein ganz bestimmtes Gedicht. Dieser Guru, der glaubte Gott oder göttlich zu sein. Der hatte doch gar nichts verstanden! Da, jetzt hatte sie es gefunden. Ulla strich die Kopie des Rilke-Gedichtes ›Gott spricht zu jedem nur‹, las, erst in Gedanken, dann laut:

... Lass dir Alles geschehn:
Schönheit und Schrecken
Man muss nur gehn:
Kein Gefühl ist das fernste.
Lass dich von mir nicht trennen.
Nah ist das Land,
das sie das Leben nennen.

Du wirst es erkennen
an seinem Ernste.
Gib mir die Hand.

Neben der Kladde besaß Ulla noch unzählige Bände mit Gedichten. In zwei Regalen reihten sich Anthologien zu bestimmten Themen wie Frühling, Sommer, Liebe, Weihnachten, Humor, Abschied, Trauer, Freude, Glück und, und, und. Dann noch die vielen Sammlungen von Gedichten einzelner Autorinnen und Autoren, Robert Gernhardt, Ingeborg Bachmann, Heinrich Heine, Ringelnatz, Goethe … Sie liebte sie alle. Und las beinahe jeden Tag darin. Wenn Ulla viel um die Ohren und keine oder nur wenig Zeit zum Lesen abknapsen konnte, bekam sie schon nach kurzer Zeit Entzugserscheinungen. Eine Zeit lang hatte sie sich jeden Morgen ein Gedicht ausgesucht und mit in den Tag genommen. Es an verschiedenen Plätzen in Haus und Garten laut gelesen und versucht einige Zeilen auswendig zu lernen. Ihr gefielen besonders die Gedichte von Rose Ausländer und Hilde Domin. Ulla hatte das Glück gehabt, die Domin 2005, ein Jahr bevor sie starb, bei einer Lesung zu erleben. Eine kleine, zierliche Frau von sechsundneunzig Jahren, die resolut und wortgewaltig den Moderator an diesem Abend blass hatte da stehen lassen. Ulla sah auf die Uhr, für ein Gedicht war noch Zeit. Sie nahm das Bändchen mit den Domin-Gedichten aus dem Regal, blätterte und las: Drei Arten Gedichte aufzuschreiben.

… Kleine Buchstaben
genaue
damit die Worte leise kommen
damit die Worte sich einschleichen
damit man hingehen muss
zu den Worten
sie suchen in dem weißen
Papier
leise
man merkt nicht wie sie eintreten
durch die Poren …

Die Tür sprang auf und Lea stürzte herein.

»Mama, wo bist du denn?« Ihr verweintes Gesicht war ein einziger Vorwurf. »Ich habe versucht, dich per Handy zu erreichen. Aber der Akku ist leer. Mein Ranzen ist weg.«

»Wie weg?«, fragte Ulla ratlos. »So was verliert man doch nicht? Hast du ihn im Bus stehen lassen?«

»Nee. In der Schule hatte ich ihn doch. Wir waren in der Pause auf dem Schulhof und ich hab' mit den anderen gequatscht. Wir hatten die Ranzen an der einen Bank abgestellt. Und als ich mich umgedreht hab', war der Ranzen weg. Geklaut. Bestimmt die Realschüler.«

Ulla sah ihre Tochter zweifelnd an. »Und die Ranzen der anderen Mädchen? Auch alle weg?«

»Nein, die waren alle noch da, nur meiner nicht.« Lea heulte wieder los. »Wir haben alles abgesucht. Ich war auch beim Hausmeister und beim Lehrer, der Aufsicht hatte. Keiner hatte was gesehen. Der Herr Müller-Hochstein hat gesagt, du musst Anzeige erstatten. Da war doch Geld drin und die ganzen Bücher und meine Hefte. Was soll ich denn jetzt machen?«

Ulla war sprachlos. So etwas war ihr wirklich noch nicht untergekommen. Wer klaute denn einem Mädchen den Ranzen? Und warum? Wenn jemand das Geld haben wollte, würde er doch die Bücher und Hefte wieder irgendwo hinwerfen. »Komm, wir fahren noch mal zur Schule und suchen dort die Büsche und alles ab.«

»Haben wir doch schon alles abgesucht«, zickte Lea. »Da ist nix.«

»Wir gehen trotzdem noch mal hin. Und wenn wir nichts finden, fahren wir zur Polizei und erstatten Anzeige.« Ulla überlegte einen Moment, ob Lea vielleicht irgendwelche Hausaufgaben nicht gemacht hatte und selbst ihren Ranzen irgendwo entsorgt hatte, um eine Ausrede zu haben. Aber Unsinn, dafür würde sie doch nicht ihre Bücher und alles andere verschwinden lassen. Nein, dachte Ulla. Das würde Lea nicht tun. Sei nicht so misstrauisch, rief sie sich zur Ordnung. Wie kannst du so etwas von deiner Tochter denken. Sie würde nachher mit Leas Klassenlehrerin telefonieren. Gottseidank hatte sie deren Privatnummer. Sie musste herausfinden, ob Lea noch einmal die Bücher von der Schule bekäme. Oder ob sie jetzt alles selbst bezahlen musste. Das Mathematikbuch mussten sie wahrscheinlich neu kaufen. Und die Hefte. Mäppchen, Füller, Stifte. Das war wirklich zu ärgerlich. Hoffentlich hatte sich da jemand nur einen bösen Scherz erlaubt und den Ranzen versteckt. Sie verließ das Haus und Lea trottete hinter ihr her.

34

»Und wenn's die italienische Baumafia gewesen wäre?« Lars sah fragend die Kollegen, die an der Dienstbesprechung teilnahmen, an. »Dann könnten wir den Fall an die entsprechende Sonderkommission delegieren.«

»Die Typen haben sie doch längst, denen wird jetzt der Prozess gemacht. Sie kommen also bei Rietmüller und Schütte nicht infrage.« Steffi ging zum Fenster und riss es auf.

»Die sind doch wie Unkraut. Sperrst du einen ein, wachsen zehn neue nach«, knurrte Lars.

»Ich denke, so weit brauchen wir uns gar nicht von unseren Opfern zu entfernen. Helmut Rietmüller wurde definitiv von seiner Frau ermordet. Die Beweislage durch Rechtsmedizin und Spurensicherung ist eindeutig. Auch wenn die Wohnung gut gereinigt wurde, konnten Blutspuren nachgewiesen werden. Dieses Luminol macht alles sichtbar.« Brandl grinste. »Und die Hantel, von der Birgit Rietmüller in ihrem Abschiedsbrief schreibt, war eindeutig das Mordinstrument. Der Winkel, aus dem auf Helmut Rietmüller eingeschlagen wurde, spricht auf jemanden mit Birgit Rietmüllers Größe. Warum sie ihren Mann getötet hat, geht auch aus dem Brief hervor. Damit dürfte der Mord geklärt sein.«

»Bravo!« Hajo Heinrichs klopfte Beifall und machte sich dann Notizen für die Pressekonferenz. »Beziehungstat. Alle Porzer Bürger können wieder beruhigt schlafen«, improvisierte er, während er schrieb. Dann fuhr er sich mit der Zunge über die Lippen. »Na ja, nicht ganz, da gibt es noch den Einbetonierten, wie ist denn da jetzt der Sachstand?«

»Schlecht, Hajo. Und der war auch nicht einbetoniert worden, sondern der lag unter dem Beton! Der vernommene Martens wusste so gut wie nichts über diesen Schütte, Schüttes Chef ist im Ausland und nicht erreichbar. Seine Vernehmung würde uns bestimmt weiterbringen. Wenn du da was tun könntest …«

Heinrichs kratzte sich am Hinterkopf. »Bei diesem Präventionstag in Karlsruhe saß ein Kollege von INTERPOL neben mir, wir haben die Visitenkarten ausgetauscht, ich könnte ja dem mal mailen …«

»Jau, das wäre was!« Hoffentlich versprach der große Dienststellenleiter nicht wieder etwas, was er nicht halten konnte, dachte Brandl. »Ich wollte noch mal raus auf die Baustelle in Westhoven. Das bisschen, was Martens sagen konnte, war, dass es da Zoff gegeben hätte. Das ist im Augenblick mein einziger Ansatzpunkt.«

»Was ist denn jetzt mit dem Sektenheini?« Pia sah Biggi fragend an.

»Eigentlich geht der uns nichts mehr an. Die einzige Verbindung gab's zu Rietmüller, doch der wurde ja von seiner Frau gekillt.« Biggi ging zur Pinnwand und entfernte Rajans Foto.

»Du sagst ›eigentlich‹«, Pia kannte Biggi gut und überhörte nichts.

Sie zeigte auf Brandl. »Soweit ich weiß, war Brandl bei diesem Rajan. Lasst euch mal von ihm erzählen, wie dieser Typ drauf ist und was er so treibt. Das in Verbindung mit den enormen Summen, die er so bewegt.«

Heinrichs schreckte hoch. »Ihr habt, ohne einen entsprechenden Beschluss, Einblick in seine Konten genommen?«

»Beruhig dich, Hajo. Wir haben das aus den Unterlagen, die diese Bettina Haberland, eine ehemalige Mitarbeiterin von Rolf Hanssmann, uns gegeben hat. Und wir werden ihm schon noch was nachweisen können!«, knurrte Brandl.

»Aber bestimmt keinen Mord und dann sind wir auch nicht mehr dafür zuständig!«, empörte sich Heinrichs. »Was soll der denn angeblich auf dem Kerbholz haben?«

»Steuerbetrug«, begann Brandl, doch Heinrichs grollte nur »Pah, Killefitz!«

»Handel mit Kindern, Leihmutterschaftsvermittlung, Manipulation bis hin zum Mord«, zählte Brandl auf.

»Beweise?, bellte Heinrichs.

»Noch nicht«, räumte Brandl ein, »aber wir sind dran.«

»Wir sind dran, wir sind dran«, ahmte Heinrichs ihn nach. »Kümmert euch um die Aufklärung von Schüttes Tod und spiel du nicht den Inquisitor, Brandl! Die Zeit der Glaubenskriege ist längst vorbei. Und ich hab' in euren Recherchen nichts wirklich Belastendes über diese Glaubensgemeinschaft und ihren Meister gelesen.«

Brandl horchte auf. »Das ist eine Sekte mit einem verdächtigen Anführer!«, brauste er auf.

Doch Heinrichs winkte abschätzig mit der Hand. »Ich weiß ja nicht, welches Problem du mit ihm hast, aber solange du keine Beweise hast ... Vielleicht hat dir ja deine Pastorin Flausen in den Kopf gesetzt. Typischer Fall von beruflicher Eifersucht bei ihr, würde ich sagen.«

Brandl schnappte nach Luft. Biggi sah ihn mit zusammengekniffenen, Pia, Lars und Steffi mit erstaunten und neugierigen Augen an.

»Was hat das denn damit zu tun? Mein Privatleben geht hier keinen was an. Und überhaupt, woher weißt du, dass ich wieder ...« Brandl umfasste die Lehnen seines Stuhls so fest, dass die Knöchel seiner Finger weiß leuchteten. Biggi wandte sich ihren Aufzeichnungen zu und zeigte demonstrativ Desinteresse an dem Diskurs.

Pietschko, der die ganze Zeit nur dabei gesessen hatte, zischte: »Toll gemacht, Brandl. Du bist sso ein Idiot!«

Lars sah irritiert von einem zum anderen. »Okay, ich hab' anscheinend nicht alles mitbekommen, kann mich mal jemand aufklären?«

Pia klopfte ihm auf die Schulter. »Später vielleicht, Krüger, später.«

Heinrichs drückte sich aus seinem Stuhl hoch, beugte sich dann über den Tisch und sah Brandl drohend an. »Du schadest dem Betriebsklima, Brandl. Wegen deiner privaten Geschichten möchte ich hier keinen Ärger. Ich werde nicht dulden, dass es hier Streit gibt wegen dir. Wenn sich einer oder *eine* ...« Heinrichs schaute demonstrativ in Biggis Richtung »... hier wegbewirbt, dann schick ich vorher dich in die Wüste!«

Brandl traute seinen Ohren nicht: »Du willst mir drohen, Heinrichs?«

Der winkte ab und drehte sich zur Tür.

»Warst du vielleicht mal bei einem der Seminare dieses Gurus, Hajo? Du klingst ein bisschen so.«

Steffi griff nach Brandls Arm und sah ihn warnend an.

Heinrichs drehte sich nicht um. »Du spinnst, Brandl. Langsam siehst du weiße Mäuse.« Dann hob er nur die rechte Hand, spreizte den Mittelfinger und schloss dann die Tür gemächlich hinter sich.

»Das darf ja wohl nicht wahr sein!« Pia schüttelte fassungslos den Kopf. »So etwas hab' ich ja noch nie erlebt. Brandl?«

»Der Heinrichs ist integer.« Lars legte die Faust auf den Tisch. »Das kann er sich als Dienststellenleiter gar nicht anders erlauben. Er will bestimmt, dass wir gut zusammenarbeiten und uns nicht von privaten Sachen ausbremsen lassen.«

Brandl hob die Hand. »Vielleicht bin ich ja auch übers Ziel hinausgeschossen ...«, überlegte er laut und sah Pia fragend an.

»Kann sein, Brandl.«

»Und Brandl«, Steffi hob warnend den Zeigefinger, »geh' direkt in dich. Auch ich will nicht, dass sich hier irgendeiner wegbewirbt, ja?«

Brandl stand auf und verließ mit hoch erhobenem Kopf den Raum. Biggi starrte noch immer auf ihre Notizen.

Bevor er die Tür schloss, hörte Brandl Lars flüstern: »Pia, Steffi, Biggi, erklärt ihr mir jetzt mal bitte, was hier los ist?«

Rajan hob die Arme und das göttliche Licht floss in ihn. »Ich bin ein Pilger auf dem Weg der Unendlichkeit ins Licht.«

Er fixierte einen Punkt im Raum. Der Altar, die Kerzen, das Foto.

»Du bist um mich, du bist in mir.
Ich verschmelze mit dir.
Du bist ich. Ich bin du.
Wir sind das Licht.«

Er atmete ein, er atmete aus.
»Und wer da zweifelt und wankt, wer widerspricht und nicht hört, wer nicht mit uns geht, sich gegen uns stellt, der wird vernichtet werden.«
Da war sie. Die Macht. Sie war rein. »Und ich, euer Gott, sage: Die Rache ist mein.«

Rajan ballte die Fäuste, spürte dem Gesagten nach. Es war an der Zeit, die Rolle, die ihm seine Jünger schon lange gegeben hatten, auch in der Welt offensiv zu vertreten. Er war nicht mehr nur ein Meister, der Gottes Lehren vertrat. Er verhalf denen, die an ihn glaubten, zu Glückseligkeit. Schenkte ihnen ein neues Leben, mit festen Strukturen, in denen gebetet und meditiert wurde. In denen sie Gemeinschaft erleben, seinen Worten lauschen durften und er führte sie ihnen auch aus, denn sie waren ja alle so dumm. Ungebildet, eingebildet, dachten, sie hätten sich und ihr Leben im Griff.

Rajan lachte höhnisch. Das menschliche Ungeziefer überflutete Woche für Woche seine Seminare mit all seinem Dreck. Winselte von schlimmer Kindheit, Arbeitsplatzsorgen, Beziehungsproblemen. Und dann pflanzte er in diese Kakerlakenseelen sein heilendes Licht und sie konnten wieder leben und lieben. Gut war er zu ihnen. Und sie dankten es ihm eifrig. Manche überschrieben ihm ihre Häuser, andere die Festgeldkonten. Sie hatten ja gemerkt, dass Geld allein sie nicht glücklich machte.

Rajan seufzte. Aber manche wussten all sein Handeln nicht zu schätzen. Sie mussten bestraft und auf den rechten Weg zurück geführt werden. Er legte seine rechte Hand auf die Brust. »Rajan. Der König. Der König Gottes bin ich. Ich werde meine Gegner besiegen und unterwerfen. Das verspreche ich mir! Und ich werde meinen Namen erweitern. Rajan Viswanath, werde ich in Zukunft heißen. Viswanath, der Gott des Universums!«

Brandls Bürotür öffnete sich ein Stück. »Brandl???« Biggi steckte den Kopf durch den Türspalt.«

»Ich weiß, der Mord an Rietmüller ist geklärt, aber ich würde mit dir gern noch mal über die Korruptionsgeschichten sprechen. Der hat sich doch bestimmt abgesichert, als Lebensversicherung sozusagen oder zumindest dokumentiert, wie toll er war.« Sie sah Brandl in die Augen.

»Der Praktikant hat dir doch seinen Abgleich der Kalender gegeben, und auf dem aus dem Tresor standen auch irgendwelche Zahlen.« Brandl winkte sie herein.

»Ja, die hab' ich auch aufgelistet, klar, da waren Schmiergeldzahlungen, aber an wen? Mit seinen Kürzeln konnte ich nicht wirklich was anfangen. Bei Schütte war das einfach, manche Beträge, die bei Rietmüller unter einem Datum standen, gingen wenige Tage später auf Schüttes Konten ein. Das heißt, er hat's bar bekommen und irgendwie dahin geschafft.«

Biggi setzte sich Brandl gegenüber. »Aber da waren ja noch mehr als die Zahlungen an Schütte, irgendwie lässt mich das nicht los.«

Brandl kramte in seinem Ablagekörbchen. »Hier muss doch irgendwo Erwins Bericht sein«, murmelte er. »Was wurde denn damals noch mal alles gesichtet?«

»Hör mal, Brandl. Auch wenn's sich vielleicht doof anhört, aber ich muss dich fragen«, Biggi knibbelte an einem vermeintlichen Fussel an ihrer Jeans. Brandl stoppte und sah hoch.

»Weißt du vielleicht, wer eine Blume vor meine Haustür gesprüht hat?« Röte überzog Biggis Gesicht.

»Blume?« Brandl sah sie verständnislos an. »Vor die Haustür? Wie jetzt? Mit Farbe oder was?«

Biggi räusperte sich. »Ja klar, grün und rot. Blüte, Blätter, Stiel. Auf dem Gehweg vorm Haus. In der Blüte ein großes ›B‹.«

»Also ich war's nicht. Dann haste 'nen heimlichen Verehrer«, Brandl wollte lachen, verkniff es sich jedoch beim Blick auf Biggis ernstes Gesicht.

»Ach was, soweit war ich auch schon, aber wer?« Biggi runzelte die Stirn.

»Spontan würd ich auf Pietschkuss tippen«, grinste Brandl. »So wie der um dich herum scharwenzelt und dich anhimmelt.«

Biggi sah ihn mit großen Augen an. »Pietschko? Um Himmels willen! Nee, jetzt! Was Besseres traust du mir nicht zu?« Sie klang beleidigt.

Brandl wusste nicht, was er sagen sollte. Egal, was ihm jetzt einfiele, es wäre bestimmt falsch. Er kramte wieder in seiner Ablage und zog triumphierend ein Blatt heraus. »Da ist er doch, Erwins Bericht.« Er las laut: »Die KTU, bla, bla, bla, Rietmüllers Firmenwagen untersucht, nichts Besonderes. Liste der Gegenstände: Sonnenbrille, Bonbons, Kaugummi, Kamm, alles unwichtig. Spuren – unwichtig. Kein Smartphone, kein Laptop, nur ein altmodisches Diktiergerät, der Firma ›Grundig‹.«

«Na also!« Biggi lehnte sich über den Schreibtisch und tippte auf den Bericht. »War da was drauf gesprochen?«

Brandl zuckte die Schultern, überflog den Bericht. »Hier steht nichts. Anscheinend hat das niemand überprüft. Vielleicht war ja auch nichts drauf. Aber selbst wenn, dann müsste das vermerkt werden.«

»Ich flitz runter zu Erwin und frage ihn.« Biggi stand schon an der Tür.

»Soll ich mitkommen? Das kann er doch nicht einfach vergessen, Hormone hin und zweiter Frühling her!« Brandl richtete sich mit gerunzelter Stirn auf.

»Lass mal stecken, noch wissen wir ja nicht, ob da überhaupt was drauf war. Das schaffe ich alleine, ich bin ja schon groß.« Jetzt lächelte sie ihn etwas zweideutig an. Dann rief sie sich zur Ordnung und wurde wieder amtlich. »Vielleicht ja nur heiße Luft. Ich melde mich.« Biggi war froh, aus Brandls Büro heraus zu kommen.

35

Brandl war losgeflitzt, um die Kollegen kurz vor Feierabend noch einmal zusammenzutrommeln. »Außerordentliche Dienstbesprechung«, hatte er in die Zimmer gerufen. »In einer halben Stunde im Besprechungsraum!«

Steffi, Pia, Krüger, Heinrichs und Pietschko waren vor Brandl dort und erwarteten ihn und Biggi.

Sie legte ein Diktiergerät auf den Tisch. »Das hier«, sie deutete darauf, » ist von Helmut Rietmüller und er hat in unregelmäßigen Abständen Dinge, die ihm wichtig waren, die er sich merken wollte, darauf gesprochen. Die letzte Aufnahme stammt vom Donnerstag, dem 22. Mai, an dem Tag, an dem er ermordet wurde.«

»Und, und? Das ist ja, wie ein Sechser im Lotto.« Lars Krüger griff nach dem Gerät. Biggi nickte ihm zu. »Lass mal den letzten Eintrag hören.«

Eine dunkle Männerstimme erklang: »Mein Name ist Helmut Rietmüller, ich bin am 12. Januar 1957 geboren und wohne in 51143 Köln, Hauptstr. 293. Ich bin verheiratet mit Birgit Rietmüller, geborene Schultes, auch sie ist in Köln geboren, und zwar am 17. Juli 1965. Ich halte diese Informationen fest, für alle Fälle und auch als Gedächtnisprotokoll, damit mir immer präsent bleibt, was ich meinen Mitmenschen gegeben habe. Meine Tätigkeit für die Dellinger GmbH und darüber hinaus beschert mir nicht nur Freunde und Wohltäter. Ich bin kein Samariter, sondern denke da in erster Linie an mich und mein Auskommen und ich mach das auch, weil mir mein Job richtig Spaß macht! An Bernhard Schütte von der Stadt Köln gingen am 22. Mai 2009 zehntausend Euro, am 17.8.2009 fünfzehntausend Euro, am«, Biggi drehte den Lautstärkeregler leiser. »Da kommt jetzt 'ne lange Liste, ich übertrage die Daten ins Intranet, dann habt ihr den Zugriff drauf. Damit haben wir die Bestätigung von Schüttes, Martens und Schlagmers Bestechlichkeit, die Kollegen vom Dezernat Korruption werden sich darüber freuen.« Sie strich sich eine Strähne aus dem Gesicht.

»Wieso taucht der Inhalt erst jetzt auf?«, schnaubte Heinrichs.

»Das musst du Erwin fragen. Ich glaube, er hat es schlichtweg vergessen.« Biggi sah zu Brandl hinüber.

»Wenn Biggi nicht so aufmerksam gewesen wäre, wäre es ganz unter den Tisch gefallen«, lobte Brandl.

»Das wird ein Nachspiel haben, dem werde ich mal auf die Füße treten«, drohte Heinrichs. »Immer dieses private Gehampel. So geht das nicht.«

»Ich denke, der weiß auch so, dass er Mist gebaut hat«, beschwichtigte Biggi. »Auf dem Diktiergerät sind noch weitere Namen drauf, von Personen, die wir noch gar nicht auf dem Schirm hatten. Sie müssen noch zugeordnet werden. Und«, sie sah eindringlich von einem zum anderen, »Rietmüller stellt die Vermutung an, dass das zuletzt in Liechtenstein abgehobene Geld bei Rajan, unserem Sektenführer, gelandet ist, oder noch da landen wird. Er sagt, er hätte sich über den Guru informiert. Dieser Rajan wäre geldgeil und seine Frau verrückt nach Rajan.« Brandl reckte die Faust in die Luft.

Heinrichs hob mahnend den Zeigefinger: »Vermutung,

Behauptung, das zählt nicht, sondern nur ein Beweis. Und wenn Rietmüllers Frau es diesem Guru geschenkt hat, ist das auch nicht strafbar.«

Steffi sah ihn an. »Lass uns mal machen, Hajo, wir sind ja nicht erst seit gestern dabei.«

Am nächsten Morgen war Firmenchef Dellinger ins Präsidium bestellt worden.

»Guten Tag Herr Dellinger, das hier sind die Kollegen Borchert und Seeger aus der Abteilung Wirtschaftskriminalität. Mich kennen Sie ja schon.« Brandl setzte sich und schaltete das Aufnahmegerät ein. »Befragung von Hans Dellinger, geschäftsführender Gesellschafter der gleichnamigen Baufirma. Herr Dellinger, Sie werden befragt zum Mord an Helmut Rietmüller, Bernhard Schütte und in Sachen Steuerhinterziehung. Sie müssen sich nicht äußern und haben das Recht einen Anwalt hinzuzuziehen. Bei der bisherigen Befragung durch das Morddezernat wollten Sie keine sachdienlichen Hinweise geben, aber die Beweislage stellt sich nun folgendermaßen dar: Sie haben sich mit Hilfe von Schwarzgeld, das sie durch das Ausstellen von Scheinrechnungen erhielten, Aufträge in Millionenhöhe verschafft. Die Manipulation von Ausschreibungen zu Ihren Gunsten sowie die Kartellbildung mit anderen Baufirmen werden Ihnen auch zur Last gelegt. Darum werden sich die Kollegen hier intensiv kümmern. Für mich ist Ihre Verbindung zu Rietmüller und den Baukontrolleur Schütte interessant. Wusste Rietmüller von den Schmiergeldzahlungen und in wieweit hat er auch davon profitiert?«

Dellinger lehnte sich zurück. »Was weiß ich denn?«

Brandl setzte nach: »Hat Helmut Rietmüller Herrn Schütte und seinen Chef Schlagmer Geld zukommen lassen?«

»Ich weiß von nichts.« Dellinger lockerte seine Krawatte. »Mein Anwalt müsste längst schon hier sein. Vor seiner Ankunft werde ich mich zu den Vorwürfen nicht äußern.«

Brandl bemühte sich ruhig zu bleiben. »Herr Dellinger, einer Ihrer Subunternehmer war sehr kooperativ. Er hat mir genau erklärt, wie so etwas läuft und wie das zwischen Ihnen gelaufen ist. Die Subunternehmen werden dazu veranlasst überhöhte oder falsche Rechnungen auszustellen, teilweise für Leistungen, die nie erbracht worden sind. Diese Rechnungen gehen dann, nach sogenannter Prüfung bei Ihnen, an den Auftraggeber. Der bezahlt das dann auch brav an Sie, Sie zahlen an die Subunternehmer und der gibt Ihnen einen Teil des Geldes wieder zurück, unter der Hand, versteht sich. Sehr lukrativ! Nur bei unserem Informanten haben Sie wohl den Prozentsatz der Beteiligung zu sehr nach unten korrigiert.«

Dellinger schwieg eine Weile. »Das müssen Sie mir erst einmal nachweisen. Da will mir einer nur am Zeug flicken. Ich sage gar nichts ohne meinen Anwalt.«Seine Stimme klang gepresst.

»Wir haben ja schon die Aussage, die Sie stark belastet. Aber ich will wissen, wie Schütte zu Tode kam. Was ist da gelaufen – haben Sie jemanden auf ihn angesetzt?« Brandl wurde lauter.

»Warum sollte ich das? Es gab keine Probleme mit Herrn Schütte, zumindest keine, von denen ich weiß. Kann ich ein Glas Wasser haben?« Dellinger öffnete den obersten Knopf seines Hemdes.

»Gleich, Herr Dellinger. Hatte denn einer Ihrer Mitarbeiter Stress mit Herrn Schütte?« Brandl war aufgestanden, stützte sich auf dem Tisch auf, beugte sich vor.

Dellinger zuckte mit den Schultern. »Herr Deckert hat mal was erwähnt, da gab es irgendwie Diskussionsbedarf zwischen einem Bauherrenvertreter und Schütte, aber mehr weiß ich nicht.«

»Ich hol' jetzt Wasser und bin dann raus«, wandte sich Brandl an die Kollegen, als die Tür aufging und ein Mann mit Aktentasche hereingestürmt kam.

»Dr. Walter Lischinski«, stellte sich der Anwalt vor. »Was liegt gegen meinen Mandanten vor?«

Brandl schloss die Tür hinter sich. Den kannte er. Dellinger würde jetzt keinen Piep mehr von sich geben.

36

Michael starrte in der Mittagspause auf den Bildschirm seines PCs. Julia hatte ihm Fotos geschickt. Von sich. Und einige von ihnen beiden. ›Selfies‹ nannte man diese Aufnahmen. Die machte man, indem man das Handy eine Armlänge von sich weghielt, dann auf sich richtete, um zu fotografieren. Solche Fotos tauchten dann in den sozialen Netzwerken auf und manche Stars, besonders die B-, C-, und D-Promis, posteten sie rund um die Uhr. Die Aufnahmen, die er jetzt nacheinander anklickte, waren richtig gut, so voller Leben. Das erste zeigte Julia, die auf ihn wartete. Etwas ungeduldig sah sie aus, vielleicht sogar ängstlich. Wahrscheinlich hatte sie befürchtet, dass er nicht kommen würde. Dann saßen sie beide am Rheinufer und strahlten um die Wette. ›Die Grinsekatze in Alice im Wunderland wäre neidisch‹ würde Ulla sagen, aber sie sollte diese Fotos besser nie zu sehen kriegen. Dann kam die MS Rheinperle mit winkenden Touristen und ein Foto, auf dem Julias rechte und Michaels linke Hand ineinander lagen. Michael schluckte. Das war irgendwie ganz natürlich passiert, als hätte es die Jahre, in denen sie nur sporadisch Kontakt gehalten hatten, gar nicht gegeben. Doch obwohl sie sich so nah gewesen waren, hatten sie nur Händchen gehalten und sich zum Abschied in den Arm genommen. Ein leichter Kuss von Julia auf seinen Mund, mehr war da nicht gewesen, und doch hatte er diesen Kuss noch lange gespürt. Und danach war alles anders geworden.

In den Mails, die nach diesem harmlosen Treffen hin und her gegangen waren, hatte es mehr oder weniger verschleierte Andeutungen gegeben und beim nächsten Treffen hatten sie sich den Rhein-Uferspaziergang geschenkt und waren – ohne sich abzusprechen – direkt in Julias Hotelzimmer gestürmt.

Michael klickte das Foto an, auf dem ihre beiden Gesichter, Wange an Wange, auf dem Kopfkissen lagen und sie mit hochroten Wangen erhitzt, entspannt und glücklich in die Kamera lächelten.

Julia schrieb, dass sie in den nächsten drei Wochen keine Zeit hätte, noch einmal nach Köln zu kommen. »Willst du nicht mal die ›alte Heimat‹ besuchen?«, fragte sie. Wollte er das? »Ja«, schrie eine Stimme in seinem Kopf, aber eine andere mahnte: »Das kann nicht gut gehen. Du würdest viele Menschen verletzen. Denk an Ulla, gerade habt ihr euch wieder gefunden. Denk an die Kinder. Willst du alles wegen einer Affäre riskieren? Frag dich, was und wen du wirklich willst!« Michael zog am linken Ohrläppchen. Tja, was wollte er? Auf gar keinen Fall wollte er sich entscheiden müssen, zumindest jetzt noch nicht. Er speicherte die Fotos auf einem Stick und löschte sie aus seinem E-Mail-Programm. Es fühlte sich alles falsch an. Und auch richtig. Aber mehr falsch. Schon allein diese Heimlichkeiten hasste er – Lügen und Geheimnisse. Da musste es doch einen anderen Weg geben, aber welchen nur?

»Wir wissen, dass wir nichts wissen.« Sven wies auf die Pinnwand, vor der er sich aufgebaut hatte, um die Kollegen in der nachmittäglichen Dienstbesprechung endlich über die Ergebnisse des Profilings zu informieren.

»Hört, hört, Sven ist unter die Philosophen gegangen.« Steffi zwinkerte Lars zu. Zuerst hatte sie sich darüber amüsiert, wie sehr Sven Pia seit dem Betriebsausflug verehrte, aber allmählich nervte er nicht nur Steffi mit seinem ›Wackeldackelgetue‹, wie sie es nannte. Jedes Mal wenn Pia sprach, saß oder stand Sven neben ihr und nickte bestätigend zu allem, was sie äußerte. Wie ein Wackeldackel eben. Pia meldete sich. »Ich habe das Gefühl, dass ...«

Heinrichs unterbrach sie. »Für Gefühle haben wir jetzt keine Zeit. Ich meine, wir sollten unbedingt ...« Weiter kam er nicht, denn sofort grätschte Sven dazwischen: »Lass doch mal Pia ausreden, Heinrichs. Pia hatte noch nicht zu Ende gesprochen. Pia«, wandte er sich nun mit einem Lächeln an seine Kollegin und Herzensdame. »Nun sprich erst du. Was wolltest du uns denn sagen?«

Heinrichs bekam Schnappatmung. Jetzt war es bald gut. Die anderen grinsten. So ging es auch in der Kantine. ›Die Pia bestellt, sie weiß schon, was gut ist‹, sagte Sven dort. In seinen Augen wusste Pia alles, sie konnte alles, hatte alles schon erlebt und konnte vor allem ›atemberaubende‹ Schlüsse ziehen. Das hatte Sven kürzlich in überzeugtem Brustton verkündet. Die

Kollegen witzelten heimlich darüber. Fakt war: Sven verwandelte sich in einen Schoßhund, sobald Pia nur ›piep‹ machte.

Alle sahen Pia erwartungsvoll an. Sie schüttelte den Kopf. »Lass mal, Sven. Mach einfach weiter.« Svens Verehrung war ihr erkennbar unangenehm.

Sven klopfte gerade auf Rietmüllers Foto. »Auch wenn es so aussieht, als würden die beiden Fälle miteinander verbunden sein, sind wir zu dem Schluss gekommen, dass wir nicht nur unterschiedliche Mörder, sondern auch unterschiedliche Mordmotive haben. Zumal uns Frau Rietmüller ja die Aufklärung des Mordes an ihrem Mann auf dem Silbertablett präsentiert hat. Und die Spurenlage bestätigt ihr Geständnis.«

Pietschko trat neben ihn. »Der Mord an Schütte könnte auch ein Unfall gewesen sein, der dann vertuscht wurde.« Er atmete erleichtert aus. Pietschko hatte sich in Behandlung eines Logopäden begeben, er wollte etwas verändern und er würde sich auch nicht mehr verstecken. Biggi war für ihn zum Coach geworden und er merkte, dass sich schon etwas veränderte. »Auf Sschüttes PC wurden Dateien über seine Sponsoren gefunden, warum sollten sie den denn jetzt gerade töten?«

»An dem Guru sind wir noch dran, auch wenn er als Mörder nicht in Betracht kommt, zumindest nicht als Mörder bei Schütte«, fügte Brandl hinzu.

»Ach, der Herr Brandl«, Heinrichs hatte bisher geschwiegen. »Unser Medienstar. Hörst wohl nur noch auf dein Bauchgefühl, was?«, ätzte er.

»Was soll das denn jetzt, Hajo?« Biggi sprach zuerst in die überraschte Stille, die eingetreten war.

»YouTube, irgendwas mit ›Küsse bei ›Selbstmord‹«, Heinrichs Stimme war dunkel.

Alle sahen Brandl an. Dem wurde es heiß und er spürte, dass seine Wangen brannten. »Ich gehe der Sache nach«, murmelte er und verließ den Besprechungsraum.

»Was weißt du?«, ging Biggi Heinrichs an. Der tat unbeteiligt. »Er knutscht eindeutig mit einer Frau am Porzer Rheinufer. Direkt vor seinen Füßen liegt die zerschmetterte Birgit Rietmüller.«

»Nee jetzt, mit wem denn?!« Pia starrte ihn ungläubig an. Svens Mund stand offen und Steffi durchsuchte ihre Handtasche.

»Garantiert mit dieser Pfarrerin aus Porz«, quetschte Biggi betont kühl hervor. Ihre Stimme klang aber etwas zittrig. Pietschko sah sie schnell an. Er würde sich Brandl vorknöpfen, ganz bestimmt, schwor er sich.

»Was ist denn, Biggi?« Pietschko stand vor Biggis Schreibtisch. Sie hatte nach der Dienstbesprechung gebeten, doch später mal bei ihr vorbei zu kommen.

»Setz dich doch, willst du ein Wasser?« Sie schob ihm ein Glas hin und schüttete auch schon ein.

»Danke.« Er lächelte sie an und senkte schnell die Augen.

»Hör mal, Pietschko«, Biggi atmete tief ein. »Du bist ein netter Kerl und ich arbeite gern mit dir zusammen.«

»Ja?« Er sah sie skeptisch an. »Aber?«

»Ich, ich möchte nicht, dass da mehr draus wird.« Biggi atmete langsam aus.

»Wieso sagst du das?«

»Ich hab' da so ein Gefühl, als ob du vielleicht …«, sie stockte.

Pietschko sah auf seine Beine und murmelte etwas Unverständliches.

»Bitte?« Biggi beugte sich nach vorn.

»Du bist ne gute Profilerin, gutes Gespür. Hast mich erwischt.« Er hob die Hände.

»Es tut mir leid, Pietschko«, Biggi sah ganz viel Traurigkeit in seinen Augen. »Aber ich hab' da nicht dieselben Gefühle wie du.«

»Aber für den blöden Brandl!«, brauste er auf.

»Das stimmt so nicht« und Biggis Ton wurde scharf, »es geht dich auch nichts an!«

»Der behandelt dich nicht gut!« Pietschko schob trotzig die Unterlippe vor. »Und ich will nicht, dass du weggehst!«

»Wie kommst du denn auf das schmale Brett? Ich und weggehen, warum? Doch nicht wegen Brandl! Ich bin nicht der Prinzessinnentyp, der gerettet werden muss oder auf den Prinzen wartet.« Sie warf den Kopf in den Nacken. »Zum Schlechtbehandelt-werden gehören immer zwei. Und zwischen ihm und mir ist alles klar. Ich bin schon groß. Und du solltest das auch sein.« Sie reichte ihm die Hand über den Schreibtisch. »Lass uns weiterhin gut miteinander auskommen, als Kollegen, vielleicht auch als Freunde.«

Pietschko schnaubte. »Freunde! Schlimmer geht's ja nicht!« Er verschränkte die Arme vor der Brust.

»Überleg's dir halt. Mein Angebot steht. Übrigens, hast du 'ne Ahnung, wie ich die Rose vor meiner Tür wegbekomme? Der Hausmeister macht immer wieder Theater deshalb.« Sie lächelte vorsichtig.

»Tut mir leid, weiß nicht, war dämlich von mir.«

»Ich fand's ja auch ein bisschen romantisch.« Biggi zwinkerte Pietschko zu. »Ich hab' das noch niemandem erzählt, aber ich war immer neidisch auf die Mädchen und Frauen, die einen Maibaum aufgestellt bekamen, weil ich selbst nie einen bekommen habe.« Sie seufzte. »Aber die Rose war ganz nah dran …«

Pietschko lächelte schief. »Bist doch der Prinzessinnentyp.« Er streckte ihr die Hand über den Tisch. »Freunde ist vielleicht doch gut.«

37

Michael hatte nach Feierabend noch schnell eingekauft, hievte die schwere Einkaufstüte in die Packtasche seines Fahrrads. Er war immer noch wütend. Dieses Video im Internet! Er schnaubte und sah hoch. Das hatte ihm gerade noch gefehlt. Franziska und Herbert aus dem Chor. Ausgetreten waren sie immer noch nicht, trotz ihrer protzigen Ankündigung. Sie hatten also auch mitbekommen, was Roswitha bei der Chorprobe ihm gesagt hatte.

»Das mit deiner Frau tut uns wirklich leid, Michael, das musst du uns glauben!« Franziska versuchte den Arm um Michael zu legen, doch der wehrte ab.

Herbert klopfte ihm auf den Rücken. »Obwohl sie ja schon gemerkt hat, dass sie etwas ändern muss, sonst würde sie nicht zu unseren Treffen kommen. Irgendetwas fehlt ihr, sie ist noch auf der Suche, aber wir werden ihr helfen. Und dir auch, du solltest dich nicht so dagegen wehren. Das Licht ist auch für dich da, lieber Michael!« Er zeigte auf sein T-Shirt, auf dem eine kitschige Sonne prangte. Sie erinnerte Michael an die naiven Zeichnungen in einer Broschüre einer verschrobenen Religionsgemeinschaft, die ihm vor Jahren hier in der Fußgängerzone von *Porzity*, der Innenstadt von Köln-Porz, in die Hand gedrückt worden war.

»Meine Frau geht euch gar nichts an und mein Leben und was ich damit tue auch nicht!« Michael wurde wütend. »Ich will nichts mit eurem Quatsch zu tun haben. Ich brauche so einen Blödsinn nicht, ich hasse jede Form von religiösem Getue!«, brauste er auf.

Herbert und Franziska ließen sich nicht beirren und lächelten ihn weiter an. »Lass es ruhig aus dir heraus, das ist gut. Viele Menschen haben Angst vor der Veränderung. Das macht uns gar nichts aus. Du steckst mitten in einem Häutungsprozess. Es steht für dich an, die nächste Stufe der Entwicklung zu nehmen. Wir stehen dir bei.« Franziska wollte ihn schon wieder umarmen, doch Michael stieß sie weg.

»Lasst mich gefälligst in Ruhe! Behaltet eure abgelutschten Weisheiten für euch, sonst zeige ich euch an wegen Belästigung!« Er wandte sich ab und stapfte davon. Nach wenigen Metern drehte er sich noch einmal um und sah, dass sie die Köpfe zusammensteckten. »Und Ulla lasst ihr gefälligst auch in Ruhe, sonst spreche ich mit dem Chorleiter und ihr fliegt raus. Er hat euch auf dem Kieker, das ist nur eine Frage der Zeit, bis der euch ausschließt. Ihr habt da eh nichts verloren«, brüllte er, ballte die rechte Hand und hob sie drohend.

»Auf der Suche, häuten, Licht!«, murmelte er und schwang sich auf sein Rad. Jeder glaubte, etwas Wichtiges erlebt zu haben, etwas zu wissen und alles wurde jedem sofort mitgeteilt. Wer steuerte das eigentlich? Wer bestimmte darüber, welche Information wen erreichte? War das Internet eigentlich sozial oder asozial?

Er würde mit Ulla reden müssen. Noch einmal. In Ruhe. Vorher musste er sich darüber klar werden, was er wollte. Würde es weitergehen können, mit ihnen beiden? Wenn ja, wie? Er wollte auf jeden Fall mit dem Chorleiter sprechen. Herbert und Franziska würden in Zukunft woanders singen, dafür sorgte er jetzt.

»Hör mal, Ulla.« Michael lehnte an der Kühlschranktür und sah ihr entgegen, mit einem Gesichtsausdruck, den Ulla nicht deuten konnte. Ernst? Traurig? Wütend? Sie stellte ihre Tasche auf die Arbeitsplatte.

»Ich will nicht lange drum herum reden. Im Internet kursiert ein Film über dich.« Michael stieß sich von der Tür ab und steuerte den Tisch an.

»Was? Muss ich das verstehen?« In Ullas Unterleib krampfte sich etwas heftig zusammen.

Michael zog einen Stuhl zu sich und setzte sich. »Geh' auf YouTube. Unter den Stichworten: ›Knutscherei vor Selbstmörder‹ findest du dich. Dich und …«, er musste sich räuspern, »… diesen Kommissar.«

Ulla schwankte. Sie wünschte sich sehnlichst, die Erde würde sich auftun und sie verschlingen. Einfach fort und Schluss. So würde sie für das Jüngste Gericht einfach nicht auffindbar sein. ›Wir müssen alle offenbar werden vor dem Richterstuhl Christi, damit jeder seinen Lohn empfange für das, was er zu Lebzeiten getan hat, es sei gut oder böse.‹ (2. Korinther 5,10), hallte in ihrem Kopf. Sie sank auf die Küchenbank, ihr Mageninhalt drückte sich die Speiseröhre hoch. Sie schluckte. Bitter.

Michael sah sie mit geröteten Augen an. »Es ist rundgegangen. Im Chor. Zuerst hinter meinem Rücken.«

Ulla bewegte sich nicht. Das war wohl die oft zitierte Schockstarre.

»Ein paar standen herum, schauten auf ein Handy, kicherten und lachten. Dann kam Roswitha direkt auf mich zu. Mit ihrem offenen, klaren Blick. Sie sagte nur: »Ich finde, das solltest du sehen, Michael.« Und dann hielt sie mir ihr Smartphone hin: Das Video mit dir und diesem Kerl. Sie war total nett, hat mich noch gefragt, ob das vielleicht ein Fake ist oder ein Irrtum. Das könne doch nicht sein, dass du das bist.« Er stützte den Kopf in die Hände.

In Ullas Kopf wirbelten die Gedanken durcheinander. Der Chor, der Michael so wichtig war. Brandl. Die Gemeinde. Das Presbyterium. Jonas und Lea. Michael. Sie streckte die Hand nach ihm aus, doch er rückte weiter weg.

»Lass mich. Du brauchst auch gar nichts sagen. Vielleicht passen wir ja auch einfach nicht zusammen. Viel zu viel Mühe, die wir uns geben.« Er schnäuzte sich. »Vielleicht ist es ja zwischen dir und ihm leichter, alles leichter. Mit ihm musst du nicht zur Eheberatung oder dich zu sonst was zwingen, nicht wahr?«

Ulla schüttelte den Kopf.

»Mit Julia läuft es ja auch unkompliziert, nicht wie zwischen dir und mir. Vielleicht liegt das an unserer Familienkonstellation.« Er blickte sie müde an.

»Wie jetzt? Julia und dir? Das ist doch schon ewig her.« Das Ziehen in ihrem Bauch war stärker als vorher.

»Ach, Ulla. Nein. Wir haben wieder Kontakt. Wir haben uns getroffen. Ist jetzt ja eh alles egal.« Michael machte eine wegwerfende Handbewegung. »Es lachen sowieso alle über mich.«

»Egal, egal, nichts ist egal! Was ist dein größtes Problem? Dass die Leute über dich lachen oder was?« Ullas Stimme klang schrill. »Willst du mir sagen, dass es dir nichts ausmacht, wenn ich einen anderen küsse? Oder noch besser, es ist selbstverständlich, dass du wieder mit Julia rummachst?«, steigerte sie sich immer weiter hinein.

Michael stand abrupt auf, der Stuhl knallte mit der Lehne auf den Fußboden.«Mir ist das überhaupt nicht egal!«, brüllte er. »Du nicht, unsere Familie nicht und der Chor auch nicht! Aber ich weiß nicht, wie es weitergehen soll!« Er drehte sich um und verließ die Küche. Dann rannte er die Treppe hoch und knallte die Tür seines Arbeitszimmers hinter sich zu.

Ulla saß wie betäubt am Küchentisch und sah auf ihre Hände, die vor Aufregung zitterten. Was sollte sie jetzt tun?

38

Nur widerwillig hatte Ulla sich mit Steffi getroffen, zu sehr hatte sie die Existenz des Videos aus der Bahn geworfen. Was sollte sie jetzt tun? Aber der Termin war ja abgesprochen gewesen. Sie standen vor Rajans Haus und auf Ullas Klingeln öffnete der Meister höchstpersönlich die Tür. Sie schaute ihn erstaunt an, dann fasste sie sich sofort. Ihr fiel ein, dass sie ja ihm gegenüber krank spielen musste, und setzte sofort einen leidenden Gesichtsausdruck auf. Sie deutete auf die Frau neben ihr. »Das ist meine Freundin Steffi. Mir ist es heute irgendwie nicht so gut und ich hoffe, es ist in Ordnung, dass ich sie zur Meditation mitbringe? Ich dachte, wenn sie dabei ist, kann sie mir vielleicht etwas beistehen, wenn's schlimmer wird.«

Steffi blickte Rajan gewinnend an. Er nickte gnädig. »Selbstverständlich«, sagte Rajan und warf Steffi einen interessierten Blick zu. »Deine Freunde sind meine Freunde, liebe Ulla. Du siehst wirklich blass aus. Du musst besser auf dich achten. Betest du genug? Als Pfarrerin solltest du das eigentlich tun, oder?« Er sah sie durchdringend an, wandte sich dann Steffi zu, die ihm die Hand reichte. Er nahm ihre Hand in seine und hielt sie einen Moment zu lange fest und blickte ihr in die Augen. »Herzlich willkommen hier in meinem Ashram.«

Steffi ließ ihre Hand in seiner ruhen und sah ihn ebenfalls an. Sie schien bezaubert, denn sie lächelte strahlend und antwortete: »Ja, ich freue mich auch, dich kennenzulernen.« Es klang echt.

Rajan trat zur Seite und gab den Weg ins Haus frei. Ulla ging etwas irritiert in den Flur. Woher wusste der eigentlich, was sie beruflich machte? Hatte sie das erzählt? Sie schaute sich nach Steffi um, die ihr nach ihrem tiefen Blick in Rajans Augen folgte.

Es war ziemlich laut im Umkleideraum, da sich die bereits angekommenen Frauen und Männer lautstark unterhielten. Sie zogen die Schuhe aus und leichte, bequeme Gewänder an, die man, wie Ulla inzwischen wusste, schnell abstreifen konnte, wenn es darum ging, körperliche Nähe im spirituellen Gleichklang zu ›üben‹. Ulla fühlte sich ein wenig an Mrs.Sporty erinnert. Dort herrschte beim Umziehen auch immer so ein vorfreudiges Geplapper. Nur, dass man sich dort nicht gegenseitig an die Wäsche ging, dachte sie und grinste. Gelobt sei der Herr.

Als ER den Raum betrat, erstarben die Gespräche wie abgeschnitten, ohne dass Rajan etwas gesagt oder signalisiert hatte. Der hatte seine Leute gut im Griff, dachte Ulla. Steffi und Ulla betraten nun mit den anderen den Meditationssaal und nahmen weit hinten auf Kissen Platz. Der Meister durchquerte den Raum und stellte sich auf eine Erhöhung, die einer kleinen Bühne glich, und beobachtete, wie seine Anhänger sich im Raum verteilten und ihn erwartungsvoll anblickten. Dann hob er die Stimme. »Der Geist ist groß und mächtig«, begann Rajan seinen Vortrag. »Noch mächtiger ist die Liebe …«

Dass Ulla blass aussah, hatte Rajan also bemerkt. Ulla hoffte, dass er ihr den erneuten Schwächeanfall abnehmen würde. Wie mit Steffi vorher abgesprochen, hatte sie sich extra nicht geschminkt und noch mit weißem Puder nachgeholfen. Sie sah wirklich miserabel aus. Die dunklen Schatten um die Augen waren gut gelungen. Die hatte sie zwar tatsächlich und schon seit ihrer frühen Jugend, aber etwas blaugrauer Lidschatten hatte die Ringe unter den Augen noch verstärkt. Schon nach drei Minuten – und Rajan würde jetzt erst einmal mindestens zehn bis fünfzehn Minuten monologisieren, das wusste Ulla vom letzten Mal – fasste sie sich an die Stirn, atmete laut ein und aus und wandte sich Steffi zu. Die reagierte sofort. Sie sprang auf, half Ulla auf die Beine, legte den Arm um sie und geleitete sie mit einem kurzen freundlichen Schulterzucken Richtung Rajan aus dem Raum. Der schaute zwar wachsam zu ihnen, zeigte aber keine weitere Reaktion, sondern fuhr fort mit seinem Vortrag. »Der Geist kann alles und in Verbindung mit dem göttlichen Geist und der allumfassenden Liebe ist jeder, der es zulässt, in der Lage, ebenso Wunder zu wirken wie einst Jesus oder auch seine Jünger. Schon in den heiligen Schriften wird von Wundern berichtet, die seine Jünger gewirkt haben. Ich werde euch den Weg dorthin erklären …«

Die Tür fiel hinter Steffi leise ins Schloss. Die Frauen gingen nun schneller den Gang hinunter Richtung Garten. Ulla kannte sich aus und Steffi folgte ihr. Trotzdem hielt sie weiter den Arm um sie, um auch eventuellen Kameras das Bild einer Hilfsaktion zu präsentieren.

An der Bürotür machten sie kurz Halt. Verschlossen. Also weiter. Draußen angekommen schien Steffi überrascht von der Weitläufigkeit der Anlage. Sie folgte Ulla nun zum Brunnen und dann zu der Wohnanlage, die hinter den Büschen verborgen war. Sie spähten durch ein Fenster und hörten, wie sechs oder sieben Kinder im Alter zwischen sieben und zwölf Jahren miteinander sprachen. »Ea închide întotdeauna fereastra înainte de a cina«, sagte einer der älteren Jungen.

»Was ist denn das für eine Sprache?«, fragte Ulla leise an Steffis Ohr. »Hört sich ein bisschen an wie Französisch oder Latein, Italienisch oder so etwas. Fereastra klingt wie fenetre, Fenster und cina wie cena, Abendessen.«

Steffi drehte sich ihr zu. »Ich glaube, sie sprechen Rumänisch. Das habe ich schon mal gehört, als ich wegen eines ungeklärten Todesfalls mit rumänischen Klaukindern zu tun hatte.«

Ulla blickte sie missbilligend an. »Was sind das denn für Ausdrücke? ›Klaukinder?‹ Das ist doch nicht dein Ernst, oder?« Sie zog Steffi zur Seite.

»Wir nennen sie so, weil sie aus dem Ausland, manchmal aus den Niederlanden oder auch Belgien einreisen. Das sind Kinder, die an rumänische Familien in Deutschland ausgeliehen werden, obwohl es da gar keine verwandtschaftlichen Beziehungen gibt. Sie werden zum Klauen oder Einbrechen verliehen. Ich weiß das, weil wir mit den Kollegen vom Raub gemeinsam bei so einer Familie ermittelt haben. Sie hatten zwar eigene Kinder, aber auch noch fast zehn andere bei sich in der Wohnung, für deren Herkunft sie keine Erklärung hatten. Ein alter Mann hatte in seinem Haus zwei von diesen Kindern niedergeschossen, einen achtjährigen Jungen und ein etwa zehnjähriges Mädchen. Der Junge starb, das Mädchen war lebensgefährlich verletzt. Sie waren durch ein Fenster geschlüpft, um den Erwachsenen die Haustür zu öffnen. Sie hatten nicht geahnt, dass der Alte mit einer Schusswaffe auf der Lauer lag.«

Leise schlichen sie zum Fenster zurück. Die Kinder waren noch immer dort, inzwischen waren zwei hochschwangere Frauen mit im Zimmer. Sie saßen um einen Tisch und aßen. Obst, Gemüse,

Reis, Kartoffeln, die Frauen hatte noch Fleisch auf dem Teller. Alle aßen mit gutem Appetit.

Steffi stieß Ulla an und gab ihr das Zeichen, sich zurückzuziehen. Sie schlichen wieder in den Garten, dann schlüpften sie durch die Terrassentür ins Haus und zurück in den Saal. Rajan sprach noch immer. Er schaute kurz in ihre Richtung, als sie hereinkamen und nickte Steffi lächelnd zu. Die lächelte zurück. Na, an der hatte er wohl Gefallen gefunden, dachte Ulla. Steffi machte Rajan ein Zeichen, als würde sie ein Autolenkrad in Händen halten und zeigte Richtung Umkleide. Rajan nickte. Sie packten ihre Sachen und verließen dann langsam den Raum, dessen Tür offenstand. Eine Frau kam ihnen nach. »Was ist denn? Warum geht ihr denn schon?«, fragte sie misstrauisch.

»Mir ist nicht gut«, sagte Ulla schnell. »Und meine Freundin ist extra deswegen heute mitgekommen. Sie begleitet mich jetzt nach Hause. Wir waren zwar draußen an der Luft, es hat aber nichts gebracht. Mir ist schwindlig und totschlecht. Fast platzt mir der Schädel. Es hat keinen Sinn. Nächstes Mal wieder. Viele Grüße an Rajan und die Gruppe.« Sie winkte kurz und ging bei Steffi eingehakt langsam zum Auto. Die Frau sah ihnen nach, dann schloss sie die Tür.

Am nächsten Morgen saß Ulla vor ihrem Laptop und wählte Carmens Skypeadresse an. »La Hija de la Sagrada Familia.«

Carmen meldete sich sofort. Sie saß in einem sonnendurchfluteten Raum, hinter ihr konnte Ulla ein Regal mit vielen Büchern erkennen. »Hola, Ulla? Qué tal? Und wie geht's dem netten Comisario Pedro?«, fragte sie mit ihrer dunklen Stimme und zog eine blonde Locke in die Länge. Sie lachte in die Webcam ihres Laptops, ihre dichtbewimperten Augen funkelten. Diese Kommissarin, intelligent, sportlich, sexy und dann auch noch frei. Eine gefährlich verführerische Mischung.

Ulla schluckte. »Mir geht's gut, danke.« Carmen war ihr nach wie vor sympathisch. Aber das Thema Brandl wollte sie mit ihr lieber nicht anschneiden. Sie erzählte der Kommissarin von ihren Beobachtungen in Rajans Villa, erwähnte die vermutlich rumänischen Kinder und die zwei Hochschwangeren. Irgendwie kam ihr das alles merkwürdig vor.

Carmen wurde sofort ernst. »Weißt du, Ulla«, sagte sie. »Wir haben Erkenntnisse, dass in Rumänien und überhaupt in Südeuropa viele Kinder aus Waisenhäusern oder auch Neugeborene und auch ältere Kinder von Müttern aus sozialschwachen Schichten gekauft werden, um sie an adoptionswillige Eltern aus Europa, aber auch aus den USA zu einem guten Preis zu verkaufen. Diese Eltern wollen teilweise wirklich etwas Gutes tun und einem Kind ein Zuhause bieten. Oft haben sie auch andere, weniger gute Absichten mit den Kindern. Das sind dann die Kriminellen.

Aber die Lobby für solche ›gut gemeinten‹ Auslandsadoptionen ist zum Beispiel in den USA so stark, dass es per Gesetz geregelt ist, dass man Kinder, die aus dem Ausland dorthin gebracht wurden, nicht zurückfordern, geschweige denn wieder nach Hause holen darf. Das gilt dann als Entführung. Ich glaube, das hatte ich dir schon bei unserem Treffen in Porz erzählt, oder?«

Ulla nickte: »Ist egal, erzähl' bitte weiter!«

Die Kommissarin holte Luft: »Mütter, die es sich also später anders überlegen und ihr Kind wieder zurückhaben wollen, haben keine Chance, auch nur einen Fuß in die USA setzen zu können. Schon bei der Visumerteilung wird das abgefragt: Haben Sie je ein Kind aus den USA entführt oder haben Sie die Absicht, ein Kind aus den USA zu entführen? Als ob das einer vorher zugeben würde.«

Carmen runzelte die Stirn und blätterte in einer Mappe, die anscheinend neben dem Laptop lag, Ulla konnte das Rascheln hören. Dann fuhr sie fort: »In Europa gibt es da eine Abgeordnete im EU-Parlament, die gegen die Methoden dieser Adoptionsmafia kämpft, leider hat sie kaum Unterstützung und Erfolg. Über diese Politikerin habe ich kürzlich vom Fall einer rumänischen Frau gehört, die alkoholabhängig ist und deshalb zeitweise ihre Tochter in einem staatlichen Heim untergebracht hatte, dann aber wieder nach Hause holte. Eines Tages stand ein Mann vor der Tür, angeblich in Absprache mit dem Jugendamt. Und hat ihr das Kind abgekauft. Sie regelrecht bequatscht, ihr Fotos von den Adoptiveltern in den USA gezeigt. Amerikaner, die bereits ein rumänisches Kind hätten. Die das Mädchen in die Schule schicken würden, eine tolle Ausbildung versprachen.

Sie hat dann, als der Typ sie abgefüllt hatte, unterschrieben. Als sie wieder nüchtern war, lag ein dickes Bündel von Geldnoten auf dem Tisch und das Mädchen war weg. Als sie sich dann um Hilfe bittend ans Jugendamt wendete, wollte dort angeblich niemand von etwas wissen. Sie hätten die Adresse nicht weitergegeben, hieß es. Das Kind war aber weg. Die Frau hat die Polizei, die Presse, die Behörden eingeschaltet, Interpol. Sie haben das Mädchen nicht gefunden. Schrecklich.« Carmen steckte sich ein Stück *Turrón* in den Mund und kaute. »Ich muss was essen, mir schlagen diese Geschichten immer auf den Magen.«

Ulla neigte den Kopf nach links und sah sie fragend an. »Meinst du, dass da so was im Gange ist? Dass die Kinder für Adoptionen sind? Da sind einfach viel zu viele Kinder, die eigentlich gar nicht dort hingehören. Vielleicht sind sie ja auch zum Klauen oder so da?«

»Könnte auch sein«, Carmen leckte sich über die Lippen. »Wo ist das denn genau? Ist das in Köln? Wie heißt denn der Typ, dem das gehört? Und die beiden schwangeren Frauen? Das könnten Leihmütter sein. Das ist jedoch in Deutschland, wie in fünfzehn weiteren EU-Staaten, verboten«, fügte Carmen schnell an. »Das ist, wie sagt ihr auf Deutsch? Sittenwidrig und wird hart bestraft. Die Leute, die ein Kind über Leihmütter austragen lassen wollen, fahren meist nach Indien, Russland oder in die USA. Da ist das erlaubt. Kostet aber richtig viel Geld. Unter hunderttausend Dollar ist da nichts zu machen. Indien ist zwar billiger, aber da gibt es oft Probleme mit den Behörden, die das Kind nicht ausreisen lassen wollen.«

Ulla versuchte die vielen Informationen aufzunehmen. »Der Kerl heißt Rajan, ist der Kopf so einer seltsamen Religionsgemeinschaft. In Wahrheit ist der Name wohl Rolf Hanssmann. Das müsste eigentlich in den Unterlagen, die Steffi dir geschickt hat, stehen.« Sie sah Carmen erwartungsvoll an.

Sie stutzte, ging auf das zuletzt Gesagte gar nicht ein, klickte nur wild auf der Tastatur herum. Schließlich hob sie den Kopf. »Bist du sicher, Ulla, dass dieser Mann so heißt? Hanssmann, Rolf?«

Ulla nickte nur.

Carmen blickte direkt in die Webcam und so hatte Ulla den Eindruck, sie würde sie ansehen. »Der Name ist international aktenkundig. Irgendwie ist der im Zusammenhang mit falschen Pässen für Kinder schon mal aufgefallen und registriert worden. Ihm war aber wohl nichts nachzuweisen. Erzähl' das doch mal dem Comisario und sag ihm, er soll sich bei mir melden, ja? Ich glaube, wir könnten da einige Informationen austauschen …«

Ulla nickte wieder. »Kannst du mir vielleicht die Infos mailen? Ich leite sie an Peter Brandl weiter. Ich weiß, das geht Zivilpersonen eigentlich nichts an, aber du siehst ja, ich bin da irgendwie drin verwickelt inzwischen.«

Carmen lächelte. »Ja, ich seh' das sowieso nicht so eng mit dem Datenschutz, was solche Typen angeht. Aber behalt' es für dich, ja? Sonst komme ich in die Küche des Diablo, du weißt schon.«

»Ja, Teufelsküche«, sagte Ulla. »Danke und bis bald, Carmen. Soll ich deine Mutter von dir grüßen? Und schick mir mal das Rezept für deinen *Turrón*. Mir läuft das Wasser im Mund zusammen, wenn ich dich da ständig knabbern sehe.«

»Ja, mach' ich, ist aber ein Familienrezept. Musst du genauso unter Verschluss halten wie die anderen Infos. Bis bald.« Carmen winkte noch, dann verschwand sie vom Bildschirm.

Ulla starrte auf den Bildschirmschoner. Ein Familienfoto. Michael, Jonas, Lea und sie. Sollten Michael und sie doch noch einmal zu diesem Therapeutenpaar gehen? Allein kamen sie bei ihren Gesprächen ja anscheinend nicht weiter.

39

Rajan hatte seinen Hausmeister zu sich ins Büro gerufen. Der saß ihm jetzt gegenüber, zwischen ihnen der dunkle Schreibtisch, hatte die Hände auf die Schenkel gelegt und wartete auf Anweisung. Rajans Gesicht war ernst, als er sich vorbeugte. »Diese Ulla.« Rajan drückte auf einer Fernbedienung herum, drehte den Computerbildschirm zu Ranjeet und zeigte darauf. »Hier, das war, als sie das erste Mal hier war. Da sah es ja noch so aus, als hätte sie sich verlaufen.«

Ranjeet sah auf der Aufnahme, unten rechts, das Datum. Er wusste, dass Rajan alle Aufnahmen der Überwachungskameras vom Chip auf DVD zog und diese verwahrte.

»Aber hier«, Rajan spulte vor. »Da ist sie letzte Woche mit einer Neuen gekommen. Die beiden haben zuerst am Kurs teilgenommen, sind aber danach durchs Haus geschlichen und am Ende im Nebengarten, du weißt schon, bei den Kindern gelandet.«

Ranjeet sah die Frauen vor der Bürotür stehen, daran rütteln und miteinander reden. Die nächste Sequenz zeigte ihre Köpfe am Fenster des Nachbarhauses und wie sie versuchten hineinzuschauen.

»Das ist kein Zufall, sie schnüffeln hier herum und das können wir auf gar keinen Fall gebrauchen.« Rajan schaltete die Aufnahme aus und warf die Fernbedienung in die Schreibtischschublade.

»Was willst du denn? Soll ich den Weibern ein bisschen Angst einjagen? Oder an was hattest du gedacht?« Ranjeet knibbelte an der Haut am Bett seines linken Daumennagels herum.

»Die zweite Frau, Steffi heißt sie, ist kein Problem, die frisst mir aus der Hand. Sie habe ich jetzt erst mal beschäftigt. Aber diese Pfarrerin entzieht sich mir immer wieder, die ist schwer zu knacken.« Rajan runzelte die Stirn und Ranjeet fragte sich, ob sich der große Meister darüber, dass Ulla nicht auf ihn abfuhr, persönlich beleidigt fühlte. Vielleicht war ihre Schnüffelei eher nebensächlich. Rajan war es nicht gewohnt, dass ihm jemand die

Stirn bot oder sich nicht von ihm bezirzen ließ. Die Alte hatte Biss. Er verkniff sich ein Grinsen. »Also, was jetzt?«

Rajan wiegte den Kopf. »Was meinst du denn, was hast du so alles im Repertoire?«

Das war mal wieder typisch, der große Meister wollte nicht nur immer mit sauberen Händen da stehen, nein, jetzt wollte er die Strafmaßnahmen auch noch von ihm formuliert hören? Ranjeet spürte Wut, die vom Bauch aus hochstieg, und atmete flach.

Rajan betrachtete ihn aufmerksam. »Du bist doch hier der kreative Kopf, wenn es um Bestrafung und Beseitigung geht.« Seine Stimme war wie eine vereiste Messerklinge, die in sonnengelben Honig stach. Ranjeet wusste, er musste jetzt vorsichtig und seinem Arbeitgeber zu Diensten sein. Er kannte Rajans diabolischen Sadismus, sobald er die Schwachstelle seines Gegenübers kannte, schlug er erbarmungslos zu. Besser gesagt, er ließ zuschlagen. Und zwar durch ihn.

Rajan, der Engel mit der Teufelsseele, wäre eine treffende Charakterisierung für diesen Mann, dachte Ranjeet. *Devil in disguise.* »Ich könnte sie mir vorknöpfen und sie ein wenig einschüchtern.«

Rajan schob die Unterlippe vor.

»Oder ihr Auto ein bisschen manipulieren. So eine defekte Bremsleitung kann schon mal den einen oder anderen Unfall verursachen. Natürlich geht das nicht so schnell, aber das kann ja auch von Vorteil sein, denn die Bullen können es uns nicht anhängen …« Ranjeet biss das Hautstück, an dem er die ganze Zeit geknibbelt hatte, ab.

»Das mit der Bremsleitung ist zu unsicher, da weiß man ja nicht, ob wirklich was passiert, oder wem. Vielleicht fährt ja der Mann oder sonst wer damit. Das ist mir zu vage.« Rajan war noch nicht zufrieden.

Ranjeet ahnte, woraus es hinauslaufen sollte. »Du willst tatsächlich, dass ich sie wegen ein bisschen Schnüffelei umbringe?«

»Ich bin mir noch nicht hundertprozentig sicher. Das kommt auch darauf an, wie sie sich heute Abend benimmt. Ich will nicht, dass sie irgendwelche Informationen an die Polizei oder an die Presse gibt. Ich weiß sowieso nicht, was diese Frau antreibt, aber das ist im Endeffekt auch egal.« Rajan spreizte die Finger und legte die Hände flach auf die Schreibtischplatte.

Er spielt Herr über Leben und Tod, und er genießt es, blitzte es Ranjeet durch den Kopf. Und dass die Gruppe bestimmt bald ›Allmächtiger Führer, Größter aller Großen, Rajan unser Gott‹, würde beten müssen. Ranjeet fror. Er hatte sich selbst nie als besonders wertvolles Mitglied der Gesellschaft angesehen, aber so skrupellos wie Rajan würde er nie sein, da war er sich sicher. Er drückte die Schultern durch. »Das heißt, ich bekomme deine Instruktionen nach der Gruppensitzung heute?«

Rajan nickte. »Ein bisschen Bedenkzeit ist doch nicht schlecht. Ist der Raum schon vorbereitet, mit ausreichend Räucherwerk und Kerzen?«

»Natürlich, Chef.« Ranjeet stand auf und nickte Rajan zu. »Ich höre dann von dir.«

Bei seinem Gang durch den Flur spürte er Rajans Tonfall nach. Der hatte ihn an den wahnsinnigen Norman Bates aus dem Hitchcock-Film ›Psycho‹ erinnert. Es war Zeit, dass er sich einen anderen Arbeitsplatz suchte. Irgendwann, wenn Rajan ihn nicht mehr brauchte oder Sorge hatte, dass er zu viel von ihm wusste, würde er bestimmt einen anderen aus der Gruppe beauftragen, ihn, Ranjeet, zu entsorgen. Früher war Rajan eher skurril und ein wenig sonderbar gewesen. Aber dann war er nach und nach zu einem Monster mutiert. Vermutlich Größenwahn. Auch dass er den Vorschlag mit der Bremsleitung als dämlich angesehen hatte, wäre früher nicht passiert, da hätte ihm diese Vorstellung bestimmt gefallen. Ranjeet beschloss, sich vorsichtshalber ein wenig Werkzeug zurechtzulegen. Er hatte in der Vergangenheit häufig in Situationen anders entschieden und auch gehandelt, als Rajan es sich zunächst gewünscht hatte, aber hinterher war der große Meister immer von Ranjeets Effektivität überzeugt worden. Ranjeet grinste breit.

Brandl saß am Schreibtisch, den Sportteil des ›Express‹ vor sich. ›Nach Osako-Coup: Der 1. FC Köln spricht japanisch!‹ Der Nationalspieler Yuya Osako war für die neue Saison, in der der FC endlich wieder in der ersten Liga mitmischte, verpflichtet worden. Aber bevor die Bundesliga wieder loslegte, kam als

Nächstes die Fußballweltmeisterschaft in Brasilien. Krüger hatte schon einen riesigen Spielplan in seinem Büro aufgehängt und es würde bestimmt wieder eine Tippgemeinschaft geben. Bei der letzten Europameisterschaft war Steffi, die, wie sie selbst sagte, ›null Ahnung‹ von Fußball hatte, Tippkönigin mit den meisten Punkten geworden. Krüger, der sich prinzipiell für den ausgemachten Experten für alles hielt, hatte die schlechteste Platzierung belegt und war ein paar Tage nicht mit in die Kantine gegangen, um den Frotzeleien zu entgehen.

Brandl blätterte weiter. ›Sei nicht abergläubisch, das bringt Unglück‹ stand über einer Besprechung des neuen Buches von Christoph Kuch. Ein ›Mentalmagier‹, der erklären würde, wie die menschliche Psyche funktioniere, war zu lesen.

Wenigstens einer, der die Menschheit verstand, dachte Brandl und musste grinsen. Er wartete darauf, dass Gregor Möller zur Befragung erschien. Eine Befragung, aus der vielleicht eine Vernehmung werden konnte. Schon letzte Woche, als Brandl Möller in der Firma aufsuchte, war der junge Architekt Brandls Blick ausgewichen, hatte ihn gar nicht richtig ansehen können. Immerzu musste er sich räuspern, war mit dem Bürostuhl unruhig hin und her gerollt.

Brandl hatte im Laufe der Jahre schon unzählige Befragungen und Vernehmungen durchgeführt und konnte Gestik, Mimik und Stimme immer besser ›lesen‹. Nicht wie dieser komische Kauz Dr. Lightman aus der US-Fernsehserie, der angeblich genau sah, wenn jemand log. Das war Brandl alles sehr reißerisch aufgemacht.

Das Telefon summte. Brandl hob ab. »Ja? Danke, ich komme runter und hole Herrn Möller bei Ihnen ab.« Brandl machte sich auf den Weg in die Eingangshalle.

Gregor Möller wischte sich über die Augen. »Er war nicht tot?« Auf seinem Gesicht lag blankes Entsetzen.

»Der Bericht der Rechtsmedizin ist eindeutig. Zum Zeitpunkt des Vergrabens lebte Bernhard Schütte noch, er hatte Erde in der Lunge. Jetzt reden Sie doch, Mann!« Brandl wusste, dass er den Architekten nun soweit hatte. Er sah es ihm an. An Stankowski, dem Bauleiter von der Baustelle in Westhoven, hatte Brandl sich die Zähne ausgebissen, der war von einem anderen Kaliber, aber wenn Möller jetzt redete …

»Ich hol' Ihnen einen Kaffee und dann gehen wir den 16. Mai noch mal durch, ja?« Brandl machte absichtlich auf ›guter Polizist‹, er spürte, dass er mit Druck bei dem jungen Kerl nicht weiterkam.

Möller sah ihn an wie ein waidwundes Reh und nickte ergeben. Brandl flitzte in die Küche und stieß mit Biggi zusammen.

»Tschuldigung, bin in Eile. Ich habe Möller soweit«, stieß er triumphierend aus.

»Möller, wer war jetzt noch mal Möller?« Biggi war irritiert.

»Der Bauherrenvertreter, der sich mit Schütte und dem Bauleiter kurz vor Schüttes Tod auf der Baustelle getroffen hat.«

»Ach ja, klar, aber da gibt's so viele Beteiligte und Möglichkeiten, hatte den Namen gerade nicht parat. Aber jetzt, super!«

»Willst du mit dabei sein? Ohne das Profiling und deine Spürnase hätte ich, hätten wir, so einiges nicht geschafft«, Brandls Stimme war ganz weich.

»Danke, Brandl, dass du das sagst und ich weiß, dass du's ehrlich meinst und nicht nur rumsülzt wie«, sie brach ab.

»Wie wer?« Brandl griff nach der Kaffeekanne und holte zwei Becher aus dem Schrank.

»Ist nicht so wichtig, aber ich komme gern mit!« Sie folgte Brandl zur Vernehmung.

Brandl erklärte Gregor Möller, er könne die Aussage verweigern, oder einen Anwalt mit hinzuziehen, aber der junge Mann winkte ab. »Ich kann nicht mehr, ich halte das nicht mehr aus!«

Er griff nach der Tasse, die Brandl ihm über den Tisch geschoben hatte.

»Dann mach' ich mal das Aufnahmegerät klar. Heute ist der 5.6.2014, Aussage von Gregor Möller im Mordfall Bernhard Schütte.« Er nickte Möller zu.

»Wo soll ich denn anfangen?« Die Stimme des Architekten war belegt.

»Fangen Sie einfach an, wir hören Ihnen zu«, Biggi sprach mit ihm wie mit einem kleinen Kind.

»Ich bin zur Kölner Siedlungsgesellschaft gegangen, weil in dem Architekturbüro, wo ich vorher war, von mir Dinge erwartet wurden, die ich nicht schaffte. Wissen Sie, ich bin nicht so entschlussfreudig, ich bin eher langsam in allem.« Er nahm einen Schluck Kaffee.

»Also, die Siedlungsgesellschaft hat eine eigene Bauabteilung und ich dachte, dass da der Druck nicht so groß ist. Mein erstes, in eigener Regie durchgeführtes Projekt, lief nicht so gut. Es gab zu viele Nachträge, die ich mit verantworten musste, die Kosten stiegen immens. Ich bekam deshalb eine Abmahnung. Und den Hinweis, dass es beim Projekt in Ensen-Westhoven besser laufen müsse.« Er stellte die Tasse vor sich ab und starrte hinein.

»Ich wollte, nein, ich musste alles richtig machen. Mein Ziel war, keine Mehrkosten zu verursachen, wollte mich ans vorgegebene Budget halten. Aber es zeichnete sich ab, dass das nicht klappte. Also hab' ich den Bauleiter Stankowski gefragt, ob er noch Einsparpotenzial sehen würde, damit würd' er mir ungemein helfen. Er hat gesagt, dass er sich darum kümmert.«

Möller seufzte. »Er hat mit den beteiligten Firmen dementsprechend verhandelt.«

»Wie jetzt, was gibt es denn da zu verhandeln?« Brandls Kaffee war kalt, er verzog das Gesicht.

»Na ja, er nahm bei allen Anschaffungen immer das Material mit der schlechteren Qualität als den vorgegebenen Standards.« Möller ließ die Schultern hängen.

»Und das hat funktioniert?« Biggi konnte es nicht glauben.

Möller nickte. »Ja, ich blieb im Rahmen und Stankowski steckte sich von dem Ersparten auch noch reichlich ein. Mir war das egal, ich wollte immer nur, dass mein Projekt gut läuft.«

»Wie uneigennützig«, der Unterton in Brandls Stimme klang ironisch. »Und was war mit Schütte? Hatte der das rausbekommen?«

»Ja, auch. Er hat festgestellt, dass die Baustatik manipuliert worden war. Also, ich weiß nicht, ob er es wirklich festgestellt oder nur einfach vermutet oder von anderen Baustellen auf meine geschlossen hat.«Er stützte den Kopf in die Hände.

»Das heißt aber, es wurde gemaggelt?« Brandl wollte es genau wissen.

»Ich gehe davon aus, aber im Detail weiß ich es nicht, ich habe Stankowski freie Hand gelassen. Aber ich glaube, der hat den Prüfstatiker nicht irgendwo eine Stichprobe nehmen lassen, sonder hat ihn, wie auch immer, dahin dirigiert, wo alles ordnungsgemäß war. Auf jeden Fall hatte der Prüfstatiker alles abgenommen. Trotzdem mopperte Schütte rum.« Möllers Stimme klang dumpf.

»Was ist am 16.5. passiert?«, half Brandl nach.

»Schütte kam auf die Baustelle. Im Container saß Deckert mit einem Planer, deswegen sind Stankowski, Schütte und ich zum Rohbau rüber.

Haltet ihr mich für völlig bescheuert?, schnauzte der direkt los. *Ich weiß doch, wie's läuft. Hier wird nicht anders gearbeitet als in Elsdorf, beim Stadtarchiv oder beim Flughafen in Berlin. Und wenn ihr damit weitermacht und wollt, dass ich den Mund halte, dann lasst mir gefälligst was rüberwachsen. Sprecht mit dem Rietmüller, der weiß, wie das geht.* Sie müssen mir glauben, ich war völlig geplättet!«

»Und dann?« Biggi beugte sich vor.

Möllers Augen füllten sich wieder mit Tränen. »Stankowski war sowieso schon auf hundert, weil ihm, weil uns die Zeit weglief und läuft. Eigentlich hätte schon Anfang der Woche davor die Außenmauer gegossen werden sollen, aber wir waren nicht im Zeitplan. Er hatte gerade vorher bei der Betonfirma durchgedrückt, dass sie am Samstag, also am 17. liefert und den Beton gießt, damit wir nur zwei Kalenderwochen später dran sind.« Möller schnäuzte sich. »Wie gesagt, er war total sauer und ich auch und Stankowski ist dann auf Schütte los, hat ihn angerempelt, aber Schütte hat gelacht und gebrüllt, dass wir die größten Idioten wären, die er je gesehen hätte.« Der junge Architekt schluchzte. »Es gab ein Gerangel und Schütte stolpert und stürzt ein paar Stufen hinunter und mit dem Kopf gegen das Baugerüst.« Möller wurde von Schluchzen geschüttelt. »Ich hatte die totale Panik, Stankowski auch. Er ist hingelaufen und hat immer nur geschrien ›er ist tot, mein Gott, er ist tot!‹ und was sollen wir denn jetzt machen?«

»Und da haben Sie ihn verscharrt? Ohne zu überprüfen, ob er wirklich tot ist?« Biggi sah ihn verständnislos an.

»Ich hab' doch auch nachgefühlt. Da war keine Atmung, kein Puls, nichts, absolut nichts«, schniefte Möller. »Auch noch mal später, wir haben ihn ja erst, nachdem die Arbeiter weg waren, vergraben. Auch da war nichts zu hören oder fühlen.«

»Wer ist denn auf die Idee mit dem Vergraben gekommen?« hakte Brandl nach.

»Stankowski meinte, da würde ihn keiner finden, weil ja am nächsten Tag der Beton dahin gegossen würde«, Möller legte die Arme auf den Tisch und den Kopf darauf, er weinte haltlos.

Brandl stoppte die Aufnahme. »Herr Möller, ich nehme Sie vorläufig fest wegen des dringenden Tatverdachts, den Mord an Bernhard Schütte vertuscht zu haben. Wie es bezüglich einer Beihilfe aussieht, muss noch geklärt werden.« Er wandte sich an Biggi. »Schickst du die Kollegen zu Stankowski raus?«

Ulla tippte auf das rote Hörersymbol ihres Telefons. Sie war enttäuscht. Gerade hatte Steffi sie angerufen und ihr kurz und knapp mitgeteilt, sie könne heute doch nicht mit zu Rajan fahren. »Ich frage mich sowieso, was wir bei ihm wollen«, hatte sie hinzugefügt. »Ich habe schon viele Selbsterfahrungskurse besucht und so manchen Heilsbringer kennengelernt, aber Rajan kommt, im Gegensatz zu diesen Scharlatanen, sehr authentisch, klar und ehrlich rüber. Ich glaube, wir liegen da völlig falsch.«

Ulla hatte eingewendet, dass sie, Steffi, sich doch selbst über die rumänisch sprechenden Kinder in seinem Garten gewundert hätte, aber Steffi entgegnete, dass es dafür bestimmt auch eine ganz einfache Erklärungen geben könnte. Auch als Ulla sagte, dass sie Rajan für einen ausgemachten Betrüger hielte, hatte Steffi abgewiegelt.

Ulla fragte sich, ob Steffi absichtlich nicht weiter gegen Rajan ermitteln wollte. Aber da täuschte sie sich doch wohl? Vielleicht war die Kommissarin Rajans Charme genauso erlegen wie all die anderen Frauen, die ständig hinter ihm her hechelten. Er hatte ja auch wirklich etwas sehr Verführerisches, wenn man für diese Art von Charme empfänglich war. Er vermittelte einem das Gefühl, attraktiv und etwas Besonderes zu sein, indem er einem seine ungeteilte Aufmerksamkeit widmete. Sie selbst hatte gespürt, wie sie sich einen Moment von ihm einwickeln ließ, sich aber schnell zur Ordnung gerufen.

»Du kannst dich ja mal melden, wenn du zurück bist«, hatte Steffi noch kurz nachgeschoben und Ulla hatte wütend aufgelegt.

»So ein Mist!«, schimpfte sie. Dann überlegte sie und versuchte Carmen zu erreichen. Wenn Ulla sie richtig verstanden hatte, war sie doch wieder bei ihrer Mutter und wollte sich mit ihr und Brandl in Verbindung gesetzt haben. Doch bei Carmen sprang nur die Mailbox an. Ulla teilte ihr mit, dass sie jetzt zu Rajan fahren wolle. Dass sich dort Kinder, vermutlich aus Rumänien, aufhielten, habe sie Brandl und Carmen ja schon, direkt nach der ersten erfolgreichen Schnüffelei mit Steffi vor Ort, per Mail mitgeteilt.

Erneut klingelte das Telefon. Hatte Steffi es sich anders überlegt? Nein, eine Porzer Nummer. Ulla drückte auf den grünen kleinen Hörer. »Wolff«, meldete sie sich.

»Guten Tag, Frau Wolff. Hier ist Dr. Jörgis. Ich bin der Direktor der Realschule in Zündorf.«

»Ja bitte?«, fragte Ulla erstaunt. Was wollte denn der?

»Haben Sie eine Tochter, die Lea heißt?«

»Ja. Worum geht es?« Hatte Lea etwas angestellt? Ihre brave Lea doch nicht.

»Frau Wolff«, sagte der Mann, der Ulla direkt unsympathisch war. Warum blies der sich so auf?

»Ihre Tochter vermisst vielleicht einen Ranzen?«

»Ja.« Ulla konnte es kaum glauben. »Ja, schon seit Wochen. Wir haben alles abgesucht und dann Anzeige erstattet bei der Porzer Wache. Letzte Woche erhielten wir ein Schreiben von der Staatsanwaltschaft, dass leider kein Täter ermittelt werden konnte. Wir haben schon alles neu gekauft.«

»Das ist ja eine merkwürdige Geschichte«, sagte der Mann süffisant. »Also Anzeige erstattet. Der Ranzen lag bei uns auf dem Vordach. Jemand muss ihn da hochgeworfen haben. Kann es sein, dass Ihre Tochter ihren Ranzen loswerden wollte?«

»Wie kommen Sie denn auf so was?« Ulla traute ihren Ohren nicht.

»Na, ich musste in den Ranzen schauen, um herauszufinden, wem er gehört, nachdem der Hausmeister ihn auf dem Vordach entdeckt hatte.« Er machte eine dramatische Pause.

»Ja, und?«

»Da waren nur verknitterte Hefte, Bücher mit Eselsohren drin und ein kaputtes Mäppchen mit abgebrochenen Stiften. So eine Unordnung kann man sich gar nicht vorstellen. Da hätte ich meinen Ranzen auch weggeschmissen.«

»Das ist doch kein Wunder, dass die Hefte zerknittert sind und die Bücher kaputt, da wird einer drin herumgewühlt haben.« Ulla fasste es nicht. »Da war auch Geld darin. Haben Sie ein Portemonnaie gefunden?«

»Nein, nur einen Schülerausweis fürs Lessinggymnasium, darum sind wir doch auf Ihre Tochter gekommen.«

»Also, ich komme den Ranzen morgen bei Ihnen abholen. Wo kann ich ihn bekommen?« Ulla hatte keine Lust, mit dem Direktor weiter zu diskutieren. Was glaubte der denn von ihrer Tochter? »Ich kann Ihnen versichern, dass meine Tochter mit Sicherheit ihren Ranzen nicht mit Absicht bei Ihnen auf das Vordach geworfen hat.«

»Na, das wird sich jetzt nicht mehr klären lassen«, meinte der Direktor. »Aber wenn Sie wollen, können Sie den Ranzen morgen bei uns im Sekretariat abholen. Falls sich das noch lohnt, denn Sie haben ja Ihrem Töchterchen alles neu gekauft. Hoffentlich geht sie jetzt mit den Sachen besser um. Guten Tag.«

Ärger und Wut schnürten Ulla die Kehle zu. Was hatte der für eine Meinung von Kindern? So etwas war Direktor, nicht zu fassen. Aber sie hatte jetzt keine Zeit, sich damit zu beschäftigen. Sie musste los und zog sich vorsorglich bequeme Kleidung an, denn sie hatte nicht vor, sich mit den anderen umzuziehen. Die geilen Blicke einiger Männer dort waren ihr unangenehm. Während der Fahrt nach Bergisch Gladbach überlegte sie, wie sie am besten vorgehen sollte. Ursprünglich hatte sie mit Steffi besprochen, dass sich eine von ihnen von der Gruppe entfernen würde, um zu versuchen, ins Büro zu kommen – hier mussten doch Beweise zu finden sein, da waren sie sich nach ihrer Schnüffelaktion sicher gewesen. Leider war das, was sie bei ihrem letzten Besuch in Rajans Häusern gesehen hatten, der Staatsanwaltschaft mit Sicherheit ›zu dünn‹ für eine Hausdurchsuchung, davon war Steffi überzeugt gewesen. Deshalb hatten sie sich selbst noch einmal dorthin begeben wollen. Eine von ihnen sollte in der Gruppe bleiben und die andere per Handy warnen, falls Rajan den Raum verließe. Aber diese Absprache war ja jetzt für die Katz. Ulla war immer noch wütend auf Steffi. Ob sie Brandl anrufen sollte? Besser nicht, der würde sie garantiert zurückpfeifen, denn sicherlich würde er sie nicht allein dorthin fahren lassen. Ulla musste lächeln. War ja schon süß, dass er sich um sie sorgte. Überhaupt hatte er sich verändert. Er sagte ihr, dass er in sie verliebt sei, gern mit ihr zusammen wäre und sprach auch über seine Ängste, die gemeinsam mit diesen starken Gefühlen hochkamen. Würde es mit ihnen weitergehen? Und wenn ja, wie wohl? Michael war ja auch noch da. Klar, da wäre die Anziehung, die Julia auf ihn ausübte, hatte Michael ihr erklärt, aber mit Ulla würde er sich stärker verbunden fühlen, nicht nur wegen der Kinder. Er hatte auch gemeint, dass manche Paare eine offene Ehe führten, er aber nicht wisse, ob er sich so etwas vorstellen könnte. Es war ein gutes Gespräch gewesen, bei dem Ulla gespürt hatte, dass sie zumindest ehrlich miteinander umgingen. Wenn sie ehrlich zu sich war, fühlte sie sich nach wie vor zu Brandl hingezogen. Aber mit ihm leben? Würde das gehen? Was würde mit ihrer Arbeit? Mit den Kindern? Sie konnte doch nicht einfach Michael ausziehen lassen und Brandl ein. Oder sollte sie ausziehen und zu Brandl? Nein, niemals. Sie würde niemals ihre Kinder zurücklassen. Niemals. Sie wäre bereit, alles andere aufzugeben. Stimmte das? Wäre sie bereit, ihre Arbeit aufzugeben? Die Menschen, mit denen sie tagtäglich umging?

Auf der Bergisch Gladbacher Straße war, wie so oft, Stau. Hier und da wurde gehupt, als ob das helfen würde. Im Radio lief ›Und das ist alles nur in meinem Kopf‹ und Ulla summte mit. Nein, das war nicht nur in ihrem Kopf, das war die Realität. Wo würde es hingehen, was war für Jonas und Lea gut? Ulla runzelte die Stirn. Wenn Elli noch da wäre, mit ihr hätte sie über all das reden können und Ellis ehrliche Meinung hätte ihr bestimmt weitergeholfen. Aber konnte hier ein Außenstehender überhaupt etwas raten? Ulla suchte im Telefonbuch der Freisprechanlage nach Rosas Nummer. Mist, sie hatte sie anscheinend noch nicht in ihrem Handy gespeichert, sondern nur zu Hause. Rosa war patent, hatte einen klaren Blick auf die Dinge und eine herzliche Ader, mit ihr könnte sie sich bestimmt noch enger anfreunden.

Ulla parkte vor Rajans Haus. Etliche Autos waren schon in der Auffahrt und vor der Garage abgestellt. Die Eingangstür stand offen, ein paar Frauen schwatzten im Flur. Sie begrüßten Ulla freundlich. Dann schlenderten sie gemeinsam zum schmalen Umkleideraum. »Ich bin schon startklar«, rief Ulla und wollte in den Seminarraum, der hier allgemein der Sonnenraum genannt wurde, aber Ranjeet, der Hausmeister, stand im Flur und deutete auf Ullas Tasche. »Die bleibt in der Umkleide, sonst klingelt es von überallher. Du brauchst dir auch nicht zwischendurch die Nase pudern«, fügte er schnell hinzu, als er ihren Widerstand wahrnahm und kniff die Augen zusammen.

Ulla überhörte die letzte Bemerkung einfach. *Stöcke und Steine brechen die Gebeine,* hatte ihre Mutter immer gesagt. Worte konnte man einfach ignorieren. »Mein Handy ist stumm geschaltet, das kann nicht stören und ich habe es lieber in der Nähe«, entgegnete sie. Sie wollte ihre Handtasche bei sich haben, denn ganz unten lag der Dietrich, den sie eingesteckt hatte, um Rajans Bürotür aufzubekommen – es gab nichts, was Michael nicht in seinem Fahrradkeller hatte – und das Handy brauchte sie für eventuelle Beweisfotos.

Ranjeet schüttelte den Kopf. »Sorry, geht nicht. Befehl vom Meister. Wenn du diskutieren willst, dann mit ihm.« Er verschränkte die Arme vor der Brust, sein Blick war eisig. Da war keine Verbindlichkeit, keine Möglichkeit zu verhandeln.

Wenn sie herein wollte, musste sie sich an die Regeln halten. Ulla drehte um, kehrte zurück in den Umkleideraum und wartete, bis die anderen Frauen ihn verlassen hatten. Dann holte sie den Dietrich aus ihrer Handtasche, schob ihn in die Mitte eines Taschentuchpäckchens. Das könnte sie so mitnehmen. Aber was war mit dem Handy? Das würde sie sich am besten holen, wenn sie sich auf die Suche begab, denn in einen ihrer Schuhe oder in eine Socke passte es nicht hinein, ohne aufzufallen. Ulla warf einen Blick in den Flur. Ranjeet war verschwunden. Dann schlüpfte sie in den Meditationsraum. Sie suchte sich einen Platz in der Nähe der Tür, direkt neben einer Statue, die so groß war wie Ulla selbst. Sie stellte den Hindugott Ganesha dar, hatte ihr Steffi erklärt und dass dieser Gott für höchste Weisheit stünde. Er zeige sich in Menschengestalt mit einem Elefantenkopf und vier Armen. Ganeshas Denken erfasse das Reich der Materie und das des Geistes, hatte Steffi hinzugefügt und vielleicht würde dieser Gott sie ja unterstützen, dachte Ulla nun und musste schmunzeln. Es konnte ja nicht schaden. Eine evangelische Pfarrerin, die von Rüsselgöttern unterstützt würde. Das war doch mal etwas Neues.

Rajan sah zu ihr herüber. »Du siehst zufrieden aus, liebe Ulla. Anscheinend geht es dir wieder besser. Ich hoffe, der Abend heute wird dein Gefühl noch vertiefen.«

Sie lächelte ihn an und nickte.

»Hast du deine Meditation auch zu Hause durchgeführt?« Seine Stimme wurde ein wenig strenger.

»Natürlich, Rajan, wie könnte ich anders«, log Ulla. Den Teufel würde sie tun und sich von Rajans Stimme betören lassen. Sie hatte kurz in die CD, die er ihr mit den Worten ›extra für dich und genau auf dich und deine Persönlichkeit abgestimmt‹ übergeben hatte, hineingehört. In seiner Stimme, hinter seinen Worten lag etwas Verführerisches, dass den Zuhörer tief in den Bann zog. Es war ihr richtig schwer gefallen, die CD zu stoppen. Ein Menschenfänger war dieser Guru. Er spürte genau, was seinem Gegenüber fehlte, um es ihm dann, vermeintlich selbstlos, zu geben. Aber dahinter verbarg sich etwas anderes, das spürte Ulla deutlich. Sie würde herausfinden, was er wirklich von den Leuten wollte.

Schon immer hatte sie die Fähigkeit gehabt, genau herauszuhören, was ihr Gegenüber wirklich sagte oder wollte. Das hatte sie schon früh geübt. In ihrem Elternhaus hatte es selten klare Aussagen gegeben. Wenn Vater und Mutter etwas sagten, war oft eine andere Botschaft damit verknüpft gewesen und die galt es herauszufinden, wenn sie nicht anecken wollte. Diese Feinfühligkeit war ihre schärfste Waffe, machte ihr doch niemand etwas vor. Aber manchmal erschwerte es ihr auch, ihre eigenen Entscheidungen zu treffen. Zu deutlich nahm sie wahr, was die anderen wollten.

»Stellt euch vor, dass das Ungelebte nun bevölkert wird von bunten, tanzenden Schmetterlingen der Hoffnung. Ihr könnt endlich wagen, das Gewesene hinter euch zu lassen, atmet euch rundherum größer, um den lichtdurchfluteten Raum ganz auszufüllen. Atmet ein und aus, tief in den Bauch hinein, in den Rücken und herunter bis hin zu den Füßen.« Rajans Stimme, legte sich wie ein wärmendes Tuch um ihre Brust. Ulla genoss es.

»Dieser Raum wächst bald bis zum Rande des Spürbaren voll Gestaltungskraft, während die Klänge des Göttlichen Lichts, durch die der erweiterte Geist allmählich höher und höher getragen wird, bis er frei wird von alten Selbstbildern, die er einfach hinter sich lässt, dich schützen.«

Ulla spürte, wie sich all ihre Widerstände aufzulösen begannen. Rajans Stimme erfüllte und umhüllte sie mit einem Licht, das ihr gut tat. Dem wollte sie folgen. Sie durchwehten Stimmen und Bilder, die sie glaubte, längst vergessen zu haben. Situationen, in denen sie verletzt worden war, doch das Licht legte sich über diese alten Szenen wie Balsam auf Wunden. Ulla fühlte sich heil und unversehrt. Sie horchte nur auf den Klang der Stimme, diesen melodiösen Singsang und glaubte sich auf einem leuchtenden Meer getragen, umgeben von goldfarben glitzernden Schaumkronen. Ihre Hand ruhte auf dem Rücken eines Delfins. Rajan sagte gerade: »Denn den Tiger zu reiten bedeutet, dass jede Aufgabe, die das Schicksal dir stellt, gleichzeitig auch die Energie zu ihrer Lösung enthält.«

Ulla schreckte hoch. Den Tiger zu reiten? Wieso Tiger? Sie war doch mit einem Delphin geschwommen. Plötzlich sah sie das Gesicht ihrer Mutter vor sich. »Der Verstand ist wie eine Fahrkarte: Er hat nur dann einen Sinn, wenn er genutzt wird«, hörte Ulla sie sagen. Das war eines ihrer Lieblingszitate gewesen.

Rajan sprach weiter: »Denn unser Herz ist in der Mitte rund, damit das Fühlen die Richtung wechseln kann.«

Nun war Ulla wieder im Jetzt. Was war das denn für ein gequirlter Blödsinn? Sie würde nicht nur ihr Herz, sondern auch ihren Geist verschließen und sich nicht mehr zum Abtauchen in irgendwelche fremden Sphären verführen lassen. Ulla ließ den Atem ruhig fließen, dachte an Jonas und Lea. Die Geburten, daran als sie klein waren, die Kindergartenzeit, die Grundschule. Rajan singsangte fort und fort, aber Ulla war gedanklich ausgestiegen und blieb bei sich. Es ging ihr trotzdem gut. Sie wusste, dass sie

Bilder, die ihr gut taten, jederzeit abrufen konnte. Dazu brauche ich keinen Guru, dachte Ulla. Wenig später endete der ruhige Meditationsteil, nun kamen die Bewegungsübungen. Ulla hatte sich mit den anderen erhoben und als alle in Aktion waren, schlüpfte sie aus dem Sonnenraum. Sie wartete einige Minuten im Flur und horchte, ob da jemand war oder Rajan ihr folgte.

Nein, alles blieb ruhig. Mit wenigen Schritten war sie im Umkleideraum und an ihrer Handtasche. Hatte sie sie nicht an den Haken, links vorm Fenster gehängt? Nun lag sie auf dem Stuhl darunter. Egal, sie kramte nach dem Handy und schaute schnell nach, ob eine SMS gekommen war. Nichts, aber dann fiel ihr auf, dass sie hier gar keinen Empfang hatte, kein einziger Balken war im Display zu sehen. Sie steckte das Handy zurück und hängte sich die Tasche um, hastete den Flur entlang. An der Bürotür stoppte sie und legte das Ohr daran. Saß vielleicht jemand drinnen, während Rajan mit der Gruppe beschäftigt war? Ullas Herz klopfte wild und anfangs hörte sie nur das Rauschen in ihren Ohren. Ihr Blick fiel auf ein golden gerahmtes Seidenbild, das an der gegenüberliegenden Wand aufgehängt war. Wieder so eine Gottheit. Diese hier hatte drei Augen, die aber halb geschlossen waren und vier Arme. Oben aus dem Kopf sprudelte ein Fluss und um seinen Hals wand sich eine Kobra. Steffi wüsste bestimmt, welche Gottheit das war, aber Ulla war das gerade völlig gleichgültig. Sie klopfte an die Tür, horchte. Doch nichts rührte sich. Schnell hatte sie den Dietrich zwischen den Taschentüchern hervorgezogen, steckte ihn ins Schloss und bewegte ihn vorsichtig. Die Kellertür zu Hause hatte sie zu Übungszwecken problemlos aufbekommen.

Atme ruhig, befahl sie sich lautlos. Mit dem Atem ließ auch das Zittern ihrer Hände nach. Endlich klickte es leise, das Schloss war geöffnet. Langsam und vorsichtig drückte sie die Klinke hinunter, schlich ins Büro und schloss die Tür wieder. Erst jetzt merkte sie, dass sie den Atem angehalten hatte, und lehnte sich erst einmal an die geschlossen Tür.

Vielleicht sollte ich doch umkehren, dachte sie, schob aber den Gedanken sofort beiseite und stieß sich von der Tür ab. Wo würde der Kerl wichtige Unterlagen unterbringen? Im Schreibtisch? In einem der Schränke? Hatte er einen Tresor? Den bekäme Ulla bestimmt nicht auf, also, zuerst der Schreibtisch. Sie setzte sich auf den weich gepolsterten Lederstuhl und zog eine Schublade nach der anderen auf. Quittungen, Dankesbriefe, Räucherstäbchen, Rechnungen. Nichts, was für sie interessant war. Ulla stand auf und ging zu den Schränken, öffnete eine Tür nach der anderen und blätterte in den Papieren herum. Nichts. Dann sah sie die Ordner durch. In einem fand sie so etwas wie Übergabeprotokolle. Immer wieder derselbe Text mit unterschiedlichen Namen:

Ich, Samira von ›Lichtheil‹, übergebe das Kind Luisa an Frau und Herrn Schlösser. Das Ehepaar nimmt das Kind an Kindesstatt an und verpflichtet sich, für es zu sorgen und für seine Bildung und Erziehung da zu sein. Das Ehepaar hat keine Regressansprüche gegenüber ›Lichtheil‹, falls das Kind zu einem späteren Zeitpunkt nicht seinen Erwartungen entspricht. Frau und Herr XY haben die anfallenden Kosten, Gebühren und Honorare entrichtet und sind zur Übernahme berechtigt.

Dann standen weiter unten drei Unterschriften, die einer Frau und die eines Ehepaars. Die Frauennamen hatte Ulla noch nie gehört. Sie überlegte, ob sie Fotos von den Unterlagen machen sollte, aber verwarf es sofort wieder, das würde viel zu lange dauern. Stattdessen stopfte sie den Ordner in ihre große Handtasche. Sollte sie noch weiter suchen? Unschlüssig verharrte sie vor dem Schrank, in dem im oberen Bereich tatsächlich sechs kleine Monitore untergebracht waren. Auf dem einen sah sie Rajan und die Gruppe. Sie waren also noch beschäftigt. Ein Monitor zeigte die Umkleide, einer den Flur, einer das Büro mit Ulla. Dann war wohl noch eine Kamera an der Haustür angebracht. Die anderen beiden Monitore zeigten ein großes Zimmer mit drei Hochbetten, in denen Kinder lagen und schliefen. Dann ein Wohnraum, in dem einige Erwachsene um einen Tisch herum saßen. Ulla zog die Schublade unter den Monitoren auf. Sie war bis oben hin voller DVDs. Ulla griff mitten hinein und zog einige von ihnen wahllos heraus. Es war keine Zeit, um lange zu suchen. Sie würde einfach die DVDs mitnehmen, vielleicht konnten Brandl oder Carmen damit etwas anfangen.

Jetzt aber schnell weg! Ulla schloss den Schrank und bewegte sich zur Tür. Vorsichtig lugte sie in den Flur, keiner da, alles still. Sie zog die Tür hinter sich zu, kramte den Dietrich aus der Tasche, schloss damit ab. Da hörte sie hinter sich ein Geräusch, doch bevor sie sich umdrehen konnte, wurde sie mit Wucht nach vorn gegen kaltes Holz gedrückt.

»Wen haben wir denn hier?« Ranjeets Stimme war direkt an ihrem Ohr. »Hast du dich vielleicht verlaufen? Bis in das Büro des Meisters?« Eine Hand umklammerte hart Ullas Nacken, mit der anderen drehte der Hausmeister ihren rechten Arm auf den Rücken und schob ihn nach oben, bis sie vor Schmerz aufschrie.

»Pscht, du kleine Schnüfflerin, schön leise sein, sonst muss ich dir richtig wehtun.« Ranjeet zerrte sie von der Tür weg und schob sie vor sich her, den Flur entlang. Ulla versuchte sich so schwer wie möglich zu machen, die Füße fest gegen die glatten Fliesen zu drücken, aber der Kerl lachte nur über ihren Widerstand. »Der Meister wird sich bestimmt mit dir unterhalten wollen, aber bis zur Audienz dauert es noch ein Weilchen, da wollen wir uns noch etwas die Zeit vertreiben, nicht wahr?« Sein Atem roch säuerlich und es klang tatsächlich so, als würde ihm die Sache Spaß machen. »Klappe halten!«, zischte er und stieß sie eine Treppe hinunter. Ulla musste aufpassen, dass sie nicht stürzte. Sie wagte nicht um Hilfe zu rufen. Die Wände hier waren unverputzt, Ulla ratschte sich den linken Arm auf, als sie daran entlang schrammte. Ranjeet schob sie weiter vor sich her, öffnete eine Tür und schubste Ulla hinein. In der Mitte des nach Öl und Staub riechenden Raums stand ein Metallstuhl mit Armlehnen, über die ordentlich einige Kabelbinder gehängt waren.

»Nein«, schrie Ulla und warf sich mit aller Kraft gegen Ranjeet. Doch der stand vor ihr und versperrte den Weg zur Tür.

»Ich hab' doch gesagt: Klappe halten! Aber hier hört dich eh keiner. Kannst ruhig brüllen. Spar dir deine Kraft für später, Süße.« Dann sprang er vor, griff nach Ulla und drückte sie auf den Stuhl. In Windeseile hatte er ihre Arme und Beine an den Stuhl gebunden. Dann griff er ins Regal, riss einen Streifen Klebeband ab und pappte ihn auf Ullas Mund.

»So, nun bist du still wie ein Mäuschen, geht doch.« Er kniff ihr in die Wange. »Ich mag Frauen, die Feuer im Arsch haben, schade, dass du so neugierig bist! Aber vielleicht treiben wir dir das ja noch aus …« Er bückte sich nach ihrer Tasche, klemmte sie sich unter den Arm. Dann wandte er sich ab, knipste das Licht aus. Ulla hörte, wie er die Tür von außen abschloss. Die ganze Zeit hatte sie die Tränen zurückgehalten, jetzt weinte sie haltlos.

»Lieber Gott, hilf mir!«, betete Ulla und ruckte an den Kabelbindern. Sie schnitten ihr ins Fleisch.

40

Carmen versuchte schon den ganzen Abend Ulla zu erreichen. Sie hatte ihr zu Hause auf den Anrufbeantworter gesprochen. Dann auf die Mailbox ihres Handys, auch per SMS und WhatsApp hatte sie es probiert. Carmen ärgerte sich darüber, dass sie keine Handy-Nummern von Steffi und Peter Brandl hatte. Bei ihrem Anruf im Präsidium war ihr mitgeteilt worden, dass beide schon zu Hause wären und nein, Privatnummern würden nicht herausgegeben, da könnte ja jeder kommen und behaupten, er oder sie wäre von der spanischen Polizei.

Als Carmen wieder Ullas Nummer von zu Hause anwählte, nahm nach längerem Läuten endlich jemand ab. »Jonas Wolff«, meldete sich ein junger Mann. »Nein, meine Mutter ist nicht da«, antwortete er auf ihre Frage. »Die ist wie immer nicht zu Hause. Mein Vater? Der ist auch nicht präsent«, hatte der Junge lässig geantwortet. Carmen hatte auf ihn einreden, ja fast schon betteln müssen, damit er ihre Nummer notierte und dazu schrieb, Ulla möge sie bitte sofort zurückrufen, Tag oder Nacht, egal wie spät. »Bin ich hier die Sekretärin?«, hatte er sie gefragt. Carmen war sich nicht sicher, ob Ullas Sohn das auch wirklich getan hatte, und versuchte es wieder auf dem Handy. »Dieser Anschluss ist vorübergehend nicht erreichbar. Bitte versuchen Sie es später noch einmal …«

»Mier-Coles«, fluchte Carmen und starrte auf den Bildschirm ihres Laptops. Sie hatte endlich umfangreiche Informationen über diesen Rajan erhalten. Die Mühlen von INTERPOL hatten zwar langsam, aber dann doch sehr effektiv gemahlen.

Dieser Guru wurde – unter verschiedenen Namen – in mehreren Ländern per Haftbefehl gesucht. Rumänien, Bulgarien, Frankreich, las sie. Das mit dem Passvergehen war nur die Spitze des Eisbergs gewesen. Da er aber die Namen wechselte wie andere Leute ihre Hemden, war es nicht so einfach gewesen, das Netz seiner kriminellen Machenschaften zu entwirren und zuzuordnen. Entführung mit Körperverletzung, Menschenhandel, Betrug wurden ihm zur Last gelegt. Anstiftung zu Straftaten. Ulla und Steffi durften da auf gar keinen Fall mehr hinfahren, aber so wie der Sohn es gesagt hatte, waren sie schon dort. Sie würde jetzt den Polizeinotruf betätigen, was blieb ihr sonst noch übrig?

Carmens Handy vibrierte. »Ja? Ulla?«

»Nein, Michael Wolf, Ullas Mann hier. Sie sind?«

»Carmen Mora Schautz, von der spanischen Polizei. Ist Ihre Frau wieder zu Hause?«

»Nein. Sie müsste eigentlich schon längst hier sein.«

Carmen überlegte fieberhaft. »Haben Sie vielleicht die Handynummer von Kommissar Brandl?«

Am anderen Ende der Leitung wurde es still.

»Hallo? Sind Sie noch da?« Carmen schrie beinahe.

»Ja. Glauben Sie, sie ist dort?« Die Stimme des Mannes hatte sich verändert.

»No, no, aber ich muss ihn unbedingt erreichen.« Carmen hatte Schweiß auf der Stirn, hörte ein Rascheln.

»Ich, ich bin mir nicht sicher, aber das hier könnte sie sein.«

Carmen schrieb mit, bedankte sich schnell und drückte das Gespräch weg. Dann wählte sie die angegebene Nummer.

Brandl stolperte über ein Stoppelfeld. Es war dunkel. Brandgeruch drang ihm in die Nase, reizte seine Bronchien. »Ulla!«, keuchte er verzweifelt. »Ulla!« Wieder und wieder rief er ihren Namen. Er strauchelte, stürzte, rappelte sich auf. Lief weiter. Dann stolperte er wieder, dieses Mal schaffte er es, hielt sich auf den Beinen. Brandl hob den Kopf und entdeckte ein weißes Haus am Ende des Feldes. Aus den oberen Fenstern schlugen Flammen. Er rannte weiter, bis er das Haus erreichte. Riss die Haustür auf. Im Flur schlug ihm dichter Qualm entgegen, er konnte kaum atmen. Brandl reckte den Kopf. Ein riesiger Raum hinter der nächsten Tür war voller Menschen. Der Qualm war verschwunden. Als erstes sah er einen Mann, der mit dem Rücken zu ihm stand. Der Anführer. Vor diesem Mann hatten sich etwa fünfzig Menschen in Reihen zu sieben oder acht aufgestellt. Sie wandten Brandl ebenfalls den Rücken zu. Niemand bemerkte ihn. Der Meister trieb die Menschen mit ausgebreiteten Armen wie eine Herde langsam vor sich her. Seinen Anweisungen gehorchend bewegten sich die Menschen Schritt für Schritt nach vorne. Auf jeden seiner Befehle murmelten sie bestätigend ›Du bist groß, Gott des Universums. Du bist groß‹.

Wo wollten sie hin? Brandl reckte den Kopf. Die in der ersten Reihe würden schon bald gegen die Wand laufen. »Hilfe«, rief jemand. »Hilfe.« Das war doch Ulla, Ullas Stimme. Von ganz vorn kam sie, verdeckt durch die vielen Menschen. Brandl öffnete den Mund, wollte laut schreien: »Ich bin da, Ulla!« Aber er brachte keinen Ton heraus. Er stürmte los, versuchte sich durch die ihm am nächsten stehende Menschenreihe zu drängeln. Sie stand fest wie eine Mauer, ließ ihn nicht durch. Und diese Mauer rückte immer weiter vor. Ulla musste ganz vorne sein. Wurde sie zerquetscht? Die Mauer summte, schien zu vibrieren. Das Vibrieren wurde lauter. »Hilfe«, hörte er Ulla rufen, »Hilfe!«

Brandl riss die Augen auf und sah sich benommen um. Er lag auf dem Sofa. Der Fernseher lief und neben ihm vibrierte sein Handy.

»Peter? Endlich erreiche ich dich! Ulla und Steffi. Sie sind in Gefahr. Dieser Rajan ist ein Schwerverbrecher!«

»Carmen? Bist du das?« Brandl war aufgesprungen.

»Ich hatte deine Nummer nicht und Ulla erreiche ich seit Stunden nicht mehr. Zu Hause ist sie auch nicht. Hast du Steffis Nummer, sie wollte doch mit Ulla zu dieser Sekte?«

»Ja klar. Ich versuche es bei ihr und dann muss ich nach Bergisch Gladbach.« Brandl schlüpfte ihn die Schuhe. »Verdammt, ich hab' ja gar kein Auto«, fluchte er.

»Ich aber. Das von meiner Mutter. Ich weiß, ich darf hier zwar keinen Polizeieinsatz mitmachen, aber ich könnte dich fahren und auch unterstützen, wenn nötig«, rief Carmen.

»Ich wusste gar nicht, dass du wieder in Deutschland bist. Aber um so besser, komm' mich holen, ich laufe dir entgegen bis an die Ecke Kölner Straße und Hohe Straße, okay?« Brandl griff nach der Dienstwaffe, den Handschellen und suchte in seinem Handy nach Steffis Nummer. Nach ein paarmal Klingeln meldete sie sich mit verschlafener Stimme.

»Steffi? Wo bist du? Alles klar bei euch?« Brandl presste das Handy ans Ohr.

»Brandl? Ich bin zu Hause, du hast mich aus dem Bett geholt. Was soll denn sein?« Im Hintergrund hörte Brandl eine Männerstimme.

»Wo ist Ulla? Ihr wolltet doch zusammen zu der Sekte. Jetzt sag' bloß nicht, du hast sie allein dorthin fahren lassen. Sie ist noch nicht zu Hause und nicht zu erreichen!« Brandl merkte selbst, dass er viel zu laut ins Handy brüllte.

Steffi brüllte zurück. »Ich bin nicht taub, Brandl.« Dann senkte sie die Stimme. »Nein! Sie ist allein dahin. Ich, ich …« Sie verstummte.

»Du hast sie allein gelassen? Das darf doch nicht wahr sein!« Brandl schlug die Tür hinter sich zu und rannte die Treppen herunter.

41

Ulla schreckte hoch, als der Schlüssel ins Schloss gesteckt wurde. Die Kellertür öffnete sich, grelles Licht flammte auf.

Zeige deine Angst nicht, sei stark, sprach sie sich Mut zu und lenkte ihren Atem bis tief in den Bauch hinein, dann betete sie: Lieber Gott, steh mir bei. Lass mich jetzt nicht allein.

Drei Männer bauten sich vor ihr auf, Ulla blinzelte, sie erkannte Rajan und Ranjeet. Den dritten hatte sie auch schon mal in der Gruppe gesehen, erinnerte sich aber nicht an seinen Namen.

Rajans Stimme klang streng. »Ulla, Ulla. Was machst du denn für Sachen?«

Ulla versuchte zu antworten, konnte nur dumpfe Laute von sich geben. Das Klebeband brannte auf ihrem Mund.

»Nimm ihr das Band ab, Sudhir«, befahl Rajan. »Sie soll schon noch die Möglichkeit bekommen, sich zu äußern.«

Ullas Kehle war wie zugeschnürt. Das geht nicht gut aus, sagte eine Stimme, ganz hinten in ihrem Kopf, die werden dich töten.

Der Hausmeister trat vor und riss mit einem Ruck den Streifen von Ullas Mund. Sie schrie auf.

Dann nahm sie sich wieder zusammen. »Es tut mir leid, Rajan. Das war ein riesengroßer Fehler von mir.«

»Ja, das war es. Gut, dass du das einsiehst. Was wolltest du mit den Unterlagen? Dich hat doch bestimmt jemand geschickt.« Der Tonfall des Sektenführers war lauernd.

»Ist doch egal«, mischte sich der Mann, den Rajan Sudhir genannt hatte, ein. »Die Schlampe muss weg.« Er trat ungeduldig von einem Fuß auf den anderen.

Rajan fuhr ihn an: »Das entscheidest nicht du! Du tust ausschließlich das, was ich sage und ich sage, ob und wann sie wegkommt!«

Sudhir zog den Kopf ein, stierte vor sich hin.

»Antworte, Ulla Wolff!«, drohte Rajan.

»Mich hat niemand geschickt. Ich, ich hatte nur gedacht. Die Kinder, nebenan. Ich hab' mir Sorgen gemacht. Es passiert so viel Schlimmes in der Welt.« Ullas Stimme zitterte. Sie sah an dem breiten Grinsen des dritten Mannes, dass auch er ihre Angst herausgehört hatte.

»Die kleine Frau Pfarrerin möchte die Welt retten, wie süß«, der Guru lachte böse. »Hier bei mir, wo ich doch nur Gutes für die Menschen tue. Ich bringe Licht, ich mache sie heil. Zumindest die, die es wollen.«

Ulla hoffte, dass er wieder zu monologisieren anfangen würde. Doch er beugte sich zu ihr hinunter. Seine Augen waren direkt vor ihren. »Du linke Bazille gehörst nicht zum Kreis der Auserwählten, dir fehlt die Demut!«, zischte er.

In Ullas Hirn arbeitete es fieberhaft. Irgendwie musste sie ihn in ein Gespräch verwickeln, an seine Eitelkeit appellieren. »Ich bete dich nicht an, du bist auch nicht Gott. Ich habe nämlich schon einen!«, schnappte sie. Nur keine Angst zeigen.

Rajan richtete sich auf, wandte sich ab. »Sie kapiert gar nichts. Schafft sie weg.« Er stand schon in der Tür.

»Ganz weg?« Der dritte Mann wollte es genau wissen. »Egal wie?«

»Ganz weg, macht, was ihr wollt, ihr wisst ja, wie's geht.« Rajan verschwand im Flur.

»Hilfe«, schrie Ulla, »Hilfe!«

Der dritte Mann lachte. »Niemand hört dich, aber wenn's dir Spaß macht.« Er zog ein Messer aus der Tasche und schnitt die Kabelbinder von ihren Armen und Beinen. Ulla versuchte sofort aufzuspringen, doch er griff hart zu, zwang sie wieder auf den Stuhl zurück. »Das nützt dir auch nichts.«

Angst drückte ihr den Brustkorb zusammen. Sie konnte kaum atmen. »Bitte, ich habe zwei Kinder. Bitte«, bettelte sie.

Der dritte Mann packte sie am Arm und zog sie hoch. »Ist uns doch egal! Halt einfach den Rand. Komm, Ranjeet, wir müssen ein Päckchen packen, sonst kriegen wir sie nicht in den Kofferraum.«

Ranjeet, der die ganze Zeit geschwiegen hatte, griff ins Regal, holte das Klebeband heraus. Er reichte es dem anderen: »Hier, Sudhir. Aber da war doch letztens noch die andere Type bei ihr. Nicht, dass wir die demnächst wieder hier stehen haben.«

»Und wenn schon. Dann kommt die auch weg«, grinste Sudhir. Ulla schluchzte auf.

Carmen fuhr zu schnell, die deutschen Verkehrsregeln und Geschwindigkeitsbegrenzungen schienen sie nicht zu interessieren. Brandl war das nur recht, er wollte so rasch wie möglich bei diesem Guru ankommen. Er hatte wieder das Handy am Ohr. Steffi fragte nach der Adresse, die sie sich beim letzten Besuch nicht gemerkt hatte. Sie würde mit Johannes zusammen dorthin kommen, sagte sie.

Die nächste rote Ampel ignorierte Carmen. Brandl sah schnell in den Rückspiegel, ob schon von irgendwoher Blaulicht auftauchte. Die Bergisch Gladbacher Straße war so spät am Abend wenig befahren. Zu den Stoßzeiten war das anders.

»Bert Hiller, Frank Welsch, Andrew Gray«, Carmen zählte einen Namen nach dem anderen auf.

Brandl unterbrach sie. »Alles Identitäten von Hanssmann?«

Carmens Locken wippten, als sie nickte. »An die zehn. Zu jedem Namen hat er einen gültigen Pass. Er hat die besten Kontakte. Ich glaube«, flüsterte sie fast, so sehr senkte sie ihre Stimme, »der hat einen engen Draht zur amerikanischen Adoptionslobby. Da sind so viele, die die Hand über ihn halten. Ich hab' das auch vorher nicht erkannt, der ist, nein, die alle sind so geschickt! La hostia …«, fluchte sie und bog mit quietschenden Reifen nach links ab.

»Hola di bola, die Sau ist tot«, stieß Brandl hervor und Carmen sah ihn von der Seite fragend an. »Hasta la vista«, grinste sie. Doch Brandl wurde direkt wieder ernst. »Wie sollen wir vorgehen? Wir wissen ja gar nicht, welche Situation wir vorfinden«, überlegte er laut und kaute auf der Unterlippe.

»Die Gruppe wird vermutlich schon weg sein.« Carmen starrte nach draußen. »Ullas Mann hat gesagt, sie hätte schon längst wieder en casita sein müssen. Der Hanssmann wird da sein und dieser Hausmeister. Also mindestens zwei Leute. In dem Haus daneben leben, soweit wir wissen, Frauen und Kinder, oder?«

Brandl wiegte den Kopf. »Gemeldet sind auch drei oder vier Männer, aber die habe weder ich noch Ulla und Steffi gesehen. Aber das heißt nichts.«

»Warum ist Ulla allein dort?« Carmen schaute Brandl kurz an und wieder weg.

»Weil Steffi anscheinend was Besseres vorhatte!« Brandl ballte die Hände zu Fäusten. »Sie ist erst seit Kurzem mit einem Kollegen zusammen.«

»Aber Ulla, warum geht sie trotzdem?« Carmen hakte nach.

»Weil sie stur ist. So verdammt stur!«, schimpfte Brandl.

»Du kennst sie gut, ja?« Carmen kniff die Augen zu Schlitzen zusammen, vor ihr rannte eine schwarze Katze quer über die Straße.

»Ja.« Brandl verschränkte die Arme vor der Brust. Mehr würde er nicht sagen. Erst jetzt fiel ihm der intensive Rosenduft auf. »Hier riecht es aber gewaltig nach Rosen oder so. Schwärmt deine Mutter für Blumenduftbäumchen?« Er sah sich suchend um.

»Nein«, Carmens Stimme war dunkel, »das ist mein Parfum, ich liebe diesen Duft. Ich ...«

»Stopp«, unterbrach Brandl sie. »Wir müssen da vorne rein!« Brandls Handy klingelte. »Ja? Gut, wir sind jetzt auch da.«

»Steffi und Jo parken hier irgendwo«, erklärte er Carmen und zeigte vage nach draußen.

Wenige Meter vor ihnen blitzten die Scheinwerfer eines Autos kurz auf.

»Stell' den Wagen hier ab, wir gehen das letzte Stück, damit sie nicht gewarnt werden!« Brandl sprang aus dem Auto. Steffi und Jo liefen auf ihn zu.

Carmen würgte das Auto beim Einparken ab. »Lauft schon vor, ich komm' nach. Habt ihr eure Handys dabei? Wenn es brenzlig wird, ruf ich die *colega*s, si?«

Die Drei spurteten los. An der Stelle, wo die schmale Straße in die Auffahrt zu Hanssmanns Villa mündete, stoppten sie.

»Da, da ist wer«, Steffi zeigte nach vorn. »Zwei, ich sehe zwei. Direkt am Auto«, raunte sie.

»Und da vorne steht Ullas Wagen. Guckt mal, sie hieven was in den Kofferraum des Kombis, das könnte«, Brandl starrte angestrengt in die Dunkelheit, »ein Mensch sein.« Brandl zog die Walther P99 aus dem Holster. Steffi und Jo taten es ihm nach. »Die beiden Typen kenne ich. Die haben wir kürzlich befragt. Sieht einer von euch etwas im oder am Haus?«

»Nein, nein, alle Fenster dunkel, keine Bewegung«, stieß Steffi hervor.

»Ich geh' nachsehen.« Jo schlug sich durch die Büsche weiter nach links.

Brandl und Steffi hörten die Stimmen der beiden Männer. Sie unterhielten sich, als wäre das Verstauen eines Menschen in einem Kofferraum die normalste Sache der Welt.

»Sollen wir jetzt schon eingreifen, oder erst, wenn sie im Auto sind?«, wisperte Steffi.

»Wenn sie im Auto sind, ist es zu spät. Dann geben sie Gas und fahren uns über den Haufen. Besser jetzt. Sobald der Kofferraum zu ist und jeder auf seiner Seite einsteigen will. Du den Beifahrer, ich den Fahrer.«

Jo kam zurück, hatte Brandls Instruktion gehört. »Alles ruhig. Ich sichere den Kofferraum und hab' die Haustür im Blick.«

Brandl nickte, griff nach seinem Handy, wählte Carmens Nummer. Er erklärte ihr, was sie tun wollten. »Ruf du die Kollegen, sag' ihnen ›Gefahr in Verzug‹ und was wir vorhaben. Aber ohne Blaulicht und Musik anrücken.« Er drückte das Gespräch weg und bekam nicht mehr mit, dass Carmen erstaunt zurückfragte: »Musik?«

Der Kofferraum wurde zugeschlagen. In dem Moment stürmten Brandl und Steffi nach vorn.

»Polizei. Hände hoch!«, brüllten sie.

Der Hausmeister, wie Steffi im Schein der Straßenlaterne sofort erfasste, stand wie erstarrt, die Hand an der Beifahrertür. Steffi war mit wenigen Schritten bei ihm. Sie packte seinen Arm, drehte ihn auf den Rücken, zwang den Mann in die Knie.

Der andere Kerl hatte sich fallen gelassen, griff zum Hosenbund.

»Achtung!«, schrie Jo.

Brandl warf sich, die Waffe im Anschlag, vors Auto. Ein Schuss krachte durch die Stille, dann noch einer. Brandl sah, dass der Mann sich am Auto entlang zum Kofferraum robbte. »Jo, pass auf. Der kommt zu dir!«

Brandl zielte unter dem Auto durch. »Waffe weg, oder ich schieße!«, gellte seine Stimme.

Der Mann rollte sich zur Seite und schoss.

Brandl drückte im selben Moment ab.

»Brandl!«, schrie Steffi und Jo stürzte sich auf den Mann, der unkontrolliert zuckend auf dem Bauch lag, aus seiner Schulter quoll Blut. Jo fixierte mit den Handschellen seine Hände auf dem Rücken.

Brandl rappelte sich hoch. »Unkraut vergeht nicht, Steffi.« Er wankte ein wenig. »Jo, hast du ihn sicher?«

»Jau«, klang es gedämpft. »Aber der hat auf den Kofferraum geschossen.«

Brandl musste sich am Auto festhalten, er zwang sich weiter zu gehen. Seine Hände zitterten, als er am Kofferraumschloss herumhantierte. Lieber Gott, lass es nicht Ulla sein. Und wenn doch, lass sie nicht verletzt sein, war das Einzige, was er denken konnte.

Das Garagentor fuhr hoch und der silberne Rolls-Royce schoss heraus. Bevor Steffi die Waffe hochreißen konnte, war er schon die Auffahrt herunter.

Jo sprintete hinterher.

»Carmen!«, kreischte Steffi, »halt ihn auf!«

Der Kofferraumdeckel sprang auf. Brandl griff hinein, bekam einen Fuß zu fassen.

»Ulla«, brüllte er. »Ulla!« Er tastete sich weiter hoch. Da war die Taille. Er packte zu und zog sie hoch. Hob sie hinaus, legte sie vorsichtig auf dem Boden ab.

In einiger Entfernung quietschen Reifen. Das Martinshorn dröhnte.

Brandl sah nur Ulla. Sie rührte sich nicht. Er tastete nach ihrem Puls. Fand ihn nicht. Zwang sich zur Ruhe. Da, da, sie lebte, war nur bewusstlos. Er untersuchte sie nach Wunden. Da war nichts. Behutsam entfernte er das Klebeband von Mund, Händen und Füßen.

»Ein Arzt, wir brauchen einen Arzt!« Seine Stimme kam ihm seltsam fremd vor.

Steffi stand neben ihm. »Der ist schon so gut wie da, Brandl.« Sie bückte sich und tätschelte seine Schulter. Er sah wie versteinert aus.

42

»Die verdächtige Person, die mit dem Rolls flüchten wollte, wurde gestellt und ist schon mit den Kollegen auf dem Weg zur Wache.« Der junge Polizist stieg aus dem Streifenwagen. »Aber hier ist auch jemand abzuholen, ja?« Er deutete auf den Hausmeister, der vor dem Auto auf der Erde saß und vor sich hin murmelte. »Ich bring dich um, du blöder Bulle.«

Steffi nickte. Sollte er sich mal aufregen. Zwei Rettungswagen und ein Notarzt fuhren vor. Die eine Besatzung kümmerte sich um Ulla, die andere um den Verletzten, der Notarzt untersuchte beide. »Auf den ersten Blick nichts Gravierendes. Der Mann dort hat einen glatten Durchschuss. Der hat zwar ordentlich Blut verloren, aber das wird ihn nicht umbringen. Die Frau muss sich erst mal ausschlafen. Beide kommen ins Krankenhaus Holweide. Wer fährt wo mit?« Er sah fragend in die Runde.

Brandl hob die Hand. »Ich begleite Frau Wolff. Steffi, fährst du mit dem anderen Wagen mit?«

»Klar, mach' ich, Brandl.« Steffi war erleichtert, dass Brandl wieder einigermaßen normal agierte.

Jo hatte sich schon Einmalhandschuhe übergezogen und öffnete das Handschuhfach des Tatfahrzeugs. »Hier liegt ein Portemonnaie«, kam es gedämpft aus dem Auto. »Gerhard Weisweiler heißt der Mann, zumindest sieht er dem Foto im Führerschein sehr ähnlich.« Er richtete sich wieder auf. »Ich warte noch, bis die anderen Kollegen der Spurensicherung hier sind, und helfe ihnen aus. Ich bin ja zufällig am Tatort.« Er zwinkerte Steffi zu.

»Gut. Liegt da drinnen irgendwo eine Hand- oder Sporttasche? Ulla hatte bestimmt eine dabei, oder sogar beides!«

Jo tauchte wieder ab, durchsuchte den Innenraum. »Hier ist nichts.« Er umrundete das Auto und beugte sich zum Kofferraum hinunter. »Na bitte!« Er hob ein beutelartiges, dunkles Etwas hoch. »Die muss aber auch untersucht werden. Ich gucke nach der Versichertenkarte und dem Handy, da muss ja bestimmt wer informiert werden.« Wenig später überreichte er beides Brandl.

»Danke. Ihr müsst auch noch klären, ob Ulla Wolffs Auto erkennungsdienstlich behandelt wird und wenn ja, wann es danach wieder freigegeben wird. Du kannst mir ja eine SMS schicken, ja?«

»Mache ich, Brandl. Wir scannen dann auch die Hütte des großen Meisters, wer weiß, was wir noch finden.« Er wandte sich an Steffi. »Hast du schon die Staatsanwaltschaft informiert, Schätzelchen?«

»Ja, Jo, ich mach' das nicht zum ersten Mal«, fauchte sie. »Und nenn' mich nicht ›Schätzelchen‹, schon gar nicht vor den Kollegen!«

Jo verzog das Gesicht und drehte sich weg.

Ulla wurde gerade mit einer Trage in den Rettungswagen gehoben. Brandl stieg hinterher und setzte sich neben sie. Diese verrückte, neugierige, bescheuerte Frau, dachte er, als er ihr blasses Gesicht vorsichtig streichelte.

Dann suchte er in ihrem Handy nach Michael Wolffs Nummer. »Hallo, Herr Wolff. Hier Brandl, Kripo Köln. Ihre Frau ist auf dem Weg ins Krankenhaus Holweide … Nein, so wie es derzeit aussieht, nichts Schlimmes … Sie wurde betäubt und muss erst wieder wach werden. Ja, natürlich wird sie da untersucht … Gut. Dann sehen wir uns dort.« Brandl beendete das Gespräch und wandte sich wieder Ulla zu.

Brandl schritt den Krankenhausflur entlang, auf und ab, auf und ab. Fünfzehn Schritte bis zur Glastür, fünfzehn wieder zurück zur Wand. Seine Schuhsohlen quietschten leise auf dem Linoleumboden. Beißender Geruch von Desinfektions- und Putzmitteln lag in der Luft. Nach einer Dreiviertelstunde wurde eine halb wache Ulla wieder auf den Gang geschoben. »Alles in Ordnung, wir bringen sie jetzt in einen Raum, wo sie ganz in Ruhe wach werden kann.« Die hagere Krankenschwester, auf deren Namensschild ›Margret‹ stand, lächelte und zeigte dabei zwei große Hasenzähne. Michael Wolff stürmte den Flur entlang, rief schon von Weitem: »Ulla, Ulla!«

Ulla runzelte die Stirn, sah fragend zu Brandl, dann auf Michael, der sich über sie beugte. »Ich bin fast verrückt geworden vor Angst! Was hast du denn gemacht, was ist passiert? Wo warst du denn? Ich bin ihr Ehemann«, sagte er nachdrücklich in Richtung Krankenschwester und Brandl.

Schwester Margret hob warnend die Hand. »Bitte! Überfordern Sie die Patientin nicht. Sie braucht Ruhe. Muss erst einmal die Betäubung aus dem Körper bekommen. Sie können sie dabei unterstützen, in dem Sie ihr immer wieder etwas zu Trinken anbieten. Bitte folgen Sie mir jetzt.«

Michael hatte Brandl kurz angeschaut und die Augen zusammengekniffen. Dann war seine Hand vorgeschnellt und hatte nach Ullas gegriffen. Schwester Margret schob das Bett über den Flur. Michael hielt Ullas Hand weiter fest und ging neben ihr. Brandl war einen Moment unschlüssig stehen geblieben, dann trottete er hinterher.

Im Zimmer angekommen, schlief Ulla schon wieder. Michael griff nach einem Stuhl, setzte sich an Ullas Bett und hielt wieder ihre rechte Hand fest. Am Zeigefinger der linken Hand war ein Sensor mit einem Pflaster festgeklebt. Von dort lief ein Kabel zu dem kleinen Monitor, auf dem Ullas Pulswerte zu sehen waren. Brandl lehnte an der Wand und starrte auf den Bildschirm. Die Männer schwiegen. Das Ticken der großen Wanduhr war das einzige Geräusch im Raum. Brandl spürte die Vibration seines Handys. Er zog es aus der Hosentasche. SMS von Jo: ›Auto von Frau Wolff wurde freigegeben, keine ermittlungsrelevanten Spuren. Die Wagenschlüssel sind hier vor Ort‹.

Brandl räusperte sich. »Die Spurensicherung braucht das Auto von eh,« er zögerte kurz, »von Ihrer Frau nicht mehr. Es könnte vom Tatort abgeholt werden.«

Michael drehte langsam den Kopf, sah Brandl mit zusammengekniffenen Lippen an. »Meine Frau«, betonte er. »Ich werde es holen, sobald ich hier weg kann. Steht es bei diesem Guru, ich habe den Flyer mit der Adresse hier.« Er klopfte sich auf die Gesäßtasche der Jeans.

»Ja, direkt in der Einfahrt. Ich weiß aber nicht, wie lange die Spurensicherung noch vor Ort ist. Einer der Mitarbeiter hat den Autoschlüssel an sich genommen.« Revier abstecken, das ist es, was er hier macht, dachte Brandl. Wenn er ein Hund wäre, würde er jetzt das Bein heben und ans Bett pinkeln.

Schwester Margret betrat leise summend das Zimmer. »Meine Herren, die Müdigkeit der Patientin könnte noch die Nacht hindurch anhalten. Am besten planen Sie es so ein, dass Frau Wolff morgen früh, nach einer nochmaligen Untersuchung, nach Hause kann.«

»Kann sie denn morgen auch schon zum Tathergang befragt werden?« Brandl drückte sich von der Wand ab.

»Doch, bestimmt. Es kann sein, dass sie dann immer noch müde ist, aber die Erinnerungen müssten alle da sein. Möchten Sie beide hierbleiben?« Sie hob die rechte Augenbraue fragend an.

Michael nickte, Brandl schüttelte den Kopf. Er wollte nicht bleiben, nicht wenn Michael da war.

Der wandte sich an die Schwester. »Ich könnte aber jetzt direkt den Wagen meiner Frau schnell holen, dann komme ich zurück und bleibe bis morgen früh hier. Und wenn dann am Morgen alles gut ist, kann ich sie mit nach Hause nehmen, oder?«

»Machen Sie, was Sie wollen, solange der Arzt seinen Segen gibt. Und wenn Sie sich das auf dem unbequemen Ding da antun wollen, ist das auch Ihre Entscheidung.« Schwester Margret deutete auf den Holzstuhl.

»Ulla muss noch befragt werden, Herr Wolff, und zwar möglichst bald, damit wir genügend belastendes Material gegen die Verdächtigen in die Hände bekommen«, protestierte Brandl.

»Sie. Sie!« Michael ließ Ullas Hand los und sprang auf. Er suchte nach Worten, hatte Mühe sich zu beherrschen. »Meine Frau ist nur wegen Ihnen in diese gefährliche Situation gekommen! Ulla soll von jemand anderem befragt werden. Ich will nicht, dass Sie mit meiner Frau, in welcher Weise auch immer, in Kontakt treten, ist das klar?!«

Die Schwester schaute aufmerksam von einem zum anderen.

»Das entscheiden nicht Sie, Herr Wolff, sondern Ulla selbst.« Brandl richtete sich auf, alle Muskeln waren angespannt.

»Meine Herren, Sie werden doch hier nicht streiten wollen?« Schwester Margret hob beschwichtigend die Hände. »Die Patientin braucht Ruhe, am besten verlassen Sie beide jetzt das Zimmer!«

Ulla stöhnte auf und alle wandten sich ihr zu. Ihr Gesicht war noch immer blass, die Augen geschlossen. Sie sprach leise: »Kein

Streit. Ich, ich kann erzählen, was war. Peter«, ihre Augenlider zitterten, dann öffnete sie mühsam die Augen, »am besten jetzt noch. Dann kannst du arbeiten.« Die Stimme war rau.

Brandl machte ein paar Schritte nach vorn, doch Michael stand genau zwischen ihm und dem Bett.

»Herr Wolff, Sie können gerade mal mit mir mitkommen und bei den Formalitäten helfen«, Schwester Margret griff nach Michaels Arm und zog ihn aus dem Zimmer. Im Vorbeigehen zwinkerte sie Brandl zu, der lächelte dankbar zurück. »Und dann kümmern Sie sich danach einfach um Ihr Auto, so wie Sie's ja eben auch gesagt haben«, redete sie beschwichtigend auf Michael ein.

Brandl setzte sich vorsichtig auf die Bettkante, strich Ulla unbeholfen über die Hand mit dem Pulsmesser.

»Werd' bloß nicht sentimental, Peter.« Ullas Stimme krächzte. Brandl griff zum Nachttisch, hielt Ulla das Wasserglas an die Lippen, stützte ihren Kopf, damit sie trinken konnte. Sie nahm einen Schluck, dann noch einen. Ein dünnes Rinnsal lief aus dem Mundwinkel übers Kinn, tropfte auf die Bettdecke. Brandl stellte das Glas wieder zurück, kramte nach einem Taschentuch und tupfte ihr den Mund trocken.

»Wusste ja gar nicht, dass du so fürsorglich bist«, versuchte Ulla zu scherzen.

»Ich bin so froh, Ulla, dass du lebst!« Brandl legte seine Stirn an ihre.

»Ich auch.« Sie hatte Tränen in den Augen. »Es war schrecklich!«

Brandl setzte sich, zückte sein Handy. »Dann erzähl' mal von Anfang an und lass' nichts aus.«

43

Brandl spürte weder die Anstrengung noch die Gluthitze an diesem Pfingstmontag. Er trat in die Pedale und es konnte ihm gar nicht schnell genug gehen, denn er war auf dem Weg nach Mülheim. Dort würde er Ulla treffen. Zumindest waren sie auf dem *Birlikte*-Fest verabredet.

Obwohl – was hieß eigentlich verabredet? Er hatte ihr gesagt, er würde sich entweder in der Keupstraße in ein Straßencafé setzen oder auf dem Veranstaltungsplatz in der Nähe den Bands zuhören und auf sie warten – egal, wann sie kommen würde. Sie hatte etwas zögerlich reagiert. »Mal sehen«, das war weder eine Zu- noch eine Absage, oder?

Geduld, du musst Geduld haben, sagte er sich immer wieder. Bisher hatte er noch nie um eine Frau kämpfen müssen. Meist war er derjenige, der sich vom Acker machte und sehen musste, wie er die Frau wieder los wurde. Aber Brandl wusste, was er wollte. Auch wenn es schwierig würde. Er wollte Ulla. Doch sie traute ihm wohl noch nicht so richtig. Aber das wird bestimmt wieder, sprach er sich Mut zu. Wir sind uns doch so nahegekommen. An dem Abend, als er sie aus dem Kofferraum gezogen und auf die Erde gelegt hatte, da hatte ihr Kopf in seinem Schoß gelegen und er musste ihr die ganze Zeit über Gesicht und Haare streicheln.

Irgendwann hatte Ulla die Augen geöffnet und ihn ernst angesehen. »Ich wusste, dass du kommst. Ich wusste es einfach, Brandl«, hatte sie gesagt, gelächelt und war wieder eingeschlafen. Das war wegen des Chloroforms gewesen, mit dem diese Kerle sie betäubt hatten, um sie in aller Seelenruhe in den Kofferraum zu stopfen.

Er schloss sein Fahrrad vor einem Kiosk in der Keupstraße an einen Laternenpfahl. Auch die Geschäftsleute öffneten an diesem Pfingstwochenende ihre Räume. Sie stellten die Restaurants oder Bäckereien, aber auch private Hinterhöfe der Häuser für die Künstler zur Verfügung, die aus Solidarität mit den Opfern der NSU auftraten. Es gab Musik, Theateraufführungen, Lesungen, Tanz und Konzerte. Filme wurden gezeigt, man hatte ein großes

Kinder- und Familienprogramm auf die Beine gestellt, bot aber auch Führungen, Diskussionen, Berichte und Infos über den NSU-Prozess und ein stilles Gedenken an die Opfer an. Brandl fand die Idee gut. ›*Birlikte*‹ hieß Zusammenstehen. Zusammenstehen gegen rechts. Da konnte er nur zustimmen. Auch die Polizei hatte in diesem Zusammenhang viel zu schnell die eigentlichen Opfer verdächtigt, in kriminelle Dinge verwickelt zu sein. Auf dem rechten Auge blind.

Brandl hätte Ulla gern in den Tagen nach der Verhaftung von Hanssmann und Co. zu Hause besucht, aber ihre Familie schirmte sie regelrecht ab. Immerhin hatte er sie telefonisch erreicht. Er sehnte sich nach ihr, fast musste Brandl über sich selbst grinsen. Wie ein liebeskranker Hund hatte er ihr hinterher gehechelt. Brandl war sich sicher, dass Michael um Ulla kämpfen würde, er hatte seine Entschlossenheit im Krankenhaus erlebt und gesehen, wie besitzergreifend er sich an ihrem Bett gebärdet hatte.

»Hättest du's damals nicht versaut, Brandl«, knurrte er vor sich hin und eine ältere Türkin mit leuchtend blauem Kopftuch sah ihn fragend an.

»Hätte, hätte, Fahrradkette«, sagte Brandl, lächelte der Frau zu und schlenderte los. Türkische Frikadellen brutzelten auf riesigen Grills, auch Auberginen und Lammspieße wurden angeboten. Immer wieder durchzogen Rauschschwaden und würziger Duft die Straße. Brandl lief das Wasser im Mund zusammen.

Er musste einige Zeit warten, bis ein Sitzplatz vor einem Café frei wurde. Bis Ulla käme, würde er bestimmt noch einen weiteren Stuhl ergattern. Er bestellte sich schwarzen Tee, schrieb eine SMS an Ulla, in der er beschrieb, wo sie ihn finden würde, und beobachtete die Menschenmenge, die sich an ihm vorbei schob. Stimmengewirr und Musikklänge umgaben ihn. Auf der großen Bühne, die auf dem Gelände Ecke Keup- und Schanzenstraße aufgebaut worden war, trat gerade wohl Andreas Bourani auf. »Ich glaub nicht an Liebe auf den ersten Blick / und auch nicht, dass es so was wie Schicksal gibt. / Doch in deiner Nähe steht die Zeit still, steht die Zeit still«, schallte es herüber.

Ein tolles Programm wurde hier auf die Beine gestellt. Selbst der Bundespräsident war schon da gewesen und hatte sich solidarisch gezeigt. Dass er ihn verpasst hatte, war Brandl egal.

Aber was er in seiner Begrüßungsansprache gesagt hatte, wollte Brandl morgen in der Zeitung nachlesen.

Er dachte an die Festnahmen und die Tage danach. Nach Ullas Aussage hatte man die drei Lichtgestalten schon am nächsten Tag dem Haftrichter vorgeführt. Sie saßen jetzt in Untersuchungshaft, da Verdunklungs- und Fluchtgefahr bestand, denn es waren ja internationale Haftbefehle zumindest gegen den Oberguru anhängig.

Bei Hans Dellinger hatte der Haftrichter den Vollzug des Haftbefehls ausgesetzt, er war erst einmal auf freiem Fuß, aber das Ermittlungsverfahren gegen ihn lief auf Hochtouren. Ein Kollege der Abteilung Wirtschaftskriminalität hatte Brandl freudestrahlend mitgeteilt, dass der Prozess um Dellinger einen Dominoeffekt haben könnte, denn es hatten sich nicht nur Subunternehmer gemeldet, sondern auch Mitarbeiter von Baufirmen, die auspacken wollten.

Dienststellenleiter Heinrichs hatte die ganze Ermittlungstruppe für ihre hervorragende Arbeit gelobt und alle waren stolz gewesen über die gute Presse, die sie bekommen hatten. Brandl holte sich noch einen türkischen Tee, schwarz und süß war der und schmeckte richtig gut.

Heinrichs' auffällige Zurückhaltung, als es um Hanssmann gegangen war, hatte sich auch geklärt. In einem Vieraugengespräch hatte der Dienststellenleiter Brandl erläutert, dass er vor einigen Jahren sozusagen übers Ziel hinausgeschossen sei. Genauso hatte er es ausgedrückt. Er sei nicht gründlich genug gewesen. Dadurch habe er zu einer vorschnellen Verurteilung eines Verdächtigen beigetragen, die dann auch noch durch die Presse gegangen sei. Fakt war, dass er nicht allen Spuren nachgegangen sei, manchen Zeugenaussagen, die seiner eigenen Meinung entsprochen hätten, zu viel, anderen zu wenig Bedeutung beigemessen hatte. »Ich habe mich einfach zu schnell auf diese Person eingeschossen«, hatte er seufzend gesagt. Der mutmaßliche Täter hätte sich dann in der U-Haft das Leben genommen. Und später wurde festgestellt, dass der unschuldig gewesen sei. »Seitdem falle ich wohl manchmal ins andere Extrem, wenn es darum geht, das Für und Wider abzuwägen«, hatte Heinrichs noch hinzugefügt.

Die Bläck Fööss verließen die Bühne, Brings folgte. Ulla war noch nicht da. Brandl überprüfte sein Handy. Keine SMS, kein Anruf, den er vielleicht überhört hatte. ›Drieß jet drop‹, der Refrain des Brings-Liedes klang ihm in den Ohren. Nein, das wollte er nicht. Er wollte mit Ulla zusammen sein, obwohl er nicht wusste, wie das gehen sollte. Mit ihr zusammenleben.

Brandl stand auf, bat seine Tischnachbarin, ihm die Plätze freizuhalten, er hatte Hunger. Während er in der Schlange vor der Imbissstube für einen Döner Kebab anstand, hielt er nach Ulla Ausschau. Würde sie das rote Kleid, das sie auf dem Inselfest getragen hatte, anhaben? Würde sie überhaupt kommen? Brandl kehrte zum Café zurück und biss nachdenklich in seinen Kebab.

Was konnte, was wollte er Ulla bieten? Gerade spielte Brings das letzte Stück; der Refrain sprang ihn an:

Denn dat is alles, alles wat ich han.
Dat is alles, wat ich maache kann.
Du häs mi Hätz, mi Lääve
ming Dräum un och mi Blood,
ich hoff' dat es jenoch.

Würde er sich jemals so einem Menschen öffnen können? »Mein Herz, mein Leben, meine Träume, mein Blut«? Er spürte, dass sich sein Magen verkrampfte. Bis heute hatte er es anders gehalten. Seine Unabhängigkeit war ihm immer heilig gewesen. Was wäre, wenn er sein Wohl und Wehe von nur einem anderen Menschen, von Ulla, abhängig machte? Er könnte enttäuscht, verletzt werden. Vielleicht würde er sich dann klein fühlen, weil er ihr zu viel Macht über ihn einräumte? Brandl musste rülpsen. Das kam nicht nur von den Kebab-Zwiebeln.

Plötzlich stand Ulla vor seinem Tisch, er sprang wie elektrisiert auf, nahm sie in die Arme.

Von der Bühne schallte Clueso herüber: ›Ich will keinen Zentimeter mehr zwischen uns‹ und Ulla küsste ihn lachend. Dann schoben sie die beiden Stühle nah nebeneinander und setzten sich Seite an Seite. Brandl legte den Arm um Ulla. Wenn sie da war, war alles ganz leicht.

»Den Stuhl habe ich förmlich mit meinem Leben verteidigt«, lachte er. »Wie geht es dir?« Er spürte die warme Haut ihres Arms unter seiner Hand.

»Gut, alles gut. Ich habe dich vermisst!« Ulla drehte ihm das Gesicht zu und küsste ihn auf die Wange. »Die Kinder sind total süß zu mir, die ganze Sache hat ihnen wohl einen ziemlichen Schrecken eingejagt. Selbst Jonas macht gerade mal eine Pubertätspause.« Ulla griff nach Brandls Tasse und trank daraus. »Was ist aus unserem Fall geworden?«

Der Kommissar versuchte ein strenges Gesicht zu machen. »*Unser* Fall? Frau Pfarrerin, Sie wissen, dass ich Ihnen keine Interna verraten darf.«

Ulla flüsterte ganz nah an seinem Ohr: »Und wenn ich dich foltere?«

Brandl spürte ihren Atem und sah sie an. »Ich melde das bei Amnesty International! Was willst du denn wissen?«

Und dann erzählte er ganz freiwillig von der Baubranche und den kriminellen Verstrickungen dort. »Es ist erwiesen, dass der feine Herr Dellinger die drei Mitarbeiter des Bauamtes geschmiert hat. Die Zahlungen gingen teilweise über Rietmüller, warum auch immer. Rietmüller selber wurde von den Subunternehmern geschmiert, damit sie die Aufträge für die Dellingerprojekte bekommen. So was kommt in der Baubranche anscheinend immer wieder vor.« Brandl seufzte. »Möller und Stankowski warten auf ihren Prozess. Durch Möllers Geständnis ist der Tod des Baukontrolleurs Schütte sauber aufgeklärt.« Dann kam er auf die Verhaftung ihrer Entführer zu sprechen. »Die drei sitzen in U-Haft. Wobei ein Antrag der rumänischen Justizbehörden vorliegt, in der die Auslieferung von Rolf Hanssmann, alias Rajan, gefordert wird.« Brandl schüttelte missmutig den Kopf. »Aber dafür hat dieser Volker Kaminski ein Geständnis angekündigt und will anscheinend mit der Polizei kooperieren.«

»Wer?«, fragte Ulla erstaunt.

»Volker Kaminski, Hanssmann nennt in Ranjeet. Wenn er Hanssmann belastet …« Brandl dachte laut und hielt Ullas Hand ganz fest. »Aber dann stünde Aussage gegen Aussage.« Er knabberte vorsichtig an ihrem Ohr. Ulla kicherte. »Und weiter?«

Brandl brummte, er wollte lieber knabbern. Dann seufzte er.

»In dem Auto des Sektenführers wurde auch Birgit Rietmüllers Sporttasche gefunden. Ja, die, die du gesehen hattest.«

Ullas Augen leuchteten einen Moment stolz auf. »Hatte ich doch recht. Und was war drin?«

»Knapp eineinhalb Millionen. Die nette kleine Spende einer Verehrerin. Aber jetzt genug davon!« Brandl hatte keine Lust mehr auf Dienstliches.

Ulla trank Brandls Tasse leer. »Hm, der ist aber lecker, holst du uns neuen Tee?«

»Sischer, sischer, Madame, ich eile, um Ihnen zu Diensten zu sein!« Brandl verbeugte sich und zwei ältere Damen vom Nachbartisch applaudierten lachend.

»Sie haben aber 'nen netten Mann!« Eine der beiden beugte sich zu Ulla herüber und ihre blond-lila gefärbten Locken leuchteten in der Sonne.

›Ja, das stimmt, aber der sitzt zu Hause bei unseren Kindern‹, lag es Ulla auf der Zunge, aber sie lächelte sie nur an. Clueso spielte anscheinend eine superlange Version des Musikstücks:

Und wir liegen, nicht weit von unserm Leben
Ich kann in deinen Augen lesen
Frei und noch entspannt
Und wir lieben, dem hellen Tag entgegen
Offen und verlegen
Frei und doch gespannt
So frei und noch entspannt

Ulla fragte sich, ob sie entspannt war. Wie würde es wohl mit Brandl und ihr weitergehen?

Ach egal. Gerade jetzt fühlte sie sich stark und frei. Klar, da waren die Kinder, ihre Arbeit, ihre Verpflichtungen. Aber da war noch etwas anderes. Sie. In all den Jahren hatte sie sich noch nie so wohl und zu Hause gefühlt.

In Rajans Keller und im Kofferraum des Autos hatte sie furchtbare Angst gehabt. Aber unter dieser Angst war noch etwas anderes gewesen. Klarheit. Gewissheit, dass alles gut würde, dass alles gut war. Einschließlich ihrer selbst. Sie hatte sich als Teil eines großen Ganzen empfunden – wichtig und unbedeutend gleichzeitig. In diesen Stunden hatte sie klar gesehen, was wirklich für sie zählte: Lea und Jonas. Ihr Glaube und ihre seelsorgerische Tätigkeit. Michael. Brandl. Gedichte und Musik. Das Schnurren der Katze. Ein Sonnenaufgang. Sie selbst. »Liebe deinen Nächsten wie dich selbst.« Der zweite Teil dieses Auftrags war ihr durchgegangen. Erst in diesem dunklen, muffigen Keller, als ihr die Kabelbinder schier die Hände abgetrennt hatten, hatte sie gespürt, dass sie sich selbst liebte. Dass sie sich wichtig war. Ulla atmete tief ein. Und dass Brandl ihr wichtig war.

Brandl stellte den Tee vor ihr ab. »Hast du gerade an mich gedacht, du siehst so glücklich aus.« Sein Blick bettelte.

»Auch. Mir geht es gut in deiner Nähe, Peter.« Sie rührte den Tee um. »Übrigens, ich habe etwas von Rosa gehört: Carmen hat tatsächlich eine Spur ihrer Schwester gefunden.«

Brandl schaute überrascht. Er wollte jetzt nichts mehr von Gurus, Tätern und Adoptionen hören und setzte seinen Dackelblick auf.

»Guck' mich nicht so an, sonst musst du mich mitsamt meiner Koffer, und was sonst noch so dazugehört, mit zu dir nach Hause nehmen und dieses Mal geh' ich nicht wieder«, grinste Ulla. »Aber im Ernst. Ich weiß nicht, ob du das mitbekommen hast. Carmens Schwester ist nach der Geburt zwangsadoptiert worden, ohne dass die Mutter etwas davon ahnte. Carmen hat alle ihre Verbindungen genutzt. Kann sein, dass diese Spur nirgendwo hinführt. Aber immerhin, eine Hoffnung. Stell' dir vor.« Ulla legte ihre Hand auf seine. »Stell' dir vor«, wiederholte sie. »Wenn sie tatsächlich ihre Schwester findet, nach so vielen Jahren. Das ist doch eine erwachsene Frau heute. Das grenzt fast an ein Wunder.« Sie zog die Hand zurück. »Obwohl ich mit solchen Begriffen als Pastorin sehr vorsichtig umgehe.«

»Du bist ein Wunder«, rutschte es Brandl heraus. Es kam ihm ganz leicht über die Lippen. Er legte wieder den Arm um sie und rückte ganz nah an sie heran. »Ich möchte, dass es mit uns weitergeht«, flüsterte er Ulla ins Ohr.

Sie sagte nichts, drehte sich ihm zu und spitzte die Lippen. Sie küssten sich.

Ullas Handy klingelte, doch sie ließen sich nicht stören.

»… nur … nur bei dir kann ich so sein, verrückt eben, völlig normal, völlig normal«, sang Clueso als letztes Lied. Das laute Singen des Publikums war gut zu hören. Sie lösten sich von einander. Brandl griff nach seiner Teetasse, Ulla kramte in ihrer Tasche, zog das Handy heraus.

»Mailbox«, sagte sie, »vermutlich sucht Lea wieder mal ihren Fahrradschlüssel.« Sie presste das Handy ans Ohr, der Geräuschpegel stieg genauso wie die Hitze. Mittlerweile war die Luft schwül und ungeheuer drückend. Dicke beängstigende Wolkenberge hatten sich am Himmel aufgetürmt.

Brandl sah, dass Ulla blass wurde. Ihre Augen weiteten sich. Dann ließ sie das Handy sinken, starrte vor sich hin. »Das war das Krankenhaus. Michael hatte einen Unfall.« Sie schluckte. »Er ist ungebremst in ein Auto reingefahren. Vor einer Ampel. Durch die Wucht hat er das Auto bis auf die Kreuzung geschoben.«

Ulla saß starr. Brandl griff nach ihrer Hand. In all der Hitze fühlte sie sich kalt an.

»Wie schlimm ist es?« Seine Stimme klang verwischt.

»Angeblich keine Lebensgefahr.« Ulla sprang auf. »Ich muss sofort dahin. Die Kinder sind zu Hause. Michael saß allein im Auto. Was war bloß mit diesen Scheiß-Bremsen los?« Sie sah ihn bittend an.

»Ich fahr' mit dir nach Porz. Wir suchen uns ein Großraum-Taxi, nehmen mein Rad mit. Du gehst ins Krankenhaus, ich warte in meiner Wohnung auf dich.« Brandl zog sie mit sich.

»Ich, ich weiß nicht, wann …« Ulla brach ab.

Brandl blieb stehen und nahm sie in den Arm. »Ist okay. Komm, sobald du kannst.«

Sie küssten sich und liefen los.

Hinter ihnen schallte von der Bühne Sandra Maischbergers Stimme über die Köpfe der *Birlikte*-Besucher hinweg über den Platz zu ihnen: »Ich hab' den beschissensten Job überhaupt hier, denn ich muss diese Veranstaltung wegen des drohenden Unwetters abbrechen. Das ganze Gelände muss evakuiert werden. Bitte verlassen Sie ruhig und geordnet …«

Ruhig und geordnet, dachte Ulla, während sie weiterrannte. Wenn das so einfach wäre. Verlassen läuft meist ganz anders.

Rosas und Carmens Rezepte:

Albóndigas (Hackfleischbällchen) mit Datteln in Tomatensauce:

Zutaten:
Für die Hackbällchen:
500 g gemischtes Hackfleisch
3 Scheiben Toastbrot
1 Zwiebel, 1 Knoblauchzehe
1 Ei
1/2 TL Salz, etwas Pfeffer
1/2 TL Paprikapulver, scharf
100g getrocknete Datteln, entsteint
100 g Mehl
1/4 Liter Olivenöl

Für die Sauce:
800g Dosentomaten, geschält
1 Zwiebel
100g Butter
etwas Salz

Zubereitung:

Das Toastbrot würfeln und mit etwas Wasser zu einem Brei verkneten. Die Zwiebel schälen und in kleine Stücke schneiden. Mit etwas Olivenöl in einer Pfanne anbraten. Den Knoblauch schälen und hacken. Das Hackfleisch mit der Zwiebel, dem klein gehackten Knoblauch, Ei, Salz, Pfeffer und Paprikapulver gut vermengen. Die Datteln in kleine Würfel schneiden. Die Hälfte der Datteln unter die Fleischmasse kneten. Aus der Masse etwa 3 cm große Bällchen formen und diese in Mehl wenden. Ausreichend Olivenöl in einer Pfanne erhitzen, damit die Bällchen im Öl schwimmen. Die Fleischbällchen in Portionen im heißen Öl etwa 5 Minuten ausbraten, dann herausnehmen. Für die Sauce die Dosentomaten mit der Butter in einen hohen Topf geben. Die Zwiebel schälen und halbieren. Die Zwiebelhälften in die Sauce legen und die Sauce im Topf ohne Deckel etwa 45 Minuten bei geringer Hitze köcheln lassen. Dann die Zwiebeln herausnehmen und wegwerfen. Die Tomatensauce mit dem Pürierstab sämig pürieren. Die restlichen Datteln in die Sauce rühren und die Fleischbällchen zugeben. Nochmals etwa 5 Minuten köcheln lassen. Fertig!

Turrón: Mandelnugat

Zutaten:
150 g geschälte Mandeln
100 g geschälte Haselnusskerne
100 g Honig
100 g brauner Zucker
3 Eiweiß
Möglichst rechteckige Oblaten

Zubereitung:

Mandeln und Nüsse in einer Pfanne ohne Fett rösten, bis sie goldgelb sind. Oblaten auf einem Blech verteilen. Honig und Zucker in einem Topf aufkochen und dann vom Herd nehmen und die Masse glatt rühren. Eiweiß steif schlagen und unter den Honig-Zucker rühren. Den Topf wieder auf den Herd stellen und bei mittlerer Hitze schlagen bis es andickt. Mandeln und Nüsse unterrühren und alles auf die Oblaten geben. Eine zweite Oblate obenauf geben und beschweren, beispielsweise mit einem weiteren Blech. Eine Stunde stehen lassen. Die große Oblaten dann in weitere kleine Rechtecke schneiden. Genießen!

Danksagung

Wir danken allen, die uns bei diesem Buch in verschiedenster Weise kompetent unterstützt und beflügelt haben – besonders unseren Ehemännern Dieter Naber und Jürgen Kuhrau, unseren Kindern, Geschwistern und Freundinnen, unseren Testlesern und unserer Verlegerin Karina Bleicher.

Ihr habt uns inspiriert, motiviert, kritisiert, uns aber immer den Raum zum Schreiben gegeben. Euer Verständnis war schier grenzenlos, selbst wenn sich unsere Gedanken und Gespräche nicht um euch, sondern ständig um unsere Charaktere und das Morden drehten.

Wir befürchten, dass wir uns in dieser Hinsicht leider nicht bessern werden ...

Renate Naber und Cornelia Ehses

Weiterer Genusskrimi von Renate Naber & Cornelia Ehses

Mord im Schokoladenmuseum, Mord in der Altstadt – herzlich willkommen in Köln!
Eine Leiche hängt kopfüber im Schokoladenbrunnen, der Hauptattraktion im Museum am Rheinufer. Ist der Tote in der warmen Schokolade ertrunken? Womöglich der eigenen Schokogier erlegen? Sehr schnell findet Museumsmitarbeiterin und passionierte Naschkatze Karina Sprängel heraus, dass ganz andere Hintergründe eine Rolle spielen ... Zusammen mit, aber auch schon mal gegen Kriminalkommissar Stephan Printz nimmt die Hobbydetektivin mit der feinen Spürnase die Ermittlungen auf. Eine erste Spur deutet auf mögliche Verstrickungen des Opfers in zwielichtige Geschäfte der Schokoladenmafia ...
Ein hochspannender Kriminalroman, der fein gewoben und angereichert mit zartestem Schokoladenschmelz, humorvoll und sinnlich die Abgründe der menschlichen Seele offen legt. Ein Krimi, in dem die Leser sich gruseln können, ohne dass ihnen je Sehen, Hören, Fühlen, Riechen und Schmecken abhanden kommen.
Ort der Handlung: Köln
2. Auflage, 252 Seiten, kartoniert,
12,50 Euro, ISBN 978-3-941564-58-9